RITA MAE BROWN

ZWEI ROMANE

Venusneid
Bingo

Deutsch von Margarete Längsfeld

WUNDERLICH
TASCHENBUCH

Venusneid
Die Originalausgabe erschien 1993 unter dem Titel
«Venus Envy» bei Bantam Books, New York

Bingo
Die Originalausgabe erschien 1988 unter dem Titel
«Bingo» bei Bantam Books, New York

Veröffentlicht im Rowohlt Taschenbuch Verlag GmbH,
Reinbek bei Hamburg, August 1999

Umschlaggestaltung Cordula Schmidt
Foto: Transglobe/Attard

Gesamtherstellung Clausen & Bosse, Leck
Printed in Germany
ISBN 3 499 26180 4

*Judy Elaine Hill und Margaret MacInnis gewidmet,
zwei sehr unterschiedlichen Persönlichkeiten,
die sich beherrscht und mitfühlend zeigten,
wenn Schwierigkeiten auftraten.
Einst pflegte man ein solches Verhalten mit dem
Ausdruck «damenhaft» zu bezeichnen.*

Danksagung

Medizinische Fachausdrücke und Behandlungsmethoden waren mir fremd, weswegen ich Dr. Herbert C. Jones zu Dank verpflichtet bin, der mich mit den entsprechenden Fakten versorgte. Dr. Jones, der zu meinen meistgeschätzten Freunden zählt, versorgte mich außerdem mit Lachen.

Ich möchte dem American Film Institute in Los Angeles dafür danken, daß ich für den Regie-Workshop für Frauen, Kurs acht, angenommen wurde. Obwohl es in diesem Kurs nur um Filme ging, wurde mein Gespür für den Roman dort auf unerwartete, vergnügliche Art bereichert. Das Vergnügen bestand zum großen Teil darin, von den anderen Teilnehmerinnen zu lernen.

Wendy Weil, meine Literaturagentin und Freundin, war immer da, wenn ich sie brauchte.

Beverly Lewis, mein Verleger, machte wie immer klare, vernünftige Vorschläge, wofür ich ihm dankbar bin.

Robert Lyn Kee Chow, mein Trainer, hat diesen Sommer sechs Wochen lang mit mir gearbeitet und meinen Körper dermaßen gedrillt, daß mein Geist Zeit hatte, sich zu erholen.

Dr. Frank Kimball gab mir Auftrieb mit seinem Witz, seinen scharfsinnigen Bemerkungen über Menschen und Pferde und mit seiner Courage.

Ich habe endlich eingesehen, daß ich vermutlich nicht ohne Gordon Reistrup leben kann, der intelligent, gut organisiert und herrlich komisch ist. Wir arbeiten jetzt seit vier Jahren zusammen, und ich hoffe, es hat ihm so viel Spaß gemacht wie mir.

Da Sneaky Pie jetzt selber Krimis schreibt, hat sie mir bei diesem Roman kein bißchen geholfen, aber die anderen Katzen und die Hunde erschienen jeden Morgen zur Arbeit. Ihre Geschenke – tote Mäuse, Maulwürfe, Spitzmäuse und Schlangen – wußte ich sehr zu schätzen.

Venusneid

1

Sterben ist gar nicht so übel. Dann muß ich wenigstens nicht mehr ans Telefon.» Frazier Armstrong atmete tief durch, was nicht leicht war, denn der Sauerstoffschlauch hatte ihren Rachen wund gescheuert. «Außerdem muß ich nie wieder Steuerformulare ausfüllen, Steuern an Staat und Gemeinde zahlen, Bezirksaufkleber für mein Auto kaufen, mich mit endlosen Versicherungspolicen belasten, ganz zu schweigen von meiner Geschäftslizenz und den verdammten Moneten, die die Wertminderung meiner Büromaschinen mich jedes Jahr kostet. Keine Hypothekenzahlungen mehr und keine lasterhaften Versuchungen, wenn die Türen von Tiffany's sich vor mir auftun wie die Pforten der Hölle.» Sie kuschelte sich tiefer in das Krankenhausbett. Die von zu Hause mitgebrachte Porthault-Bettwäsche machte das Bett behaglicher, aber jedesmal, wenn Frazier die zuckrige Tapete ansah, ein süßliches, pudriges Rosa, dachte sie: «Eine von uns beiden muß verschwinden.»

Das Kuscheln half nichts; sie fühlte sich nicht besser. Was wirklich half, war die Morphiumlösung, die in ihren linken Arm tropfte. Sie lachte in sich hinein: «Ich zahle Einkommensteuer, Vergnügungssteuer, Kopfsteuer, Schulsteuer, Gemeindesteuer, Benzinsteuer, Lichtsteuer, Zigarettensteuer. Ich zahle sogar eine Steuer auf Tampax. Ich hasse es. Immer nur zahlen, zahlen, zahlen. Ich schufte und schufte und bin besessen von Geld, und das hat mich hierhergebracht. Trotzdem», sie betrachtete wehmütig die Strahlen der Nachmittagssonne, die schräg durch die Jalousien fielen, «ich hätte nichts dagegen weiterzuleben.»

Fünfunddreißig ist zu jung zum Sterben, zumal für jemand mit so viel Energie wie Frazier. Am Anfang waren ihr die Kurzatmigkeit und das bedrängende Gefühl in der Brust zwar lästig gewesen, aber sie hatte sich deswegen keine Sorgen gemacht. Streß. Nun ja, Streß und zwei Päckchen Muleskinners täglich. Ihre Mitarbeiterin Mandy Eisenhart hatte ihr dauernd in den Ohren gelegen, sie solle zum Arzt gehen, aber Frazier wußte mit ihrer Zeit was Besseres anzufangen, als in Yancey Weems' Praxis ihren Hintern zu entblößen. Er war ein netter Arzt, griff aber zu gerne zur Spritze.

Letztes Jahr wurden die Atembeschwerden immer schlimmer, bis sie ein komisches metallisches Rasseln in ihren Bronchien hören konnte. Billy Cicero, ihr bester Freund und Leihbegleiter, sagte ihr, sie hätte da Haarknäuel drin. Er hörte auf zu lachen, als sie vorgestern abend in die Notaufnahme geschafft wurde. Die Schmerzen in der Brust waren so schlimm, daß ihr bei jedem Atemzug die Tränen kamen.

Der diensthabende Arzt ordnete eine Reihe von Tests an. Sie hörte die Oberschwester am Nachmittag etwas von «Blutgase vorhanden» murmeln.

Frazier, raffiniert und hochintelligent, bestach eine junge Krankenschwester, damit diese ihr die Laborwerte auf ihrem Krankenblatt interpretierte. Sie hatte auf beiden Seiten inoperable Lungenkarzinome, die sich bis zu den Brustwänden ausgebreitet und auch schon ihre Wirbelsäule befallen hatten.

Die einzige noch ausstehende Untersuchung, die sie für eine Verschwendung ihrer schwindenden Zeit hielt, war eine Durchleuchtung der Lungen, aber der Röntgenapparat wurde gerade repariert, was nicht nur bei den Krankenhauspatienten, sondern auch bei den Ärzten, die ihre Patienten zum Röntgen ins Krankenhaus schickten, für einen chaotischen Rückstau sorgte.

Der arme Billy, dieser korrupte Chorknabe, er hatte geweint, als Frazier ihm erzählte, was sie soeben über ihren Zustand erfahren hatte. Sie kannte den gutaussehenden Billy, seit sie in der Wiege gelegen hatten. Dies war das erste Aufblitzen eines ehrlichen Gefühls, das sie je bei ihm erlebt hatte, und seine Reaktion rief in ihr einen heftigen Anfall von Liebe hervor. Wenn die Dinge bei ihnen nur anders gestanden hätten. Sie waren nicht gerade unglücklich Liebende. Es ist schwer, mit einem Mann unglücklich zu sein, der Vergnügen daran findet, Kokain von erigierten schwarzen Penissen zu schnupfen, aber trotzdem, wenn die Dinge nun anders gestanden hätten?

Keine weiteren Wenn mehr. Kein gar nichts mehr. Der Tod, der lange erdige Schlaf, verhieß Frieden.

Frazier setzte sich kerzengerade auf. Sie haßte die Vorstellung, in einem Sarg eingesperrt zu sein. Einäscherung. Das schien zivilisierter und hygienischer. Wer will schon einem Wurm als Bulette dienen? Erst gestern hatten sie und ihre Mutter, Libby Armstrong, sich gestritten, bis die Tränen flossen und die Krankenschwestern hereinstürmten wie Relikte eines alten österreichischen Regiments, in strahlendes Weiß gekleidet. Libby kreischte und brüllte was von christlichem Begräbnis, und Frazier schrie und brüllte zurück: «Ich will nicht verscharrt werden wie Giftmüll!»

Libbys grüne Augen funkelten. «Du findest es wohl besser, fritiert zu werden, fritiert sag ich dir, Mary Frazier Armstrong. Knusprig wie Gekröse. Du wirst zu Asche verbrennen wie deine Zigaretten, und wie oft habe ich dir gesagt, du sollst nicht rauchen? Keine Willenskraft, Mary Frazier, keine Willenskraft, und hier liegst du nun, der Lungenkrebs hat dich aufgefressen, und ich weiß nicht, was ich tun soll. Und dein armer Bruder ist völlig niedergeschmettert von all den Emissionen.»

«Emotionen, Mutter.»

«Sag ich ja. Er ist am Boden zerstört.»

«Carter ist am Boden zerstört, weil er ein Säufer ist.»

«Sprich nicht so von deinem Bruder. Er ist erblich belastet. Das irische Blut von der Mutter deines Vaters. Die ganze Sippschaft ist scharfen Getränken zum Opfer gefallen. Meine Familie dagegen...»

«Mutter, das interessiert mich nicht mehr. Es ist mir egal, woher Carters Alkoholismus kommt, er muß aufhören zu saufen.»

«Du hast ja auch nicht aufgehört zu rauchen.»

«Und ich bin am Abkratzen. Ich muß sagen, es wird eine Erleichterung sein, weil ich mir dann diesen Scheiß nicht mehr anhören muß!»

«Wie kannst du es wagen, so mit mir zu reden? Ich bin noch immer deine Mutter.»

«Nicht mehr lange!» jubelte Frazier. «Weißt du, wofür ich die Familie halte, Momma? Ich halte die Familie für den Treibriemen der Pathologie. Ich bin fest davon überzeugt. Du hältst immer zu Carter, und Daddy hält immer zu mir, und wen kümmert das schon? Mich nicht. Ich sterbe. Ich checke aus dem Hotel Erde aus. Sayonara. Adios. Ciao. Servus, auf Wiedersehen und good bye. Roger, aus, Schluß, Ende, Mom.»

Libby kreischte: «Du bist gehässig. Du hast einen gemeinen Zug in dir, Mädchen.»

Die Worte versagten, und Frazier begann heftig zu husten. Der Auswurf war voller Blut.

Die Krankenschwestern eilten herein, während ihre Mutter hinauseilte, nicht ohne ihr zerlesenes *Gebetbuch der lutheranischen Kirche* auf Fraziers Bett zu werfen. Libby hatte versucht, Fraziers Leben zu beherrschen. Jetzt wollte sie ihren Tod beherrschen.

Libby war nicht wiedergekommen, und als Frazier an den «kleinen Ausbruch» zurückdachte, wie Libby ihrem Mann die Szene charakterisieren würde, die sie dem «schmerzbewältigenden» Morphium zuschrieb, da hoffte diese einstmals pflichtschuldige Tochter, ihre Mutter in diesem Leben nie wiederzusehen. Und sollte es eine Reinkarnation geben, so wollte sie ihr auch in keinen ihrer zukünftigen Leben jemals wieder begegnen.

Ein leises Klopfen an der Tür machte ihr bewußt, daß sie noch mehr Begegnungen ertragen mußte, bevor der Tod sie sich mit seinen kalten Krallen schnappte.

«Schwesterherz.»

«He, Junge.» Frazier lächelte, als die Tür aufging und Carter Redington Armstrong ins Zimmer trat. Er war Fraziers Spiegelbild. Blond und gutaussehend, mit einem kleinen schiefen Lächeln, an dem jede Kritik abprallte, war Carter die Verkörperung dessen, was Südstaatenfrauen einen sympathischen Teufel nannten. Breite Schultern und eine schmale Taille bewiesen, daß er trotz seiner Kämpfe mit der Flasche Sport trieb, sich anstrengte. Laut Frank Armstrong, Big Daddy genannt, strengte er sich nur nicht genug an.

«Momma ist fuchsteufelswild.» Er rückte einen Stuhl ans Bett. «Sie hat mich geschickt, aber ich wäre auch so gekommen. Sie will sich mit dir aussöhnen, bevor – du weißt schon.»

«Ich weiß.» Frazier seufzte. «Was schlägt sie vor? Momma hat doch immer Vorschläge zu machen.»

«Ihre Mutterschaft hat mich nicht mit Einzelheiten betraut.»

«Lügner.» Frazier lächelte, dann hustete sie. «Verdammt noch mal, ich hasse diesen Schlauch, es ist einfach zum Kotzen. Scheiße. Kacke. Verdammt!» Frazier riß sich den Schlauch aus der Kehle und atmete tief und gurgelnd. Das Ende des Schlauchs war mit Blut beschmiert.

«Frazier...»

«Laß mich, verdammt. Wenn ich schon sterben muß,

dann wenigstens ohne dieses Ding, das mir den Rachen wund scheuert.»

«Ja, okay.» Carter verlagerte das Gewicht. Er bemerkte die Blumen, die allerdings auch kaum zu übersehen waren. Blumen im Wert von Tausenden und Abertausenden von Dollars füllten Fraziers Zimmer, was angesichts ihres gesellschaftlichen Ansehens nicht verwunderlich war. Seine Augen, grün wie die von seiner Mutter und von Frazier, erblickten ein riesengroßes Hufeisen. «Von Billy.»

«Von Billy.»

«Ich hasse den Geldsack.»

«Früher hast du ihn gemocht.»

«Seit der zehnten Klasse nicht mehr. Dieser fiese Schwanzlutscher.»

«Carter, das ist lange her. Er hat andere Zauberstäbe zum Lutschen gefunden. Aber ich will nicht von Billy sprechen. Geh du nach Hause und sag Momma, daß ich mich einäschern lasse. Ich habe es in meinem Testament bestimmt, und sie kann nichts dagegen tun.»

Er seufzte tief. «Okay.»

«Sie wird zetern und stöhnen, aber sie wird es nicht an dir auslassen.»

«War Big Daddy heute hier?»

«In aller Herrgottsfrühe.»

«Dad geht's nicht besonders.» Daß Carter verstand, was seinen Vater bewegte, war ein großer Sprung nach vorn, wie die Chinesen zu sagen pflegen.

«Ja.» Frazier nickte. Sie griff nach einem Glas Wasser und trank einen Schluck, aber es brannte höllisch. Schnell stellte sie das Glas wieder auf den Nachttisch.

«Schlimm?»

«Es macht mir nicht mehr viel aus.»

Carters Augen wurden feucht. «Ach Schwesterchen, was mach ich bloß ohne dich? Ich weiß, ich war ein nutzloser

Haufen Scheiße, aber ich liebe dich. Ich habe dich immer geliebt.» Er ließ seinen Kopf aufs Bett fallen, und Frazier fuhr mit den Fingern durch sein dichtes Kraushaar.

«Ich weiß, Brudda, ich weiß.» Sie nannte ihn bei seinem Kindernamen. Als sie klein war, konnte sie nicht Bruder sagen. Sie nannte ihn Brudda. «Es war wohl eine abgekartete Sache, daß man uns gegeneinander ausgespielt hat.»

«Ich weiß, ich weiß.» Er schluchzte. «Ich konnte nichts richtig machen, und du konntest nichts falsch machen.»

«In Daddys Augen. Bei Momma war's umgekehrt.»

Er sah zu ihr hoch. «Mußtest du so erfolgreich sein, Frazier?»

«Weißt du, ich hatte reichlich melancholische Gelegenheiten, über uns nachzudenken. Ja, ich mußte so erfolgreich sein. Ich wollte einfach nicht sein wie – wie sie, und ich schätze, du wolltest nicht sein wie er. Big Daddy verdient mit seiner Straßenbaufirma einen Haufen Kohle, und, ach Carter, ich weiß nicht, vielleicht hast du einfach rebelliert und gesagt: ‹Ich mach gar nichts, ist mir scheißegal.› Du hast ihm weh getan, das steht fest, aber dir selbst hast du auch weh getan. Du hast genausoviel Grips wie ich.»

Carter griff sich ein Papiertaschentuch, wischte sich die Augen, putzte sich die Nase. «Glaub ich nicht. Ich hätte keine Galerie aufziehen können. Ich könnte deine Kundschaft nicht ertragen.»

«Vielleicht keine Galerie, aber du hättest etwas anderes machen können.»

«Was?»

«Carter, wie oft haben wir das schon besprochen? Du hättest in Dads Firma einsteigen können.»

Er hob theatralisch die Hände. «Und mir tagein, tagaus von ihm sagen lassen, daß ich im Vergleich zu ihm nur eine halbe Portion bin? Soweit kommt's noch. Nichts, was ich mache, war ihm jemals gut genug!»

«Vielleicht wird Versagen zur Gewohnheit. Vielleicht ist es bequem. Du hast weiß Gott genug Frauen, die dich in Schutz nehmen. Momma, deine Frau, deine Geliebten.» Bei dem Wort «Geliebten» verzog er keine Miene, also fuhr sie fort: «Vielleicht ist es eine Art Fluch, von Frauen angebetet zu werden, verstehst du, was ich meine?»

Er nickte. Er verstand, was sie meinte, aber er war ja auch ein Kindskopf. Nach siebenunddreißig Jahren war er noch immer nicht erwachsen. «Findest du, ich bin ein Drückeberger?»

«Manchmal. Meistens denke ich, du läßt dich gehen, und ich finde, du hast eine Menge Zeit damit verschwendet, mich zu hassen, weil ich den Kies an Land gezogen habe, wenn du mir die gräßliche Redensart verzeihst.»

«Sterben spült die Wahrheit heraus, nicht?» Ein wehmütiges Lächeln huschte über seine feingeschnittenen Lippen. «Da wir schon beim Thema sind, ich will nicht, daß Billy Cicero zu deiner Beerdigung kommt. Ist mir egal, daß er die größte Tabakplantage der USA geerbt hat. Er ist ein widerlicher Schleimer. Ich meine, Schwesterherz, was wir von dem Scheißkerl nicht wissen, das können wir uns nicht einmal vorstellen.»

Frazier allerdings wußte über ihn Bescheid, sie brauchte sich nichts vorzustellen. «So ist er nun mal. Ich will das bißchen Zeit, das mir noch bleibt, nicht damit verplempern, mit dir über Billy zu streiten. Ich möchte, daß wir uns versöhnen. Ich will nicht, daß du meinetwegen Schuldgefühle hast und sauer auf mich bist. Ich lasse diesen Schlamassel hinter mir. Du, Brudda, wirst noch gut vierzig bis fünfzig Jahre damit leben. Solange wir Konflikte nicht lösen, wiederholen wir sie.»

«Halt's Maul», blaffte Carter. «Komm mir nicht mit diesem therapeutischen Quatsch. Das ist bloß eine neue Form von Religion, sag ich dir, und sie ist genau so ein Geschwafel wie die alte.»

«Dann laß es mich knapp und deutlich sagen. Hör auf, dich mit Dad zu vergleichen. Hör auf, dich mit mir zu vergleichen. Hör auf zu saufen. Wenn du nicht bei Armstrong-Straßenbau mitarbeiten willst, dann kauf dir am Golf von Mexiko einen Krabbenkutter und arbeite als Kapitän. Das ist das einzige, was du liebst, und du bist ein verdammt guter Segler. Scheiß auf den Country-Club. Scheiß auf Virginia. Scheiß auf die Erwartungen, die alle Welt an Frank Armstrongs Sohn stellt. Sei dein eigener Herr.»

«Magst du Virginia nicht?»

«Ich liebe Virginia. Darum geht es nicht.»

Er rieb sich das Kinn. Blonde Bartstoppeln machten ihn noch männlicher. «Tja – wenn wir vor Jahren so hätten reden können. Ich ...» Tränen tropften auf seine muskulöse Brust. «Verzeih mir, Schwesterherz, verzeih mir.»

«Was?»

«Daß ich dich gehaßt habe. Ich hätte stolz auf dich sein sollen, als du deine erste Million verdient hast, aber o Gott, ich habe gekocht. Ich habe gewünscht, du wärst tot, und jetzt ...» Wieder verlor er die Fassung.

«Es gibt nichts zu verzeihen, Brudda, gar nichts. Ich habe nichts getan, um dir das Leben leichter zu machen. Ich wollte dich nicht in der Nähe meiner Kunden haben. Ich habe dich behandelt wie einen dummen Hinterwäldler, obwohl du das gar nicht bist, und ich habe mich bei Dad eingeschmeichelt. Oh, wie habe ich Dad Honig ums Maul geschmiert, damit er mir die Kohle für die Gründung der Galerie gibt. Ich habe ihm jeden Penny plus Zinsen zurückgezahlt, aber als du den Steinbruch kaufen wolltest, um dein eigenes Geschäft zu gründen, wollte er dir nicht einen müden Dollar geben. Ich habe nicht mit ihm geredet. Ich habe keinen Finger gerührt, sondern ich habe ihm auch noch zugestimmt, als er sagte, du würdest dich eh nur besaufen und früher oder später Pleite machen.»

«Wahrscheinlich hat er sogar recht.» Carter schluchzte noch heftiger.

«Nicht unbedingt. Du mußt nur an dich glauben! Du bist mein einziger Bruder, und ich hab nicht einmal ein gutes Wort für dich eingelegt...» Jetzt schluchzte auch Frazier.

Als die Krankenschwester das Zimmer betrat, weinten Frazier und Carter, innig umarmt, so heftig, daß sie keuchten. Sie zog Carter sachte fort und wollte Frazier den Schlauch wieder in den Hals schieben. Die Schwester meinte es gut, aber Carter beschwor sie, Frazier in Ruhe zu lassen. Als die Schwester wieder gegangen war, unterhielten sich die Geschwister noch ein Weilchen, und dann verabschiedete sich Carter. Frazier sah ihm nach. Sie fragte sich, ob sie ihn noch einmal wiedersehen würde, und sie fürchtete, er würde sich nie ändern. Im Prinzip wäre es so einfach für ihn, glücklich zu sein.

Aber war sie selber denn glücklich? Sie hatte massenhaft Geld verdient, und wenn sie am Leben bleiben könnte, würde sie noch mehr verdienen. Sie kannte ihr Metier, sie liebte ihren Job, und sie liebte den Gewinn. Ach ja, «Gewinn», die süßeste Vokabel in ihrem Wortschatz. Nein, «Reingewinn» war die allersüßeste. Reingewinn. Aber war sie glücklich gewesen? Sie hatte ihre Familie belogen. Sie hatte ihre Freunde belogen. Ihre Geliebte hatte sie doppelt belogen. Der einzige Mensch, zu dem sie ehrlich war, war Billy Cicero, und der war ein noch größerer Lügner als sie selbst. Halt, nein, Mandy gegenüber war sie auch ehrlich. Die schöne schwarze Mandy, die sie scherzhaft «Afro-dite» nannte. In ihrem Testament vermachte sie Mandy die Galerie, aber Mandy sollte es erst bei der Testamentseröffnung erfahren. Der Stubbs, der Sartorius, die Marshalls, die Herricks, alle die fabelhaften englischen Jagdgemälde, ganz zu schweigen von der übrigen Ware, äh, Kunst, den Thebedouix. Eine ganze Liste von prächtigen wertvollen Bildern.

Würde sie am Leben bleiben, dann wollte Frazier Mandy an ihrem Geburtstag zu ihrer Partnerin machen. Frazier wünschte, sie hätten die Chance gehabt, den Laden mit ihr gemeinsam zu führen. Mandy hätte es verdient, ihre Partnerin zu sein, aber es tröstete sie zu wissen, daß Mandy Eisenhart eine der reichsten alleinstehenden schwarzen Frauen in Virginia sein würde. Vielleicht gab es ja doch noch Gerechtigkeit in dieser Welt. Oder in der nächsten. Mandy war der einzige Mensch, den sie wirklich vermissen würde. Komisch. Sie hatten nie privat miteinander zu tun gehabt. Es war im Grunde eine reine Geschäftsbeziehung, aber die Galerie war im Grunde sowieso Fraziers ganze Leidenschaft: diese unglaublichen Gemälde.

Vielleicht hatte sie ein paar Menschen glücklich gemacht. Sie hatte für sie das richtige Bild zum richtigen Preis gefunden. War das etwa nichts?

Vor ihrem Fenster hockte ein Rotkehlchen auf einem Baum, dessen rote Knospen unter der dünnen Schneeschicht schon kurz vor dem Aufbrechen waren. Der Frühling würde dieses Jahr zeitig Einzug halten in Charlottesville. Frazier liebte den Frühling. Sie schloß die Augen und lauschte dem lebhaften Vogelgezwitscher. Sie empfand den Frühling als etwas Obszönes und regelrecht Beleidigendes: Andere Menschen vergnügten sich, und sie sollte sterben.

Carters Besuch hatte sie erschöpft. Sie schloß die Augen einen Moment, öffnete sie dann aber wieder. Sie wollte nichts verpassen. Nicht eine Sekunde. Und sie hoffte, daß ihr weitere gefühlsselige Abschiede erspart blieben. Im Prinzip war ja nichts dagegen einzuwenden, Gefühle auszudrücken, aber sie hatte Gefühle immer unterdrückt, und sie wollte sterben, wie sie gelebt hatte – mit Distanz und Zurückhaltung.

Sie döste weg. Ihre Freunde, die Ärzte und Krankenschwestern bewunderten sie, weil sie die Schmerzen so tapfer ertrug, aber sie spürte im Grunde gar nichts. Kein Wunder, daß Morphium und Kokain gesetzlich verboten waren; mal davon abgesehen, daß sie süchtig machten, bewirkten diese Substanzen, daß man sich einfach göttlich fühlte. Sie hatte gehört, daß Patienten im Endstadium ein Cocktail aus Morphium und Kokain gespritzt wurde, aber sie bekam reines Morphium.

Als Frazier die Augen wieder öffnete, zeigte die gräßliche Digitaluhr 15:12. Jahrhundertelang hatten das Schwingen des Pendels, das leise Ticken der Zeiger, die die Minuten und dann die Sekunden vertrieben, der Menschheit genügt. Der Rhythmus dieser Geräusche erinnerte nicht einfach nur an die Vergänglichkeit alles Lebendigen, sondern versicherte, daß alles geregelt, harmonisch und im Lot war. Die große Standuhr in der Diele ihres Elternhauses schlug alle Viertelstunden, ein längerer Ton ertönte zur halben und fröhlicher Glockenklang zur vollen Stunde. Die Mondphasen, kunstvoll auf das erlesen gearbeitete Zifferblatt gemalt, kündeten davon, daß die Zeit etwas Würdiges war. Eine Digitaluhr stand für Phantasielosigkeit und den Verfall einer uralten Tradition. Keine Zeiger. Sie erinnerten Frazier an Handamputierte. Hatte sich etwa nachmittags um 15:12 jemals etwas Bedeutendes ereignet?

Bevor sie auf ihre eigenen Fragen antworten konnte, kam Billy Cicero hereingerauscht. Billys makellose Garderobe hielt ein Bataillon von Schneidern in der Londoner Jermyn Street beschäftigt. Heute trug er einen anthrazitfarbenen Anzug mit hellem Streifen, schmal, aber nicht ganz so dünn wie ein Kreidestreifen. Seine Weste war taubengrau, sein strahlend weißes Hemd aus feinster Baumwolle, und seine pflaumenblaue Krawatte war mit winzigen goldenen Trensen bestickt. Billy hatte das St. Paul's College und dann ein englisches College in Oxford besucht. Er trug nie eine Schulkrawatte, weil jeder, der auf sich hielt, sowieso vom anderen wußte, auf welches College in Oxford er ging. Schulkrawatten waren etwas für Leute, die nicht zählten, und für Billy zählten die meisten Leute nicht.

«Mein Herz, du siehst beschissen aus.» Billy lächelte und drückte ihr ein Küßchen auf die Wange.

«Stimmt», pflichtete Frazier ihm bei. «Wenn ich schon sterben muß, dann wenigstens so attraktiv wie möglich.»

Billy griff zum Telefon. Seine kräftigen Finger drückten auf die Tasten. «Terese, ich bin's, Billy. Wir brauchen dich hier im Krankenhaus, Ostflügel, Zimmer 625.» Er machte eine Pause. «Haare, Augenbrauen, Make-up und...», er ergriff Fraziers Hand, «Maniküre. Auf meine Rechnung, Darling. Vielen Dank.» Er legte auf. «Die wundertätige Terese Collier kommt in zwei Stunden in dieses Wartehaus. Glaubst du, daß du dann noch lebst?»

«Muß ich wohl.» Frazier drückte Billys sonnengebräunte Hand.

Billy Cicero sah auf katastrophale Weise gut aus. Niemand konnte ihm widerstehen, am allerwenigsten Billy selbst. Mit 1,95 Metern war er größer als die meisten Leute, seine Schultern waren breit wie ein Fels, sein Körper muskulös und wohlproportioniert. Sein Gesicht sah aus, als sei Michelangelos David lebendig geworden; blitzende Zähne, dunkelbraune Augen und volles schwarzes Haar.

Die Leute brachen in Oohs und Aahs aus, wo immer Billy und Frazier zusammen erschienen. «Das ideale Paar», flüsterten sie. Frazier war 1,80 Meter groß, mit hohen Absätzen sogar 1,87 Meter. Ihre Haare waren goldblond, und mit ihren grünen Katzenaugen bezauberte sie die Leute ebenso wie Billy, nur daß er sein Aussehen bewußt einsetzte, während Frazier sich nie für schön gehalten hatte, egal, wie oft sie es gesagt bekam. Sie fühlte sich jedoch als geborene Sportlerin, und daraus schöpfte sie mehr Selbstvertrauen als aus ihrem Äußeren.

«Du wirst doch nicht wirklich sterben, oder?» Billy küßte sie wieder.

«Ich kann dir sagen, es lohnt sich fast, um die vielen miesepetrigen Gesichter loszuwerden. Mutter ist gestern wütend über mich hergefallen, und heute hatte Carter hier einen Zusammenbruch. Langsam wird es mir wirklich zuviel. Erzähl mir was, das nichts mit mir zu tun hat. Erzähl mir von der Arbeit oder der Börse oder irgendwas.»

«Die Börse ist den Bach runter. Atlantic Tobacco hält sich gut, darf ich mit Freuden berichten. Gottlob klammern sich die Europäer und Afrikaner an ihre Sargnägel. Oh, Verzeihung, Darling.»

«Macht mir nichts aus.» Sie langte in seine Innentasche und zog ein Päckchen Muleskinners heraus, die Zigarettenmarke, mit der Atlantic Tobacco während des Ersten Weltkriegs die Raucherherzen beglückt hatte. Jetzt waren Muleskinners als «Marke für Starke» in der Originalpackung wiederbelebt worden. Wer Muleskinners rauchte, gab zu verstehen, daß er sich von Gesundheitsfanatikern nicht das Leben vermiesen ließ. Viele junge Männer fanden das cool. Obwohl Frazier die braunen Shermans aus New York bevorzugte, rauchte sie Billy zuliebe in der Öffentlichkeit Muleskinners.

«Gib mir mal Feuer.»

Er zog ihr die Zigarette aus dem Mund. «Nein.»

Sie steckte sie sich wieder zwischen die Lippen und tastete Billy nach einem Feuerzeug ab. Sie fand das goldene Dunhill schließlich in seiner linken Tasche. «Weißt du, Billy, wenn ich schon sterbe, dann bitte schön nach meiner Fasson. Was für einen Sinn hat es, das Leben zu verlängern, wenn man vergessen hat, wie man lebt? Ich hätte auch als Nichtraucherin Lungenkrebs bekommen können. Erinnerst du dich, wie Sandy Fulconer gestorben ist? Sie hatte in ihrem ganzen Leben nicht eine einzige Zigarette geraucht.»

«Ich glaube nicht, daß ich so tapfer sein könnte wie du.» Er schnappte den Deckel des Feuerzeugs auf und ließ den Daumen über das Rädchen schnellen. Eine mittelhohe Flamme schoß empor, und Frazier inhalierte inbrünstig.

«Gott segne die Indianer.» Sie schloß verzückt die Augen. «Billy, ich bin nicht tapfer. Ich füge mich ins Unvermeidliche. Meine Güte, das brennt mir in der Kehle, aber es tut einfach gut. Ich hab den verdammten Schlauch rausgezogen und der Schwester gesagt, sie soll das Sauerstoffgerät abschalten.»

«Gott sei Dank, denn sonst wären wir in Stücke gerissen worden.» Er zündete sich auch eine an. «Weißt du, ich kann einfach nicht glauben, daß du mich tatsächlich verläßt. Wenn Gott ein Wunder geschehen läßt, werden wir heiraten, du und ich. Das ist mein Ernst.»

Frazier musterte Billy kühl. «Bist du da nicht froh, daß Wunder selten sind?»

«Baby Darling, wir hätten schon vor Jahren heiraten sollen. Du gehst deinen Weg und ich geh meinen, und was haben wir davon? Ich glaube, mit dir würde ich sogar Kinder haben wollen. Und unsere Eltern würden vor Glück vergehen. Wer weiterkommen will, muß weitergehen.»

«So kenne ich dich ja gar nicht.» Sie beschloß, Billy seine große Geste durchgehen zu lassen. «Wir wären ein gutes Gespann. Waren wir immer schon. Ich bezweifle allerdings, daß Kenny vor Freude Purzelbäume schlagen würde.»

«Ach der. Kenny macht immer viel Lärm um nichts. Wieviel Langeweile ich wohl ertragen kann? Ich leide unter Kennys verbissener Suche nach dem Sinn des Lebens. Das Leben hat keinen tieferen Sinn. Man muß nur was tun – damit man nicht auf der Straße sitzt und um seine Gehirnzellen in Bewegung zu halten.»

«Ach komm, Kenny ist in Ordnung.»

«Wir sollten heiraten, und Kenny und Annie sollten auch heiraten. Sie wären doch ein ideales Paar.» Billy lachte. «Die arme Ann. Sie nimmt es uns ja so übel, daß wir sie nicht zu Partys in New York oder auch nur auf die Westseite von Richmond mitnehmen. Aber», er machte einen langen Zug, «das war gemein von mir. Sie liebt dich, und ich nehme an, sie ist gut im Bett.»

«Und Kenny hat ja wohl auch ordentlich was in der Hose.» Frazier stopfte sich noch ein Kissen in den Rücken. «Und du ebenfalls, mein Süßer.»

«Weißt du, da draußen gibt es Millionen Menschen, die keinen Sex mögen, die die Sache uns und ein paar anderen überlassen. Kannst du dir das vorstellen? Die Nacht der lebenden Toten. Ich meine, Schätzchen, man könnte es wenigstens mit 'ner Zahnbürste probieren oder so was. Man muß es doch zumindest mal versuchen.»

«Nicht jeder ist ein so besessener Erforscher der Libido wie du», säuselte Frazier. «Weißt du, ich war schon immer dafür, eine Sex-Olympiade ins Leben zu rufen. Eine Goldmedaille für den besten Beischlaf, den besten Hinterneinstieg, die beste Blas-Arie, die weiteste Ejakulation, die vollkommensten Brüste. Da kann man Diskuswerfen doch vergessen.» Frazier schwindelte bei dieser heißen Vorstellung.

Billy murmelte: «Wären wir Schiedsrichter oder Teilnehmer?»

«Na ja, wie wär's mit beidem?»

«Frazier, du darfst nicht sterben! Was soll ich bloß ohne dich machen? Deine Verdorbenheit, dein scharfer Blick für einen Pinselstrich und deine Aufgeschlossenheit für die Finessen des männlichen Glieds! Davon abgesehen, daß keine so gut tanzen oder Golf spielen kann wie du. Und wer soll bitte schön dieses Jahr im Club das Hartriegelblütenfest und das Feuerwerk zum Vierten Juli organisieren? Du wirst leben, und wir werden heiraten.» Er beugte sich vor und küßte sie auf den Mund, ein langer, inniger Muleskinnerkuß, der zwar angenehm war, jedoch keinen von beiden wirklich in Fahrt brachte. «Du siehst müde aus. Schlaf ein bißchen, und wenn du aufwachst, wird Terese hier sein und an dir herumfuhrwerken. Ich will versuchen, morgen vorbeizukommen.»

Als Billy fort war, versuchte Frazier zu schlafen, aber sein ungeschickter Heiratsantrag rollte in ihrem Kopf herum wie eine Flipperkugel. Sie würde ihr Leben lang keine Geldsorgen haben. Billy würde es nicht im Traum einfallen, sich in die Galerie einzumischen. Und die Vorstellung, Mrs. Cicero zu werden, war so übel nicht. Aber wie ein winziger goldener Angelhaken grub sich ihr ein Gedanke ins Herz: Wenn sie ihn heiratete, würde sie das Gefühl haben, sie hätte klein beigegeben. Seit sie denken konnte, hatte ihre Mutter ihr mit den Vorzügen einer «guten Partie» in den Ohren gelegen; das ganze Land erschauerte in heterosexuellen Zuckungen. Singles wurden ab einem gewissen Alter verspottet oder bemitleidet. Komisch, denn in Fraziers Augen waren sie frei, und sie wollte frei sein. Nie sah sie die Ehe von der romantischen Seite. Für sie war die Ehe gesetzlich abgesegnete Bumserei, der richtige Penis wird in die richtige Vagina geschoben, und das Resultat dieses hydraulischen Moments wird als ehelich registriert. Die Resultate unehelicher Paarungen hingegen waren Bastarde, was in der feinen Gesellschaft zwar nicht so gesagt, aber doch so empfunden wurde.

Filmstars durften uneheliche Kinder haben, Sozialhilfeempfängerinnen durften uneheliche Kinder haben, aber andere Frauen sollten verdammt noch mal auf sich aufpassen. In Wirklichkeit konnten sie nicht aufpassen, schon gar nicht auf sich.

Mrs. William Bennington Cicero. Auch das gefiel ihr nicht. Sie hatte ihr Leben als Mary Frazier Armstrong verbracht. Sie hatte nie die Absicht gehabt, ihre Identität aufzugeben. Armstrong-Cicero wäre nicht übel, aber sie liebte ihren Namen und wollte ihn behalten.

Billy meinte es im Grunde gar nicht ernst. Mit dieser

triumphierenden Erkenntnis versuchte sie den inneren Tumult zu beruhigen. Gleich darauf wünschte sie, sie hätte es bleiben lassen, denn nun mußte sie an ihren bevorstehenden Tod denken.

«Wie phantasievoll der Tod ist, wie vielfältig seine Methoden», dachte sie. «Er kann dich aus tiefem Schlaf reißen, eine Kugel kann dir den Schädel zerschmettern. Du kannst in Wasser ertrinken oder in deinem eigenen Blut. Oder du kannst von einem Barhocker fallen. Es stimmt tatsächlich, fast in jedem Jahr fällt jemand vom Barhocker und ist hin.» Aids war der Tod in Höchstform: Provokant und qualvoll vernichtet er auf Raten. Die Tuberkulose war fast besiegt; doch einst war ihr so mancher Amerikaner zum Opfer gefallen. Die Familie ihrer Mutter neigte zum tödlichen Herzanfall. So viele Möglichkeiten. Man kann auf einer Bananenschale ausrutschen, man kann an einer Erbse ersticken, man kann die Gewalt über seinen Wagen verlieren, an Alkoholvergiftung sterben oder mit Kokain auf saubere, schnelle Weise ins Vergessen hinübergleiten. Man hat eine so große Auswahl, oder ist es umgekehrt der Tod, der auswählt? Was ist mit multipler Sklerose oder einem inoperablen Gehirntumor, oder auch mit der guten alten Syphilis, die alles dahinrafft? Der Tod ist unbesiegbar. Wenn wir eine Krankheit heilen können, erfindet er die nächste. Und bringt dich mit List und Tücke zur Strecke.

Die Redingtons, die Familie ihrer Mutter, hatten ein Ahnenbuch, das bis 1640 zurückreichte, und Frazier liebte es, von ihren Vorfahren zu lesen. Als Kind hatte sie jede Seite verschlungen, ein Vorfall aber regte ihre Phantasie besonders an. Rachel Redington, 1843 dreiundzwanzig Jahre alt, enthülste an einem glühendheißen Augusttag Erbsen in einer großen Blechschüssel, als ein Gewitter über die Blue Ridge Mountains grollte. Entweder nahte es mit rasender Geschwindigkeit, wie man es bei Sommergewittern kennt, oder Rachel, die auf der Veranda saß, nahm an, es würde sich so schnell verziehen, wie es gekommen war. Jedenfalls schlug ein Blitz in die Metallschüssel mit den Erbsen ein, und Rachel war auf der Stelle tot. Diese Geschichte beeindruckte Frazier so sehr, daß sie bei Gewitter niemals einen Fuß auf eine Veranda setzte.

«Wie ein schleichender Tiger wird der Tod sich heranpirschen und zuschlagen», dachte sie.

Vielleicht habe ich Glück und kann wenigstens noch ein paar Tage lang über mein Leben nachdenken. Vielleicht ist der Tod wie ein Satzzeichen, ein Punkt am Ende eines Satzes. Es bedeutet, der Satz ist zu Ende, und du hast es richtig gemacht. Wer will schon einen endlosen Satz? Eine Träne lief Frazier in den Mundwinkel. «Ich will einen endlosen Satz. Ich will nicht sterben. Ich will nicht tapfer sein, verdammt noch mal, ich will den Frühling nicht verpassen, ich will die Golfsaison nicht verpassen, ich will gar nichts verpassen.» Sie vergrub den Kopf im Kissen.

Als Terese Collier auf Zehenspitzen hereinschlich, schlief Frazier so fest, daß sie erst aufwachte, nachdem Terese ihr die zweite Schicht «Raging Raspberry»-Nagellack aufgetragen hatte.

2

Terese Collier hätte Frazier als Beweis ihrer Kunst fotografieren sollen. Fraziers glatte, schulterlange Haare glänzten und fielen lässig nach vorn. Ihre vollendet gezupften Augenbrauen betonten ihre außergewöhnlichen Augen, und ihr Nagellack schimmerte. Aus Mitleid mit Frazier hatte Terese ihr noch eine Gratispediküre verpaßt. «Raging Raspberry» erschreckte Frazier jedesmal, wenn sie die Zehen unter der Bettdecke hervorstreckte.

Das Dämmerlicht wich der Nacht. Im Krankenhausflur wurde es still, und Frazier war froh, daß keine weiteren Familienmitglieder zu Besuch kamen. Sie vermißte auch Ann nicht, was Anlaß zu großen Grübeleien gewesen wäre, hätte sie die Zeit dafür gehabt. Da sie Ann nicht vermißte, dachte sie nicht weiter über ihr Nichterscheinen nach.

Sie war versucht, den Fernseher einzuschalten, ließ es dann aber bleiben. Die seichten Sendungen störten sie weit weniger als die gnadenlose Unbarmherzigkeit der Werbung. Die blecherne Musik der Werbespots tönte über die Flure, da die anderen Patienten offenbar nicht so empfindlich waren wie sie.

«Chefin.» Mandy kam herein.

«Hey!»

«Siehst gut aus, Mädchen.» Mandy strahlte.

Komisch, dachte Frazier. Seit drei Jahren arbeitete sie eng mit Mandy zusammen, doch jetzt erst fielen ihr die edlen Züge um ihre kaffeebraunen Wangenknochen auf.

«Hat Mrs. Thornburg sich dazu durchringen können, den Isidore Bonheur zu kaufen?»

«Sie überlegt hin und her und kommt zu keinem Entschluß. Aber das kleine Hundebild hab ich heute verkauft.»

«Gut.»

Ehe Frazier fragen konnte, fügte Mandy hinzu: «Darryl Orthwein aus New York. Ich nehme an, in ein, zwei Jahren wird er's wieder versilbern, aber das ist okay.»

«Ein gewiefter Sammler.»

«Ich hab dir was mitgebracht.» Mandy griff in ihre überdimensionale Handtasche und zog einen Karton mit edlem französischem Papier hervor. «Hier, schreib Briefe an das Morgen.»

Frazier öffnete den Karton und fuhr mit dem Zeigefinger über das glatte Papier. Es war hellblau und hatte winzige Sprenkel in einem dunkleren Blau. «Es ist sagenhaft. Mandy, wo hast du diese Kostbarkeit entdeckt?»

«Ich hab einfach in Paris angerufen. Zum Glück gibt es Federal Express. Ich liebe Papier, und mir war eingefallen, wie dein Vater dir einmal massenhaft Reispapier aus Japan geschickt hat. Es war so schön, daß du sechs Monate gebraucht hast, bevor du endlich einmal darauf geschrieben hast.» Mandy lachte.

«Ich mußte erst lernen, mit dem Pinsel umzugehen.» Frazier hielt das Papier auf dem Schoß. «Das ist wirklich lieb von dir.»

«Ich denke mir, wenn du jeden Abend einen Brief für den nächsten Tag schreibst, wird es immer einen nächsten Tag geben.» Mandy kämpfte mit den Tränen.

«Oh, Mandy …» Es schnürte Frazier die Kehle zu, dann faßte sie sich. «Es ist einfach alles völlig verquer. Aber eigentlich geht's mir ganz gut.»

«Was macht der Husten?»

Frazier zuckte die Achseln. «Sorgen macht mir nur, daß ich manchmal nicht atmen kann, aber Schmerzen hab ich keine. Das hasse ich so am Morphium. Ich drücke auf diesen Knopf, und Simsalabim! tropft mehr von dem Zeug in meine Venen. Es ist ein wunderbares Gefühl, aber woher soll ich wissen, wie ich mich wirklich fühle?» Sie drehte ihr Gesicht für einen Augenblick zum Fenster. «Na ja, vielleicht hab ich ja nie richtig gewußt, wie ich mich fühle, Punkt.»

«Ich hab da eine Theorie.» Mandy beugte sich vor, nachdem sie ihren Satz mit ihrer Lieblingswendung eingeleitet hatte. «Daß nämlich Gefühle die Essenz des Menschseins sind, man aber fünfzig Jahre braucht, bis man ihnen trauen kann. Die meisten von uns leben vom Hals an aufwärts.»

«Billy Cicero nicht.»

«Seine Sexgeschichten sind auch nur eine Ausflucht», stellte Mandy nüchtern fest. «Aber es steht mir nicht zu, über jemanden zu richten. Ich bin schließlich auch kein Unschuldslamm.»

«Als du vorhin zur Tür hereinkamst, dachte ich gerade, daß ich mit niemandem so viel zusammen war wie mit dir. Und dabei weiß ich von dir eigentlich nur, daß du am Smith College als Beste deines Jahrgangs abgeschnitten hast, daß du in Yale Examen gemacht und danach in Rochester gearbeitet hast.»

«Du hast meine Mutter kennengelernt. Wenn du die Mutter einer Frau kennst, dann weißt du alles, was du wissen mußt.»

«Danke, Mandy. Meine war gestern hier und hat geschluchzt, weil sie auf einer Erdbestattung besteht. Mein Gott, ich kann nicht mal über meinen Körper bestimmen, wenn ich tot bin. Mein Körper gehört mir, und ich mach damit, was ich will.»

«Erzähl das mal den Abtreibungsgegnern.»

«Du weißt, was ich meine.» Frazier legte das Briefpapier auf den Nachttisch. «Wird heutzutage in der amerikanischen Öffentlichkeit irgendein Thema so stark ausgereizt wie das Thema Abtreibung?»

«Keine Ahnung. Jedenfalls hast du ziemlich schnell vom Thema Gefühle abgelenkt.»

«Na schön, du Klugscheißerin, was fühlst du in diesem Moment?» Fraziers krächzende Stimme belebte sich blitzartig.

Mandy schwieg lange, dann sagte sie leise: «Ich will dich nicht verlieren. Und du siehst hinreißend aus.»

Fraziers Kinn zitterte. «Ich dachte, du tolerierst mich nur, weil ich nun mal deine Chefin bin. Ich meine, ich bin weiß. Hast du nicht irgendwo in deinem Herzen einen Haß auf mich?»

«So kleinkariert bin ich nicht, Frazier.»

Tränen tropften auf Fraziers üppigen Busen. «Woher soll ich das wissen? Es ist einfach bescheuert. Vielleicht habe ich mich deswegen auf die Arbeit konzentriert. In meiner Kindheit galten Schwarze nie als gesellschaftlich ebenbürtig. Oder Afro-Amerikaner oder wie zum Kuckuck ich euch bezeichnen soll. Du weißt, was ich meine.»

«Das heißt, wir haben beide unseren Preis zu zahlen.» Mandy ließ den Kopf hängen, hob ihn dann aber energisch. «Manchmal denke ich, wir werden nie aufhören zu bezahlen. Ihr nicht. Wir nicht. Es wird immer weitergehen, wie eine Schmerzwelle, die nie das Ufer erreicht. Da wir schon mal dabei sind, die Wahrheit zu sagen, will ich dir erzählen, warum ich immer so zurückhaltend war…»

«Aber mit dir war es immer so lustig.» Frazier wischte sich die Augen.

«Danke.» Mandy zog ein Kleenex für sich und eins für Frazier aus der Schachtel. «Was ich sagen will, könnte dich vielleicht wütend machen.»

«Na los, raus damit.»

«Okay. Ich glaube, du bist lesbisch. Ich glaube, du hast dich vor mir und allen anderen versteckt. Du gehst ständig aus, meistens mit Billy, manchmal auch mit anderen Männern, aber weißt du, ich spüre nie so etwas wie… Leidenschaft.»

Fraziers Schultern spannten sich. «Vielleicht sind es einfach nicht die richtigen Männer. Oder vielleicht bin ich frigide.»

Mandy schüttelte den Kopf. «Lesbisch zu sein ist doch nicht das Ende der Welt.»

«Und wann bitte schön wurde das letzte Mal jemand dafür belohnt, daß er sich zu seinem Schwulsein bekennt? Es ist vielleicht nicht das Ende der Welt, aber es ist ganz sicher nicht der Weg zum Erfolg.»

«Ich hätte nicht erwartet, daß du feige bist.» Und mit energischer Stimme fuhr Mandy fort: «Ich meine, was ein Mensch tut, geht keinen anderen was an, aber ich für mein Teil fühle mich übergangen. Du hast mir nie genug vertraut, um mich in dein Leben einzubeziehen. Glaubst du, es macht für mich irgendeinen Unterschied, ob du lesbisch bist oder nicht? So gut müßtest du mich doch kennen, oder?»

Frazier wurde es eng um die Brust. Sie kämpfte mit jedem Atemzug. So hatte noch niemand mit ihr geredet, und über ihr Geheimnis hatte sie bisher nur mit Billy gesprochen, wobei das nicht einfach sprechen, sondern teilen war. «Ich vertraue dir, Mandy, wie keinem anderen Menschen.» Sie atmete ein und hörte das gräßliche Rasseln. Mandy stand auf und klopfte ihr sanft auf den Rücken. Es half nichts. Frazier deutete auf das Sauerstoffgerät. Mandy steckte Frazier schnell den Schlauch in den Mund und drehte das Ventil auf. Frazier inhalierte ein paarmal kräftig und legte den Schlauch wieder weg. «Entschuldige.»

«Ich muß mich entschuldigen. Ich hätte den Mund halten sollen.»

Frazier inhalierte noch einmal; die kleinen irisierenden Punkte, die vor ihren Augen getanzt hatten, verschwanden. «Ich muß wohl gedacht haben, niemand würde mit mir zu tun haben wollen, wie ich wirklich bin, und jetzt sterbe ich, ohne daß mich jemand richtig gekannt hat.»

«Ich würde dich gerne kennen.» Mandy lächelte. «Was immer du tust, es ist einfach genial. Du bist eine gute Chefin, und ich glaube, du bist im Grunde ein guter Mensch.»

Frazier schüttelte den Kopf. Sie wußte nicht, was sie sagen sollte.

«Stirb nicht als Fremde», fuhr Mandy fort. «Sag den Menschen, die du liebst, wer du bist, oder schreib's ihnen. Vielleicht brauchen sie dich sogar, und du weißt es bloß nicht. Vielleicht brauchst du sie.»

«Ich will niemanden brauchen.» Fraziers Hände zitterten, als sie den Sauerstoffschlauch wieder an den Behälter klemmte.

«Niemand ist eine Insel», zitierte Mandy.

«Ich habe es versucht.» Frazier faßte sich, und dann gestand sie Mandy etwas, worüber sie außer mit Billy noch mit keinem Menschen gesprochen hatte. «Ich bin lesbisch. Oder vielleicht auch nicht. Sagen wir einfach, ich ziehe sexuell sämtliche Register, aber emotional fühle ich mich mehr zu Frauen hingezogen. Ich habe versucht, es zu unterdrücken. Der Preis, den es mich hätte kosten können ... Meine Familie, wie sie nun mal ist. Nicht meine Kunden, Gott sei Dank, aber meine Stellung in der Gesellschaft. Mein Schweigen hat sich in einen regelrechten emotionalen Rückzug verwandelt. Ich konnte die Sache wegschieben, indem ich mich einfach nicht verliebte; ich habe eine Distanz aufgebaut – durch Arbeit, Arbeit und nochmals Arbeit. Aber es tut einfach so weh.» Frazier ließ sich ins Kissen fallen. «Die Menschen sind grausam. *Du* müßtest das doch wissen.»

«Ja, aber ich weiß auch, daß viele Menschen großartig sind, und wer sich nicht um sie bemüht, wird nie erfahren, wie großartig sie sind. Bemüh dich doch um sie, und ich ...» Mandy versagte die Stimme. Ihr war, als hätte sie einen Baseball im Hals.

«Mandy, ich weiß nicht mal, ob ich morgen noch lebe. Ich habe eine Überraschung für dich, wenn ich tot bin. Es ist die einzige Möglichkeit für mich, dir zu sagen, was ich fühle. Ich bin nicht besonders gut in so was. Gefühle machen mich fix und fertig.»

Mandy hatte noch viel mehr zu sagen, aber sie sah, wie erschöpft Frazier war, und bekam ein schlechtes Gewissen, weil sie das Thema überhaupt zur Sprache gebracht hatte. Sie küßte Frazier zum Abschied und fragte sich beim Gehen, ob es unverantwortlich von ihr gewesen war, ihre Chefin so zu bedrängen, oder ob sie Frazier womöglich ein Geschenk gemacht hatte.

Zwei Stunden später klingelte das Telefon. Es war Mandy, die sich überschwenglich entschuldigte. Frazier, gerade aus dem Röntgenlabor zurück, war froh, mit einem Menschen zu sprechen, der nichts mit dem Krankenhaus zu tun hatte.

«Mach dir deswegen keine Sorgen», empfahl Frazier. «Leb einfach für zwei, wenn ich nicht mehr da bin – oder nenn dein Erstgeborenes nach mir.»

«Ich werd damit nicht fertig», schluchzte Mandy.

«Du wolltest es doch wissen!»

«Nein, das meine ich nicht. Ich werde nicht damit fertig, daß du krank bist. Entschuldige! Ich wollte dich trösten, nicht von dir getröstet werden.»

«Mandy, mach dir deswegen keine Sorgen. Tröste meinen Bruder. Oder nein, tröste ihn nicht. Er hat ja eine Geliebte.»

«Immer noch dieselbe?»

«Ja, die mit den Cowboystiefeln und den Titten, die so groß sind wie Texas. Ich glaube, sie ist sogar wirklich aus Texas. Die Mädchen dort legen auch großen Wert auf ihre Haare. Ich kenne keine Frau, die so viele Haare auf dem Kopf hat. Allerdings hab ich sie bloß einmal von weitem gesehen.»

«Was sagt Laura zu Miss Texas?»

«Sie glaubt, er hat sie aufgegeben.»

«Woher weißt du, daß das nicht stimmt?» Mandys angeborene Neugierde gewann die Oberhand.

«Als er meinetwegen geheult hat, und ich gestehe, ich hab auch geheult, da habe ich ihr Parfum gerochen: Giorgio. Das Zeug triefte förmlich aus seinen Poren. Laura benutzt Hermès, wie du dir denken kannst. Giorgio ist ihr viel zu aufdringlich. Im Garten-Club würden sie wie auf Kommando die Nasen rümpfen, sogar die Narzissen würden erschauern.»

«So, so», zwitscherte Mandy.

«Sehr richtig, Mädchen. Mein Bruder mag in vieler Hinsicht eine Niete sein, aber als Mann ist er unwiderstehlich. Es ist schwer für eine Schwester, ihren Bruder sexy zu finden, aber seit ich zurückdenken kann, ist Carter ein Triumph des Androgens oder welche Substanz es auch immer ist, die die Mädchen anlockt wie die Fliegen.»

«Meine Mutter sagt immer, Frauen sind wie Fliegen. Sie lassen sich sowohl auf Scheiße als auch auf Zucker nieder.»

«Deine Mutter mag Frauen wohl nicht besonders?»

«Sie hat den Spruch losgelassen, als meine Schwester in einen Mann verknallt war, den Mutter als zu dunkelhäutig für eine Eisenhart befand. Mom ist in dieser Hinsicht ein furchtbarer Snob.»

«Ja, meine auch – was angemessene Verbindungen angeht. Ich schwöre, bevor Charles Diana heiratete, hat Libby nachts wach gelegen und Pläne geschmiedet, wie ich dem Prinzen begegnen könnte. ‹Wenn er dich nur sehen könnte, Süße›, pflegte sie zu sagen. ‹Wer dich sieht, der will dich haben.›»

«Stimmt ja auch.» Mandy schwieg einen Moment, im Hintergrund bellte ihr Hund. «Still, Duncan.»

Der Terrier bellte noch lauter.

«Duncan gehorcht aufs Wort, was?» bemerkte Frazier.

«Verzeihst du mir?»

«Hab ich doch gesagt. Wiederhol dich nicht ständig. Du weißt, ich kann's nicht ausstehen, wenn man mich langweilt.»

«Ich weiß. Vergiß nicht, einen Brief ans Morgen zu schreiben. Versprichst du's?»

«Na klar. Tschüs.»

«Tschüs, Chefin.»

Frazier legte auf. Wie die Klauen des Begehrens wühlten Einsamkeit und Sehnsucht in ihrem Magen. Es gab so viel, was das Leben lebenswert machte. Warum bloß hatte sie ihre Zeit so verplempert? Sie dachte an die ungeküßten Lippen, die ungestreichelten Schenkel, die ungekauften Gemälde. Sie dachte an die Musik, die sie liebte, und sie wünschte, sie hätte noch einmal barfuß auf taubedeckten Frühlingswiesen getanzt. Einfache Freuden, animalische Wonnen, alles hatte sie mit ihrer Karriere und durch ihre Furcht, sich durch zu große Ausgelassenheit zu verraten, verdrängt. Die Spontaneität in ihrem Innern hatte sich in Luft aufgelöst.

Beherrschung. Beherrsche dich. Beherrsche dein Schicksal. Beherrsche dein Gefühl. Schön, sie hatte sich beherrscht. Sie hatte sich dermaßen beherrscht, daß sie keinen Weg einschlug, wenn er nicht direkt zu ihrem Bankkonto führte.

Sie fragte sich, warum sich so viele Menschen, die sich selbst als edel ansahen, so heftig gegen Gefühlsäußerungen, gegen Aufrichtigkeit wehrten. Sie zogen es vor, über Gefühle zu reden, statt sie zu zeigen. Der Witz dabei ist, daß das Gerede über Gefühle sie oft zerstört. Am Ende ist man dann vollkommen blutleer. Fraziers Freunde aus der Oberschicht taten weder das eine noch das andere. Eine einzelne Mohnblume in einer runden Kristallvase auf einer vollendet gestalteten Terrasse konnte Billy Ciceros Mutter in mindestens ebenso große Begeisterungsstürme versetzen wie ein Orgasmus. Was Wunder, daß Billy es wie der Mond hielt und seiner Mutter nie seine dunkle Seite zeigte.

Frazier mußte immer wieder an ungeküßte Lippen denken. Hätte sie als Collegestudentin ihren Mund doch nur zwischen DeeDee Cheatams Schulterblätter gedrückt! Und Frances Peterson. Sie war so scharf mit ihrem endlos langen Körper und den eisblauen Augen. Wer weiß, was passiert wäre, wenn sie nur ein-, zweimal die Hand ausgestreckt hätte. Oder auch öfter. Dann hatte sie Victor Nederlander einen Korb gegeben, was ihre Mutter fast umgebracht hatte.

Victor war ihr Beau gewesen, als sie Mitte Zwanzig war. Sie erinnerte sich an die flaumigen Haare auf seiner Brust. Sie hatte ihn scharfgemacht und ihm hinterher weh getan, denn es hatte ihr keinen Spaß gemacht. Was wäre passiert, wenn sie einfach losgelegt hätte? Hin und wieder war sie mit irgendwelchen Männern oder Frauen nach Charlotte, North Carolina, in ein Hotelzimmer entflohen und hatte ihn oder sie nach dem Wochenende gleich wieder vergessen. Da Frazier einen guten Geschmack hatte, waren es nette Leute, die es wert gewesen wären, daß sie sich an sie erinnerte.

Distanz halten. Sich in nichts hineinziehen lassen. Nicht zuviel preisgeben. Nimm's leicht. Aber die Menschen können es nicht leichtnehmen. Sie hatten Gefühle, auch wenn Frazier keine hatte.

Jetzt hatte sie welche. Aller Schmerz und sogar alle Freuden, die sie in ihren fünfunddreißig Jahren von sich weggeschoben hatte, kehrten wie ein Bumerang zurück und quälten sie mehr als jeder vorstellbare körperliche Schmerz. Wieder rang Frazier nach Atem. Es hämmerte in ihrem Kopf. Sie fummelte nach dem Sauerstoffschlauch und schaffte es, das Gerät anzustellen. Die Luft klärte Verstand und Lungen.

Sie hatte nie einen Menschen wirklich geliebt. Sicher, sie hatte auch niemanden wirklich gehaßt, und dieser Mangel an Leidenschaft hatte sie noch bestärkt in ihrer Weigerung, eine feste Bindung einzugehen. Sie tat noch einen Atemzug, und ihr Gemüt beugte sich unter der Last ihres Kummers.

Sie griff nach dem Gebetbuch, verlockt von den goldenen Lettern «I.H.S.» in der unteren rechten Ecke. Ein zerfranstes rotseidenes Lesebändchen zeugte davon, daß Libby das Büchlein ständig konsultierte. Frazier holte noch einmal tief Luft, dann legte sie den Schlauch weg und drehte die Sauerstoffzufuhr ab. Sie sammelte sich und schlug die Seite 430 auf, die ihre Mutter mit dem Bändchen markiert hatte. Es war die «Anweisung zur Beerdigung der Toten», und Libby hatte das Wort Beerdigung unterstrichen.

Es fehlte nicht viel, und Frazier hätte das Buch wütend an die Wand geknallt. Das einzige, was sie von diesem kleinen Ausbruch abhielt, war die Einsicht, daß der Krach die Patienten im Nebenzimmer stören würde, die vielleicht an Gott weiß was litten. Sie hoffte, sie litten nur an den Schmerzen ihrer Krankheit und nicht an Schmerzen, die ihnen ihre Familien zugefügt hatten.

Sie ließ das Buch wieder in ihren Schoß sinken, und es öffnete sich auf Seite 441. «Responsorien» stand da.

V. *In pace in id ipsum dormiam:* Ich will mich in Frieden niederlegen und schlafen. Keiner lebt für sich allein, und keiner stirbt für sich allein.

Vers: Ob wir daher leben oder sterben, wir sind des Herrn. Keiner lebt für sich allein, und keiner stirbt für sich allein.

Immer fester umklammerte die Sterblichkeit Fraziers kräftige Schultern. Blaue Kälte schoß ihr das Rückgrat hinunter. Sie klappte das Buch zu und kramte im Nachttisch nach ihrem massivgoldenen Montblanc-Füllfederhalter. Sie hatte ihn von Billy zu ihrem letzten Geburtstag bekommen, am 17. September. Er hatte gelacht, als sie fünfunddreißig wurde, und gesagt, in dem Alter habe Dante das *Inferno* geschrieben; im Mittelalter habe mit fünfunddreißig nämlich das mittlere Alter begonnen. Auf ihre Geburtstagskarte hatte er «Willkommen im Mittelalter» geschrieben. Am nächsten Tag rief sie bei Fahrney an, einem Schreibwarengeschäft in Washington, D.C., und erfuhr, daß der Füller 8500 Dollar gekostet hatte.

Ein Telefonbuch konnte als Schreibunterlage dienen. Sie

zerrte die gelben Seiten aus der Schublade. Sie nahm ein Blatt von Mandys Schreibpapier aus dem Karton. Der Schlauch vom Morphiumtropf war ihr beim Schreiben im Weg, drum zog sie ihn sich aus der Vene.

«Verdammt und zugenäht, wenn ich sterben muß, will ich es auch merken, wenigstens bevor ich abkratze, will ich etwas fühlen.»

Dann fing sie an. Sie schrieb und schrieb und schrieb. Mandy hatte einen Brief pro Tag vorgeschlagen, aber Frazier schrieb einen nach dem anderen. Sie schrieb an Billy, an ihre Mutter und an ihren Vater, an Carter, an ihre Tante Ruru, die sie anbetete, an Ann, an Kenny Singer und zuletzt an Mandy. Als sie bei Mandy anlangte, war sie so erschöpft, daß sie nur «Danke» schrieb.

Es war unterdessen weit nach Mitternacht, und sie spürte den Morphiumentzug. Ihr war speiübel. Sie klebte Briefmarken auf die Kuverts und legte sie auf den Nachttisch.

Sie würde sterben. Nie hatte sie sich so elend gefühlt. Sie zitterte vor Übelkeit. Sie erwog, sich die Morphiumnadel wieder in die Vene zu rammen, war jedoch entschlossen, zu fühlen, in ihren letzten Momenten wenigstens diesen Schmerz zu spüren. Immerhin würde sie in dem Bewußtsein sterben, daß sie den Menschen, denen sie vielleicht hätte nahestehen können, die Wahrheit gesagt hatte. Vielleicht könnte ihr Tod oder ihre Wahrheit ihnen ein Ansporn sein, vielleicht könnten sie sich ändern und im Schutt ihrer Psychen ein paar Scherben Glück finden.

Frazier knipste das Licht aus. Ihr fiel ein, daß heute Aschermittwoch war. Warum sie daran denken mußte, wußte sie nicht, aber es steckte in ihrem Kopf wie Baumwolle an der Samenkapsel. Sie überlegte, ob sie die Schwester herbeiklingeln oder ihren Pastor rufen sollte, damit er ihr die Sterbesakramente spendete. Nein, sie hatte dieses Leben grundsätzlich allein gelebt. Sie wollte auch allein sterben. Erhitzt sank Frazier Armstrong in einen tiefen Schlaf, aus dem sie nie zu erwachen gedachte.

Der Abstieg zur Hölle hatte begonnen.

3

Bis zum offiziellen Frühlingsanfang waren es noch drei Wochen, doch schon warf das frühe Dämmerlicht einen sanfteren grauen Schimmer über den Horizont. Die Frösche unten am See quakten auch schon; offizielle Daten waren ihnen offensichtlich ziemlich schnuppe. Pferde, Katzen und Hunde verloren ihr Winterfell, und bald würden die Rotkehlchen wieder auf der Suche nach einer geeigneten Nestbaustelle an Zäunen und Büschen entlangschwirren. Ein Reiher am Seeufer wirkte in dem fahlen Licht geradezu geisterhaft.

Dr. Yancey Weems joggte auf dem Lehmweg seines Grundstücks und atmete die kühle, feuchtschwere Luft ein. Laufen bei vier bis fünf Grad bekam ihm gut, und als Internist war es für ihn inzwischen ganz normal, vor dem Morgengrauen aufzustehen. Wie die meisten Frühaufsteher war er stolz auf diese Gewohnheit und fühlte sich den Langschläfern überlegen, die um halb acht oder gar erst um acht Uhr aufwachten. Sein Pieper störte ihn in seinen Tagträumen und brachte seinen Rhythmus durcheinander. Fluchend machte er kehrt und lief zu seinem Gartenschuppen, wo ein Telefon war.

Yancey sollte sofort Thornton Rogers anrufen, den Chef der Onkologie am Albemarle General Hospital in Charlottesville. Er wußte, das würde kein erfreulicher Anruf. Welcher von seinen Patienten wohl aufgegeben hatte?

«Thornton, hier Yancey.»

«Beweg deinen Hintern auf dem schnellsten Wege hierher, Yancey», kommandierte Thornton. Thornton kommandierte alle, ausgenommen seine Frau. «Wir haben ein Problem.»

«Um wen geht's?»

«Mary Frazier Armstrong. Mach, daß du herkommst.»

4

Der Glorienschein der Sonne funkelte über den Horizont und verkündete Hoffnung, Glück und einen neuen Tag. Apoll hatte seine Schwester am Himmel wieder abgelöst, die Sonne gab dem Mond einen Abschiedskuß, und der Tag freute sich seines Sieges.

Yancey Weems, von Thornton Rogers auf diese Mission geschickt, beugte sich über Fraziers reglose Gestalt. Die Krankenschwester schob leise den Morphiumtropf und die anderen Apparate beiseite.

«Mary Frazier.» Yancey hörte sich zittrig an. «Mary Frazier, aufwachen.»

Frazier wälzte sich herum. Die Reste von Terese Colliers Make-up hatten sich von ihrem Gesicht auf das Kissen verteilt.

«Hier.» Yancey reichte ihr eine Tasse richtigen Kaffee. «Kommen Sie erst mal zu sich.»

Die heiße Flüssigkeit brachte ihr inneres Getriebe sofort

auf Touren. «Ich bin schon da. Ich meine, mein Gehirn wärmt sich auf.»

«Hm, meine liebe Mary Frazier, wir kennen uns schon lange. Ich kenne Ihre Familie, seit ich hierherzog, um meine Praxis zu eröffnen, und...» Yanceys Oberlippe war mit Schweißperlen bedeckt, obwohl es nicht heiß war. «Und ich habe eine wunderbare Nachricht, aber bitte machen Sie mir keine Vorwürfe. Ich werde mich um alles kümmern, das schwöre ich.»

«Könnten Sie zur Sache kommen? Ich mag im Sterben liegen, aber doof bin ich nicht.»

«Das ist es ja. Sie werden nicht sterben. Sie sind so gesund wie ein Pferd, Sie haben nur eine schwere Bronchitis und leiden offensichtlich unter starkem Streß. Arbeit, nehme ich an.»

Frazier rührte keinen Muskel. Dann betastete sie ihr Gesicht. Sie faßte sich ans Handgelenk, um ihren Puls zu fühlen. Sie kniff sich in den Arm, dann rief sie: «Danke, Jesus!» Die anderen Patienten fielen ihr ein. «Verzeihung, Yancey.»

«Keine Sorge, das ist doch nur zu verständlich. Ich würde auch einen Freudentanz aufführen. Die ganze Geschichte beruht auf einem Computerfehler, ich möchte Ihnen das erklären. Wir geben die Daten zusammen mit der Sozialversicherungsnummer und einer Laborkarteinummer ein, und irgendwie sind Ihre Daten mit denen eines anderen Patienten verwechselt worden, der ähnliche Symptome hat wie Sie. Ich nehme an, eine Laborantin hat eine falsche Taste gedrückt. Die Röntgenaufnahmen von gestern abend zeigen, daß Ihre Lungen in Ordnung sind – erstaunlich, wenn man bedenkt, daß Sie rauchen. Sicher, Ihre Bronchien sind angegriffen, aber», er holte tief Luft, «Thornton Rogers und ich hätten das sofort erkannt, wenn wir die Röntgenaufnahmen gleich bekommen hätten.»

«Ist mir schnurzpiepegal, wie das gelaufen ist, ich bin bloß froh, daß ich leben werde, o Gott, und wie ich leben werde! Schluß mit meinen zwei Schachteln Zigaretten am Tag. Nie wieder. Es ist einfach zu schrecklich, das Risiko, Krebs zu kriegen. Ich bin noch einmal davongekommen.»

«Ich wünsche Ihnen sehr, daß Sie sich an diese Worte halten werden», mahnte Yancey freundlich. «Also, wir werden Ihnen Tabletten verordnen, damit Sie sich leichter vom Morphium entwöhnen. Und bitte lassen Sie mich das mit dem Morphium erklären. Es beruhigt den Atem, und da wir von Krebs in fortgeschrittenem Stadium ausgegangen waren, hielten Thornton und ich Schmerzlinderung für die humanste Vorgehensweise.»

«Ich hab mir das verdammte Ding gestern abend aus dem Arm gerissen. Ich will keine Präparate, Tropfe oder Ärzte mehr.» Sie lächelte verschmitzt.

«Trotzdem, das Zeug ist sehr stark. Und vergessen Sie nicht, wir dachten, Sie hätten unerträgliche Schmerzen. Unsere Klinik nimmt es mit der Behandlung von Patienten im Endstadium an sich sehr genau. Der Morphiumentzug wird problemlos für Sie sein, und ich verschreibe Ihnen Antibiotika gegen Ihre Bronchitis. Sie werden sich im Nu wie neugeboren fühlen.»

Fraziers Blick wurde starr. Sie wandte sich von dem plappernden Thornton ab und sah auf den Nachttisch. Die Briefe waren weg. Sie sprang aus dem Bett und kniete sich auf den Fußboden, spähte unters Bett.

«Die Briefe – meine Briefe!»

«Wie bitte?» Yancey blinzelte. Wie gewisse Männer dazu kamen, Hornbrillen schick zu finden, war Frazier schleierhaft. Männer sahen damit nicht klug, sondern wie Schwachköpfe aus.

«Yancey, ich habe acht frankierte Briefe auf den Nachttisch gelegt. Und jetzt sind sie weg.»

«Die Schwester wird sie zum Empfang gebracht haben.»

Frazier schoß durch die Tür wie eine Olympia-Sprinterin aus den Startblöcken. Yancey erstarrte und sauste dann hinterher. Frazier schlitterte an das große runde Empfangspult in der Mitte der Station.

Eine ältere Krankenschwester stand erschrocken auf, «Miss Armstrong, Sie müssen Ihre Kräfte schonen. Warten Sie, ich helfe Ihnen...»

«Die Briefe. Wo sind meine Briefe?» Fraziers Pupillen waren so weit wie die einer Katze auf Raubzug.

Yancey sagte mit seiner Doktorstimme zu der Schwester: «Die Patientin hatte einen Schock, einen positiven Schock, was mich sehr freut, aber sie hat Briefe auf ihren Nachttisch gelegt und scheint sehr besorgt deswegen, wissen Sie vielleicht...»

«Brenda hat die Post um sieben Uhr mitgenommen, wie immer.» Die Schwester sah auf die Uhr. «Sie sind um halb acht mit der Post rausgegangen.» Dann lächelte sie. «Wir sind hier sehr akkurat. Machen Sie sich keine Sorgen. Ihre Briefe werden unbeschadet ankommen, Miss Armstrong, Ihre Lieben in der Stadt werden sie morgen erhalten, nach auswärts dauert es vielleicht zwei bis drei Tage länger. Gehen Sie schön wieder ins Bett und machen Sie sich wegen der Briefe keine Sorgen.»

Frazier wurde blaß. Yancey führte es auf den Morphiumentzug zurück. Da konnte es schon mal zu Stimmungsschwankungen kommen.

«Ich muß zur Hauptpost. Ich muß die Briefe zurückhaben.»

«Das geht nicht.» Yancey legte den Arm um sie und wollte sie wieder in ihr Zimmer führen. «Es ist ein Staatsvergehen, in den Postweg einzugreifen. Sind Briefe erst einmal im Verteiler oder im Sack, gehören sie der Geschichte an. Nicht einmal der Präsident der Vereinigten Staaten könnte einen

Brief zurückbekommen, wenn die Post ihn erst einmal in Händen hat.»

«Der Präsident der Vereinigten Staaten könnte nicht mal seinen Arsch mit beiden Händen finden.» Jetzt schoß wieder Farbe in Fraziers Gesicht. «Sagen Sie mir nicht, was ich nicht tun kann.»

«Mary Frazier, was ist daran so verdammt wichtig? Sie werden leben. Setzen Sie sich hin, rufen Sie Ihre Angehörigen an, und teilen Sie ihnen die gute Nachricht mit. Sie sind psychisch noch labil, vielleicht haben Sie sogar leichte Wahnvorstellungen. Das ist unter diesen Umständen ganz natürlich.»

«Würden Sie so freundlich sein und den Mund halten!» Fraziers Augen blitzten. «Ich bin nicht labil. Ich brauche keine Therapie. Ich stecke bis zum Hals in der Scheiße wegen der *Briefe*.»

Yancey ließ den Arm sinken, den er um ihre Schultern gelegt hatte. Er war eher verblüfft als gekränkt. Die Frauen in Virginia waren furchtbar direkt. Als er von der New Yorker Uni nach Virginia gekommen war, hatte er festgestellt, daß der Mythos von der zarten Südstaatenfrau tatsächlich nur ein Mythos war. Diese Frauen waren distinguiert, ungeheuer gesittet und heldenhaft gelassen, aber dabei waren sie verdammt hart und zäh und ließen sich kein X für ein U vormachen.

Frazier atmete tief durch die Nase ein, dann hustete sie. Wieder dieses verdammte Rasseln, die Bronchitis. «Ich habe allen geschrieben und ihnen die Wahrheit gesagt – die Wahrheit über mich und die Wahrheit über sie.»

Er klopfte ihr auf den Rücken. «Ist das alles? Ihre Angehörigen und Freunde wissen, daß Sie dachten, Ihnen stünde der Tod bevor. So schlimm kann es doch nicht sein. Sie sind überdreht. So erfreulich Ihr Erlebnis ist, es ist auch sehr erschütternd. Immerhin hatten Sie gedacht, Sie würden sterben, und nun ist auf einmal alles ganz anders. Machen Sie sich deswegen keine Gedanken.»

Frazier blieb stehen und sah ihm ins Gesicht. «Yancey Weems, was, glauben Sie, würde passieren, wenn Sie den Menschen in Ihrem Leben geschrieben hätten, was Sie wirklich von ihnen denken?»

Er zögerte einen winzigen Augenblick und sagte dann in aufrichtigem Ton: «Jetzt verstehe ich, was Sie meinen.»

5

Frazier chauffierte sich selbst nach Hause. Sie rief alle an: Billy, Kenny, Mandy, Tante Ru und natürlich Ann. Hosiannarufe stiegen zum Himmel. Sie erzählte ihnen nicht, daß ihnen am nächsten Tag ihre Wortgranaten in die Briefkästen geworfen würden. Schließlich würde sie früh genug so manches zu hören bekommen, und jetzt wollte sie sich erst einmal vierundzwanzig Stunden Ruhe gönnen. An Frieden glaubte sie nicht mehr, seit sie wußte, daß sie die Briefe nicht zurückbekommen konnte.

Sie rief auch Harvey McIntire an, den Präsidenten des Country-Clubs, um ihm mitzuteilen, daß sie die Aufsicht über das Feuerwerk am Vierten Juli wie immer übernehmen werde. Harvey war doppelt begeistert. Erstens, weil sie lebte, und zweitens, weil er nun doch nicht jemand anderen anlernen mußte.

6

Knospende Narzissen stellten Libby Armstrongs Geduld auf die Probe. Sie plante, Frazier zu Ehren nächste Woche ein Festessen zu geben, und sie wollte das Haus mit Blumen füllen, als Vorboten für Ostern und den Frühling.

Das Flappen eines losen Keilriemens verkündete ihr die Ankunft des Briefträgers in der Einfahrt. Wenn sie den Jeep nicht hörte, hörten ihn meistens die Hunde. Libby warf sich einen Schal um die Schultern und kam gerade rechtzeitig zum Briefkasten, um dem Postboten auf seinem Weg zur nächsten sündhaft teuren Villa auf dem Country-Club-Gelände zuzuwinken. In der Ferne schlugen vier Golfspieler, dick eingemummelt gegen den schneidenden Wind, tapfer ihre Bälle vom Tee.

Libby lief schnell ins Haus und in die Küche. Sie legte die Post sorgsam auf den Tisch und strich sich ein Brot. Dann setzte sie sich, um die Post zu Häufchen zu sortieren. Der Rechnungshaufen wuchs und wuchs; es war deprimierend. Ein paar Zeitschriften, darunter Franks geliebtes *Field and Stream*, waren da schon angenehmere Post. Zum Schluß blieben drei Briefe: einer von der Kirche und zwei schöne, blaugesprenkelte Umschläge, in Fraziers kräftiger, steiler Handschrift adressiert.

Libby schlitzte das Kuvert mit ihrem Namen auf und legte den silbernen Tiffany-Brieföffner parallel neben den Zeitschriftenhaufen.

Sie faltete den Brief auseinander, und bald klappte ihr der Kinnladen herunter.

Liebe Mutter,
wenn Du dies liest, bin ich höchstwahrscheinlich schon tot. Es war kein schlechtes Leben, aber es war auch kein richtig gutes

Leben. Ich sehe ein, es war hauptsächlich meine Schuld, aber Du hattest auch Deine Hand im Spiel.

Da ich keine Mutter bin, kann ich mich in diese anstrengende Aufgabe nur schwer hineinversetzen. Ich weiß, Carter und ich haben Dich auf die Palme gebracht, aber Kinder sind nun mal selbstsüchtige kleine Ungeheuer, und es erfordert fast zwei Jahrzehnte Disziplinierungsmaßnahmen, um ihnen ein Minimum an gutem Benehmen einzutrichtern. Du hast Dir diese Aufgabe ausgesucht. Während es klar ist, daß weder Carter noch ich sie uns ausgesucht haben.

Wir waren und bleiben Deine Geiseln für die Zukunft. Wir mußten auf Partys aufmarschieren, immer nach der neuesten Mode ausstaffiert. Wir bekamen jede denkbare Lektion erteilt, um die richtigen von den falschen Freundschaften unterscheiden zu können und immer in Höchstform zu sein: Tennis, Schwimmen, Golf, Musik, Tanzstunden – ich weiß, daß meine Einführung in die Gesellschaft ein Heidengeld gekostet hat. Du hast Dir Lacrosse- und Hockeyspiele angeguckt, obwohl Du es nicht ausstehen konntest. Carters Football war Dir lieber, aber Du liebtest ja alles, was Carter besser machte als ich.

Du hast mir beigebracht, Recht und Unrecht, richtig und falsch voneinander zu unterscheiden. Du hast die endlosen Pflichten der Mutterschaft auf Dich genommen. Du hast mir wunderbare Disziplin und ein eisernes Verantwortungsgefühl eingetrichtert, aber, Mutter, Du hast mich nie geliebt. Vielleicht bin ich einfach nicht liebenswert – wenigstens für Dich nicht –, oder vielleicht war ich einfach eine griffbereite Waffe im Kleinkrieg zwischen Dir und Dad. Was auch immer, ich kann mich nicht erinnern, daß Du mich je geküßt oder umarmt hättest, außer wenn Du damit Deinen Freundinnen imponieren wolltest. Ich erinnere mich nur an endlose Kritik. Ich war nie gut genug.

Du bist ranzig vor Unglück, Mutter, und ich weiß im Grunde nicht, warum. Hat Dein Leben Deine Erwartungen nicht erfüllt?

Tut es das denn bei anderen? War es meine Schuld? Oh, ich weiß, es war Dads Schuld. Warum läßt Du den Ärmsten nicht in Ruhe? Sicher, er ist nicht gerade ein aufregender Typ. Aber er war ein guter Vater, ein guter Ernährer.

Wenn ich Dich auf irgendeine Art dazu bringen könnte, daß Du in Dich gehst, Dich veränderst, das ganze schwere Gepäck abwirfst, das Du mit Dir herumschleppst, ich würde es tun, aber ich kann es nicht. Dein Unglück ist Teil Deiner Identität geworden. Ich glaube nicht, daß Du Dich davon trennen willst.

Ich könnte ganze Bände darüber schreiben, wie Du Bruder und Schwester gegeneinander ausgespielt hast, aber ich verzichte darauf. Halt Dich aus Bruddas Leben heraus, Mom. Laß ihn los.

Eine Kleinigkeit noch. Du hast mich nie wirklich gekannt. Du hast es nie wirklich gewollt. Ich habe achtzehn Jahre in Deinem Haus gelebt, und nachdem ich das College hinter mir hatte und aus New York zurückkam, habe ich keine dreißig Kilometer von Dir entfernt gewohnt, aber Du weißt nichts von mir. Früher habe ich mir gewünscht, Du wüßtest, wer ich bin, was ich denke und fühle, aber diesen Wunsch habe ich in der sechsten Klasse aufgegeben. Du sollst wissen, daß ich lesbisch bin. Eigentlich bin ich wohl bisexuell, aber ich habe immer gespürt, wenn ich mich eines Tages verlieben würde, dann in eine Frau. Ich wünschte, dieser Umstand wäre nicht wichtig, aber in unserer engstirnigen kleinen Welt ist er wohl ein so großes Hindernis wie der Mount Rushmore. Ich bereue, daß ich mich versteckt, daß ich meine Neigung unterdrückt habe. Wenn Du dies gelesen hast, wirst Du ohne Zweifel froh sein, daß ich tot bin. Schließlich erspare ich Dir so gesellschaftliche Peinlichkeiten. Was würden sie im Garten-Club denken?

So, Mutter, Du wirst auf meinem Begräbnis Tränen vergießen, aber Du wirst mich nicht wirklich vermissen. Du hast mehr verloren, als Du Dir vorstellen kannst, aber das habe ich auch. Ich hatte nie eine Mutter. Ich hatte einen Feldwebel.

Mary Frazier

Libbys enormer Diamant warf regenbogenfarbene Lichtblitze ins Zimmer. Ihre Hand zitterte so heftig, daß die Wände wie besprenkelt aussahen. Sie knirschte wütend mit den Zähnen, dann schnappte sie sich Franks Brief. Völlig außer sich rannte sie ins Badezimmer. Sie konnte kein Versteck für den Brief finden. Schließlich öffnete sie den Schlafzimmerschrank und fuhr hektisch mit der Hand an ihren Kleidern entlang. Dann erspähte sie eine Hutschachtel auf dem oberen Bord, streckte sich auf die Zehenspitzen und zog die Schachtel hangelnd von der Kante. Sie öffnete sie und legte den Brief hinein. Sie versuchte, die Schachtel wieder auf das Bord zu heben, aber sie fiel immer wieder herunter. Fluchend, heulend und zitternd zog Libby den geblümten Ohrensessel heran, stieg darauf und stellte die Hutschachtel schließlich sicher auf das Bord.

Es kam ihr nicht in den Sinn, Franks Brief zu lesen. Bei allen Fehlern, die Libby hatte, in den Privatsachen anderer Menschen würde sie nie herumschnüffeln.

7

Mary Russell Spitler, Frank Armstrongs ältere Schwester, riß den blauen Umschlag auf. Ruru, wie sie genannt wurde, war nicht geduldig genug, um etwas ordentlich zu öffnen. Sie schüttelte den Brief heraus, setzte ihre Brille auf und las.

Liebe Tante Ruru,
wenn Du dies liest, bin ich höchstwahrscheinlich schon tot. Ich möchte nicht gehen, ohne Dir zu sagen, daß ich Dich immer geliebt habe und gerne Deinen Namen trug, obwohl es Mutter schier umbrachte, mich Mary zu nennen. Sie hat ja auch nie Mary zu mir gesagt, stimmt's? Ich schätze, Frazier paßte besser zu mir.

Ich liebe Dich, weil Du nie versucht hast, jemand anders zu sein als Du selbst. Du bist offen, nicht eingebildet, stehst mit beiden Beinen fest auf dem Boden. Ich habe mir immer gewünscht, Deine Tochter zu sein. Ich liebe Deinen Sinn für Humor, und ich bin dankbar dafür, daß Du mich nie mit Carter verglichen hast und umgekehrt. Du hast uns beide geliebt und so akzeptiert, wie wir waren und geworden sind.

Oberflächlich gesehen, habe ich ein anständiges Leben geführt, aber, Ruru, ich war nie so großmütig wie Du. Ich habe nie etwas verschenkt, ohne mir die Konsequenzen auszurechnen. Wie du mir, so ich dir – das bin ich. Ich glaube, ich habe es glänzend verdeckt, aber da Mom und Dad so viel Geld für Tanzstunden und Privatschulen ausgaben, habe ich natürlich Manieren und auch eine anständige Bildung mitbekommen.

Ich wünschte, ich wäre öfter mit Dir zusammengewesen. Ich wünschte, ich wäre Dir ähnlicher.

Ich möchte Dir etwas von mir erzählen. Warum, weiß ich selbst nicht genau. Vielleicht spielt es keine Rolle, aber ich habe ein schlechtes Gewissen, weil ich damit nicht zu Dir gegangen bin. Mach Dir nichts draus, ich habe es auch sonst niemandem gesagt. Ich bin fünfunddreißig Jahre alt und habe mich noch nie verliebt. Nicht ein einziges Mal. Klar, ich bin mit Leuten ins Bett gestiegen, nicht mit allzu vielen, aber es waren genug, um das Gefühl zu haben, aktiv zu sein. Aber Liebe? Nein danke. Mir wäre die Nähe zuviel gewesen, vermute ich, oder vielleicht hatte ich Angst, so zu enden wie Mom und Dad. Der andere Grund, warum ich mich der Versuchung der Verletzbarkeit nicht aus-

gesetzt habe, ist, daß ich homosexuell bin, was immer das heißt. Hätte ich nach meiner Neigung gelebt, ich hätte alles verloren, wofür ich gearbeitet habe – dachte ich jedenfalls, und ich bin ziemlich sicher, daß das tatsächlich mein Schicksal gewesen wäre.

Ich werde nie fühlen, was Du für Onkel Paul gefühlt hast, er ruhe in Frieden, und wenn ich ihn treffe, werde ich ihn umarmen und ihm einen dicken Kuß von Dir geben. Du hast Liebe erfahren und warst klug genug, Dir einen guten Mann zu suchen.

Ich habe mein Leben mit Dingen angefüllt. Alle Welt schien mich gern zu haben. Ich war in der Schule beliebt, aber, Tante Ruru, ich war dabei so leer wie ein Kürbis.

Ich bereue, daß ich mich selbst betrogen habe. Ich hoffe, daß ich wenigstens Dich nicht betrogen habe. Ich habe Dich so sehr geliebt.

Frazier

Ruru wischte sich die Tränen aus den Augen. «Armes Baby», sagte sie laut zu sich. Dann dachte sie lange und gründlich darüber nach, was nun zu tun war.

8

Die Hauptpost, ein großes, altes und häßliches Gebäude, nahm einen halben Häuserblock in der Innenstadt ein. Carter Armstrong schlenderte über den schwarz-roten Marmorboden. Er winkte den Männern und Frauen hinter den Schaltern, nickte Bekannten zu, tippte vor den Damen an seine Redskins-Baseballmütze und kramte dann in seiner

Tasche nach dem Postfachschlüssel. Schwungvoll öffnete er das Messingtürchen mit dem rechteckigen Fensterchen und zog gleich eine ganze Handvoll ärgerlicher Sendungen hervor: Jeder noch so kleine Versandhauskatalog des Kontinents schien den Weg in sein Schließfach zu finden. Er hatte nichts dagegen, wenn sie ihm ins Haus gebracht wurden, aber sein Postfach schienen sie irgendwie zu entweihen.

Er nutzte das Postfach für Geschäftsbriefe und gelegentliche Briefe von Freundinnen. Alles andere ging an seine Privatadresse.

Nachdem er es geschafft hatte, an der Universität von South Carolina durchzurasseln, war Carter wieder nach Charlottesville zurückgeschlichen und hatte im Heimstudium seine Lizenz als Grundstücksmakler erworben. Zum Glück war die Prüfung damals leichter als heute, aber Carter war ja auch nicht dumm, bloß faul. Er hatte drei Jahre als Immobilienmakler in der Agentur Blue Sky Realty gearbeitet. Er hatte einen Fortbildungskurs belegt und seine Maklerprüfung bestanden, dann hatte er Horse and Hound, seine eigene Immobilienfirma, eröffnet. Da Charlottesville inmitten eines großen Jagdreviers lag, hatte er sich auf Farmen und Landgüter spezialisiert. Dank seiner ungezwungenen Umgangsformen und seines Gespürs für das Land verkaufte Carter große Ländereien und konnte sogar einige tüchtige Makler für sich gewinnen. Mit etwas mehr Motivation und etwas weniger Alkohol hätte er gut verdienen können.

Fraziers Brief sprang ihm ins Auge. Die Handschrift seiner Schwester hätte er überall erkannt. Ihre kühnen, breiten, mit Tinte geschriebenen Buchstaben standen aufrecht wie Soldaten. Seine eigene Schrift war stark nach rechts geneigt und schnörkelig. Glücklicherweise war sie trotzdem gut zu lesen.

Er lehnte sich an den großen Eichentisch, der in der Mitte des Schließfachraums stand, und schlitzte mit dem Fingernagel den Umschlag auf. Er nahm den Brief heraus und las.

Lieber Brudda,
wenn Du dies liest, bin ich höchstwahrscheinlich schon tot. Ich habe alles ernst gemeint, was ich Dir bei Deinem heutigen Besuch sagte. Ich wünschte, Du könntest den Anker lichten und abhauen.

Ich habe Dir nicht gesagt, daß ich weiß, daß Du noch mit Sarah Saxe zusammen bist. Ich nenne sie Sarah Sex, weil sie heißer sein muß als Wüstensand, so wie sie Dich anheizt. Ich weiß, Du hast Laura versprochen, Dich von Sarah zu trennen. Offensichtlich bringst Du es nicht fertig.

Glaub nicht, daß ich jetzt eine geharnischte Predigt aufs Papier haue und Dir vorwerfe, wie mies Du bist. Das werde ich nicht tun. Was immer diese Frau hat, Du brauchst es. Du hast Affären gehabt, seit Du im Stimmbruch warst, aber diesmal ist es anders. Ich weiß nicht, ob Dir das klar ist oder ob Du auch diesmal meinst, es ginge nur um phantastischen Sex. Ich weiß wohl, daß sie nicht «salonfähig» ist, wie Mutter sagen würde, und daß Du sie nicht mit in den Country-Club nehmen wolltest. Du warst doch sonst immer so aufsässig, warum jetzt plötzlich so angepaßt? Was ich sagen will, lieber Bruder: Ich bin überzeugt davon, daß Du diese Frau liebst.

Die Liebe hatte für mich nie Priorität. Sie kam in meinem Leben gar nicht erst vor. Ich war ein Volltrottel. Komisch, Verliebte gelten ja gemeinhin als Trottel, aber ich schwöre Dir bei meinem letzten Atemzug, die eigentlichen Trottel sind die, die es mit der Liebe gar nicht erst versuchen.

Daß ausgerechnet ich Dir rate, Laura zu verlassen, wird wahrscheinlich ein Schock für Dich sein. Als Ehefrau mag Laura ja okay sein, aber andererseits bin ich ja auch nicht mit ihr verheiratet. Sie ist konventionell, sie ist salonfähig, sie gefällt

Mutter. Überlaß ihr das Haus, den Wagen und genug Geld zum Leben, bis sie imstande ist, irgendwas zu arbeiten. Es würde Laura nicht schaden, auf ihre wöchentlichen Friseurtermine, Maniküren, Therapiestunden, Aerobic-Kurse, Garten-Club-Treffen mit unserer Mutter, Tennisstunden, Bridgerunden und was sie sonst noch macht, zu verzichten. Ich sollte wohl auch den Herzfonds nicht vergessen. Keine anständige Dame vergißt, Gutes zu tun. Ein guter Zweck, aber schließlich geht es bei solchen Spenden ja immer um einen guten Zweck. Eine Dosis reale Welt, und Laura würde endlich einmal den Wert eines Dollars zu schätzen wissen.

Heute sterbe ich. Morgen könntest Du dran sein. Die Liebe ist es wert, daß man um sie kämpft, Carter. Tu's.

Ich habe es nie getan. Ich bin lesbisch. Ich weiß nicht, ob Du's wußtest. Wir haben nie darüber gesprochen, und ich habe, glaube ich, nicht einmal Andeutungen darüber gemacht, daß ich einem alternativen Lebensstil zuneige, wie man heute sagt. Scheißdreck. Ich bin niemandes Alternative. Um ehrlich zu sein, als Lesbe habe ich versagt, aber wenn ich den Mumm gehabt hätte, ich glaube, ich hätte mich in eine Frau verliebt. Verwechsle das nicht mit purem Sex. Männer verwechseln das immer. Aber jetzt spielt es ja eh keine Rolle mehr. Ich hab's verpatzt.

Du machst lieber selbständig einen Fehler als mit fremder Hilfe etwas richtig. Du bist ein ausgemachter Taugenichts und ein Dickschädel, Bruderherz, und merk Dir diese Worte aus dem Grab. Und was den Taugenichts betrifft, nun gut, das könnte in der Familie liegen. Weißt Du noch, wie Onkel Ray stockbesoffen seinen Volkswagen vom Steg in den See gefahren hat? Er ist wieder an Land geschwommen und hat sich Mutters Geschrei anhören müssen, was für ein elender Säufer er sei. Er hat sich vor ihr verbeugt, ist in ihren Volvo-Kombi gestiegen und hat ihn auch noch vom Steg gefahren! Wenn ich Onkel Ray im Jenseits sehe, sofern es ein Jenseits gibt, werde ich ihm sagen, daß es hier ohne ihn öde geworden ist. Er war der einzige, der sich Momma wider-

setzt hat. Ich habe mich ihr nie widersetzt. Ich habe mich zurückgezogen und gemacht, was ich wollte. Immer noch besser, als ihr nachzugeben, aber trotzdem…

Wenn ich leben könnte, Carter, ich würde Momma die Meinung sagen. Ungelogen.

Okay. Das war's. Denk an die Liebe. O ja, ich habe Dich geliebt, auch wenn es nicht immer so aussah. Verstehst Du, was ich meine?

Schwesterherz

Carter las den Brief noch einmal, um sicherzugehen, daß er ihn verstanden hatte. Er überlegte eine Minute, dann warf er den Kopf zurück und brüllte: «Suu-per!»

9

Ann Haviland öffnete die Tür ihres hübschen Heims in der Innenstadt. Das 1892 erbaute Haus mit den hohen Räumen und verzierten Kaminen war ihr ganzer Stolz. Da man im Stadtzentrum von Charlottesville billiger wohnte als draußen auf dem Land, im Albemarle County, konnte sie sich das Haus leisten. Die durch den Briefschlitz geworfene Post war über den ganzen Fußboden verstreut. Ann zog an der Tür ihre Schuhe aus und bückte sich, um die Post aufzuheben. Verletzt, weil Frazier in ihren letzten Stunden allein sein wollte, ging sie mit ihrem Brief ins Wohnzimmer.

In der Annahme, es sei ein zärtlicher, romantischer Brief, nun ja, so romantisch, wie Frazier es eben vermochte, machte Ann Feuer im Kamin. Draußen pfiff ein kalter Wind und erinnerte sie daran, daß der Winter trotz der Frühlingsanzeichen noch nicht vorbei war.

Sie ließ sich in ihren Lieblingssessel fallen und öffnete den Brief.

Liebe Ann,
wenn Du dies liest, bin ich höchstwahrscheinlich schon tot.

Anns Augen verschleierten sich erwartungsvoll. Sie las weiter.

Ich habe Dir im Leben nicht viel gegeben. Vielleicht kann ich Dir im Tod etwas geben. Die Wahrheit.

Du hast immer gesagt, Du wünschtest Dir meine Liebe. Ich bin nie dahintergekommen, ob Du Liebe wolltest oder einfach nur bedingungslose Unterwerfung. Offensichtlich bin ich zu keinem von beidem imstande. Vielleicht liegt es an mir, vielleicht liegt es an Dir, vielleicht liegt es daran, wie die meisten Frauen erzogen wurden. Du wolltest immer wissen, was ich fühlte, Du wolltest unsere Beziehung ständig in eine bestimmte Richtung drängen.

Ann, ich wollte keine Beziehung, die ich wie einen zweiten Beruf empfand. Du empfindest offenbar mehr als ich. Ich spiele gern Golf, ich lese gern gute Bücher und gehe gern ins Kino, wenn ich nicht arbeite, auch wenn das selten vorkommt. Du warst beleidigt, wenn ich Dir keine zärtlichen Kärtchen schickte oder Dir nicht sagte, wie hübsch Du aussahst oder wie sehr ich Dich brauchte, oder was ich sonst alles nicht getan habe. Vor allem hatte ich nicht genug Zeit für Dich.

Und wenn wir zusammen waren, haben wir uns versteckt. Gott behüte, niemand durfte erfahren, daß wir miteinander schliefen. Wir sind in männlicher Begleitung ausgegangen. Diese Männer sind natürlich so schwul wie wir, aber die Fassade mußte gewahrt bleiben. Ich weiß, ich war da schlimmer als Du.

Du hast gesagt, Du befürchtetest, Deinen Job bei der Bank zu verlieren. Vielleicht hättest Du ihn verloren, vielleicht auch nicht. Besser, man verliert seinen Job als seine Integrität. Ich weiß, ich hab leicht reden, ich bin tot – fast. Mir wird jetzt klar, daß ich schon tot war, während ich noch atmete, tot, unempfänglich für Leidenschaft, für Aufrichtigkeit, für Hingabe, unempfänglich für den Schmerz, den das Leben mit sich bringt, und dieser Schmerz ist so gemein verpackt, wenn man schwul ist.

Ich schreibe vermutlich wirres Zeug. Ich habe mir den Morphiumschlauch aus dem Arm gerissen. Ich fühle mich gräßlich, als würde ich in eine Spirale der Schmerzen hinabgezogen. Du magst es, wenn man sich gut ausdrückt, und mir kommt allmählich mein Stil abhanden.

Ich will Dich mit weiterem Gefasel verschonen, aber laß mich versuchen, prägnant auszudrücken, was noch in mir vorgeht. Du wirst sämtliche Deiner Beziehungen zerstören, wenn Du nicht bereit bist, die betreffende Person Deiner Zeit, Deines Körpers, Deiner Seele usw. für würdig zu befinden. Ich war die Falsche für Dich, aber ich habe Dich gemocht. Ich hoffe, daß Du irgendwann glücklich sein kannst. Kämpfe für Dich. Wenn Du glaubst, daß Du hier nicht Du selbst sein kannst, zieh in eine größere Stadt. Mach einen Neuanfang! Du siehst gut aus und machst Deine Sache gut. Das ist eine Menge Gutes. Geh nach New York oder Los Angeles oder Houston. Ich liebe New Orleans. Geh dorthin. Gibt es jemanden, der New Orleans nicht liebt? Geh einfach.

Und denk dran, je heimlicher, desto mieser – also zieh los!

Alles Liebe,

Frazier

Anns schwerer Atem erfüllte das Zimmer. Schließlich keuchte sie: «Der brech ich alle ihre hübschen Knochen!»

10

Billy Cicero empfing seine Besucher in einem mahagonigetäfelten Büro. Seine Silbertrophäe vom letztjährigen Country-Club-Tennisturnier hatte einen Ehrenplatz auf dem Kaminsims. Da er mehr Zeit im Büro als zu Hause verbrachte, bewahrte er die Trophäe hier auf.

Atlantic Tobacco sicherte Tausenden in Henrico County und in der Stadt Richmond einen Arbeitsplatz, ob in der Fabrik selbst oder in den angegliederten Industrien. Zepheniah Cicero, Billys Urgroßvater, pflegte zu sagen, die Geschichte von Atlantic Tobacco sei die Geschichte von Richmond.

Jeden Tag stieg Billy in seinen kohlschwarzen Aston-Martin Volante und fuhr von seinem Landsitz im Bezirk Green Springs im Louisa County fünfundvierzig Minuten Richtung Osten nach Richmond. An manchen Tagen, wenn sein in Virginia an sich illegaler Radardetektor anzeigte, daß die Luft rein war, schaffte er es sogar in dreißig Minuten von Tür zu Tür. Von den ersten grünen Schößlingen, die triumphierend die Erde durchbrachen, bis zu den länglichen, duftenden Blättern, die in den Scheunen trockneten – er liebte den Kreislauf des Krautes, wie er und seine Familie die Tabakpflanzen nannten. Er unternahm Reisen nach Connecticut, um Zigarrentabak zu begutachten, und fuhr für Zigarettentabak nach Kentucky. Billy besuchte sämtliche Tabakfabriken der Vereinigten Staaten. Er wußte, welche Blätter aufgehellt werden mußten und welche naturbelassen besser waren. Wenn er ein Blatt sachte zwischen Zeigefinger und Daumen rieb, konnte er alles über die betreffende Sorte sagen.

Da er selbst Zigarren rauchte, obwohl Atlantic Tobacco auf Zigaretten spezialisiert war, hätte Billy gern auch die großen Zigarrenhersteller in Kuba besucht. Wenn Kuba nur aufwachen würde. Aber dafür hatte er die wogenden Tabakfelder in Jamaica und auf den Cayman-Inseln besichtigt, und schwitzend wie ein Arbeiter hatte er den alten Meistern über die Schulter geguckt, die 1959 aus Kuba geflohen waren und in Tampa ihre Geschäfte eröffnet hatten. Alte Männer mit flinken Fingern rollten Zigarren in Sekundenschnelle. Maschinen waren etwas für Scharlatane.

Tabak war der Ruhm der Neuen Welt, zusammen mit Schokolade, Bananen, Mais, Weizen und Kaugummi. Tabak beruhigte die Nerven, es war ein angenehmes Rauschmittel, das man fröhlich unter Freunden konsumierte. Ärzte und Gesundheitsfanatiker könnten einem vielleicht das Leben um ein paar Jährchen verlängern, indem sie einen davon überzeugten, das Rauchen aufzugeben. Aber wenn man schon freiwillig beschloß, es nicht zu verlängern, würde es einem mit Zigaretten wenigstens nicht so vorkommen.

Billy glaubte inbrünstig an die Selbstbestimmung des Menschen. Niemand hatte das Recht, anderen Menschen vorzuschreiben, wie sie ihr Leben zu leben hatten. Rauchen, Trinken, Rauschgift und Unzucht waren individuelle Entscheidungen, ebenso wie der Beruf, den man anstrebte, wo man lebte und so weiter. Wer zum Teufel waren diese Leute, die über den Kongreß herfielen, diese Aasversammlung, diese retro-puritanischen Krähen? Wobei Puritanismus heute eine Sache der Gesundheit war und nicht mehr ausschließlich mit Sexualität zu tun hatte. Er seufzte und zündete sich eine geschmuggelte Montecristo an. Seine Sekretärin, eine kurvenreiche Sexbombe, stakste auf ihren hochhackigen Ferragamo-Schuhen herein und legte ihm die Post auf den Schreibtisch. Sie küßte ihn auch auf die Wange. Georgina betete Billy an, aber das taten die meisten Frauen. Er zwinkerte ihr zu, und sie ging wieder hinaus. Er betrachtete ihren schwingenden runden Hintern. Er kapierte das nicht. Wie konnte so was Männer anmachen?

Er las einen Brief vom Jockey-Club, einen von seinem

Interessenvertreter im Capitol, und dann griff er zu Fraziers Brief. Da er Fraziers persönliches Briefpapier gewöhnt war, sagte ihm das blaugesprenkelte Papier nichts, obwohl ihm die Handschrift bekannt vorkam. Ein Telefongespräch unterbrach ihn. Er führte ein kurzes Gespräch und faltete dann den Bogen auseinander.

Lieber Billy,
wenn Du dies liest, bin ich höchstwahrscheinlich schon tot. Ich werde jedoch eine strahlende Leiche sein, denn Terese hat sich selbst übertroffen. Danke für dieses Geschenk.

Ich habe Dir für viele Dinge zu danken, nicht zuletzt für den goldenen Montblanc-Füller, an dem ich so hänge. Und dann das sensationelle Gemälde von Jean Léon Gerôme, das wir in Polen entdeckt und aus dem Land geschmuggelt haben! Oder als wir in Venedig waren, um den Tintoretto zu holen, den Du einfach haben mußtest, genauso wie die großstangigen Gondolieri! Ich glaube, meine Lieblingserinnerung ist der Sommer, als Du Kenny Singer kennenlerntest und wir kurzerhand ins Auto gesprungen und nach Harper's Ferry gefahren sind… Die kleinen Ziegelhäuser mit den datierten Hochwassermarkierungen. Ich weiß nicht, der Ausflug hatte etwas Besonderes. Und die Razzia – John Brown hat nicht mit offenen Karten gespielt. Dann sind wir auf den Felsen geklettert, wo Jefferson gesagt haben soll, in ganz Europa gebe es keine schönere Aussicht, und wir haben Sandwiches gegessen und über alles mögliche geplaudert.

Wir sind zu jedem verdammten Ball in den Vereinigten Staaten gepilgert. Wir haben im Waldorf Astoria für die Krankheit der Woche und in Palm Beach mit all den Gruftis getanzt, die Wohltätigkeitsbälle veranstalteten – zweifellos für ein neues Gesichtslifting; wir waren auf dem Poloball, der lustiger war, und wir haben keinen einzigen von Carolyn Devanes Bällen versäumt, ob in Houston, New York oder Timbuktu. Wir haben Bibliotheken eröffnet und vor für abbruchreif erklärten Theatern auf der 44th Street bei Demonstrationen mitgemacht. Town & Country *sollte uns zu Mitarbeitern machen.*

Wir haben uns sogar für Save the Wales *eingesetzt – aber können wir uns selbst retten? Oder besser: Kannst Du Dich selbst retten, denn ich bin ja aus dem Rennen. Meine ersten fünfunddreißig Jahre könnte man beinahe als Leben bezeichnen. Wenn ich noch mal fünfunddreißig hätte, sie würden ganz anders verlaufen.*

Vielleicht magst Du nicht weiterlesen, aber wenn ich schon hier sitze und dies schreibe und mich dabei fühle wie eine lebende Leiche – huch, das bin ich ja wohl auch, na schön, jedenfalls wäre es nett, Du würdest es lesen.

In der Lotterie des Lebens hast Du sowohl das große Los als auch eine Niete gezogen, Billy. Du bist hinreißend, unglaublich intelligent und zielstrebig. Du wirst den Gewinn von Atlantic Tobacco verdoppeln, bevor Du fünfzig bist. Wenn es jemand kann, sogar in diesen wirtschaftlich schlechten Zeiten, dann Du. Du kannst und wirst es tun. Aber andererseits wurdest Du auch von Deinen Eltern verlassen. Man schickte Dich dafür auf die besten Schulen, nach St. Paul's und dann weiter und höher hinauf, nach Oxford. Deine Kindheit war eine einzige Abfolge von Kindermädchen, Gouvernanten, Trainern und Privatlehrern. Mami und Papi ritten derweil unter der abgesplitterten Nase der Sphinx auf Kamelen herum; wenn bei uns Winter war, gingen sie in Aspen Ski laufen, und wenn bei uns Sommer war, in Bari Loche. Wer hat Dich je um Deiner selbst willen geliebt? Es ging nicht um Liebe, sondern um Erwartungen. Du hast sie alle erfüllt, bis auf einen ganz wesentlichen Defekt im Programm: Du bist schwul. Warum es Mami und Papi erzählen? Sie verdienen die Wahrheit nicht, es geht sie nichts an, und es würde die Postkartenfamilie besudeln, die sie sich selber und ihren Freunden vorspielen. Die Fassade stimmt. Aber eben nur die Fassade.

Du behandelst die Menschen wie Statisten in einem Stück, in dem Du die Hauptrolle spielst. Du hast sogar mich wie eine

Komparsin behandelt. Sogar mich, Billy. Wäre ich weniger schlagfertig oder nicht so schön gewesen, man hätte mich vergessen oder übergangen. Ich war bequem. Mich zu heiraten wäre für Dich auch bequem gewesen, falls Du Deinen Antrag ernst gemeint hast, was ich nicht glaube.

Laß mich die Sache anders ausdrücken, denn ich höre mich schon an wie meine Mutter – es ist ein Schicksal, das schlimmer ist als der Tod, und diese Einschätzung wirst Du ja wohl angesichts meiner Situation glauben. Deine Stilbesessenheit macht Dich blind für Leid, sogar für Dein eigenes. Hinter Deinem vollkommenen Äußeren verbirgt sich ein schmerzliches, unvollkommenes Inneres. Schau nach innen. Nein, ich meine nicht so etwas wie Das Bildnis des Dorian Gray, *aber Du hast Dich dermaßen von allen und allem distanziert, was nicht glänzend und schillernd und profitabel ist, daß Du einsamer bist, als Dir bewußt ist.*

Vielleicht sind Deine vielen Männer oder das Kokain ein Symptom dafür – versteh mich nicht falsch, wenn jemand das Zeug im Griff hat, dann Du. Ich glaube nicht, daß man süchtig wird, wenn's nicht im Blut liegt, wie bei Alkoholismus. Aber Du greifst geradezu manisch nach hübschen Männern, weißem Pulver, erlesenen Gemälden, nach all diesen materiellen Dingen, nach Dingen außerhalb Deiner selbst. Werde nicht hart, Billy. Schließe die Menschen nicht aus und ebensowenig die wahren Gefühle! Wiederhole nicht meine Fehler in Deinem größeren Maßstab.

Und hör auf zu verstecken, wer und was Du bist. Du bist so verdammt reich, daß Dir kein Mensch was anhaben kann. Was kümmert's Dich, was die Leute denken? Wir haben beide gelogen, und es ist uns so gut gelungen. Mir wird angst und bange, wenn ich daran denke. Wenn Du Dich nicht zu Deinem Schwulsein bekennst, ist die Vermutung da nicht naheliegend, daß Du auch über andere Dinge lügst? Lügen wird schnell zur Gewohnheit. Am Ende belügt man sich selbst. So wie ich mich belogen habe.

Ich weiß, dieser Brief wird Dir unangenehm sein, und ich kann nur beten, daß wenigstens etwas von dem, was ich sage, ankommt. Ich war nie verliebt. Wärst Du eine Frau, hätte ich mich wahrscheinlich in Dich verliebt. Ich weiß nicht, wenn Du ehrlich gewesen wärst und ich auch, hätten wir uns vielleicht auf unromantische Weise ineinander verliebt. Ich weiß nicht einmal mehr, was Liebe ist, außer daß es wohl mehr Arten der Liebe gibt, als ich mir vorstellen kann. Aber so wie es steht, habe ich Dich geliebt, so gut ich konnte, und ich möchte, daß Du zu Dir selbst findest.

Ich habe Mandy mein Geschäft vermacht. Wenn das Testament verlesen wird, wird sie auch eine Reihe Instruktionen bekommen. Ich habe keine Ahnung, wie lange der juristische Firlefanz dauert, aber ich habe verfügt, daß Du den John Frederick Herring jr. bekommst, den Du so liebst. Mandy sieht großartig aus, ist großartig im Umgang mit Kunden und sicher im Auftreten. Geh mit ihr aus, sieh zu, daß sie die richtigen Leute trifft. Das ist gut fürs Geschäft, und sie wird wissen, was zu tun ist. Paß auf sie auf, bis sie fest auf beiden Füßen steht, okay?

Was mich angeht, ich werde beim Allmächtigen ein gutes Wort für Dich einlegen. Ich nehme an, Du hast es nötig.

Tschüs,
Frazier

«Verdammt und zugenäht», pfiff Billy.

11

Kenny Singer kam hundemüde und schlechtgelaunt von der Arbeit nach Hause. Es war spät. Er warf seine Post aufs Bett und duschte. Dann legte er sich ins Bett, widerstand der Versuchung, «eine Million Dollar» zu gewinnen, die ihm ein Umschlag verhieß, wenn er eine Illustrierte abonnieren würde. Schließlich öffnete er Fraziers Brief.

Lieber Kenny,
wenn Du dies liest, bin ich höchstwahrscheinlich schon tot.

Wie haben wir uns amüsiert, wenn wir zu viert ausgegangen sind. Billy, stets im Mittelpunkt der Aufmerksamkeit, hat mich von Dir abgelenkt, aber wenn ich es mir recht überlege, habe ich Dich sehr liebgewonnen.

In diesem Leben war ich ein Trottel. Wenn es so etwas wie Reinkarnation gibt, werde ich im nächsten Leben kein Trottel sein. Das Dumme ist, daß ich mir nicht vorstellen kann, als jemand anders als ich selbst wiedergeboren zu werden. Ich will offen, liebevoll und herzlich sein. Wie macht man das? Du machst es die ganze Zeit. Du gibst von Dir ab.

Verzeih mir, daß ich nicht gemerkt habe, was für ein besonderer Mensch Du bist.

Langsam mache ich schlapp. Ich fasse mich am besten kurz. Wenn Du Billy liebst, schön, die Liebe ist irrational. Ich kann nicht viel dazu sagen, aber auf jeden Fall ist es egal, ob man hetero oder schwul ist. Es kommt nur darauf an, daß man mit jemandem eine Beziehung hat, der einen achtet. Und ich hoffe, daß Du das erleben wirst. Wenn Billy Dir das bieten kann, großartig.

Egal, was mit Billy passiert, bitte denk daran, irgendwann Kinder zu bekommen. Du bist der geborene Vater, und ich glaube, daß Du in dieser Form der Liebe Erfüllung finden wirst.

Wenn die ganze Welt eine Bühne ist und ich nur eine Schauspielerin bin, verlasse ich das Theater für eine kurze Pause. Ob es im himmlischen Foyer Popcorn gibt?

Wenn ich Dir im nächsten Leben wieder begegne, werde ich von Anfang an wissen, was für ein besonderer Mensch Du bist.

Alles Liebe,
Frazier

Kenny starrte auf den Brief, dann drückte er ihn sich ans Herz.

12

«Sir Teddy», ein betörendes Ölgemälde von Ben Marshall, zog Frazier in seinen Bann. Es war von 1808 und zeigte ein sehniges Vollblutpferd, das am 27. August jenes Jahres in der unglaublichen Zeit von 23 Stunden die Postkutsche 176 Meilen weit von London nach Exeter gebracht hatte. Klein von Format, war das Bild dennoch von großer Wirkung, nicht so sehr wegen des Pferdes, sondern wegen der zwei Hunde in Sir Teddys Box. Der eine, ein weißer Köter, linste hinter der Seitenwand der Box hervor und blickte die Betrachterin an. Frazier konnte den Blick nicht von dem weißen Hund abwenden. Es war ihr, als würde sie von Ben Marshall selbst gemustert.

Die in der Altstadt gelegene Galerie lockte versierte Sammler und Händler aus ganz Amerika und Europa an. Als Frazier bei Sotheby's aufhörte, hatte sie mit dem Gedanken gespielt, eine Galerie in New York City zu eröffnen, aber angesichts der Unkosten und der horrenden an Staat und Gemeinde zu zahlenden Steuern hatte sie die Idee wieder verworfen. Das Sprichwort «Baue eine bessere Mausefalle, und die Welt wird sich einen Weg zu deiner Tür bahnen» kam ihr in den Sinn. Für Frazier traf es absolut zu. Nicht zuletzt, weil sie ausgefallene Kunstwerke mit Jagdmotiven und gelegentlich auch einen Matisse zu weitaus wettbewerbsfähigeren Preisen anbieten konnte als ihre Konkurrenz in der Großstadt.

In dieser Hinsicht war Frazier eine echte Kapitalistin. Großstadtmakler sind bestrebt, *den* großen Coup zu landen. Frazier hingegen baute sich über einen längeren Zeitraum hinweg eine Stammkundschaft auf. Einen George Stubbs für 10000 Dollar unter dem Marktwert zu verkaufen schien ihren Konkurrenten Wahnsinn, sie aber verdiente das Zehnfache, da der dankbare Kunde ihr Freund wurde und im Laufe der Jahre immer wieder bei ihr kaufte. Ihre Konkurrenten schienen nicht zu begreifen, daß die Lage der Galerie in Virginia, in der kleinen, aber kultivierten Stadt Charlottesville, ein enormer Vorteil war.

Fraziers zwei weitere Vorteile waren Amanda Eisenhart und ihr eigenes Gespür für junge Künstler. Frazier besaß nicht nur einen unfehlbaren Blick für Qualität, Pinselstrich, Linienführung und Komposition – den besaßen viele andere auch –, sie hatte auch das außergewöhnliche Talent, zu erkennen, welche Maler sich auf lange Sicht halten würden. Darcy Weeden, ihre Kommilitonin aus der Delta-Delta-Delta-Studentinnenverbindung, sang in ganz Buckhead bei Atlanta Fraziers Loblied. Frazier hatte Darcy fünf Jahre zuvor ein großes Pferdebild von einer etwas über dreißigjährigen englischen Künstlerin verkauft, und zwar für 17000 Dollar. Damals hatte Frazier der zögernden Darcy verheißen, sie werde diesen Kauf nie bereuen, und nach der neuesten Schätzung war der Wert des Werkes inzwischen auf 135000 Dollar hochgeschnellt.

Mandy las Fraziers Brief. Er lautete: «Danke. Alles Liebe,

Fraiz.» Sie faltete den Brief zusammen und ging aus ihrem Büro in den Hauptraum der aus drei Räumen bestehenden Galerie. Sie stellte sich neben Frazier und betrachtete Sir Teddy.

«Du wirst das Bild nicht verkaufen.»

«Ben Marshall verkauft sich auch bei schlechter Marktlage gut, das weißt du. Wie Herring, Stubbs, Munnings, Bonheur. Manche Künstler sind wie Gold.»

«Das weiß ich alles, vielen Dank», lächelte Mandy matt. «Du verkaufst das Bild nicht, weil du es liebst.»

«Hm – könnte stimmen.»

«Willst du heute wirklich arbeiten? Du hustest immer noch. Mir macht es nichts aus, den Laden zu schmeißen.»

«Danke, aber ich bin lieber hier als zu Hause. Mein Medikament gegen die Bronchitis hilft. Den anderen Mist hab ich in den Abfalleimer geworfen. Eins sag ich dir, laß dich bloß nie auf Heroin, Opium oder Morphium ein. Das ist alles dasselbe, glaube ich. Ich meine, es gibt Unterschiede, aber werden nicht alle drei aus Mohn gewonnen?» Mandy zuckte die Achseln, und Frazier fuhr fort: «Ich war so kaputt, daß mir bloß noch schwarz vor Augen war.»

«Jetzt immer noch?»

«Nein, aber manchmal ist mir noch ein bißchen schwindlig.»

«Ich hab gerade deinen Brief gelesen.»

«Ohne poetischen Firlefanz.» Frazier legte den Arm um Mandys Schultern. «Aber ich hab's ernst gemeint.»

«Erzählst du mir irgendwann, was die Überraschung in deinem Testament war?»

«Wenn ich die nächsten Monate überlebe, erzähl ich dir alles.»

Mandy riß erschrocken die Augen auf. «Bist du noch krank? Verschweigst du mir etwas?»

«O nein, entschuldige, ich habe mich blöd ausgedrückt.

Komm, setzen wir uns in mein Büro. Ich erzähl dir lieber genau, was ich getan habe, denn es dauert nicht mehr lange, dann ist hier der Teufel los. Und wie.»

Fraziers Büro war in einem sanften Gelb gestrichen, jenem Gelb, in dem bei wichtigen Ausstellungen oft auch die Wände des Metropolitan Museum of Art gestrichen werden. Die beiden Frauen setzten sich auf das dick gepolsterte Dreißiger-Jahre-Sofa. Das Büro, schlicht, aber durch die vielen geschwungenen Linien sehr wohnlich, offenbarte eine versteckte Seite von Frazier. Die meisten Leute hätten erwartet, ihr Büro sei eine Hommage an Hepplewhite, Sheridan oder Chippendale, eine Verneigung in Richtung 18. Jahrhundert.

«Schieß los», sagte Mandy nervös. «Nein, laß mich raten. Du hast eine Katharsis durchgemacht. Du verkaufst alles und ziehst nach Hawaii. Nein, bei dir wäre es eher Südfrankreich, der Comer See oder Neuseeland. Hab ich recht?»

«Fast. Nur Neuseeland stimmt nicht. Das ist zwar schön, aber zu weit weg. Argentinien.»

Mandy ließ sich auf dem Sofa zurückfallen. «Ich hab's gewußt, ich hab gewußt, daß du wegziehst.»

«Nein, ich wollte bloß sagen, wenn ich weggehen würde, dann nicht nach Neuseeland. Ich geh nirgends hin, obwohl man mich vielleicht aus der Stadt jagen wird.»

«Frazier, was hast du angestellt? Ich meine, was kann jemand tun, der voller Schläuche steckt und im Krankenhaus flachliegt?»

«Du hast mir gesagt, ich soll Briefe ans Morgen schreiben.»

«Ich hab einen gekriegt. Danke.»

«Ich habe Briefe ans Morgen geschrieben. Ich habe allen Leuten die Wahrheit über mich und über sie selbst geschrieben. Ich habe meinem Bruder und Billy geraten, sich zu ändern. Ich habe meiner Mutter genau erklärt, was ich von ihr halte, ich betone: genau. Denselben Dienst, wenn auch in anderer Geschmacksrichtung, habe ich Ann Haviland erwiesen. Ich habe meinem Vater einen erschöpfenden Brief über ihn, Mom, Carter und mich geschrieben. Wem noch? Tante Ruru, die ich anbete, und Kenny Singer. Ich hab die Katze aus dem Sack gelassen.»

«Meine Fresse», sagte Mandy und war dann vollkommen sprachlos. Frazier stand schwerfällig auf und öffnete den kleinen Kühlschrank. Sie gab Mandy eine Cola und nahm sich selbst auch eine, tat Eiswürfel in die altmodischen Kristallgläser und setzte sich wieder zu Mandy aufs Sofa.

«Stell dir vor, was mit dir passieren würde, wenn du allen Leuten in deiner Umgebung die Wahrheit gesagt hättest.»

«Das tu ich doch sowieso immer.» Mandy ließ die Eiswürfel in ihrem Glas klirren und goß sich ihre Cola ein. «Ich bin offener gewesen als du, aber ich hab wohl auch ein paar Leichen im Keller, und außerdem hab ich im Moment ziemlich viel am Hals, weißt du?»

«Nee, weiß ich nicht.»

Ein kleines, unfreiwilliges Zucken um Mandys Lippen erblühte zu einem Lächeln. Offenbar wußte sie nicht, was sie jetzt sagen sollte. «Na ja. Probleme mit meinem Freund. Laß uns ein andermal darüber sprechen. Jetzt sag mir erst mal, ob du noch weißt, was du geschrieben hast?»

Fraziers Augen wurden glasig. «So ungefähr.»

«Was soll das heißen, ‹so ungefähr›?»

«Ich hab mir den Morphiumschlauch aus dem Arm gerissen. Er baumelte mir jedesmal im Weg herum, wenn ich den Arm bewegte, und ich konnte nicht schreiben, und überhaupt, je später die Nacht, desto tiefer sank ich in einen Sumpf aus Wut oder Resignation oder was auch immer. Ich habe die Wahrheit geschrieben, aber ich denke, wenn ich in einer besseren Gemütsverfassung gewesen wäre, hätte ich meine Worte vielleicht klüger gewählt. Ich glaube nicht, daß ich gemein geworden bin. Doch, zu Mutter.» Frazier atmete tief ein. «Aber sie hat's verdient, und ich wollte, ich hätte ihr schon vor Jahren einen Tritt in den Hintern gegeben. Bin ich unfair? Macht nicht jeder seine Mutter für alles verantwortlich?»

«Nee, ich nicht. Ich liebe meine Mom. Meistens jedenfalls. Fang bloß nicht an, dich selbst zu quälen. Ich habe *tua mater* x-mal gesehen. Sie ist es nicht wert.»

«Puh!» Frazier machte es sich im Schneidersitz bequem und wandte Mandy das Gesicht zu. Mandy tat es ihr nach. «Danke. Weißt du, als ich im Krankenhaus an Mutter schrieb, dachte ich die ganze Zeit daran, wie sie Carter und mir früher vor dem Schlafengehen Geschichten vorlas. Als ich etwas älter war, wollte ich sie selbst lesen. Ich schlug *Babar der Elefant* oder *Bambi* auf und sah, daß Sätze, ja ganze Absätze durchgestrichen waren. Als ich sie darauf ansprach, log sie, das Buch sei so gedruckt worden. Eines Tages, oh, ich muß damals in der dritten Klasse gewesen sein, fand ich *Bambi* in der Bücherei. Weißt du, was sie gemacht hat?»

«Keine Ahnung», erwiderte Mandy.

«Sie hatte alles ausgestrichen, was sich auf Bambis getötete Mutter bezog.»

«Nein!» rief Mandy.

«Jede einzelne Silbe. Darauf bin ich nach Hause marschiert und habe sie zur Rede gestellt, und sie sagte zu ihrer Rechtfertigung, diese Passagen hätten Carter und mich aufgewühlt. Sie habe uns vor dem Tod beschützen wollen – natürlich hat sie damit alles nur noch schlimmer gemacht. Danach habe ich ihr nie wieder getraut. Allerdings bin ich nicht sicher, ob ich ihr vorher getraut habe. Durch *Bambi* und *Babar* wurde mir klar, was ich wohl schon immer wußte: Mutter will, daß alles immer unter Kontrolle ist, friedlich und ohne Komplikationen. Als Kind spürt man bestimmte Dinge, aber man kann sie nicht benennen. Danach wußte ich jedenfalls, was ich für sie fühlte. Und ich hab mich gehütet, ihr was von meinen Gefühlen zu sagen.»

«Wer weiß, was deine Mutter jetzt macht? Die Sätze in deinem Brief kann sie nicht einfach ausstreichen.»

«Ich schätze, ich werde es bald erfahren.»

Mandy setzte sich gerade. «Hast du allen erzählt, daß du...?»

Frazier unterbrach sie: «Daß ich lesbisch bin? Jawohl, Ma'am.»

Langes Schweigen. Dann: «Auf lange Sicht wirst du froh sein, daß du es getan hast. Aber zunächst einmal...»

«Zunächst einmal machen sie Hackfleisch aus mir, sie werden mich rösten und fritieren, sie werden mich in der Luft zerreißen, mich zur Schnecke machen, mir den Hintern so fest versohlen, daß ich Nasenbluten bekomme. Herzchen, ich stecke in der Scheiße, und zwar bis zum Hals, das weißt du ganz genau, verdammt noch mal.»

«Und ich bin schuld. Ich hab dir das Briefpapier geschenkt.»

«Nee. Das hab ich ganz allein zu verantworten. Jetzt muß ich da durch, und hätte ich ein bißchen mehr Mumm gehabt, dann hätte ich allen schon vor Jahren die Leviten gelesen. Trotzdem bin ich nicht scharf drauf, die Konsequenzen zu erleiden. Aber Leiden ist so ein wichtiger Teil des Christentums, daß Mutter es als ihre Pflicht ansieht, es zu verursachen, wo sie nur kann. Lieber Gott, ich brauche Freunde.»

«Hast du doch.»

«Von wegen.»

«Du hast mich.»

«Ach Mandy, du kannst auch nichts tun, um mich zu beschützen oder zu retten.»

«Nein, aber ich kann zu dir halten. Und Tante Ruru wird auch zu dir halten.»

Frazier dreht ihr Glas in der Hand herum. «Billy vielleicht.»

«Billy?»

«Immerhin habe ich Billy geschrieben, daß es mit ihm böse enden wird. Ich weiß nicht, was er tun wird. Ich glaube, er wird tatsächlich vor mir davonlaufen.»

«Er ist natürlich selber schwul.»

«Ich halte es nicht für meine Pflicht, auch noch andere zu verpfeifen.»

«So ein Quatsch. Ich bin doch nicht blöd. Außerdem, wenn jemand über dreißig ist, wirkt es immer komisch, wenn er mit einem Geschlechtsgenossen zusammenwohnt.» Mandys Zornesröte verlieh ihr etwas Exotisch-Erotisches.

«Er wohnt mit niemandem zusammen.»

«Oh, Kenny Singer und er sind also einfach nur gute Freunde, oder was? Hör mal, wenn ich schon im Auge des Hurrikans bin, spiel du bitte nicht das Unschuldslamm. Erzähl mir lieber alles, was ich wissen muß.» Sie stellte ihr Glas auf den Couchtisch und verschränkte die Arme. «Was ist mit Carter?»

Frazier schüttelte den Kopf. «Das wird die größte Überraschung. Verdammt, Mandy, ich weiß es nicht. Im Moment habe ich das Gefühl, ich kenn mich selbst nicht mehr.»

Mandy tätschelte ihre Hand. «He, das Gute an der Wahrheit ist, daß du dich nicht dran erinnern mußt. Du kannst behaupten, du leidest an Gedächtnisschwund. Auch wenn's nicht stimmt. Du weißt, was meine Mutter immer sagt...»

«Nein, aber du wirst es mir bestimmt gleich verraten.»

«Wenn man dich schon als Schaf hängen würde, kannst du getrost auch den Wolf spielen.» Mandy trank ihre Cola aus.

«Das Wort ‹hängen› will ich nicht mehr hören, es sei denn, es wird auf den männlichen Teil der Menschheit angewendet.»

«Amen, Schwester.» Mandy löste die Beine aus dem Schneidersitz und schwang sie übers Sofa. «Weißt du, wie man feststellt, ob einer gut hängt?»

«Ich hab meine Methode. Laß deine hören.»

«Wenn acht Zentimeter zwischen dem Strick und seinem Kragen sind.»

«Uuh.» Frazier blinzelte. «Ziemlich schlecht.»

«Eine kleine Ablenkung von der bevorstehenden Krise. Also gut, rechnen wir mit dem Schlimmsten. Du fliegst aus der Junior-Liga.»

«Das wird mir das Herz brechen.»

«Du wirst es mordsmäßig schwer haben, im Country-Club einen Viererflight zusammenzukriegen. Deine Freundinnen werden nicht mit dir den Waschraum teilen wollen. Ah, Kinder! Ja, sie werden ihre Kinder verstecken, wenn du angefahren kommst.»

Frazier wurde plötzlich starr. «Mandy, das ist nicht komisch. Manche Leute sind so beschränkt. Ich werde nicht mehr Mary Frazier Armstrong sein. Ich werde Mary Frazier Armstrong, Komma, Lesbe, sein. Meine Identität wird auf ein Wort aufgespießt, das auf eine Insel vor der griechischen Küste zurückgeht, oder liegt sie näher an der Türkei? Ich werde meine Individualität verlieren, meine gesellschaftliche Stellung, Teile meiner Familie, wenn nicht die ganze, und was weiß ich noch alles.»

«Deswegen bin ich dir gegenüber im Vorteil.»

«Wieso?»

«Du kannst lügen, wenn's um deine Identität geht. Ich nicht. Mir steht alles im wahrsten Sinne des Wortes ins Gesicht geschrieben.»

«Dein Gesicht ist außergewöhnlich schön.»

«Danke, aber es trägt den Stempel Afrikas, nicht gerade ein Pluspunkt im Land der blonden Bestie. Jedenfalls kann ich nichts oder niemand anderes sein als die, die ich bin. Es ist besser so.»

«Ich weiß nicht», erklärte Frazier aufrichtig. «Komisch, was einem so durch den Kopf geht. Ich höre dauernd einen

Spruch, den Carter mal gesagt hat als wir Hausarrest bekamen, weil wir eine Party veranstaltet hatten, als Mom und Dad verreist waren. Und das ausgerechnet am Abend des Schulabschlußballs. Er sagte: ‹Ob der Stein auf den Krug fällt oder der Krug auf den Stein – es trifft immer den Krug.› Ich bin der Krug.»

«Das will ich nicht hoffen, Frazier.»

«Ich auch nicht.»

«Was ist auf der Party im Haus kaputtgegangen?»

Frazier hob die Stimme zu mittlerer Tonlage. «Oh, nichts. Das Haus war unbeschädigt, aber Carter und ich haben diverse Sportskanonen bei unanständigen Handlungen mit entgegenkommenden Damen fotografiert. Die Aufnahmen waren nicht das Thema. Daß wir sie gegen Geld in der Schule rumgezeigt haben, das hat uns in die Bredouille gebracht. Der Anblick, wie die Ballkönigin Ernie Watkins einen bläst, mit Krone und allem Drum und Dran. Eine ziemliche Sauerei!»

«Frazier, so kenne ich dich ja gar nicht.» Mandy starrte sie erstaunt und voller Bewunderung an.

«Carter und ich haben wirklich über die Stränge geschlagen – bis ich Geld verdienen mußte. Da hab ich die Krallen eingezogen, oder ich bin reif geworden, was auch immer. Ja, und da habe ich auch angefangen, mich selbst zu hassen. Hast du mal eine Regenbogenforelle gesehen? Im Wasser schillern sie in allen Farben des Regenbogens. Nimmst du sie aus ihrem Element, verblassen die Farben sofort. Ich schätze, so war ich, oder so bin ich.»

«Hört sich für mich eher an, als würdest du wieder zum Leben erwachen.»

Dieser Satz ging Frazier durch den Kopf, als sie den zweiten Galerieraum betrat. Ein riesengroßes Ölgemälde, 3 × 4,50 Meter, beherrschte eine Wand. Auf dem Bild, im 17. Jahrhundert von einem unbekannten Künstler gemalt, waren die Götter und Göttinnen des Olymps dargestellt. Ihre Körper, vollkommen mit Ausnahme des verkrüppelten Hephaistos/Vulcanus, forderten zu Verehrung heraus. Zeus/Jupiter, ein Mann auf dem Höhepunkt seiner Macht, vierzig oder vielleicht fünfzig Jahre alt, der Leib strotzend vor Kraft, das Haupt lichtumflort, überblickte seine Sippe. Ihr Glück war irdisch und himmlisch zugleich. Schuldbewußtsein, Leiden – nun ja, anhaltendes Leiden – und Schmerz waren verbannt.

Seine Gemahlin, Brüder, Kinder sowie die Kinder seiner Gemahlin gruppierten sich um den Donnergott in einer Mischung aus Personifizierung und Elternschaft, die einen Therapeuten in einen Analysetaumel versetzt hätte. Der moderne Mensch muß alles erklären, um sich sicher zu fühlen, eine gefährliche Illusion, denn es gibt keine Sicherheit. Die Alten mußten nichts erklären, sie brauchten Erfahrung, und dieser unbekannte Künstler, zweifellos ein beherzter Venezianer, mußte in seinem Werk geschwelgt haben, als er aus Pulverhäufchen seine Ölfarben mischte. Auch er mußte sich nach Erfahrung gesehnt haben, und seine sinnliche Natur spiegelte sich in den Olympiern wider.

Zeus/Jupiter saß auf seinem Thron, die übrigen Göttergestalten umringten ihn in einem Halbkreis. Hera/Juno, seine Gemahlin, stand statuengleich zu seiner Rechten, die haselnußbraunen Augen auf ihren Weiberhelden von Gemahl gerichtet. Sie traute ihm offensichtlich nicht einmal über den Weg, wenn er still dasaß.

Rechts von ihr machte Poseidon/Neptun ein finsteres Gesicht. Vielleicht hatte er sein mächtiges Meeresreich nur für dieses Familienportrait verlassen und verharrte nun in einem Moment der Ruhe zwischen den heimatlichen Streitigkeiten. Er hatte große Ähnlichkeit mit seinem Bruder, wenngleich sein Bart golden, der von Zeus dagegen grau war. Poseidon/Neptun stützte sich auf seinen Dreizack; sein Blick war nicht auf seinen unumschränkt herrschenden Bruder, sondern auf Artemis/Diana gerichtet, die neben ihm stand, den silbernen Köcher auf dem Rücken, den silbernen Bogen in der Hand.

Keine Chance! Nicht einmal er als Meeresgott könnte ihr den keuschen Kopf verdrehen. Der einzige Mann, den die junge, vollkommene Jägerin liebte, und auch das nicht körperlich, war ihr Zwillingsbruder Apoll. Er saß im Vordergrund vor Artemis auf einem Stein und trug seinen goldenen Köcher. Sein goldener Bogen lag zu seinen Füßen. Die zwei waren einer des anderen Spiegelbild, herrlich, dabei aber ziemlich kalt.

Der rotgesichtige Ares/Mars wog ihren Mangel an Heißblütigkeit auf. Seine roten Haare waren kurz geschnitten, wie man es von einem Soldaten erwartet. Seine Rüstung unterstrich noch seine Männlichkeit. Sein Schwert hing in der Scheide an seiner Seite. Er hielt seinen Helm in der Armbeuge, das feuerrote Roßhaar wurde vom Wind durchgepustet. Sein glühender Blick lag auf Aphrodite/Venus, die ihm in dem Halbkreis unmittelbar gegenübersaß.

Sie erwiderte seinen Blick mit ebensolcher Leidenschaft. Hier brach der Künstler mit der Konvention. Keine blasse, blonde Venus. Volles, dunkles lockiges Haar fiel ihr auf die Schultern. Ihre Augen strahlten dunkelblau. Alles an ihr suggerierte Leidenschaft, Erotik, Zärtlichkeit und Einfühlungsvermögen. Diese Venus war viel mehr als nur eine Sexgöttin.

Zu Zeus hingewendet, stand Hermes/Merkur lachend neben Venus, der vielleicht einzigen Frau, der er abgesehen von seiner Mutter voll und ganz vertraute. Sein muskulöser, schlanker Leib schimmerte. Nicht der Schatten eines Bartflaumes war an seinem kantigen Kinn zu sehen. Wenn Figuren auf Bildern sich bewegen könnten, so hätte er seinen Merkurstab herumgewirbelt, und die darum gewundene Schlange hätte lachend getänzelt.

Athene/Minerva bildete einen scharfen Kontrast zu Merkur. Ihr imposanter Helm bedeckte ihre Haare, nur ein paar Strähnen lugten hervor. Ihre grauen Augen kündeten nicht von Leidenschaft, doch wirkte sie nicht kalt, nur nachdenklich. Ihr Schild lehnte hinter ihr an einem Baumstumpf. Sie sah ihren Vater Zeus an, und er erwiderte den Blick. Sie war sein Lieblingskind.

Zwischen ihnen, aber einen Schritt zurück, stand Hades/Pluto. Er war so von seinem Reich in der Unterwelt in Anspruch genommen, daß auch er sich selten von dort weg begab, schon gar nicht auf den Olymp.

Hades/Pluto war so dunkel, wie Neptun licht war, und er sah ungeheuer gut aus. Alle drei Brüder waren kräftig gebaute Männer mit schönen Mündern und weißen Zähnen. Feinstes Tuch bedeckte seinen Leib. Anders als Neptun, zeigte er wenig Interesse daran, gegen Zeus zu intrigieren. Pluto, obwohl distanziert und kritisch, war eine treue, ehrliche Haut.

Nahebei hatte der Künstler den ungemein muskulösen Hephaistos/Vulcanus plaziert, der noch schwitzte von seiner Arbeit am Schmiedefeuer. Zeus/Jupiter konnte ihn nicht leiden, und Hera/Juno suchte dies auszugleichen, indem sie bei jeder Gelegenheit für ihn Partei ergriff. Sein verkrüppeltes Bein stand in einem grotesken Winkel ab.

Abseits von den anderen, in der unteren rechten Ecke der Leinwand, lümmelte sich Dionysos/Bacchus. Er war zwanzig oder höchstens Anfang Dreißig, in der Blüte des Lebens, und hätte eine glänzende Figur abgeben können. Er war jedoch schlampig gekleidet, was von seiner Schönheit ablenkte. In der erhobenen rechten Hand hielt er einen goldenen Kelch. Er prostete nicht Zeus zu, sondern dem Maler oder Betrachter. Dionysos blickte aus dem Gemälde heraus, fort von dem Kreis der Götter. Ein kleines Lächeln lag auf seinen rubinroten Lippen: War es Spott, oder amüsierte er sich einfach?

Dieses schwülstige Kunstwerk hatte vermutlich einmal im größten Bordell von Venedig gehangen. Seine hintergründige Sinnlichkeit, der unterschwellige Angriff auf jüdisch-christliche Prüderie, die schiere Herrlichkeit würde einen Käufer finden, der sich spontan entschied, der einem Impuls folgte, den er vermutlich selbst nicht verstand.

Frazier liebte besonders den Pinselstrich, so glatt, so seidig, so unaufdringlich. Das Fleisch sah lebendig aus. Sie könnte hinlangen und Merkurs ewig jugendliche Gestalt streicheln oder Jupiter an seinem majestätischen Bart zupfen. Der Maler glaubte an Kunst, die als Kunst nicht zu erkennen war, eine Auffassung, die sich mit Fraziers Philosophie deckte. Sie verachtete Künstler, die jammerten, wie schwierig ihre Arbeit sei, und dann die Geduld aller Heiligen strapazierten, wenn sie einem erzählten, wie sie ihr Meisterwerk zustande gebracht hatten.

Die Eingangstür ging auf. Fraziers Schultern verkrampften sich. War es Mutter? Dad? Carter? War die Axt erhoben, bereit, sie zu zerschlagen? Der Mann vom Paketdienst lieferte Päckchen ab, gratulierte ihr zu ihrer Gesundung und ging augenzwinkernd hinaus. Frazier war erleichtert und zugleich seltsam enttäuscht.

13

Der braunmetallicfarbene Explorer brummte über die von Bäumen gesäumte Zufahrt. Frazier hielt vor dem weißgetünchten Ziegelhaus ihrer Eltern. Sie blieb einen Moment sitzen und dachte daran zurück, wie sie das erste Mal mit dem Explorer den kiesbestreuten Weg entlanggefahren war. Libby war damals aus dem Haus gelaufen; die Enttäuschung stand ihr im Gesicht geschrieben.

«Du hast den Range Rover verkauft?»

«Ja, Mutter.»

«Aber warum? Ein Range Rover hat wenigstens Schwung.»

«Weil die Werkstatt mehr als hundert Kilometer weit weg ist und die verdammte Karre nicht hält, was die einem versprechen.»

«Ich habe deinen Range Rover geliebt!»

«Hättest ihn ja kaufen können.»

Frazier blinzelte und kehrte mit ihren Gedanken wieder in die Gegenwart zurück. Sie stieg aus dem Wagen und ging langsam zur Hintertür. Sie öffnete die Tür, deren Angeln quietschten.

Libby, die an der Spüle stand und Pflanzen eintopfte, rang sich ein knappes «Hallo» ab.

«Kann ich dir helfen?»

«Nein danke», antwortete Libby scharf. «Ich muß diese Narzissen für dein Festessen fertigmachen.»

«Was für ein Festessen?»

«Das Festessen, um Gott für das Wunder deiner Genesung zu danken», erklärte Libby.

«Das höre ich jetzt zum erstenmal.»

«Ich wollte dich heute abend deswegen anrufen.»

«Momma, ist gestern oder heute Post gekommen?»

Libby kniff die Lippen zusammen. «Ja.»

Frazier verlor die Geduld. Sie haßte diese Masche von ihrer Mutter. Bloß nichts freiwillig preisgeben, bloß kein Entgegenkommen zeigen. Immer erst die andere Seite zwingen, ein unangenehmes oder heikles Thema anzuschneiden. Schließlich kann man sich dann selbst zum Opfer der folgenden Auseinandersetzung erklären. Wobei Auseinandersetzungen natürlich grundsätzlich mit schlechten Manieren gleichzusetzen waren. «Mein Brief, Mutter. Du mußt meinen Brief bekommen haben.»

«Habe ich.»

«Und?» Fraziers Ton wurde härter.

«Ich will ihn auf der Stelle vergessen, denn offenbar hast du dich auch vergessen, als du ihn schriebst.»

«Ich wußte, daß du so reagieren würdest!» Frazier verschränkte die Arme. «Wenn du was nicht hören willst, dann stimmt was nicht mit der Person, die es betrifft. Habe ich recht, Mutter?»

«Ich sehe keinen Grund, weiter hierüber zu diskutieren. Du wirst schon zur Vernunft kommen. Unterdessen rate ich dir, dich vorzusehen.»

«Mich vorzusehen? Den Mund zu halten, wolltest du wohl sagen!»

«Das hast du gesagt, nicht ich.»

«Ich habe noch mehr Briefe geschrieben.»

«So?» fragte Libby sichtlich alarmiert.

«An Carter, an Daddy, wie dir bekannt ist, da du die Post entgegennimmst, an Kenny, an Ruru ... ich glaube, ein paar habe ich vergessen.»

Libby klammerte sich an der Spüle fest. «Und hast du ihnen auch geschrieben ...» Frazier blieb stumm, zwang Libby fortzufahren. Gib deiner Mutter eine Dosis von ihrer eigenen Medizin. «Hast du ihnen geschrieben, was du mir geschrieben hast?»

«Daß ich sterben würde? Natürlich.»

«Du weißt, was ich meine.»

«Ich will es von dir hören. Deswegen bin ich hier. Ich habe mir schon gedacht, daß *du* mich nicht anrufen oder zu mir kommen würdest.»

«Was willst du von mir hören?» Aber Libby war im Begriff, ihr Spiel zu verlieren.

«Ach, vergiß es, verdammt noch mal!»

«Daß du unnatürlich bist», schrie Libby.

Frazier ging zur Tür und griff nach dem Knauf. «Nichts ist unnatürlich – aber vieles ist unversucht.»

«Verschone mich mit deinen Klugschwätzereien. Warum bist du überhaupt gekommen? Damit ich mich noch elender fühle, als ich es ohnehin schon tue?»

«Das ist allein deine Schuld. Ich bin gekommen, um dich zu warnen. Ich weiß nicht, wie die anderen ihre Briefe aufnehmen. Ich weiß nur, es wird in der ganzen Stadt herumgehen, daß ich lesbisch bin. Und es geht in der ganzen Stadt herum, daß ich doch noch lebe. Ich dachte, du möchtest dich vielleicht wappnen, um deine öffentlichen Erklärungen vorzubereiten.»

Wie eine kalte Pranke griff die Angst nach Libbys Innereien. Ihre Freundinnen. Geflüster hinter vorgehaltener Hand. Die scheinbar harmlosen Erkundigungen, der allzu feste Händedruck des Pastors nach dem Gottesdienst. Sie sah es alles vor sich. Die Peinlichkeit, wenn sie sich in ihren Kreisen sehen ließ, entsetzlich! Doch noch unerträglicher würde das Mitleid sein, das zum Erbrechen süße Lächeln und der besorgte Tonfall. O Gott. «Ich verstehe dich nicht. Ich habe dich nie verstanden, und dies jetzt verstehe ich erst recht nicht. Geh zum Psychiater! Du mußt nicht so sein. Ich will nicht, daß du so bist.»

«Was hast du überhaupt für eine Vorstellung, Mutter? Glaubst du, ich bin eines Tages aufgewacht und habe mir gesagt: ‹Ab heute bin ich andersrum. Jetzt ärgere ich mal meine Mutter, verwirre meinen Vater, gefährde meinen Platz in der Gesellschaft und verliere nebenbei noch ein paar Freunde? Ich werde mich der meistverachteten Menschengruppe in Amerika anschließen. Ein Hoch auf die Homosexuellen. Ich kann es kaum erwarten, mich diesem Jammer hinzugeben.› Denkst du, so ist das bei mir gelaufen? Denkst du, so läuft das bei irgendwem? Ich bedaure deinen Schmerz, Mutter. Aber noch mehr bedaure ich, in eine Schublade gesteckt zu werden, als Mensch zweiter Klasse behandelt zu werden. Aber weißt du was? Ich bin, was ich bin. Ich sehe nicht, daß dies das Ende der Welt wäre oder daß ich mich plötzlich in ein Monster verwandelt habe.»

«Zweitausend Jahre alte kirchliche Lehren können nicht falsch sein», geiferte Libby.

«Bis ins vorige Jahrhundert hat dieselbe Kirche die Sklaverei gutgeheißen, Mutter, weil's so in der Bibel stand. Ich gehe nicht zum Psychiater. Ich werde nicht plötzlich heiraten und die Enkelkinder zur Welt bringen, von denen du tagein, tagaus quasselst. Wie gesagt, Momma, ich bin, was ich bin. Und ob es dir paßt oder nicht, ich bin deine Tochter.»

«Dann wünsche ich, du wärst gestorben!» Libby warf mit dem Blumentopf nach Fraziers Kopf.

Fraziers Reflexe funktionierten wieder, und sie duckte sich. Der Blumentopf krachte gegen die Tür. Im Nu war Frazier aus dem Haus, und Libby brüllte ihr nach: «Guck, was du für einen Dreck gemacht hast. Komm sofort zurück, und putz das weg. Frazier! Mary Frazier Armstrong, guck, wozu du mich gebracht hast!»

14

Frank Armstrong, silberhaarig und mit dreiundsechzig noch topfit, wollte sich die quietschende Hintertür vornehmen. Ein Schraubenzieher und ein Kanister Universalöl waren seine Waffen. Kalte Nachtluft fegte zischend in den Raum. Libby kam von der anderen Seite herein.

«Wirst du wohl die Tür zumachen, bevor wir uns den Tod holen?»

«Dauernd stöhnst du wegen der Tür, da wollte ich dich überraschen.» Er rüttelte am Zapfen des Schlosses, träufelte ein paar Tropfen Öl hinein, schwang dann die Tür hin und her und ölte die Angeln.

«Frank, das Öl läuft an der Tür herunter.»

«Ich wisch es gleich weg. Wie wär's, wenn du mir einen Drink machst? Und für dich am besten einen doppelten.»

«Warum?»

«Weil du schlechte Laune hast.»

«Habe ich nicht.» Libby marschierte hinaus. Als sie mit den Drinks zurückkam – für Frank einen Scotch mit Eis, Usquaebach, seine Lieblingsmarke, und für sich einen doppelten Absolut mit Orangensaft –, war die Hintertür repariert. Frank wischte die Tür ab und räumte sein Werkzeug weg.

Sie zogen sich in die mit Walnußholz getäfelte Bibliothek zurück, die angefüllt war mit Büchern, die Frank nie lesen würde. Libby bevorzugte Liebesromane, Gartenbücher und Biographien. Auch ein paar Einrichtungsbücher prangten in den Regalen.

Libby schaltete den Fernsehapparat ein, um die Abendnachrichten zu sehen, aber sie konnte nicht stillsitzen. Sie stand auf, um ihre Stickarbeit zu holen. Sie setzte sich. Dann wollte sie ihre Lesebrille, die in der Küche war. In den Nachrichten wurde gezeigt, wie eine Leiche aus dem Fluß gefischt und dann in einen Leichensack gestopft wurde. Die Kamera war weit genug entfernt, um den Zuschauern nicht das Abendessen zu vergällen. Eine blaue, aufgequollene Leiche mit zerfressenem Gesicht konnte einem den Appetit auf Lachs für immer verderben. Trotzdem ging der Anblick, wie etwas enorm Großes, Matschiges in den Sack gestopft wurde, ganz zu schweigen von dem Polizisten, der sich im Gebüsch vornüber beugte, Libby an die Nieren.

«Warum müssen sie so etwas zeigen? Ich frage dich, warum, Frank? Ich meine, wenn nun die Angehörigen zuschauen und man hat sie noch nicht verständigt? Kannst du dir das vorstellen? Kannst du dir vorstellen, wie entsetzlich das ist, wenn einem gesagt wird, daß – diese gräßliche Bescherung dein eigen Fleisch und Blut ist?» Sie schauderte. «Die Leute haben heutzutage keinen Respekt. Diese Medien.»

«Ameisen beim Picknick.»

«Was?» Libbys dunkel gefärbte Augenbrauen zogen sich in hohem Bogen zu den blondierten Haaren hinauf, überaus raffiniert für eine Frau von neunundfünfzig.

«Reporter sind wie Ameisen beim Picknick. Du trittst auf die, die du erwischen kannst, und ignorierst den Rest.»

«Wen geht das überhaupt was an? Warum muß man die sterblichen Überreste einer armen Seele so zur Schau stellen? Ich konnte sehen, daß er kaum etwas anhatte. Wenn ich sterbe, bring mich so schnell du kannst unter die Erde.»

«Ich habe in diesem Haus genug vom Tod reden gehört. Bis zu meinem eigenen reicht es mir erst mal. Ich will nichts mehr von diesem Thema hören.»

«Guck, jetzt zeigen sie ein Autowrack. Drei betrunkene Jugendliche in Buckingham County.» Libby wurde immer lauter. «Und eine Nahaufnahme von einer blutbespritzten Windschutzscheibe!»

«Mein Herz, sonst bist du doch immer ganz scharf auf die blutrünstigen Einzelheiten.»

«Bin ich nicht. Das bin ich ganz entschieden nicht.»

«Libby, was ist heute abend bloß mit dir los? Hast du dich wieder mit Ruru gestritten? Hattest du Ärger im Garten-Club?» Frank hatte einen aufreibenden Arbeitstag mit Entscheidungen, Beschwerden und vielen Terminen hinter sich, aber wenn Libby ihre Probleme unbedingt ausspucken mußte, würde er sie sich natürlich anhören. Immer noch besser, als wenn sie an ihm herumnörgelte.

«Nichts dergleichen. Ich habe nichts mehr von deiner ach so bohemehaften Schwester gehört, seit wir über die gute Nachricht von Frazier gesprochen haben.»

«Gute Nachricht? Ein Segen Gottes des Allmächtigen!» Frank lächelte.

Libby hätte gerne angedeutet, daß es vielleicht kein so großer Segen sei, aber sie hielt den Mund, eine Meisterleistung der Selbstbeherrschung.

Während des langen Schweigens, das folgte, sahen sie Werbespots. Einer pries ein Deodorant an, ein anderer befaßte sich mit dem Thema Verstopfung, vier Autospots belebten die Kost, ein Weinkühler verhieß ewige Jugend, die sich sofort verflüchtigen würde, wenn man nicht den Toilettenreiniger benutzte, der nach der zweiunddreißigsten Weinwerbung kam. Nach diesem erfrischenden Erlebnis füllte das Nachrichtenteam den kleinen Bildschirm mit Geplauder über das neue Kleid der Moderatorin und darüber, wie spaßig das Basketball-Turnier werde. Unterdessen rakkerte sich eine halbe Welt entfernt Osteuropa ab, sich selbst zu regieren, nachdem es ein halbes Jahrhundert lang vom Kommunismus entmündigt worden war. Das arme Rußland war seit 1917 von dieser absurden Philosophie geprägt gewesen. Das war keine Meldung wert. Deodorant schon. Nach der gekünstelten Überleitung durch die Moderatorin und ihre Mitmoderatorin mit einer schier grauenhaften Frisur, nach den Sportergebnissen, die die Ansagerin mit forscher

Stimme vortrug, und dem Geplapper des Wetteronkels flimmerten ein paar Kurzmeldungen über den Bildschirm. Zum Glück wurden keine Toten gezählt.

Libby war entspannt genug, um in ihrem Handarbeitsbeutel nach limonengrünem Garn zu angeln. Limonengrün stand bei Libby hoch im Kurs. «Ich glaube, wir sagen Fraziers Fest ab.»

«Wie bitte?»

«Sie braucht Zeit. Wir können feiern, wenn sie sich wieder gefangen hat.»

«Ihr geht's doch prima. Besser denn je.»

«Wann hast du sie zum letztenmal gesehen?» Libby umklammerte das limonengrüne Garn.

«Hab heute in der Galerie vorbeigeschaut.»

«Und?»

«Und was? Sie hatte zu tun, und ich hatte nur ein paar Minuten Zeit. Wir gehen Freitag zusammen Mittag essen.» Libby biß die Zähne zusammen. «So glücklich habe ich sie seit einer Ewigkeit nicht gesehen. Fast so, wie sie als kleines Mädchen war. Wie damals, wenn sie als Kind zu einem kam und einfach erzählte, was ihr gerade einfiel. Ich weiß nicht.» Er rieb sein Kinn. «Irgendwas ist anders mit Frazier.»

«Das kann man wohl sagen.» Libby stieß die Nadel in ihr Stickmuster.

15

Der Southwest Range, eine Bergkette, die im Nordosten parallel zu den stimmungsvollen Blue Ridge Mountains verlief, bot den blühenden Kleinstädten Keswick und Cismont Schutz. Die Route 231 wand sich an diesen sanften grünen Bergen entlang und endete in Gordonsville in einem Verkehrskreisel, den die Schüler der High-School jedes Frühjahr mit ihren Autos komplett verstopften, womit sie Gemeindepolizei und Anwohner zum Wahnsinn trieben. Würden die unternehmungslustigen jungen Leute vom Kreisel auf die Route 15 rasen, so würden sie in die schöne Stadt Orange einfallen. Würden sie auf der Route 33 ungefähr 200 Meter nach Westen sausen und sich dann auf der 231 wieder nordwärts wenden, so kämen sie durch eine der schönsten Landschaften Amerikas. Fraziers Haus, ein für Virginia typisches Fachwerkhaus, circa 1834 erbaut, lag ein kleines Stück abseits dieser Straße, südlich der Somerset-Kreuzung.

Sie konnte in einer Stunde nach Richmond fahren. In wenigen Minuten konnte sie nach Orange flitzen und von dort den Zug nach New York nehmen. Zum Flughafen waren es nur vierzig Minuten. Nach Washington, D. C., das über Nebenstraßen zu erreichen war, dauerte es mit dem Auto zwei Stunden. Auf der Hauptstrecke schaffte sie es auch mal in anderthalb Stunden, sofern sie nicht in den Berufsverkehr geriet, und wenn sie einen Shuttle-Flug nahm, dauerte es keine halbe Stunde bis Washington.

Aber auch unabhängig von der verkehrsgünstigen Lage liebte Frazier das gelbe Haus mit den dunkelgrünen Fensterläden über alles. Wenn es auf das Blechdach regnete, mußte sie immer an «Singin' in the Rain» denken. Das Haus, das im Laufe der Jahrzehnte vergrößert worden war, gab Zeugnis von guten und von schweren Zeiten. Die Fußböden aus weichem Fichtenkernholz waren in der Nähe der Türpfosten so abgetreten, daß sie dünn wie Bienenflügel zu sein schienen. In den mundgeblasenen Fensterscheiben spiegelte sich eine verzerrte, aber liebliche Ansicht von Hügeln, die sich zu einem Berg des Southwest Range hinaufzogen. Hochgebirge mochte eine zu hochtrabende Bezeichnung sein, aber niemand wagte sie klobige Hügel zu nennen.

Die Roughneck Farm hatte zudem den Vorzug, gerade weit genug vom Schuß zu liegen, daß Frazier im großen und ganzen von unangemeldetem Besuch verschont blieb. Heute abend allerdings blieb sie nicht verschont.

Ann Haviland schritt auf dem alten blauen Chinateppich im Wohnzimmer auf und ab. Das Feuer in dem riesigen Kamin war nicht das einzige, was krachte.

Frazier, zuerst von ihrer Mutter strapaziert und nun von Ann, hatte sich in einen abgewetzten Ohrensessel fallen lassen. Wie eine Flutwelle schlug die Erschöpfung über ihr zusammen. Oh, wie sie ihr Gelöbnis, nicht mehr zu rauchen, bereute! Für einen Zug an einer göttlichen Sherman-Zigarette hätte sie fast alles hingegeben.

«Die Zeit, die ich mit dir verschwendet habe!» Um ihrem Satz zusätzliches Gewicht zu verleihen, pflanzte Ann sich vor Frazier auf. «Vom Geld gar nicht zu reden.»

«Welches Geld?»

«Die Ohrringe von Harlan und McGuire, die Flugtickets zum Lake Louise in Kanada …»

«He, das Hotelzimmer hab ich bezahlt.» Fraziers schwere Augenlider hoben sich in einem Anflug von Zorn.

«Und? Was habe ich dir bedeutet? Ich will lieber nicht von Geld reden, das führt zu nichts.»

«Du hast davon angefangen.»

«Weich bloß nicht aus.» Wut und Sorge umschatteten Anns hübsches Gesicht. «Was bedeute ich dir? Wie würdest du diesen Brief auffassen, wenn du ihn bekommen hättest?» Sie wedelte mit dem Brief vor Fraziers Nase herum.

«Moment mal.» Frazier griff nach dem Brief. «Darf ich ihn noch mal lesen?»

«Du weißt nicht mehr, was du geschrieben hast?» Ann war fassungslos.

«Nicht mehr genau.»

«Ich bin deine Geliebte, und du erinnerst dich nicht?»

Frazier riß ihr den Brief aus der Hand; die warmen Wellen der Feindseligkeit belebten sie. «Ich hab's satt, dir ständig zu erklären, wie mir zumute war, in was für einem Zustand ich mich körperlich befand, wie spät es war. Laß mich einfach den verflixten Brief lesen.»

Ann warf sich in den Ohrensessel gegenüber, verschränkte die Arme und starrte Frazier an, deren Blick aus den schönen grünen Augen über die blaugesprenkelten Seiten huschte. Ann tappte mit dem linken Fuß auf den Teppich. Kater Basil funkelte Ann an, und Ann funkelte Frazier an.

Frazier las den Brief zu Ende und legte ihn auf den Couchtisch.

«Nun?» Ann riß ihn wieder an sich.

Frazier faltete die Hände. «Ich bedaure, daß ich aufgrund meiner Angst vorm Sterben grob geworden bin, aber ich bereue nicht, was ich geschrieben habe. Du bist nicht glücklich mit mir. Du warst das ganze letzte Jahr nicht glücklich mit mir.»

«Ich sehe dich ja kaum.» Ann hatte Angst vor dem, was jetzt passieren würde, obwohl sie diejenige war, die Frazier bedrängt hatte.

«Wir arbeiten beide schwer.»

«Du bist von deiner Arbeit besessen.»

«Ich liebe die Arbeit und du nicht. Wenn du das, was du auf dieser Welt tust, gerne tun würdest, wärst du vielleicht nicht so eifersüchtig auf meine Aktivitäten.» Aus Frazier sprach die Stimme der gnadenlosen Wahrheit.

«Danke für die Lektion in Psychologie, aber wenn du schon dabei bist, kannst du mir vielleicht auch sagen, wovon ich meine Rechnungen bezahlen soll.»

«Das mußten schon andere Leute geregelt kriegen, Ann. Warum sollte dir alles nachgeschmissen werden? Wenn du dein Leben ändern willst, wirst du es ändern. Wenn du glücklich sein willst, wirst du es sein. Benutze Geld nicht als Ausrede. Im Moment willst du lieber jammern als dich ändern.»

«Der Tod hat dich wirklich verhext», bemerkte Ann wehmütig. «Vorher konnte ich dich kaum dazu bringen, über was anderes zu reden als über Arbeit oder Sport.»

«Du wolltest wissen, wie ich mich gefühlt habe. Ich hab's dir gesagt. Jetzt fällst du deswegen über mich her. Ich sage nicht, daß ich eine Lösung für dich habe. Und ich sage nicht, daß du ein schlechter Mensch bist oder unrecht hast. Aber was ich in dem Brief geschrieben habe, ist die Wahrheit, so wie ich sie sehe. Wir kommen zusammen nicht weiter. Warum die Qual verlängern?»

«Ist es denn wirklich eine Qual, mit mir zusammenzusein? Ich fand es manchmal richtig schön mit uns.» Langsam dämmerte es Ann, wie ernst dieses Gespräch werden würde.

«War es auch. Am Anfang ist es immer schön. Aber wir verstehen uns nicht.»

«Wenn wir öfter zusammen wären, wüßte ich vielleicht, was du denkst und fühlst. Jedenfalls mehr als hier drinsteht.» Sie nahm den Brief in die Hand und warf ihn dann wieder auf den Couchtisch.

«Ann, wir passen einfach nicht zusammen. Besonders, seit ich allen geschrieben habe, daß ich lesbisch bin.»

Ann umklammerte die Armlehnen. «Wie viele Briefe hast du geschrieben?»

«An Mutter, Dad, Carter, Billy, Tante Ruru, Kenny und… Mandy. Insgesamt acht Briefe.»

«Hast du mich erwähnt? Ich meine, es ist eine Sache, wenn du dich selbst verpfeifst. Hast du mich verpfiffen?» Anns Halsmuskeln strafften sich.

«Nein, aber Carter wird wohl zwei und zwei zusammenzählen.»

«Er hat uns kaum zusammen gesehen.» Anns Hände zitterten. «Und Billy wird den Mund halten. Er hat schließlich selbst eine Menge zu verlieren. Mandy? Warum mußtest du in der Nacht, als du dachtest, du würdest sterben, an Mandy schreiben? Ich meine, Mandy ist deine Angestellte.»

«Mandy ist vielleicht der einzige Mensch in meinem Leben, der mich um meiner selbst willen gern hat.»

«Carter ist ein Klatschmaul. Verdammt, Frazier. Warum? Warum Carter was erzählen?»

«Er ist mein Bruder, und ich liebe ihn.»

«*Endlich*. Endlich ist Carter erfolgreicher als du. Oh, *das* wird ihm gefallen.» Ann klatschte in die Hände.

«Vielleicht auch nicht.»

«Wenn Carter oder Ruru oder sonst jemand Fragen über mich stellt, lügst du am besten, was das Zeug hält. Du kannst meinetwegen in dieser Stadt untendurch sein, aber ich habe dazu keine Lust!»

«Du hast nichts begriffen.» Frazier sah auf den Brief.

«Mit der Wahrheit rausrücken! Aller Welt erzählen, daß du lesbisch bist! Das ist leicht, wenn man im Sterben liegt. Sie werden Hackfleisch aus dir machen!»

«Das wird sich zeigen.»

«Soll ich vielleicht auch noch deinen Mut bewundern?» Der Sarkasmus quoll nur so aus Ann hervor. «Mit der Zeit wird sich ja herausstellen, wie tapfer du bist. Wenn du deine Freunde verlierst und, was dir mehr zu Herzen gehen dürfte, wenn du dein Geschäft verlierst.»

«Um Himmels willen. Was hat die Tatsache, daß ich lesbisch bin, damit zu tun, ob jemand Kunst kaufen will oder nicht?»

«Weil man dich als anständige Frau kennt. Du bist hinreißend. Du stehst ganz oben in der Gesellschaft, Frazier. Damit wird es aussein, denn deine Kundschaft rekrutiert sich aus genau diesen Kreisen.»

«Die Hälfte der Kunsthändler, die ich kenne, ist schwul.»

«Das sind Männer.» Ann hielt die Armlehnen so fest umklammert, daß ihre Knöchel weiß hervorstachen. «Auch für Schwule gibt es eine doppelte Moral.»

«Ich hoffe, du irrst dich, und selbst wenn du recht hast», Frazier hievte sich aus dem Sessel und ging ans Feuer, «dann kann ich mich trotzdem nicht wieder im Schrank verkriechen.»

«Klar kannst du. Du könntest allen schreiben oder dich ins Auto setzen und sie besuchen. Sag ihnen, du hattest Halluzinationen. Sie werden dir glauben, weil sie dir glauben wollen.»

«Weißt du, Ann, seit ich erwachsen bin, habe ich gelogen. Ich habe gelogen, indem ich schwieg. Das scheint mir schlimmer, als wenn ich regelrechte Lügen erzählt hätte. Vielleicht wird dir eines Tages etwas passieren, das dich veranlaßt, dich und die Welt anders zu sehen. Wie ging noch der Spruch? Schuppen fielen mir von den Augen?» Frazier schüttelte den Kopf, weil es ihr nicht einfiel. «Egal. Mir ist einiges über mich und über die Welt, in der ich lebe, klargeworden, und für einen Teil dieser Welt bin ich verantwortlich.»

«Wieso? Du hast sie nicht erschaffen», konterte Ann wie aus der Pistole geschossen.

«Nein, aber ich kann etwas bewegen, und wenn ich nichts tue, wenn ich mich einfach weiter verstecke, dann akzeptiere ich die Dinge, wie sie sind.»

Ann traute ihren Ohren nicht. «Ach du lieber Gott, jetzt willst du auch noch die Welt verändern! Du und Mutter Teresa, ihr werdet es schon schaffen!»

«Nein, nicht die Welt. Ich will mich selber verändern.»

Verblüfft sprang Ann vom Sessel und stellte sich vor Frazier, Auge in Auge. «Millionen von Menschen, Millionen in Amerika, in aller Welt, bringen es fertig zu leben, ohne daß irgendwer weiß, wer und was sie sind. Homosexuelle müssen doch nicht grundsätzlich eine Fahne vor sich hertragen. Laß die Leute doch ihre Mutmaßungen anstellen. Wenn du's nicht sagst, werden sie die Wahrheit nicht erfahren. Es geht keinen etwas an. Sie sind glücklich, ihre Familien sind glücklich. Unwissenheit ist ein Segen. Warum mußt du urplötzlich anders sein? Du wirst alle anderen deiner sogenannten Integrität opfern. Was gibt dir das Recht, andere Menschen leiden zu lassen?»

«Ich bin nur für mich selbst verantwortlich.»

«O ja. Haben das nicht auch unsere Urgroßväter gesagt, als die Indianer von der US-Regierung zugrunde gerichtet wurden? ‹Ich bin nur für mich selbst verantwortlich, ihr Elend ist ihr Problem.›»

«Ich glaube kaum, daß man das vergleichen kann.» Frazier hörte einfach nur zu. Ihre Wut schwand. Sie kämpfte gegen diese neuen Anwürfe.

«Du weißt, was ich meine. Du hast kein Recht, mich unglücklich zu machen, deine Eltern zu blamieren oder Billy bloßzustellen.»

«Ich stelle niemanden bloß. Ich sage lediglich die Wahrheit über mich, und wenn das andere Menschen unglücklich macht, dann», sie überlegte einen Moment, «dann müssen sie vielleicht lernen, wie schrecklich unfair ihre Einstellung ist, wie unfair», sie suchte nach dem richtigen Wort, «das System ist. Wenn du nicht weißt, daß ein Problem existiert oder daß dein Verhalten anderen Menschen schadet, kannst du es nicht ändern. Vielleicht müssen meine Mutter und mein Dad mal über einiges nachdenken.»

«Und du vielleicht auch.» Ein Funken zischte aus dem Feuer. Ann zog den Fuß weg. «Ich werde dich meiden wie die Pest. Schreib mir nicht. Ruf mich nicht an. Wenn es sich in der Stadt herumspricht, daß du lesbisch bist, werde ich schockiert sein, oh, und wie schockiert, und dann werde ich natürlich erleichtert sein, weil mir dieses Wissen vorher erspart geblieben ist. Ich meine, was wäre gewesen, wenn du dich an mich herangemacht hättest?»

«Du hast einen Befund», sagte Frazier angewidert. Es war eine Redensart aus ihrer Studienzeit, die bedeutete, daß jemand übergeschnappt war.

«Ach ja?» fauchte Ann. «Du willst keine enge Beziehung. Das hast du zugegeben. Ich wollte es nicht glauben. Schön, jetzt hat sich dein Wunsch erfüllt. Keine lesbische Frau wird sich in deine Nähe wagen, weil alle sie sonst verdächtigen. Und wie viele bekennende Lesben gibt es in Amerika? Drei? Ha.» Ann lachte. «In Virginia ist das Wort lesbisch im Wortschatz anständiger Menschen einfach nicht vorhanden. Du hast es geschafft, Frazier. Du wirst allein sein, aber was machst du dann mit deinem überdrehten Sextrieb? In irgendeiner kalten Nacht wirst du mich vermissen. Schade, daß es keine Bordelle für Frauen wie dich gibt. Das wäre doch ideal. Du könntest deinen Spaß haben und dich dann aus dem Staub machen. Keine Verantwortlichkeiten, solange du bezahlst. Das werden sie dir auf den Grabstein schreiben: ‹Sie hat bezahlt!›»

«Ann, mach, daß du rauskommst.»

Als Ann gegangen war, kroch Frazier ins Bett. Katze und Hund kuschelten sich neben sie. In der Nacht sank die Temperatur auf minus 5 Grad Celsius. Sie hatte den Kamin angemacht, weil die alte Zentralheizung gegen Minustemperaturen nicht ankam. Aber dieser Nachteil wurde dadurch aufgewogen, daß das Haus atmete, weswegen sie selten unter Schnupfen oder Allergien zu leiden hatte.

Frazier zog die Daunensteppdecke um sich und legte sich noch einen Schal um die Schultern. Sie versuchte, noch ein bißchen in *Auf der Suche nach der verlorenen Zeit* zu lesen. Die Worte verschwammen vor ihren Augen. Die Menschen mußten mehr Zeit zum Lesen gehabt haben, als Proust sein Meisterwerk schrieb. Sie schloß die Augen, öffnete sie dann wieder und starrte in die Flammen. Sie würde womöglich für den Rest ihres Lebens allein sein. Wenigstens würde sie allein sein und dabei wissen, wer sie war. Der Lohn der Anpassung ist, daß jeder einen gern hat außer man selbst. Wenn niemand anders sie mochte, würde sie sich wenigstens selbst mögen, und das war weit mehr, als sie vorher gehabt hatte.

Aber Anns Worte fraßen an ihren Nerven wie ätzende Säuretropfen. Wie konnte das Bekenntnis zu sich selbst andere Menschen so mit Wut und Haß erfüllen? Vielleicht taten Anns Worte ihr weh, weil an ihren Vorwürfen etwas Wahres war. Vielleicht hatte sie kein Recht, andere Menschen zu verletzen, aber welchen Weg sie auch einschlug, irgend jemanden würde sie immer verletzen. Lügen war ein langsames Verletzen. Das hier ging schneller und sauberer.

Geschehen war geschehen. Sie mußte einen Weg finden, damit zu leben.

16

Riesige Schneeflocken wirbelten vom dunklen Nachthimmel. Die Autos auf dem Parkplatz von Buddy's Restaurant waren zugeschneit, aber die Stammgäste in der beliebten Grill-Bar merkten es entweder nicht, oder sie waren so betrunken, daß es ihnen egal war.

Carter Armstrong «begleitete» mit seiner reinen Tenorstimme die irische Band, die sich nach der berühmten Jagd *The Galway Blazers* nannte. Er hatte sich mit Bushmill's Whisky vollaufen lassen und fühlte sich nun unbesiegbar. Whisky gab ihm immer das Gefühl, stark, intelligent und vor allem glücklich zu sein. Er liebte auch den Geschmack, das Gefühl, wie die Flüssigkeit sich langsam in seinem Mund erwärmte, das Feuer, wenn der bernsteinfarbene Nektar seine Kehle hinabrann und schließlich als pure Energie in seinen Magen schoß. Gelobt seien die Brauer und Brenner, die sich in Schottland und Irland über ihre Kupferkessel beugten, während ihnen der süßliche Geruch von Getreide und Gärung in die Nase stieg. Carter erhob sein Glas auf diese Männer, die er wohl nie leibhaftig sehen würde.

Buddy, ein ehemaliger College-Footballstar und der Besitzer der Bar, klopfte Carter auf den Rücken. «Das war der letzte, Adonis. Draußen schneit es wie der Teufel, und die Straßen sind glatt.»

«Es schneit?»

«Ja, Zeit, deine Langlaufskier rauszuholen.» Buddy hatte vor, sich morgen seine Bretter anzuschnallen.

«Hab nie Skilaufen gelernt.»

«Ist ganz leicht.» Buddy lächelte. «Besonders die Stürze. Ich glaub, die ersten zwei Monate hab ich kaum auf den Brettern gestanden, aber he, da draußen kannst du 'ne Menge klasse Weiber kennenlernen. Ein Mann, dem die Nase und das ganze Gesicht mit Schnee verkrustet sind, hat scheint's was Unwiderstehliches.» Er klopfte Carter wieder auf den Rücken. «A propos klasse Weiber, prima Neuigkeit, das mit deiner Schwester. Wir werden alle zusammen alt, und sie ist und bleibt das hübscheste Ding, das mir je unter die Augen gekommen ist.»

Carter strahlte. «Freut mich. Aber das Beste, Freund Buddy, das Beste ist, daß meine vollkommene Schwester, die erfolgreiche, ehrgeizige Miss Mary Frazier, eine Lesbe ist.» Er warf den Kopf zurück und lachte schallend. «Sie hat mir einen Brief geschrieben, weil sie dachte, sie liegt im Sterben, und abgesehen davon, daß sie mir erklärt hat, wie ich mein Leben leben soll, was mir offenbar alle verflixten Weiber vorschreiben wollen, hat sie gestanden, daß sie lesbisch ist. Ich find's klasse. Einfach klasse! Jetzt steh ich nicht so schlecht da, und ich wette, Daddy ist gramgebeugt – seine vollkommene Tochter ist gar nicht so vollkommen.»

Buddy hörte Neuigkeiten – bei Männern gab es nur «Neuigkeiten», niemals Klatsch – so gerne wie alle anderen. Carters Jubel allerdings verriet mehr über Carter als über Frazier. «Leben und leben lassen.» Buddy zuckte die Achseln.

«Weißt du, was ich über diese Stadt denke?» Carter kippte den Rest Whisky herunter. «Die Leute leben und lassen leben, aber sie machen das Leben nicht leichter.»

Buddy winkte der Kellnerin, um Kaffee zu bestellen. Er setzte sich Carter gegenüber. «Sind die andern schon weg?»

Carter nickte. «Ich halte die Stellung bis zum Schluß.» Der Kaffee wurde gebracht. Carter war sein Leben lang auf diese oder jene Art verwöhnt worden, und so nahm er die Geste für selbstverständlich. «Danke», sagte er zu der Kellnerin. Daß er erwartete, bedient zu werden, bedeutete noch lange nicht, daß er nicht wußte, was sich gehörte.

«He.» Buddy beugte sich vor. «Red nicht über Frazier. Was sie dir geschrieben hat, geht nur euch beide was an.»

Carter blickte beim Trinken über den Rand seiner Kaffeetasse. «Seit dem College mußte ich Fraziers Scheißbeleidigungen schlucken. Jetzt kann sie zur Abwechslung mal ein paar von mir schlucken. Wenn sie lesbisch ist, soll sie büßen und zahlen. Ich habe weiß Gott gezahlt.»

«Das ist nicht dasselbe.» Der Gedanke, daß die schöne Frazier lesbisch war, schmerzte Buddy. Nicht, daß es ihn irgendwie kümmerte, wer was mit wem tat, aber plötzlich zu erfahren, daß eine so schöne Frau unerreichbar war, das erschütterte ihn.

«Wieso nicht?»

«Komm, trink noch 'nen Schluck, und werd nicht aggressiv. Wie viele Jahre kennen wir uns schon? Seit dem Kindergarten. Eine Ewigkeit. Sei nachsichtig mit ihr. Sie hat Furchtbares durchgemacht. Mach es nicht noch schlimmer.»

«Was meinst du damit, das ist nicht dasselbe?»

«Carter, du wilder Hund.» Buddy hob die Hände wie zum Gebet. «Du rührst doch keinen Finger, außer wenn's um Weiber geht.»

«Ach was, ich versteh nichts von Frauen.» Carter entspannte sich. «Aber ich hab eine.»

«Oder zwei oder drei.» Buddy lachte. «Ich weiß nicht, wie du das machst. Meine Alte würde mir die Haut abziehen, und zwar an meinem besten Körperteil.»

«Wennste'n nicht benutzt, wird er dir gestutzt.»

Buddy winkte, um nachschenken zu lassen. «Damit dürftest du heil nach Hause kommen.»

«Mir geht's bestens.»

«Bloß für alle Fälle.» Buddy winkte seinen Gästen und Freunden zu, die nacheinander hinausgingen. Sie stießen Oohs und Aahs aus, als sie den Schnee sahen, der schon 15 Zentimeter hoch war. Und es schneite noch immer.

«Und ich dachte, es würde bald Frühling. Die Rotkehlchen sind doch schon da.»

«Der Winter schlägt noch mal zu. Aber viel Kraft hat er nicht mehr. Der März weckt immer neue Hoffnungen und vernichtet sie dann nach zwei Tagen wieder. He, kennste den? Woran erkennt man einen Wichser?» Carter schüttelte den Kopf, er hatte keine Ahnung. «An seinem Tennisarm.»

«Der ist mies, Buddy. So mies, daß es schon traurig ist. Hör dir den an. Ein Mann geht mit seiner Frau zum Arzt. Sie fühlt sich schon eine Weile nicht wohl, und sie machen eine ganze Reihe Tests mit ihr, sie ist vielleicht vierzig, nicht gerade alt. Zwei Wochen später ruft der Arzt den Mann in seinem Büro an und sagt: ‹Wir haben alle Testergebnisse noch mal überprüft, Mack, aber wir können die Krankheit deiner Frau nicht klar bestimmen. Ich weiß, es klingt verrückt, aber sie hat entweder Alzheimer oder Aids.› Alzheimer oder Aids? Der Mann kann's nicht glauben. ‹Was mach ich jetzt?› fragt er. Der Arzt sagt: ‹Mach mit ihr einen langen Spaziergang im Wald und laß sie dort zurück. Wenn sie den Weg nach Hause findet, bums sie nicht.›» Carter kicherte. Das Kichern wuchs sich zu Gelächter aus, bis er sich am Ende schüttelte.

Buddy lachte auch, obwohl er besorgt war, ob Carter heil nach Hause kommen würde. Die Frage, ob Carter etwas Sinnvolles aus seinem Leben machen würde, stellte er sich schon seit Jahren nicht mehr.

17

Der Sonnenaufgang kam wie ein Engel auf Zehenspitzen. Frazier wachte früh auf, Curry und Basil lagen zusammengekuschelt neben ihr, und sie beobachtete, wie ein hellrosa Schleier auf dem Schnee immer größer wurde. Die Kristalle brachen das Licht, so daß winzige Regenbogen den Boden bedeckten. Die Eiszapfen schimmerten und veränderten ihre Farbe mit jedem Lichtwechsel, bis die Welt in Gold getaucht war.

Frazier streute Körner für die Vögel, was ihr, der Katze und dem Hund großes Vergnügen bereitete. Die Vogelspuren im Schnee erinnerten sie an die Verzierungen, die Bäcker auf Torten machen. Bald balgten sich die Eichhörnchen um das Futter. Sie öffnete die Hintertür und warf ihnen Mais hin. Zur großen Freude der Rotkehlchen huschten sie rasch davon und fielen über die Maiskolben her. Blauhäher stießen kreischend herab. Es war, als würde im Hinterhof eine gefiederte Versammlung stattfinden.

Da die meisten Virginier schon bei fünfzehn Zentimeter Schnee nicht mehr Auto fahren können und spätestens bei einem halben Meter ganz aufgeben, fiel der Schulunterricht aus und Konzert- und Sportveranstaltungen wurden abgesagt. Die gestrichenen Veranstaltungen wurden im Radio durchgegeben. Frazier fand, daß es wenig Sinn hatte, zur Arbeit zu gehen. Die Stadt würde verlassen sein.

Frazier wartete bis halb acht, bevor sie Mandy anrief; sie wußte, daß sie dann wach sein würde.

«Guten Morgen, meine Schöne», trällerte Frazier, als Mandy den Hörer abnahm.

«Es ist ein wunderschöner Morgen. Ich blicke über die Dächer der Second und First Street. Erinnert mich an Camille Pissarros ‹Pontoise, Straße nach Gisors im Winter›.»

Frazier riet ihr: «Bleib zu Hause und mach's dir gemütlich. Heute geht kein Mensch zur Arbeit. Ich geh schnell hin und höre den Anrufbeantworter ab. Du baust einen Schneemann. Oder eine Schneefrau. Oder wie wär's mit einem Schnee-Versailles?»

«Bei meinem enormen Bildhauertalent kann ich's kaum erwarten», antwortete Mandy. «He, vergiß nicht, du bist heute mittag mit deinem Vater zum Essen verabredet.»

«Danke. Hatte ich tatsächlich vergessen. Ich ruf ihn gleich an. Weißt du, was ich noch vergessen habe?»

«Was?»

«Kopierpapier zu bestellen. Erinnere mich Montag morgen dran. Ich hab's in mein Notebook eingegeben, aber vergessen, in dem blöden Ding nachzusehen. Ich bin besser dran, wenn ich überall Notizzettel hinpappe.»

«Am besten auf deine Nasenspitze.»

«Willst du damit andeuten, daß ich meine Notizen verschlampe?»

«Nein, nein, nur, daß du langsam kurzsichtig wirst. So, was hast du heute vor?»

«Willst du's genau wissen?» Frazier machte es spannend.

«Du wirst doch wohl nicht noch mehr Briefe schreiben?»

«Sehr komisch. Nein. Ich ordne meine Bibliothek. Endgültig.»

«Gute Idee. Ich hoffe, du zeigst mir das Ergebnis. Ich wollte heute abend mit Sean weggehen, aber er wird wohl nicht losfahren können, drum denke ich, ich werde wohl auch ein bißchen aufräumen – in meinem Badezimmer. Das Ergebnis kriegst du nie zu sehen.»

«Mach dir eine paar schöne Stunden beim Sortieren deiner Lippenstifte.» Als nächstes rief Frazier ihren Vater zu Hause an.

Libby nahm ab. «Hallo.»

«Mutter, ist Dad da?»

«Ja.» Libbys Ton war so eisig wie das Wetter draußen.

«Gibst du ihn mir bitte mal?»

«Warum?»

«Mutter, ich bin mit Dad zum Mittagessen verabredet und will's noch mal bestätigen. Hol ihn bitte ans Telefon.»

«Du regst ihn nur auf.»

«Ich werd ihn nicht aufregen.»

«Sprich bloß nicht mit ihm über – du weißt schon.»

«Er weiß es längst.» Frazier war wütend. «Ich hab's ihm doch geschrieben.»

«Ich habe ihm deinen Brief nicht gegeben.»

«Mutter!»

«Immer mit der Ruhe, Madam. Er ist überarbeitet und mitgenommen. Du weißt, die Rezession hat dem Geschäft deines Vaters schwer zugesetzt. Alle denken, Frank ist so reich, daß ihm so etwas nichts anhaben kann, aber die Straßenbauindustrie ist arg in Mitleidenschaft gezogen. Er kann jetzt nicht auch noch Ärger von dir gebrauchen.»

«Hol bitte Dad ans Telefon.»

«Nur wenn du versprichst, daß du nicht über unangenehme Themen sprichst.»

«Du hast kein Recht...»

«Ich habe jedes Recht, meinen Mann zu schützen.»

«Glaubst du wirklich, es ist zu verhindern, daß es sich in der Stadt herumspricht? Es wird Dad sowieso zu Ohren kommen.»

«O nein. Kein Freund wird deinen Vater darauf ansprechen.»

«Es muß ja nicht unbedingt ein Freund sein.»

«Er wird es nicht erfahren.» Libby blieb stur. «Ich richte ihm aus, daß du angerufen hast.» Dann knallte sie den Hörer auf.

«Mutter. Mutter? Verdammter Mist.» Das Freizeichen tönte in Fraziers Ohr. Sie legte den Hörer auf die Gabel.

Libby war Frazier ein Rätsel, obwohl sie sie schon ihr Leben lang kannte. Die Unnachgiebigkeit ihrer Mutter überraschte sie nicht, aber daß Libby glaubte, vor Frank etwas geheimhalten zu können, war beunruhigend. Entweder hatte ihre Mutter mehr in der Hinterhand, als Frazier sich vorstellen konnte, oder sie hatte die Lüge zur Kunstform erhoben. Aber vielleicht wollte Frank ja gegängelt werden. Libby führte seinen Terminkalender für gesellschaftliche Verpflichtungen, sie schrieb seine Dankesbriefe, kaufte seine Geburtstags-, Jubiläums- und Weihnachtsgeschenke für Familienangehörige, Angestellte und Freunde. Libby entschied, welche Wohltätigkeitsvereine Spenden erhielten, wo sie Urlaub machten und wann ein neuer Wagen angeschafft wurde. Frank hatte nichts weiter zu tun, als zur Arbeit zu gehen und nach Hause zu kommen. Vielleicht wollte er gar nichts wissen, über nichts und niemanden. Als Kind hatte Frazier sich danach gesehnt, daß ihr Vater sich gegen ihre Mutter auflehnen würde. Als Teenager hatte sie darum gebetet, aber Frank hielt an seiner gelassenen Haltung fest. Wenn Libby schimpfte, entschuldigte er es damit, daß sie ihre Tage hatte. War sie gereizt wie eine Hornisse, erklärte er, sie sei abgespannt. Wenn sie zwei Wochen lang wie ein Berserker herumwütete, gab er ihr genug Geld, um das Haus neu einzurichten.

Frazier hielt ihre Hand ins Licht. Blaulila schienen die Adern durch. Kaum zu glauben, daß sie mit Libby oder Frank blutsverwandt war. Und kaum zu glauben, daß nach ihrem Tod der Puls in ihren Adern verstummen, das Blut stocken sollte. Freilich, wäre sie sitzend gestorben, das Blut wäre wohl am Ende in die Füße geflossen. Hätte die Schwerkraft es nicht nach unten gezogen? Sie dachte ein paar Sekunden darüber nach, dann stieß sie einen Jubelschrei aus. Sie war nicht gestorben. Okay, ihre Mutter war eine Meckerziege, und ihr Vater war ein Schwächling, wenn es um seine Frau ging, aber sie, Frazier, war lebendig, herrlich lebendig.

Sie zog dicke Socken an, ein seidenes Unterhemd, ein langärmeliges warmes T-Shirt, ein Flanellhemd, Jeans und Arbeitsstiefel. Sie schnappte sich eine alte daunengefütterte Jacke, pfiff nach Curry und Basil und rannte hinaus.

Ein reißender Bach mit einem kleinen Wasserfall bildete die nördliche Begrenzung ihres Grundstücks. Frazier, Katze und Hund stapften durch den frischen Schnee zum Bach. Obwohl die Ufer vereist waren, stürzte der Wasserfall über die Steine. Es war noch nicht lange genug kalt gewesen, um den Wasserfall gefrieren zu lassen.

Das tiefe Tuckern eines Dieseltransporters bewog Curry, durch den Schnee zu stürmen. Er verausgabte sich regelrecht, denn immer, wenn er hochsprang, tauchte er gleich darauf tief in das glitzernde Pulver ein. Am Ende war er klüger und folgte in Fraziers Fußstapfen, als sie zur Einfahrt ging. Basil ritt auf Fraziers Schulter.

«Ruru. Was machst du an so einem Tag hier draußen?»

«Bertha kommt überall durch.» Ruru kletterte aus ihrem 1977er Ford mit Vierradantrieb. «Genau wie ich. Unser Telefonat, nachdem du aus dem Krankenhaus kamst, hat mir nicht genügt, drum dachte ich mir, an einem Tag wie heute sollten wir einen Spaziergang machen.»

«Klar. Ich bring die beiden nur schnell ins Haus.»

Katze und Hund murrten, als sie im Haus eingeschlossen wurden. Ruru und Frazier stapften die Straße entlang, wo ein Auto am Rand steckengeblieben war.

«Dafür brauchen wir Bertha nicht zu bemühen. Wir können die Dame selbst rausschieben.»

Die frierende, frustrierte Dame lenkte, Frazier und Ruru schoben von hinten, bis sie sie schließlich winkend und rufend auf den Weg brachten.

«Laß uns zur alten Schule gehen.»

«Das sind gut drei Kilometer. Und noch mal drei zurück, Ru.»

«Meinst du, ich bin zu alt? Meine Güte, du kannst vielleicht ein Klugscheißer sein, Kind.» Damit marschierte die ältere Frau mit forschem Schritt los, und Frazier beeilte sich, nachzukommen. Hin und wieder mußte sie das Zeug ausspucken, das aus ihren Bronchien hervorbrach. «Tut weh, was?»

«Ja, ziemlich.» Frazier nickte.

«Hoffentlich bist du bald über den Berg. He, vielleicht sollten wir lieber reingehen.»

«Nein, die Luft tut mir gut. Ich werde sogar mit Joggen anfangen.»

«Du?»

«Ich. Ich hasse es wie die Pest. Es ist so langweilig, aber», Frazier atmete die scharfe Luft ein, «es ist wirklich gut für die Lungen. Ich weiß auch nicht, wo ich mir das geholt habe.»

«Liegt in der Familie.»

«Tatsächlich?»

«Dein Großonkel Fred hat sein Leben lang unter Bronchitis gelitten. Wenn er atmete, gab es immer ein komisches metallisches Pfeifen.»

«Ja, das kenne ich.» Frazier lächelte ihre energiegeladene Tante an. «Ich freu mich, daß du da bist. Mom ist am Ausrasten. Kein Wunder. Sie hat den Brief versteckt, den ich an Dad geschrieben habe, und es macht sie hysterisch, daß ich mit ihm über das Thema reden könnte.»

«Ich kann mir gut vorstellen, was in der eleganten, gesellschaftlich korrekten Elizabeth Redington vorgeht. Deine Mutter und ich haben uns vor vierzig Jahren einmal angesehen, und was soll ich sagen, Haß auf den ersten Blick? Haß ist ein zu starkes Wort. Antipathie. Ich verschwende nicht mehr Gedanken an sie als an eine keifende Ziege.»

«Es ist so still. Ist dir das aufgefallen? Ich höre nichts als unser Atmen und das Knirschen unserer Schritte.» Frazier sah sich um, als wollte sie sich diesen Tag, diesen Spaziergang in allen Einzelheiten einprägen. «Ru, was soll ich nur tun?»

«Ich weiß es nicht.»

«Bist du mir böse?» Fraziers Herz flatterte.

«Ich? Daß ich nicht lache. Nein.» Sie nahm eine Handvoll Schnee und formte ihn zu einem dicken Ball. Weiter vorne ragte eine Mauer auf, Ruru warf und traf. «Ich möchte nur eins: daß du glücklich bist. Wie oder mit wem, das ist mir ziemlich schnuppe, und ich nehme an, ich könnte mich an eine Frau in deinem Leben gewöhnen, vorausgesetzt, es ist die richtige. Ich finde nichts dabei.»

«Nur keine Panik. Es wird keine richtige Frau geben.»

«Nur keine Tragik.» Ruru knuffte Frazier. «Die Liebe hat so eine komische Art: Sie schleicht sich an einen heran, wenn man es am wenigsten erwartet. Aber das ist im Moment nicht das Thema. Das Thema ist, was Libby vorhat und ob du den gesellschaftlichen Absturz ertragen kannst, ohne vor die Hunde zu gehen. Du warst sowieso mit den falschen Leuten zusammen. Dies ist die ideale Gelegenheit, sie loszuwerden.»

«Früher hast du nie was gesagt.»

«Warum auch? Es ging mich nichts an. Hoffentlich haben diese Leute dir wenigstens Bilder abgekauft.»

«Einige haben was gekauft. Die meisten waren geizig bis dorthinaus, außer wenn sie Kokain gekauft haben.»

«Lasche Bande. Ich hoffe, du...»

«So was liegt mir nicht.»

«Nein, vermutlich nicht.»

Das rote Schulhaus kam in Sicht. Die hohen Fenster reflektierten das Licht; die Tische und Stühle draußen hatten traumhafte Formen angenommen.

«Ich glaube, in so einer Schule wäre ich glücklicher gewesen als in St. Luke's», bemerkte Frazier, als sie die große Steintreppe hinaufstiegen. Sie spähten durch die Fenster.

Die altmodischen Pulte mit den schmiedeeisernen Verzierungen an den Seiten waren in ordentlichen Reihen aufgestellt. Ein riesiger schwarzer Kanonenofen beherrschte die Mitte des Raumes, und eine Tafel, eine richtige schwarze Schiefertafel, keine von den neuen grünen, bedeckte die Ostwand. Über der Tafel waren Zeichnungen aufgehängt.

«Dein Onkel sagte immer, der Fluch des Reichseins sei es, mit reichen Leuten leben zu müssen.»

«Glaubst du, Daddy empfindet das auch so?»

«Herzchen, dein Daddy hat sich vor so viel Jahrzehnten aufgegeben, daß er vergessen hat, wer er ist und woher er kam.»

«Wenigstens ist er kein Snob.»

«Er ist wie ein Fisch auf dem Trockenen.» Ruru legte die Hand über die Augen. «Sieh mal.» Sie zeigte nach Westen. «Es gibt noch mehr Schnee.»

«Stimmt. Kehren wir um.»

Die ersten Flocken des Schneesturms wirbelten herab, als Frazier und Ruru in den Vorraum traten und sich den Schnee von den Füßen stampften.

Ruru machte Sandwiches mit Spiegeleiern, sauren Gurken, Kopfsalat und Mayonnaise, während Frazier in einer Stielkasserolle Glühwein kochte. Sie plauderten und genossen ihr Zusammensein.

Als sie nach dem Mittagessen am Kamin saßen, Curry auf Rurus und Basil auf Fraziers Schoß, lachten sie über Yancey Weems' Befürchtungen, gerichtlich belangt zu werden.

«Hat die Tatsache, daß du dem Tod so knapp entronnen bist, dein Leben versüßt?» fragte Ruru. Das Licht des Feuers milderte die Falten in ihrem Gesicht, so daß sie um Jahre jünger aussah.

«Ähm – ja. Aber weißt du, man ist von den seltsamsten Dingen fasziniert. Ich dachte immerzu, wie schön das Papier war, das ich zum Schreiben benutzte, und wie gut der Füller in der Hand lag. Alle Gegenstände kamen mir irgendwie größer vor. Vor allem aber konnte ich nicht glauben, daß es ausgerechnet mich treffen sollte. Ich möchte so viel tun, so vieles sehen. Und mich amüsieren. So richtig amüsieren.»

«Du hast schwer geschuftet, das steht fest. Ich nehme an, die Bälle und eleganten Gesellschaften sind nicht als Amüsement zu werten.»

«Das war härtere Arbeit als in der Galerie. Aber weißt du», Frazier beugte sich zu Ru, «ich wünschte, ich wüßte nicht, daß ich einmal sterben muß. Ich wünschte, das wüßte niemand von uns. Es macht einen tatsächlich zum Opfer, zur Zielscheibe für jeden Schwindler, der einem ein Leben nach dem Tode verspricht. Ich glaube, wenn wir nicht wüßten, daß wir sterben müssen, würden wir jeden Augenblick viel mehr genießen. Wer an mich glaubt, der hat das ewige Leben, heißt es in der Bibel. Natürlich wollen die Menschen das glauben. Die Angst vorm Sterben ist eine Peitsche, eine Knute, eine Geißel, und oh, wie Prediger und Pastoren und die ganzen anderen frommen Ekel sie eingesetzt haben. Ich will leben, Tante Ruru, wie ich es mir vorher nie gewünscht habe, und ich will ganz sicher nicht sterben. Ich will nicht mal daran denken, aber ich denke trotzdem dran.»

Ruru streichelte den Hund und sagte: «So habe ich das nie gesehen. Ich war dankbar für meinen Glauben, als Paul starb. Nicht, daß ich ihn im Geiste zwischen den Wolken tanzen sah, mit Flügeln am Rücken und einer Harfe in den Händen. Paul mit einer Harfe! Er war vollkommen unmusikalisch.» Sie lachte. «Aber der Glaube, nicht die Kirche, wohlgemerkt, aus dem Glauben habe ich Trost geschöpft.»

«Und wenn es nicht wahr ist? Wenn es keinen Gott und keinen Himmel gibt? Wenn Jesus kein Erlöser war, sondern ein jüdischer Rabbi?»

«Darauf kommt es nicht an.»

«Bitte, was?»

«Es kommt nur darauf an, daß wir mit Anstand leben, mit Achtung füreinander. Du mußt an nichts glauben, aber meinen Glauben sollst du mir lassen.»

«Stimmt.»

«Dann mach dir keine Sorgen. Der Herr geht geheimnisvolle Wege, um seine Wunder zu wirken.»

«Und was soll das heißen? Ich hasse es, wenn du in Rätseln sprichst.»

«Es heißt nur, daß man leiden muß, Vertrauen verlieren, gegen Mauern stoßen, was auch immer. Dein Glaube wird kommen. Das wird nicht von der Vernunft bestimmt. Er kommt vom Herzen, und das Dogma ist ohne Bedeutung. Welcher Kirche du angehörst, ist völlig schnuppe. Es kommt darauf an, was du fühlst, und wenn du's fühlst, hast du alles.»

«Das ist mir zu mystisch. Und ich mache keine Witze.» Frazier meinte es ernst.

«Ich weiß.»

Frazier fragte mit einem teuflischen Funkeln in den Augen: «Was macht dich so klug?»

«Diese Falten. Es gibt keinen anderen Weg, Kind, keinen anderen Weg.»

«Magst du mir noch ein philosophisches Kleinod schenken, für den Beginn meiner Reise?»

«Ja. Ernsthaftigkeit ist die Zuflucht der Seichtheit.»

Darauf lachten sie beide und wandten sich wieder dem delikaten Klatsch zu.

18

Bis Montag waren alle Straßen geräumt. Der wetterwendische März bescherte einen herrlichen, 10 Grad Celsius warmen Tag. Man konnte das Wasser in Regenrinnen, unterirdischen Leitungen und unter Kanaldeckeln gluckern hören.

Vor dem großen Fenster von Terese Colliers Schönheitssalon «Scherenschnitt» wiegten sich knospende Narzissen herausfordernd im schmelzenden Schnee. In New York oder Los Angeles würde Terese in Geld nur so schwimmen. Mit ihrer Schere vollbrachte sie Wunder.

Frazier schaute am frühen Morgen herein, um sich eine kleine Nachbehandlung verpassen zu lassen und auch, um Terese noch einmal zu danken. Jennifer, die Manikürdame, eine Vision in Pink, und Malibu, Tereses junge Gehilfin, freuten sich, daß Frazier wieder gesund war. Jennifer und Malibu benahmen sich ein bißchen sonderbar. Malibu sah Frazier forschend an. Jennifer weichte Fraziers Hände wie immer in Paraffinöl ein, aber der sonst so fröhliche Plauderton wollte nicht aufkommen. Sie verfielen auf das einschläfernde Gesprächsthema Wetter.

Als ihre Fingernägel vollendet glänzten, entspannte sich Frazier auf dem Frisierstuhl. Sie nahm sich vor, so einen Stuhl für ihre Bibliothek zu kaufen. Die Versteigerungssaison begann in sechs Wochen, und wenn man Geduld hatte, konnte man wirkliche Schnäppchen machen. Und selbst wenn man für Fliegenschränke, Schusterbänke, altes Pferdegeschirr und Werkzeug am Ende viel zuviel bezahlte, so lohnte es sich allein schon wegen der Aufregung, die die Auktion mit sich brachte.

Das regelmäßige Schnippen der Schere lullte Frazier ein. Ein Gedanke schoß ihr durch den Kopf. «Terese, ist Ann hiergewesen?»

«Sie war da, um den Termin am Samstag abzusagen.»

Frazier wußte, daß sie es wußten. Und mit dieser Antwort war Ann schon einmal von der Liste der Verdächtigen gestrichen. «Wann war Mutter hier?» Nicht, daß Libby ein Sterbenswörtchen hätte verlauten lassen.

«Miss Armstrong war, hm, am Mittwoch hier, glaube ich. Sah gut aus. Und Donnerstag morgen, bevor der Sturm richtig losging, hat Malibu Laura eine Gesichtsbehandlung gemacht. Die war vielleicht geladen, du meine Güte.» Terese schüttelte den Kopf. «Sie hätte Carter glatt umbringen können.»

«Das ist nichts Neues, oder?» Frazier konnte sich allmählich ein Bild machen.

«Er war fast die ganze Nacht weggeblieben und behauptete dann, er sei bei Buddy gewesen, es habe angefangen zu schneien und er hätte nicht nach Hause fahren können. Aber so schlimm kann es gar nicht gewesen sein, sein Kombi hat doch Vierradantrieb. Sie hat eine Stinkwut im Bauch. Du kennst das ja bei ihr.»

«Und ob. Wenn's ihr schlechtgeht, gibt sie nicht eher Ruhe, als bis es allen anderen auch schlechtgeht.» Laura hatte jedenfalls die richtige Methode gefunden, Frazier anzustecken.

«Ich versteh nicht, warum sie sich nicht von dem Kerl scheiden läßt, verzeih, daß ich das sage, er ist schließlich dein Bruder.»

«Ich würde nicht mit ihm verheiratet sein wollen.»

Malibu feixte. «Laura sagt, du würdest mit niemand verheiratet sein wollen.»

Terese klopfte mit ihrem Kamm auf den Tresen. «Halt bloß den Mund, Mädchen.»

«Aber das hat sie wirklich gesagt.»

«Laura ist manchmal», Terese machte eine Pause, «überspannt.»

«Laura wird schon genau wie meine Mutter, wolltest du sagen. Nichts kann man in ihren Augen früh genug, gut genug oder sorgfältig genug machen. Früher war sie nicht so. Weißt du, nicht nur Carter hat seine Fehler. Wenn ich mit Laura verheiratet wäre, ich würde auch von zu Hause wegbleiben. Sie steckt die ganze Zeit mit Mutter zusammen. Sie lungern im Garten-Club oder im Bridge-Club rum, und in Tyson's Corner frönen sie dem Kaufrausch. Sie sind wie Zwillinge. Mutter leiert mir tagein, tagaus vor, was für ein Glückspilz Carter sei und daß Laura für sie wie eine eigene Tochter sei, was natürlich bedeutet, daß sie von ihrer eigenen Tochter enttäuscht ist.»

«Wenigstens trinkt sie nicht.» Terese, durch und durch eine Perfektionistin, maß Fraziers Haarspitzen mit einem Lineal nach. «Meine Mutter wird widerlich wie Schlangenkacke, wenn sie trinkt. Einmal mußten wir Daddy in die Notaufnahme bringen. Sie hat ihm eine Eisenpfanne über den Schädel gehauen, und wir dachten, er wäre tot.»

«Da hast du recht. Libby bevorzugt den Tod der tausend Schnitte.»

«Was ist das?» fragte Terese, und Malibu rückte näher.

«In China pflegten sie einen Verbrecher bis zum Hals einzugraben. Die Leute aus dem Dorf und die Bauern gingen vorüber und schnitten ihm in den Hals, hier ein Schnitt und da ein Schnitt. Oft mußte sich das Opfer tagelang quälen, bis es endlich starb.»

«Frazier, hältst du deine Momma wirklich für so gemein?» Malibu liebte gemeinen Klatsch.

«Nicht jeden Tag. Um jemanden zum Tod der tausend Schnitte zu verurteilen, muß sie schon richtig geladen sein.» Frazier hielt den Kopf still, während Terese schnippelte.

«Der Krankenhausaufenthalt muß dich irgendwie verändert haben», bemerkte Malibu. «Ich erinnere mich nicht, daß du früher so – so direkt warst.»

«Stimmt», bestätigte Frazier. «So, und was wolltest du mir übers Heiraten sagen, Malibu? Es würde mir leid tun, wenn du dir ins Hemd machtest, weil du etwas nicht weißt oder weil du glaubst, es nicht zu wissen.»

«Äh, hm …» Malibu war verlegen.

«Es geht dich nichts an, Mädchen, und daß du darauf hörst, was Laura Armstrong oder die anderen bissigen, unglücklichen Weibsbilder, die hierherkommen, erzählen, das geht über meinen Verstand.» Terese wurde grob. «Geh nach hinten und rühr Shampoo an. Frazier braucht ihre Ruhe, nach allem, was sie durchgemacht hat.»

Malibu stürmte beleidigt hinaus.

«Jetzt wird sie's an dir auslassen.»

«Dann kann sie sich 'nen neuen Job suchen. Täglich klopfen massenweise Männer und Frauen bei mir an und fragen nach Arbeit.»

Fraziers Miene wurde finster. «Bei mir auch, Terese. Ich finde es immer schrecklich, sie abweisen zu müssen.»

«Sie schlafen auf der Straße, auch im Winter. Frazier, es sind nicht mehr bloß die Besoffenen. Ich dachte, nur in Großstädten gibt es solche Probleme, nicht bei uns.»

«Und der Kongreß wird die Steuern wieder erhöhen, und mit der arbeitenden Bevölkerung geht's noch weiter bergab. Es ist furchtbar, die vielen Penner am Potomac.» Frazier machte eine Pause. «Ich bin nicht besonders politisch, aber in den letzten Jahren ist es so schlimm geworden, daß es sogar mir auffällt, und es macht mich – böse. Richtig böse.»

«Amen, Schwester. Weißt du, aber du kennst das ja, jeden Monat versuche ich drei Tage lang, den Papierkram in den Griff zu kriegen, die Sozialabgaben, die Lohnsteuer, und ich kann dafür keine Buchhalterin einstellen. Ich kann es mir einfach nicht leisten, dabei hab ich eigentlich gar keine Zeit dafür. Die Formulare sind angeblich einfach auszufüllen. Wenn das so ist, warum muß man dann vier Jahre aufs College gehen und einen Abschluß als Wirtschaftsprüfer haben, um sie zu verstehen? Es wird sich was ändern. O ja.»

«Rechtzeitig?»

«Ja.» Tereses Stimme war fest. «Man kann das amerikanische Volk jahrelang, vielleicht jahrzehntelang malträtieren, aber früher oder später wachen die Leute auf, und wenn, dann Achtung, Baby: Dann werden Köpfe rollen.»

Frazier flüsterte: «Terese, apropos rollende Köpfe, Laura hat herumgetratscht, daß ich lesbisch bin, stimmt's?»

Tereses Hände verhielten über Fraziers goldblondem Kopf. «Wieso sollte ich mir anhören, was aus dem Maul von dieser Zicke kommt?»

«Ich muß mich wohl auf einiges gefaßt machen.»

«Niemand wird ihr glauben. Keine Sorge.»

«Aber es ist wahr!» Frazier brach der kalte Schweiß aus, und sie haßte sich, weil sie Angst hatte.

«Keine Lüge?» Terese war neugierig, ohne zu urteilen.

«Keine Lüge. Ich habe es nicht ausgelebt. Ich meine, ich laufe nicht den Mädchen nach.»

«Mein Onkel Jake war einer von der Sorte. Ein lieber Mensch. Schätzchen, mir ist das völlig egal.»

«Bisher seid du und meine Tante Ruru die einzigen, denen es egal ist, und wenn Laura es herumposaunt, hat es sich vor dem Wochenende bis Richmond herumgesprochen. Mandy schert sich übrigens auch nicht drum.»

«Du wirst herausfinden, wer deine Freunde sind», stellte Terese gelassen fest.

«Ich bin dir dankbar, daß du mit mir darüber sprichst.»

«Weißt du, was ich denke?» Terese schloß einen Moment die Augen. «Ich denke, wer was auf dem Kerbholz hat, wirft den ersten Stein. Laura sollte sich vorsehen. Wenn Libby zu Ohren kommt, was sie für Geschichten erzählt, dann geht die schöne Freundschaft baden.»

Frazier unterbrach sie. «Laura wird anderen die Schuld in

die Schuhe schieben. Mutter glaubt alles, was aus Lauras Elizabeth-Arden-hot-pink-Mund kommt.»

«Vielleicht, vielleicht auch nicht. Aber überleg mal: Was hätte Laura davon? Wäre es nicht klüger, wenn sie den Mund hielte?»

«Sie ist neidisch. Das war sie schon immer.»

«Ich weiß, ich weiß, trotzdem, wer was auf dem Kerbholz hat, wirft den ersten Stein.»

«Weißt du irgendwas, was ich nicht weiß?»

«Nein, aber ich kenne die Menschen.»

Als Frazier zur Arbeit kam, war ihre Wut auf Laura so groß, daß sie ihre Schwägerin am liebsten umgebracht hätte, aber das wäre zu einfach gewesen. Als erstes griff sie zum Telefon und bestellte in Richmond einen Billardtisch. Mandy konnte es nicht fassen, fand es aber ganz lustig. Frazier sagte, sie hätte sich schon immer einen Billardtisch gewünscht, sich aber nie einen zugelegt, weil es als typisch lesbisch galt, in Bars herumzuhängen und Billard zu spielen. Egal. Sie wollte einen. Dann erzählte sie Mandy, was Terese gesagt hatte und daß Malibu ein Miststück und sie selbst stocksauer sei.

«Leg dich nicht mit Laura an», riet Mandy.

«Warum nicht?»

«Weil sie hinterlistig ist. Sie windet sich heraus und bringt es fertig, dich am Ende als schizophren hinzustellen.»

Mandys Einschätzung leuchtete Frazier ein. «Verdammt, es ist mir unerträglich, ihr das alles einfach durchgehen zu lassen.»

«Du hast doch Geld. Engagiere für einen Monat einen Privatdetektiv.»

«Was?» Frazier traute ihren Ohren nicht.

«Schlimmstenfalls verlierst du ein paar tausend Dollar. Weißt du noch, die Kroko-Slipper, die du bei Gucci in New York gekauft hast? Die haben 1050 Dollar gekostet.»

«Das brauchst du mir jetzt nicht unter die Nase zu reiben.»

«Tu ich ja gar nicht. Ich meine bloß, du hast Tausende von Dollars für Kinkerlitzchen rausgeworfen, also kannst du dir auch einen Detektiv leisten, um Laura nachzuspüren. Wenn sie eine blütenweiße Weste hat, na schön. Wenn nicht, laß sie mit dem Arsch auf Grundeis gehen.»

«Du verblüffst mich immer wieder, Mandy.»

«Präriejustiz.»

«Du hast sie nie gemocht.»

«Ach, ich weiß auch nicht. Sie hat so eine Art, mir allen Ernstes zu erzählen, wo sie war, als Martin Luther King erschossen wurde, was sie von der Anita Hill/Clarence Thomas-Anhörung hält, wie sie den neuesten Eddie-Murphy-Film findet. Meint sie, ich kann über nichts anderes diskutieren als über Themen, die Afro-Amerikaner betreffen?» Mandy seufzte. «In meinen Augen ist Laura keine weiße Dame, sondern eine blöde Ziege.»

«Eine Ziege?»

«Ja, für eine Dame ist sie nicht groß genug.»

«Ich glaube, von dir kann ich noch eine Menge lernen, Mandy.» Frazier kramte das Branchenbuch hervor und suchte nach Privatdetektiven. Sie hielt eine Minute inne und blinzelte Mandy zu. «Es spricht viel dafür, neureich zu sein, und Laura spricht für alles.»

19

Ritt bis zum Letzten» von Lionel Edwards, 1938 gemalt, sprühte vor Dynamik. Frazier liebte viele Künstler des 20. Jahrhunderts, und in einer Abteilung der Galerie prangten einige Werke aus dieser Zeit. Frazier hatte Gemälde von Peter Curling, die Pferderennen darstellten, und wunderbare Arbeiten von Constance Holford, die sich von der Leinwand abzuheben schienen. Susan Crawfords Rennpferdestudien verkauften sich sehr gut, ebenso die Jagdszenen von Heather St. Clair Davis. Peter Biegels Werke erzielten gute Preise, die Bilder von Lionel Edwards gingen weg wie die sprichwörtlichen warmen Semmeln. Besonders liebte Frazier Cecil Aldin und Denholm Armour, wegen ihres Humors.

Von diesen Bildern umringt, konnte man die Außenwelt vergessen. Die Fuchsjagd-Kostüme in Sir Alfred Munnings Gemälden und Lionel Edwards' grandiosen Werken waren haargenau dieselben. Die Tradition wiegte einen in dem Glauben, das ganze Leben sei von vergleichbarer Beständigkeit. Aber in Wirklichkeit hatte das Leben immer wieder neue Einfälle.

Als Frazier die moderne Abteilung der Galerie verließ, kam sie an dem riesigen Olymp-Gemälde vorbei. Sie hätte schwören können, daß der große Jupiter sie anblinzelte.

Das Telefon klingelte, Mandy nahm ab und formte mit den Lippen den Namen «Ann». Frazier zuckte zusammen und ließ sich das Gespräch in ihr Büro durchstellen.

«Dein idiotischer Bruder, 180 Pfund verdammtes Ochsenfleisch, rennt in der Stadt herum und feiert dein Lesbentum. Kannst du ihm nicht das Maul stopfen?»

Frazier brauchte einen Moment, um zu kapieren, was los war, obwohl sich Ann ja sehr deutlich ausdrückte. «Ich sprech mit ihm.»

«Gut.» Ann legte auf.

Mandy kam hereingeschlendert. «Wir sollten Ann und Sean miteinander bekannt machen.» Sean war ihr Freund.

«Warum?» fragte Frazier bedrückt.

«Beide legen gewaltigen Wert auf ihr Image.»

«Das tut Ann, weiß Gott. Sie ist auf hundert, weil Carter angeblich mit der guten Nachricht über meine Wenigkeit in der ganzen Stadt hausieren geht.»

«Ach du meine Güte.» Mandy zog die Nase kraus. «Vielleicht muntert dich das hier auf.» Sie händigte ihrer Chefin einen Brief aus, abgestempelt in Charleston, South Carolina. «Ich verzieh mich.»

«Nicht nötig. Setz dich. Du kannst ruhig hören, was Jinx, meine College-Zimmergenossin und Kommilitonin, mir mitzuteilen hat.» Frazier schlitzte den Brief säuberlich mit einem schweren silbernen Brieföffner auf. Sie summte. «Okay. Sie freut sich, daß ich am Leben bin. Sie hat sich über meinen Anruf gewundert, sie findet es irre, daß ich lesbisch bin, aber jede Frau sei auf ihre Weise irre.»

«So weit, so gut.»

«Sie versteht nicht, warum ich lesbisch sein will, aber sie versteht auch nicht, warum jemand heterosexuell sein will. Es sind eben nicht alle Menschen gleich.» Frazier lachte. «Dann schreibt sie, ich soll Trebonius Volvo nicht vergessen.» Sie erklärte: «Wir haben uns am College mit Livius gequält und einen Schreiber namens Trebonius Volvo erfunden. Er schrieb skurrile Randbemerkungen zu Livius' Texten, natürlich auf lateinisch. Dann stieg Trebonius vom Schreiber zum Schriftsteller auf. Er verfaßte glühende und gelegentlich vulgäre Briefe an die Herausgeber in der Campus-Zeitung. Einmal druckte er Flugblätter für einen Mr.-Pig-Schönheitswettbewerb, und die Studentinnen haben sich mit Verve darauf gestürzt und den Wettbewerb tatsächlich veranstaltet.»

«Mr. Pig, Mr. Schwein. Ist das wie Miss Ugly? Miss Häßlich?»

«Ja, genau. Jinx und ich waren stinksauer auf die AAT-Verbindung, weil die gerade wieder ihren Miss-Ugly-Wettbewerb veranstaltet haben, eine heilige Tradition. Jeder Verbindungsbruder hat das häßlichste Mädchen, das er finden konnte, zu einem großen Bankett im Verbindungshaus eingeladen.»

«Ich dachte, Sigma Nu wäre die rüpelhafteste Verbindung.»

«Wäre sie auch gewesen, aber AAT hat sich das vor Jahrzehnten ausgedacht. Jedenfalls, die Mädchen hatten keinen Schimmer, was los war, und wie du dir denken kannst, wollte sich selten jemand mit ihnen verabreden. Deswegen war diese Einladung von AAT um so aufregender. Und die Jungs sahen gut aus. Dann wurde eine von ihnen gekrönt, ohne zu wissen wofür. Die Jungs ließen die Damen nach dem Dessert allein. Um Zigarren zu rauchen, sagten sie, aber in Wirklichkeit, um in geheimer Wahl zu bestimmen, wer von ihnen das häßlichste Mädchen angeschleppt hatte. Der Sieger bekam ein Fäßchen Bier für sich ganz allein.

In unserem dritten Studienjahr erfuhr der traditionsreiche Verein ein ziemliches Tief. Während eines Hähnchen-Essens drehte jemand das Licht aus, und eine Futterschlacht brach aus. Ein Hühnerknochen hat einer Wettbewerbsteilnehmerin ein Auge ausgestochen. Das war für uns das Ende vom Lied. Für AAT National auch. Und für den Rektor der Uni, der sie hochkant hinauswarf. Wir wollten ihnen eine noch höhere Rechnung verpassen, und Jinx und ich sind nicht gerade unansehnlich, aber trotzdem ärgerte es uns, daß Frauen nach Äußerlichkeiten beurteilt werden. Wenn Männer von Frauen körperlich so streng beurteilt würden wie Frauen von Männern, ich garantiere dir, siebzig Prozent der Männer kämen nie zum Bumsen, nicht ein einziges Mal.

Deswegen haben wir den Mr.-Pig-Wettbewerb veranstaltet, und das Beste waren, meine Güte, diese Schwächlinge, das Beste war, daß die Verbindungen und noch ein paar andere Männer sich ernsthaft erzürnt erhoben und sagten: ‹Doppeltes Unrecht ergibt kein Recht.› Ist dir jemals aufgefallen, daß die Kerle es einfach nicht vertragen, wenn der Spieß umgedreht wird?»

«Klar. Es ist hart, einen guten Mann zu finden.»

«Es ist gut, einen harten Mann zu finden.» Frazier feixte.

«Ach komm, der hat soo'n Bart! Was ist aus dem Mr.-Pig-Wettbewerb geworden? Gibt's den noch? Macht er die Jungs immer noch wütend?»

«Ja.» Frazier nickte. «Weißt du, was wir noch versucht haben, und dafür haben wir uns wirklich die Beine ausgerissen – eine Sklavenversteigerung. Wir wollten Jungs von Tri-Delta und Delta-Tau-Delta, unserer Bruderverbindung, an Leute versteigern, die Kurzzeitjobs zu vergeben hatten. Wir dachten uns, wir könnten den Bewohnern von Chapel Hill gehörig Geld abknöpfen, wenn sie endlich die diversen Dinge erledigt haben wollten, die sich so anhäufen. Mein Gott, unsere Verbindungspräsidentin Melody – das ist kein Scherz, sie hieß Melody Myers – hat einen Anfall gekriegt. Nicht nur, daß die Schwächlinge uns als sexistisch gebrandmarkt hatten, jetzt mußten unsere eigenen Verbindungsschwestern fürchten, wir wären rassistisch. Ich glaube noch heute, es hätte einen Haufen Geld eingebracht. Und bin ich etwa eine Rassistin?»

«Du bist jedenfalls nicht schlimmer als die meisten Kaukasier.»

«Ist es nicht sonderbar, daß wir jahrelang bestimmten Themen ausgewichen sind? Aber bei meiner Familie ist das eigentlich kein Wunder, auch wenn Carter es hundertmal wettmacht.»

«Das ist eine großzügige Art, das Mundwerk des Südens zu beschreiben.» Mandy kam auf das Thema von vorher zurück.

«Brennst du darauf, mir deine Ansichten über Rassen zu erklären? Willst du von den Sünden deiner Ururgroßväter im Jahre 1640 losgesprochen werden? Sind nicht damals eure Leute in West-Virginia an Land getaumelt?»

«Ah, ja. Ich bin eine uralte Virginierin, juhu. Nein, ich will von nichts losgesprochen werden, denn ich hab's nicht getan. Ich überlasse die Schuld denjenigen Weißen, die beweisen wollen, daß sie sensibler geworden sind, dabei aber trotzdem nichts an dem Problem ändern wollen, das, wie du unschwer bemerkt haben wirst, als Rassenproblem oder Schwarzenproblem bezeichnet wird. Es ist kein Schwarzenproblem, es ist ein Weißenproblem. Ganz schlicht und ergreifend.»

«Wer das Gold hat, macht die Regeln. Das ist die eigentliche goldene Regel, und weil das die Weißen sind, können sie nicht über ihre Scheuklappen hinaussehen. Als Teenager bin ich deswegen in die Luft gegangen. Mom und Dad haben mich ignoriert, was mich noch wütender machte. Heute sehe ich ein, daß ein kleiner Prozentsatz der Bevölkerung der Mehrheit niemals seine Weltsicht aufzwingen wird. Es liegt im Wesen von Minderheiten, daß sie ununterbrochen und bis zum Erbrechen erklären, wie sie die Welt sehen, in der Annahme, die Mehrheit in ihrer Maßlosigkeit würde sich die Zeit zum Zuhören nehmen.»

Frazier betrachtete Mandys helle Augen, ihre zierliche Nase und die scharfgeschnittenen Lippen. Die Geheimnisse des Blutes sprachen aus jedem von uns: irisch, italienisch, slawisch, deutsch, englisch, was auch immer. Im vorigen Jahrhundert, vor zwei Jahrhunderten? ... egal, irgendwann hatte ein zartknochiger Engländer oder Deutscher sein genetisches Material zu Amanda Eisenhart beigesteuert. Frazier fragte sich, wer so alles an dem Blut in ihren eigenen Adern beteiligt war. Nur dumme Südstaatler glaubten, sie seien «reinrassig», egal auf welcher Seite des Zaunes sie standen. «Du hast vollkommen recht.»

«Ich hab da eine Theorie. Wer zu einer sogenannten ‹unterdrückten› Gruppe gehört, zeichnet sich oft dadurch aus, daß er die herrschende Meinung über seinesgleichen verinnerlicht hat und es dabei bewenden läßt. Dann gibt es Leute, die endlos protestieren. Sie machen es sich zum Beruf, die Wut der Minderheit auszudrücken. Ich will keine professionelle Afro-Amerikanerin sein. Ich will einfach Mandy Eisenhart sein.»

«Vorausgesetzt, man läßt dich.»

«Man muß dafür kämpfen, man muß für sich selbst kämpfen.»

Frazier faltete den Brief zusammen und steckte ihn in den Umschlag zurück. «Du mußt deine Feinde erkennen, um sie zu bekämpfen. Und da weiß ich manchmal einfach nicht weiter. Ich hab das Gefühl, als wäre ich in ein Faß mit Wakkelpudding gefallen. Nimm zum Beispiel Billy Cicero. Keinen Pieps hör ich von ihm.»

«Das tut dir weh, was?»

Frazier nickte. «Womöglich ist es so: Je länger du den Tag der Abrechnung hinausschiebst, desto schmerzlicher ist es, wenn er kommt. Weißt du, woran ich denke? Ich denke an Jacob Marley in Dickens' *Weihnachtslied*. Weißt du, wie er Scrooge besucht, mit seiner meterlangen Kette im Schlepptau, und er Scrooge warnt, die Ketten, die er in seinem Leben geschmiedet hat, seien schon viel schwerer und länger als die, die Marley mit sich schleppe? Schauerlich wahr. In der letzten Nacht im Krankenhaus habe ich meine Kettenmeter gezählt.»

«Ich hab bloß Fußkettchen geschmiedet.» Mandy kicherte.

«Du bist wirklich ein Schatz.»

Der Rest des Tages verging erfreulich. Ein Kunsthändler aus London telegrafierte, er wolle den «Bullterrier» von John

Ferneley senior kaufen. Der Detektiv rief an und bestätigte, daß er am Montag mit Lauras Beschattung beginnen wollte. Frazier hatte noch Zweifel, aber sie war auch wütend genug, um die Sache durchzuziehen. Der Billardtischhändler aus Richmond versprach, den Tisch Samstag vormittag zu liefern. Mandy schrieb lange an den Rechnungen, und Frazier blieb bei ihr in der Galerie, um Kunden an der Küste anzurufen. Los Angeles war immer eine gute Quelle für schnelles Geld.

20

Schnelles Geld beherrschte auch den Stammtisch, wo Frank Armstrong mit seinen Kollegen aus der Straßenbaubranche saß. Einmal im Monat traf sich dieser kleine Club der besserstehenden Unternehmer Virginias in Richmond, um über Geschäfte zu reden, um Maschinen zu tauschen oder voneinander zu kaufen und Berichte über neue Pflastermethoden zu vergleichen. Die Bodenbeschaffenheit variierte gewaltig von einem Ende Virginias zum anderen, und das erforderte verschiedene Bauweisen für Straßenbettungen. Frank selbst baute seine Straßen vorwiegend in dem harten, schlecht trocknenden roten Lehm. In West-Virginia begnügten sie sich mit Sand. In den südwestlichen Bezirken hatten sie es mit Schiefergestein zu tun, höllisch schwer zu bearbeiten und gefährlich, wenn man zum Beispiel einen Hügel oder Berg durchstieß.

Straßenbauunternehmer standen wie Grundstücksmakler unter dem Eid, über die Prozentsätze ihrer Provisionsgebühren oder die Höhe ihrer Angebote zu schweigen. Für derartige Preisabsprachen konnten sie gerichtlich belangt werden. Natürlich sprach ein Grundstücksmakler die Provision mit Verkäufer und Käufer ab, doch bis die Provision in die schriftliche Vereinbarung aufgenommen wurde, durfte der Makler nicht darüber sprechen. Bei den Bauunternehmern konzentrierte sich der Kampf um öffentliche Ausschreibungen. Die meisten dieser Männer überboten sich gegenseitig, um an die spärlichen lukrativen Staatsaufträge zu kommen, welche die Straßenverwaltung vergab, und manchmal konkurrierten sie sogar um Abschnitte der Bundesautobahn. Ein guter Schätzer war Gold wert; diese Lektion hatte Frank bitter lernen müssen, als er als junger Unternehmer die Konkurrenz unterbot, um sich den Zuschlag zu sichern, und dann Verluste machte, die er aus eigener Tasche begleichen mußte.

Der rotgesichtige, muntere Pickens Oliguy saß neben Frank. «Bei dir alles klar, Frankie?»

«Ja, aber ich mußte meine Belegschaft um zwanzig Prozent kappen, und ich kann dir sagen, Pickens, ich habe mich wie ein mieses Stück Scheiße gefühlt, als ich die blauen Briefe überreichte.»

«Das geht uns allen so», rief George Demerius vom anderen Ende des Tisches. «Dieser Abschwung nimmt kein Ende. Bin gespannt, ob wir die Nase dieses Vogels trotz Sturzflug noch mal hochkriegen.» George war im Zweiten Weltkrieg und in Korea Kampfpilot gewesen. Die Fliegerei blieb die Lieferantin für seine Metaphern.

Frank schüttelte den Kopf. «Die Männer müssen ihre Familien ernähren. Ich weiß nicht...» Seine Stimme verlor sich.

«Wir können nichts machen», dröhnte George. «Wenn die Geschäfte besser gehen, stellen wir die Leute natürlich wieder ein.»

«Es ist nicht nur der Markt», brach es aus George hervor,

«es sind die verdammten Steuern. Die Bürokratie! Sie sagen, wir sollen fliegen, und dann reißen sie einen Propeller ab.»

«Hört, hört!» fielen die anderen Männer am Tisch ein.

«Ich wähle jeden, der die Steuern runterschraubt. Ist mir egal, ob er im Ku-Klux-Klan ist oder 'ne Tunte oder eine Frau!» Pickens schlug mit der Faust auf den Tisch. «Von mir aus könnte es auch ein verkleideter Nigger sein.»

Frank blinzelte heftig. Er haßte dieses Wort, aber er wußte, daß er gegen das sechzig Jahre alte Vorurteil des Mannes nichts machen konnte. «Ich habe das Gefühl, wir werden hier in Richmond eine stärkere Lobby auf die Beine stellen müssen, um uns in Washington Gehör zu verschaffen. Und eins müssen wir sofort tun, nämlich unsere Maschinen zu einem Pool zusammenlegen. Vorübergehend. Die Unterhaltskosten fressen uns bei lebendigem Leibe auf. Und ich weiß, ich bin hier nicht der einzige, der für das Zeug hohe Zinsen zahlt. Vielleicht sollten wir feststellen, in welchem Bezirk welche Maschinen doppelt da sind, und alles abstoßen, wovon wir uns trennen können – im Westen wird man die Dinger schon aufkaufen, in Arizona, Neu-Mexiko. Das nehme ich zumindest an.»

Die anderen Männer waren erstaunt über diesen radikalen Vorschlag und fingen alle gleichzeitig zu reden an.

Pickens senkte die Stimme. «Frank, glaubst du, wir stehen vor einer richtigen Depression?»

«Ja.» Franks Gesicht war düster.

Pickens nickte. Auch er war zu dieser schmerzlichen Erkenntnis gekommen.

Larry Taylor, ein jüngerer Mann, hob die Stimme: «Wie organisieren wir nun, wer was kriegt? Ich meine, wir könnten uns theoretisch gegenseitig übers Ohr hauen.»

Randy Milliken, einer von den älteren Männern, sagte barsch: «Dieser Stammtisch wurde auf Vertrauen gegründet.»

«Hört, hört!» riefen die anderen wieder.

George stand auf und klopfte mit dem Löffel an sein Bierglas. «Meine Herren, meine Herren, Frank hat uns eine, nun ja, sehr ungewöhnliche Idee vorgetragen, die es angesichts dieser Zeiten wert ist, ernsthaft bedacht zu werden. Offensichtlich können wir das heute abend nicht mehr klären, aber wir können auf jeden Fall darüber nachdenken. Ich nehme an, die meisten von euch haben gehört, daß Moe Schindler aussteigen mußte – und das ohne große Abfindung. Deshalb meine ich, wie gesagt, wir sollten über Franks Idee nachdenken. Wie ihr wißt, haben wir heute abend einen Gastredner, John Kalergis aus Purdue. Er ist hier, um über Drainagematerial und Belastungsgrößen zu sprechen, anschließend hält Pickens einen kurzen Vortrag über die Benutzung eines Hubschraubers nach...» Randy legte die gewölbte Hand an den Mund: «Pickens hat nie im Leben einen kurzen Vortrag gehalten. Rollt die Schlafsäcke aus, Jungs.»

Die kleine Versammlung johlte und klatschte. Die beunruhigenden Themen, vorerst in den Hintergrund geschoben, würden später wieder aufs Tapet gebracht werden, wie gewöhnlich wohl gegen drei Uhr morgens.

21

Der Garten-Club widmete sich viele Stunden lang dem Dienst an der Gemeinde und damit der Verschönerung des Bezirks. Sie pflanzten und pflegten Blumenbeete vor dem Gerichtsgebäude von Albemarle County, im Lee Park, Jackson Park und in einer Menge anderer kleinerer Parks.

Laura Armstrong, ein aufsteigender Stern in dieser mächtigen Frauenbastion, entwickelte einen Plan, um das Einkaufszentrum in der Innenstadt in ein Meisterwerk der Gartenbaukunst zu verwandeln. Sie hatte drei Jahre um die Zustimmung der eher konservativen Clubmitglieder gekämpft, nun hatte sie sie errungen und war nicht mehr zu bremsen. Sie trieb Geldgeber auf, sie setzte der großen Gärtnerei in Waynesboro so lange zu, bis sie die ohnehin schon niedrigen Preise senkten, sie trommelte ihre Truppen für den ersten Angriff auf das Einkaufszentrum zusammen, kaum daß der letzte Frost vorüber war.

Frazier weigerte sich, dem Garten-Club beizutreten, obwohl man ihr die Mitgliedschaft angetragen hatte. Darüber hatte Libby sich so aufgeregt, daß Yancey Weems ihr für eine Weile Valium verschreiben mußte. Frazier schenkte ihr gemeinerweise eine Flasche Gin, um ihr das Schlucken der ekligen Pillen zu erleichtern. Als Libby wieder zu sich kam, verschwamm Fraziers rebellischer Akt in ihrer Erinnerung wie die Schlußlichter eines davonrasenden Autos.

Nicht, daß Frazier nichts für Gärtnerei übrig gehabt hätte. Im Gegenteil, sie hatte alles von der englischen Landschaftsarchitektin Gertrude Jekyll gelesen. Sie verweigerte den Beitritt hauptsächlich, weil sie keine Zeit hatte, und wenn Frazier sich einer Organisation verpflichtete, dann wollte sie ihr Bestes geben. Der andere Grund war, daß der Club für ihren Geschmack zu förmliche und zu strenge Vorstellungen von Gärtnerei hatte. Die ganz Radikalen schwärmten für japanische Gärten, denen sie nichts abgewinnen konnte. Wie viele Zierkarpfen kann man sich schon ansehen, wo sie sich ohnehin gleichen wie ein Goldfisch dem andern? Ihrem Gefühl nach sollten angelegte Gärten ganz allmählich in Wildnis übergehen: ums Haus herum eher kultiviert, und weiter weg dann immer freier. Sie hatte ein kleines Vermögen ausgegeben, um den Wald bei ihrem alten Haus mit Rhododendron, Rotahorn, zahllosen Veilchenarten, diversen Eichen, Styraxbäumen, Tupelobäumen und den unvermeidlichen Walnußbäumen und Kastanien zu durchsetzen. Und das waren nur die Pflanzen, die sie geschickt so plaziert hatte, daß sie wild wirkten. Rund ums Haus ließ sie die Buchsbäume sprießen, die dort gepflanzt worden waren, lange bevor sie auf die Welt gekommen war. Um ihre Irisbeete wurde sie von ganz Orange County beneidet, und auf ihrem Rasen hatte sie Säulen- und Sockelfragmente sowie eine alte Glocke verteilt. Manche der Stücke waren hinter Fliedersträuchern versteckt oder von Glyzinen umrankt, oder sie lugten durch die üppigen Blätter der hohen Magnolienbäume.

Diese ungebremste Kreativität, in der Neuen Welt erstmals von Thomas Jefferson praktiziert, brachte Laura Armstrong in Harnisch. Ein Besuch bei Frazier war für Laura, als würde ihr Sand in die Augen gerieben. Sie konnte die Phantasie ihrer Schwägerin einfach nicht gutheißen und verachtete ihre Verspieltheit. Ein Garten war genauso wie die Kleidung ein Statussymbol. Fraziers Hinterhof quoll über von Hortensien und Pfingstrosen. Und apropos Rosen: Auch die gelben und rosa Teerosen, die über Fraziers Lattenzaun aus Kastanienholz kletterten, lösten bei Laura Tiraden aus. Sie erklärte, diese Blumen würden geflügelte Störenfriede ans Haus locken. Der einzige Störenfried, den Frazier ausmachen konnte, war Laura.

Es war wohl unvermeidlich, daß diese beiden Frauen, gelinde gesagt, eine gespannte Beziehung hatten. Schließlich war Laura eine Kappa-Kappa-Gamma, während Frazier aus der Delta-Delta-Delta-Verbindung kam. Laura hatte sich mit postfeministischer Streitlust das Hausfrauentum zu eigen gemacht. Frazier hielt es mit Seneca: «Warum heiraten? Es ist leichter, mich zu erhängen.»

Manche Menschen sind nun mal aufgrund der Chemie, aufgrund von etwas absolut Irrationalem, zum Streiten verdammt. Zwischen ihnen sprühten nicht nur Funken, es loderte geradezu.

Aus diesem Grund ging Frazier mit bangen Gefühlen zum Golftraining. Laura spielte gewöhnlich um dieselbe Zeit Tennis, und die zwei trafen sich, für die Öffentlichkeit übers ganze Gesicht lächelnd, im Club-Restaurant. Die durchweichte Erde, der beißende Wind spornten Frazier an. Das Golfspiel, ein Sport, dem alte Herren in zitronengelben Pullovern frönten, hatte sie in seinen Bann gezogen, seit sie zwölf Jahre alt war. Es war kein Sport für alte Männer, wie sie anfangs gedacht hatte, es war ein elegantes Spiel, das immense Konzentration erforderte und einen explosionsartig von allem befreite. Sie war unterdessen geschickt genug, um Golf mit Vorgabe spielen zu können.

Während sie heute mit Trainer Toby Wentzle arbeitete, war sie beeindruckt davon, wie sich das Spiel allmählich entfaltete. Kein Mensch, ob Mann oder Frau, würde jemals alles wissen, was es über Golf zu wissen gab. Toby, ein ehemaliger Wettkampfspieler, arbeitete gern mit Frazier, weil sie ein Naturtalent war, vor allem aber, weil sie die richtige Einstellung zum Spiel hatte.

Nachdem sie eine Stunde lang mit dem Siebenereisen trainiert hatte, gab Frazier Toby ein Trinkgeld und verzog sich ins 19. Loch – so nennen die Golfer ihr Club-Restaurant –, um wie üblich einen Chef-Salat zu essen. Angie, die attraktive Geschäftsführerin, empfing sie mit einer Tasse Tee und der Richmonder Zeitung.

«Bist du nicht total durchgepustet von diesem Wind?»

«Ja, aber dann macht es erst richtig Spaß. Ich werde mich irgendwann Mitte Juli an diesen Tag erinnern und denken, ich habe wirklich was geleistet, verstehst du?»

«Ihr Golfer spinnt einfach.»

«Das tu ich auch ohne Golf!» Frazier gab ihr mit der Zeitung einen Klaps, und Angie ging lachend in die Küche, während Laura durch die Glastür hereinstürmte. Die Bommel an ihren Socken waren größer als der Kopf ihres Schlägers. Sie sah ihre Schwägerin und erstarrte.

«Tag, Schwester.» Frazier war ungemein höflich. «Du siehst gut aus.»

«Du auch», gurrte Laura, dann setzte sie sich an den Nebentisch. Sie hatte Frazier den Rücken zugewandt, sprach aber über die Schulter weiter. «Du bist offensichtlich wieder bei Kräften. Wenn wir die Blumenbeete im Einkaufszentrum anlegen, könnten wir deinen kräftigen Rücken gut gebrauchen. Aber du wirst uns natürlich nicht zur Hand gehen», und dann zischte sie leise: «Und es will sowieso keine Frau vom Garten-Club mit dir gesehen werden. Du wirst nie wieder eingeladen werden.» Sie sah auf. «Oh, hallo, Angie. Danke für die Speisekarte, aber ich habe sie im Kopf. Ich möchte den Hüttenkäse in der Melone, die Himbeeren bitte auf einem Extrateller, und dann möchte ich ein Mineralwasser, die Zitrone ebenfalls auf einem Extrateller...»

«Servier das Rattengift bitte auch auf einem Extrateller.» Frazier strahlte Angie an.

«Ist sie nicht witzig?» trällerte Laura Angie zu. «Immer benimmt sie sich auffällig.»

«Dafür bist du immer abfällig», trällerte Frazier zurück, als Angie sie allein ließ.

Laura zischte Frazier wütend an: «Was ist los mit dir? Ist es nicht schlimm genug, daß du deine Mutter, diese gute Seele, in tiefe Verzweiflung gestürzt und ihr das Herz gebrochen hast? Du hast meinen Mann angegriffen. Sag mal, kannst du dich nicht benehmen?»

«Oh, und was hat Carter dir erzählt?»

«Daß du ihn wegen seines Lebensstils zur Schnecke gemacht hast. Du hast es wohl gerade nötig, andere zu kritisieren», brummte sie.

«Ich habe Carter nicht zur Schnecke gemacht. Ich habe

ihm gesagt, er soll sich zusammenreißen und aufhören zu trinken.»

«Er trinkt nur in Gesellschaft. Du bauschst es bloß auf, weil du so gut wie nie trinkst. Wenn Leute wie du jemanden genüßlich einen bechern sehen, denkt ihr gleich, er braucht die Anonymen Alkoholiker.»

«Und ob er die braucht.»

Angie kam mit beiden Bestellungen zurück, und wirklich, auf einem Extrateller war eine kleine Dose Rattengift. Sie machte auf dem Absatz kehrt und blinzelte Frazier beim Hinausgehen zu.

«Soll das komisch sein? Haha! Hast du sie dafür bezahlt? Der reinste Schülerstreich. Du bist so kindisch, und denke bloß nicht, ich hätte vergessen, daß du diejenige warst, die damals auf dem Schulfest alle Bälle mit Wasser gefüllt hat. Fast hättest du das ganze Footballspiel ruiniert. Du wirst nie erwachsen, Frazier. Und deswegen bist du auch nicht verheiratet. Du bist nicht fähig, mit einem anderen Menschen eine reife Bindung einzugehen. Außerdem sind Beziehungen unter Frauen wie dir nie von Dauer.»

«Ah, du bist neuerdings eine Expertin in lesbischen Beziehungen.»

Laura rutschte auf ihrem Stuhl herum, damit sie nicht über die Schulter sprechen mußte. «Sprich gefälligst leiser, ja? Ich hoffe, nein ich bete, daß es der Familie gelingt, dies geheimzuhalten, bis dir geholfen wird. Und ich kann nur beten, daß die anderen, denen du deine kleinen Briefbomben geschickt hast, ebenfalls vernünftig genug sind, über deine ungezogenen Bekenntnisse zu schweigen.» Laura log wie gedruckt.

«Herzchen, hast du den Brief nicht gelesen, den ich Carter geschrieben habe? Nein, offenbar nicht.»

«Er sagte, ich würde in Ohnmacht fallen. Du mußt nicht ganz bei dir gewesen sein, hat er gesagt.» Sie flüsterte noch etwas leiser. «Ich will nicht in der Öffentlichkeit darüber sprechen.»

«Der einzige andere Anwesende hier ist Kyle Everly, und soviel ich weiß, ist er seit 1952 halb taub. Der harte Kern ist schon wieder weg, also bleiben nur wir zwei.»

Laura rutschte wieder in ihre vorige Position zurück. «Ich habe zu dem Thema und auch zu dir nichts mehr zu sagen. Du bist eindeutig übergeschnappt, was ich deinem schrecklichen Erlebnis zuschreibe. Wenn du wieder ganz bei dir bist, können wir das klären.»

Frazier pikste Laura mit ihrer Gabel ganz leicht in die Schulter. «Ich bin mehr bei mir denn je.»

«Laß das. Du bist nicht normal.» Laura erschrak über ihre eigene Lautstärke.

«Normal ist der Durchschnitt aller Abweichungen.» Frazier stand auf und ließ das Rattengift in Lauras Hüttenkäse fallen. Sie schlenderte zur Tür hinaus, ehe Laura zetermordio schreien konnte.

22

Ein schlankes Segelboot, groß genug für zwei Personen, stand in der Einfahrt wie eine ausgelutschte Banane. Rurus ganzer Stolz war *Zaca* getauft, nach der Yacht ihres Lieblingshelden Errol Flynn. *Zaca* trug nicht gerade zum Glanz der Nachbarschaft bei. Sie pflegte ihren Garten und mähte ihren Rasen, aber einige Nachbarn zuckten jedesmal zusammen, wenn sie an der *Zaca* vorbeifuhren. Libby kam selten vorbei. Sie schwor, der Grund sei nicht, daß Ruru in einem bescheidenen Stadtviertel wohnte, sondern vielmehr, daß Ruru ihre Hausfrauenpflichten vernachlässigte. Fünfmal pro Woche verhalf ein Hausmädchen Libbys Country-Club-Residenz zu ihrer blitzsauberen Erscheinung, und wenn man sie darauf ansprach und sie es hoheitsvoll zur Kenntnis nahm, behauptete sie, als sie und Frank heirateten, sei sie das Mädchen gewesen.

Es stimmte hingegen, daß Ruru und ihr Staubsauger sich selten begegneten, und auf der Küchenanrichte waren Krümel, aber was Libby wirklich in die Flucht trieb, waren die Hunde. Zwei Jack-Russel-Terrier und zwei Dalmatiner, einer davon gefleckt, hüteten das Haus. Sie schliefen auf dem Sofa, den Sesseln, dem Bett. Einer hatte als Welpe den Teppich zerbissen, aber nicht an den Kanten; vielmehr war die ganze Fläche voller kleiner Löcher, als hätte sich eine große Motte an den Fäden gütlich getan. Die Katzen, vier an der Zahl, nahmen es mit der Benutzung ihres Katzenklos nicht so genau, und sie terrorisierten die Hunde.

Libby war jedesmal der Ohnmacht nahe und beklagte sich über den Tumult. Ruru hatte an dem Lärm ihrer Horde so viel Freude wie Pablo Casals an Bach.

Frazier fuhr nach ihrem unerfreulichen Mittagessen hinüber. Ruru hockte auf allen vieren vor der Wanne und badete ihre Dalmatiner. Das Wasser war ziegelrot.

«Wo sind die denn reingeraten?»

Ruru verzog das Gesicht, als ein Hund sich schüttelte und ihr Wasser ins Gesicht spritzte. «Das Übliche.»

«Schlamm ist immer noch besser als Stinktiere. Weißt du noch, wie Toby und Lulu sich letztes Jahr mit einem Stinktier angelegt haben?» Toby und Lulu waren die Jack Russels.

«Hab ich viel von der roten Brühe abgekriegt? Verdammt, Chief, Platz!» Der gefleckte Hund gehorchte, stand dann aber gleich wieder auf.

«Sieht ziemlich übel aus. Ich sollte dir helfen, Ru, aber es hat wohl wenig Sinn, daß wir uns beide schmutzig machen.» Frazier griff nach einem Handtuch. «Aber ich trockne Chief ab, während du dir Marco vornimmst.»

«Du bist ein Engel. Platz, Marco!»

Marco, gehorsamer als seine Schwester, setzte sich, verdrehte aber die Augen himmelwärts und flehte den Gott der Hunde an, ihn von dieser Qual zu erlösen. Komisch, denn er setzte sich in jede Pfütze und sprang in jeden Fluß. Warum war ein Bad für ihn eine solche Tortur? Vermutlich, weil es nicht seine Idee gewesen war.

Tante Ruru spülte das Shampoo aus Marcos Fell. «Komm, einmal noch.»

«Wieso sind Toby und Lulu keine Schlammkugeln?»

Toby und Lulu waren im Wohnzimmer geblieben, als würden sie durch diesen Abstand vor einem Bad bewahrt, einem Schicksal, das schlimmer zu sein schien als der Tod.

«Sie waren im Wagen in der Kabine. Diese beiden waren auf der Ladefläche. So, ich glaube, das genügt, und jetzt muß ich erst mal selber duschen.»

«Du bist schon schmutziger gewesen.»

«Danke für die Blumen.» Ru tätschelte Marcos Kopf. Er beachtete sie nicht.

Die beiden Frauen setzten sich ins Wohnzimmer. Die Dalmatiner rannten in die Küche.

«Ich muß ihnen einen Knochen geben. Bin gleich wieder da.» Ruru belohnte Chief und Marco mit großen Hundeknochen. Sie teilte kleinere an die Jack Russels aus, die, obwohl ungebadet, es nicht mit ansehen konnten, wenn ein anderer Hund einen Leckerbissen bekam. Ruru sah den unverdienten Schmaus als Bestechung für zukünftiges gutes Betragen.

Sie kam mit einer Schüssel Kartoffelchips ins Zimmer.

«Für mich nicht, danke.»

«Prima. Dann krieg ich um so mehr.» Rus wettergegerbte Hand tauchte in den gelben Haufen.

«Ich hab im Club einen großen Salat gegessen. Aber ich konnte ihn nicht aufessen, weil Laura reingestürmt kam, sich mit dem Rücken zu mir am Nebentisch niederließ, allein, stell dir vor, und mich vollquatschte. Dieses Miststück. Ich hab ihr Rattengift in den Hüttenkäse getan.»

«Was hast du?»

«Nein, nein, so schlimm war es nicht. Angie hat aus Spaß eine Dose gebracht, und ich war am Ende so sauer auf Laura, daß ich die Dose in ihr Mittagessen fallen ließ. Sie hat's verdient.» Frazier seufzte. «Und es war so ein gutes Gefühl.»

«Das glaub ich gern», murmelte Ruru mit vollem Mund. «Du verschweigst mir doch nichts, Kind, oder?»

«Äh – nein. Wenn ich diese Geschichte durchhalte, wird kein Mensch mehr mit mir reden, aber ich fühle mich so *gut*.»

«Frequentiert Laura noch diesen Friseursalon?» Ruru flitzte in die Küche und schnappte sich eine Cola. Die salzigen Chips machten sie durstig. Sie kam zurück, warf sich in den Sessel und ließ die Füße über die Lehne baumeln.

«Als Jüdin wäre sie bestimmt Anhängerin des Chassidismus!»

«Als Jüdin wäre sie intelligenter.» Ruru nahm sich eine gewaltige Handvoll und warf auch den Jack Russels ein paar Chips zu. Chief und Marco schienen sich zu überlegen, ob sie an der Party teilnehmen sollten, als sie die kleinen Hunde so fröhlich mampfen sahen. «Allerdings könnte ich mir vorstellen, daß auch kluge Mädchen sich in Carter verlieben. Er ist verdammt attraktiv.»

«Weißt du was, Mandy hat mir gesagt, ich soll ihr 'n Kerl anhängen, und das tu ich jetzt.»

«Wie bitte?»

«Einen Detektiv.»

«Ach so.» Ruru runzelte die Augenbrauen. «Wozu? Laura würde nie eine Affäre haben. Dann hätte sie deinen Bruder nicht mehr in der Hand. Sie muß die Märtyrerin bleiben, eine gequälte Frau. Ach, ich Arme, daß Gott erbarme. He, in dieser Stadt hat das was für sich. Vielleicht sollte Laura zum Katholizismus übertreten.»

«Du bist schrecklich.»

«Ich bin schrecklich? Ich habe meiner Schwägerin nicht das Mittagessen mit Rattengift gewürzt. Mary Frazier, könnte es sein, daß du eine Entwicklungsphase durchmachst? Das hast du doch schon in der Pubertät hinter dir gelassen. Vorher hast du mir allerdings besser gefallen.» Ihre Augen glitzerten.

Frazier spielte mit dem Siegelring an ihrer linken Hand. «Irgendwas mache ich durch.»

«Kommen wir auf die Sache mit dem Detektiv zurück.»

Unterdessen waren Chief und Marco ins Wohnzimmer geschlichen und hatten sich neben Rurus Sessel gelegt.

«Mandy meinte, ich sollte sie mal genauer beobachten. Ich erinnere mich nicht genau, wie sie es ausgedrückt hat, aber es war einer ihrer verrückten Einfälle. Oder ein Verdacht. Sie sagte, wer was auf dem Kerbholz hat, wirft den ersten Stein. Nein, das hat Terese gesagt, als ich neulich beim Haareschneiden war. Ist ja auch egal.»

Ru nahm die Beine von der Sessellehne und setzte sich gerade. «Wäre es nicht großartig, wenn der Detektiv entdekken würde, daß Laura ein Doppelleben führt? Wenn Terese recht hätte? Mal überlegen, was Lauras großes, dunkles Geheimnis sein könnte – eine Abtreibung.»

«Tante Ru!» Frazier lachte.

«Um das Thema zu wechseln, was macht Mandy?»

«Sie trennt sich gerade von Sean, ihrem Freund. Die Trennung zieht sich jetzt schon seit einem Jahr hin. Aber ich kenne nicht die ganze Geschichte. Nur Bruchstücke. Muß schwer sein für eine hochintelligente, schöne Schwarze, den Richtigen zu finden.»

«Das Problem ist die Intelligenz. Der Rest ist in Ordnung. Natürlich hat's auch eine kluge Weiße nicht leicht. Den Männern sind blöde Weiber anscheinend lieber. Wahrscheinlich muß man blöd sein, um umsonst zu arbeiten, wie es die meisten Frauen tun. Bügeln aus Liebe. Meinst du, wenn ich ein Buch darüber schriebe, könnte ich in die Talk-Shows kommen?»

«Bestimmt – aber du bügelst nicht. Du hast nie gebügelt.»

«Nimm's nicht so wörtlich, Frazier. Das paßt nicht zu dir. Mein Mann hat's überlebt.» Sie ließ sich wieder in den Sessel sinken. «Nicht ein Tag vergeht, ohne daß ich an meinen Paul denke und wünsche, er wäre hier bei mir, aber ich beuge mich dem Willen des Herrn. Vielleicht haben sie im Himmel Klempner gebraucht. Scheiße, das hasse ich am Altwerden, du kämpfst bis in die Fünfziger dagegen, daß du dich äußerlich veränderst, dann gibst du's auf. Das ist noch nicht das Schlimmste. Was ich hasse, ist das Sterben. Alle sterben. Die Erinnerungen, die sie mitnehmen.»

«Aber du behältst die Erinnerungen.»

«Nur die, die ich kenne. Was hatte Paul im Kopf, wovon ich nichts wußte? Wußte er, wann es die ersten Autos mit Halbautomatik gab? Eine Erinnerung, die ihm etwas bedeutet hätte – oder vielleicht ist er eines Tages allein gesegelt, und das Licht glitzerte auf dem Wasser? Wer weiß schon, was in einem anderen Menschen vorgeht. Und dann ist es plötzlich verloren. Für immer verloren.» Sie streute den Hunden auf dem durchlöcherten Teppich die Chips hin. Ru teilte sie sicherheitshalber auf, sonst hätte es ein unschönes Gerangel gegeben. «Wie bin ich auf dieses Thema gekommen? Kreisch, quietsch, piep.» Es klang, als suche man einen anderen Radiosender. «Und nun wieder zu Mary Frazier Armstrong und ihrer Lebenskrise.»

Frazier kicherte, ihre grünen Augen leuchteten auf. «Du bist irre.»

«Das will ich hoffen, denn was als normal gilt, macht mir himmelangst. Aber ehrlich, Kindchen, was ist los?»

Frazier drehte die Handflächen nach oben, zum Zeichen, daß sie es auch nicht wußte. «Ich fühl mich gut.»

«Das ist nicht zu übersehen. Ein bißchen impulsiv, wie?»

«Ja.» Sie lächelte und entblößte dabei ihre vollkommenen Zähne.

«Gut und schön, aber denk dran, die Leute sind nicht daran gewöhnt, daß du dich so verhältst. Von mir sind sie es gewöhnt, daß ich spontan bin, aber von dir nicht. Nimm deine Enthüllung von neulich hinzu, dann liegt ja wohl auf der Hand, daß die Lage im Moment, nun ja, heikel ist. Ich habe bisher keinen Pieps gehört, also hat es sich wohl noch nicht in der Stadt herumgesprochen.»

«Kein Mensch wird mich mehr als dieselbe sehen wie früher, nicht?»

«Vermutlich nicht. Wenn du weiterhin anderen Leuten Rattengift ins Essen tust, werden sie ihre Meinung über dich wohl für immer ändern.» Rus Ton war liebevoll. «Und, Liebes, wenn es sich erst rumgesprochen hat, daß du lesbisch bist – darüber werden manche Leute nie hinwegkommen. Man wird dich als einen Gegenstand ansehen. Es ist unfair, aber so ist es nun mal. Wenn du einen lila Rock anziehst, werden die Leute es darauf zurückführen, daß du lesbisch bist. Du hast eine Kunstgalerie. Die Leute werden sagen, Homosexuelle haben eine künstlerische Ader. Du hast einen Hund und eine Katze und lebst allein. Lesbierinnen haben immer Katzen, nicht wahr? Man wird dir deine Individualität nehmen. Aber für die Menschen, die selbst Individualisten sind, wirst du sein, wer du bist und was du mit ihnen gemein haben willst.»

«Ich glaube, das weiß ich, aber…», Frazier suchte nach Worten, «aber ich fühle es noch nicht.»

«Du hast den größten Teil deines Erwachsenenlebens damit verbracht, deine Gefühle zu unterdrücken. Laß ihnen Zeit, dich einzuholen. Du bist nicht an dich selbst gewöhnt.»

«Tante Ru, was würde ich ohne dich anfangen?»

«Im dunkeln tappen und dich elend fühlen», scherzte Ru.

23

Der 17. März, dieser Glückstag, war eisig wie eine Hexentitte. Narzissen und Krokusse duckten sich unter dem schneidenden Wind. Der St.-Patricks-Tag sorgte für klimatische Verwirrung. In einem Jahr steckte der Feiertag tief im Schnee, und ein Jahr später mochte es fünfzehn Grad warm sein, bei hellem Sonnenschein. Weder Schnee, Graupeln noch strömender Regen konnte die Iren von ihrer ausgelassenen Tollerei abhalten.

Der Ballsaal des Country-Clubs, ein höhlenartiger, doch wohlproportionierter Raum, war grün und weiß dekoriert. Weiße Seidenfallschirme an der Decke sorgten für Gemütlichkeit, ein triumphaler Sieg über die Architektur. Schöne Keramiktöpfe, überquellend von blühendem Klee, standen als Dekoration auf allen Tischen. Gigantische grüne Stoffbahnen, mit gold-grünen Bändern eingefaßt, bedeckten die Wände, und das Musikpodium war in einen Winkel der Grünen Insel verwandelt. Der Kapellmeister, die Trompete in der Hand, stand auf einem Rasenstück. Die getränkeservierenden Bedienungen waren als Leprechauns, wie die Kobolde aus der irischen Sage heißen, verkleidet.

Die Herren waren im Abendanzug, viele trugen Kleeblattsträußchen im Knopfloch. Die Damen, strahlend in ihren

Abendkleidern und mit Schmuck behängt, glitten wie bunte bewegliche Skulpturen über die Tanzfläche.

Laura, ein Traum aus Chinchilla, betrat an Carters Arm den Saal. Libby und Frank waren vor ihnen gekommen und saßen an einem Tisch in einigem Abstand von der Tanzfläche, denn Libby klagte, die Kapelle sei zu laut und sie könne ihr eigenes Wort nicht verstehen.

Während Carter und Laura sich durch die Menge schoben, winkten sie Freunden zu. Wenige Minuten nach ihrem Bruder und ihrer Schwägerin erschien Frazier, allein. Sie trug ein tief ausgeschnittenes Kleid in dramatischem Weiß, und alles drehte sich nach ihr um. Sie hatte ihr Kollier aus Smaragden und Diamanten mit den passenden Ohrringen angelegt. Das Grün war ihr Gruß an ihre irischstämmigen Mitbürger.

Sie war unschlüssig gewesen, ob sie hingehen sollte oder nicht. Ursprünglich hatte Billy Cicero ja ihr Begleiter sein sollen, aber er hatte sich nicht gerührt, nicht mal, um abzusagen. Sie war entschlossen, ihn nicht anzurufen. So kurzfristig einen akzeptablen Begleiter aufzutreiben war wie eine Gralssuche. Sie hätte zu Hause bleiben und die Blicke derjenigen vermeiden können, die Bescheid wußten, aber je länger sie darüber nachdachte, um so entschlossener war sie hinzugehen. Wenn du dich versteckst, sieht es aus, als würdest du dich deiner selbst schämen. Sie wollte auf den Ball gehen, sollten die Leute doch reden. Waren sie denn so viel besser als sie?

Frazier saß zwischen ihrem Vater und ihrem Bruder, vermied klugerweise Scylla und Charybdis, also Libby und Laura, die ihr bereits böse Blicke zuwarfen wie prasselnde Felsbrocken. Frazier lächelte den beiden Frauen zu und unterhielt sich mit Frank.

«Wo ist dein Begleiter, Herzchen?»

«Keine Ahnung.»

Carter warf dazwischen: «Ich bin froh, daß ich nicht neben Billy Cicero sitzen muß.»

«Du hältst dich an Cocktails, wie ich sehe», antwortete Frazier in eisigem Ton, denn Carter hatte offensichtlich schon ein paar intus. «Nein, du brauchst nicht neben Billy zu sitzen. Kenny hat angerufen und mir was auf den Anrufbeantworter gesprochen, aber der Apparat hat es gelöscht. Also, wer weiß?»

«Der Kerl ist zum Kotzen.» Carter ließ offen, welchen Kerl er meinte.

Frazier rümpfte die Nase. Sie sog den schwachen Duft von Sarah Saxes Parfüm ein. Sie klopfte Carter auf die breite Schulter. «Laß uns tanzen, du Ekel.»

Carter stand auf und hielt seiner Schwester den Stuhl.

Laura zog einen Flunsch. «Der erste und der letzte Tanz gehört deiner Frau, Carter, Liebling.»

«Diesmal nicht – Liebling.» Carter lächelte das Lächeln eines Mannes, der seine Frau abstoßend und langweilig findet.

Auf der Tanzfläche bewegten Bruder und Schwester sich in wunderbarem Einklang. Schon als Kinder hatten sie zusammen die verschiedensten Tanzschritte geübt.

«Brudda, was fällt dir ein, in der Stadt herumzulaufen und herumzuerzählen, daß ich lesbisch bin?»

«Ich hab mich bei Buddy vollaufen lassen. Außerdem, wenn du's bist, dann *bist* du's. Warum soll ich's verschweigen? Erzähl den Leuten nichts, was du geheimhalten willst.»

«Die Umstände waren ein bißchen bizarr.»

Carter dachte kurz nach. «Das ist wohl wahr.» Dann setzte er hinzu: «Aber wenn du einmal die Katze aus dem Sack gelassen hast, bekommst du sie nicht wieder rein.»

«Ich kann ein paar berühmte Namen runterrasseln, die es versucht haben.»

«Feiglinge.»

Frazier ließ sich dieses knappe Urteil sowie das, was Carter soeben über sie geäußert hatte, durch den Kopf gehen. «Du hast ja recht. Ich bin, was ich bin, aber du darfst es nicht als Waffe gegen mich verwenden. Mein Brief an dich war nicht böse gemeint. Es war mir Ernst. Kratz die Kurve, hau ab.»

Carter blickte über die sahnig weiße Schulter seiner Schwester und erspähte seine Frau, die sich mit Isabelle Harper, ebenfalls ein Mitglied des Garten-Clubs, unterhielt. «Ich wollte, ich könnte – aber dann würde ich jeden Pfennig verlieren. Sie ist rachsüchtig. Sie würde mir alles Geld abknöpfen, und ich hab nicht viel.»

«Und wenn du schuldlos geschieden werden könntest?»

«Das würde die Sache vereinfachen, aber weißt du, Laura ist vollkommen – und kalt wie Marmor.»

«Wer weiß? Vielleicht kommt ja was zum Vorschein.» Frazier betete, daß der Detektiv irgend etwas Anstößiges ausgraben würde.

«Verdammt», rief Carter, dann wirbelte er Frazier herum, so daß sie Billy Cicero sehen konnte, der leichtfüßig die Stufen zum Ballsaal hinuntersprang, sich dann umdrehte und Ann Haviland die Hand reichte. Kenny Singer, in Begleitung von Courtney Wood, folgte ihm.

«Billy und Ann – das Unbefleckte Verhältnis», platzte Frazier heraus.

«Die haben den Arsch offen», sagte Carter.

«Seiner sollte besser zubleiben. So etwas Gutes wie Sex hat er nicht verdient.» Sie lehnte den Kopf an seine Schulter. «Ich rieche Sarahs Parfüm an deinem Hals.»

«Ach ja?» Seine Augen wurden weit, dann lachte er. «In meinem Herzen ist für viele Platz.»

«Da gibt es aber bessere Aufbewahrungsorte.»

Carter und Frazier kehrten an den Tisch zurück. Carter bestellte und leerte in rascher Folge zwei Scotch, während Laura Frazier ausquetschte, warum Billy Ann begleitete und nicht sie. Libby gab auch ihren Senf dazu: «Er ist flatterhaft. Schätze, er will sich nicht binden.»

«Ach Mutter, er ist 'ne verdammte Tunte.» Carter legte den Arm um den Stuhl seiner Mutter.

«Du sollst in meiner Gegenwart nicht solche Ausdrücke benutzen», plusterte Libby sich auf.

«Mein Sohn, es gehört sich nicht, über einen Freund deiner Schwester aus der Schule zu plaudern.»

«Himmel, sie weiß Bescheid, Daddy.» Carter ließ die Katze aus dem Sack. «Sie ist genauso andersrum wie er.»

«Carter! Carter, das nimmst du sofort zurück. Ich verlange, daß du dich bei deinem Vater entschuldigst.» Libby preßte die Kiefer zusammen, ihre Stimme krächzte.

Frazier hatte das Gefühl, einem Zugunglück zuzusehen, in das sie selber als Fahrgast verwickelt war.

«Schwesterherz, ich hab's nicht so gemeint», entschuldigte sich Carter. Seinen Vater überging er einfach.

«Was ist hier eigentlich los?» Frank konnte sich nicht zurückhalten.

«Billy Cicero ist ein Blödmann, das ist los. Er sollte mit Frazier auf den Ball gehen, aber als sie dachte, sie würde sterben, hat sie ihm einen von ihren berüchtigten Briefen geschrieben, und jetzt weicht er ihr aus. So sehe ich das jedenfalls.» Carter hörte sich beinahe nüchtern an.

«Er ist betrunken.» Libby nahm Franks Hand, um ihn hochzuziehen und mit ihm zu tanzen.

Frank blieb auf seinem Stuhl sitzen wie eine aus Granit gemeißelte Buddhastatue, zu schwer, um sich von der Stelle zu rühren.

«Ich bin immer betrunken», grinste Carter seine Mutter an.

«Das ist doch zu albern.» Lauras Stimme triefte vor honigsüßer Falschheit. «Carter, Liebling, laß uns tanzen.»

«Nein!» Carter weigerte sich.

«Dann tanz mit mir.» Libby schwankte auf ihrem Platz wie eine Kobra.

«Ich will endlich wissen, was los ist.» In manchen Situationen konnte Frank durchaus stur sein. Dies war so eine Situation.

«Big Daddy», flötete Laura, «es ist nur ein kleines Mißverständnis. Wir können es nach dem Tanz aufklären.»

«Du hast Briefe geschrieben?» Frank richtete seine haselnußbraunen Augen auf Frazier.

«Ja, Pop.»

«Frank, ich möchte tanzen.» Libby fuhr mit dem Finger an seinem Nacken entlang. Er ignorierte sie.

Als Carter merkte, was er angerichtet hatte, unterstützte er Laura. «Dad, das können wir wirklich später klären. Ich hab einfach drauflos gequatscht, ohne zu überlegen.»

«Das ist bei dir nichts Neues.» Frank warf ihm einen vernichtenden Blick zu. «Frazier, du dachtest, du würdest sterben, du hast Briefe geschrieben, und mir hattest du nichts zu sagen?»

«Frank, vergiß es.» Libby war verzweifelt.

«Daddy, ich habe dir einen langen Brief geschrieben, allerdings kann ich mich nicht an alles erinnern, was drinsteht. Es war eine schmerzhafte, elende Nacht, aber ich glaube nicht, daß ich etwas zu Papier gebracht habe, was nicht ehrlich gemeint war, und ich habe dir geschrieben, daß ich dich liebe.»

«Wo ist mein Brief?»

Libby stand auf, um sich einen Tanzpartner zu suchen. Frazier zog sie auf ihren Stuhl zurück.

«Du verdrehst ihr das Handgelenk.» Laura war besorgt.

«Halt du dich da raus, Laura», warnte Carter.

«Hast du meinen Brief abgeschickt? Kann er verlorengegangen sein? Carter hat seinen bekommen.»

«Ja, und Mutter hat ihren auch gekriegt.» Frazier war nicht mehr zu bremsen. Libbys Gesicht wurde puterrot.

«Wo ist mein Brief?»

«Das ist nicht schwer zu durchschauen, Dad. Rate mal.»

Carter langte hinter sich zum Nachbartisch und leerte nacheinander alle Getränke der Leute, die auf der Tanzfläche waren.

«Dein Ton gefällt mir nicht, mein Sohn.»

«Das tut er nie. Das tut er nie.» Carter stellte das letzte Glas auf den Nebentisch zurück.

«Mir ist schlecht, Frank, laß uns nach Hause gehen.» Dieser Vorschlag wurde mit Schweigen quittiert. Alle starrten Libby an, die kerngesund aussah. «Ich habe nichts getan. Ich muß den Brief auf dem Weg vom Briefkasten verloren haben, oder der Postbote hat ihn in den falschen Kasten gesteckt, oder vielleicht...»

«Oder vielleicht solltest du die Wahrheit sagen.» Frazier faltete die Hände.

«Von Wahrheiten haben wir erst mal genug, Mädchen.» Libby bespie ihre Tochter förmlich mit Gift. Sie hätte in diesem Moment für eine Kreuzotter durchgehen können.

«Du hast mir meinen Brief einfach nicht gegeben.» Frank kapierte endlich.

Libby deutete mit dem Finger auf Carter. «Das werde ich dir nie verzeihen.»

«Momma, du verzeihst nie jemandem», sagte Carter.

Völlig irrational versuchte Libby, dem Thema auszuweichen und statt dessen Schuldzuweisungen herauszuschmettern: «Und das ist der Dank, den ich von euch beiden bekomme! Laura, bring mich nach Hause. Ich bleibe nicht hier sitzen, um mich von meinen eigenen Kindern beleidigen und mir von meinem Mann die kalte Schulter zeigen zu lassen.»

Laura erhob sich folgsam, um die zitternde Libby hinauszugeleiten. Frank, Frazier und Carter sahen stumm zu. Schließlich brach Frazier das Schweigen. «Dad, ich glaube, wir sollten uns mal unterhalten.»

24

Das Licht, das aus Fraziers Büro fiel, erleuchtete matt die Gemälde in der Hauptabteilung der Galerie. Es warf einen überirdischen Schimmer auf das künstlerische Schaffen von Jahrhunderten. Frazier und ihr Dad saßen auf dem Sofa im Büro. Beide hatten es für unklug gefunden, sich auf dem Ball zu unterhalten oder irgendwo im Country-Club, wo die Wände Ohren hatten.

Carter, froh, aller Pflichten und emotionalen Verantwortung ledig zu sein, war im Club geblieben, wo er selig mit jeder Frau tanzte, die ihm vor die Augen kam. Es war noch nicht zehn Uhr, da war er schon sturzbesoffen, und jedesmal, wenn er ein Glas an die Lippen hob, deklamierte er: «Könnte keiner Mieze was zuleide tun.»

Nur gut, daß Frazier und Frank den Rest des Balls verpaßten, denn von sturzbesoffen wechselte Carter zu sternhagelvoll, und am Ende war er fast besinnungslos. Als er mit Courtney, Kennys Begleiterin, aufbrach, was nicht weiter empörend war in dieser sexbesessenen Welt, hielt er ihr mit einer galanten Geste die Tür auf. Sie hatte nichts dagegen, in seinen aufgemotzten, irisierenden, ausladenden Ford Transporter zu steigen. Der lila Kleinlaster glitzerte aufregend zwischen den gediegenen Mercedes, Cadillacs, Buicks, Range Rovers und diversen Kombis. So weit, so gut, aber als Carter hinters Steuer rutschte, stellte er fest, daß er von Yancey Weems' 560er Mercedes und Billy Ciceros Volante so eingekeilt war, daß er unmöglich ausparken konnte. Er fuhr einfach rückwärts und krachte in den Aston Martin, dann schaltete er in den ersten Gang und knallte in den Mercedes. Die Dame des Abends kreischte erstaunt, öffnete geschwind den Wagenschlag und stürzte, ein Haufen Satin und Tüll, auf den Bürgersteig. Sie mußte zu dem Schluß gekommen sein, daß einer, der verrückt genug war, um so etwas zu tun, zu verrückt war, um mit ihm zu schlafen. Lachend setzte Carter seinen Kollisionskurs fort, bis er sich hinauslavieren konnte. Er winkte der jungen Dame zu und raste in die Nacht. Als Yancey Weems seinen Mercedes erblickte, dessen Kofferraum einer kostspieligen Ziehharmonika glich, mußte ein Freund ihm Riechsalz verabreichen. Er war auf der Stelle in Ohnmacht gefallen. Billy Cicero, aus gröberem Holz geschnitzt und aus gepfefferten Versicherungsbeiträgen klug geworden, trommelte rasch Zeugen zusammen, wenngleich Courtney, die Hauptzeugin, getürmt war. Dann marschierte er in den Ballsaal zurück und schleppte seinen Anwalt nach draußen, damit der sich die Bescherung ansah.

Carter mochte im Suff vielleicht keiner Mieze etwas zuleide tun, aber er hatte auf alle Fälle den Mercedes und den Aston Martin geschändet.

Vater und Tochter hatten mit ihren eigenen Problemen zu kämpfen. Wenn sie morgen die Nachricht von Carters verrückter Tat erreichte, würden sie auch das verkraften.

Frazier erinnerte sich an die Einleitung ihrer Briefe, weil sie bei allen Empfängern gleich lautete. «Wenn Du dies liest, bin ich höchstwahrscheinlich schon tot.» Sie stückelte zusammen, was sie konnte. Frank, ein Mann, der sich der Vernunft verschrieben hatte, hörte aufmerksam zu.

«Du machst dir immer Sorgen wegen Geld, Daddy. Na ja, wenn ich eine Frau hätte, die so viel ausgibt wie Mutter, ich würde mir auch Sorgen machen. Das habe ich dir in meinem Brief vorgehalten, und ich bat dich, zu genießen, was du hast, vor allem aber bat ich dich, Mom in ihre Schranken zu weisen. Wenn sie dich auffordert zu springen, fragst du sie, wie hoch.»

«Das ist das Problem. Du nimmst sie ernst. Ich lasse sie einfach quasseln, ich gebe ihr recht, und dann geh ich los und mache, was ich will. Solange man deiner Mutter keinen Widerstand entgegensetzt, erreicht man meistens, was man möchte. Du aber legst dich mit ihr an.»

«Ich finde deine Methode verlogen.»

«Schon möglich, aber sie funktioniert. Libby muß das Kommando haben, das heißt, sie muß denken, daß sie es hat. Dasselbe gilt übrigens auch für dich.»

Frazier wurde kratzbürstig. «Das ist nicht wahr. Ich bin zufällig tüchtiger als die meisten, da können sie ruhig nach meiner Pfeife tanzen.»

«Okay.» Frank lächelte. Sie hatte ihn in seiner Ansicht bestätigt.

«Prima, jetzt sind wir einer Meinung. Dad, wirst du es nie leid, dir von Frauen sagen zu lassen, was du zu tun hast, wann und mit wem? Wenn's Mom nicht ist, dann ist es Mildred im Büro.»

«Die beste Geschäftsführerin weit und breit. Herzchen, ich brauche eine Hilfe. Du nicht. Immerhin fahre ich deiner Mutter über den Mund, wenn sie anfängt, meine Fehler aufzuzählen. So ist sie nun mal.»

«Ich möchte keine Beziehung, in der ich meiner Partnerin über den Mund fahren muß.» Frazier sprach in scharfem Ton. «Verzeihung, Dad, es war nicht so grob gemeint, wie es sich angehört hat. Aber es tut mir einfach weh, wenn ich sehen muß, wie du Mom klein beigibst, und es hat mir schon als Kind weh getan, wenn du sie mit Carter und mir umspringen ließest, wie sie wollte. Du hast nie für uns Partei ergriffen.»

Frank fuhr sich mit den Fingern durch das dichte Silberhaar. «Das tut mir leid, Baby. Aber weißt du, als ich jung war, war alles anders. Die Frau herrschte über das Haus und die Kinder. Ich habe gute Geschäfte gemacht und die Rechnungen bezahlt. Arbeitsteilung. Im Rückblick finde ich, wir hätten vielleicht flexibler sein sollen. Ich wünschte, ich hätte mir mehr Zeit für euch Kinder genommen. Ich schätze, es ist schwerer, Libbys Kind zu sein als ihr Mann. Ich setze mich bald zur Ruhe, Herzchen, und dann verbringe ich mehr Zeit mit der Familie und auf dem Golfplatz. Die Uhr tickt, weißt du.»

«Ja, ich weiß, Dad. Deswegen habe ich ja die Briefe geschrieben.» Sie holte tief Luft und nahm allen Mut zusammen. «Was Mom so aufregt, ist, daß ich lesbisch bin. Ich hab's allen geschrieben. Sie sagt, es wird dich umbringen. Verdammt, ich will nicht den ganzen Stuß wiederholen, den sie gesagt hat. Ich nehme jedenfalls an, deswegen hat sie deinen Brief vernichtet.»

«Ich werde schon nicht tot zusammenbrechen.» Er lächelte wehmütig. «Du bist eine schöne Frau. Ich dachte immer, solche Mädchen seien, hm, maskulin. Ich weiß nicht, wie so etwas passiert, und ich glaube, das Leben wäre viel einfacher, wenn du nicht so wärst.» Er machte eine Pause. «Aber wenn du dir das vom Leben wünschst, werde ich dir nichts in den Weg stellen. Du bist und bleibst meine Tochter.» Er griff nach ihrer Hand und führte sie an seine Lippen.

Frazier kämpfte mit den Tränen. Sie wollte etwas sagen, brachte es aber nicht heraus. Schließlich flüsterte sie: «Danke, Daddy. Warum ist mit dir alles so einfach und mit Mom so schwierig?»

Frank hielt ihre Hand in seiner großen Pranke und tätschelte sie. «So ist das seit jeher, Väter und Töchter verstehen sich, Mütter und Söhne verstehen sich. Ich verstehe mich mit Carter so wie Libby mit dir, trotzdem liebe ich ihn. Er ist mein Sohn.» Frank hob verwundert die Stimme, denn normalerweise sprach er nicht über seine eigenen Gefühle, obwohl er stets bereit war, sich in andere Leute hineinzuversetzen. «Ich liebe ihn, aber ich kann nicht mit ihm reden. Ich komme nicht an ihn heran, und er verschwendet sein Leben. Doch ich kann hier sitzen und mich mit dir unterhalten, und ich fühle mich wieder jung. Zwischen uns gibt es keine Barrieren. Wo immer ich mich bei meinen Freunden umsehe, es ist fast überall dieselbe Geschichte. Spannungen mit den Söhnen und ein entspanntes Verhältnis mit den Töchtern.»

Frazier zuckte die Achseln. «Unterschiedliche Erwartungen, nehme ich an. Ich glaube, Väter sind grundsätzlich streng mit ihren Söhnen.»

«Ich war streng, ja. Aber ich dachte, ich würde Disziplin vermitteln, und mit dir war ich auch streng. Du konntest es verkraften. Du warst zäher. Komisch, woran man das merkt. Ich weiß noch, wie ich bei eurem Lacrosse-Spiel zugesehen habe, St. Lukas gegen St. Catherine, letztes Schuljahr. Ihr wart mit zwei Toren im Rückstand.»

«Das war kein Lacrosse, das war Krieg.»

«Damals habe ich dich mit ganz neuen Augen gesehen. Diese miese Verteidigerin von St. Catherine hat mit ihrem Schläger nach dir geschlagen, als die Schiedsrichterin gerade mal nicht hinsah. Zwei Finger hat sie dir gebrochen. Ich konnte deinen kleinen Finger schlaff herabbaumeln sehen. Du hast die Zähne zusammengebissen, du hast ein Tor geschossen. Du hast ein Tor geschossen! Die meisten Mädels wären an den Spielfeldrand gerannt, um zu plärren und zu jammern. Ein paar wenige hätten der Verteidigerin Rache geschworen. Du hast dich auf das Spiel konzentriert. Am Ende des Spiels war deine Hand so geschwollen, daß einem der Anblick weh tat. Ich weiß nicht, wann ich je so stolz auf dich war. Von da an wußte ich, daß du etwas Besonderes bist. Carter hätte in so einem Fall dem Kerl mit seinem Schläger den Schädel eingeschlagen. Er kann seine Gefühle nicht im Zaum halten. Du schon.»

«Das beste Spiel, das ich je gespielt habe», erinnerte sich Frazier. «Das hab ich von dir gelernt, Dad. Du hast zu mir gesagt, das Geheimnis ist, den Doughnut zu sehen statt das Loch in der Mitte.»

«Herzchen, wir kommen da durch, irgendwie. Und wenn du eine Freundin hast, bring sie mit. Mutter wird sich daran gewöhnen müssen.»

«Ich habe keine Freundin. Im Moment weiß ich nicht mal, wie viele Freunde oder Freundinnen ich überhaupt habe, aber immerhin habe ich dich, und es tut mir leid, daß du wegen dieser Geschichte deinen St.-Patrick-Tanz versäumt hast.»

«Mir tut es überhaupt nicht leid.»

Sie unterhielten sich noch eine Weile, dann ging Frank. Sein Schritt war schwer, denn er würde der hysterischen Libby gegenübertreten müssen. Frazier beschloß, im Büro zu bleiben und Papierkram zu erledigen. Sie war zu aufgedreht, um zu schlafen. Um halb zwei Uhr nachts machte sie endlich das Licht aus. Als sie durch die dunkle Galerie ging, fiel ein Lichtstrahl wie ein silberner Pfeil von der Straßenlaterne in die hinteren Räume und spielte auf dem Olymp-Gemälde. Frazier blieb stehen, um die Wirkung zu bewundern. Sie blinzelte und trat unwillkürlich zurück. Sie hätte schwören können, daß die Flügel an Merkurs Sandalen flatterten. Sie lief zum Wandschalter und knipste das Licht an. Sie starrte auf das Bild. Die Flügel waren vollkommen unbeweglich, aber ihr war, als hätte Merkur einen selbstgefälligen Ausdruck im Gesicht. Sie lachte über die Streiche, die das Licht einem spielen kann, und schloß ab.

25

Um sieben Uhr früh wurde Frazier vom Telefon aus dem Schlaf geklingelt. Sie wälzte sich herum und landete auf Currys Bein, was ein gedämpftes Jaulen hervorrief. Die Hündin hob den Kopf, während Basil auf die Kommode sprang, um sich einen besseren Überblick zu verschaffen.

Frazier hätte diesen unerwünschten Anruf ihrem Anrufbeantworter überlassen, aber wer immer es war, er legte mehrere Male nach dem dritten Klingeln auf, bevor sich das Gerät beim vierten Klingeln einschaltete. Dieser Hartnäkkigkeit gab sie schließlich nach.

«Hallo.»

«Komm mir bloß nicht auf die nette Tour», kreischte Libby. «So ein unglaublicher Schlamassel, und alles deine Schuld.»

Frazier setzte sich auf. Es war kalt, und sie bekam eine Gänsehaut. «Verdammt, wovon redest du überhaupt?»

«Hör auf zu fluchen, mein Fräulein. Dazu habe ich dich nicht erzogen. Wenn du deinen Vater nicht die halbe Nacht wach gehalten hättest, wüßtest du es.»

«Mutter, ich habe nicht viel geschlafen. Ich habe noch nicht mal meine erste Tasse Kaffee getrunken. Was ist passiert?»

Libby zischte, aber der Drang, Frazier mit Vorwürfen zu überhäufen, war stärker als ihre Wut über den Tonfall ihrer Tochter. «Deinen Bruder hat die Szene im Club so aufgewühlt, daß er ausgerastet ist und beim Ausparken seinen Transporter zu Schrott gefahren hat.»

«Er hat den Ford in einer Parklücke zu Schrott gefahren?» Für Frazier ergab das keinen Sinn.

«Außerdem hat er Yancey Weems' nagelneuen Mercedes und Billys teuren Dingsda ruiniert.»

Frazier machte sich langsam ein Bild von dem Unfall. «Ihre Wagen auch?» Sie unterdrückte ein Lachen.

«Ja. Es ist furchtbar. Aber das Schlimmste weißt du noch gar nicht. Courtney Wood sagt, er habe sie aus dem Wagen geschubst. Sie ist am Swimmingpool herumgeirrt, dort hat man sie gefunden. Ihr Kleid war zerrissen, sie hatte Kratzer und Prellungen. Und die Absätze an beiden Schuhen sind abgebrochen.»

«Mutter, wie ist sie in den Transporter gekommen?» Frazier bekam allmählich Spaß an der Geschichte.

«Sie ist mit Carter weggegangen. Billy hat ihr einen unsittlichen Antrag gemacht, als Kenny nicht im Saal war. Carter bot ihr an, sie nach Hause zu fahren.»

«Hat Carter dir das erzählt, oder ist das deine Theorie?» Frazier hörte im Geiste, wie Mandy immer sagte: «Ich hab da eine Theorie.»

«Carter hat mir gar nichts erzählt. Er hat einen Kater, ihm ist hundeelend. Geschieht ihm vermutlich recht. Laura rief mich an, völlig außer sich, weil Bobsy Krent von McGuire, Woods, Battle und Boothe angerufen hat, um über die Schäden Bilanz zu ziehen. Kannst du dir vorstellen, wie sie sich erschreckt hat? Sie mußte erst mal fragen, worum es eigentlich ging. Die unerfreulichen Einzelheiten folgten sogleich, kann ich dir versichern. Bobsy vertritt Billy. Yancey Weems soll vor Kummer im Koma liegen, jawohl, im Koma. Laura konnte Carter nicht ans Telefon kriegen. Er hat Schimpfwörter verwendet, die ich hier lieber nicht wiederholen möchte.»

«Warten wir doch erst mal Carters Version ab.» Wie ein geschickter Akupunkteur führte Frazier die Nadel ein. «Nun, Mutter, du meinst doch nicht, daß Courtney vielleicht etwas anderes im Sinn hatte – etwa Carters geschwächten Zustand auszunutzen?»

«Was kann man schon von ihr erwarten», bemerkte Libby

weise. «Und da Kenny Singer sozusagen nichts riskiert, wollte sie einen richtigen Mann. Ihr Ausschnitt ging ja fast bis zum Bauchnabel. Und Carter war nicht mehr ganz zurechnungsfähig. Welcher Gentleman des Südens würde es einer Dame abschlagen, sie nach Hause zu fahren?»

«Du hast recht, Mutter.»

Von der Zustimmung ihrer Tochter eingelullt, schaltete Libbys Tonfall auf «vertraulich» um. «Ann Haviland hat Courtney am Swimmingpool gefunden, total durchgefroren, ist ja auch kein Wunder, und als man Billy erzählte, in was für einem Zustand sie war, soll er gesagt haben, sie sei eine dumme Kuh und wolle Carter bloß wegen seinem – na ja, du weißt schon. Kannst du dir das vorstellen? Und da hat Kenny Billy einen Kinnhaken verpaßt.»

«Was du nicht sagst!»

«Es kam noch schlimmer. Billy hat Kenny einen Lustknaben genannt! Kenny schlug ihn noch einmal, und dann ging er mit Courtney Wood weg, und Laura vermutet, daß er noch immer bei ihr ist. Ann soll deswegen fast in Ohnmacht gefallen sein.»

«Da es jetzt halb acht ist, wage ich die Vermutung, daß Kenny nicht wach ist, egal, wo er sich befindet!» Frazier schauderte bei dem Gedanken, daß Kenny öffentlich gedemütigt wurde. Sie wäre jede Wette eingegangen, daß er Billy nicht beschimpft hatte.

«Er ist also doppelt gemoppelt», sagte Libby in verschwörerischem Ton.

«Bitte?»

«Bilateral?»

«Oh, bisexuell», korrigierte Frazier. «Wer weiß?»

«Ich dachte, ihr würdet euch untereinander erkennen. Und ihr hättet Geheimzeichen wie die Freimaurer.»

Frazier schüttelte den Kopf, denn noch sah sie nicht ganz klar. «Von Geheimzeichen weiß ich nichts.»

«Ach?» Libby war enttäuscht. «Worüber hast du mit Dad gesprochen?»

«Über alles mögliche.»

«Drück dich bitte deutlich aus», verlangte Libby.

«Mutter, Dad war großartig. Für ihn ist das Ganze überhaupt keine große Affäre. Worüber habt ihr denn gesprochen, als er nach Hause kam?»

«Er sagte, er sei müde, und ist sofort ins Bett gegangen. Das hat ihn alles sehr mitgenommen. Er zeigt dir nicht, wie ihm zumute ist, aber ich *weiß* es.»

«Weiß er von Carters Heldentaten?»

«Er ist noch nicht aufgewacht. Er braucht Schlaf.»

«Und ich etwa nicht?»

«Du bist jünger. Mit Laura kann ich nicht mehr reden. Laura ist überhaupt nicht mehr ansprechbar, und das geht bestimmt noch eine Stunde so. Sie denkt bloß noch an Courtney Wood. Ich an ihrer Stelle würde mich mehr darum sorgen, wo Carter das Geld hernehmen will, um die Schäden zu bezahlen. So ein 560er kostet über hunderttausend Dollar! Hirnrissig, soviel für ein Auto auszugeben. Der Preis für Billys Wagen soll astronomisch gewesen sein. Carter hat so viele PKWs und Transporter zu Schrott gefahren, daß Laura befürchtet, die Versicherung wird keinen Pfennig zahlen.»

«Hanckel-Citizens ist die beste, Mutter.»

«Bei der ist er nicht mehr. Er hatte Streit mit seinem Vertreter und ist zur Central-Insurance gewechselt.»

«Hm, er wird bald erfahren, wie gut seine Versicherung ist.» Frazier sehnte sich nach Eiern und Würstchen. «Junge, bin ich froh, daß ich nicht da bin, wenn Carter aufwacht. Juhu!»

Plötzlich triefte Libbys Stimme vor Freundlichkeit: «Ich dachte mir, vielleicht könntest du deinem Bruder helfen.»

«Er braucht die Anonymen Alkoholiker, nicht mich.»

«Nein. Die braucht er ganz bestimmt nicht. Wir haben keine Trinker in der Familie. Draufgänger vielleicht, aber einen Trinker hat es bei den Redingtons nie gegeben. Und in Franks Familie...»

«Onkel Ray.»

«Der ist seit Jahren tot.»

«Das ändert nichts an der Tatsache, daß er Bier gesoffen hat.»

«Manchmal denke ich, daß Ru trinkt. So wie die sich aufführt!»

«Eigentlich nicht.»

«Nur zu. Halt ihr die Stange. Ihr zwei steckt doch immer unter einer Decke.»

«Wenn du willst, daß ich für Carters Demolier-Orgie bleche, solltest du mir lieber Honig ums Maul schmieren, Mutter. Das bringt mehr.» Frazier drehte die imaginäre Akupunkturnadel.

«Honig ums Maul schmieren? Dir? Es ist deine Pflicht. Schließlich steckt er deinetwegen in diesem Schlamassel.»

«Klar, ich hab ihm die Flasche an den Mund gehalten. Ich habe gar nichts getan, verdammt noch mal.»

«Du sollst nicht fluchen. Es ist deine Schuld. Er war auf dem Ball schrecklich durcheinander. Diese ganze Schwulen-», sie erstickte fast an dem Wort, «Schwulengeschichte hat ihn bis ins Mark erschüttert. Ich sehe das. Ich kenne meinen Jungen. Denk an seine Stellung in der Öffentlichkeit.»

«Carters Schwierigkeiten haben nichts mit mir zu tun. Er leidet an Testosteronvergiftung.»

Libby rastete aus. «Ich sehe, mit dir komme ich nicht weiter. Du wirst nicht eher zufrieden sein, als bis du die Familie ruiniert hast. Warum? Damit du dann in Ruhe pervers sein kannst?»

«Die einzigen Menschen, die pervers sind, sind die, die niemanden lieben. Also auch du, Momma. Du bist unfähig zur Liebe!» Frazier knallte den Hörer so heftig auf, daß sie die Katze verscheuchte.

26

Vielleicht brauchen wir eine bessere Beleuchtung für das Bild.» Mandy stand vor dem Olymp-Gemälde. «Eine Lampe, die es mit einem Hauch Rosa überzieht.»

«Das würde eine Fahrt zu Eck & Co bedeuten», murrte Frazier. Sie hatte keine Lust, Besorgungen zu machen, und wollte auch Mandy nicht losschicken. Eine Lawine von Papierkram wartete auf sie, denn in sechs Wochen, unmittelbar vor Ostern, war der elende Steuertermin. Eine gemeine Art, einem die Feiertage zu vermiesen.

«Ich ruf da mal an. Wetten, sie haben auf Lager, was wir brauchen? Dann kann ich es morgen auf dem Weg zur Arbeit abholen. Sonst muß ich es bestellen. Keine Affäre.»

Beide wandten die Köpfe, als sie die Eingangstür aufgehen hörten. Courtney Wood trat ein, von oben bis unten auf Karrierefrau getrimmt. Wenn man so von der Tür her durch den großen Bogen in den zweiten Ausstellungsraum blickte, wirkten Frazier und Mandy fast wie ein Teil des großen Gemäldes. Eine interessante optische Täuschung.

«Guten Morgen, Courtney», begrüßte Frazier sie, während Mandy winkte und in ihr Büro ging, um wegen der Lampen zu telefonieren.

«Hallo, Frazier. Ich bin gerade auf dem Weg zur Arbeit, und da dachte ich, ich hör mal, ob's was Neues gibt und ob du den James Seymour noch hast. 1744 oder um den Dreh.»

«Prima Gedächtnis.» Frazier lächelte. «Und ein prima Schal.»

Courtney betrachtete ihren Hermès-Seidenschal, den sie so um den Hals geschlungen hatte, daß ein Zipfel über ihrer linken Schulter hing. «Danke. Ich sehe den Seymour nicht.»

«Ein Ehepaar aus der Nähe von Nashville hat ihn vor zwei Monaten gekauft.»

«Haben sie viel dafür hinlegen müssen?»

«Ich darf nicht preisgeben, was ein Gemälde gekostet hat, es sei denn, ich wurde von meinen Kunden dazu ermächtigt, was leider nicht der Fall ist. Aber soviel kann ich dir sagen: Das Bild ist für eine sechsstellige Summe weggegangen. Ich wünschte, ich könnte dir mehr verraten. Das ist der Vorteil bei Auktionen: Du weißt, welchen Preis jedes Bild erzielt hat. Eine gute Möglichkeit, sich auf dem laufenden zu halten. Möchtest du Kaffee oder Tee? Ich hab auch was Kaltes da.»

«O nein, danke.» Sie hielt die Hände an die Augen, um anzudeuten, daß sie heute morgen schon genug Flüssigkeit zu sich genommen hatte. Frazier fragte sich, wann Courtney endlich verraten würde, was der wirkliche Grund für ihren Besuch war.

«Soll ich dich allein lassen, damit du dich in Ruhe umsehen kannst?»

«O nein, ähm, Frazier, ich wollte dich wegen des Schlamassels mit Carter auf dem St.-Patrick-Ball sprechen. Billys Anwalt hat mich heute morgen angerufen. Woher er weiß, daß ich mit Carter weggegangen bin, ist mir schleierhaft...» Courtney wollte zu gerne glauben, daß kaum jemand von ihrem Abgang mit Carter wußte. Typischer Fall von jämmerlicher Realitätsflucht, wie sie in Kleinstädten an der Tagesordnung ist.

«Billy hat's ihm gesagt.»

«Woher weißt du das?»

«Ich weiß es nicht, aber ich kenne Billy. Carter ist attraktiv, leichtfertig, könnte man sagen, und er war allein. Du hast dich vielleicht nicht gerade gut amüsiert mit Billy und Kenny, und da hat Carter sein breites, falsches Lächeln aufgesetzt.»

Courtney fummelte verwirrt an ihrer Handtasche herum. «Stimmt genau. Billy kann so biestig sein, obwohl er göttlich aussieht. Ich weiß nicht. Sein Herz ist aus Eis. Und was er zu Kenny gesagt hat, der so ein lieber Kerl ist! Wie hast du es bloß so viele Jahre mit ihm ausgehalten?»

«Gemeinsame Interessen», erwiderte Frazier wahrheitsgemäß, nannte die Interessen aber nicht, und Courtney war zu sehr mit ihren eigenen Problemen beschäftigt, um zu fragen.

«Aber egal, ich will nicht gegen Carter aussagen, falls es soweit kommt. Er hatte einen zuviel in der Krone, das ist alles.»

«Hast du ihm das gesagt?»

«Laura, diese Drachen-Lady, wollte ihn mir partout nicht ans Telefon holen.»

Frazier lachte über Courtneys Beschreibung ihrer Schwägerin, diesem aufgehenden Stern am Gesellschaftshimmel. «Ruf ihn im Büro an.»

«Da ist er nicht, aber ich werd's weiter versuchen. Ich hoffe, er redet mit mir. Vielleicht könntest du mir ja dabei helfen.»

«Was kann ich tun?» Frazier versuchte, möglichst neutral zu bleiben.

«Falls er sauer auf mich ist und mich nicht sprechen will, kannst du ihm ausrichten, daß ich nicht gegen ihn aussagen werde und hoffe, daß er diese Sache irgendwie geregelt bekommt?»

«Ja.»

«Und ich soll dir etwas von Kenny bestellen. Er möchte sich gerne Ende der Woche mit dir treffen.»

Frazier strahlte. «Danke, Courtney.»

«Kenny ist ein Teddybär. Er ist ganz anders als Billy. Ich verstehe nicht, wie sie Freunde sein können, wo sie so verschieden sind. Du hattest wohl Streit mit Billy, wie?»

«Es war ein einseitiger Streit. Er ist wütender auf mich als ich auf ihn, aber wenn es so weitergeht, könnte ich wirklich zickig werden.»

«Diese Männer», sagte Courtney, die offensichtlich davon überzeugt war, daß gegen die Unvernunft der Männer nichts zu machen war.

«Nicht alle!» Frazier lächelte.

Courtney sah auf die Uhr. «Ich muß los. Danke für deine Hilfe.»

Als sie gegangen war, seufzte Frazier vor Erleichterung. In Courtneys Kreisen waren die Bombensplitter noch nicht gefallen. Wie wohltuend, ein normales Gespräch zu führen, ohne versteckte Anspielungen. Courtney hatte Klartext geredet.

Frazier rief Carter in seinem Büro an. Er ging selbst an den Apparat, denn seine Sekretärin lag mit Grippe im Bett.

«Horse-and-Hound-Immobilien, guten Morgen?»

«Hey, wilder Mann!»

«Nerv mich bloß nicht wegen des kleinen Vorfalls im Club. Du bist nicht die erste, die mich darauf ansprechen will. Du mußt dich ans Ende der Schlange stellen.»

«Mir ist das Ganze ziemlich egal, Carter. Aber Courtney Woods hat bei dir zu Hause angerufen, um dir zu sagen, daß sie nicht gegen dich aussagen wird, falls es soweit kommt, und Laura, deine reizende Laura, wollte ihre Anrufe nicht zu dir durchstellen. Courtney war bei mir in der Galerie, um mich zu bitten, dich anzurufen, weil sie dich von der Arbeit aus nicht erreichen kann. Sie befürchtet wohl, ihre Kollegen könnten mithören.»

«Oh.» Carters Ärger verflog. Dann lachte er. «Du hättest mich sehen sollen, Schwesterherz. Richard Petty, rück mal zur Seite.»

«Hoffentlich hast du dich amüsiert. Die Rechnungen ...»

«Scheiße, das ist mir egal. Ich hab sowieso kein Geld. Ich schätze, ich werde nach dieser Sache aus der Versicherung fliegen.»

«Wenn sie überhaupt was zahlt.»

Er seufzte. «Na und? Auch wenn sie nicht zahlt, ich treib's schon irgendwie auf. Trotzdem, es hat sich gelohnt.»

«Was hat sich gelohnt? Ich will es genau wissen.»

«Immer tu ich nur, was man mir vorschreibt. Ich meine nicht bloß für Laura und Momma. Ich kaufe ein, wenn man's mir sagt, und ich bezahl die Benzinsteuer an der Tankstelle, wie man es eben machen muß. Und wenn Kunden sich in Orange County ein Haus ansehen wollen, fahr ich sie hin, weil es meine Pflicht ist. Ich hab das Gefühl, mein Leben ist vorgeschrieben, verschrieben und abgeschrieben. Die einzigen Abenteuer sind die Frauen. Mein Leben ist zu einer langen Liste von Regeln verkommen, die ich nicht aufgestellt habe. Regeln und Rechnungen. Verdammt, Frazier, ich fühle mich wie in einer Falle, und ich fühle mich manchmal richtig alt.»

«Ich weiß. Ich weiß.» Sie wußte es wirklich.

«Als wir Kinder waren, und auch später auf dem College, da konnten wir unseren Krempel zusammenpacken und einfach abhauen. O ja, Dad hat rumgemeckert und uns Vorträge über Verantwortung gehalten, aber dann hat er auch immer gesagt, geh los, sieh dir die Welt an, solange du jung bist. Warum muß das aufhören? Wenn ich mich so umgucke, seh ich meine Kumpel: Sie haben dicke Bäuche und Halbglatzen. Jeden Mittwochabend bumsen sie. Donnerstags gehen sie in die Kneipe und trinken Club-Spezial. Anscheinend befolgen sie alle seelenruhig dieselbe Routine, ohne daß sich je was ändert.» Er schwieg einen Moment und fügte dann hinzu: «Du dachtest im Krankenhaus, du würdest sterben. Schwesterherz, ich hab das Gefühl, ich sterbe jetzt, und zwar stückweise.»

«Du kannst dich ändern. Wenn ich mich ändern kann, kannst du's auch.»

«Ja, du hast allen Leuten erzählt, daß du lesbisch bist.»

«Und du findest, das ist keine Veränderung? Ich war unglücklich und zu blöd, um es zu merken. Scheiße, Brudda, ich liebe meine Arbeit, und ich liebe mein Haus und natürlich die Katze und den Hund, aber ich habe mich in meinem eigenen Trott im Kreis gedreht. Jetzt will ich da rauskommen.»

«Du willst in der Stadt bleiben?»

«Vorläufig ja, aber wenn es richtig schlimm wird, ich weiß nicht – ich nehme an, ich könnte auch wegziehen. Aber es würde mir schwerfallen. Ich lebe gerne hier, und ich bin nicht sicher, daß die Leute woanders versöhnlicher oder großzügiger sind.»

«Wenn du nach New York gingst oder in eine andere Großstadt, könntest du mit deinesgleichen zusammensein.» Carter meinte es gut.

«Was meinst du mit meinesgleichen? Lesben? Warum sollte ich meinen Umgang nach den Sexpraktiken der Leute richten? Du bist mein Fleisch und Blut. Bist du nicht meinesgleichen? Vielleicht sind Delta-Delta-Delta-Angehörige meinesgleichen. Es wird langsam verwirrend, nicht?»

«Ich denke mir», sagte Carter, während er sich eine Zigarette anzündete, «es wäre angenehmer, mit Leuten zusammenzusein, die dasselbe fühlen wie du, und die dich deswegen nicht verurteilen.»

«Kann sein, aber weiß ich, ob sie mich nicht wegen was anderem verurteilen? Vielleicht gilt für mich die Devise ‹Lieber den Teufel, den ich kenne, als den Teufel, den ich nicht kenne›. Aber du, du bist nie von zu Hause weggewesen. Ich war die paar Jahre in New York, und als ich wieder hierherkam, wußte ich sicher, daß ich hier leben wollte. Außerdem hat mich diese Zeit abgehärtet. Ich bin eine andere geworden als Libbys und Franks Tochter. Du mußt dich auf die Socken machen – ‹You got to hit the road, Jack.›»

«‹And don't you come back no more, no more›», sang Carter. Und komm nicht mehr zurück.

«Das hab ich nicht gesagt. Lies meinen Brief noch mal. Und werd diesmal nicht sauer auf mich.»

«Schwesterchen – ich bin echt am Arsch. Ich weiß es.»

«Ich vielleicht auch. Vielleicht stehen wir am großen Scheideweg unseres Lebens, und die eine Abzweigung führt in vertraute Gefilde, während die andere alles mögliche Neue bedeutet. Aber wir haben unheimlichen Schiß, weil keiner weiß, wie es ausgehen wird. Wenn wir uns dafür entscheiden, daß alles beim alten bleiben soll, sind wir geborgen, wir langweilen uns, werden aber auch bewundert. All die anderen geborgenen Leute, und das dürften neunzig Prozent unserer Bekannten sein, würden uns als besonnene, verantwortungsbewußte und reife Menschen loben. Wir würden sogar wissen, wo wir mal begraben werden. Die Parzellen würden schon ausgesucht sein. So ist das, wenn du rumsitzt und vor dich hin moderst, oder? Es gibt einem scheint's ein Gefühl der Sicherheit, wenn man sogar weiß, wo man sein wird, wenn man tot ist. Wir müssen zu den anderen zehn Prozent gehören, Carter. Ich weiß nicht, wie ich es hinkriege, aber ich habe einen Anfang gemacht, als ich die Briefe schrieb, und ich mache keinen Rückzieher. Vielleicht muß man sich nur eine einzige Frage beantworten …»

Carter, der aufmerksam zugehört hatte, unterbrach sie: «Und welche?»

«Willst du leben, oder willst du sterben?»

27

Die Flanellbettwäsche wärmte Frazier, als sie erschöpft ins Bett kroch. Der Tag, der mit Courtney begonnen hatte, endete mit Ann, die ins Geschäft gestürmt kam und lauthals über Sünden aller Art schimpfte. Fraziers Sünden, wohlgemerkt. Als Frazier erwähnte, daß Ann den unmißverständlichen Wunsch geäußert habe, sie nie wiederzusehen, um nicht selbst als Lesbe gebrandmarkt zu werden, hatte sie noch ein bißchen herumgebrüllt und war dann so plötzlich verschwunden, wie sie gekommen war. Mandy, die sich im Lager aufgehalten hatte, war nach Anns stürmischem Abgang wieder in die Galerie geschlichen. Seltsam, irgendwie tat Ann ihnen beiden leid. Schließlich würde sie Frazier nicht als eine so schreckliche Person hinstellen, wenn sie sie nicht eigentlich liebte.

Neben dem Bett schwankte ein Bücherstapel, der schon umzufallen drohte. Frazier hatte vor, sie alle zu lesen, aber die Zeit raste ihr davon. Meistens war sie abends zu müde, um die Augen offenzuhalten.

Heute griff sie zu der kleinen Bibel, die sie im Krankenhaus gelesen hatte. Libby hatte sie bedrängt, die Bekanntschaft mit der Heiligen Schrift zu erneuern, und sie las wieder einmal ihre Lieblingsstellen, vor allem das Buch der Psalmen.

Sie liebte es, die Augen zu schließen und dann den Finger auf eine willkürlich aufgeklappte Stelle zu legen. Diese verspielte Art der Lektüre hatte sie im Religionsunterricht gerettet, sonst wäre sie vor Furcht und Langeweile schier vergangen. Der Pastor, der sein Bibelwissen mit Ingrimm vermittelte, hatte verlangt, daß seine Schäflein alles rückwärts und vorwärts kannten. Frazier, die überhaupt nicht fromm war, hatte genug Mühe mit dem Vorwärts, und schon damals, im Alter von zwölf und dreizehn, hatte sie erkannt, daß Religion, zumindest diese Religion, auf Furcht gründete. Wie kann Gott dich lieben, wenn er alles daransetzt, dich in Angst und Schrecken zu versetzen?

Sie schloß die Augen, fühlte die dünnen Seiten zwischen den Fingerkuppen und stieß mit dem rechten Zeigefinger auf die untere rechte Ecke der Seite.

Sie las Paulus' 2. Brief an Timotheus, 4. Kapitel, Vers 7. «Ich habe einen guten Kampf gekämpft, ich habe den Lauf vollendet, ich habe Glauben gehalten.»

Sie klappte das Buch zu, da sie nicht weiterlesen mochte – obwohl sie diesen Vers liebte, konnte sie Paulus kaum ertragen –, und dachte über den Begriff der Vergeltung nach. Äußerliche Vergeltung ist gewiß erfreulich, weil jeder sieht, was man erreicht hat, daß der Herr das Licht der Liebe auf einen scheinen läßt. Innere Vergeltung hingegen verlangte viel mehr. Kein Wunder, daß die schlechten Prediger auf Geld aus waren. Das Christentum, eine schwierige Religion, brachte Heerscharen von falschen Propheten hervor, weil die es den Menschen leichter machten.

Frazier hielt sich nicht für sehr christlich, aber sie wußte, wenn sie hier und da ein bißchen in der Bibel las, blieb etwas in ihrem Kopf hängen. Sie wußte auch, daß die Heilige Schrift als Waffe gegen sie benutzt werden würde.

Komisch, daß so viele Menschen sich anmaßten, über Homosexuelle zu urteilen. Es war, als würden sämtliche schlechten Züge von Heterosexuellen auf die Menschen abgewälzt, die zur gleichgeschlechtlichen Liebe neigten. Sie waren die Sündenböcke der Kultur. Ein gewöhnlicher Ehebrecher richtete mehr Schaden an, als es eine lesbische Frau auch nur im Traum vermochte. Der Ehebrecher betrog seine Frau, verletzte seine Kinder und benutzte die Frau, mit der er schlief, zum Vergnügen. Aber obwohl er wenigstens zwei Frauen und sämtliche von ihm gezeugten Kinder verriet, galt sein Verhalten als nicht so schlimm.

Frazier hielt die kleine alte Bibel in der Hand und fragte sich, wie es möglich war, daß die Menschen so selektiv lesen konnten. Aber vielleicht war ihre eigene Lektüre ja ebenso selektiv. Eine Botschaft verstand sie jedoch deutlich: «Richtet nicht, damit ihr nicht gerichtet werdet.»

28

Der Wind stach wie mit winzigen, von Feuchtigkeit überzogenen Nadeln. Zwischen den scharfen Böen war es dann plötzlich vollkommen windstill und die Sonne schien – wieder ein Märztag. Die Temperatur kletterte auf über dreizehn Grad, ein Anlaß für Frazier, ihre erste Runde Golf der Saison zu spielen. Mandy und Ruru begleiteten sie.

Obwohl es ein ganz normaler Wochentag war, hängte Frazier das «Geschlossen»-Schild an den Eingang der Galerie. Ein paar von puritanischer Arbeitswut besessene Passanten würden finsteren Blickes die Köpfe schütteln. Das waren die Leute, die sich die Devise «Erhalte dein Geschäft, und dein Geschäft erhält dich» aufs Panier geschrieben hatten. Nicht, daß es dieser Weltsicht an Wahrheit mangelte, nur war es nicht Fraziers Wahrheit. Ihr beängstigendes Zwischenspiel im Krankenhaus ermunterte sie dazu, sich mehr zu amüsieren, basta. Mandy hatte sich erboten, die Stellung zu halten, doch Frazier lockte auch sie ins Freie.

Ein langer Fairway mit verborgenen Sandbunkern empfing Tante Ruru, die ihr gelbes Tee in die weiche Erde versenkte. Sie begutachtete die Lage.

Frazier winkte nach rechts hinüber. «Das Grün ist da drüben, Ru. Wenn du geradeschlägst, bist du in einer guten Position für den nächsten Schlag.»

«493 Meter», las Mandy laut von der kleinen Tafel am Damentee ab.

«Für dich.» Frazier nahm immer den Herrenabschlag. Sie schlug den Ball weiter als alle Frauen und die meisten Männer des Clubs. Fraziers Schlagkraft beeindruckte jeden. Das Putten jedoch brachte sie in Rage. Sie wurde rot oder blaß. Es gab Tage, an denen ihr alles gelang. Leider folgten diesen Tagen Wochen, in denen alles schiefging. In diesen Phasen hatten ihr Zigaretten geholfen. Ihre Golftasche war noch voll mit Zigarettenschachteln vom letzten Jahr, und da dies ihr erster Golftag in der neuen Saison war, hatte sie sie bisher nicht ausgemistet.

Hinter der langen, anmutigen Biegung des Fairway erhob sich Libby Armstrongs Haus. Es wurde nach dem zweiten oder dritten Schlag sichtbar, je nachdem, wie stark der zweite Schlag ausfiel.

Ru vollführte das obligatorische Wackeln beim Ansprechen des Balles, ihr Einserholz verharrte gefährlich über ihrer rechten Schulter. Sie führte den Schlag aus, und das Tee zersplitterte in der Luft. Der ebenfalls leuchtend gelbe Ball flog niedrig, aber gerade.

«Guter Schlag!» lobte Frazier.

Mandy verzog das Gesicht, weil sie jetzt vom Tee abschlagen mußte, und als Anfängerin war sie sehr streng mit sich selbst. Sie befürchtete, die anderen aufzuhalten, was zwar stimmte, jedoch niemandem etwas ausmachte. Mandy hatte auf Fraziers Drängen hin mit Golf angefangen. Da das Spiel ihre Chefin glücklicher machte als alles andere, dachte Mandy sich, es müsse was dran sein. War es auch: Blut, Schweiß, Tränen und eine Erweiterung ihres Schimpfwortschatzes. Das Frustrierende am Golf war, daß sie den Ball hin und wieder einwandfrei schlug. Es war ein so wunderbares Gefühl –

wunderbar bis ins Mark –, daß sie vor Begeisterung übersprudelte, überzeugt, dieses Spiel voll im Griff zu haben. Der nächste Schlag freilich machte diese Euphorie zunichte. Trotz aller Quälerei war Mandy gefesselt, und war sie auch kein Naturtalent wie Frazier – aber wer war das schon –, so lernte sie doch schnell und entwickelte sich bald zu einer ganz passablen Spielerin. Noch ein Jahr, und sie würde eine gefragte Partnerin für jeden Zweier- oder Viererflight sein.

Ru und Frazier schwiegen respektvoll, als Mandy ihr orangerotes Tee, gekrönt mit einem orangeroten Ball, in den Boden steckte. Sie zog ihr Einserholz aus dem Golfbag. Die Holzschläger waren für Mandy schwerer zu handhaben als die Eisenschläger, und darüber grämte sie sich maßlos, statt einfach den Ball zu schlagen.

Frazier las ihre Gedanken. «Stell dir einfach vor, es wär ein schweres Eisen.»

Schweres Eisen, von wegen, die Hölzer waren es, die sich klobig anfühlten. Mandy wünschte, sie würde genug verdienen, um sich Graphitschläger zu kaufen. Sie probierte den Satz Schläger im Golfladen immer wieder aus, und sie lagen sagenhaft in der Hand. Der Preis war ebenso sagenhaft. Aber mit *den* Schlägern könnte sie Wunder vollbringen.

Mandy machte ein paar Übungsschwünge. Dann trat sie an den Ball. Sie versuchte, locker zu sein. Langsam hob sie den Schläger über die Schulter, hielt einen Moment inne und versuchte dann, das zu tun, was Frazier ihr immer wieder predigte. «Laß den Kopf des Schlägers die Arbeit machen, den Kopf und die Schwerkraft.» Die Schwerkraft fiel heute aus. Der Ball segelte nach oben wie ein entschwindender Ballon und landete abseits vom Fairway.

«Verdammt, verdammt, verdammt», fluchte Mandy.

Ruru machte ihr Mut: «Schätzchen, wenn mir nach zwei Jahren Golf so ein Schlag gelungen wäre, hätte ich eine Runde Bier ausgegeben.»

Mandy und Ru traten vom Damenabschlag fort, damit sie nicht im Weg standen, und drehten sich um, um Fraziers Schwung zu beobachten. Bei ihr sah es so mühelos aus. Sie machte ein paar Lockerungsübungen, stand dann still, hob den Schläger, als sei er eine Feder, und schwang ihn in einem anmutigen, kraftvollen Bogen abwärts.

Der Ball schwebte empor wie ein heimwehkranker Engel und sirrte, als er in der Ferne an Höhe gewann. Es schien ewig zu dauern, bis der weiße Punkt mitten auf dem Fairway landete.

Mandy und Ru sahen einander an, bevor sie zu Frazier blickten und bewundernd die Köpfe schüttelten. Dann kletterten sie alle drei in den grünen Caddie.

Der zweite Schlag erforderte eine interessante Entscheidung. Je nachdem, wo der Ball zu liegen kam, je nachdem, ob man wirklich ein Holz ohne Zuhilfenahme eines Tees benutzen konnte, war jetzt Gelegenheit, ein Viererholz zu verwenden. Es war knifflig.

Mandy wählte klugerweise ihr Viererеisen. Dabei verschenkte sie zwar Distanz, aber ihr war daran gelegen, wieder auf den Fairway zu kommen. Ruru, in guter Position, griff nach ihrem Viererholz. Frazier ebenso.

Frazier und Mandy bedachten Mandys Zwangslage.

«Okay. Siehst du den kleinen Hügel? Ziel dahin, dann müßte es klappen.»

Mandy, froh, daß das Gras nicht so hoch war wie befürchtet, schlug den Ball und traf fester, als sie oder Frazier erwartet hatten. Die orangerote Kugel verschwand über dem gepflegten Hügel.

«War das ein Schlag!» Frazier hatte die Hand gegen die Stirn gelegt, damit sie die Sonne nicht blendete.

Auf dem Fairway jubelte Ruru.

«Ich hätte nicht gedacht, daß ich ihn so weit schlagen würde.» Mandy blinzelte.

«Du bist in Moms und Dads Garten gelandet», sagte Frazier.

Nachdem Ruru ihren zweiten Schlag ausgeführt hatte, schnurgerade, aber etwas kurz geraten, gesellte sie sich zu Frazier und Mandy, die über den kleinen Hügel kletterten. Fraziers Ball lag noch weiter oben auf dem Fairway. Die drei Frauen blickten auf das weiße Haus der Armstrongs hinunter. Wie eine leuchtende Goldamsel saß Mandys Golfball vor der Hintertür.

«Oje!» Mandy war verzweifelt.

«Es gibt einen kreativen Ausweg.» Frazier rieb sich die Hände.

«Wenn sie ihr Fünfereisen nimmt, kann sie über Libbys Buchsbaum pitchen. Das kostet sie einen Schlag, und noch einen, um auf den Fairway zu kommen, aber es könnte viel schlimmer sein.» Ruru schulterte ihr Holz.

«Ru, es kostet mich mehr als einen Schlag. Ich weiß nicht, ob ich den Ball so einfach hochkriege, und denk an die Kuhle, die ich in Mrs. Armstrongs Rasen machen werde. Sie kriegt einen Herzanfall!»

«Dieses Glück wird uns wohl nicht vergönnt sein», erwiderte Frazier. «Mir nach. Ich weiß, wie das gemacht wird. Es kostet dich zwei Schläge, aber es wird klappen.»

Frazier und Mandy marschierten in den Garten, gefolgt von Tante Ruru, die den Caddie fuhr.

«Siebenereisen», überlegte Ru.

«Nee.» Frazier öffnete die Hintertür. Die riesige Eingangshalle in der Mitte des Landhauses, ein leerer Saal mit irrwitzig teuren Stühlen an der Wand, lud das Trio ein. «Ruru, halt die Haustür auf.»

«Mit dem größten Vergnügen.» Ruru kicherte, daß ihre grauen Locken wippten.

«Deine Mutter bringt uns um.»

«Sie ist im Garten-Club, also wird sie's nie erfahren. Jetzt tu, was ich dir sage. Nimm deinen Pitching-Wedge, weil du den Ball über die Kante der Hintertreppe schlagen mußt. Aber viel ist es nicht, siehst du. Nur ein ganz sanfter Schwung mit dem Handgelenk, sonst kriegt die Decke ein Loch. Nicht, daß ich was dagegen hätte. Ich würde was darum geben, Mutters Gesicht zu sehen, wenn sie es entdeckte, und ich möchte zu gerne den Kommentar hören, den sie sich ausdenken würde, um die plötzliche Delle in der Decke zu erklären.»

«Frazier, ich glaub, ich schaff das nicht.»

«Doch, du schaffst es. Denk dran, ganz sachte.» Frazier reichte Mandy ihren Pitching-Wedge, dann schloß sie die Tür und trat beiseite.

Mandy schluckte und bewegte ruckartig das Handgelenk. Der Ball sprang über die Stufen und landete mitten in der Halle, deren Dielenbretter aus Fichtenkernholz von jahrzehntelangem Bohnern glänzten.

«Roll, du blödes Ding, roll doch!» rief Ruru am anderen Ende.

Der orangerote Ball blieb an einem Queen-Anne-Stuhl liegen, aber Gott sei Dank nicht darunter.

Frazier schnappte sich Mandys Putter. «Komm.»

Mandy folgte gehorsam. «Das war zu sanft.»

«Hey, das ist vielleicht eine originelle Golfsituation. Keine Sorge.» Sie reichte Mandy ihren Putter. «Ziel auf Ru.»

«Vielen Dank.» Ru zog den Kopf ein.

«Nur nicht zu schüchtern.»

Mandy befolgte Fraziers Anweisungen und schlug den Ball weit in den Vorgarten. Ru schloß die Tür und eilte hintenherum zum Caddie.

Jubelnd flitzten Frazier und Mandy hinaus, um zu sehen, ob Mandy eine Möglichkeit hatte. Ja. Mit einem einzigen kräftigen Schlag würde sie unterm Grün sein. Sie mußte ein paar Hecken in knapp zwanzig Metern Entfernung überwinden, aber Frazier meinte, das sei ein Kinderspiel, und als Ruru mit den Schlägern ankam, zeigte es sich, daß sie recht hatte.

Am Ende dieses Tages gackerten sie wie drei Schulmädchen, verjüngt durch die Situation, durch den Sport und von ihrer gegenseitigen Gesellschaft.

Am Abend rief Libby Frazier an. Als Frazier den Hörer abnahm, stöhnte sie, denn sie befürchtete, daß sie ein neues Kapitel aus «Ein Tag im Leben von Carter Redington Armstrong und seiner Mutter» erwartete.

Statt dessen kreischte Libby: «Was mir heute passiert ist, das errätst du nie!»

«Was?» Der Ton ihrer Mutter beunruhigte sie: Krankheit, Geldverlust, neuer Ärger mit Carter, jemand hatte im Club wegen Fraziers sexueller Neigung auf ihr herumgehackt – sie war gespannt.

«Der Fußboden in meiner Halle hat Pockennarben! Es ist nicht zu fassen – es ist einfach nicht zu fassen. Ich habe es gleich gemerkt, als ich vom Club kam, es war spät geworden, weil Florence Grissom mir von ihrem Urlaub auf St. John Island erzählen mußte, dabei wollte ich es gar nicht wissen. Bilder hat sie mir auch gezeigt.» Libbys Stimme zitterte vor Abscheu. «Wie viele Wildesel kann man sich schon ansehen, frage ich dich? Sie muß fünf Filme für diese Wildesel und das Meer verknipst haben. Ich weiß, wie das Meer aussieht. Es ist groß, es ist blau, und es ist langweilig. Und dann komme ich nach Hause, mir sind von den schweren Einkaufstüten fast die Arme abgefallen – bei Giant haben sie Steaks im Sonderangebot, da hielt ich es für klug, den Gefrierschrank aufzufüllen. Jedenfalls, ich hatte kaum den Fuß in der Tür, da bemerkte ich schon die kleinen Abdrücke, wie von Zähnen. Ich hab die Lebensmittel hingestellt und geguckt. Dann bin ich auf alle viere gegangen. Meine Halle ist von vorne bis hinten pockennarbig. Pockennarbig!»

«Windpocken.»

«Was?»

«Du hast gesagt, der Fußboden ist mit Pockennarben übersät, und ich habe vermutet, es sind wohl Windpocken.»

«Eine schöne Art, deine Mutter zu trösten», brummte Libby. «Ich will dir sagen, was passiert ist. Da sind welche von diesen gräßlichen Golfern durch mein Haus gegangen. Mit Golfschuhen durch mein Haus! Ich weiß genau, daß es so war. In Zukunft werde ich immer abschließen. Man kann den Menschen heutzutage nicht mehr trauen. Ich hab's satt, ich hab's wirklich satt, und glaub mir, der Country-Club wird was von mir zu hören bekommen.»

«Mom, das tut mir aber wirklich leid», log Frazier.

29

Die Liebe kotzt mich an.» Billy lehnte an seinem silbermetallic lackierten Range Rover. Da er in Richmond arbeitete, war die Wartung des Fahrzeugs einfach, und er hing wirklich an dem Wagen.

Frazier sah die Zahlen an der Tanksäule sausen. Es war wie bei einem Spielautomaten – und in jeder Woche bewegte sich der Anzeiger in einem anderen Tempo, weil die Benzinpreise so instabil waren. Sie war heute früh zur Werkstatt an der Zion-Kreuzung gerast, um sich nach Carters Transporter zu erkundigen, der gerade repariert wurde. Die Tankstelle war gleich nebenan. Sie hatte festgestellt, daß sie tanken mußte, und wie es der Zufall wollte, tankte auch Billy gerade seinen Range Rover.

Beide waren überrascht, sich hier zu sehen, und Frazier überlegte, ob das Schicksal sie zu einem letzten Wurf der Würfel oder zu einem ganz neuen Spiel zusammengeführt hatte. Sie fragte Billy, ob er Kenny liebe. Daß die Liebe ihn ankotze, war die Antwort.

«Zu schade. Er ist ein guter Typ.»

«Fray, ich war nie an Langzeitbeziehungen interessiert. Warum soll ich mich jetzt ändern? Kenny ist langweilig geworden.»

«Ann auch.» Frazier konnte sich einen Hieb auf ihre Exgeliebte nicht verkneifen. «Die Dessous-Prinzessin gibt mehr Geld für teure Klamotten aus als die meisten Familien fürs Essen.»

«Ich werde nicht oft mit ihr ausgehen.» Er lächelte. «Ich mußte sie zum St.-Patrick-Ball begleiten. Sie ist so kleinkariert, und unser gemeinsamer Auftritt hat ihr einen matten Glanz verschafft, wenn auch nur für einen Moment – und außerdem hab ich deinen Gesichtsausdruck genossen.»

«Billy, warum bist du so ekelhaft zu mir?»

Seine strahlenden Augen blitzten. «Weil du alles versaut hast. Ich hätte dich geheiratet. Es wäre ideal gewesen. Dann hast du diese Herzschmerz-Briefe geschrieben. Herrgott, Frazier, ich hätte nie gedacht, daß du auf billige Gefühlsduselei herabsinken würdest. Wen kümmert deine Wahrheit? Menschen wollen nun mal belogen, umschmeichelt, bei Laune gehalten werden. Belästige sie nicht mit Tatsachen. Du hast dich bloßgestellt, und ich werde dafür sorgen, daß du mich nicht auch noch bloßstellst.»

«Daß du eine lesbische Freundin hast, bedeutet nicht, daß du schwul bist. Jetzt mach aber wirklich mal 'nen Punkt.» Die Säule hinter ihr klingelte. Sie zog den Zapfhahn heraus.

«Warum etwas riskieren? Das Leben gefällt mir im Moment. Ich hatte keine andere Wahl, als dich und Kenny fallenzulassen.»

«Warum fällt es dir so schwer, die Wahrheit zu sagen?» Sie umklammerte den Zapfhahn, bis ihre Knöchel weiß hervorstachen.

Er legte die Hand an ihre Zapfsäule und lehnte sich dagegen. «Frazier, die Menschen verdienen die Wahrheit nicht. Sieh dich doch um. Willst du dem Kerl hinter der Ladentheke die Wahrheit sagen? Sein Intelligenzquotient entspricht in etwa seiner Körpertemperatur. Glaubst du, der sogenannte Durchschnittsamerikaner denkt an was anderes als an seinen Bauch und seinen Schwanz? Und was die Amerikanerin betrifft, die denkt überhaupt nicht. Wenn sie denken würde, hätte es während der Hill-Thomas-Anhörung einen Aufstand gegeben. Ihr Weiber werdet zu Sexobjekten erzogen. Das ist normal für euch. Warum, sag mir, warum mußtest du diesen Katastrophen auf zwei Beinen unbedingt die kostbaren Informationen über dich, über deine Angelegenheiten, über die Welt übermitteln?»

Frazier biß die Zähne zusammen und entspannte sich dann wieder. «Vielleicht halte ich den Durchschnittsamerikaner nicht für so doof. Vielleicht bin ich der Überzeugung, daß Jefferson, Madison, Franklin und Washington recht hatten.»

«Die kann man ja wohl kaum als durchschnittlich bezeichnen, und sie waren alle reich. Die Demokratie ist wie die meisten bestechenden Ideen unmöglich zu praktizieren. Wenn du zehn willkürlich auf der Straße herausgepickten Leuten in Richmond, San Francisco oder Lincoln, Nebraska, die Grundrechte vorliest, werden sie zunächst mal sagen, das sei zu radikal. Zweitens würden die Arschlöcher nicht mal wissen, was die Grundrechte überhaupt sind. Scheiße, gib ihnen was Grundverkehrtes und was Grundgutes, und halt den gemeinen Mann von der Wahlurne weg. Am besten ist, man sagt diesen Leuten überhaupt nichts. Aber du mußtest das Maul aufreißen oder vielmehr zum Füller greifen. Verdammt, Fray, wir hätten uns das Leben so schön machen können.»

«Mit Lügen?» Sie winkte dem Mann im Laden zu, um ihm mitzuteilen, daß sie gleich hereinkommen würde.

«Nein, indem wir unsere Werte schützen. Ich will dir sagen, wie das Leben in Amerika funktioniert, mein Herz. Michael Milken sitzt im Gefängnis. Schlimm. Richtig? Falsch? Es ist kein Hochsicherheitstrakt, er braucht nicht mit üblen Kerlen die Zelle zu teilen. Er muß bloß dasitzen und abwarten, denn wenn er entlassen wird, hat er immer noch an die 125 Millionen Dollar, und das nach Abzug der Verfahrenskosten. Das Spar- und Darlehensdebakel ist die Titelmelodie der Republikanischen Partei, und niemand zuckt mit der Wimper, am wenigsten Michael Milken selbst. Drexel Burnham Lambert, sein früherer Arbeitgeber, wird ungefähr 1,3 Billionen Dollar an Verfahrenskosten blechen, und die armen Schlucker auf der Straße dürfen die Rechnung für den Spar- und Darlehenskonzern begleichen. Und du beharrst auf der Wahrheit? Michael Milken und viele andere haben den Weg gewiesen. Während sie die Kasse leeren, erstellt die Verwaltung hehre Prognosen über den wirtschaftlichen Aufschwung. Die Wahrheit wird dich nicht befreien. Mit der Wahrheit wirst du keine Bewunderer gewinnen. Die Wahrheit stellt sich dir nur in den Weg.»

«In puncto ‹Staatliche Verwaltung der Nationalen Versäumnisse› muß ich dir wohl recht geben», sagte sie seufzend, «aber nicht in puncto Wahrheit.»

«Es sind nicht mal die nationalen Versäumnisse, außer du bist schwarz oder eine Frau oder beides zusammen. Hier geht es um Habgier, und sie haben sich im Gegensatz zum Bundesfinanzamt nicht einmal die Mühe gemacht, sie zu legalisieren. Das ist regelrechter Diebstahl, der so gut wie unbestraft bleibt, und solange der wunderbare Durchschnittsamerikaner, dem du anscheinend traust, sich nicht wehrt, werden die Gauner weiter stehlen. Wach auf, Frazier. Nur Narren sagen die Wahrheit.»

«Billy, ich könnte nicht leben, wenn ich dermaßen zynisch wäre.»

«Okay, aber kommen wir zum Thema Homosexualität zurück. Die Hälfte der Frauen, mit denen du von nun an zusammentriffst, wird nervös werden. Die andere Hälfte ebenso, dabei allerdings insgeheim wütend darüber, daß du dich nicht an sie heranmachst. Man wird dir Handlungen vorwerfen, erotisch motivierte Handlungen natürlich, die du nie begangen hast. Wenn du mit einer jüngeren Frau zusammen bist, werden sie dich beschuldigen, eine ältere, dominierende, verführende Lesbe zu sein, die auf junge Unschuldslämmer Jagd macht. Wenn du mit einer älteren Frau zusammen bist, werden sie sagen, du suchst eine Mutter. Wenn du mit einer gleichaltrigen Frau zusammen bist, werden sie sagen, das Verhältnis ist zu geschwisterlich, um lange halten zu können. Du wirst es niemandem recht machen können. Die rechten Christen, die überall ihr Fischsymbol hinkleben, werden dich bei jeder möglichen Gelegenheit angreifen, und weißt du was? Andere Lesben werden dir vorwerfen, nicht radikal genug zu sein. Keine Achtung. Keine Unterstützung. Kein gar nichts. So ein Leben will ich nicht.»

«Ich auch nicht, aber ich bereue es trotzdem nicht, daß ich die Briefe geschrieben habe.»

«Ich schon.» Er sah zu dem Mann im Laden hinüber. «Guck dir den Kerl an. Der ist so häßlich, daß er wohl Kühe vögeln muß.»

Frazier lachte. Billys Bemerkung war zwar grausam und herzlos, dabei aber trotzdem witzig. Der Bursche hinter der Theke hatte es bestimmt wirklich schwer, eine Frau zu finden, die ihn anziehend fand. «Billy, wann wirst du jemals erwachsen?»

«Das Geheimnis der Jugend ist gehemmte Entwicklung.»

Er grinste. «Ich weiß, du findest, ich bin hart. Bin ich aber nicht. Ich sehe die Welt so, wie sie ist. Die Amerikaner wollen einen ungekreuzigten Christus. Unterdessen kreuzigen sie jeden, der auch nur ein bißchen außergewöhnlich ist, jeden, der das kleinste bißchen Individualität an den Tag legt. Und Baby, so jemand bist du. Du noch mehr als ich. Wie kannst du es wagen, eine unabhängige Frau zu sein? Wie kannst du es wagen, reich zu sein? Leiden solltest du!» Er legte ihr seine Hand auf die Schulter. «Es wäre einfach ideal gewesen.»

«Nein.» Sie legte ihre Hand auf seine. «Weil du mich nicht geliebt hast. Ich glaube, es hätte mir nicht viel ausgemacht, daß du nicht in mich verliebt warst. Ich war genauso wie du immer mißtrauisch gegenüber der romantischen Liebe; sie hat immer etwas von Narzißmus zu zweit. Aber ich wäre gerne von dir geliebt worden, und zwar um meiner selbst willen. Laß uns in Frieden auseinandergehen. Sei nicht böse auf mich, wenn sich's vermeiden läßt. Ich will versuchen, mich an die schönen Zeiten zu erinnern, und davon hatten wir jede Menge.» Sie steuerte auf den Kassierer im Laden zu.

Billy riß sie zurück. «Große Gefühle sind nicht unbedingt mein Fall, aber ich will mich bemühen. Wir werden uns aus naheliegenden Gründen nicht oft sehen. Laß mich wenigstens dein Benzin bezahlen. Ein letztes Geschenk, okay?» Wenn Billy lächelte, war sein Gesicht wirklich schön.

«Okay.» Eine Träne rollte über Fraziers Wange.

Billy zog seine Tankstellenkarte hervor. «Ich beneide Christus. Er wurde vor der Kreditkarte geboren.» Er ging in den Laden und winkte ihr, ohne sich umzudrehen, noch einmal zu.

Frazier rutschte hinters Steuer und fuhr los. Sie bemühte sich nicht, gegen ihre Tränen anzukämpfen. Himmel, es konnte sie ja eh niemand sehen. Sie würde ihn vermissen, seine Sprachgewandtheit, seine Souveränität, sein Engagement und sein Selbstvertrauen. Sie würde seine Küsse vermissen, auch wenn es Judasküsse waren. Und sie wollte über seine Worte nachdenken. Sie lebte in einem Land, wo ihre Art zu lieben ein Verbrechen war.

Wie furchtbar es ist, für das Beste in einem selbst verfolgt zu werden. Vielleicht war Billy der weitaus Klügere.

30

Frazier schloß die Eingangstür zur Galerie auf und bemerkte sofort, daß die Fensterscheibe zerschmettert war. Als sie den Stein fand, den sie wegen eventueller Fingerabdrücke mit einem Stück Papier aufhob, fuhr sie angewidert zurück. Auf dem Stein stand in roten Buchstaben das Wort «Lesbe» geschrieben. Na schön, auch eine Methode.

Sie legte den Stein wieder dorthin, wo er gelandet war, und überprüfte genauestens ihr Inventar. Nichts war angerührt worden. Aber Dionysos' Weinkelch stand auf dem Fußboden vor dem Olymp-Gemälde! Frazier lief zu dem Bild. Wieder bückte sie sich, diesmal, um den Becher zu berühren. Ja wirklich, da stand er, ein kunstvoller goldener Kelch, mit Wein gefüllt. Und Dionysos hielt jetzt herrliche Trauben in der Hand.

Frazier schüttelte den Kopf und kniff die Augen zusammen, denn sie wollte nicht glauben, was sie sah. Der Kelch schimmerte, der Wein lockte mit einem überirdischen Glanz.

Sie lief zum Telefon und rief die Polizei an, und ihr nächster Anruf galt dem Sicherheitsdienst. Sie brauchte ein besseres Sicherheitssystem. Wie konnte jemand in die Galerie gelangen und einen ungemein kostbaren goldenen Becher auf den Boden stellen, ohne die Alarmanlage auszulösen?

Es war einfach unerklärlich.

Als Mandy kam, nahm Frazier, die fast so weiß war wie die Wände der Galerie, sie an der Hand und zog sie in den inneren Raum.

«Sieh dir das an!»

«Was?» Mandy sah sich um. «Die roten Lampen waren nicht vorrätig. Ich habe aber ein Dutzend bestellt.»

«Verdammt noch mal, jetzt reicht's aber.»

«Ach, Frazier, manche Leute sind eben einfach ekelhaft. Den Stein hat vermutlich ein Teenager geworfen.»

«Davon rede ich nicht. Hier, genau hier stand ein Kelch mit Wein.»

«Du meinst so einen wie den, den Dionysos in der Hand hält?»

«Ja!»

Mandy deutete auf das Gemälde. Der Kelch ruhte in der rechten Hand des seltsam strahlenden, betörenden Gottes. «Ich kann mich nicht erinnern, daß er so anzüglich gegrinst hätte.»

Frazier zitterte. Sie war im Begriff, den Verstand zu verlieren, aber vielleicht hatte es jemand ja genau darauf angelegt.

«Chefin, komm. Du mußt dich setzen. Du bist ja völlig durcheinander.»

«Mandy, der Becher stand hier, und Dionysos hatte statt des Bechers Trauben in der Hand, und in dem Becher war Wein. Ich meine es ernst, es ist keine Einbildung!»

«Das weiß ich doch», beruhigte Mandy sie, und sie glaubte Frazier, die schließlich alles andere als verrückt war. «Aber setzen wir uns, ja? Die Polizei wird dir das mit dem Kelch nicht abnehmen, also konzentrieren wir uns lieber auf den Stein. Verstehst du, was ich meine?»

Frazier verstand genau. Man würde sie als Hysterikerin abtun, als überspannte Künstlerin oder Homosexuelle, und sind nicht die meisten Homosexuellen Künstler? Ach Scheiße, sie wußte nicht, was sie denken sollte. Sie flüsterte: «Mandy, ich schwöre dir beim Blute von da Vinci, der Kelch stand vor dem Bild, und der Wein, du, der hat gefunkelt.»

«Ich glaube dir – Tausende würden dir nicht glauben.»

Mandys beherzter, aufrichtiger Beistand entlockte Frazier ein Lächeln, und sie ließ sich in ihr Büro führen.

«Der Kelch war da.» Frazier umklammerte Mandys Schulter.

«Vielleicht solltest du dein Unterbewußtsein der Wissenschaft vermachen.» Mandy legte den Arm um Fraziers Taille. «Irgendwas geht da drin vor.» Sie tippte mit dem Finger an Fraziers Stirn.

«Sag so was nicht.» Frazier bekam es mit der Angst.

«Du befürchtest, es ist was Schlimmes. Und wenn es etwas Wunderbares ist?»

«Himmel noch mal, was hättest du gemacht, wenn du das verdammte Ding gesehen hättest?»

«Es leergetrunken.»

31

Schatz, sei ganz locker.» Sarahs Lippenstift schimmerte im dämmrigen Licht einer flackernden Kerze. Ihre Bluse, aufgeknöpft, aber noch in den Jeans steckend, entblößte zwei spitzenmäßige Stellen von Sarahs Körper.

Carter lehnte am Messingkopfteil des Bettes und ließ seine

Cowboystiefel über die Bettkante baumeln. Bei allen Fehlern, die Carter hatte, er pflegte darauf zu achten, keine Daunendecken zu beschmutzen. «Ich bin locker.»

«Wieso beißt du dann die Zähne zusammen?» Sie streichelte sein Kinn; die Nachmittagsstoppeln unterstrichen sein derbes Aussehen.

«Ach, es ist nichts.» Er fuhr mit dem Finger zwischen ihre Brüste; die samtweiche Haut lenkte ihn von seinen Grübeleien ab.

«Ich merke doch, daß dir etwas auf der Seele liegt. Mir hilft es immer, wenn ich reden kann. Nun mach schon. Es wird dir guttun und mir auch. Es bedrückt mich, wenn du dir über etwas Sorgen machst.»

Carter bewunderte Sarahs Profil. «Die Reparatur von dem verdammten Aston Martin Volante wird 45000 Dollar kosten. Billy wird ihn mit einem Güterwagen nach New York transportieren und die ganze Karre neu lackieren lassen, nicht bloß vorne, wo ich sie demoliert habe. Er sagt, die schwarze Metallicfarbe bekommt er hier nicht, und deswegen muß der ganze Wagen neu lackiert werden. Mistkerl. Yancey Weems' Reparatur wird nicht so teuer, aber Yancey ist noch schlimmer als Billy. Das Schwein hat zu mir gesagt, ich würde mich aufspielen und müßte lernen, mit meinen Aggressionen umzugehen. Er hat mir sogar zu einer Therapie geraten, dieser windige Scharlatan.» Carter schlug mit der Faust ins Kissen.

«Ist vielleicht gar keine schlechte Idee, so eine Therapie.»

«Fang du nicht auch noch damit an!» brüllte Carter, doch sie legte ihm einen Finger auf den Mund und leckte dann seine Lippen und ihren Finger ab.

«Sextherapie.»

Er verdrehte erleichtert die Augen. «Heiße Sache! Ich fühl mich schon jetzt viel besser.» Aber schon verspannte er sich wieder.

«Komm, ich massier dir die Schultern.» Sarah hatte sich den ganzen Tag auf den Abend mit Carter gefreut und wollte ihn nun genießen. Sie hatte nichts dagegen, Carter mit kleinen Dingen zu verwöhnen. Es machte sie glücklich, mit ihm zu schlafen. Ob das Objekt ihrer Begierde es wert war oder nicht, war ihr nicht so wichtig wie die Hingabe an dieses Objekt.

«Weißt du, was noch passiert ist?» Carter setze sich auf und schwang die Beine vom Bett. «Irgendein Arschloch hat meiner Schwester einen Stein in den Laden geworfen. Und ‹Lesbe› draufgeschrieben.» Er zog zornig einen Stiefel aus. «Wenn ich das Schwein erwische, ich reiß ihm die Eier ab – falls er welche hat.» Er streichelte Sarahs Hand, während sie seine Schulter massierte und die Deltamuskeln knetete. «Das tut gut, Baby.»

«Ich dachte, du bist sauer, weil Frazier lesbisch ist.»

«*Sauer* ist das falsche Wort. *Hocherfreut* bin ich. Endlich bin mal nicht ich der Verlierer, verstehst du? Ich kann sie aufziehen und ihr das Leben schwermachen wie sonst keiner.»

«Warum ziehst du den anderen Stiefel nicht auch noch aus?»

«Ach so, ja.» Carter zog den abgetragenen Stiefel aus, der mit einem Plumps auf die Erde fiel.

Sarah griff tiefer und massierte seine Brustmuskeln. Sie zog ihn sachte wieder aufs Bett, stopfte ihm Kissen in den Rücken. Mit den Fingernägeln fuhr sie zwischen seine Brustmuskeln und ließ die linke Hand schließlich auf seinem Schritt ruhen.

Carter war damit sehr einverstanden, und er schob Sarah die Bluse von den Schultern. Flink entblößte er ihren rechten Oberarm.

«Hey, ich bin ein anständiges Mädchen!» Sie knöpfte seine Levi's 501 auf.

«Ich liebe anständige Mädchen!»

«Offensichtlich.» Sarah knöpfte den letzten kleinen Knopf auf und legte die Finger um seinen schwellenden Schwanz.

«Danke, Jesus.» Carter schloß die Augen und nahm zwei vollkommene Brüste in die Hände.

Sarah, noch in Jeans, setzte sich auf Carter und rieb ihn zwischen ihren straffen Schenkeln.

Sie trieben sich gegenseitig fast zum Wahnsinn, bis er es nicht mehr aushielt. Er hob sie hoch, legte sie aufs Bett und riß ihr die Jeans vom Leib.

So ging es los. Carter und Sarah stürzten sich in jede verfügbare Öffnung. Wären ihre Nasenlöcher groß genug gewesen, hätten sie auch die ausprobiert.

Sie liebte es, kurz bevor er kam, mit ihren erotischen Tricks aufzuhören. Carter hatte wirklich Standvermögen, und das brauchte er heute abend auch.

Nach fünfundvierzig Minuten unerfüllter Ekstase verschwand Sarah im Badezimmer. Als sie wieder erschien, konnte Carter nur noch murmeln: «O mein Gott.»

Sie trug eine Cowboyüberhose aus schwarzem Schweinsleder mit Fransen, schwarze Cowboystiefel, und von ihrem Hals baumelte wie eine offene Halskette eine lange schwarze, geflochtene Reitpeitsche. Peitschenschnüre aus Rohleder hingen an ihrer linken Hand. Die Überhose umrahmte ihr Lustnest, eine Aufforderung, die Carter verrückt machte.

Sie stakste zu ihm hin. Seine Augen waren so groß wie Tischtennisbälle. «Baby, hab Vertrauen zu mir. Du wirst jede einzelne Minute genießen.»

«Tut es weh?» Er konnte den Blick nicht von der Peitsche wenden.

«So wie ich es mache, tut's nicht weh.»

Es war nicht gelogen. Sie kitzelte ihn mit dem Peitschenschmitz am ganzen Körper, dann nahm sie sich zwanzig Minuten Zeit, um ihn mit den Schnüren ans Bett zu fesseln, wobei sie immer mal wieder seinen Schwanz streichelte. Dieses fremdartige Gefühl, sich nicht bewegen zu können, war anders als alles, was er bislang bei seinen Lustübungen gefühlt hatte, und enthemmte seinen Körper. Sein Schwanz toste. Er hatte die vielleicht größte Erektion in der Geschichte der Menschheit. Doch langsam, ganz langsam, wurde er in geheime Tiefen seiner Seele entrückt. Er war Mann und Frau zugleich. Er mußte Sarah vertrauen, weil er hilflos war. Sie wand den Peitschenschmitz fest um seinen Schwanz, lockerte ihn dann und bestieg Carter, zu ihrem großen Genuß. Zuckungen durchrasten jede Zelle seines muskulösen Körpers. Es dauerte so lange, daß sein Mund austrocknete und er keuchend und krächzend nach Luft schnappte.

Sarah bewegte sich langsam auf ihm, glitt aufwärts, dann wieder abwärts. Sie hatten so lange gewartet, daß ihre Orgasmen detonierten wie Atombomben. Die Cowboyüberhose war weich von Schweiß, und Sarah ließ sich erschöpft auf seine Brust fallen.

Später, als Carter Sarah einen Gutenachtkuß gab und die Tür ihrer kleinen Wohnung hinter sich schloß, konnte er kaum einen Fuß vor den anderen setzen. Es war, als versuche er auf einer abwärts fahrenden Rolltreppe nach oben zu laufen. Er wünschte sich, er könnte die Nacht über bei Sarah bleiben. Er wollte in ihrer Umarmung schlafen, seine Nase in ihren roten Haaren vergraben.

Als er die Hintertür zu seinem Haus öffnete, war ihm, als müßte er vor Sehnsucht nach Sarah zerspringen.

Die Standuhr in der Eingangshalle schlug zehn. Im Wohnzimmer flimmerte der Fernseher. Laura saß auf dem Sofa, die Füße auf dem Couchtisch. Der Fußboden war mit ihren Gartenbauentwürfen übersät.

«Hallo.»

«Wie ich sehe, hast du die gute Nachricht schon erhalten.»

«Was?» Er wurde nervös, war augenblicklich hellwach.

«Deine Versicherung sagt, du kannst sie mal. Ich hab's gewußt.» Oh, wie sich Laura darin gefiel, recht zu haben.

«Ach – das.» Carter tat so, als ob er es gewußt hätte.

«Und? Was gedenkst du zu unternehmen?» Sie blieb steif auf dem Sofa sitzen.

«Ich laß mir was einfallen.» Carter stand schwankend da. Er wollte ins Bett gehen und sich die Decke über den Kopf ziehen.

«Bitte Frazier um Hilfe. Sie ist reich.»

«Das werde ich nicht tun.»

«Ach.» Ein Tropfen Gift überzog Lauras Stimmbänder. «Willst du zu Momma laufen?»

«Nein.» Carter blinzelte.

«Das wäre ja wohl auch noch schöner. Sie hat schon genug durchgemacht. Ich verehre und liebe deine Mutter, weil sie dich verehrt und liebt.» Laura zeigte ihre Zähne.

Waren sie Mungo und Cobra? fragte sich Carter. «Mutter findet es grandios, einen Sohn zu haben. Um mich geht es im Grunde gar nicht. Frazier hat Mom wenigstens durchschaut. Ich habe bis jetzt gebraucht, um dahinterzukommen.»

«Ach, welche Einsicht.» Laura legt die Beine übereinander und schwang sie vom Couchtisch. «Welche Bourbon-Marke hat diese Erkenntnis erzeugt?»

«Keine. Ich habe seit dem St.-Patrick-Tag keinen Tropfen angerührt.»

Laura klatschte in die Hände, womit sie ihren Spott unterstrich. «Der Beginn eines neuen Lebens?»

Carter ging zum Schlafzimmer. «Ja.» Er schloß die Schlafzimmertür hinter sich. Giftwolken hingen in der Luft, ein dichter Nebel aus Eheelend. Carter würgte vor

Verlangen nach reiner Luft. Er wußte nicht, was er tun oder wie er es tun sollte, aber endlich, endlich war er bereit, es zu versuchen.

32

Der Regen auf dem Blechdach trommelte einen Code, rat tat, rat tat tat. Frazier strengte sich an, die Botschaft zu entschlüsseln, einen Code von Jupiter, denn er war der wahre Regengott. Ob Regen, Schnee, Sonnenschein, früh erblühende Weidenkätzchen, ein verirrter Schwalbenschwanzschmetterling, die grünen Augen eines Kätzchens oder ein linder Südwind – vielleicht enthielten all diese Naturerscheinungen einst Botschaften, und der Mensch hat nur die Fähigkeit verloren, sie zu entziffern.

Immerhin konnte Frazier die Zeitung entziffern, und ihr Blick verweilte auf einer schreienden Schlagzeile: «Keine Angst vor der Zubereitung von Käsesoufflés.» Diese Ermutigung sprang sie in serifenloser 12-Punkt-Schrift an.

Sie sprach die Zeile laut vor sich hin: «‹Keine Angst vor der Zubereitung von Käsesoufflés.› Schön und gut, aber wenn das Soufflé zusammenfällt? Ich meine, fällt dann auch das Selbstbewußtsein zusammen, husch und futsch?»

Bei «husch» wälzte sich die Katze herum und schnurrte.

Frazier richtete das Wort an Basil. «Haben Katzen Angst vor der Zubereitung von Käsesoufflés? Ich meine, wenn du kochen könntest, Basil, wärst du dann von Versagensängsten paralysiert? Paralyse durch Analyse. Da stündest du gelähmt vor dem Ofen, der dich aus der halboffenen Klappe anstarrt.

Was können wir sonst noch fürchten? Kummer mit der Schuppenflechte. Den Nachbarn mit Körpergeruch zu beleidigen. Verdammt, es stört keinen, wenn du auf die Frau deines Nachbarn geil bist, solange nur nicht dein Deodorant versagt. Südafrika ist kurz vorm Explodieren, Osteuropa kurz vorm Zusammenbruch, und Abtreibungsgegner legen sich auf die Straße. Aber für manche Leute ist ein zusammengefallenes Käsesoufflé die entsetzlichste aller Vorstellungen.»

Sie warf die Zeitung auf den Fußboden, woraufhin der Jack Russel Terrier anfing zu bellen.

«Schnauze, Curry.»

Wenn Curry könnte, hätte er zweifellos erwidert: «Selber Schnauze, blöde Krabbe.»

Frazier warf einen Blick auf das Bett und stellte fest, daß sie den Rezeptteil gelesen hatte. Reportagen aus Südafrika wurden ja nun mal selten im Rezeptteil abgedruckt...

Das Prasseln wurde zum Rauschen und erfüllte ihr Schlafzimmer. Ab und zu verirrte sich ein Regentropfen durch den Schornstein und fiel zischend ins Feuer. Curry und Basil kuschelten sich am Fußende des Bettes aneinander. Es war wohl um die fünf Grad, und die Kälte kroch allen dreien in die Knochen.

In die Daunendecke und Flanellaken eingemummelt, schlug Frazier *Bullfinch's Mythology* auf. Sie hatte das Taschenbuch auf dem Nachhauseweg von der Galerie gekauft. Ihre Hände wurden kalt. Sie hielt das Buch mit einer Hand und steckte die andere unter die Decke. Ab und zu wechselte sie der Kälte wegen die Hände.

Dionysos' Kelch ließ ihr einfach keine Ruhe. Sie beschloß, ihr Wissen über griechische Mythologie aufzufrischen, aber es fiel ihr schwer, sich zu konzentrieren.

Zum einen erinnerte sie der strömende Regen daran, daß sie vor vier Monaten das letzte Mal mit jemandem geschlafen hatte, und zwar mit Ann, während eines Gewitters. Wie machte Carter das bloß? Sie hatte diese Geschichte noch immer nicht verarbeitet, und ihr Bruder legte die Frauen um wie Kegel. Sie nahm sich vor, Carter zu fragen, wie er die Mädels rumkriegte und sich dann, was noch imponierender war, wieder aus dem Staub machte. Nicht, daß Ann sich an eine lebenslange Bindung klammern würde. Die arme Ann. Sie versteckte sich so tief im Schrank, daß sie Gefahr lief, sich in einen Kleidersack zu verwandeln, und sie zitterte bei der Vorstellung, entlarvt zu werden. Es liegt in der Natur einer Bindung, daß man sich in ihr entlarvt. Und die Zeit erledigt den Rest.

Frazier fragte sich, ob sie je wieder mit einer Frau schlafen würde – oder auch mit einem Mann. Sie war eigentlich gar nicht so festgelegt. Es gefiel ihr, ihre Neigung als launige Toleranz gegenüber Geschlechtsunterschieden zu betrachten. Sie wußte aber, daß ihre tiefsten Gefühle, sofern sie sie überhaupt definieren konnte, Frauen vorbehalten waren. Im Augenblick, mit kalten Händen, beim knisternden Feuer, sehnte sie sich jedoch eher nach animalischem Sex als nach irgendwelchen tiefen Gefühlen.

Es stand ja wohl fest, daß niemand in der Stadt mehr mit ihr ins Bett gehen würde. Nachdem sich die Neuigkeit herumgesprochen hatte, dank Carters Saufnacht bei Buddy und Lauras hinterhältiger Andeutungen und wohlüberlegter Indiskretionen, würde kein auch nur entfernt homosexueller Mensch sich in ihre Nähe wagen. Charlottesville war eine anständige Stadt: hier war man hetero, homo durfte man nur sein, wenn man die Stadt verließ.

Ein Leben in Einsamkeit. Eigentlich nicht so schlimm. Ein Leben ohne Sex. Das absolut Beschissenste.

Sie wechselte die Hände. Ihre Gedanken schweiften vom Sex zum Olymp-Gemälde. Mit Ausnahme von Artemis und Athene verlustierten sich die Götter ohne Schuldbewußtsein. Aber Schuldgefühle waren ja auch eine spätere Erfindung, sie waren aus den Wüsten des Mittleren Ostens hervorgekrochen. Die Juden haben die Schuld erfunden, die Christen haben sie verfeinert.

Warum mußte bloß alles so kompliziert sein? Wie die Leitungen eines Menschen aufgebaut waren, ging schließlich nur die an, die mit ihm Flüssigkeiten austauschten.

Frazier gab auf. Sie klappte das Buch zu und knipste das Licht aus. Der Feuerschein tanzte auf den Wänden und warf Schatten. Als sie fast eingedöst war, schreckte sie auf: Da war ein großer Schatten, der aussah wie Vulcanus am Schmiedefeuer.

Der Kelch. Sie wälzte sich herum und stöhnte. Es mußte eine Halluzination gewesen sein. Hatte Mandy sich nicht großartig verhalten? Trotzdem, es war so wirklich gewesen.

Der Regen trommelte in heftigen Schüben gegen das Haus. Frazier lauschte und überlegte, daß man an Zeus/Jupiter ebensogut glauben konnte wie an jeden anderen Gott. Wir müssen erklären, was wir nicht verstehen können. Donner und Blitz müssen die primitiven Völker geängstigt haben, genau wie sie heute kleine Kinder ängstigten. Warum nicht einen majestätischen Wallebartgott erfinden, der vollkommen gestaltete Blitzpfeile auf die Erde schleudert? Und was den Kelch betraf, randvoll mit einem Wein, der so schwer war wie manche Gedanken, so hatten ihr ihre Sinne wohl einen Streich gespielt. Oder vielleicht war es der Gott der schlechten Beleuchtung gewesen.

Während sie wegdämmerte, wünschte sie einen Moment lang, es gäbe eine Venus. Vielleicht würde die Göttin Mitleid mit ihr haben und ihr die Liebe bringen – oder ein gelungenes Käsesoufflé.

33

Ich bringe sie um, diese Ziege», murmelte Laura vor sich hin. Die Wut brach sich Bahn, überflutete ihr sorgfältig geschminktes Gesicht, verzerrte ihre Züge. Sobald sie sich wieder in der Gewalt hatte, steckte Laura Fraziers Brief vorsichtig in Carters Manilapapier-Umschlag mit der Aufschrift *Verschiedenes* zurück. Laura kannte die Gewohnheiten ihres Mannes und hatte ihre Durchsuchung mit dem sicheren Gefühl vorgenommen, daß er Fraziers Brief ordentlich abgelegt hatte. In diesen Dingen war Carter ein Pedant.

Sie hatte ein quälendes Bekenntnis zum Lesbentum erwartet, und es war typisch für seine selbstsichere, ja arrogante Schwester, daß sie sich nicht mit einer Silbe entschuldigte – Herrgott, sie sollte für diesen Brief bezahlen! Carter zu raten, sie zu verlassen. Sie, Laura, sollte für ihren Lebensunterhalt arbeiten! Als ob das Leben mit diesem verflixten Bruder von Frazier nicht schon Arbeit genug wäre. Wie konnte sie es wagen?

Der Schlag mit Sarah Saxe kam nicht völlig unerwartet. Lauras Nase hatte den Duft auf Carters Kleidung gerochen. Sie hatte ihm seine Lügen geglaubt, weil sie sie glauben wollte. Warum die Dinge aus dem Gleichgewicht bringen? Er hatte aufgehört, wie wild den Frauen nachzujagen. Laura hatte dies darauf zurückgeführt, daß mit Grundstücken zur Zeit kein Geschäft zu machen war und er schlichtweg kein Geld hatte, um seine Damen weiterhin zu verwöhnen. Laura hatte sich gewappnet, denn in wirtschaftlich besseren Zeiten würde sich das wieder ändern, aber nun hatte Frazier geschrieben, daß er Sarah liebte. Mit kleinen Seitensprüngen wird jede Ehefrau fertig. Und wenn Carter nun tatsächlich ganz absprang? Immerhin kam er nachts nach Hause. Zudem machten Lauras Geduld und ihr öffentliches Benehmen als «gute Ehefrau» bei den anderen Frauen im Garten-Club Eindruck. Männliche Untreue verband offenbar mehr Frauen miteinander, als sie eingestehen wollten, somit bestimmte die Handhabung des Problems den Status einer Frau innerhalb der alten Hut – der Garde der Alten und Behüteten.

Wäre sie eine leidenschaftliche Frau gewesen, dann hätte Laura die Finger um den kalten Griff einer 38er gelegt und Carter die Eier weggepustet. Aber damit hätte sie ein Gefühl gezeigt. Gott behüte. Es war viel besser, ihn tröpfchenweise auszuwringen, ihn mit Vergebung zu demütigen, eine Technik, die sie noch nicht beherrschte. Aber wenn Laura sich auf Vergebung verstanden hätte, dann hätte sie sich auch auf ein paar Schüsse aus einer 38er verstanden. Laura entschied sich für die kleinen Grausamkeiten: kalte Blicke, bissige Bemerkungen, wenn andere Frauen nicht hinsahen. In der Öffentlichkeit legte sie ihrem Gatten die Hand auf den Arm und lächelte strahlend. Man hätte fast meinen können, sie sei eine politische Ehefrau, aber vielleicht sind ja alle Ehefrauen politisch.

Sie zog ihr hautenges neongrünes Trikot an, die passenden Aerobic-Turnschuhe, ihren grünen Sport-BH, den sie ohne weiteres als Top hätte tragen können, und darüber ein knalliges pinkfarbenes T-Shirt. Zeit für die Gymnastik im Boar's Head-Sport-Club.

Und wer war in ihrer Aerobicstunde, der schwierigsten des Tages? Niemand anders als Ann Haviland. Laura, die sich jetzt wieder vollkommen in der Gewalt hatte, toupierte sich vor dem Spiegel ihre Haare, schminkte sich die Lippen nach und summte vor sich hin.

Sie war nicht dumm und wagte die Vermutung, daß Frazier und Ann was miteinander hatten. Warum würde sich eine Frau mit Frazier abgeben wollen, wenn nicht aus erotischen Motiven? So aberwitzig dieser Gedanke war, Laura buddelte das begrabene Band zwischen Ann und Frazier wieder aus.

Es machte Laura nichts aus, sich zwei Frauen beim Liebesakt vorzustellen. Sie hatte schließlich Pornofilme gesehen, und der Anblick einer vollkommen gestalteten Frau, die in die rasierten und pomadisierten tieferen Regionen einer anderen eintaucht, war zwar nicht erregend – was war da schon zu sehen –, aber auch nicht abstoßend. Außerdem, was konnten sie denn tun, die Ärmsten? Das störte Laura nicht. Sie fand es sogar durchaus nachvollziehbar, daß die verwegene Schönheit der blonden Frazier andere Frauen verrückt machen konnte. Waren sich Frazier und Carter da nicht durchaus ähnlich, zwei einfach umwerfend gutaussehende Menschen? Nein, das war nicht das Problem. Woran sie bis ins Mark hinein Anstoß nahm, war die Verschandelung der Fassade, es war wie ein Kratzer auf einem neuen Wagen. Frazier hätte standesgemäß heiraten, Kinder gebären und aufziehen sollen, und wenn sie es ab und zu auch mal mit einer Frau trieb, wer würde das schon merken? Wenigstens konnten aus einer solchen Vereinigung keine Kinder entspringen. Laura bebte vor Empörung, weil sie sich nun öffentlich mit einem unangenehmen Thema auseinandersetzen mußte. Die Leute würden Andeutungen machen, es waren ja sogar schon entsprechende Bemerkungen gefallen. Man konnte bei anderen Frauen viel gewinnen – und immerhin besaßen die Frauen in dieser Stadt gesellschaftliche Macht –, indem man die Untreue des Ehemannes mit Würde und Anstand ertrug. Mit einer lesbischen Schwägerin aber ließ sich keine Ehre erringen. Und was würde man nun munkeln, wenn man sie mit Frazier zusammen sah?

Darcy Schleswieg hatte neulich beim Bridge erwähnt, sie habe gehört, daß Lesbierinnen sehr verführerisch seien. Sie hätten es besonders auf schwache Frauen abgesehen, vermutlich deswegen, weil keine starke Frau sich mit einer anderen starken Frau einlassen würde. Darcy, die Quelle kosmopolitischer Weisheit, hatte außerdem beim Bedienen von

Herz-Vier gesagt, die Öffentlichkeit sei im Irrtum, total im Irrtum, was Lesbierinnen angehe. Sie seien keineswegs maskuline Softball-Typen, sondern vielmehr ungeheuer attraktiv, und so würden sie sich langsam und ohne daß man Verdacht schöpfte, an einen heranpirschen. Sollte heißen: Darcy hatte, was Frazier betraf, nie Verdacht geschöpft. Laura feixte. Es könnte ebensogut heißen, daß Darcy sich ärgerte, weil Frazier sie nie angemacht hatte.

Darcys ganzes Leben drehte sich darum, ob es ihr gelang, Männer erotisch anzuziehen. Das war ihre Macht. Von hier war es kein weiter Sprung zu der Annahme, daß sie vielleicht auch für Frazier attraktiv sein wollte. Jetzt verleumdete sie Frazier mit der Behauptung, sie habe sich an sie herangemacht, was ihr, Darcy, einen doppelten Sieg bescherte. Laura wußte, wie diese Frauen waren. Schließlich gehörte sie dazu.

Sie warf sich ihren bunten Sportbeutel über die Schulter und strebte dem unvermeidlichen BMW zu. Sie hatte wirklich keine Vorurteile gegen Frazier, jedenfalls glaubte sie das. Aber sie war stinksauer und hatte eine Mordswut wegen Fraziers herzzerreißenden Briefes an Carter. Das sollten sie beide büßen, Bruder und Schwester, Apollo und Artemis. Und Ann Haviland sollte ihre Handlangerin sein.

34

Wir haben rumgeknutscht.» Kenny bemühte sich, sein Koboldslächeln zu verbergen. «Die ganze Nacht war ausgesprochen erfreulich, obwohl ich mich erst wieder an Brüste gewöhnen mußte.»

«Soll das heißen, du bist mit Courtney Wood zusammen?» Frazier lachte, während sie mit Kenny die Straße zu ihrem Haus entlangging.

«Ja. Wie findest du das?»

«Ich finde, ihr solltet beide einen Aidstest machen lassen.»

«Hab ich schon. Negativ.»

«Den Göttern sei Dank, Kenny.» Frazier war wirklich erleichtert. «Ich mach mir Sorgen wegen Billy...»

Kenny lächelte, aber es war ein schmerzliches Lächeln. «Er würde einen Hund bumsen, wenn er richtig mit dem Hintern wackelt, aber er benutzt Kondome und ein Spermizid.»

«Bei dir. Aber wenn er zugekokst ist, wer weiß, was er dann macht.»

«Dinge, von denen du nicht zu träumen wagtest!» Kenny seufzte, nicht resigniert, sondern erfüllt von himmlischen Erinnerungen.

«Kenny, ich fühle mich dafür verantwortlich, daß Billy dich fallengelassen hat. Er wollte, daß du mich schneidest, und du hast es nicht getan.»

«Es war höchste Zeit, die Beziehung zu beenden. Billy benutzt alles und jeden als Ausrede – aber es ist nie die Wahrheit. Mach dir deswegen keine Gedanken.»

Sie seufzte. «Ich bin so froh, daß du beschlossen hast, mein Freund zu bleiben – trotz allem.»

«Ich brauche einen Schuß Phantasie. Ich muß aus zweiter Hand leben.»

«Schön, wenn du dich von jetzt an mit Frauen amüsieren

willst, mußt du nach New York oder Denver oder in sonst eine Stadt mit gutaussehenden Frauen reisen. Ich persönlich wäre für Denver. Dort gibt es jede Menge unternehmungslustige Frauen. Meine Güte, Kenny, warum übernimmst du nicht mein Leben?» Frazier lachte.

Curry sauste unter wütendem Gebell voraus, während Basil mit majestätischer Würde, wie es ihrem Namen anstand – Basil war schließlich vom griechischen Wort basileios, königlich, abgeleitet –, Frazier auf den Fersen blieb. Die Knospen waren geschwollen und hatten eine dunkelbraune Farbe angenommen, aber bisher hatten nur die Forsythiensträucher schon Blätter, und zwischen ihren halboffenen Knospen lugte sogar schon das Gelb der Blüten hervor. Der Frühling benahm sich wie Carter in seinem Transporter, er stieß vor und zurück, bevor er sich endlich frei wand.

Kenny fuhr sich mit den Fingern durch das kurzgeschnittene braune Haar. Mit zweiunddreißig hatte er zwar eine sympathische Persönlichkeit, aber wenig Berufserfahrung. Er hatte das Gefühl, endlich einmal etwas Ernsthaftes anpacken zu müssen. Die Sache mit Billy stand ja nun auf noch wackeligerem Boden als zuvor. «Ich geh wieder auf die Schule.»

«Die Universität von Virginia?»

«Nein, Virginia Commonwealth in Richmond. Die Fakultät für Graphik ist recht gut, und sie arbeiten viel mit Computern. Ich werde vermutlich der älteste Schüler im Kurs sein, aber ich hab mich einfach zu lange treiben lassen.»

«Du warst Schneeweißchen im Schneetreiben.» Frazier lachte über Tallulah Bankheads bekannte Redensart.

«Die Zeit ist mir davongelaufen.»

Frazier kickte einen Erdklumpen weg. Curry raste hinterher, fing ihn mit der Schnauze auf, der Klumpen zerkrümelte, worauf Frazier und Kenny Curry auslachten. Basil schritt würdevoll vorüber, als wollte sie sagen: «Blöder Hund.»

«Virginia-Commonwealth-Uni klingt gut.» Frazier machte eine Pause. «Liebst du Billy noch?»

«Ich glaube, ich werde ihn immer lieben. Ich weiß, es hört sich theatralisch an, aber Billy ist ein Teil von mir, obwohl ich weiß, daß er sich aus meinem Leben zurückgezogen hat. Er ist ein Arschloch, aber er ist einfach niemals langweilig.»

«Das stimmt. Und was ist mit Courtney?»

«Ich habe sie wirklich gern. Ich habe ihr gesagt, daß ich bisexuell bin, daß ich aber seit der High-School nur noch mit Männern geschlafen habe. Sie ist zwar nicht der hellste und erfahrenste Mensch auf Erden – so helle und erfahren bin ich ja andererseits auch nicht –, aber sie ist lieb. Sie hat gesagt, es ist ihr egal. Und sie sagte etwas, worüber ich nie nachgedacht hatte. ‹Die Männer mögen mich bloß wegen meiner Titten. Vielleicht magst du mich einfach, weil ich so bin wie ich bin.› Ich fand das richtig rührend.»

«Ich weiß genau, was sie meint.» Und Frazier wußte es wirklich.

«Ich fänd es schön, wenn mal aus einem Freund ein Liebhaber wird statt umgekehrt. Ich möchte am liebsten den ganzen zwanghaften Blödsinn umgehen, den man am Anfang durchmacht und Liebe nennt.» Kenny seufzte. «Herrgott, Frazier, es ist so anstrengend, und es dauert ungefähr ein Jahr, bis du weißt, wer der andere Mensch wirklich ist. Ich möchte Courtney erst mal kennenlernen, und sie kann mich kennenlernen. Wir können miteinander gehen. Hört sich kitschig an.»

«Hört sich wundervoll an.»

«Möchtest du einen unverlangten Rat?»

«Von dir, ja.»

Er hielt inne und suchte nach der richtigen Formulierung.

«Du solltest versuchen, mit Mandy Eisenhart zusammenzukommen.»

«Was?»

«Sie ist die Richtige für dich.»

Frazier stammelte fassungslos: «Sie ist hetero. Sie ist meine Angestellte, und außerdem, ich weiß nicht, ob sie, äh, sich überhaupt so weit mit einem weißen Menschen einlassen würde, und schon gar nicht mit mir. Ich meine, sie hat mich gesehen, als ich ganz unten war, den Arsch auf Grundeis hatte.»

«Eben.»

«Was, eben?»

«Sie *kennt* dich. Sie kennt *dich*.»

«Kenny, du hast einen Knacks, genauso wie die Freiheitsglocke.»

Kenny lachte. Er legte seinen starken Arm um Fraziers Taille und zog sie an sich. «Manchmal müssen einen Dritte darauf hinweisen, was man direkt vor der Nase hat. Mandy liebt Kunst. Sie sieht sagenhaft aus. Sie ist höchstens eins sechzig groß, aber was für ein Prachtstück – diese hellbraunen Augen und der feine Mund. Ihr zwei im Bett würdet jeden Mann rasend machen. Selbst die Impotenten würden beim Gedanken an diese Kombination 'nen Steifen kriegen.»

«Du schmeichelst mir.»

«Ich weiß, ich weiß, es klingt verrückt, aber mit der Zeit, wenn sich die Wogen, die dein Geständnis ausgelöst hat, geglättet haben – wie war dein Coming-out?»

«Mit Vollgas rückwärts.» Frazier lachte über sich selbst. «Und ein paar Bäume hab ich auch noch mitgenommen.»

«Frauen am Steuer.» Kenny schüttelte den Kopf. «Egal, früher oder später wird Gras drüber wachsen, und sei es nur, weil es in dieser Stadt ungefähr alle drei, vier Monate einen saftigen Skandal gibt. Dann werden die Leute wegen was anderem die Köpfe schütteln, mit den Zungen schnalzen und sich als Richter aufspielen – oh, wie unsere Freunde und Nachbarn und sogar die Leute, die wir kaum kennen, es lieben, über uns zu richten. Es muß wunderbar sein, immerzu recht zu haben.»

«In der Tat.»

«Jedenfalls, wenn sich diese Sache beruhigt hat, wirst du erkennen, daß du ein Leben hast. Es wird einen Menschen für dich allein geben, und vielleicht könnt ihr einigermaßen unbehelligt als Paar leben. Es wird sicher nicht leicht sein. Scheiße, denk doch bloß dran, wie ich mich für Billy zum Narren gemacht habe. Wenn ich ein bißchen mehr Mumm gehabt hätte, ich hätte ihn zum Teufel geschickt. Aber das ist leichter gesagt als getan. Ich schätze, weil ich dich beobachtet und deinen Brief gelesen habe, bin ich auf die Idee gekommen, mir ein paar Fragen über mich selbst zu stellen, und da du mir, ohne es zu wissen, sehr geholfen hast, wollte ich dir auch helfen. Mit Mandy.»

«Ich werde darüber nachdenken», wich Frazier aus.

Kenny nickte. Er hätte Frazier noch viel erzählen können, aber er beschloß, es für sich zu behalten. Bei Frazier durfte man nichts überstürzen. Er führte sie zu einem Feld mit riesengroßen Narzissen, einer hellen Frühlingswolke, die gerade gelb aufsprang.

«Eine Gloriole der Hoffnung», sagte er.

35

Die Reste ihres improvisierten Mittagessens waren auf dem Tisch verstreut wie der Schutt vergangener Gespräche: hier ein entschlüpftes Verb, dort ein verbrauchtes Adjektiv, ein verworfenes Substantiv. Laura webte ihr Netz mit Geschick. Sie wartete mit dem Lichten des Ankers, bis die Crème brulée gebracht wurde, die sie sich beide meinten leisten zu können, da sie ja als Hauptgang nur einen Salat gegessen hatten.

«Wie ich höre, ist Frazier nicht mehr im Komitee für den Krebsball.» Laura rührte in ihrem Espresso.

«Oh, davon habe ich noch gar nichts gehört.» Anns lange Fingernägel klickten gegen die Theke, als sie ihren Löffel hinlegte.

«Darcy hat mir vor ein paar Tagen beim Bridge gesagt, daß Frazier aus dem Komitee ausgeschieden ist und daß sie Billy Cicero bitten wollen, sie zu ersetzen. Zuviel zu tun, hat Darcy gesagt, aber wir wissen ja alle, was dahintersteckt. Ich persönlich finde, man sollte ehrlich sein und solche Dinge öffentlich austragen. Ich hasse Heimlichkeiten hinter dem Rücken», sagte ausgerechnet sie, die darin eine Expertin war.

Anns Hände flatterten nervös über dem delikaten Dessert. «Frazier nennt diese Komitees ‹Die Krankheit der Woche›, aber andererseits – sie versteht es wirklich, Geld einzutreiben.»

«Ihr zwei wart sehr gut befreundet, nicht?» Laura blickte sie aus ihren blauen Augen sanft und verständnisvoll an.

«Nein, das würde ich nicht sagen.» Anns Oberlippe zuckte leicht. «Ich liebe einfach Kunst. Und Frazier und Kunst sind nun mal ein und dasselbe.»

«Hast du Bescheid gewußt – über ihre Neigung, meine ich?»

«Ach – darüber hab ich mir nie Gedanken gemacht. Meistens war sie mit Billy Cicero zusammen.»

«Und du mit Kenny Singer», warf Laura ein. «Wenn ich in dieser Richtung weiterdenke, kannst du dir vorstellen, wie die anderen in der Stadt das einschätzen, und deswegen wollte ich auch mit dir Mittag essen gehen. Ich dachte, du würdest vielleicht gern Bescheid wissen, damit du vorbereitet bist.»

Ann wurde bleich, aber ihre Stimme blieb fest. «Vorbereitet? Worauf?»

«Ann, stell dich nicht dumm. Wenn du nun nicht wieder aufgefordert würdest, in deinen diversen Komitees mitzumachen? Ich weiß, die Allied Assets Bank ist eine ausgezeichnete Firma, aber die Leute erwarten eine gewisse, nun ja, Verläßlichkeit von ihren Bankleuten.»

«Laura, mach dich nicht lächerlich. Ich bin nicht lesbisch. Ich stehe genauso auf Männer wie du.»

In Anbetracht der Tatsache, daß Laura Männer haßte, hatte Anns Aussage etwas Komisches, aber Laura war immerhin verheiratet. Es kam anscheinend niemandem in den Sinn, daß Heterosexualität einen nicht vom Haß auf das andere Geschlecht befreite. Wenn man mit jemandem schläft, heißt das nicht, daß man ihn mag, es bedeutet, daß man sich seinen Körper leiht. Von Carter lieh sich Laura nur seinen Penis, alles andere an ihm interessierte sie nicht. In jüngster Zeit tat sie nicht einmal mehr das.

«Das freut mich zu hören», gurrte Laura. «Wenn ich dir einen Rat geben darf, dann gehst du Frazier in nächster Zeit besser aus dem Weg.»

«Das wird mir nicht schwerfallen», bemerkte Ann wahrheitsgemäß.

«Die Armstrongs sind ein komischer Schlag...» Bevor Laura ihren Gedanken zu Ende geführt hatte, tauchte Sarah Saxe aus dem hinteren Teil des Restaurants auf, wo sie mit

Carter in einer Nische gesessen hatte. Sie erspähte Laura und machte schnurstracks kehrt, um Carter zu warnen. Carter sah seine Frau, aber statt sich zu verstecken, stand er auf, gab der Kellnerin ein üppiges Trinkgeld und stellte sich neben Sarah.

«Carter, du solltest von hier verschwinden.»

«Ich denk nicht dran.» Er führte Sarah am Arm in Richtung Eingangstür.

«Es gibt bestimmt eine Hintertür», flüsterte sie. Ihr Herz hämmerte.

«Die hat eine Alarmanlage. Kopf hoch, Mädchen.»

Sie mußten an Laura und Ann vorbei. Carter blieb stehen. Sarah blieb ebenfalls stehen, und der kalte Schweiß rann ihr den Rücken hinunter.

«Hallo, Ann, schön dich zu sehen. Hallo, Laura.» Carter lächelte. «Ann, ich weiß nicht, ob du meine Freundin Sarah Saxe schon kennst.»

«Nein, wir kennen uns nicht.» Ann nickte zur Begrüßung.

«Sehr erfreut.» Sarah lächelte, aber das Lächeln fühlte sich an, als hätte es ihr jemand ins Gesicht gekleistert.

Laura, nonchalant trotz ihrer Wut, sagte zu Carter: «Liebling, du wirst noch einen Dreizack ins Paradies tragen.»

«Äh, hm, war nett, Sie zu sehen.» Sarah trat den Rückzug an.

Carter sagte sticheInd, aber mit sanfter Stimme zu Laura: «Weißt du, mein Herz, du nährst Haßgefühle. Sie sind die Kinder, die du nicht bekommen hast.»

«Und wer ist schuld daran?» zischte sie.

Sarah war die Situation für sich selbst, aber auch für Carter peinlich, der sich nun vorbeugte und leise zu Laura sagte: «Tja, Liebling, du machst wirklich ein erotisches Martyrium durch, stimmt's?»

Während sie ihrem Mann nachsah, als er zur Tür ging, lächelte Laura und trank ihren Espresso aus. Ann, von dem spannungsgeladenen Moment wie zermürbt, verschlang ihre Crème brulée.

«Weißt du, Ann, vielleicht bist du als Lesbe wirklich besser dran.»

«Ich bin nicht lesbisch.»

«Aber ich sollte es mir vielleicht noch mal überlegen. Der Kerl ist unmöglich.» Laura tat so, als würde sie das Ganze gelassen hinnehmen. «Scheint in der Familie zu liegen.» Ann errötete; vielleicht war ihr klargeworden, daß sie sowohl eine Liebe als auch eine Wunde verraten hatte.

36

‹Ach, wer ist gestorben und hat dich zu Gott gemacht?› hab ich gesagt. Du hättest sein Gesicht sehen sollen, Frazier. Kein schöner Anblick.» Mandy schob den Katalog aus England fort, den sie sich angesehen hatte. «Ich hab die ganze Sache zu lange laufen lassen. Es ist meine Schuld.»

«Weißt du, was Tante Ruru immer sagt? Es ist leicht, sie reinzukriegen, aber ach so schwer, sie rauszukriegen.»

«Ru hat für jede Lebenslage einen Spruch auf Lager, aber ich hab da eine Theorie...»

Frazier lachte. «Ja, ich weiß...»

«Nein, wirklich, ich hab die Theorie, daß man durch andere Menschen wächst. Es sind nicht bloß Bücher und einzelne Erfahrungen. Ich meine, da fließt so ein unterbewußter Strom, ein unterirdisches Wasser...»

«Mandy, ich kann Wasserbilder zur Beschreibung von Gemütszuständen nicht ausstehen. Wirklich.»

«Frazier, sei nicht zickig.»

«Dann sei du nicht konventionell.»

«Wie ich eben sagte», Mandys klare Augen wurden weit, «ich glaube, wir suchen nach Menschen, weil wir von ihnen lernen. Wir wachsen einer durch den anderen, oder aber wir werden einer durch den anderen in unserer Entwicklung gehemmt.»

«So, und was hast du von Sean gelernt?» Frazier verschränkte die Arme.

Mandy ahmte sie nach: «Und was hast du von Ann gelernt?»

«Eins zu null für dich.»

«Oh, ich kann noch gröber werden, aber weil ich ein gutmütiger Mensch bin, will ich deine Frage beantworten. Sean sieht gut aus. Ich kann mir einfach nicht vorstellen, mit einem häßlichen Mann zusammenzusein. Mein Ego hängt von seinem Aussehen ab. Er ist intelligent. Er ist zudem so auf seine Karriere fixiert, daß er mich kaum beachtet hat, außer wenn er mich brauchte. Und wenn du es recht bedenkst, wie viele attraktive, gebildete schwarze Männer gibt es hier schon?»

«Jede Menge.»

«In Mittelvirginia?»

«Vielleicht brauchst du mal...»

«Urlaub. Nein. Ich brauche Abwechslung, aber nicht so eine. Ich brauche dieselbe Art von Abwechslung wie du, nehme ich mal an.»

«Gott, das will ich nicht hoffen. Ich kriege keine Abwechslung. Ich kriege Prügel. Heute morgen hab ich unterwegs angehalten, um mir Rühreier und ein Croissant zu holen, und neben mir in der Schlange stand Olivia Marshall, mit der ich in jedem Komitee zusammengearbeitet habe, außer in der King-James-Sache, und sie ist von mir abgerückt, hat nicht einmal hallo gesagt. Als hätte ich die Pest. Wenn wir nicht mitten in

Bodos Laden gestanden hätten, ich hätte sie zur Rede gestellt, aber das ist es ja eben! Sie beziehen ihre kümmerlichen kleinen Freuden daraus, daß sie dich schneiden, wenn du dich nicht wehren kannst, oder daß du als die Hysterikerin dastehst, wenn du dich wehrst. Aber was mir passiert ist, ist ja gar nichts angesichts der Tatsache, daß du mit Sean Schluß gemacht hast. Ich fand ihn irgendwie süß.»

«Was hältst du von meiner Theorie?»

Mandy duldete keine langen Abschweifungen von einem Thema, eine der Eigenschaften, die Frazier an ihr liebte, denn sie selbst war wirklich sprunghaft in ihren Gedanken. «Deine Theorie hat was für sich.»

«Warum hast du dir dann Ann ausgesucht? Was gab es da zu lernen?»

«Moment mal. Du hast mir nicht gesagt, was du von Sean gelernt hast.»

«Daß Männer egoistische Schweine sind.»

«Ach komm. Das ist nicht wahr.»

«Du hast leicht reden. Du wirst nie mit einem Mann leben.»

«Man kann nie wissen.» Fraziers grüne Augen leuchteten auf.

«Was ich gelernt habe?» Mandy ging auf und ab. «Okay, ich habe gelernt, daß die Verpackung, egal, wie phantastisch sie für dich und andere aussieht, nicht so wichtig ist wie der Inhalt. Ja, ich weiß, das ist eine Platitüde. Aber trotzdem muß man diese Erkenntnis erst mal verinnerlichen. Etwas intellektuell zu wissen nützt gar nichts, wenn es nicht hiermit verbunden ist.» Sie klopfte sich auf den Bauch.

«Bin ich jetzt dran?» Mandy nickte, und Frazier ergriff das Wort: «Ich habe nie vorgehabt zu heiraten. Der Rest der Welt scheint zu zweit herumzulaufen, aber ich kann dieser Pärchenwirtschaft nichts abgewinnen. Ich hatte mir mein Leben als eine Reihe von diskreten Affären vorgestellt. Hin und wieder fand ich jemanden, der mich einigermaßen faszinierte, mit ihr oder ihm – aber ich habe eigentlich immer Frauen bevorzugt – bin ich dann ins Bett gegangen, und sobald sie auf eine Dauerbindung drängte, habe ich die Beziehung so höflich wie möglich beendet. Ann liest viel, was heutzutage ein großer Pluspunkt ist. Man kann mit ihr anregende Gespräche führen, obwohl sie ständig versucht, sich und alle anderen zu analysieren, aber mal abgesehen von dieser Selbstbesessenheit, hat sie einen regen Verstand. Sie mag Golf. Sie mag Museen und geht gerne ins Theater. Das schien mir eine ganze Menge.» Frazier drehte die Handflächen nach oben.

«Hast du sie geliebt?»

«Natürlich nicht. Sie ist nicht sehr liebenswert.»

«Sean auch nicht, aber dasselbe würde er vermutlich von mir sagen.»

«Hoffentlich finden andere Menschen sie liebenswert. Ich meine, ich behaupte nicht, daß Ann theoretisch nicht auch liebenswert sein könnte, aber für mich oder zu mir war sie es nie – jetzt bringe ich schon die Präpositionen durcheinander. Gott, ich hasse Grammatik.»

«Die, die in der Schule gut in Grammatik waren, waren genauso schlimm wie die ewigen Sieger in Rechtschreib-Wettbewerben. Richtige Streber», stimmte Mandy zu. «Wie auch immer, wir sind, wie wir sind. Das interessante ist, was immer wir gelernt haben, sie werden es leugnen. Sie haben ihre Version von der Beziehung, und die rückt uns in ein ziemlich schlechtes Licht.»

«Ann muß da ja vorsichtig sein, denn nichts wäre für sie schlimmer, als wenn jemand von uns erführe. Sie muß wohl in ihrem eigenen Saft schmoren.»

«Man soll die Rachsucht des Menschen nicht unterschätzen, ebensowenig wie seinen ewigen Drang zur Selbstbedienung. Alle haben lautere Motive. Jeder ist das unschuldige kleine Gänseblümchen in einem Feld voll Scheiße. Es ist ja so ehrenvoll, das Opfer zu sein, besonders das Liebesopfer. Frauen suhlen sich in der Opferrolle, und Männer, die sich mit verletzter männlicher Eitelkeit quälen, versuchen, darüber hinwegzuspielen. Ach, wie wir uns zu den Höhen postamouröser Vorwürfe emporschwingen.» Ihre Hände bewegten sich in Spiralen aufwärts.

«Wie Berninis vier Bronzesäulen, die sich im Petersdom zu Michelangelos Domkuppel hochdrehen.»

«Du lieber Himmel, wovon redest du?»

«Deine Handbewegung» – Frazier wiederholte sie – «hat mich an die Säulen erinnert, und irgendwie finde ich, daß diese Wut, diese Zurückweisungen, die Fundamente für die Dome der Menschen sind, wenn du so willst. Ihre Identität hängt von ihrer Opferung ab. Nimmt man ihre Klagelitaneien fort, ihre Novenen über das, was ihnen angetan wurde, fällt die Kuppel in sich zusammen. Krach. Bumm. Peng. Sie müßten auf einem neuen Fundament aufbauen. Sie müßten Menschen sein statt schmierige Profanheilige.»

«Meine Güte, du bist aber heute in Fahrt – und ich dachte, ich bin diejenige welche.»

«Mandy, ich bin nie konventionell gewesen. Im Religionsunterricht wollte ich immer Beweise: Beweise dafür, daß Wein und Brot zu Blut und Fleisch werden können, und wenn das geht, dann ist die Kommunion eine kannibalistische Feier, unglaublich primitiv. Ich sehe jetzt ein, daß diese Haltung meine Sünde ist, das Kreuz, das ich zu tragen habe, um im Bild zu bleiben. Das Problem ist nicht, daß ich lesbisch bin, das ist das Stigma, alle können es sehen und vor den Wunden zurückschrecken. Nein, das Problem ist, daß ich sie nicht mag, ich will etwas anderes als sie, und das können sie nicht ertragen. Sie denken, daß mein Leben ihrem Leben irgendwie schadet, sie halten mich für einen wandelnden Angriff auf ihre Mittelmäßigkeit, und vielleicht sind sie nicht mal mittelmäßig – sie schwimmen bloß mit dem Strom. Wie kann es jemand wagen, einen anderen Weg zu gehen? Und meine Antwort ist, was soll ich anderes tun? Irgend jemand muß doch vorwärtsdrängen.»

«Der künstlerische Drang.»

«Ich bin keine Künstlerin, wobei ich wenigstens das große Glück habe, von Kunstwerken umgeben zu sein. Nein, es ist ein Drang zur Unabhängigkeit. Frauen haben nicht unabhängig zu sein, und Männer in Wirklichkeit auch nicht. Sie werden ja auch geopfert, sie sind Futter für die Betriebe, wo sie zu rotem Brei zerrieben werden, pulverisiert von langweiligen Versammlungen, in Würfel geschnitten von hausinterner Politik, in Sorge um ihre Kinder und wie sie sie ernähren können und allzuoft belastet mit einer Frau, die ihnen eigentlich zur Seite stehen sollte. Hat sie die Vierzig überschritten, wendet sie sich rachsüchtig gegen ihn und wirft ihm vor, ihr die besten Jahre ihres Lebens gestohlen zu haben. Was hören wir nicht alles von Frauenopfern. Und von Männeropfern? Siehst du nicht, daß das ganze System darauf ausgerichtet ist, uns zu Schafen zu machen? Wir kriegen Kinder. Wir leben nicht in Großfamilien, darum braucht jede kleine Einheit einen Kühlschrank, einen Herd, zwei Autos und ein Haus. Du siehst, wie das eskaliert. Also marschieren wir geschlossen zur Bank und leihen uns Geld für diese unentbehrlichen Dinge, und so machen wir uns noch mehr zu Sklaven des Betriebes oder was immer es ist, wo wir unseren Unterhalt verdienen. Und abends schleppt man sich dann nach Hause und schiebt sich was in die Mikrowelle. Da draußen findet eine ganze Generation, daß Hamburger wie Pappendeckel schmecken! Und das soll Unabhängigkeit sein? Ich habe eher das Gefühl, wir sind wie Hamster in einem goldenen Käfig, die sich in ihrem Laufrad abhetzen und nicht vom Fleck kommen. Kein Wunder, daß uns Cowboys so faszinieren. Der Cowboy ist ein Wesen, das von unserer Realität am weitesten entfernt ist. Kein Heim.

Keine Qualifikation, außer der, mit dem Lasso Vieh einzufangen. Kein Familienleben. Keine Therapeuten. Kein Gesichts-Lifting. Keine Probleme mit dem Cholesterinspiegel. Ein Leben voll harter Arbeit – aber in Freiheit.» Erschöpft nahm Frazier sich eine Cola und leerte sie in einem Zug.

Zermürbt von diesem tiefsinnigen Vortrag, nahm Mandy sich auch eine Cola. «Gibt es einen Ausweg?»

«Ich habe ihn gefunden – für mich.»

«Du hast ein Haus und ein Auto. Herrgott, du bist reich.»

«An diese Dinge bin ich gekommen, weil ich meinem Herzen gefolgt bin. Es war das einzige Mal, daß ich das getan habe. Aber, Mandy, selbst wenn mir das alles genommen, wenn ich alles verlieren würde, ich habe mich. Mich selbst! Das verdanke ich dem Krankenhaus. Ich richte mich nicht mehr nach den Vorschriften.»

«Das hast du nie getan.»

«Von wegen. Ich bin mit meinem Leihbegleiter überallhin getrabt. Ich habe selten gesagt, was wirklich in meinem Herzen vorging, weil ich aber dauernd erzählt habe, was mir durch den Kopf ging, dachten die Leute, ich sei aufrichtig. Nein, das war ich nicht. Ich habe mein Gewissen heruntergeschluckt, um zurechtzukommen, um mich an Leute anzupassen, die ich nie zum Essen einladen würde, und auch, um meiner Mutter zu gefallen. Schlimm genug, daß ich sie heimlich verachtet habe, weil sie so waren, so durchschnittlich. Schlimmer noch, ich habe mich selbst gehaßt, weil ich sie in ihren Vorurteilen bestärkte. Ich habe über Schwulenwitze gelacht. Ich habe mich abgewandt, wenn jemand eine rassistische Bemerkung machte. Ich habe mir die Augen zugehalten, wenn im Einkaufszentrum Betrunkene umfielen. Kleine Sünden, die sich summieren wie die Glieder in Marleys Kette.» Sie griff nach der nächsten Cola, eine revolutionäre Tat, da sie sich sonst nur zwei pro Tag erlaubte. «Ich hatte gehofft, du würdest es anders machen als ich.»

Mandy hielt sich die kalte Dose an die glühende Stirn. «Ich weiß nicht. Das Leben entgleitet einem manchmal. Ich zucke zusammen, wenn andere Schwarze Slang sprechen, wenn einer ‹wif› sagt statt ‹with›. Ich weiß nicht.»

«Sind wir zwei Tauben aus einem Schlag oder Enten auf dem Trockenen?» Frazier lachte.

«Vielleicht beides.» Mandy streifte die Schuhe von den Füßen. «Das Leben ist nicht, wie ich es mir vorgestellt hatte. Als ich klein war, dachte ich, mit zehn Jahren würde die absolute Seligkeit beginnen. An meinem zehnten Geburtstag entdeckte ich, daß ich dazu noch älter werden mußte. Ich war nicht vollkommen. Dann dachte ich, in der High-School richtig beliebt sein, das würde es bringen. Es hat's nicht gebracht. Okay. Die beste Studentinnenverbindung im College, der beste Freund und dann der beste Job. Es ist schwerer, als ich dachte, aber vielleicht ist es auch besser so. Ich dachte einfach, der Tag würde kommen, wo alles sich von selbst fügen würde: Ich würde richtig klug sein, ganz oben, und die Götter würden mich wohlwollend anlächeln.»

«Haben sie auch.»

Im Nebenraum erschütterte ein Donnern die Wände. Mandy trat ans Fenster. «Keine Wolke am Himmel. Komisch.»

«Das kam von dem Bild.»

«Frazier, du hast wirklich eine Macke, was dieses Bild betrifft.» Dennoch ging Mandy, gefolgt von Frazier, nach nebenan.

Das Olymp-Gemälde wirkte noch gewaltiger als zuvor, majestätisch wie Berninis Säulen im Petersdom, massiv wie eine Rodin-Skulptur und doch leicht, erfüllt von Licht und Lachen. Zeus erschien in diesem Licht besonders imposant. Er war im wahrsten Sinne des Wortes jovial. Frazier mußte unwillkürlich lächeln, als sie seine fröhliche Miene betrachtete.

Mandy flüsterte vor sich hin: «Der Herr segne und behüte dich; der Herr lasse sein Angesicht leuchten über dir und gebe dir – Lachen.» Dann lachte sie, ein ehrliches Lachen aus tiefster Seele. «Frazier, wo hast du noch mal dieses Bild her?»

«Hab ich dir doch erzählt – aus einem Bordell in Venedig. Also, es war das Haus von dem Mann, dem ich es abgekauft habe. Dieser Mann sagte, das Haus sei vor dem Ersten Weltkrieg, als er noch ein kleiner Junge war, ein Haus der Lust gewesen. Offensichtlich hat es seine Mutter betrieben. War knapp bei Kasse, der Kerl. Und ich hab mich in das Bild verliebt.»

«Aber wer hat dir davon erzählt?»

«Ein Gondoliere, als wir an dem Haus vorbeikamen. Purer Zufall.»

«Schicksal.» Mandy lächelte Jupiter an. «Es ist zauberhaft. Ich hoffe, daß du es nie verkaufst.»

«Du wolltest schon nicht, daß ich den Ben Marshall verkaufe...»

Mandy unterbrach sie. «Du könntest dich nie von Sir Teddy trennen. Das Bild ist einfach zu schön.»

«Ich mache diese Arbeit, um Geld zu verdienen. Wenn ich jedes Bild behalte, das ich kaufe oder in Kommission nehme, lande ich bald im Armenhaus.»

Mandy zuckte die Achseln. «Vielleicht ist der Olymp eines dieser Gemälde, die das Leben des jeweiligen Besitzers verändern.»

«Und du sagst, *ich* hätte nicht alle Tassen im Schrank. Jetzt kommst du mir mit mystischen Thesen. Liegt das an der Trennung von Sean?»

«Sehr komisch.» Mandy legte einen Finger auf Jupiters Lippen. Sie fühlten sich warm an. Das mußte wohl von den Lampen kommen, die das Bild anstrahlten. «Weißt du, ich wette, er kannte Susanna im Bade.»

«Heute wäre sie Susanna im Bidet.»

Mandy boxte Frazier in den Arm, dann lachte sie wieder, kräftiger, lauter. Jupiters strahlender Glanz legte sich um ihre Nase, breitete sich in ihren Lungen aus. «Ach, was soll's», dachte Mandy, «wir leben, bis wir sterben, und wir werden noch lange genug tot sein, also halten wir uns lieber ran; halten wir uns einfach ran und überlassen den stumpfsinnigen Arbeitstieren die Sorge, sie könnten albern sein. Wir sind nicht lange hier, aber es kann eine verdammt schöne Zeit sein.»

37

Die Fastenzeit zog sich hin wie immer, und Frazier brachte mehr Opfer, als sie beabsichtigt hatte. Sie kaufte Carters flammend lackierten Ford F 150 mit Vierradantrieb. Carter brauchte das Geld, und als sie sich vergewissert hatte, daß das Fahrgestell der Karambolage standgehalten hatte, rückte sie 16 000 Dollar heraus, weit mehr, als der Wagen in diesem Zustand noch wert war.

Carter lachte und sagte ihr, da sie nun einen Laster für ihr Laster habe, sei sie eine richtige Abschlepplesbe. Frazier lachte. So unnütz und destruktiv er auch war, Frazier liebte ihren Bruder einfach.

Anschließend stattete sie Dr. Yancey Weems einen spontanen Besuch ab. Weems, der immer noch fürchtete, sie würde es sich anders überlegen und ihn verklagen, sprang auf, um sie mit ausgebreiteten Armen zu begrüßen. Er setzte sich ganz schnell wieder hin, als sie von der Sache mit Carter anfing. Wenn Yancey diese Episode vergessen könnte, sagte

Frazier, und einverstanden wäre, daß Carter die Reparaturen übernahm, dann würde sie nicht im Traum daran denken, ihn wegen seiner falschen Behandlung zu verklagen. Er ging auf diesen Handel ein, was ihm nicht sonderlich schwerfiel. Wenn er Carter verklagte, was würde es ihm schon bringen? Konnte er Wasser aus einem Stein pressen? Carters Haus? Es war nicht mal auf Carters Namen eingetragen. Frank, der wußte, daß sein Sohn auf der ganzen Linie ein Versager war, ließ den Besitz auch nachdem er ihn seinem Sohn als Hochzeitsgeschenk vermacht hatte, auf seinen Namen weiterlaufen. Das wurmte die verschlagene Laura. Was, wenn Carter sie verlassen würde? Wenn er die Scheidung einreichte? Sie konnte sie unter diesen Umständen auf keinen Fall einreichen, egal, was der Kerl anstellte. Sie würde ihr Haus verlieren. Früher oder später würde Frank, der zwar anständig, aber dennoch ein Geschäftsmann war, das Haus verkaufen.

Unterdessen verbreitete die vor Angst zerrissene Ann in der ganzen Stadt das Gerücht, Frazier habe sich einmal an Laura herangemacht; Laura jedoch, eine Seele von einer Frau, habe kein Sterbenswörtchen darüber gesagt, weil Libby und Frank, die Ärmsten, es nicht verkraften würden und Carter seine Schwester umgebracht hätte. Mit dieser Schmutzkampagne stellte Ann unter Beweis, daß sie höchst gerissen war. Hätte sie erzählt, daß Frazier *sie* anmacht, hätte man sie in der Stadt vielleicht scheel angeguckt. So aber konnte Ann, in der man eine Vertraute der gepeinigten Laura sah, als gute Freundin Punkte sammeln, und auf Lauras Name fiel noch mehr Glanz. Kein Zweifel, Laura war auf dem besten Weg, Präsidentin des Garten-Clubs zu werden, emporgetragen von den Märtyrerinnen der Stadt, ein Nimbus, der um so strahlender war, als Laura selbst niemals klagte.

Diese Geschichte kam Ruru zu Ohren, als sie in Elzroths Gärtnerei Stiefmütterchen einkaufte. Wilfreda Gimble, aktives Mitglied des Jagdclubs, eine winzige Person, erzählte ihr alles in einem Ton, als spende sie ein heiliges Sakrament, das Band, das alle weiblichen Opfer einen sollte. Und welche Freude, Laura Armstrong wurde von beiden, Bruder und Schwester, zum Opfer gemacht, und dann, o äußerste Ekstase, ging es auch noch um Sex. Dieser Skandal war zu schön, um wahr zu sein. Wilfreda hatte ihren gesellschaftlichen Status dadurch errungen, daß sie von Katastrophen immer als erste erfuhr. Sie war darauf spezialisiert, sie schwelgte darin, sie ließ die Nachrichtensprecher und alle anderen aufgedonnerten Figuren im Fernsehen wie Waisenknaben aussehen. Im Theater ihres Ehrgeizes, die erste in Sachen Horrornachrichten zu sein, lief eine hochkarätige Vorstellung. Sie senkte die Stimme, als sie sich an Ru heranpirschte. Sorgenfalten furchten ihre kleine Stirn.

«Oh, Mary Russell, du bist wohl auf dem Frühstart in den Frühling?»

«Du offenbar auch, Wilfreda! Wie geht's deinen Pferden?»

«Gut. Wenn ich dich doch nur auf ein Pferd kriegen könnte, Mary Russell. Man ist immer nur so alt wie das Pferd, das man reitet. Reiten hält uns Mädels jung.» Herzhaftes Gelächter. «Sag mal, mir tut diese schreckliche Dreiecksgeschichte mit Carter, Laura und Frazier ja so leid.»

Ru stellte ihre Steigen mit lila Stiefmütterchen auf die Erde. «Was für eine Dreiecksgeschichte?»

Theatralisch legte Wilfreda die Hand aufs Herz. «Ach du liebe Zeit, hast du es noch nicht gehört?»

«Offenbar nicht. Aber du kannst ja wohl kaum erwarten, es mir zu erzählen. Also schieß los. Ich möchte es lieber von dir hören als von jemand anderem.» Das stimmte. Wilfredas geheuchelte Gefühle waren für sie immer wieder ein Phänomen. Sie betrachtete Wilfreda mit geradezu wissenschaftlichem Interesse, so, wie ein Entomologe eine Küchenschabe beobachtet.

«Frazier hat sich an Laura herangemacht, die Arme.»

Ruru warf den Kopf zurück und lachte schallend. Das brachte Wilfreda durcheinander, die in ihrer Strategie darauf angewiesen war, Entsetzen und tiefe Besorgnis auszulösen, auf daß sie dann jedem, dem sie in der folgenden Woche begegnete, auch noch Rus Reaktion mitliefern konnte. Jetzt geriet das ganze Konzept durcheinander. «Da schmückt sich Laura aber mit fremden Lorbeeren!»

«Wie bitte?» Wilfredas Stimme wurde frostig. Jetzt würde sie womöglich einen Rückzieher machen und so tun müssen, als stimme mit Ru etwas nicht oder als habe Ru sie mißverstanden.

«Meine Nichte hat einen besseren Geschmack, Wilfreda. Ich bezweifle, daß sie sich an Laura heranmachen würde, und wenn Laura die einzige Frau auf Erden wäre. Ich kann mir noch immer nicht erklären, warum mein Neffe diese berechnende Zicke geheiratet hat.»

Ruru pfiff auf dem ganzen Heimweg vor sich hin, was Chief, Marco, Toby und Lulu zu harmonischem Geheul veranlaßte. Sie konnte es nicht erwarten, bis ihr Ausdruck «berechnende Zicke» in irgendeiner Form Laura zu Ohren kam.

Carter hatte, wie so viele Männer, eine Frau geheiratet, die seiner Mutter sehr ähnlich war. Da Ruru Libby seit jeher nicht leiden konnte, hatte auch Laura bei ihr kaum eine Chance. Vielleicht hatten Libby und Laura sich beide entschieden, durch einen Mann zu leben, wohingegen Ruru der Meinung war, man müsse schon als eigenständiges Wesen leben. Ein Mann ist ein Partner, aber kein Lebensgrund. Kein Mensch kann die Belastung ertragen, daß ein anderer Mensch sich so auf einen fixiert. Früher oder später verliert die Frau ihre Illusionen, und der Mann erstickt.

Für sie lag es auf der Hand, daß solche Beziehungen zwangsläufig zu gegenseitiger Entfremdung führten. Doch Millionen von Menschen fielen auf den alten romantischen

Krampf herein: Du bist mein alles. Ich kann ohne dich nicht leben. Ich war nichts, bis ich dir begegnete. Und so weiter und so fort.

Sie wendete auf der breiten Straße und fuhr Richtung Country-Club. Warum warten? Warum Frank nicht erzählen, was vorging, und Libby auch, falls die Schmeißfliege zu Hause war.

Und Libby war zu Hause. Sie terrorisierte wieder einmal ihr Hausmädchen, das Silber putzte, den üblichen alten Kram, den Libby in London ersteigert hatte und als Familienerbe ausgab. Und Frank war fast in Ohnmacht gefallen, als er die Rechnung bekam. Es war das letzte Mal, daß er seine Frau allein ins Flugzeug hatte steigen lassen. Nach Europa fuhren sie fortan nur noch gemeinsam, sonst hätte Libby ganz Europa ausgeplündert. Feldmarschall Göring mußte ihr heimliches Vorbild gewesen sein.

«... und das erzählt man sich jetzt in der ganzen Stadt.» Ruru verschränkte die Arme.

«Ich kann es nicht glauben! Ich kann es einfach nicht glauben!» kreischte Libby.

Frank schüttelte den Kopf. Die Kleinlichkeit der Menschen verstörte ihn. Vielleicht war dies einer der vielen Gründe, weshalb er seine Gefühle grundsätzlich für sich behielt. Außerdem war ihm schon vor Jahrzehnten aufgegangen, daß im Grunde niemand wirklich wissen wollte, was er fühlte. Mit Ausnahme vielleicht von Ru und Frazier, aber es war ihm inzwischen zur Gewohnheit geworden, sich nicht mitzuteilen, und Gewohnheiten sind, wie jeder Raucher bestätigen kann, verdammt schwer abzulegen. «Gerüchte haben eine Eigendynamik, aber bei diesem müssen wir wirklich zusammenhalten. Wenn jemand auch nur eine Andeutung macht, müßt ihr sofort zurückschlagen.»

«Könnte Frazier nicht die Stadt verlassen?» schlug Libby vor. «Gott, ist das alles peinlich.»

«Libby, du wirst diesen Blödsinn doch wohl nicht glauben?» Ru war empört.

«Ich weiß nicht, was ich glauben soll. Ich weiß nicht, was diese Lesbierinnen tun, Gott sei Dank.»

«Sie tun, was du und ich mit unseren Männern tun oder getan haben. Nur eben mit Frauen.» Ru hätte Libby erwürgen können.

«Wenn sie's schon unbedingt tun muß, soll sie wenigstens den Mund halten!» fauchte Libby. «Sieh doch, wie mitgenommen der arme Frank schon ist... und alles nur wegen dieser Geschichte.»

«Ich bin überhaupt nicht mitgenommen», sagte Frank, der zwar mitgenommen war, aber nicht wegen Frazier.

«Liebling, du schleppst dich abends von der Arbeit nach Hause, bist ganz grau im Gesicht. Es bricht mir das Herz, dich anzusehen.» Libby übertraf sich wirklich selbst.

Ru glaubte Libby so wenig, wie sie Wilfreda geglaubt hatte. Wenn Libbys Sorge um Frank echt wäre, sollte sie zunächst einmal weniger von seinem Geld ausgeben. «Frazier nimmt mehr als ihren Teil Schuld auf sich, Libby. Carter ist in letzter Zeit auch kein Heiliger gewesen.»

«Der arme Junge. Der Grundstücksmarkt ist im Keller», Libby senkte die Stimme, «und es war natürlich ein Schock, als er das mit Frazier erfuhr. Schließlich hingen sie sehr aneinander, als sie Kinder waren.»

«Und du hast sie bei jeder nur möglichen Gelegenheit gegeneinander ausgespielt.» Die Sehnen an Rurus Hals traten hervor.

«Mädels, wir kommen vom Thema ab.» Frank war mit seiner Schwester einer Meinung, hütete sich aber, dies zu sagen, denn dann würden die nächsten Monate mit Libby zur reinsten Hölle. «Ruru, Menschen sind wie Geier. Sie ernähren sich von anderen Menschen, um ihre eigene Leere zu füllen.»

Beide Frauen starrten Frank an, verblüfft darüber, daß er plötzlich philosophierte.

«Oh, Frankie...» Tränen standen in Rurus Augenwinkeln.

«Sie werden darauf herumkauen, bis ein neuer Skandal daherkommt, und dann kauen sie auf dem herum. Wenn es jemand wagt, schlecht über mein Mädchen zu reden, dann gnade ihm Gott, ich zerschlage ihm die Fresse!» Er knallte seine Zeitung auf den Sessel und stand auf.

«Nicht, Schatz, reg dich nicht auf», gurrte Libby.

«Was heißt hier aufregen. Ich bin hier geboren und aufgewachsen. Ich arbeite hart. Meine Tochter arbeitet hart, und sie hat was aus ihrem Leben gemacht. Und Carter, na ja, vielleicht kommt er ja auch noch auf einen grünen Zweig. Ich war streng zu ihm, aber vielleicht sind Väter ja grundsätzlich streng zu ihren Söhnen. Und dies soll nun der Dank dafür sein? Ich soll zusehen, wie Frazier von Geiern zerpflückt wird, von denen ihr keiner auch nur annähernd das Wasser reichen kann? Weiß ich denn, worum es bei diesem lesbischen Zeugs geht? Mein Gott, ich kann mich kaum an mein eigenes Geschlechtsleben erinnern!»

Libby wurde rot. «Nicht, Schatz, du darfst dich nicht echauffieren.»

Er fegte an seiner Frau vorbei. Schon in den ersten zwei Ehejahren war ihm klargeworden, daß diese Frau ein hohler Kürbis war, aber Frank hatte vor Gott und den Menschen ein Gelöbnis abgelegt, das er nicht brechen wollte. Und als er erkannte, daß er tatsächlich allein auf der Welt war, hatte er für einen Sohn zu sorgen. In seiner Generation dachte man nicht gleich an Scheidung. Frank entdeckte Golf, und als dann Frazier kam, war da wieder ein weibliches Wesen, das ihm das Herz stahl.

«Frank, ich verstehe Frazier.» Libby und Frank waren verblüfft.

«Was meinst du?» Libby kniff die Augen zusammen.

«Frazier muß umsorgt werden. Nicht bemuttert, sondern umsorgt, und das können Frauen besser als Männer. Widersprich mir, wenn du meinst, daß das nicht stimmt, Frank.»

«Nein, du hast vollkommen recht.» Frank war sehr aufgeregt. Libby bemerkte es, hielt aber den Mund.

«Ich schätze, Hormone sind Hormone», fuhr Ru fort, «und zweifellos ist Lust im Spiel. Und die fühlt sich bestimmt nicht anders an als bei uns. Es geht um die tieferen Schichten, um Fürsorge. Sie braucht mehr Hilfe, als wir ahnen. Frazier war das ideale Kind, nur glatte Einser, die beste Sportlerin, Klassensprecherin. Aber wir haben nie in sie hineingesehen. Carter hat fast unsere ganze emotionale Zuwendung in Anspruch genommen. Seine Bedürfnisse waren – und bleiben – offensichtlich. Frazier braucht Fürsorge. So einfach ist das.»

Libby spürte, daß dies eine listige Attacke auf die Ausübung ihrer Mutterrolle war. Aber Ru hatte so klug formuliert, daß sie nicht recht wußte, wie sie zurückschlagen sollte. Libby schäumte.

Franks Stimme zitterte. «Könnte ich nur die Jahre zurückhaben.» Ru ging zu ihrem Bruder und legte ihm den Arm um die Schultern. «Hätte ich mich nur mehr um meine Kinder gekümmert.»

«Dummes Zeug, du warst ein guter Vater.» Libbys Verteidigung war in Wirklichkeit eine Anklage.

«Wißt ihr, zu unserer Zeit, zu meiner Zeit», er lächelte schwach, «haben wir uns über so was keine Gedanken gemacht. Ich dachte, es genügt, wenn ich Geld verdiene, und manchmal bin ich mit den Kindern angeln gegangen. Heute weiß ich, daß ich einen Fehler gemacht habe. Ich habe meine Kinder verloren.»

«Das hast du nicht.» Libbys Oberlippe kräuselte sich.

«Vielleicht wollte ich die emotionale Verantwortung

nicht. Vielleicht war es einfacher, sie auf meine Frau abzuwälzen.»

«Frank, du bist zu streng mit dir. Es ist doch natürlich, daß man als Mutter eine stärkere Bindung zu den Kindern hat. Das hat die Natur so eingerichtet», sagte Libby. Sie vergaß natürlich zu gerne, daß ihre Bindung an Frazier sich durch Feindseligkeit auszeichnete und daß diese Feindseligkeit wohl zum Teil auf Fraziers Jugend und Schönheit zurückzuführen war. Die Tochter hatte die Mutter übertroffen.

«Es ist nie zu spät, Frank.» Ru umarmte Frank und bemerkte, wie schmal er geworden war. «Und du hast es so gut gemacht, wie du konntest, den Bedingungen entsprechend. Mehr kann man nicht von sich verlangen.»

«Das hört sich an, als hättest du es in einer Kitsch-Serie aufgeschnappt.» Libby rümpfte die Nase.

«Ich mag Frazier, und es gefällt mir, wie sie durchhält.» Ru ließ Frank los. Fast hätte sie zu Libby gesagt, «und dich mag ich nicht», aber das war ohnehin klar.

Frank seufzte. «Diese Stadt braucht ein Klistier.»

38

Trotz der plötzlich aufbrechenden Forsythien und der schwellenden Judasbäume zögerte der Frühling. Graue Wolken zogen durch die Blue Ridge Mountains und verbreiteten ihre Düsternis über Mittelvirginia. Die Rotkehlchen plusterten sich auf, um sich warm zu halten, und die Menschen murrten in ihren Winterpullovern.

Frazier wich den Elementen aus, indem sie durch das überdachte Einkaufszentrum ging, das sie normalerweise mied. Aber ihre Lieblingskörperlotion, «Progress» von Lancôme, war ihr ausgegangen, und das einzige Geschäft, das das teure Produkt führte, lag im Einkaufszentrum. Es war halb sieben Uhr abends, und das Zentrum vibrierte von klappernden Absätzen, dem langsamen Schlurfen halbwüchsiger Jungen in hochmodischen Turnschuhen und dem gelegentlichen gemächlichen Stapfen von Spaziergängern, denn auch ältere Leute beteiligten sich an der Orgie des Kommerz.

Frazier ging an zwei Sportschuhgeschäften vorbei, die Turnschuhe zu maßlos übertriebenen Preisen verkauften, vor allem die, für die ein Basketball-Spieler seinen Namen hergab. Basketball, das von Chromosomen gespielt wurde, fesselte die Verkäufer von Reebok, Nike, Puma und diversen anderen Marken. Gleich neben den Sportschuhgeschäften waren die Boutiquen, rammelvoll mit Männern und Frauen, die sich durch die Frühjahrssonderangebote wühlten. Der Geruch nach Schokoladenplätzchen, Joghurt und McDonald's drang ihr in die Nase. Das war schlimm genug, aber noch unerträglicher war der Geruch in der Kosmetikabteilung von Stone und Thomas, einem für ein solches Einkaufszentrum an sich sehr seriösen Geschäft. So mußte es in billigen Puffs in Paris riechen, ein bezeichnender Duft, geschwängert von lüsterner Verheißung.

Eine hübsche rothaarige Kundin, höchstens Anfang Dreißig, die ihre Haare so ernst nahm, wie nur Texanerinnen ihre Haare ernst nehmen können, stand über die Theke gebeugt da und reihte Flakons mit Red, Opium, Poison und Cinnabar vor sich auf. Obwohl sie der Frau nie begegnet war, wußte Frazier, daß es sich um Sarah Saxe handelte. Die Aussicht auf ein Gespräch lockte sie, vermutlich so, wie Circe die Seeleute angelockt hatte.

Frazier griff nach einem Flacon Ysatis. Sarah, eine freundliche Natur, sagte munter: «Das hab ich nie probiert, aber eins steht fest: Giorgio habe ich gründlich satt.»

«Zu aufdringlich.» Frazier lächelte, und wenn sie lächelte, hatte sie eine sehr starke Ähnlichkeit mit ihrem Bruder.

«Kennen wir uns nicht?» Dies mußte wirklich der älteste Anmachsatz der Weltgeschichte sein.

«Nein, aber ich glaube, Sie kennen meinen Bruder.»

«Oh.» Sarah strahlte unschuldig.

Frazier staunte, wie offen diese Frau war, so ganz anders als Laura. «Ich bin Mary Frazier Armstrong.» Frazier streckte die Hand aus. «Aber alle nennen mich Frazier, außer Carter, der nennt mich Schwesterherz.»

Sarah nahm ihre Hand. «Sie sehen aus wie Zwillinge. Kein Wunder, daß ich dachte, ich würde Sie kennen.» Sie zog ihre Hand rasch zurück, besorgt, Frazier könne sie verurteilen, weil sie eine Affäre mit ihrem Bruder hatte; Frazier hingegen dachte, Sarah war reserviert, weil sie gehört hatte, daß sie lesbisch war.

«Ja, das sagen alle.»

«Ich, äh, ich freu mich, Sie kennenzulernen.»

«Ich freu mich auch, Sie kennenzulernen, und, Sarah, wenn Sie meinen, ich hätte was dagegen, daß Sie mit meinem Bruder zusammen sind, dann irren Sie sich. Seine Frau ist ein hinterhältiges Miststück. Sie machen ihn wenigstens glücklich.»

Sarah sah sich um. «Möchten Sie eine Tasse Kaffee? Hier werden wir offenbar sowieso nicht bedient.»

«Bis wir hier unser Parfum kriegen, sind wir in den Wechseljahren.»

Sarah lachte. «Da haben wir viel Zeit.»

«Zeit. Wir haben vermutlich noch fünfundzwanzig Jahre, und ich möchte gerne wissen, wozu eine Lesbe eine Periode braucht.»

Sarah bog sich vor Lachen. Sie hatte nicht gedacht, daß

Frazier so offenherzig war. Aber gewöhnlich war Frazier auch nicht so, und sie hatte noch nie in der Öffentlichkeit so von sich gesprochen. Aber vielleicht konnten die beiden Frauen deshalb so offen miteinander reden, weil sie beide gefesselt waren von der Vorstellung einer Liebe ohne Fesseln.

«Sie sind überhaupt nicht so, wie ich Sie mir vorgestellt hatte», bekannte Sarah, als sie sich an einen Tisch setzten.

«Sie schon.» Frazier faltete ihre Serviette auseinander.

«Oh…»

«Und ich bin begeistert. Ich bin so froh, daß er sich nicht noch so eine propere Virginia-Frau angelacht hat, eine, die ihren Stammbaum kennt, die anderer Leute Stammbaum kennt und im Frühjahr Rosa trägt.»

«Tja!»

«Sie sehen mir sehr nach einer Texanerin aus, Süße.»

«Und Sie sehen aus wie ein *Vogue*-Covergirl. Carter hat mir nie erzählt, daß Sie schön sind.»

«Keine Schwester ist in den Augen ihres Bruders schön, schätze ich.»

«Haben Sie sich wieder versöhnt?»

«Oh, Carter und ich sind die besten Freunde, außer wenn wir Feinde sind.»

«Er ist auf jeden Fall heilfroh, daß Sie den Wagen gekauft haben.» Sie bestellte Kaffee; Frazier entschied sich für Perrier. «Zu spät für Kaffee?»

«Ich würde die ganze Nacht auf sein.»

«Bei mir wirkt er nicht, weder so noch so.» Sie sah Frazier an. «Als Carter mir diese – Geschichte erzählte, hab ich ein paar Witze gerissen, Lesbenwitze, aber ich meinte es eigentlich nicht so.»

«Das brauchen Sie mir nicht zu sagen.»

«Ich weiß, aber ich habe so ein Gefühl, als ob ich Sie kenne. Es ist verrückt. Immerhin, ich habe schon den einen oder anderen Dreier hinter mir, deshalb weiß ich vielleicht ein bißchen mehr über die Materie als Carter – ich habe ihm übrigens noch nichts davon erzählt.»

«Ist dies ein sexuelles Geständnis? Wenn ja, will ich alles hören.» Frazier beugte sich vor. Sie begriff instinktiv, warum Carter diese Frau liebte. Das Mädchen war weiß Gott eine scharfe Nummer.

«Hm, ja, gewissermaßen. Ich meine, als ich Carter kennenlernte, da dachte ich, meine Güte, was für ein Tier. Ich wollte nur mit ihm ins Bett springen, und es war ganz einfach.»

«Ist es das nicht immer?»

«Ja, schon.» Sarah lachte. «Aber eins führte zum andern, und ich merkte, daß ich diesen Knaben gern hatte, und er war so unglücklich – so unglücklich wie ein Hündchen mit Bauchweh.»

«Haben Sie seine Frau mal gesehen?»

«Einmal. Aber sie kann nicht der einzige Grund für sein Unglück sein.» Sarah traf den Nagel auf den Kopf. «Er glaubt nicht an sich.»

«Ja, ich weiß.»

«Tja, nach gern haben kommt lieben, und ich liebe Ihren Bruder. Dabei weiß ich nicht, was werden soll. Ich will nicht verletzt werden; ich will nicht, daß er verletzt wird; und eigentlich will ich auch nicht, daß seine Frau verletzt wird, aber in Wirklichkeit ist sie mir ziemlich egal, verstehen Sie? Dabei sollte das wohl eigentlich anders sein. Ich hätte es schließlich auch nicht gern, wenn mein Mann mich sitzenließe.»

«Ihr Mann würde Sie nicht sitzenlassen.» Frazier lauschte auf das Klirren der Eiswürfel in ihrem Glas, als die Kellnerin das Wasser vor sie hinstellte.

Sarah lächelte matt. «Das möchte jede Frau gern glauben, aber die Zeit verändert die Menschen, und die Männer werden unruhig.»

«Warum haben Sie nicht geheiratet?»

«Ich wollte nicht. Die Ehe kam mir vor wie eine Falle.»

«Würden Sie Carter heiraten, wenn er Sie fragen würde? Tut mir leid, wenn ich zu direkt bin.»

«Ich weiß nicht. Eigentlich schon, aber seine Trinkerei macht mir Sorgen. Nicht, daß er gemein oder unangenehm wird, wenn er trinkt. Er wird ausgesprochen witzig und bleibt es, bis er umfällt, aber es tut seiner Leber nicht gut.»

«Sie trinken nicht?»

«Jedenfalls nicht in dem Maße.»

«Nun, ehrlich gesagt, er war untreu, solange ich ihn kenne, aber ich glaube, Sie liebt er wirklich. Das ist was Neues.»

«Er liebt mich?» Sarahs unschuldiges Bedürfnis nach Gewißheit war rührend.

«Ich schätze, ich kenne ihn besser als sonst irgend jemand. Er liebt Sie.» Frazier stützte ihr Kinn in die Hand. «Machen Sie ihn zum Star einer ganzen Flut von brillanten erotischen Szenen, und wenn er dabei nicht den Verstand verliert oder sein Teil vollkommen abnutzt, ist er für immer der Ihre.»

«Warum sagen Sie das?»

«Es ist mir gerade in diesem Moment aufgegangen. Er hat Energie, aber er hat eigentlich keine Phantasie. Wenn Sie ihm die Phantasie liefern, vor allem im Bett, muß er nicht mit anderen Frauen schlafen, stimmt's? Und wie wir alle wissen, gibt es keine richtige oder falsche Art, sich zu lieben. Also ...»

Sarah schüttelte den Kopf. «Sie sind wirklich ganz anders, als ich Sie mir vorgestellt hatte.»

«Ich bin von mir selber überrascht!»

Sie schüttelten sich vor Lachen, und gerade in dem Moment kam Kimberley Noakes am Tisch vorbei.

«Na, Kimberley, wie geht's?» rief Frazier.

Kimberley blinzelte. «Oh, prima. Ich bin so froh, daß du wieder gesund bist.»

«Das ist Sarah Saxe.» Frazier stellte die zwei Frauen einander vor.

Kimberley musterte Sarah mit höchstem Interesse. «Sehr erfreut. Frazier, gut, daß ich dich treffe. Ich muß dich in nächster Zeit unbedingt mal sprechen.»

«Wegen dem Pfadfinderinnen-Vorstand?»

«Äh, ja. Ich ruf dich morgen früh an, okay?»

«Kimberley, du siehst blaß aus. Wie wär's, wenn ich dir die Quälerei erspare und freiwillig zurücktrete?»

Erleichterung legte sich über Kimberleys bleiche Züge. «Ich hatte nicht erwartet, daß du so verständnisvoll sein würdest, aber du kannst dir vorstellen, in was für einer Lage wir sind, und die jungen Mädchen sind so leicht zu beeinflussen. Es ist sehr bedauerlich, und...» Sie holte Luft, aber Frazier unterbrach sie.

«Soviel ich weiß, Kimberley, sind junge Frauen vor älteren sexuellen Beutejägerinnen ziemlich sicher. Mir fällt kein einziges Beispiel ein, wo so etwas passiert wäre. Mit Männern passiert es dagegen immerzu. Lehrer verführen doch häufiger mal das hübscheste Mädchen in der Klasse.»

«Sehr richtig, Mädchen», tönte Sarah.

«Hör zu, Frazier, ich hab gewußt, daß dich das aufregen würde, wirklich, und es tut mir leid. Ich möchte nicht, daß du auch nur einen Augenblick annimmst, einer von uns würde so etwas von dir denken. Davon kann überhaupt keine Rede sein, aber überleg doch mal, wie es aussehen würde.»

«Hab ich schon. Und deswegen trete ich zurück, Kimberley, aber bedenke bitte eins. Einige dieser Mädchen sind ungeheuer aufgewühlt. Sexuelle Identität ist in dem Alter nicht einfach, nicht mal, wenn du hetero bist. Denk an die Qualen, die ein homosexuelles Mädchen durchmacht. Mit wem kann sie reden? Mit ihrer Familie? Mit dir, Kimberley? Mit ihrem

Pfarrer? Einer Schulfreundin? Meinst du nicht, daß es unter unseren Pfadfinderinnen Mädchen gibt, die darunter leiden, keine Ansprechpartnerin zu haben?»

«Nun ja, ehrlich gesagt, ich habe nie darüber nachgedacht.»

«Niemand denkt darüber nach. Und genau darauf will ich hinaus. Wenn es bei den Pfadfinderinnen oder in Schulen oder Kirchen lesbische Ansprechpartnerinnen gäbe, müßten diese Mädchen wenigstens nicht durchmachen, was ich durchgemacht habe – und auch jetzt noch durchmache. Sie hätten jemand, mit dem sie reden könnten, und wenn's nur meine Wenigkeit wäre.»

Kimberley hatte aufmerksam zugehört und war erschüttert: «Es tut mir leid. Ehrlich.»

«Mir auch. Aber ich bin nicht wütend auf dich. Ich bin auf niemanden wütend. Allerdings macht mir genau das angst. Ich glaube, ich wäre besser dran, wenn ich wütend wäre.»

Als Kimberley gegangen war, blieben Sarah und Frazier noch einen Moment sitzen. «Sarah, ich habe allmählich das Gefühl, den Leuten wäre es lieber, wenn ich gestorben wäre. Dann müßten sie sich mit gewissen Dingen nicht auseinandersetzen. Oder vielleicht ist es eine zu starke Behauptung, daß sie wünschen, ich wäre tot. Vielleicht hätten sie einfach gerne ein Schreiben, das alles, was ich tue, irgendwie entschuldigt.»

39

Mildred Saviano wies in die rechte Spalte der Bilanzen, und Frank sah ihr über die Schulter. Mildred arbeitete seit dreißig Jahren in der Firma. Loyal, tüchtig und in Zahlen verliebt, weil es immer eine richtige Lösung gab, ließ sie jegliche Abenteuerlust vermissen. Aber bei ihm selbst war es ja vielleicht genauso, dachte Frank bei sich. Er stand jeden Morgen um sieben auf. Trank seine erste Tasse Kaffee beim Rasieren. Setzte sich um halb acht zu Libby an den Frühstückstisch, wo sich das Gespräch um den Tagesplan drehte. Er aß eine halbe Grapefruit, zwei Scheiben Toast, trank ein Glas Orangensaft und dann seine zweite Tasse Kaffee.

Mittags aß er meistens einen Imbiß, und bei warmer Witterung verließ er nach Möglichkeit um vier Uhr das Büro, um Golf zu spielen. Zuweilen dachte er, daß Mildred und er gut zusammenpaßten. Libby hingegen gierte nach Aufregung und Macht. Die unaufhörlichen Versammlungen seiner Frau, die Wohltätigkeitsveranstaltungen, Bridge-Runden und Gala-Mittagessen, die Reisebroschüren, die sie auf seine Bettseite warf, ihre Listen mit zu erledigenden Dingen – das alles zermürbte ihn. Wenn sie getrunken hatte, warf sie ihm vor, daß er sie langweile, und er konnte sich gegen die Beschuldigungen nicht wehren. Sich selbst langweilte er nicht. Frank war eben ein Mensch, der wünschte, daß die Züge pünktlich fuhren. Mildred wäre als Partnerin die bessere Wahl gewesen, aber wenn man jung ist, denkt man kaum an Vereinbarkeit.

Frank hatte auf Libbys üppigen Busen, ihre hübschen Beine, ihre feinen Gesichtszüge geachtet. Der Rest war, wie man so sagt, von nebensächlichem Interesse gewesen.

Sein Blick folgte Mildreds Finger, der langsam die Zeile entlangfuhr.

«Diese nicht eingegangenen Zahlungen machen uns kaputt.» Mildred identifizierte sich voll und ganz mit der Firma.

«Ich weiß.»

«Frank, wir schreiben, ich rufe ständig an, aber nichts passiert. Okay, dann ruf ich bei Richardson, Fuqua und Garrick an. Sie schreiben. Sie schreiben noch mal. Wir müssen entweder Druck machen und klagen oder die Rechnungen einer Inkassofirma übergeben und ihnen einen Prozentanteil überlassen – auf diese Weise wird so etwas ja wohl gehandhabt.» Sie steckte sich den Bleistift hinters Ohr.

«Das tue ich ungern.» Er tippte auf eine Zeile. «Pete Barber. Hat sich beim Bauen übernommen. Er hat in Raintree ein Haus stehen, das einen Schätzwert von 725 000 Dollar hat. Er hat tatsächlich überall Häuser stehen, und er muß die Zinsen für die Darlehen zahlen.»

«Das war seine Entscheidung. Ich habe kein Mitleid mit den Bauunternehmern, deren Augen größer waren als der Mund.» Mildred zog den Bleistift hinterm Ohr hervor und strich die Namen an, bei denen etwas nicht in Ordnung war. «Lionel Jacobs. Hat wie wild Bürogebäude hingesetzt. Wozu bloß? Wir sind hier nicht in New York. Und hier, die private Asphaltzufahrt, die du für Fred Vanarmans Haus gebaut hast. Die Zufahrt ist achthundert Meter lang. Er hat mit dem Hintern in seinem großen Sessel bei Strong und Simon gehockt und jedermanns Wertpapierbestand umgekrempelt. Der Markt geht baden, und Fred beschließt einfach, daß du auf dein Geld warten kannst.»

«Ich kenn diese Burschen.»

«Und sie kennen dich. Komm, Frank, laß dich nicht so ausnutzen. Du hast letzten Monat sechs Leute entlassen. Wenn diese Rechnungen bezahlt worden wären, hättest du die Hälfte der Männer behalten können. Seien wir ehrlich, Pete und Lionel gehen davon aus, daß du nichts gegen sie unternimmst. Oh, Frank Armstrong, dieser nette Mensch. So kann es nicht weitergehen. Du hast Kredite für deine Maschinen aufgenommen, vergiß das nicht.»

Er fuhr sich mit der Hand durch das dichte Silberhaar. «Mildred, du bist einfach zu gut für mich.»

«Warum hörst du dann nicht auf mich?» versetzte sie bissig.

«Und ob ich auf dich höre. Was schlägst du vor? Unsere Anwälte oder eine Inkassofirma?»

«Unsere Anwälte. Auf Stundenbasis sind sie teurer, aber jeder kennt jeden. Lionel Jacobs wird nicht im Club Golf spielen wollen, wenn Ned Fuqua im Caddie vorbeirollt, nachdem er die Unterlagen verschickt hat. Verstehst du? Eine Inkassofirma ist weit weg, und obwohl ihre Erfolgsquote hoch ist, ihren Briefen und den anschließenden Verfahren fehlt die Schlagkraft, die unsere Anwälte in unserer Heimatstadt haben.»

«Du hättest in die Politik gehen sollen.»

«Vielen Dank, so tief möchte ich nun wirklich nicht sinken.» Mildred drehte sich mit ihrem Stuhl. Auf der rechten hinteren Ecke ihres Schreibtisches stand ein Foto von ihren Enkelkindern.

«Ich überlasse dir das.» Er seufzte. «Hat sich jemand auf die Anzeige für die Planiermaschine gemeldet?»

«Nein.»

«Hm. Wir setzen sie noch mal rein.»

«Hast du nach eurem Treffen noch mal was von den anderen Bauunternehmern gehört?»

«Äh, nein, und dabei dachte ich, ich hätte einen guten Vorschlag gemacht.»

«Hast du auch, aber du weißt, was ich von Versammlungen halte, besonders von geschäftlichen. Was sich da tut, ist ein großes Nichts, oder schlimmer, es kommt einem immer so vor wie eine Riesenverhandlung, in der am Ende so Nichtiges wie Regeln und Vorschriften zum korrekten Naseputzen beschlossen wird.»

«Schon gut, Mildred, heute willst du's mir aber geben.»

Sie lachte, weil er sie so gut kannte. «Ruf selbst an. Warte nicht drauf, bis ihr euch als Gruppe einig werdet. Ich wette, von den anderen sind längst welche dran. Pickens Oliguy.»

«Das würde er nicht tun.»

«Aber Larry Taylor, dieser kleine Lackaffe. Der hat wahrscheinlich zwischen hier und Neumexiko längst die Telefondrähte heißlaufen lassen.»

«Ich ruf zuerst die anderen an und sag ihnen, was ich mache.»

«Ich wußte, daß du das sagen würdest. Tu's einfach. Es ist leichter, sich zu entschuldigen, als um Erlaubnis zu bitten. Warum fragen? Es war deine Idee!»

«Sie sind meine Freunde.»

«Pete, Lionel und Fred sind auch deine Freunde. Frank, sei mal hart.»

«Ich werd's mir überlegen. Wegen der Anrufe nach Westen, meine ich. Vielleicht hast du recht.» Er verschränkte die Arme. «Ist das alles?»

«Im Prinzip ja. Was du noch wissen solltest, ist, daß der Schmutz über Frazier jetzt wohl in der Stadt herum ist. Wenn er bei meiner Friseuse ankommt, die so alt ist wie Gott, dann weißt du, daß der Klatsch die komplette Runde gedreht hat. Willst du, daß ich jemandem das Gesicht zerkratze?»

«Warum sind die Menschen so?» Frank schüttelte den Kopf.

«Kleinlicher Neid. Frazier ist schön, intelligent – die Kleine war immer die klügste – und erfolgreich. Und dann hat sie plötzlich gezeigt, daß sie auch ein Mensch ist. Die Leute müssen immer über andere herziehen. Dann fühlen sie sich größer, und wenn nicht größer, dann wenigstens nicht ganz so unbedeutend.»

Frank hatte mit Mildred bisher nicht über das Thema gesprochen. Sie verstanden sich so gut, daß er viele Dinge kaum erwähnen mußte. Mildred wußte es einfach. Aber jetzt verspürte er den Drang, etwas zu sagen. «Mildred, ich bin ein Mann. Männer sehen diese Dinge anders. Wenn es um Carter ginge, wäre ich wütend. Er ist mein Sohn, um Gottes willen, aber bei Frazier macht es mir nicht so viel aus.»

Mildred lächelte übers ganze Gesicht. «Klar, kein anderer Mann wird sie kriegen. Du bleibst immer die Nummer eins.»

«So siehst du das?» Frank war fassungslos.

«Gibt es eine andere Frau in deinem Leben, bei der du dich so wohl fühlst wie mit Frazier?» Mildred hatte ins Schwarze getroffen.

«Dich.»

«Ha!» Mildred drehte sich um und schlug ihn auf den Bauch.

«Ehrlich.»

«Du weißt, was ich meine. Wer erfüllt dein Herz? Deine Tochter. Das war schon immer so.»

Frank war beunruhigt. War er wirklich so ein Egoist, daß er sich freute, weil seine geliebte Tochter lesbisch war? «Darüber habe ich nie nachgedacht.»

«Du denkst über vieles nicht nach, deshalb sitze ich ja auch hier und muß mir wegen dieser verdammten Rechnungen die Haare raufen. Es ist gut und schön, daß du schuftest wie verrückt, aber sieh dich auch hin und wieder mal um, Frank – und in dich hinein.»

«Das einzige, was mich an Fraziers Wahl» – er betonte das Wort ‹Wahl› – «stört, ist, daß sie keine Kinder bekommen wird.»

«Und keinen Rechtsschutz. Ich habe in der Zeitung von diesen irrsinnigen Prozessen gelesen. Das könnte ihr auch passieren. Sie gewähren ihr keine Aussetzung der Einkommensteuer und ihrer Versicherungsbeiträge, und sie muß den doppelten Beitrag für jeden Club bezahlen, in dem sie Mitglied ist. Mir scheint, sie hat eine teure Wahl getroffen. Und wenn sie mit einer zusammenlebt, die nicht arbeitet? Viele Frauen wollen nicht arbeiten, besonders in Fraziers gesellschaftlichen Kreisen. Dann muß Frazier die Rechnungen bezahlen. Also, wenn du mich fragst, ich finde, sie hat den kürzeren gezogen.»

«Ja, ich frage dich.»

«Und sie ist so schön, daß sie von Frauen, die sie ausnutzen wollen, geradezu belagert sein wird, du wirst schon sehen.»

«Komisch, ich fürchte, genau das Gegenteil wird der Fall sein.»

«Wie meinst du das?» Mildred machte große Augen, denn es wollte ihr nichts in den Kopf, was von ihrer eigenen Vorstellung abwich.

«Ich fürchte, sie wird ihr Leben allein verbringen. Sie ist ein liebes Kind, ich möchte, daß jemand für sie sorgt, wenn ich nicht mehr bin.»

«Ich will so ein Geschwätz nicht hören.» Mildred schlug mit der Hand auf den Tisch. «Von wegen, wenn du nicht mehr bist. Außerdem, Frank, sie ist finanziell unabhängig, seit sie auf dem College war.»

«Ich weiß, aber ich bin ihr Vater. Ich will, daß sie geliebt wird. Ich will, daß sie beschützt wird. Ich will wissen, daß ich sie jemand Besonderem anvertrauen kann. Ich weiß nicht, ob eine Frau dazu imstande ist.»

«Anscheinend nicht.»

«Warum sagst du das?»

«Sie verdienen nicht soviel wie Männer. Wie können sie füreinander sorgen? Und Männer haben ihre kleinen Vereine, ihre Kumpel. Sie schieben sich gegenseitig Geschäfte zu. Frauen tun das nicht. Wie sollten sie auch? Also wird

Frazier die Verantwortung übernehmen, und das wird beschwerlich, vor allem, wenn sie sich mit irgendeiner Zimtzicke zusammentut, die in Saus und Braus leben will!»

«Mildred, ich wußte gar nicht, daß du so hitzig sein kannst.»

«Ich liebe sie auch, mußt du wissen.»

40

Ich bin keine brave, fröhliche Pfadfinderin mehr», schloß Frazier, die Mandy und Kenny ihre Geschichte erzählt hatte.

«Unerhört», meinte Kenny.

Mandy blieb vor einer vollendet gestalteten antiken griechischen Vase stehen. Das Virginia-Museum in Richmond besaß eine ansehnliche Sammlung von Kunst und Handwerk, die laufend durch wechselnde Ausstellungen ergänzt wurde.

Frazier blieb ebenfalls stehen, um die schwarze Vase zu betrachten. «Patricia Kluge hat eine der weltweit wunderbarsten Sammlungen klassischer schwarzfiguriger und rotfiguriger Vasen.»

Kenny fragte: «Ist sie so sexy, wie alle sagen?»

«Fragst du mich als Frau, oder fragst du mich als Mann?» Frazier stemmte die Hand in die Hüfte.

«Weil du's bist, als Dame», antwortete Kenny.

«Feurig, feuriger Sex. Macht die Männer verrückt. Sie braucht nichts weiter zu tun, als einen Raum zu betreten.»

«Das funktioniert bei dir auch», sagte Mandy.

«Danke für das Kompliment, aber ich wirke eisig. Der

Knalleffekt ist anders, schätze ich.» Frazier ging den Flur entlang. «Mandy, du bist selber ja auch ein ziemlicher Knalleffekt.»

«Stimmt», griff Kenny das Thema auf. «Breite Schultern, schmale Taille, hm, üppiger Busen, wunderbares Gesicht und weiße, weiße Zähne.»

«Alle Schwarzen haben weiße Zähne.» Mandy lachte. Sie wechselte das Thema. «Hör mal, Frazier, ich hab nicht so gründlich Kunstgeschichte studiert wie du. Warum haben auf den Vasen oder Urnen oder Amphoren oder wie die Dinger richtig heißen, so viele Männer Erektionen?»

«Weil sie glücklich sind.»

Kenny surrte mit seiner vollen Tenorstimme: «Dem Anschein nach muß es in Athen lange vor Christus eine Menge glückliche Männer gegeben haben. Zu schade, daß noch keiner Reisen durch die Zeit erfunden hat.»

«Was – bist du mit Courtney nicht glücklich?»

«Wir sind noch nicht soweit, und ich bin aus der Übung. Ich werde mich womöglich vergessen und der Ärmsten sagen, sie soll sich vornüber beugen.» Mandy und Frazier brüllten vor Lachen. Kenny fuhr fort: «Andererseits sollte sie's so vielleicht auch mal versuchen, und irgendwann greife ich bestimmt mal auf konventionellere Methoden zurück.»

«Freut mich zu hören. Der verblichene, unbetrauerte Sean, mein Exfreund – ich meine, er ist nicht wirklich tot, bloß in meinem Herzen –, der war vielleicht konservativ, Hornbrille und so, normaler geht's nicht. Ein richtiger Durchschnittstyp.»

«Ist das der, den du mal als Ken-Puppe mit anatomisch richtigen Teilen beschrieben hast?» erkundigte sich Kenny.

«Nein so hat Frazier Taylor Anderson beschrieben.»

«Nein, nicht Taylor Anderson. Der war vielleicht von der Natur nicht großartig ausgestattet, aber er war okay. Es ging um Sam Krueger, und das ist lange her. Gott, hast du ein gutes Gedächtnis.»

«Ich liebe Weibergeschwätz – Mädels.» Kenny lächelte. «Mein Gefühl sagt mir, wenn es Zeitreisen gäbe, würden wir uns im alten Athen gründlich getummelt haben.»

«Du schon. Die Frauen mußten sich auch damals mit Sexismus und den Kindern herumschlagen.»

«Wie traurig.» Kenny meinte es ernst. Seit er sich dazu bekannte, bisexuell zu sein, vertrat er die Meinung, jeder sollte mit jedem in jeder möglichen Kombination Sex haben. Eine sympathische Philosophie.

«Weißt du, Frazier ist auf dieses Olymp-Gemälde fixiert, das dieselbe Atmosphäre vermittelt wie die Vasen, obwohl es viel später – sagen wir siebzehnhundert Jahre später – gemalt wurde. Jedenfalls ist sie überzeugt, daß das Bild irgendwie lebendig ist, und ich meine, sie hat eine Menge Streß, und deswegen ist es – eine Art Erleichterung.»

«Mandy, verdammt, Kenny interessiert sich nicht die Bohne für das Olymp-Gemälde. Und ich habe nie gesagt, daß es lebendig ist. Ich finde bloß manches daran sonderbar.»

«Zum Beispiel?» fragte Kenny. Er hob seine dunklen, glänzenden Augenbrauen.

«Ach, vergiß es», wich Frazier aus.

«Mitten am hellichten Tag haben wir Donner gehört. Jupiters Gelächter», antwortete Mandy.

«Das habe ich nicht behauptet. Aber es war nicht eine Wolke am Himmel. Ich habe bei der Elektrizitätsgesellschaft angerufen und gefragt, ob vielleicht ein Transformator explodiert ist...»

«Sie war völlig besessen, und dann hat sie bei der Polizei angerufen und gefragt, ob irgendwo eine Bombe hochgegangen sei.»

«Mandy, komm, ich war einfach neugierig. Es war so außergewöhnlich. Jedenfalls wäre mir Jupiters Gelächter als

Ursprung eines Donnergeräuschs immer lieber als eine Bombe. Im Moment geht alles dermaßen drunter und drüber, daß es wirklich befreiend ist, wenn jemand lacht. Ich fänd es schrecklich, wenn das ganze Elend umsonst wäre.»

«Ja, alle sind übertrieben höflich. Wie sagte Tennessee Williams? ‹Ein Schwuler ist ein homosexueller Gentleman, der soeben den Raum verlassen hat.› Bei Frauen ist es ähnlich, denke ich.»

«Es ist wie ein Sog. Ich kann es nicht immer sehen, aber ich kann es spüren.» Frazier ging langsamer. «Ich würde mich besser fühlen, wenn sie aus dem Versteck kämen, all diese Leute, die stumm dasitzen und heimlich ihr Urteil fällen.»

«Ich denke kaum, daß deine Mutter stumm dasitzt und *heimlich* Urteile fällt.» Mandy schnippte mit den Fingern.

«Mutter ist ein Sonderfall. Oh, das hab ich ganz vergessen, der erste Detektivbericht ist gekommen.»

«Und?»

«Nichts.»

«Was für ein Bericht?» Kenny witterte Klatsch, und pikante Geschichten ließ er sich ungern entgehen.

«Mandy hat mir geraten, einen Detektiv auf Laura anzusetzen.»

«Unsere Liebe Frau der Vollkommenheit?» Kenny war verblüfft.

«So vollkommen ist sie gar nicht», verteidigte Mandy ihre Idee. «Sie haßt ihren Mann, und sie haßt auch Frazier.»

«Uii.» Kenny sog die Luft ein. «Schaurig, aber wahr. Glaubst du, sie springt mit einem anderen ins Bett als mit Carter, dem ewig spitzen Superkater?»

«Nein.» Frazier schüttelte den Kopf. «Sie geht zu verschiedenen Ärzten. Abgesehen von ihren diversen Freizeitaktivitäten – Aerobic, Tennisstunden, Bridge, Garten-Club – nur das Übliche.»

«Vielleicht macht sie's ja mit den Ärzten.» Kenny, ganz der

Südstaaten-Gentleman, schritt vor den Damen die Treppe hinunter. Sollte eine Dame den Halt verlieren, konnte der Herr sie so auffangen. Ging man eine Treppe hinauf, hatten die Damen Vortritt.

«Daran habe ich auch schon gedacht.» Frazier funkelte Mandy an. «Du hast mich richtig verdorben, Eisenhart. Aber sie war nicht lange genug in der Sprechstunde, es sei denn, diese Kerls sind Weltmeister im Schnellficken.»

«Das sind die meisten Ärzte», sagte Kenny gedehnt.

«Sprichst du aus eigener Erfahrung?» Mandys Hand glitt über das polierte Geländer.

«Ja.»

«Das zählt nicht.»

«Und wieso nicht?» Er drehte den Kopf nach Frazier um.

«Ihr könnt schneller in eure gegenseitigen, äh, unteren Regionen schießen, als ich eine Strumpfhose anziehen kann.»

«Und du willst mir erzählen, ein Arzt kann nicht schnell mal von vorn in eine Vagina düsen?»

«Klar kann er», sagte Mandy, «aber die Dame seiner flüchtigen Begierde dürfte nicht viel davon haben.»

«Und wie wär's mit der anderen Öffnung?» Kenny drehte die Hand aufwärts.

«Ich bleib bei meiner Meinung», sagte Mandy triumphierend.

«Du liebe Güte. Soll das heißen, wenn ich endlich mit Courtney zu den ersehnten Intimitäten komme, wird ihr oraler Sex gar keinen Spaß machen?»

«Woher willst du wissen, ob sie's überhaupt tun wird?» Frazier trat neben Mandy, als sie die letzte Stufe nahmen.

«Machst du Witze?» Kenny erschrak.

«Nein. Manche Frauen machen das nicht.» Mandy sprang Frazier bei.

«Ihr zwei aber schon.» Kennys Augen blitzten.

«Kommt auf den Mann an», verriet Mandy. «Wenn er nicht scharf ist, mach ich's nicht. Wenn er mir gefällt, okay.»

«Aber macht es euch Spaß?» Kenny liebte es, über Sex zu reden.

«Ich kann mir Schöneres vorstellen», bekam er trocken zur Antwort.

Zwei Augenpaare richteten sich jetzt auf Frazier.

«He, ich bin hier die Lesbe, habt ihr das vergessen?»

«Ach, Scheiße, Mary», konterte Kenny. «Habe ich dich nicht soeben über die Glieder gewisser Gentlemen reden hören, die das Glück hatten, sich deiner Gunst zu erfreuen?»

«Du drückst dich aber höflich aus, Kenny. Warum guckt ihr mich so an? Ob ich gerne blase? Ist das die Frage?»

«Genau.» Kenny nickte.

«Ich hab's geliebt. Von oben bis unten.»

Mandys Augen wurden noch größer. Sie war überrascht, denn da sie es nicht mochte, konnte sie sich nicht vorstellen, daß es ausgerechnet der lesbischen Frazier Spaß machte. «Moment mal. Ich bin hetero, und ich mag's nicht. Du bist lesbisch, und dir gefällt's?»

«Wie hetero bist du eigentlich, Süße?» Wäre Kenny eine Katze gewesen, hätte er in diesem Moment den Schwanz vorne um sich herum gelegt.

Jetzt richteten sich zwei Augenpaare auf Mandy. «Ihr seid beide verrückt.»

«Das will ich hoffen.» Kenny grinste.

«Ich will mal so sagen...», begann Mandy.

«Mach dich auf was gefaßt, Kenny, ich glaube, wir kriegen eine gepfefferte Ladung Diplomatie vorgesetzt.»

Mandy lachte. «He, vergiß nicht, du bist meine Chefin.»

«Das vergeß ich bestimmt nicht. Also sag schon – die Wahrheit. Auch wenn du meinst, daß es mich kränkt.»

«Ich bin noch nie mit einer Geschlechtsgenossin ins Bett gegangen, aber als ich siebzehn war, hab ich mal im Bootshaus der Uni von Pennsylvania Meredith Burns geküßt.»

«Du mußtest bis nach Pennsylvania reisen, um ein Mädchen zu küssen?» Frazier konnte es sich nicht verkneifen, Mandy noch ein bißchen zu triezen.

«Wir waren zusammen auf dem College.» Sie hielt inne. «Wieso erzähle ich euch das eigentlich?»

«Weil wir gefragt haben, weil es faszinierend ist und weil Sex neben Geld das schönste, das fesselndste, das erinnerungsträchtigste Thema auf der ganzen Welt ist.» Kenny seufzte.

«Ist es lange her, mein Herz?» Frazier hakte ihn auf der linken Seite unter, Mandy auf der rechten.

«Für mich sind zwei Monate eine Ewigkeit. Billy und ich hatten meistens vier-, fünfmal die Woche Sex, und dabei waren wir nicht immer allein.»

«Abartig.» Mandy bemerkte eine Skulptur von Isidore Bonheur, und sie dachte an seine Schwester Rosa, eine Malerin von verhaltener Leidenschaft, einer Leidenschaft, die sich mehr auf Tiere als auf Menschen richtete.

«Sehr. Ich kriegte alle Löcher gleichzeitig gestopft und stopfte selbst die der anderen, die mir oft unbekannt waren – die Personen, nicht die Löcher. Billys Geilheit übertrifft sogar meine eigene, aber was ich wirklich suche, ist vertraute Nähe. Nach einer Weile war Sex mit ihm nur noch Gymnastik – oder Verkehrskontrolle. Ich wollte nur in den Arm genommen werden, so sentimental das vielleicht klingt.»

«In meinen Ohren klingt das einfach schön», gab Frazier zu. «O Mandy, du hast uns nicht erzählt, ob es dir Spaß gemacht hat, Meredith Soundso zu küssen.»

«Wenn ich es erzähle, erzählt Kenny dann von seinen Perversionen?»

«Abgemacht.»

«Meredith Burns war eine prima Küsserin.»

«Aber weiter seid ihr nicht gegangen?» Kenny wollte es genau wissen.

«Nein. Darüber habe ich mir keine Gedanken gemacht. Mädchen können das. Sich küssen, meine ich, und es ganz normal finden. Und wenn du mich fragst, ob ich imstande bin, mit einer Frau zu schlafen – klar. Ob ich es tun werde? Woher soll ich das wissen? Ich bin wie eine Trapezkünstlerin. Ich schwinge mich von einem Freund zum andern. Wenn ich mal in Ruhe überlegen würde, was ich tue, würde ich mir vielleicht auch das überlegen.»

«Serielle Monogamie.» Fraziers Stimme klang ernst.

«Du sagst das, als sei es eine Krankheit.»

«Entschuldige, ich stelle es bloß fest. Es war keine Verurteilung. Im Gegenteil, ich finde, es hat viel für sich. Draußen probierst du es aus, und dann kannst du zu Hause sitzen und dir Gedanken über die perfekte Beziehung machen. Du kannst dich auch ummodeln, weißt du. Gegen deine Neurose ankämpfen. Dir vorstellen, wie die nächste Beziehung aussehen wird. Während du zu Hause sitzt und diese Vollkommenheit herbeisinnierst, steht die Welt nicht still. Und wenn du aus dem Kokon ausbrichst, um dir jemanden zu suchen, ist dieser Mensch nicht vollkommen, und du bist es auch nicht. Aber während du da draußen bist und Beziehungen hast und was ausprobierst und liebst und heulst und was sonst noch, sammelst du Erfahrungen, und das ist viel mehr, als ich je getan habe. Ich hatte hier und da eine heimliche Beziehung mit einer, die alles genauso unterdrückt hat wie ich. Intime Freundinnen, na klar, der Inbegriff eines lesbischen Paares, nur daß ich mich nie gepaart habe; gevögelt ja, gepaart nein. Ich tauge höchstens zum Oberfeigling.»

«Das kann man nie wissen, Schwester, das kann man nie wissen», sagte Mandy, und Kenny nickte. «Und jetzt, Mr.

Singer, eine Perversion. Was war das Wüsteste, was du je gemacht hast?»

Er setzte sich auf eine Bank in der Mitte des Raumes. Die zwei Frauen ließen sich rechts und links von ihm nieder, und da der Raum leer war, sprach er mit normaler Lautstärke. «Letztes Jahr ist Billy zu meinem dreißigsten Geburtstag mit mir nach Florida geflogen, und wir haben eine Karibik-Kreuzfahrt gemacht, auf einem irrsinnig großen Pott, der war so lang wie ein Häuserblock in einer Großstadt. Zwei andere Paare sind zu uns gestoßen, lauter schwule Männer, und die ganze Besatzung war auch schwul. Oder bisexuell. Ich meine, wenn du jemand bumst, ist es dir scheißegal, ob er auch Frauen bumst. Mir hat's jedenfalls nie was ausgemacht. An meinem Geburtstag haben wir uns zu einem feierlichen Abendessen hingesetzt, alle im Smoking, und zum Nachtisch wurde das Besatzungsmitglied mit dem größten Schwanz hereingetragen, auf einer mit Trauben und Obst dekorierten Platte. Wir haben erst das Obst geknabbert. Dann haben wir angefangen, ihn zu vernaschen. Dann haben wir uns langsam ausgezogen, und die Männer von der Besatzung haben sich auch ausgezogen, nur daß sie Befehl hatten, ihre weißen Mützen und marineblauen Blazer mit den Messingknöpfen anzubehalten. Oh, der Anblick dieser kräftigen Brustmuskeln, dazwischen ein Rinnsal aus Schweiß! Billy streichelte die Glieder der schwarzen Besatzungsmitglieder. Er streute genüßlich Kokain-Linien auf die erigierten Penisse, und die weißen Passagiere und Besatzungsmitglieder schnupften sie. Dann haben die schwarzen Besatzungsmitglieder und Gäste, ein Paar war gemischt, uns auf den Bauch gedreht und uns Kokain-Linien auf den Hintern gestreut, und dann haben sie geschnupft. Wir haben noch mehr von diesem gesetzlich verbotenen Zeug auf diverse Ärsche gegeben und haben uns nach Belieben reingestürzt ins Vergnügen. Um unsere Erektionen zu halten, haben wir das Pulver auf die Eicheln von unseren Schwänzen gestrichen, was den Erguß hinausgezögert hat, und wir haben uns vereinigt und immer neu vereinigt, in jeder nur denkbaren Kombination und Stellung. Ich konnte am nächsten Tag nicht sitzen. Eine der Regeln der Geburtstagsparty lautete, daß man sowohl werfen als auch fangen mußte, wie beim Baseball. Ich bin kein guter Fänger, und glaubt mir, ich war froh über das Kokain auf meinem armen kleinen Ärschlein. Verdammt, am nächsten Tag hat mir alles weh getan. Meinen dreißigsten Geburtstag werde ich jedenfalls nie vergessen… und keine Angst, safe Sex war natürlich Bedingung. Ich wollte schließlich nicht als Folge meines dreißigsten Geburtstags sterben.»

«Muß sich Courtney Wood auch auf so was gefaßt machen – Kokain von deinem Schwanz schnupfen?» fragte Frazier, während Mandy langsam ihre heruntergeklappte Kinnlade wieder schloß.

«Sieht auf einem weißen Schwanz nicht so gut aus.»

«Das weiß sie nicht.»

«Ich würde lieber ohne Alkohol oder Drogen mit Courtney schlafen. Ich hab das alles satt, und was das – äh, Kreative angeht, glaube ich nicht, daß Frauen da so gut drauf sind wie Männer.»

«Ich muß doch sehr bitten.» Frazier war entrüstet. «Mandy, wollen wir das unwidersprochen durchgehen lassen?»

«Ich habe so was nie gemacht, soviel steht fest.»

«Und du?» fragte Kenny Frazier.

«Auch nicht.»

«Was ist das Wüsteste, was du je gemacht hast?»

«Kenny, ich bin nicht besonders wüst gewesen, wobei das nicht nur daran liegt, daß ich eine Frau bin, und ja, ich gebe traurig zu, daß Frauen unterdrückte Gefangene ihres eigenen Körpers sind…»

Mandy warf ein: «Und wenn man auch noch ungewollt schwanger wird, dann hat man den Salat.»

«Ich weiß nicht. Ich finde es einfach blöd. Ich will nicht unterdrückt sein. Ich will, daß das Leben ein Cocktail aus silbernen, sinnlichen Wonnen ist, aber das kann ich nicht allein schaffen. Wenn ich je die richtige Frau finde, dann lodern aber die Laken!»

«Mandy?» Kenny ließ nicht locker.

Ihre Stimme wurde ganz leise, und sie flüsterte: «Das Wüsteste, was ich je getan habe, ist, daß ich mich – Sean aufs Gesicht gesetzt habe.» Sie wurde rot.

«Gott, wenn das nicht das absolut, eindeutig Beste ist. Sich jemandem aufs Gesicht setzen!» rief Kenny just in dem Moment, als eine Gruppe ältere Leute den Raum betrat.

41

Die Route 64, eine vierspurige Schnellstraße in ost-westlicher Richtung, belebte sich zur Hauptverkehrszeit. Wie buntglänzende Metallic-Ostereier bewegten sich die Fahrzeuge mit weniger als 100 Stundenkilometern voran, aber immerhin bewegten sie sich. Frazier fuhr nach Hause.

Kenny hatte Frazier und Mandy nach Richmond eingeladen, sie konnten auch dort übernachten. Mandy hatte abgelehnt, weil Duncan gefüttert und rausgelassen werden mußte. Frazier hatte sich erboten, den Terrier abzuholen und mit zu sich nach Hause zu nehmen. Duncan, Curry und Basil kannten sich und verstanden sich gut. Mandy war froh über die Abwechslung und sagte zu, zur Freude von Kenny, da die zwei einander gerade entdeckten. Einen Freund oder eine Freundin zu finden war ebenso aufregend, wie eine Geliebte oder einen Geliebten zu finden. Für Frazier waren Freunde wie eine Familie ohne den ganzen Krampf.

Dichter Nebel hüllte die Stadt ein. Als sie am Hyatt-Hotel vorbeifuhr, konnte sie den Gebäudekomplex nicht sehen. Auch das Ausfahrtschild zur Bond Street West war kaum zu erkennen. Der Verkehrsfluß verlangsamte sich noch, als die milchigen, platingrauen Wolken tiefer zur Erde sanken und alles mit einem magischen Glanz überzogen, der ein Gefühl von Geheimnis und Verheißung vermittelte. Das Gefühl bevorstehender Blechschäden wurde ebenfalls verschärft. Viele Autos schossen durch den Nebel und krachten in die Wagen vor ihnen. Als sie an die Auffahrt Parham Road kam, hatte sich der Nebel so weit gelichtet, daß sie wenigstens die entgegenkommenden Fahrzeuge sehen konnte, aber es war, als ob sie die Wolken auf den Dächern transportierten. Leichter Nieselregen besprenkelte Fraziers Windschutzscheibe. In weißrosa Tupfen blühte im Wald der Hartriegel, und schwerköpfige Tulpen, flammend orange, rosa, gelb, magentarot und weiß, winkten bei jedem Windstoß. Das Leben rief. Aber wem? Frazier fühlte sich so allein und verwirrt wie noch nie in ihrem Leben. Das einzig Gute war, daß sie und Carter sich, wenn auch auf verquere Weise, wieder nähergekommen waren.

«Jeden Tag zähle ich die segensreichen Dinge, die mir passiert sind, und jeden Tag sind es ein paar weniger», dachte sie, doch bei genauerem Nachdenken stimmte das nicht hundertprozentig. Sie war gesund. Ihre Freundschaft zu Mandy und Kenny war enger geworden. Ruru hielt zu ihr wie immer. Sie hatte einen Sonderfrieden mit ihrem Vater geschlossen und sich damit abgefunden, daß er sich nie gegen Libby auflehnen würde. Und das hieß auch keine Auflehnung, um Frazier zu beschützen. Als Kind hätte sie diese

Auflehnung wirklich gebraucht, und jetzt brauchte Frank vielleicht sie, sollte er sich die Mühe machen, seine emotionalen Bedürfnisse zu erforschen. Das waren also die segensreichen Dinge. Die unseligen Dinge türmten sich wie Pelion auf Ossa. Das einzige, worauf sie sich besinnen konnte, war etwas, das Tante Ruru früher einmal zu ihr gesagt hatte, um sie zu trösten, weil sie ein Golfturnier verloren hatte. «Du wirst nicht erwachsen, solange du nicht lernst, Gott für deinen Kummer genauso zu danken wie für das, was dich glücklich macht.»

Sosehr sie sich bemühte, Frazier hatte, was ihre Situation betraf, das Stadium der Dankbarkeit noch nicht erreicht.

Der Nebel leuchtete jetzt silbern, und in der Gegenrichtung glaubte sie Andrea Bittner in einem gelben Saab zu erkennen. Die Fahrerin, die Haare zu einem Knoten gedreht und schick angezogen, hätte wirklich Andrea sein können. In dem Volvo Kombi, der dem Saab folgte, saß ein Mann mit lockigem Haar und kantigem Kinn am Steuer. Taylor Anderson. Er rauchte eine Pfeife. Taylor war Pfeifenraucher.

Gebannt von der Prozession, die ihr entgegenkam, musterte sie alle Autofahrer und sah ihnen prüfend in die Gesichter. Eine Prozession von Exgeliebten, Bettgenossen, Feinden, Freunden, Geistern. Eine Prozession von Seelen. Einige von ihnen hatte sie einst an sich gedrückt, einige hatte sie verstoßen, und vor einigen war sie davongelaufen. Konnte das sein? War dies die Realität von Beziehungen? Sie kommen dir in einem Strom entgegen, aber dennoch verfolgt jeder erbarmungslos sein eigenes Ziel?

Und wie viele Geliebte hatte sie gehabt? Keine, wenn sie es sich genau überlegte. Sie hatte mit Leuten geschlafen, angefangen mit einem Studenten in Yale, wirklich ein prima Kerl, aber eben nicht das Richtige für sie. Die erste Frau, mit der sie geschlafen hatte, eine Kreatur mit glänzenden schwarzen Haaren, hatte an der Universität von Miami Meeresbiologie studiert. Verstohlene Vögeleien. Und Vögeleien ohne jede Raffinesse. Sie wußten nicht, was sie taten, besonders Frazier nicht. Sie wackelte herum und fragte sich, ob bei der ganzen schweißtreibenden Angelegenheit wohl etwas Gutes herauskommen würde.

Diejenigen, die auf der Gegenfahrbahn in die Stadt fuhren, aus der sie kam, auf dem Weg zu den Weiden und in die herrlichen Wälder von Virginia, der Mutter der Nation, stolperten auch sie rückwärts in die Zukunft? Wir können die Vergangenheit deutlich sehen oder uns einbilden, sie zu sehen, aber wer kann die Zukunft sehen? Und der Mann mit dem kantigen Kinn, den du heute nacht an deinen Busen drückst, könnte morgen früh als ein gewöhnlicher Typ aufwachen, und sein Herz ist so hart, wie es sein Penis war. Und manchmal wachte sie auf, und sie selbst war der ungewöhnliche Typ. Sie schoß aus ihren Wohnungen und Häusern wie ein losgelassener Windhund auf der Jagd nach einem falschen Kaninchen.

Ein Gefühl der Verlorenheit überkam sie, als der Nebel sich noch tiefer senkte und sie die Gesichtszüge der Menschen, die sie sich als ihre Geliebten vorgestellt hatte, nicht mehr erkennen konnte. Bleibt die Anziehung bestehen? Wenn die Menschen nicht zusammenbleiben können, dann ist das, was bleibt, das Individuum. Wenn alle Beziehungen vergänglich und austauschbar sind, dann mußt du dich selber sehr gern haben, denn das ist alles, was du hast. Frazier dachte darüber nach, und sie hatte sich sehr gern, obwohl sie in ihren dreieinhalb Jahrzehnten auf diesem Planeten noch nie so gelitten hatte wie jetzt. Sie mochte ein dummes Schaf gewesen sein, aber sie war keine Lügnerin. Das war ein moralischer Sieg in dieser Zeit voller Lug und Trug.

Aber die Geliebten, Feinde und Freunde – wohin gingen sie? Wußte sie es, wenn sie bei ihnen war? Und welche wurden ihre Feinde? Laura Armstrong bestimmt. Und Billy –

vermutlich. Und davor die Menschen, die sie zurückgewiesen hatte oder mit denen sie geschlafen hatte, um sich ihnen dann zu verweigern. Die Kunden, die etwas umsonst wollten. Sie hatte sich mit etlichen von ihnen überworfen. Sind Feinde nicht Menschen mit Erwartungen, die du nicht erfüllen konntest? Sie legte es ja nicht darauf an, Laura oder Billy zu verärgern. Sie störten sich an der schlichten Tatsache, daß sie war, wer sie war, daß sie ehrlich ihre Meinung sagte. Sie spielte nicht die Rolle, die sie ihr im Drehbuch ihres Lebens aufdrücken wollten. Vielleicht wußten sie nicht, wer sie war, oder es war ihnen egal. Sie war brauchbar, wenn sie kostümiert war und ihren Text ordentlich aufsagte. Und die Freunde, die sie ziehen ließ? Manchmal entwickelten sich die Menschen in verschiedene Richtungen. Keine Streitereien, keine spektakulären Kräche bestimmten die neue Barriere, kein Gerangel um ein emotionales Elsaß.

Hatte Frazier auf irgendeiner Linie versagt, oder ging es allen Menschen so wie ihr? Die, die hier an ihr vorbeifuhren – zählten auch sie ihre Verluste, fragten sie sich, ob sie einen Freund oder eine Freundin schlecht behandelt, ein Kind grob zurechtgewiesen oder vielleicht nicht deutlich genug zurechtgewiesen hatten? Wie soll man das wissen? Zwei Menschen schlafen im selben Bett, aber sie haben verschiedene Träume. Woher weißt du, ob das, was du sagst und was du vernünftig findest, nicht falsch verstanden, falsch interpretiert, falsch wer weiß was wird? Spricht jeder von uns eine eigene Sprache mit eigenen bunten Metaphern?

Der Verkehr ließ nach, und das Licht, ein glanzloses Silber, wurde schwächer. Der Nebel verdunkelte sich zu einem Preußischblau, und der Regen schlug an die Windschutzscheibe. Frazier beschleunigte, und je schneller sie fuhr, desto mehr hörten sich die Regentropfen wie Gewehrkugeln an. Ein Blitz und ein Donnergrollen erschreckten sie, und sie verstand, warum die alten Griechen einen Donnergott zum Oberhaupt der Götter gemacht hatten. Das Tier in ihr sagte: weglaufen und verstecken. Die Frau des 20. Jahrhunderts sagte: weiterfahren. Sie hatte einen Termin, sie mußte nach einem Faxgerät sehen, einen Terrier abholen, Telefonate führen, und dabei wußte sie wiederum ganz genau, daß das alles nur Schein war. Der Donner indes war echt.

42

Duncan lag neben ihr auf dem Beifahrersitz und schlief. Dieser liebenswerte schwarzhaarige Handfeger liebte seine Mandy. Wenn er Leute nicht leiden konnte, hob Duncan elegant sein Bein und pinkelte sie an. Einmal war er in seiner Abneigung derart in Fahrt geraten, daß er umkippte und schnurgerade in die Luft pißte. Was hochsteigt, muß leider auch wieder herunter, deshalb war Mandy mit ihm ins Badezimmer gesaust und hatte ihn gründlich abgeschrubbt.

Der Regen trommelte ohne Unterlaß. Frazier bog in die Zufahrt ein. Sie hatte sich noch nicht an den Anblick von Carters unterdessen repariertem Transporter in ihrer Garage gewöhnt und erschrak. Sie saß beim Fahren gerne hoch, deswegen war sie letztendlich froh, den Transporter gekauft zu haben, obwohl ihr linkes Bein vom vielen Kuppeln weh tat.

Katze und Hund begrüßten sie stürmisch und tauschten Nasenküsse mit Duncan. Die Hunde hoben hastig ihr Bein, denn sie mochten den Regen nicht. Nachdem sie ihre kleinen Schützlinge gefüttert hatte, ging Frazier ins Badezimmer und nahm ihre großen Ohrringe ab, ihre erlesene Cartier-Panther-Uhr, ihren Siegelring mit dem von Hand in Gold eingravierten Familienwappen und ihren dreifach verschlungenen Ring aus Rotgold, Gelbgold und Weißgold, ebenfalls von Cartier. Als sie ihre Schmuckkassette aufmachte, stellte sie fest, daß vier Paar Ohrringe und eine Halskette fehlten. Ihr wurde übel, als hätte ihr jemand einen Schlag in die Magengrube verpaßt, und sie lief zu der Schublade, wo sie ihr Bargeld aufbewahrte. Unberührt. Dann rannte sie zu dem Schrank, wo sie die Stereoanlage untergebracht hatte. Ebenfalls unberührt.

Erst als sie ihren begehbaren Kleiderschrank betrat und feststellte, daß auch ein Paar Larry-Mahan-Stiefel aus Straußenleder fehlte, ging Frazier allmählich ein Licht auf.

«Ann, verdammt noch mal, was hattest du in meinem Haus zu suchen, und warum hast du meine Stiefel und meine Ohrringe mitgenommen?»

Die Stimme am anderen Ende der Leitung triefte von Selbstgerechtigkeit. «Die waren ein Geschenk von mir, und ich wollte sie wiederhaben.»

«Dann gib mir bitte das Tiffany-Armband zurück, das Lapislazulidöschen», ihr Verstand raste, weil sie sich nicht erinnern konnte, mit welchen Unterpfändern sie Ann während ihres Geschichtchens (wie sie sagte) überschüttet hatte, «und alle Ohrringe, die ich dir geschenkt habe, verdammt noch mal.»

«Du hast mich gekränkt! Du hast mich verletzt, und die ganze Stadt weiß, daß du lesbisch bist. Das habe ich nun davon, daß ich mich auf diesen Schlamassel eingelassen habe. Wer Spaß hat, muß dafür bezahlen.» Ann setzte zu einer kleinen Litanei ihrer Wunden an, der Schrecknisse einer in die Brüche gegangenen Beziehung, als sie ein Knakken in der Leitung hörte.

Frazier legte auf und rief bei Brown an, der besten Schlosserei der Gegend. «Hallo, ich weiß, es ist spät, aber wenn jemand diese Nachricht abhört, könnte morgen vormittag jemand bei mir zu Hause vorbeikommen? Mary Frazier Armstrong in Somerset, 625-9098. Vielen Dank.»

Sie legte auf. Nach fünf zornigen Minuten lachte sie über sich selbst. «Wer mit Hunden schlafen geht, wacht mit Flöhen auf.»

43

Das große Gemälde von Alfred Munnings zierte die Mitte des cremefarbenen Raumes. Eine Dame, die im Damensattel auf einem schönen kastanienbraunen Pferd ritt, betörte den Betrachter von der Mitte der Leinwand her, die, obwohl nicht rosa oder cremefarben, dennoch irgendwie diesen Eindruck vermittelte.

Frazier zeichnete das Bild mit 225 000 Dollar aus, ein durchaus angemessener Preis. Ein Händler rief aus San Francisco an, und sie sah die Dias durch, um eines zu finden, auf dem das Gemälde besonders gut zur Geltung kam. Sie liebte Munnings' Werke: Sein Gespür für Beherrschung und Kraft sprach sie im selben Maße an, wie seine Tiraden gegen die moderne Kunst sie abstießen.

«He, Schwesterherz», rief Carter.

«Hier, im Mittelraum.»

Er marschierte herein; er hatte seine ältesten Jeans an, die mit den vielen Flickenschichten. «Was machst du?»

«Ich verschicke Dias von dem Munnings.»

«Wo ist Mandy? Kann sie das nicht machen?»

«Mandy ist noch bei Kenny in Richmond. Ich hab ihr heute freigegeben. Sie hatte wirklich einen Urlaubstag nötig.»

«Hoffentlich bumst sie ihn nicht. Diese Kerle sind wandelnde Zeitbomben.»

«Sie bumst ihn nicht, und außerdem hat er einen Aidstest machen lassen. Negativ. Und du solltest auch einen machen lassen, bei der Masse Frauen, mit denen du ins Bett gesprungen bist, Brudda.»

«Scheiße.»

«Ich geh mit und laß mich auch testen. Obwohl ich keinen Anlaß zur Sorge habe.»

«Ich muß mir das noch überlegen.» Carter haßte Spritzen, wollte es aber nicht zugeben. «Hast du Dad kürzlich gesehen?»

«Nein. Warum?»

«Ich wollte bloß wissen, ob er gut drauf ist.»

«Wie kann man gut drauf sein, wenn man mit Mutter verheiratet ist?» Sie räumte den Stapel Dias weg.

«Da ist was dran.»

«Carter, spuck's aus, ja? Erstens, du machst ein Gesicht wie ein Honigkuchenpferd. Zweitens, du warst bisher vielleicht fünfmal in dieser Galerie, seit ich sie eröffnet habe.»

«Ich bin öfter hier gewesen.»

«Ja, ja – also?»

«Ich habe Laura verlassen.»

Frazier klatschte unwillkürlich in die Hände. «Entschuldige, Carter. Ich wollte nicht, äh, jubeln über etwas, das vielleicht schmerzlich für dich ist, aber ich habe die Frau nie leiden können, von dem Tag an, als du sie aus dem Studentinnenheim angeschleppt hast.»

«Was soll ich sagen? Sie hat mir die Hose aufgemacht, und mein Verstand ist rausgeflutscht. Immerhin war ich sehr jung.» Er hustete. «Aber ich hab drüber nachgedacht. Sie würde mich nie verlassen. Das ist ihr Glorienschein, weißt du, zusammengekettet sein, bis daß der Tod uns scheidet. Einer mußte gehen, sonst wäre ich im Alkoholsumpf zugrunde gegangen.»

«Willst du mit Sarah zusammenziehen?»

«Nein. Mein Anwalt sagt, ich muß mir sechs Monate lang eine weiße Weste bewahren, sonst kann Laura mich ausnehmen wie eine Weihnachtsgans, bloß daß bei mir nicht viel zu holen ist.» Er ließ sich schwer auf einen «Barcelona»-Sessel an der Galeriewand fallen.

«Läuft das Haus noch auf Dads Namen?»

«Ja, deswegen will ich ihn sprechen.»

Frazier setzte sich auf einen zweiten «Barcelona»-Sessel neben ihren Bruder. Die zwei sahen wie Zwillinge aus. «Wann hast du die rechtlichen Schritte eingeleitet?»

«Jetzt eben. Ich komme direkt von meinem Anwalt.»

«Du machst es genau richtig, Brudda, obwohl dich das ein paar dicke Beulen kosten wird. Laura ist so gemein, wie es nur eine verschmähte Ehefrau sein kann.»

«Es ist mir scheißegal, was sie über mich erzählt. Sollen sie doch alle reden. Also die Armstrongs liefern der Stadt ein richtiges Spektakel.»

Frazier schnippte die Fingernägel ihrer rechten Hand unter die ihrer linken. «Weißt du noch, wie wir das immer gemacht haben?»

«Ja. Und mit den Füßen war's am besten.» Er lächelte bei der Erinnerung, wie sie sich auf diese Weise gegenseitig aus dem Bett zu schubsen versuchten. Der Verlierer rächte sich meistens, indem er eine Kissenschlacht begann.

«Geht's dir gut?» Sie lehnte sich an ihn, ihre Stühle stießen aneinander. «Verlier den Glauben an die Liebe nicht.»

«Ich verliere gar nichts – ich, äh, ich weiß nicht. Ich muß wohl eine Weile ein bißchen kürzer treten. In gewisser Hinsicht kann ich nicht mal richtig wütend auf Laura sein. Sie dachte, wir würden bis in alle Ewigkeit so leben wie das Brautpaar auf der Hochzeitstorte. Ich hab mich nicht als besonders verantwortungsbewußt erwiesen. Sie hat sich vielleicht vernachlässigt oder betrogen gefühlt. Als Reaktion darauf hat sie das Haus so saubergehalten wie ein Museum und immer noch mehr Kurse belegt. Darauf läuft es hinaus, oder? Ich bring die Kohle nach Hause, und die Frau verfeuert sie? Sie hat ihre Hälfte der Abmachung perfekt erfüllt, und ich hab einen Dreck getan.» Er legte seinen Arm um Fraziers breite Schultern. «Tut's dir leid, daß du nicht heiraten wirst?»

«Woher weißt du, daß ich nicht heiraten werde?»

«Ist doch eher unwahrscheinlich, und find ich auch völlig in Ordnung. Für dich ist eh kein Mann gut genug.»

«Hör auf, dich bei deiner Schwester einzuschleimen.»

«Du hast ja recht.»

«Und wenn ich eine Frau heirate?»

Er dachte kurz darüber nach. «Ich hätte nichts dagegen, aber Mom würde es ins Grab bringen.» Er richtete sich gerade auf. «Weißt du, ich hab mich über dich lustig gemacht, als das alles anfing, aber jetzt seh ich das anders. Wenn du mit einer Frau vor den Traualtar willst, okay. Ich habe drüber nachgedacht, ob das mit Sarah falsch ist. Du weißt selbst, was gegen sie spricht, aber sie fühlt sich einfach richtig an. Was in dir vorgeht, ist vielleicht gar nicht so anders. Vielleicht ist es richtig.»

Frazier zuckte die Achseln. «Im Augenblick weiß ich überhaupt nichts mehr, aber komisch, irgendwie fühle ich mich leichter.»

«Meinst du, irgendwo wartet jemand auf dich? Du weißt ja, was Tante Ru immer sagt. Auf jeden Topf paßt ein Deckel.»

«Wer würde mich wollen? Die meisten Homosexuellen, die ich kenne, sind so damit beschäftigt, Heteros was vorzumachen, daß sie sich nicht in meine Nähe trauen. Ich bin mit

Wahrheit besudelt. Mit Teer und Federn der Ehrlichkeit bedeckt. Die Heteros sind wütend, weil ich ihr falsches Weltbild erschüttert habe, und die Homosexuellen haben Angst vor mir, weil mein Handeln auf sie abfärben und ihr Versteckspiel auffliegen könnte. Es ist ein einziger Sumpf, Brudda, und ich werde mein Leben wohl allein verbringen.»

«Du hast doch mich.»

«Die unverwüstlichen Blutsbande, was?»

«Solange wir uns nicht um ein Mädchen prügeln.»

«Blöder Sack.» Frazier lachte.

Er lachte auch. «Ach, was ich dir noch erzählen wollte…»

«Gott, was ist denn nun schon wieder? Wen soll ich diesmal verführt haben?»

«Du hast den Quatsch über Laura also schon gehört?»

«Welchen?»

«Ach du Scheiße.» Er ließ sich gegen die Wand plumpsen.

«Sag's mir, oder ich reiße dir alle Haare einzeln aus.»

«Die Leute munkeln, du hättest Laura angemacht. Ich hab mich totgelacht, als ich das gehört habe.»

Frazier sprang vom Stuhl. «Heilige Scheiße! Das wird ja immer schlimmer. Ich würde deine Frau, von der du dich ja nun endlich trennst, nicht mal anrühren, und wenn sie die einzige Frau auf Erden wäre.»

Er lachte schallend. «Ich auch nicht.»

«Also, was wolltest du mir erzählen?»

Noch immer lachend, sprudelte Carter hervor: «Billy Cicero, dieser Schlawiner, heiratet Camille Kastenmeyer – so in sechs Wochen.» Frazier klappte der Kinnladen herunter. Carter fuhr fort: «Ich hab's drüben am Court Square gehört. Sonntag wird's in allen Zeitungen stehen, von der *New York Times* an abwärts. Unanständig schnell, würde ich sagen. Sie soll schwanger sein, und bestimmt nicht von Billy.»

«Wer weiß? Aber er wird wollen, daß wir ihn für den Vater halten.»

«Nicht zu fassen!»

«Ob Kenny es schon weiß?»

Daran hatte Carter nicht gedacht. «Ach ja. Wird ihn wohl ziemlich kränken.»

«Oder er ist stinksauer. Was ist Billy nur für ein blöder Feigling. Mich meidet er, als hätte ich die Beulenpest, Kenny läßt er einfach fallen, und jetzt will er auch noch dieses arme Mädchen schleunigst in den heiligen Stand der Ehe befördern. Es ist einfach nicht zu fassen.»

«Vielleicht ginge sein Erbe flöten, wenn seine Familie erführe, daß er schwul ist.»

Frazier schnaubte. «Nein, das glaube ich nicht. Aber sein Selbstbild würde ins Wanken geraten. Er liebt es, Geheimnisse zu haben. Er redet sich gern ein, klüger zu sein als andere. Ob er den Leuten weismacht, hetero zu sein, oder ob er sie bei einem Geschäft reinlegt – er sieht es als Zeichen für seine Überlegenheit. Er ist so was von verkorkst, aber vielleicht wird man als Lügner so. Und wenn es einem als Lügner nicht gutginge, würde man doch aufhören, oder?»

«Kann schon sein.»

«So fühlen sie sich schlauer als die anderen.»

«Das ist mir zu hoch. Ich versuche bloß, mich von meiner Frau zu trennen und zu überleben.»

«Das schaffst du schon. Ich mach mir Sorgen wegen des Geldes.»

Er verzog den Mund. «Mein Geld ist müde, es arbeitet nicht mehr für mich.» Er senkte die Stimme. «Ich hatte gehofft, ich könnte für eine Weile bei dir wohnen.»

«O Brudda, ich wußte, als du zur Tür reinkamst, daß du pleite bist. Sie berührte seinen kräftigen Arm. «Komm nach Hause. Wir können uns wieder unter demselben Dach streiten. Da sparen wir Sprit.»

44

Frazier wachte davon auf, daß die Hintertür zuschlug, Curry und Basil wurden ebenso geweckt. Curry kläffte, und Basil schoß vom Bett, um nachzusehen, was los war. Frazier sprang aus dem Bett und sah auf die hübsche emaillierte Cartier-Uhr auf ihrem Nachttisch. 7 Uhr 45. Sie warf sich ihren rotseidenen Morgenmantel um die Schultern und lief die Treppe hinunter. Sie fürchtete, es sei Laura, die mal wieder streiten wollte.

Schlimmer, es war ihre Mutter.

«Wo ist er?»

«Er schläft im Gästezimmer.»

Libby stürmte in den hinteren Teil des Hauses. «Deinetwegen geht es ihm so schlecht. Dein Bekenntnis hat ihn völlig aus der Bahn geworfen. Ich weiß es genau. Er kann nicht mehr klar denken, und …» Sie stürzte ins Gästezimmer.

Frazier stieß den Schlachtruf ihrer Kindheit aus: «Mutter, laß ihn in Ruhe!»

Carter hob den Kopf vom Kissen. Als er seine zeternde Mutter sah, ließ er ihn wieder zurücksinken.

Libby stürmte ans Bett: «Aufwachen! Wach auf und verschwinde von hier. Ich helfe dir packen.»

Carter stöhnte, dann setzte er sich auf. Die krausen blonden Haare auf seiner Brust waren verklebt. «Mom, bitte laß mich in Ruhe.»

Libby zerrte ihn hoch. «Du kommst mit zu mir.»

Frazier lehnte sich an die Tür, gespannt, ob ihr Bruder wohl Widerstand leisten würde.

«Ich bleibe hier.»

«Du kannst nicht hierbleiben. Du weißt nicht, was für Leute Frazier mit nach Hause bringt. Es ist nicht gut für dich.»

«Mom, du hast 'nen Knall.» Frazier verdrehte nur die Augen, aber innerlich kochte sie.

«Du hältst dich da raus. Du hast einen schlechten Einfluß auf Carter. Er hat einen Nervenzusammenbruch. Männer verlassen ihre Frauen, wenn sie einen Nervenzusammenbruch haben, und er kommt jetzt in dieses Alter.» Die Betonung lag auf *dieses Alter*.

Carter schlug die Bettdecke zurück und tappte ins Badezimmer. Daß er nackt war, störte weder Mutter noch Schwester. Er rief aus dem Bad: «Wenn ich hier schon am frühen Morgen eine Abreibung bekomme, brauche ich erst mal meinen Schuß Koffein.»

Frazier zog ihre Mutter vom Bett weg.

«Laß mich los.»

«Komm in die Küche.»

In der Küche, umringt von Carter, Curry und Basil, legte Libby erst richtig los. Das Koffein brachte auch sie auf Touren.

«Du kannst nicht hierbleiben, Carter. Entweder kommst du mit nach Hause, oder du gehst zurück zu Laura. Sie ist eine gute Ehefrau, und sie liebt dich. Du weißt ja nicht, was du tust.»

Er sah sie fest an. «Ich weiß genau, was ich tue, und ich hätte es schon vor Jahren tun sollen. Und ich danke Gott, daß wir keine Kinder haben, so daß ich niemand andern mit in die Scheiße ziehen muß.»

Libby funkelte Frazier an, die strahlend aussah im Morgenlicht, natürlich, ohne Make-up. «Du und deine verfluchten Briefe. Er ist ganz durcheinander. Du hast ihn verwirrt. Du hast ihm Flausen in den Kopf gesetzt.»

«Hab ich nicht!»

«Ich habe den Brief gesehen.» Libby triumphierte.

«Die läßt aber auch keinen Trick aus, was?» Carter meinte seine Frau.

«Carter war immer ein Gefühlsmensch, und du warst die Intellektuelle. Du hast hinterhältig an seine Gefühle appelliert, und ausgerechnet jetzt, wo er in die mittleren Jahre kommt.»

«Ich bin siebenunddreißig!»

«Genau.» Libby genoß die Situation.

«Carter hat früher nie auf mich gehört, warum sollte er jetzt auf mich hören?» verteidigte sich Frazier. «Mom, du kannst es nicht ertragen, daß deine ideale Familie gar nicht so ideal ist. Das ist sie nie gewesen, aber selbst deine Verdrängungskünste genügen nicht für diese Dosis Realität.»

«Halte du mir keine Vorträge, Madam.» Libby hob die Stimme und wandte sich an ihren Sohn. «Sie hat einen schlechten Einfluß auf dich. Man kann nicht einfach hingehen und sein Leben leben, wie es einem paßt. Man muß Zugeständnisse machen. Man muß Opfer bringen. Frazier hat dir in ihrem Brief geschrieben, du sollst abhauen, oder vielleicht hat sie es auch anders ausgedrückt. Das kannst du nicht machen. Du bleibst hier, und du bleibst bei Laura. Sie ist eine gute Ehefrau, und laß dir sagen, eine bessere wirst du nicht finden.»

«Dann leb du doch mit ihr.» Carter, dem es gewöhnlich gelang, die Wut seiner Mutter zu dämpfen, wurde selber wütend.

«Tja, Mom.» Frazier genoß es, daß ihr Bruder mit ihr ins selbe Horn stieß.

Libby ging nicht weiter auf sie ein und langte über den Tisch nach Carters großer Pranke. Carter zog sie zurück. «Laura wird dich wieder aufnehmen. Sie wird diese Frau vergessen. So sind Männer eben. Wir Frauen wissen das. Und sie hat mir geschworen, daß sie nie, niemals ein Wort darüber verlieren wird.»

«Herrgott, ihr zwei gebt ein wunderbares Paar ab.» Carter schob seine Kaffeetasse weg. «Mutter, ich bin kein Musterknabe. Ich steh seit kurzem ohne Geld da. Ich hab die Geduld verloren und meine Zukunftsaussichten obendrein, aber ich fühle mich so gut wie seit Jahren nicht. Seit Jahren. Ich gehe nicht zurück zu diesem steifen Miststück. Ich hasse sie wie die Pest, und wenn du nicht endlich den Mund hältst, hasse ich dich bald genauso.»

Tränen stiegen Libby in die Augen. «Wie kannst du es wagen, so mit mir zu sprechen? Es ist alles Fraziers Schuld. Sie hat schon als Kind gegen mich gekämpft. Jetzt nimmt sie dich mir weg. Mein Junge würde nie so mit mir sprechen.»

«Ja, und vielleicht hat dein Junge deshalb gesoffen wie ein Loch und gevögelt wie Don Juan. Hätte ich ein bißchen Mumm gehabt, dann hätte ich dir schon die Meinung gesagt, als ich auf dem College war. Aber jetzt reicht's mir endgültig. Halt dich raus aus meinem Leben! Halt dich raus aus Fraziers Angelegenheiten. Wenn du deine angebetete Laura uns beiden vorziehst, schön. Aber halt endlich die Klappe!»

Libby stand zitternd auf und steuerte auf die Tür zu. «Ich lasse mich hier nicht von meinem eigenen Sohn beleidigen.» Sie bewegte sich langsam, ihre Würde war verletzt, und sie erwartete, daß Carter sie zurückrief, sich entschuldigte, ihren lauthals verkündeten Schmerz linderte. Doch Schweigen begleitete ihren theatralischen Abgang.

Als die Tür zugeschlagen war, atmeten Frazier und Carter erleichtert auf. Als Libby den Motor startete und der Wagen rückwärts über die Steine knirschte, ließen sie die Schultern hängen.

Frazier ergriff als erste das Wort. «Ich versuche, mich an Augenblicke zu erinnern, wenn sie lieb war.»

«Die Gewittergeschichte», sagte Carter. «Weißt du noch?»

«O ja.» Frazier lächelte. «Ich hatte Angst vor Donner und Blitz, und du hast mich ausgelacht.»

«Ehrlich gesagt, ich glaube, im fortgeschrittenen Alter von sechs Jahren hatte ich wohl auch Angst. Einmal waren wir im

Garten, und ganz plötzlich kam ein Gewitter, schwarz wie ein Rabenflügel, und es stürmte. Mom kam herausgerannt, um uns zu holen, und ich erinnere mich an einen Blitz ganz nah beim Haus. Der Blitz war lavendelblau.»

Frazier erinnerte sich: «Dann hat sie gesagt, wir brauchen keine Angst vorm Gewitter zu haben. Gott spiele bloß Theater für die Engel. Je heftiger das Gewitter, desto größer das Theater. Der Blitz seien die Strahler, die an- und ausgingen, und der Donner seien die Engel, die klatschten, weil ihnen die Vorstellung gefiel.»

«Danach hatte ich keine Angst mehr.»

«Ich auch nicht. Jedenfalls nicht vor Gewittern, vor Mutter schon.» Frazier setzte sich aufrecht. «Und ich hatte jedesmal Angst, wenn sie uns Jahre später die Familiengeschichte der Redingtons erzählte, besonders die von Rachel Redington.

«Erbsen enthülsen.» Carter nickte. «Der Blitz ist in die Schüssel oder das Messer oder was immer es war eingeschlagen. Und ich wäre nie darauf gekommen, daß die Geschichte vom blitzschnellen Ableben unserer Vorfahrin und Moms Gewittergeschichte sich widersprachen. Daß es zwei Erklärungen gab, war einfach ein weiterer Beweis dafür, daß alles passieren kann – absolut alles.»

«Ah, ich hab das so verstanden: So schnell kann's gehen. Komisch, daß wir das beide nie vergessen haben.»

«Wie könnte man so etwas vergessen?» Carter wechselte das Thema. «Weißt du, in meinem Leben gab es bisher immer irgendeine Frau, die mir sagte, was ich zu tun hatte und wie. Manchmal hasse ich sie alle miteinander, und dann hab ich wieder vor mir selber Schiß.» Er hob den Kopf und sah sie an. «Du bist der einzige Mensch, dem ich wirklich vertraue.»

«Ich bin eine Frau, falls dir das entgangen sein sollte.»

«Du bist meine Schwester, und» – er blinzelte – «du bist

lesbisch. Bei dir bin ich sicher, weil du nicht zu diesen Frauen gehörst. Manchmal denke ich, alle Frauen, die heterosexuellen jedenfalls, haben sich miteinander verschworen, um uns Männer zu schwächen und in die Knie zu zwingen, uns niederzumachen, bloß um uns auszunutzen bis zum Gehtnichtmehr.»

«Mein Lieber, im Krieg der Geschlechter komme ich mir vor wie der Schiedsrichter. Ich kann beide Seiten deutlich sehen.»

Er nahm sich einen Blaubeermuffin. «Ich lerne dich ja ganz neu kennen. Bis zum College waren wir die besten Freunde, und dann, na ja, du bist deinen Weg gegangen, und ich den meinen, tja, so ist das eben. Eigentlich bin ich froh, daß alles so gekommen ist. Ich habe mich nie viel um dich oder sonst wen gekümmert.»

«Ich mich auch nicht.»

«Meinst du, das liegt an unserer Erziehung?» Er strich reichlich Butter auf den Muffin, aus dem die Blaubeeren hervorlugten.

Frazier überlegte lange. «In gewisser Hinsicht bestimmt. Ich will es mal so ausdrücken: Wir wurden nie belohnt, wenn wir echte Gefühle zeigten. Weißt du noch, als Onkel Ray starb? Ich war in der vierten Klasse, du mußt also in der sechsten gewesen sein, und wir haben bei der Beerdigung geweint. Mutter hat uns dafür ausgeschimpft. Es wurde uns beigebracht, alles zu verstecken. Du als Mann konntest dich ausleben, wie man so schön sagt. Mir hat man das nicht erlaubt, aber ich glaube, am Ende haben wir uns beide für die Leere gerächt. Ich will nie wieder leer sein. Selbst wenn ich mal am Boden zerstört bin – leer werde ich nicht sein. Diese Leere ist das Schlimmste überhaupt.»

«Macht mir irgendwie angst.»

«Was?»

«Den Schmerz zu empfinden. Deswegen liebe ich den

Alk. Der tötet die Nervenenden ab. Alles gleitet von mir ab.» Er machte mit der Handkante eine Schlitterbewegung.

«Du hattest in deinem Leben wenigstens Gelüste.»

«Dich hat's nach Geld gelüstet. Ist das so ein großer Unterschied?»

«Na ja, meine Gelüste haben Bestand.» Sie lächelte.

«Ja, aber meine haben mehr Spaß gemacht.» Er stand auf und setzte Wasser für eine zweite Kanne Kaffee auf. «Schwesterherz, glaubst du, du hättest dich geändert, wenn du nicht geglaubt hättest, sterben zu müssen? Ich meine, hast du dagelegen und mit Gott verhandelt, du weißt schon, ‹lieber Gott, wenn du mich leben läßt, werde ich gute Taten vollbringen› oder so ähnlich?»

«Das habe ich mich seitdem tausendmal gefragt. Ich glaube, ich hätte bestimmt was verändert, aber ich hätte mir Zeit gelassen, hätte versucht, mich vor mir selbst zu rechtfertigen, bei jedem Schritt auf Nummer Sicher zu gehen. Wenn ich auch sonst vielleicht nichts gelernt habe, eins weiß ich jetzt: Wer nichts riskieren will, den hol der Teufel.» Ihre Augen blitzten.

Er prostete ihr mit seiner Kaffeetasse zu.

45

Wie von einem Rhythmus im Hintergrund angetrieben, bewegte sich Frazier vorwärts. Ihre Gefühle waren in Aufruhr. Alles, was sie tat, schien von einer unterschwelligen Spannung getragen. Wenn es an die Oberfläche kam, verbannte sie es aus ihren Gedanken und ging wieder an die Arbeit.

Draußen blühten die Apfelbäume, und der Hartriegel mit den kaum geöffneten Knospen schimmerte noch blaßgrün, nur ein Hauch von Weiß und Rosa war zu sehen.

Mandy, die ein Gespür für Fraziers Stimmungen hatte, ging ihr heute aus dem Weg.

Nicht so Laura Armstrong, die zur Eingangstür hereinschlenderte und ohne Mandy zu beachten in Fraziers Büro stürmte.

«Wie kannst du es wagen!»

Frazier war wieder in ihre Dias vertieft, der Schreibtisch war voller Nachschlagewerke, und erst nach einer Weile blickte sie zu ihrer wütenden Schwägerin auf. «Soll er vielleicht auf der Straße schlafen?» Sie wartete einen Moment, dann fügte sie boshaft hinzu: «Oder mit einer anderen Frau?»

Mandy lauerte an der Türschwelle. Laura drehte sich auf dem Absatz um. «Raus hier, Schnüfflerin.»

Ehe Laura sich's versah, fauchte Frazier: «So sprichst du nie wieder mit ihr. Nie wieder!»

«Oh, ist sie deine neue Favoritin?» Lauras Lippen kräuselten sich.

Es schallte, als Frazier Laura so fest schlug, daß ein roter Handabdruck auf ihrem routiniert geschminkten Gesicht zurückblieb.

Mandy, inzwischen an Fraziers Seite, schob ihre Chefin sachte fort von der keuchenden Laura.

«Möchten Sie nicht lieber gehen, Mrs. Armstrong?»

Laura, die eine neue Zielscheibe für ihr erstarrtes Unglück ausmachte, zischte: «Halte du dich an deinesgleichen.»

Frazier fegte an Mandy vorbei und stieß Laura gegen die Wand: «Du bist krank!»

Geistesgegenwärtig zwängte sich Mandy zwischen die beiden Frauen. Sie legte Laura ihre Hände auf die Schultern, bugsierte sie zum Ausgang und schaffte es schließlich, sie auf die Straße zu schubsen. Zwei weiße Frauen auf dem Kriegspfad entsprachen nicht gerade ihrer Vorstellung von einem guten Tag.

Als sie zurückkam, zitterte Frazier vor Wut.

«Ich bring sie um. Verdammte Scheiße, ich bring sie um.»

«Sie ist es nicht wert, daß du ihretwegen im Gefängnis landest. Du solltest sie eher verängstigen. Oder ihr in die Kniescheiben schießen.»

«Was?» Frazier hielt in ihrer Rage inne.

«In die Kniescheiben schießen. Stell dir vor, kein Aerobic mehr. Keine Tennisstunden. Sie könnte nicht mehr auf den Bällen des Country-Clubs tanzen. Sie müßte am Stock gehen, es sei denn, du schießt gleich beide Scheiben weg. Dann bräuchte sie einen Rollstuhl. Du kämst natürlich vor Gericht, aber nicht ins Gefängnis. Sie würden dir bescheinigen, daß du vorübergehend zurechnungsfähig warst.»

Frazier lachte. «Zurechnungsfähig?»

Mandy nickte ernst. «Du hättest der Stadt einen Gefallen getan. Ihr die Zunge aufzuschlitzen wäre eigentlich noch vernünftiger. Stell dir diesen Frieden und diese Ruhe vor.»

«Sie könnte Briefe schreiben.»

«Hack ihr die Hände ab.» Mandy schlug auf ihre rechte Hand und stellte sich das herausspritzende Blut vor, den bloßgelegten Knochen, den Plumps, wenn die abgetrennte Hand auf den Boden fiel.

«Wo kommst du bloß her!» Frazier seufzte, erfüllt von Dankbarkeit für dieses wunderbare Wesen in ihrem Leben.

«Aus Birmingham, Alabama, weißt du doch genau.»

«Wenn das so ist, hoch lebe Birmingham.» Frazier umarmte Mandy, dann versteifte sie sich und ließ sie los.

«Umarmst du keine Schwarzen?» fragte Mandy pikiert.

«Scheiße, Mandy.» Frazier faßte sich an die Schläfe. Ihr Schädel hämmerte. «Nein. Das heißt doch. Aber wenn jemand vorbeikäme? Wie würde das aussehen?»

«Wie zwei Menschen, die sich umarmen.»

«Stell dich nicht doof. Wenn Laura sagt... was sie gesagt hat» – als sie im Geiste die Stimme ihrer Schwägerin hörte, wurde sie wieder wütend – «dann verbreitet sie es in der ganzen Stadt – wenn es sich nicht schon rumgesprochen hat. Das ist dir gegenüber nicht fair.»

Mandy richtete sich zu ihren vollen 1,60 Meter auf. «Ich bin ein großes Mädchen. Ich kann auf mich selbst aufpassen, und es gibt sehr viel Schlimmeres, als Lesbe genannt zu werden.»

«Zum Beispiel?»

«Nigger.» Das Wort schlug ein wie eine Bombe. Mandy fügte hinzu: «Oder dumm. Wenn eine Frau Angst hat, als Lesbe bezeichnet zu werden, dann hat sie Angst, eine Frau zu sein.» Mandy sah, daß Frazier ihr nicht folgen konnte. «Gehört alles zum Frausein. Ehefrau. Freundin. Schwester. Lesbe. Ein Mann kann nicht lesbisch sein. Was ist denn schon dabei? Es gibt wirklich Schlimmeres, als Lesbe genannt zu werden.»

«Ich glaube, du bist klüger als ich.» Frazier meinte es ernst, sie war voller Ehrfurcht.

«Du hast Millionen verdient, nicht ich. Ich habe mich nie genötigt gefühlt, meine Weiblichkeit zu verteidigen, wenn du verstehst, was ich meine.»

«Vielleicht denke ich zuviel und fühle zuwenig. Du bist klüger, was Gefühle angeht.» Plötzlich wurde Frazier schwindelig, ein Anfall von Müdigkeit überkam sie.

Mandy bemerkte die Blässe. «Fray, alles in Ordnung?»

«Ja, ja. Ich muß mich bloß mal hinsetzen.» Sie ließ sich auf einen Stuhl fallen.

«Was immer dir bisher an Gefühlen entgangen ist, jetzt holst du sie nach.»

«Du sprichst ein großes Wort gelassen aus.» Frazier warf den Kopf zurück und sah zur Decke. «Mandy, ein Unglück jagt das nächste. Heute morgen ist Mutter hereingeplatzt, das sprichwörtliche aufgescheuchte Huhn. Sie hat mir eine lange Rede gehalten und mir vorgeworfen, ich würde meinen Bruder verderben. Und weißt du was, er hat sich gewehrt. Er hat sich ihr offen widersetzt. Ich hätte ihn küssen können. Ich denke, ich sollte ihm sagen, daß Laura hier war.»

«Sag's ihm heute abend.»

Frazier schnüffelte. «Riechst du das?»

«Dein Parfüm?»

«Nein.»

«Es ist ein Parfüm, aber», Mandy holte tief Luft, «auch noch was anderes. Schwereres. Vielleicht Lauras Geruch.»

«Ha! Laura hat noch nie einen Wohlgeruch hinterlassen, höchstens eine Fährte, die nach Intrige stinkt.» Frazier stand auf. «Welches Parfüm trägst du?»

«Jardin de Montecatini. Nummer VI.» Mandy schrieb mit dem Zeigefinger die römischen Zahlen. «Und du?»

«Ysatis. Wie üblich.»

Mandy trat zu Frazier und lehnte sich dicht an ihren Hals. «Sehr schön.»

Frazier lief es heiß und kalt den Rücken hinunter. «Danke – aber der Duft ist es nicht. Da ist was, hm, Fröhliches. Weißt du, was ich meine?»

Mandy sog so viel Luft ein, wie ihre Lungen fassen konnten, dann atmete sie lachend aus. «Ja.»

Ein leises Lachen, wie das Plätschern der Brandung bei Ebbe, erfüllte sanft und lieblich das Zimmer.

Frazier raste in den Hauptraum, Mandy hinterher. Sie starrten auf das Olymp-Gemälde.

«Da kommt es her.» Frazier wies auf die versammelten Götter und Göttinnen. «Ganz bestimmt.»

Mandy, die sich den ungewöhnlichen Duft und das Gelächter nicht erklären konnte, betrachtete das Gemälde. Das wunderbare, scharfgeschnittene Gesicht Jupiters strahlte.

Venus, in goldenes Licht gehüllt, lächelte ein aufmunterndes Lächeln. Juno überblickte majestätisch die anderen Götter und Göttinnen. Merkur, so prachtvoll und jung, mit Flügeln an den Fersen, hatte einen diabolischen Gesichtsausdruck. Apoll, das Urbild der musischen Künste, zupfte an seiner Lyra. Der kräftige, verschwitzte Vulcanus hielt in seiner Arbeit inne, um seinen Vater anzuhören. Neptun und Pluto, deren Kraft fast beängstigend war, strahlten ein maskulines Charisma aus, das Dionysos, der sexy, dabei aber nicht besonders männlich war, fehlte. Diana, keusch und rein, wirkte unheimlich jung, während Athene von einer Reinheit und Würde umgeben war, die ihre Schönheit unterstrichen, eine ungeschmückte Schönheit.

Schließlich flüsterte Mandy: «Es kann nicht sein», doch noch während sie den Mund aufmachte, wurde der Duft stärker, und sie verspürte ein unerklärliches Glück.

Das Telefon, diese Erfindung aus den Tiefen der Hölle, brach den Bann. Mandy ging an den Apparat im Nebenzimmer. Harry McIntire, der Vorsitzende des Country-Clubs, wollte Frazier sprechen.

Frazier nahm den Hörer. «Harry, hallo. Rufst du an, um mir zu sagen, daß ich aus dem Country-Club fliege?»

«Äh – was?» Harry war völlig perplex.

«Willst du mich aus dem Club werfen? Ich meine, alle hakken sie doch jetzt auf mir herum. Dabei weiß ich, daß ich nicht die einzige Homosexuelle im Country-Club bin. Ich bin nur die einzige, die ehrlich genug ist, es zuzugeben.»

«Mary Frazier», besänftigte sie Harrys rauhe Stimme, «dein Privatleben ist deine Sache.»

«Gott sei Dank», rief Frazier erleichtert.

«Hör mal, Mädchen, laß dich davon nicht unterkriegen. Ich weiß, wie sich die Leute in dieser Stadt aufführen können. Denk dran, daß die Vögel zuerst an den besten Früchten picken. Laß mich dir sagen, warum ich anrufe. Das Komitee für das Hartriegelblütenfest will dieses Jahr ein Feuerwerk machen, sozusagen um den Frühling einzuläuten. Wir wollen auf dem Rasen feiern, so ähnlich wie am Vierten Juli, und, nun ja», er räusperte sich, «wir brauchen das Geld. Wir werden für diese Feier und den anschließenden Ball einen etwas höheren Eintritt verlangen. Abendgarderobe.»

«Großartige Idee.»

«Würdest du das übernehmen? Ich weiß, ich rufe in letzter Sekunde an, aber ich wollte dich nicht fragen, bevor ich die Zustimmung des Festkomitees hatte.»

«Mit dem größten Vergnügen.»

Sie plauderten noch ein wenig, und dann legte Frazier auf. «Mandy?»

«Ja.»

«Vielleicht ist heute doch kein so schlechter Tag. Harry und der Club veranstalten ein ganz besonderes Fest, mit Feuerwerk, und ich habe die Leitung, wie immer.»

«Während du telefoniert hast, hab ich auch telefoniert. Heute ist ein sehr guter Tag. Sie haben den Munnings gekauft.»

«Juhuu!» Frazier klatschte in die Hände, und dann schnupperten Frazier und Mandy beide in die Luft.

Darauf mußten sie lachen.

46

Wenn reichen Menschen das Geld durch die Finger rinnt, hoffen sie, daß niemand es rieseln sieht. Das unter solchen Umständen allgemein verwendete Wort lautet «Diskretion». Auch Frazier bekam ständig gesagt, sie solle diskret sein. Kelso McConchie war der Besitzer eines gigantischen Grundbesitzes in Orange County, eines Gestüts mit Springpferden. McConchies Ehefrau war auch nicht eben bescheiden – hier rann das Geld nicht einfach nur, man schwamm darin.

Frazier ging durch seine riesige Kunstsammlung und bewunderte Werke von Sir Edwin Landseer, Henry Alken jr., Jacques-Laurent Agasse, John Ferneley, J. N. Sartorius jr., John Wootton, Francis Sartorius, George Stubbs, Ben Marshall, Rosa Bonheur sowie Skulpturen von Isidore Bonheur und Herbert Haseltine. Von seinen Kunstwerken, die keine Jagdmotive darstellten, mochte McConchie sich noch nicht trennen. Taktvoll deutete Frazier jedoch an, daß sie von einem Käufer wisse, der an dem Caravaggio durchaus Interesse hätte.

Als sie nach Hause fuhr, funkelten die Weiden dank der Frühlingsschauer wie Diamanten. Die Wälder und Wiesen waren voller Hartriegel, und samtige Rasenflächen, Flecken von cremigem Weiß und betörendem Rosa weckten Frühlingsgefühle. Der Country-Club hatte sich genau die richtige Zeit für sein Frühlingsfest ausgesucht. Ein paar frühe Azaleen erblühten, die Farben rangierten von Weiß bis zum tiefsten Magentarot. Leben. Frühling ist Leben, und Frazier liefen unwillkürlich Tränen übers Gesicht, als sie sich der übermütigen Freude hingab, am Leben zu sein.

Ihre Verzückung und ihre Demut angesichts der großzügigen Gaben von Mutter Natur schwanden jäh, als das Autotelefon klingelte. Die Erfindung von Alexander Graham Bell konnte einen nicht nur um drei Uhr morgens aus dem Schlaf reißen, beim Essen oder bei einem emotionsgeladenen Gespräch stören. Jetzt war man sogar im Auto erreichbar, der letzten Bastion der Privatsphäre in Amerika. Manche Idioten installierten sich sogar schon Faxgeräte im Auto. Vielleicht gaben diese modernen Apparate den Menschen das Gefühl, in Verbindung zu bleiben, wie man so sagt, die Möglichkeit, jederzeit mit jedem kommunizieren zu können. Wobei sich die Kommunikation selten auf ein Gedicht von Shelley oder eine gelungene Karikatur bezog, es hieß bloß «Machen wir einen Termin», «Zahlen Sie Ihre Rechnung» oder «Wann haben Sie die Arbeit fertig?» Die Faxgeräte und Telefone schraubten die Ansprüche höher, die man aneinander stellte, im geschäftlichen Bereich, aber auch wenn einen die eigene Ehefrau daran erinnerte, die Sachen aus der Reinigung zu holen. Der ungeheure Leistungs- und Produktivitätsdruck ging auf Kosten der Ruhe, die jeder Mensch braucht, um Kraft zu schöpfen. Letztendlich zerstörten die Maschinen die Menschen, die sie benutzten, denn Verspieltheit, Poesie und Alleinsein kamen ihnen bei der irrwitzigen Jagd nach Produktivität und Profit abhanden, wodurch ihre Leistungsfähigkeit nachließ. Es gab Momente, da hatte Frazier das Gefühl, von all den elektronischen Schlingen erwürgt zu werden, aber ihre Kunden und die anderen Händler erwarteten, daß auch sie mit allem ausgestattet war. Wer nicht Tausende von Dollars in die neuesten Autotelefone, Faxgeräte, Fotokopierer, Video- und hochauflösenden Fernsehgeräte steckte, hinkte hinterher. Gott bewahre! Wer in diesem Bereich hinterherhinkte, war womöglich mit den Trends in seinem Metier auch nicht auf dem laufenden. Und dann sah man alt aus, denn wer würde nun noch mit einem Geschäfte machen?

Wütend und deprimiert über diese rüde Unterbrechung,

griff Frazier zum Autotelefon. Dann wurde sie erst recht wütend. Mutter.

«Mary Frazier, ich bin über deine Einstellung zur Ehe deines Bruders entsetzt. Ich kann dein Benehmen nicht billigen, und vor allem kann ich nicht billigen, wie du und Carter euch heute morgen gegen mich verbündet habt. Ich werde es deinem Vater sagen. Ich tu es nicht gerne, er hat genug um die Ohren, aber das geht zu weit. Hast du verstanden? Das geht zu weit.»

«Ja, Mutter.»

«Und?»

«Und was?»

«Was hast du zu deiner Entschuldigung zu sagen?» Libbys Stimme knatterte, als der Wagen unter einem kleinen Ausläufer der Southwest Range hindurchfuhr, jener Kette der Blue Ridge Mountains, die wie ein langer Rattenschwanz nach Orange County hineinragte.

Bis Frazier antwortete, war die Leitung wieder klar. «Ich habe nichts weiter zu sagen, als daß Carter die Zimtzicke schon vor Jahren hätte verlassen sollen.»

«Wie kannst du nur so von deiner Schwägerin sprechen, sie ist einer der nettesten Menschen überhaupt, Laura ist bei allen im Garten-Club beliebt.»

«Mutter, ich konnte sie seit dem Tag nicht leiden, als Carter sie mit nach Hause brachte. Du hast sie gern und ich nicht. Du kannst mich nicht umstimmen; der einzige Mensch, der mich umstimmen könnte, wäre Laura selbst. Und ich weiß hundertprozentig, daß ich dich nicht umstimmen kann.»

Eine kleine Pause am anderen Ende signalisierte, daß Libby ihre Ventile öffnete. «Leute wie du glauben nicht an die Ehe. Das ist die Wurzel des Problems mit Carter. Du probierst, ihn auf deine Seite zu ziehen.»

«Leute wie ich?»

«Homosexuelle. Flattern einfach von einem Menschen zum anderen. Ich weiß Bescheid über diese Dinge.»

«Das ist ja wunderbar. Ich habe eine Mutter, die Expertin für Homos ist.»

«Leute wie ihr haben andere Werte. Keine Beständigkeit in den Beziehungen. Keine Trauscheine. So ist das nämlich.»

«Ich darf dich darauf aufmerksam machen, Mutter, daß jeder homosexuelle Mensch aus einem heterosexuellen Haus kommt. Wenn du Probleme mit meinen Werten hast, dann solltest du mal deine eigenen überprüfen. Und rein zufällig glaube ich von ganzem Herzen und aus ganzer Seele an die Ehe, das nur zu deiner Information.»

«Ich habe dich homosexuell gemacht? Ich wußte, daß du es so hinbiegen würdest. Immer geben alle der Mutter die Schuld. Ein Mörder schlägt zu, und man fragt: Wer war seine Mutter? Hat sie getrunken oder ihn geschlagen? Oh, ich wußte, daß du so tief sinken würdest. Ich kann's kaum erwarten, zu hören, wie ich dich zu einer, einer – ich kann das Wort nicht aussprechen –, wie ich dich dazu gemacht habe. Ich hasse dieses Wort.»

«Lesbierin? Ich buchstabiere es dir. L-e-s-b-i-e-r-i-n.» Frazier konnte das Wort auch nicht leiden. Es haftete ihm etwas Trübseliges an. Vielleicht lag es an der Silbenzahl oder an zu vielen Konsonanten. Das Wort schwul hingegen mochte sie. Es hatte etwas Frivoles, Leichtfertiges, es erinnerte an «schwül», klang aber nicht so kalt. Vielleicht sollte sie Heterosexuelle von jetzt an Schwüle nennen, oder wie wäre es mit Stinknormale? Sollten sich doch alle Menschen gegenseitig beschimpfen. Wie du mir, so ich dir.

«Du denkst wohl, du stehst über allem», knurrte Libby.

«Ich behaupte nicht, daß es an dir lag. Ich bin, was ich bin. Es ist wie der Unterschied zwischen Rechtshändern und Linkshändern. Ich bin eine Linkshänderin in einer rechtshändigen Welt. So einfach ist das. Aber du könntest deine linke

Hand benutzen, wenn es sein müßte, und ich kann auf alle Fälle meine rechte benutzen. Kein Gegensatz ist so eindeutig, wie wir denken.»

«Du sagst mir, deiner Mutter, ich könnte eine, du weißt schon, sein?»

«Nur, wenn du Glück hast.» Das war unverschämt, aber Frazier kochte vor Wut.

«Versuchst du, deinen Bruder auch so zu machen?» Libbys Stimme war eiskalt.

«Nein, Mom, das könntest nur du schaffen.» Frazier widersprach dem, was sie eben gesagt und ehrlich gemeint hatte, aber jetzt war ihr einfach danach, ihre Mutter zu verletzen.

«Eben hast du das genaue Gegenteil behauptet. Was ist eigentlich los mit dir?»

«Ich wollte dich auf die Palme bringen. Weil ich dies alles satt habe, Mutter, ein für allemal, endgültig *satt*!»

«In dieser Familie war alles wunderbar – bis du hingehen und es herausposaunen mußtest. Warum konntest du es nicht für dich behalten? Wir brauchen es nicht zu wissen.»

«Ich dachte, ich würde sterben. Himmel, ich dachte, ich würde dir und allen anderen einen Gefallen tun, indem ich zur Abwechslung mal ehrlich war. Ehrlichkeit ist die beste Politik, hast du mir das nicht immer wieder eingetrichtert, als ich klein war?»

«Das hier ist etwas anderes!»

«Nein, ist es nicht. Entweder, du liebst mich, wie ich bin, oder du liebst mich überhaupt nicht. Und vielleicht ist das die Lektion, die ich gelernt habe. Ich werde niemanden ändern, höchstens mich selbst. Ob dich oder Carter oder Mandy – euch akzeptiere ich doch auch so, wie ihr seid.»

Libby wechselte die Taktik und griff wieder in die Gemeinheitskiste. «Schläfst du mit Mandy? Hast du sie umgedreht?»

Frazier sah rot. «NEIN!»

«Sie ist außergewöhnlich schön für eine von denen. Und es sähe dir ähnlich, das Problem noch dadurch zu verschlimmern, daß du dich mit einer Person einer anderen Rasse einläßt. Rassenmischung mag zwar nicht ungesetzlich sein, meine Liebe, aber sie ist auf jeden Fall ein gesellschaftliches Kriterium. Du kannst nicht einfach gegen alle Regeln verstoßen.»

«Mutter, du bist so ekelhaft, zu diesem Rassismus fällt mir einfach nichts mehr ein.»

«Wenn Gott gewollt hätte, daß wir alle ein und dieselbe Hautfarbe haben, dann hätte er uns auch so geschaffen. Jedem das Seine. Und du hast meine Frage noch nicht beantwortet.»

«Du hast kein Recht auf mein Leben, aber, nein, ich schlafe nicht mit Mandy. Ich bin nicht mal auf die Idee gekommen, und ehrlich gesagt, Mutter, ich glaube, sie ist zu gut für mich, ganz abgesehen davon, daß sie nie angedeutet hat, auf Frauen zu stehen.»

«Zu gut für dich?» Libby war platt.

«Ja. Sie ist treu, sie ist lieb, und sie hat nichts Falsches. Sie ist einfach offen und ehrlich, Mutter, ganz im Gegensatz zu dir und mir.»

Dieser Offenbarung folgte ein langes Schweigen. «Wenn du dein eigenes Leben ruinieren willst, na schön. Aber laß bitte Carter in Ruhe.»

«Ich liebe ihn.»

«Dann gestatte, daß ich dir eine Frage stelle. Liebst du mich überhaupt?» Libby sprach von Liebe wie von Schulden, die man gerichtlich einklagen konnte.

Jetzt verfiel Frazier in Schweigen. Sie merkte, daß ihr Fuß schwer aufs Gaspedal drückte, und sie ließ locker. Hatte sie sich nicht der Wahrheit verschrieben? Dann mußte sie es jetzt sagen. «Nein. Nein, Mutter, ich liebe dich nicht, und ich liebe dich seit Jahren nicht mehr. Aber ich danke dir für alles, was du für mich getan hast. Ich glaube, kein Kind kann jemals zurückzahlen, was ein Vater oder eine Mutter an Mühen mit ihm hatte.»

«Das ist alles, was ich wissen wollte.» Libby legte auf.

Als Frazier am Kaufhaus Somerset links auf die Route 231 abbog, schäumte sie vor Wut. Sie konnte nicht wissen, wie es war, Mutter zu sein, aber wenn sie Glück hatte, würde sie es vielleicht eines Tages erfahren. Frazier liebte Kinder, aber sie wollte nur dann Mutter werden, wenn sie eine feste Beziehung hätte und der Vater ein guter Freund wäre. Billy kam ihr in den Sinn. Jetzt wurde er Vater. Komisch. Ob ihn das verändern würde?

Frazier konnte nichts von den Strapazen ahnen, die sie ihrer Mutter aufgebürdet hatte: die zerbrochenen Vasen, die Windpocken, die Golfstunden, das gebrochene Bein, die Kiefernorthopädie, der Transport zur Privatschule und zurück, die absurden Vortragsabende, die ständigen Erfordernisse in puncto Kleidung, und hier was Neues, da was Neues, und das Schlimmste von allem: die furchtbare Plackerei, täglich drei Mahlzeiten zubereiten zu müssen. Woher sollte sie das kennen? Sie war noch nie mitten in der Nacht aufgewacht, wenn ein Kind das ganze Schlafzimmer vollkotzte. Sie hatte keine Fahrräder repariert oder Pyjama-Partys ertragen. Oder den ständigen Strom von halbwüchsigen Jungen, die ihre Tochter umwarben, oder den Strom von Mädchen, die von ihrem Sohn umworben wurden. Sie hatte sich nicht sonntags morgens nach samstäglichen Tanztees im Club aus dem Bett gequält, um dafür zu sorgen, daß die Familie pünktlich zur Kirche kam. Libby hatte all diese Opfer gebracht. Und Frazier war ihr dankbar dafür.

Bevor die Schwingen des Todesgeiers ihren Schatten über sie warfen, hatte sie nicht darüber nachgedacht, was ihre Eltern für sie getan hatten. Nur ab und zu hatte sie sich mal für etwas offiziell bedankt. Jetzt zog sie alles und jeden in Zweifel, vor allem sich selbst.

Libby hatte immer alles richtig gemacht. Sie war die perfekte Mutter gewesen, nur hatte sie sich nie hingesetzt, um ihren Kindern zuzuhören. Oh, sie war strenger mit Frazier gewesen als mit Carter, aber das war zu erwarten. Mütter sind streng mit Töchtern, und Väter sind streng mit Söhnen, besonders im Süden. Libby wollte sichtbare Resultate, Kinder, für die sie ihre Freundinnen bewunderten. Sie wollte ihre Kinder nicht als Menschen kennen. Sie waren Ausstellungsstücke, Beweise ihrer Tüchtigkeit als Ehefrau und Mutter, als Dame. Für Libby war alles eine Erweiterung ihrer selbst, und das hatte Frazier schon erkannt, als sie noch ganz klein war. Sie konnte es damals nicht begreifen, aber sie hatte es gespürt. Jetzt begriff sie es. Äußerlich machte Libby alles richtig, aber sie hatte ihre Kinder nie geliebt... nicht mit wahrer, toleranter, schenkender Liebe. Vermutlich hatte sie eine solche Liebe nicht zu vergeben, und Frazier hatte das Gefühl, ihrer Mutter verzeihen zu müssen. Libby würde ja imstande sein, sich weiter zu öffnen, nachgiebig zu sein, aber das war Libbys Kampf, ein Kampf, dem sie auszuweichen oder den sie zu ignorieren schien. Oder vielleicht war ihre Mutter so weit von sich selbst entfernt, daß sie nicht einmal merkte, wie leer sie war.

Als Frazier in ihre Zufahrt einbog und Currys und Basils Gesichter am Fenster sah, wurde ihr klar, daß diese zwei pelzigen Kreaturen ihr mehr Liebe schenkten, als sie je von ihrer Mutter empfangen hatte. Vielleicht sollte sie ihre Katze und ihren Hund in ihre Liste von guten Dingen in diesem Leben aufnehmen. Vielleicht sollte sie danach streben, ihnen ähnlicher und den Menschen unähnlicher zu werden. Auf jeden Fall wußte sie, daß sie nicht sein wollte wie ihre Mutter, und sie betete darum, ihrer Mutter vergeben zu können. Es hörte sich ganz einfach an, war aber ungeheuer schwierig.

Wenn Libby und Frank, ihre Eltern, sich als Schablonen erweisen sollten, bangte sie um ihre eigene Liebesfähigkeit. Ihrer Mutter vergeben bedeutete, in sich zu gehen und in ihrem Herzen und ihrem Leben Raum für andere Menschen zu schaffen. Sie hatte sich drei Jahrzehnte lang gegen andere Menschen verschlossen, sich versteckt, und das nicht nur, weil sie lesbisch war. Der Gedanke, unzulänglich zu sein, machte ihr mehr Angst als die Aussicht, verletzt zu werden. Aber immerhin hatten diese infernalischen Briefe ihr gezeigt, wer sie wirklich liebte, und das war ein Anfang. Sie hatte in ihrem Leben bestimmt manches richtig gemacht, und nun würde sie lernen müssen, noch mehr richtig zu machen.

47

Wie eine dünne blaue Linie schwebte der Rauch über den Köpfen von Frank Armstrong, George Demerius, Pickens Oliguy, Randy Milliken und Larry Taylor. Alle rauchten, mit Ausnahme von Larry, der Ende Dreißig war. Aber Larry trank ja auch nicht, außerdem hatte er Angst vor einem zu hohen Cholesterinspiegel und trug Turnschuhe. Er war zu lange aus Virginia fort gewesen, aber dafür war er ein gewiefter Geschäftsmann.

Die Temperatur sank rapide, als wieder eine Kaltfront von Westen herantrieb, mit Sturmwolken, die sogar im Dämmerlicht noch zu sehen waren. Frank sah aus dem Fenster des Lokals und wünschte, sein Heimweg wäre nicht so lang. Er würde fünfundvierzig Minuten durch den Sturm fahren müssen, der sich hinter den Wolken zusammenzubrauen schien.

In letzter Zeit war er mit den Gedanken oft ganz woanders. Er war lebhaft interessiert, beteiligte sich aufmerksam am Gespräch, und dann plötzlich fühlte er sich um Jahrzehnte zurückversetzt und stand vor dem verfallenden Lattenzaun, wo er mit seinem Geschäft angefangen hatte. Er konnte das Öl riechen, das er auf dem blaugrauen Sandstein verteilt hatte. Er konnte die ausgeleierte Kupplung unter seinen Füßen knirschen hören, wenn er den uralten Kipper schaltete. Er spürte die Energie in seinem jungen Körper. Er hatte morgens, mittags, abends gearbeitet. Er war fremde Auffahrten hinaufgegangen und hatte gefragt, ob die Besitzer eine Ladung Steine brauchten oder vielleicht sogar auf Asphalt umstellen wollten. Ja, der sei viel teurer, aber je nach Qualität halte er garantiert sieben bis fünfzehn Jahre. Er hatte unentgeltlich Schlaglöcher ausgebessert. Er hatte in den schwülen Blue-Ridge-Sommern geschwitzt und im rauhen Frost zahlloser grauer Winter gefroren. Er hatte im Schneesturm die Einfahrten der Nachbarn freigepflügt, ohne einen Pfennig dafür zu nehmen. Er hatte Maschinen an sich abrackernde Freunde ausgeliehen. Er hatte seine Erfahrungen bereitwillig mit anderen Straßenbauunternehmern geteilt und alles aufgesogen, was sie ihm vermitteln konnten.

Die Jahre waren verflogen und wie zerlassene Butter zu einem goldenen Pfad zusammengeflossen. Er erinnerte sich, wie Frazier die ersten Schritte machte. Er erinnerte sich an Carters Baumhaus, das er mit ihm zusammen errichtet hatte. Besonders deutlich war seine Erinnerung an Fraziers letztes Lacrosse-Spiel in der High-School. Überhaupt fielen ihm, wenn er an seine Kinder dachte, nur einzelne Ereignisse ein. Wenn er hingegen an seine Firma dachte, konnte er sich sogar an die Farbe der Tinte in seinen ersten Geschäftsbüchern erinnern. An den Tag, als Mildred in einem flotten Sommerkleid an das baufällige Haus am Rivanna klopfte; der Dampf war vom Fluß heraufgestiegen, obwohl es schon halb neun Uhr morgens war. Er erinnerte sich an ihr Parfüm an jenem Augustmorgen, und wenngleich er nie mit der Frau geschlafen hatte – es war ihm gar nicht in den Sinn gekommen –, kam er zu der Erkenntnis, daß er sie, von seiner Tochter abgesehen, mehr liebte als irgendeinen anderen Menschen. Warum? Weil auch sie gelernt hatte, die Straßenbaubranche zu lieben.

Buchführung genügte ihr nicht, sie befaßte sich auch mit Angeboten. Sie lernte, welche Beläge man verwenden konnte, und machte sich mit den verschiedenen Böden vertraut. Sie lernte, gute Straßenqualität von mittelmäßiger zu unterscheiden. Sie inspizierte Entwässerungsgräben, fuhr auch mal Lastwagen, wenn ein Fahrer sich krank meldete, und schickte trotzdem rechtzeitig die Rechnungen und die Post ab.

Armstrong-Straßenbau wurde das Baby der beiden. Frank wunderte sich, daß ihm dies erst nach fast sechzig Jahren klar wurde. Schaltete er entsetzlich langsam, oder waren Männer in diesen Dingen blöd?

Die größte Enttäuschung seines Lebens hatte ebenfalls mit Armstrong-Straßenbau zu tun. Er hatte das Geschäft aufgebaut, um es seinem Sohn zu vermachen, aber Carter schien das Ganze gräßlich zu langweilen. Frazier liebte die Firma, aber als seine Tochter jung war, war Frank zu sehr ein Mensch seiner Zeit gewesen. Er hatte es ihr ausgeredet. Aber warum sich jetzt noch was vormachen? Frazier hätte aus Armstrong-Straßenbau ein riesiges Imperium gemacht. Aber sie war ihren eigenen Weg gegangen und hatte ihr eigenes Geschäft gegründet. Sie liebte ihr Geschäft so sehr wie Frank das seine. Im tiefsten Innern wußte er, daß Frazier ihm seine konventionelle Denkweise verzieh. Heute sah er das anders. Ohne daß seine Frau davon wußte, hatte er in seinem

Testament seine beiden Kinder als Erben der Firma bestimmt, mit der Auflage, daß Frazier die Firma leitete. Wenn sie Armstrong-Straßenbau und ihre Galerie nicht gleichzeitig leiten konnte, würde sie auf jeden Fall den richtigen Steuermann für das Schiff finden, für das sie den Kurs bestimmte.

Libby, für die im Testament auch gesorgt wurde, würde nicht einmal merken, was aus der Gans wurde, die das goldene Ei gelegt hatte. Seine Frau hatte ihn nicht ein einziges Mal nach seinem Geschäft gefragt. Libby konnte einen Kipper nicht von einer Planierraupe und Sandstein nicht von Brechsand unterscheiden.

Die Aufregungen beim Aufbau seiner Firma hatten Frank so in Anspruch genommen, daß er erst nach etlichen Ehejahren merkte, wie allein er war. Dann kamen die Kinder, und sie erhielten ihn aufrecht. Frank glaubte nicht an Hintertürchen, durch die man aus der Ehe schlüpfte. Hatte man ein schlechtes Los gezogen, machte man das Beste daraus. Vielleicht war es gar nicht so falsch gewesen, Libby zu heiraten. Sie war schön. Sie war eine gute Gastgeberin und organisierte leichthändig Abendessen für seine Kunden und Berufskollegen. Daß sie zweitausend Dollar allein für Blumenschmuck ausgeben konnte, erschütterte ihn, aber sie sagte ihm, dies sei sozusagen ihr Kipper: Man brauche die richtige Ausrüstung, um einen Laden zu schmeißen. Auf ihre Art war Libby eine Partnerin gewesen, jedenfalls insoweit, als ihre Einladungen dem Geschäft nützten. Das einzig Törichte an seiner Heirat mit Libby war vielleicht sein Glaube gewesen, daß sie ihn wirklich lieben würde. Sie tat es nicht, wollte es nicht, konnte es nicht. Sie liebte Frank nur, weil er sie großzügig versorgte.

Er blickte mit seinen dunklen, klaren Augen in die Tischrunde und fragte sich, ob diese Männer, von denen er die meisten seit mindestens dreißig Jahren kannte, genauso empfanden? Hatten sie überhaupt solche Gedanken?

Und warum wurde er plötzlich in seine Vergangenheit gezogen, als taumelte er in einem Gefühlsstrudel rückwärts? Er hatte ein schönes langes Leben gelebt, aber erst jetzt begann er, dieses Leben und sich selbst zu verstehen.

Vielleicht wurden Männer in den Sechzigern nachdenklich. Ein Blick auf George Demerius' Wabbelkinn belehrte ihn eines Besseren. Durch Fraziers Enthüllung dachte Frank plötzlich über sich selbst nach. Er hatte befürchten müssen, seine geliebte Frazier zu verlieren, und war vor Gott dem Allmächtigen auf die Knie gefallen. Das war eine Lektion, aber ihr unglaublicher Schritt war auch eine. Daß sie lesbisch war, verblüffte ihn, aber was ihn wirklich berührte, war, wie sehr sie sich verändert hatte. Die kühle, distanzierte Frazier war plötzlich offen, emotional und streitlustig. Sie würde Libby auf den Mond schicken. Er hätte nichts dagegen, Libby selbst dorthin zu schicken. Wenn seine Tochter sich ändern konnte, konnte er sich auch ändern.

«Da sagt dieser Idiot zu mir: ‹Sie haben das falsche Formular eingeschickt.› Das falsche Formular? Ich habe schon Ausfahrten gebaut, bevor dieses Ekel das erstemal einen Steifen hatte!» erregte Pickens sich.

Frank konzentrierte sich wieder auf das Gespräch. «Wer in der Verwaltung arbeitet, egal, ob in Staat, Land oder Gemeinde, lebt nicht in der wirklichen Welt, Pickens. Diese Leute haben sogar Formulare dafür, wann sie 'nen Steifen kriegen können, wie viele Steife ihnen in einem Zeitraum von vierundzwanzig Stunden zugebilligt werden, bei wem sie einen Steifen kriegen dürfen und bei wem sie sich beschweren können, wenn das Ergebnis nicht zur vollsten Zufriedenheit ausfällt.»

Randy lachte. «Hört sich für mich nach 'nem Haufen Holzköpfe an.»

«Frauen sind Schleifenköpfe», warf Larry Taylor ein.

«Schleifenköpfe?» fragte George.

Larry hielt sich die ausgebreiteten Hände hinter den Kopf. «Ja, ist euch das nie aufgefallen? Je weiter oben sie stehen in der Bürokratie, desto größer die Haarschleifen. Als Kleinkinder fangen sie an mit kleinen rosa oder gelben Schleifchen, buntkarierte zu Weihnachten. In der Grundschule tragen sie dann so Glitzerdinger, in der Hauptschule diese kleinen Schleifen aus Plüsch, und in der High-School ist es dann schwarze Seide oder irgendein anderer Stoff. Die Schleife, die eine Frau sich an den Kopf steckt, zeigt dir, was sie vom Leben erwartet und ob sie dir einen blasen wird oder nicht. Schleifenköpfe.»

«Ist was dran.» Pickens kratzte sich am Kopf.

«Und was bedeutet es, wenn eine Frau keine Schleife im Haar trägt?» wollte George wissen.

«Ohne Schleife kann sie nicht für die Regierung arbeiten.» Larry lächelte. «Folglich sind Frauen ohne Schleife vermutlich von der wüsten Sorte, besonders in Virginia.»

«He, das Mädel möcht ich kennenlernen.» Randy klatschte in die Hände.

Pickens kam auf das wesentliche Thema zurück: «Ich möchte wissen, welche Art von Schleifen darauf hinweist, daß sie mir den Schwanz lutscht?»

«Das sag ich nicht. Sonst machst du dich noch an meine Süße ran.»

Alle lachten, und Pickens schrie: «He, kennt ihr den Unterschied zwischen einer Schlampe und einer Nutte?» Die anderen schüttelten die Köpfe, und er lieferte die Antwort: «Eine Nutte macht es mit allen. Eine Schlampe macht es mit allen, außer mit dir.»

Frank fuhr sich nervös durchs Haar. Er mußte unwillkürlich lachen. Im Grunde mußte die Spannung zwischen Männern und Frauen einfach mal abgelassen werden. Und was hieß schon «anstößig»? Was für Frauen anstößig war, erschien den Männern gar nicht so schlimm. Er würde es vermutlich nie ergründen.

«Um auf den Schlappschwanz zurückzukommen, der dich wegen des Formulars für die Ausschreibung genervt hat», sagte Randy, «was hast du gemacht?»

«Hab meine Kleine hingeschickt, die hat dann das richtige Formular geholt, und als ich das dann sah, bin ich erst richtig wütend geworden: Mein ursprüngliches Formular war im Prinzip das richtige, aber der Staat hat letztes Jahr eine Kleinigkeit geändert, und daraus wurde dann ein neues Formular. Die Änderungen sind so minimal, daß man sie mit der Lupe suchen muß.»

«Arschloch», platzte es aus George heraus.

«Ja, aber ein Arschloch mit gesichertem Arbeitsplatz», setzte Frank hinzu. «Was glaubt ihr wohl, weshalb diese Leute sich so aufführen und andere so behandeln können? Habt ihr euch schon mal die Voraussetzungen angesehen, die diese kleinen Beamten mitbringen müssen? Nicht einer von uns hier am Tisch würde so einen einstellen.» Er legte sein Messer quer über seinen Teller. «Die höheren vielleicht. Wenn sie sonst nichts gelernt haben, mit Karriereleitern und Arschkriecherei kennen sie sich aus. In dieser Welt ist das gleichbedeutend mit Genie.»

«Da hast du ein wahres Wort gesprochen, Bruder.» George nickte.

«Was mich wirklich fertigmacht», Randy verlagerte sein Gewicht auf dem Stuhl, «ist, daß die Kerle im Straßenbauamt wissen, die Neupflasterung einer Ausfahrt in Louisa County ist ein 600 000-Dollar-Auftrag, egal, wer ihn ausführt.»

Larry Taylor stand leise auf und ging hinaus. Die anderen Männer merkten es kaum und schimpften weiter über das Straßenbauamt und die Regierung. Irgendwann überlegten sie dann, wie die Orioles, der Baseballverein von Baltimore, wohl diese Saison abschneiden würde. Ein bei weitem wichtigeres Thema.

Eine Stunde verging, ehe George fragte: «Wo ist eigentlich Larry?»

48

Die bestürzende Antwort auf die Frage, wo Larry war, kam am nächsten Morgen vor zehn Uhr, als Frank Armstrong einen Anruf von der Verwaltungskommission des Staates Virginia bekam. Es ging um Preisabsprachen. Mildred wurde blaß, als Frank ihr schilderte, wie George Demerius, Pickens Oliguy, Larry Taylor und Randy Milliken sich in der schönen Kleinstadt Orange zum Abendessen getroffen hatten. Nichts sei daran ungewöhnlich gewesen, außer daß Randy Milliken die halbe Nacht über komplizierte Formulare für die staatliche Autobahnverwaltung geschimpft habe. Sie alle hätten Kostenvoranschläge für einen Neubelag der Louisa-Ausfahrt auf der I-64 gemacht, und Randy habe erwähnt, er glaube, es sei ein 600 000-Dollar-Auftrag, egal, wer ihn ausführe. Larry habe darauf die Tischrunde verlassen.

«Offenbar ist er rausgegangen, um im zuständigen Ministerium anzurufen und uns der Preisabsprache zu bezichtigen.» Mildred rieb sich mit den Daumen die Schläfen. «Verdammt, was ist los mit ihm?»

Frank saß auf ihrer Schreibtischkante. «Ich weiß es nicht. Ich habe ein gutes Geschäft aufgebaut und mir einen guten Ruf erworben. Larry weiß, daß ich mich nicht auf Preisabsprachen einlassen würde, und was Randy betrifft, na ja, er war geladen, das ist ihm rausgerutscht, ein Versprecher, weiter nichts.»

«Larry Taylor scheint ja ein richtiger Pfadfinder zu sein. Wahrscheinlich trägt er die Zehn Gebote und die Verfassung der Vereinigten Staaten in der Hosentasche mit sich herum.»

«Hm, ich würde ihn nicht gerade als flexibel bezeichnen.» Frank rieb sich das Kinn. «Mildred, ruf George an und stell ihn zu mir durch. Mal hören, was er dazu sagt.»

«Halt den Hörer weit vom Ohr.»

«Warum?»

«Weil darin eine Explosion stattfinden wird.» Mildred wählte die Nummer.

Frank ging in sein kleines Büro und nahm ab, als Mildred rief: «George…»

«Ich bring ihn um, dieses Arschloch! Der hat wohl nicht mehr alle Tassen im Schrank, verdammte Scheiße! Ich springe ihm an die Gurgel, ich zerreiß ihn in Stücke.»

«Hast du mit Larry gesprochen? Ich hab ihn noch nicht angerufen.»

«Ich versuch den miesen Schweinehund zu erreichen, seit ich heute morgen den verflixten Anruf von der Kommission gekriegt habe, Herrgott im Himmel, das ist keine anderthalb Stunden her. Scheiße, ich komm ins Büro, das Telefon klingelt, die Kleine ist nicht da, also geh ich ran. Ermittlungen wegen unlauterer Preisabsprachen. Oder so 'n ähnlicher Quatsch. Ich hab mich gefragt, wer so was macht, und dann ist es mir wie Schuppen von den Augen gefallen, es war alles sonnenklar. Ich ruf also das Arschloch an, und er ist nicht zu sprechen, kein Kommentar. Der ist nicht bloß eine wandelnde Hämorrhoide, der ist obendrein ein Behördenkriecher!»

«Sobald der erste Dominostein fällt, können wir nichts mehr machen», sagte Frank halb zu sich selbst.

«Wie wahr. Die Kommission wird ermitteln. Eidesstattliche Erklärungen noch und nöcher. Geheime Vernehmungen hinter verschlossenen Türen, angeblich, um uns zu schützen, aber das bleibt nicht lange geheim. Bleibt es nie, mein Freund, bleibt es nie.»

«Ich rufe wohl besser meine Anwältin an.» Frank seufzte. Er ärgerte sich nicht nur über das Geld, sondern auch über die ungeheure Zeitverschwendung.

«Milliken ruft auch seinen Anwalt an, und Pickens ist draußen auf einer Baustelle. Der Arme weiß vermutlich noch gar nicht, was los ist. Wenn du eher als ich von ihnen hörst, ruf mich an.»

«Klar.»

«Weißt du, was ich tun werde?» stieß George hervor. «Ich werde alt, Frankie. Ich hab schwer geschuftet, und ich bin vielleicht nicht der schlauste Kerl der Welt, aber ich hab's zu was gebracht. Ich dachte, dies war das Land der unbegrenzten Möglichkeiten, und ich betone *war*. Heute kannst du nicht mal kacken, ohne daß einer plärrt und fragt, ob deine Scheiße biologisch abbaubar ist. Verstehst du, was ich meine?»

«Ja. Es wird immer schwieriger, Geschäfte zu machen.»

«Ich zieh mich zurück. Diese Geschichte bringt das Faß zum Überlaufen. Ich verkaufe. Ich weiß, ich kriege nicht so viel, wie mein Laden eigentlich wert ist, aber es dürfte genügen, um mich zur Ruhe zu setzen, und dann ziehen Lorraine und ich nach Arizona. Ich hab die Schnauze voll.»

«Ich verstehe.» Frank fühlte sich plötzlich ausgelaugt.

«Frank, steig aus, solange es sich noch auszahlt.»

«Das kann ich nicht, George. Ich will das Geschäft meinen Kindern hinterlassen. Frazier ist 'n heller Kopf.»

«Das bezweifle ich nicht. Aber es ist nur eine Frage der Zeit, irgendwann steht diese Sache in der Zeitung. Straßenbaukartell, Vetternwirtschaft, raffgierige Geschäftsleute, verstehst du? Scheiße, ich hab in Korea gekämpft. Ich hab so viele Steuern bezahlt, daß man davon eine Autobahn von Richmond, Virginia, bis nach Louisville, Kentucky, bauen könnte. Diese Geschichte wird nicht nur eine Weile das Geschäft blockieren», er legte die Betonung auf das Wort *blokkieren*, «die Presseheinis werden meinen guten Namen ruinieren. Und weißt du was? Selbst wenn am Ende alles widerlegt wird, klebt für immer Scheiße an unseren Namen, weil so ein Stinktier dachte, er hätte uns über Preisabsprachen reden hören. Ich könnte Randy den Hals umdrehen, aber andererseits hat er doch wirklich nur einen Höchstpreis genannt. Er hat sein Angebot nicht festgelegt, und keiner von uns anderen hat es aufgegriffen, verstehst du, was ich meine?»

«Ja, und ich hoffe, es wird bei den Ermittlungen aufgeklärt.»

«Aufgeklärt oder nicht, wir werden durch den Dreck gezogen, und ich mach mich aus dem Staub.»

«George, ich finde das wirklich schade, aber ich kann dich verstehen.»

«Na ja, guter Freund, halt die Ohren steif.»

Frank drückte die Umschalttaste, dann rief er seine Anwältin an. Sie riet ihm, sich Journalisten gegenüber auf keinen Fall zu äußern – und die würden bestimmt bald anrufen. Sie schlug ihm außerdem vor, mit ihr zusammen Mittag essen zu gehen.

Als Frank sein Gespräch mit Barbara beendet hatte, ging er wieder in Mildreds Büro. «Ich treffe mich zum Mittagessen mit Barbara.»

Mildred schob ihren Stuhl zurück. «Sie ist umwerfend. Hat bei ihrem Daddy gelernt.»

«Ja.» Frank dachte an Weed Garrick, Barbaras Vater, der sein Anwalt gewesen war, bis er ganz plötzlich an einem Herzinfarkt starb. «Weißt du, was George gesagt hat?» Er wartete eine Sekunde. «Er verkauft den Laden. Er sagt, er hat zu schwer und zu lange für diesen Scheiß geschuftet. Er zieht mit Lorraine nach Arizona.»

«Zu heiß.»

«Ja.»

«Was denkst du, Frank?» Mildred sah ihren geliebten Chef über ihre Halbbrille hinweg an.

«Ich denke, das dicke Ende kommt erst noch.»

49

Schwarzer Asphalt umgab die Gebäude des Einkaufszentrums und drohte ihren strahlenden Glanz zu verfinstern. Es war keine Hauptverkehrszeit, und nur wenige Autos standen herum, deswegen war mehr als sonst von dem dunklen Belag zu sehen.

Frazier fiel das sofort auf, und als Tochter eines Straßenbauunternehmers überschlug sie grob, was es kosten würde, diesen Geschäftsparkplatz zu pflastern. Ihr Vater stellte für solche Arbeiten oft keine einmalige Rechnung, sondern ließ sich lieber über einen Zeitraum von zehn, fünfzehn Jahren einen Anteil an den Ladenmieten auszahlen. So hatte er eine Art regelmäßiges Einkommen statt Riesenbatzen aus großen Aufträgen, die seine Steuern für das betreffende Jahr in die Höhe schnellen ließen. Frank Armstrong würde niemals Steuern hinterziehen, aber er würde auch nicht mehr bezahlen, als er mußte. Diese Devise hatte er an seine Tochter weitergegeben.

Frazier schob ihren Einkaufswagen nach draußen, endlich hatte sie mal wieder ihre Vorräte aufgefrischt. Bei den Mädels am Gemüsestand anzustehen gehörte nicht zu ihren Vergnügungen, deshalb schob Frazier Lebensmitteleinkäufe meistens so lange hinaus, bis die Schränke leer waren.

Aus dem Augenwinkel hatte sie Laura Armstrong und Ann Haviland in ihren Aerobic-Klamotten erspäht. Sie trugen neonfarbene Augenschirme, die das Logo des Country-Clubs zierte. Sie hatten Frazier noch nicht gesehen, und vielleicht würde es ihr gelingen, unbemerkt zu verschwinden. Anns Gemeinheiten ärgerten sie, aber Lauras scheinheiliges Getue um Carter, die Ehe und die Rolle der Gattin kotzte sie an.

Mandy hatte ihr heute bei der Arbeit erzählt, daß Ann mehrmals in aller Öffentlichkeit wegen Billys Verlobung Zustände bekommen hätte. Wie praktisch. Sie führte ein heterosexuelles Drama auf, ohne den heterosexuellen Schmerz wirklich zu empfinden, und die Erklärung, daß Billy ihr das Herz gebrochen habe, entband sie ungefähr sechs Monate lang von der Verpflichtung, mit irgendwelchen Männern auszugehen. Ann war nach Fraziers Briefen ganze drei Mal mit Billy weggewesen. Dies genügte der öffentlichen Meinung offenbar, um eine intime Beziehung zu vermuten, eine Beziehung, die Ann vorangetrieben hatte, die wiedergeborene Heterosexuelle.

Frazier fragte sich, welche Frau Ann wohl gerade nach allen Regeln der Kunst verführte. Laura konnte es nicht sein. Nicht mal Ann würde sich auf so ein Minenfeld begeben. Außerdem, wer wollte sich mit einer so vertrockneten Person ins Bett legen? So eine Tollerei würde doch Lauras Frisur ruinieren. Ein Super-Gau.

Frazier hatte vor dem Krankenhausaufenthalt über ihre Sexualität gelogen. Jetzt schämte sie sich ihrer Feigheit, aber sie lernte auch, sich selbst zu verzeihen. Ann, die aus einem anderen Holz geschnitzt war, genoß das Drama, lesbisch zu sein. Sie bediente sich einer Geheimsprache, um im Angesicht des Feindes mit Stammesgenossinnen zu reden. So hatte sie Frazier etwa zugeflüstert: «Soundso ist eine Freundin von Bertha» oder «Sie geht in dieselbe Kirche wie wir.» Die Aufgeregtheit in ihrer Stimme kündete von ihrem Bedürfnis, an Lug und Trug teilzuhaben. Wer es kann, wer es nicht kann, wer es tut, wer es nicht tut. Das war alles so ungeheuer wichtig. Die Wochenendorgien an sicheren Orten, abgeschirmt von feindseligen Blicken und Mißbilligung, lieferten Anns Leben den Treibstoff. Lesbisch zu sein verlieh ihrem ansonsten faden Dasein Glanz. Vielleicht war das einzig Bemerkenswerte an Ann, daß sie lesbisch war. Wenn Homosexualität öffentlich akzeptiert würde, würden die Anns dieser Welt ihren heimlichen Kitzel, ihre Besonderheit mit einem Schlag verlieren. Der Reiz des Verbotenen zog Ann im selben Maße an, wie er Frazier abstieß. Caravaggio erregte sie. Nicht, wer «es» war und wer nicht. Sie hatte keine Zeit für gehauchte Mitteilungen, für gepflegte Frauen, die sich vorbeugten und tuschelten: «*Entre nous*, und so weiter und so fort.» Es kümmerte sie nicht die Bohne, wer hetero war und wer schwul. Frazier fand, wer mit sich selbst zufrieden war, wer ein ausgeglichenes Sexualleben hatte, der hatte keine Zeit, sich darum zu kümmern, wer was mit wem tat. Sie fand, daß die meisten Menschen erbärmliche Geschöpfe waren, die sich langweilten, die verzweifelt hofften, daß irgendwo Leute wild herumbumsten, um es ihnen dann höllisch zu verübeln, wenn sie es tatsächlich taten. Sie waren wie hungrige Kinder, die sich an der Fensterscheibe der Bäkkerei die Nasen platt drückten, bis sie vor Wut die Scheibe einschlugen.

Frazier fühlte sich in keiner Weise für das sexuelle Elend anderer Menschen verantwortlich. Vielleicht war es schwer, aus dem Ghetto zu springen, vielleicht war es schwer, die Karriereleiter zu erklimmen, so vieles war schwer. Aber man konnte auf jeden Fall das eigene Sexualleben, das eigene Gefühlsleben verbessern, ohne das Glück anderer zerstören zu müssen.

Frazier hatte sich an eine nichtige Hoffnung geklammert; denn als sie die Heckklappe des Explorers zumachte, stürzten sich Laura und Ann auf sie, Zwillings-Rachefurien.

«Sag meinem Mann, wenn er sich nicht anständig benimmt, saug ich ihn restlos aus.» Laura tobte. Wo war die ewig leidende Ehefrau geblieben?

«Sag's ihm doch selber.» Frazier öffnete die Autotür.

«Nach allem, was du deiner Familie und deinen Freundinnen angetan hast», Anns Stimme tönte von hohler Selbstgerechtigkeit, «ist das mindeste, was du tun könntest, Laura und Carter zu helfen. Er steckt in einer Krise. Er braucht seine Frau und seine Familie.»

«Ich bin seine Familie.» Frazier rutschte auf den Fahrersitz und schloß die Tür.

Ann klopfte ans Fenster. Frazier ignorierte sie und fuhr einfach los. Im Rückspiegel konnte sie die beiden sehen, die Köpfe zusammengesteckt, so daß ihre grellbunten Augenschirme sich fast berührten. Sie sahen aus wie zwei Hühner, die sich über einen saftigen Japankäfer hermachten.

50

Ich dachte, das Ding hier wär der Rolls-Royce unter den Schubkarren.» Mandy wankte hinter dem schwerbeladenen Gerät.

«Ist es auch. Es hat zwei Vorderräder und ist bestens ausbalanciert», erwiderte Frazier.

Mandy stellte ihre Last ab. «Die wiegt ja mindestens 'ne Tonne.»

«Laß mich mal.» Frazier packte die beiden Holzgriffe, hob die Schubkarre mühelos an und schob sie zu den hinteren Blumenbeeten. Der fruchtbare Mutterboden verströmte einen Duft, der jedes Gärtnerherz erfreut hätte.

«Ich hatte vergessen, wie stark du bist.» Mandy bückte sich und hob das vor der Hintertür verstreute Werkzeug auf, während Hund und Katze im Kreis um sie herumrasten. «Ich bin froh, wenn es länger hell bleibt. Dieses Wochenende.»

«Ich auch. Dann kann ich bis neun Uhr abends draußen arbeiten. Ich liebe das sanfte Abendlicht.» Sie stellte die Schubkarre ab und nahm die Schaufel, die Mandy ihr reichte. «Guck mal, zuerst streue ich eine dünne Schicht in die aufgelockerte Erde. Und dann muß man den Dünger untergraben. Deswegen wollte ich, daß der alte Hitchcock mit seinem Pflug rüberkommt und das für mich erledigt, aber das Wetter hat verrückt gespielt, deswegen ist er mit allem im Rückstand. Aber es hat mir nichts ausgemacht, den Boden selbst umzugraben.»

«Bis auf die Schwielen.»

«Und das, obwohl ich Handschuhe anhatte.» Sie warf die braune Erde auf die rechteckigen Herbstbeete, die Mitte Juli Frühchrysanthemen hervorbringen würden, dann die Zinnien und die großen Chrysanthemen, die das Ende des Sommers ankündigten.

Reihen von Ringelblumen wechselten mit Grasstreifen zwischen den Zeilen ihres Gemüsegartens. Die Herbstblumenbeete begrenzten den hinteren Teil des Gartens. Die Rückseite bildete eine Mauer, gut einen halben Meter hoch, mit einem weißen Tor in der Mitte.

«So ein ruhiges Wochenende haben wir beide schon lange nicht mehr gehabt», sagte Mandy, während sie die frische Erde harkte.

«Meine Mutter spricht nicht mehr mit mir, das trägt auch zur Ruhe bei. Carter ist mit Sarah Saxe nach Nag's Head gefahren. Kenny ist in New York, und Tante Ru, mit der ich in aller Herrgottsfrühe gesprochen habe, kümmert sich um ihren eigenen Garten. Von denen abgesehen ruft mich niemand mehr an. Ich schätze, ich bin gleichzeitig befreit und verlassen.»

«Ich bin froh, daß dein Geschäft nicht auf diese Stadt angewiesen ist.»

Frazier lud einen großen Haufen Erde auf die Schaufel. «Und nicht nur aus den naheliegenden Gründen. Die Leute hier sind knickerig. Versuch mal, Geld für einen guten Zweck zu sammeln.»

«Komisch.»

«Siedlermentalität.»

«Hä?» Mandy verstand nicht gleich.

«Früher hat man für seine Familie gesorgt. Warum sich um die anderen kümmern? Fremden was zu geben gehört nicht zu unserem Erbe. Das ist zwar nicht die beste Erklärung, aber es ist die einzige, die ich habe, denn ich könnte nicht behaupten, daß meine Familie ansonsten geizig wäre.»

«Komisch, wie sich Gewohnheiten halten, lange nachdem sich die Verhältnisse geändert haben.» Mandy wischte sich den Hals mit einem Taschentuch ab und steckte es in die Gesäßtasche ihrer Jeans. «Gewöhnst du dich dran? Daß sie dich links liegenlassen, meine ich?»

«Ja. Ich lerne langsam, mit der Stille zu leben, und weißt du was? Das ist gut so.»

«Du gehst besser damit um, als ich es könnte», sagte Mandy aufrichtig.

«Hoppla.» Frazier war auf eine Blumenzwiebel gestoßen und ging auf die Knie, um ein Loch dafür zu graben. Als sie mit beiden Händen über die Zwiebel strich, fühlte sie die kühlen Erdklümpchen durch die Finger rieseln. Dies war der

Ursprung allen Wohlstands, gute Erde. In dieser Gegend war Davis-Lehm das Beste, was es gab. Aber Frazier hatte die fette schwarze Erde von Iowa gesehen, die endlosen fruchtbaren Prärien Amerikas. Sie stand auf. «Mandy, wenn wir je vergessen, was dieses Land groß gemacht hat, verdienen wir zu scheitern. Es waren die Erde und die Flüsse. Wir sind so reich, daß wir die Kornkammer der Welt sein könnten.»

«Du und meine Momma.» Mandy zerkrümelte einen Erdklumpen. «Offen gesagt, ich finde, du verkraftest diese, äh, Veränderung außerordentlich gut.»

«Vielleicht hab ich erkannt, daß ich selbst was tun muß. Es ist sinnlos, zu jammern und zu stöhnen und mit dem Finger auf andere Leute zu zeigen. Ich hab es ganz allein geschafft, und ich hatte mich so weit von mir selbst entfernt, daß wohl nur eine Katastrophe erster Güte mich zwingen konnte, was dagegen zu tun. Weißt du, Mandy, mein Kopf war wie ein Koffer, die Kleider wahllos reingeworfen und dann zugeknallt, weil ich's eilig hatte, irgendwo anzukommen – nur wußte ich nicht wo. Wenn ich nicht krank geworden wäre, wenn ich die Briefe nicht geschrieben hätte, dann hätte ich vermutlich nicht über meine Art zu leben und zu handeln nachgedacht, bis ich alt gewesen wäre. Ich glaube, man kann sich in jedem Alter ändern, aber es ist viel besser, es jetzt zu tun. Zumindest wird die zweite Hälfte meines Lebens erfüllter sein als die erste. Wenn ich jetzt lache, kommt es aus dem Bauch, nicht die höflichen kleinen Gluckser in der Kehle, verstehst du?»

«Mmh.» Mandy wischte sich die Hände ab. «Meinst du, Carter kann sich ändern?»

«Er bemüht sich, aber ich weiß nicht, ob er es schafft. Das ist nicht böse gemeint, aber, na ja ...»

«Ich weiß. Vielleicht liegt es daran, wie Männer erzogen werden, oder vielleicht liegt's an Carter, aber nach meiner Erfahrung mit Männern wollen sie sich nicht mit ihren Gefühlen auseinandersetzen, wenn keine Frau da ist, die sie mitzieht: Mommy, die Ehefrau, die Geliebte, was weiß ich. Es muß schrecklich sein, so von Frauen abhängig zu sein. Ich würde alle Frauen hassen.»

«So hab ich das noch nie gesehen.» Frazier lud die letzte Schaufel Erde ab. «Wenn die Scheidung durch ist, hoffe ich, daß er den Mumm hat, wegzugehen oder ernsthaft über einen Beruf nachzudenken.»

«Ja, das hoffe ich auch. Meinst du, er bleibt mit Sarah zusammen?»

«Sie ist gut für ihn, und sie steht mit beiden Beinen auf der Erde. Auch er hat sich sehr weit von sich selbst entfernt. Wie kommt das, Mandy? Ich kenne nicht viele Menschen, die wirklich sie selbst sind.»

«*Authentisches Ich* nennen das die Therapeuten.»

Frazier, die von Therapie keinen blassen Schimmer hatten, dachte einen Augenblick über den Begriff nach. «Egal, wie man das nennt, jedenfalls sind verdammt wenige Leute dazu vorgestoßen. Ich glaube nicht, daß meine Mutter jemals ein authentisches Gefühl hatte. Und Dad, der hat vor so langer Zeit klein beigegeben, daß es vermutlich eh keinen Unterschied mehr macht. Vielleicht wird man mit Sechzig vergeßlich.» Plötzlich wurde sie heftig. «Gott, das will ich nicht hoffen. Ich liebe meinen Dad, auch wenn er sich von ihr hat kleinkriegen lassen. In dieser Hinsicht ist er schwach, aber er verdient es, glücklich zu sein. Carter auch. Ich möchte, daß er glücklich ist.»

«Familien. Wir sind so verschieden und doch so ähnlich. Die Familie ist die Ursache jeden tiefen Kummers und Zorns, aber wenn es überhaupt Kraft gibt, dann kommt sie von denselben Leuten. Ich liebe meine Momma und meinen Daddy. Ich kann meine Schwestern gelegentlich ertragen. Ich liebe sie sogar, nehme ich an, aber ich bin verdammt froh, daß sie alle in Birmingham geblieben sind. Ich könnte sie nicht um mich haben wie du. Warum bist du hierher zurückgekommen?»

Frazier lächelte und deutete auf ihre Füße. «Die Antwort ist unter dir. Ich bin wie Antaeus. Wenn meine Füße auf dem Boden Virginias stehen, bin ich unschlagbar. Wenn man mich hochhebt, wie Herkules es im Ringkampf mit Antaeus gemacht hat – wobei ihm natürlich jemand geholfen hat; eine Göttin sagte ihm, was er tun sollte, denn er war am Verlieren, aber als er den Titanen über seinen Kopf hob, konnte Antaeus keine Kraft mehr aus der Mutter Erde schöpfen, das schwächte ihn, und er wurde besiegt. Ich brauche das hier, Mandy. Ich brauche diese Erde, und ich brauche die Gemälde. Ich muß sie nicht besitzen, aber ich muß sie ausfindig machen, sie erforschen, die Entwicklung des Malers verfolgen und dann ein Zuhause für sie finden. Malerei, Bildhauerei, Musik, Literatur – das ist das Beste, was andere Menschen uns hinterlassen haben. Was ich auch immer getan habe, daran habe ich festgehalten. Ich hatte eine Art emotionaler Intelligenz in mir, auch wenn sie noch so schwach war.»

«Vielleicht ist es dasselbe – die Erde und die Kunst. Beide ernähren sie uns – die Erde den Körper, die Kunst den Geist. Und ich weiß, gleich wirst du sagen, wie gut wir dran sind, und du hast ja recht, aber mir tut der Rücken weh. Ich muß mich hinsetzen.»

Gesagt, getan. Sie setzte sich unter die zartgrünen Knospen eines Storaxbaumes und sah Frazier bei der Arbeit zu. Und Mandy fragte sich, was ihre Vorfahren gefühlt haben mochten, als sie Land bebauten, das sie nie besitzen würden. Je länger sie darüber nachdachte, desto klarer wurde ihr, daß sich Frazier und sie, so unterschiedlich ihre Wege auch gewesen waren, in diesem Moment am selben Ort befanden. Und die Sonne schien hell auf ihre Köpfe in Somerset, Virginia.

51

Stärkst du mir den Rücken, wenn ich mit Sarah zum Hartriegelblütenfest komme?» fragte Carter.

«Ja, aber ich muß mich ums Feuerwerk kümmern. Wenn das Fest in vollem Gange ist, kann ich nicht viel machen», warnte ihn Frazier.

«Laura und Mutter werden zusammenhalten wie Pech und Schwefel.» Er rieb sich die blonden Stoppeln am Kinn. Es war sieben Uhr morgens, und er hatte sich noch nicht rasiert.

«Das ist doch nichts Neues, oder?»

Carter brummte. Das Telefon klingelte. «Wer zum Teufel…?»

«Hallo.» Frazier nahm ab. «Tante Ru, was ist los?» Sie hörte aufmerksam zu und rief dann: «Carter, zieh deine Schuhe an und lauf zum Briefkasten.»

«Warum?»

«Nun mach schon!» Er gehorchte, und Frazier hörte wieder ihrer Tante zu. Sie war jetzt richtig wütend. «Das ist unglaublich.»

«Wie können sie ihm das antun?» Ru kämpfte mit den Tränen.

«Tante Ru, bevor ich den Artikel nicht gelesen habe, kann ich weiter nichts sagen, aber es hört sich verdammt nach einer Lüge an. Hast du Dad angerufen?»

«Nein, er steht nicht vor halb acht auf, aber ich ruf ihn an, bevor die Meckerziege sich zu ihrem Morgenkaffee und Orangensaft setzt, die Zeitung aufschlägt und 'nen Tobsuchtsanfall kriegt. Das wird ihre Kreativität anheizen.» Ru wälzte einen Teil ihres Kummers und ihrer Wut auf Libby ab, die jederzeit willkommene Zielscheibe.

«Mutter ist sehr kreativ, ich wünschte nur, das würde sich

bei ihr anders äußern als in seelischer Grausamkeit. Ah, da kommt Carter.»

«Mein Gott!» Carter reichte Frazier die Zeitung, den Lokalteil von Mittelvirginia. Auch im *Richmond Times Dispatch*, den sie abonniert hatte, fand er inkriminierendes Material.

Frazier überflog die Zeitung. «Oh, mein Gott.»

«Schwesterherz, hier steht auch was.» Er schob ihr die Richmonder Zeitung hin.

«Ru, in der Richmonder Zeitung steht es auch.»

«Mein Bruder hat in seinem ganzen Leben noch nie einem Kunden zuviel berechnet. Er ist der redlichste und anständigste Mensch, den ich kenne, genau wie unser Daddy, und ich dreh dem miesen Schweinehund, der Frankie das angetan hat, den Hals um. Ich mach ihn kalt!»

Frazier las weiter. «Ich helf dir dabei.»

«Unzuverlässiges Vorgehen – was? Sie werfen ihm eine Monopolstellung vor, sie beschuldigen ihn der …»

«Preisabsprachen. Armer Daddy, armer Daddy.» Frazier fühlte sich hilflos, dann versuchte sie ihr Hirn anzukurbeln, was schwierig war, weil sie erst einmal ihren Tee brauchte. Als hätte er ihre Gedanken gelesen, goß Carter kochendes Wasser über einen Teebeutel und reichte ihr die Tasse. Sie nahm seine Hand und hielt sie einen Moment. «Tante Ru, am besten sagst du es Pop. Wenn du mit ihm gesprochen hast, ruf mich an, laß es zweimal klingeln und leg auf, dann ruf ich ihn an. Bis acht Uhr werden alle, mit denen er sprechen will, und alle, mit denen er nicht sprechen will, es gelesen haben, und die Telefondrähte werden heißlaufen. Okay?»

«Okay.»

«Und Tante Ru, laß dich morgen abend beim Hartriegelblütenfest im Country-Club sehen. Ich will verdammt sein, wenn wir uns verstecken. Jetzt heißt es, alle Mann an Deck.»

«Ich komme bestimmt, aufgetakelt wie eine Fregatte. Tschüs, mein Herz.»

Carter reichte ihr einen Teller mit Doughnuts. Sie winkte ab und trank ihren Tee, wobei sie mit grimmiger Miene überlegte. Carter war bedrückt. «Schätze, ich bitte Dad jetzt lieber nicht um ein Darlehen.»

«Du solltest ihn grundsätzlich nicht um ein Darlehen bitten.»

Er rutschte unbehaglich auf seinem Stuhl herum. «Ich war nie so schlau wie du.»

«Quatsch. Jedenfalls könnte es sein, Carter, daß Dad unser Geld braucht, um ...»

«Dein Geld», warf er ein. «Ich hab keins.»

Sie setzte sich ihm gegenüber. «Diese Sache könnte seinem Geschäft wirklich schaden, und die Rezession hat ihn ohnehin schon schwer getroffen. Carter, es könnte sein, daß wir eine Weile für Daddy arbeiten müssen.»

«Du wärst verrückt, wenn du das tätest.» Er richtete sich auf. «Du verdienst ein Schweinegeld mit dem, was du machst, und so gut Mandy auch ist, sie hat einfach nicht deine Verbindungen und deinen Blick.»

«Danke, aber wir können Daddy nicht im Stich lassen.»

«Hör mal, wenn es so schlimm kommt, kann Tante Ru auch mitarbeiten. Verdammt, ihr macht es nichts aus, zu schuften wie ein Berserker, und ich kann die schweren Maschinen bedienen. Es ist schon eine Weile her, aber das hab ich schnell wieder drauf.»

«Also wirst du ihm helfen?»

«Ja – wenn er mich läßt.» Es war der leichteste Entschluß, den Carter je in seinem Leben gefaßt hatte. Noch gestern hätte er sich damit gequält, beide Seiten der Angelegenheit gegeneinander abzuwägen, seine schwierige Beziehung zu seinem Vater, die bleibende Nähe, geographisch gesehen, zu Laura, dieser Vagina mit Zähnen.

Das Telefon klingelte zweimal. Frazier sprang auf und rief Dad an. Carter trat hinter sie.

«Mom, kann ich bitte mit Dad sprechen?»

«Das ist eine Katastrophe!» jammerte Libby. «Nein, er versucht gerade zu frühstücken, und du wirst ihn nur noch mehr aufregen.»

Carter, das Ohr dicht am Telefon, hörte das und riß Frazier den Hörer aus der Hand. «Mutter, hol sofort Dad an den Apparat.»

Da ihr angebetetes Kind bisher nur einmal so wutentbrannt mit ihr gesprochen hatte, reichte Libby, vermutlich im Schockzustand, ihrem Mann das schnurlose Telefon. Carter übergab den Hörer wieder an Frazier.

«Daddy – geht's dir gut?»

Frank schluckte einen Mundvoll Essen hinunter. «Das ist nur ein Sturm im Wasserglas. Es geht vorüber. Mach dir um mich keine Sorgen.»

«Ich mach mir aber Sorgen um dich. Du bist ein großartiger Geschäftsmann, Dad, und diese Geschichte ist einfach absurd. Ich möchte dir helfen.»

«Du kannst mir helfen, indem du auf dich aufpaßt, dann hab ich nur noch ein Kind, um das ich mir Sorgen machen muß.»

Carter hörte das. Frazier antwortete rasch: «Daddy, ich glaube nicht, daß du dir um Carter Sorgen machen mußt. Er ist hier bei mir, und er will mit dir sprechen.» Sie übergab den Hörer an Carter.

Er schluckte, blinzelte heftig, dann begann er mit ungewöhnlich heiserer Stimme: «Dad, ich weiß, bisher habe ich nur Mist gebaut, aber jetzt fang ich ein neues Leben an. Ich hab keinen Tropfen getrunken, seit ich Yancey Weems' Mercedes und Billys Volante zu Schrott gefahren hab. Mir ist einiges klargeworden. Nein, ich will mich nicht rechtfertigen, Dad.» Er holte wieder tief Luft. «Was ich sagen will, ist, ich würde gern bei Armstrong-Straßenbau arbeiten, und ich erwarte keine große Bezahlung. Nur gerade genug, um für

Lebensmittel aufzukommen, solange Frazier mich hier erträgt. Ich kann die Maschinen bedienen, und mit ein bißchen Arbeit kann ich lernen, Kostenvoranschläge zu machen, na schön, ist eigentlich doch 'ne Menge Arbeit, aber ich kann das, Dad, und so sparst du ein Gehalt ein. Die Zeiten sind schlecht, und es kann sein, daß die Geschäfte nach diesem blöden Artikel noch schlechter gehen. Und Ru kann auch mitarbeiten. Wir schaffen das schon – wenn du mir bloß eine Chance gibst.»

Die endlos lange Pause am anderen Ende der Leitung war quälend. «Hört sich gut an, mein Sohn.»

Röte schoß Carter in die Wangen. Frazier legte ihm den Arm um die Schultern. «Nur noch eine Kleinigkeit – kannst du bei Mildred ein gutes Wort für mich einlegen? Du weißt, sie kann mich nicht ausstehen.»

Frank lachte. «Carter, mach dir darüber keine Gedanken. Wir sehen uns, hm, sagen wir in einer Stunde?»

«Prima.»

«Sag Frazier, sie soll sich keine Sorgen machen. Du weißt, wie sie ist.»

«Ja, sag ich ihr. Tschüs.»

«Wiedersehen.»

Carter behielt den Hörer in der Hand. Er konnte nicht auflegen. Frazier drückte auf die Gabel. «Er sagt, du sollst dir keine Sorgen machen. Du machst dir viel zu viele Sorgen.»

«Ich bin stolz auf dich, Brudda.»

«Ja?»

«Ja.»

Sie wäre auch stolz auf ihren Vater gewesen, wenn sie ihn in Libbys Landhausküche hätte sehen können. Als er es seiner Frau erzählte, drehte sie durch und sagte, das würde alles ruinieren, was vom Geschäft noch übrig sei – nicht, daß Carter keine Hilfe sein könnte, aber Vater und Sohn würden sich zanken wie Katze und Hund. Dann deutete sie an, daß dies Laura das Herz brechen würde.

Frank war vielleicht nicht der scharfsinnigste Mann der Welt, aber er begriff, daß seine Frau fürchtete, er würde eine engere Beziehung zu seinem Sohn knüpfen und sie dann nicht mehr als Vermittlerin benötigen. Libby lebte nach dem Motto «Entzweie und gebiete!» Sie nervte ihn so lange weiter, bis er schließlich sagte, sie solle den Mund halten.

Libby, die Franks Entschlossenheit mißdeutete, ein Fehler, der ihr nur zu leicht unterlaufen konnte, nachdem sie ihn vier Jahrzehnte unterm Pantoffel gehalten hatte, bedrängte ihn weiter: «Dann bestehe darauf, daß er sich von dieser Freundin trennt. Die Person taugt nichts. Diese Beziehung schadet deinem Image, sie schadet deinem Geschäft. Carter muß sich von ihr trennen.»

Frank brüllte: «Verdammte Scheiße, halt endlich die Klappe!» und knallte seine Tasse mitsamt Untertasse an die Wand. Das Geschirr zerbrach und hinterließ an der Wand einen Kaffeefleck. Frank schnappte sich seine Autoschlüssel, und Libby blieb allein mit sich und der neuen Situation, mit der sie zurechtkommen mußte.

52

Das Gebäude des Country-Clubs mit seinen rötlichen Ziegeln und dem schneeweißen Gesims kontrastierte mit dem Frühlingsgrün der umstehenden Walnuß- und Ahornbäume, der Kastanien und Roteichen. Bald würden die haushohen Magnolien wie auf Kommando ihre großen Knospen öffnen, und die weißen Blüten zwischen den grünglänzenden Blättern würden aussehen wie Wasserlilien.

Die Straßen zum Club waren von Autos verstopft, und die Leute mußten fast einen Kilometer zu Fuß gehen, um zu Tanz und Feuerwerk zu gelangen.

Tische mit pastellfarbenen Tischdecken standen auf dem wogenden Rasen, Blumenarrangements mit Windlichtern zierten die Mitte jedes Tisches. Livrierte Kellner und Kellnerinnen bedienten die Gäste. Ein Tanzboden, der bei Festen im Freien aufgestellt wurde, erhob sich über der ausgedehnten Rasenfläche. Im anhaltenden Dämmerlicht klopfte der Kapellmeister mit seinem Taktstock auf ein Notenpult. Sein Toupé sah furchtbar aus; hätte es auf der Straße gelegen, Autofahrer hätten es für eine tote Katze gehalten. Die Mitglieder des kleinen Orchesters ergriffen ihre Instrumente. Melodien der dreißiger und vierziger Jahre schwebten über Buchsbaum und Azaleen.

Alles, was gehen, laufen oder getragen werden konnte, war heute abend zur Stelle. Die Frühlingsgarderoben der Damen schimmerten in Pastellfarben, während die Herren eleganten Pinguinen glichen. Frank und Libby saßen am Kopfende eines Tisches an der Tanzfläche. Libby schäumte, als Carter mit Sarah ankam, die aufgetakelt, aber sehr sexy war. Franks gestriger Ausbruch hielt Libbys Mundwerk vorübergehend in Schach. Sie ließ sich Sarah vorstellen, blieb aber kühl. Ru lenkte Libby bei jeder Gelegenheit ab. Frazier saß der erotischen Frau gegenüber. Sie unterhielten sich lebhaft, während Mandy, die ein pfirsichfarbenes Chiffonkleid trug, mit Frank plauderte. Auch das paßte Libby nicht; eine Farbige an ihrem Tisch. Sie beschloß, es heldenhaft zu tragen, damit ihre Clique mit ihr fühlen und ihren Charme, den sie trotz aller Bedrängnis spielen ließ, zur Kenntnis nehmen konnte. Die jüngsten Tumulte in Los Angeles flößten Libby Angst ein; sie fürchtete, jede Unmutsäußerung ihrerseits würde

Gewalt auf seiten nichtweißer Individuen auslösen. Libby mit ihrem Rassismus und ihren anderen Ismen brachte es fertig, aktuelle Ereignisse so einzuordnen, daß sie ihre Vorurteile untermauerten, statt sie in Frage zu stellen.

Laura Armstrong, die sich ihre Idealfigur erhungert hatte, saß mit Pete Barber und seiner Frau an einem Tisch. Laura hatte einen Begleiter aus New York angeheuert, um den Leuten zu beweisen, daß sie imstande war, einen attraktiven Mann anzuziehen, aber welche Frau kann das nicht, wenn sie die Rechnungen bezahlt?

Laura hatte noch andere Rechnungen zu bezahlen. Aus dem letzten Detektivbericht hatte Frazier erfahren, daß ihre Schwägerin Ärzte in Richmond, Washington und sogar Norfolk aufsuchte, um an Rezepte für das altbewährte Valium und Unmengen von Stimmungsaufhellern zu kommen.

Frazier bezahlte den Detektiv, behielt aber die Information für sich. Sollte bei der Scheidung schmutzige Wäsche gewaschen werden, wollte sie den Bericht Carters Anwalt zuspielen.

Und es freute sie ungemein, daß die perfekte Dame so perfekt nicht war.

Pete Barber bezahlte seine Rechnung sofort, nachdem er die Zeitungsattacke gegen Frank gelesen hatte. Frank erkannte nun, wer seine wirklichen Freunde waren, und Pete hatte er bisher nicht dazugezählt. Diese wunderbare Überraschung war ebenso groß wie die Enttäuschung über Fred Vanarman, den Börsenmakler. Der hatte den Vorwurf der Preisabsprache zum Anlaß genommen, die Rechnung für seine 400 Meter lange Zufahrt von seiner Anwältin überprüfen zu lassen. Bedacht darauf, Frank zu schneiden, spazierte er immer wieder an dessen Tisch vorbei.

Wilfreda Gimble, dieses abgegriffene Geldstück, das schon viel zu lange im Umlauf war, genoß das Schauspiel, die Armstrongs in ihren vermeintlich letzten Zügen zu sehen.

Billy Cicero schritt mit Camille Kastenmeyer am Arm auf die Tanzfläche. Er war eigens aus Richmond gekommen, um seine zukünftige Braut und seinen Frack vorzuführen. Kenny Singer schlenderte zu Frazier und beugte sich zu ihr hinab. «Camille fehlt eigentlich nichts als ein Kinn.»

«Die Habsburger hatten auch keins. Hat ihnen nicht geschadet», erwiderte Frazier.

«Stimmt, aber sie waren klug genug, sich Bärte wachsen zu lassen.» Kenny lachte. Nach einer Pause sagte er: «Tut mir leid, die Sache mit deinem Dad.»

«Mir auch, aber das vergeht. Dad steht über den Dingen. Bloß mit Mutter stimmt irgendwas nicht. Es sieht ihr gar nicht ähnlich, daß sie sich die Gelegenheit entgehen läßt, im Unglück zu schwelgen.»

«A propos schwelgen.»

Laura Armstrong wirbelte in den Armen ihres gelockten Begleiters vorbei. Sie lächelte Libby überschwenglich an, die die Huldigung erwiderte. Nach dieser Präsentation zahnärztlicher Kunst plapperte Laura ihrem Begleiter lebhaft ins Ohr.

Carter bemerkte nichts von alledem. Sarah schon.

Courtney kam herbei, um Kenny mit Beschlag zu belegen. Sie nickte allen höflich zu, und Kenny versprach, auf einen Tanz wiederzukommen, während Courtney ihn auf die Tanzfläche schleppte. Frank forderte seine Frau auf, und Carter folgte mit Sarah. Sie war eine besessene Tänzerin.

Frazier, Mandy und Mary Russell, die Damen, die ohne Begleitung waren, sahen den Tanzenden zu.

«Darf ich vermuten, daß mein Neffe glücklich ist?» Rus knallrote Lippen verzogen sich zu einem Lächeln.

«Selig.» Frazier verschränkte die Arme über ihrem üppigen Busen und beobachtete, wie die Leute *sie* beobachteten. Wahrhaftig, eine Kleinstadt.

«Was glaubst du, wieviel Laura für das Kleid ausgegeben

hat? Mindestens einen Tausender. Carters Geld. Armer Carter.» Mandy schmiegte das Kinn in die Hand.

«Carters Plastikkarte. Geld hat er keins», korrigierte Ru sie.

Billy Cicero, von boshafter Fröhlichkeit beflügelt, wirbelte mit Camille dicht an Fraziers Tisch vorbei und sie hörte, wie er zu seiner Verlobten sagte: «Sie sieht aus wie das blühende Leben, nicht?» Camille lachte perlend.

«Mies bis auf die Knochen.» Tante Ru langte nach der Weinflasche auf dem Tisch, besann sich dann aber eines Besseren und rief den Ober, um sich Kaffee zu bestellen. «Billy hat zu schnell zu viel Geld verdient. Und abgesehen davon, sagt ihm jede Frau in seinem Leben, angefangen bei seiner Mutter, wie charmant er ist. Eine Mutter braucht zwanzig Jahre, um aus ihrem Sohn einen Mann zu machen, und eine andere Frau braucht zwanzig Minuten, um einen Narren aus ihm zu machen. Allerdings hat es bei Billy mit dem Mannwerden nie geklappt.»

«Weil er schwul ist?» fragte Mandy unschuldig.

«Himmel, nein», Ru goß Sahne in ihren Kaffee, «weil er keine Verantwortung übernehmen will.»

«Ich bin im Moment nicht sein größter Fan, aber er leitet Atlantic Tobacco mit Schwung und Intelligenz.» Frazier hielt ihm die Stange.

«Ich meine emotionale Verantwortung. Paß auf, Mädchen», sagte Ru zu Mandy, «Dr. Yancey Weems dampft auf dich zu wie ein Güterzug.»

Mandy hatte keine Zeit mehr, sich umzudrehen, weil Yancey schon neben ihr stand und sie um einen Tanz bat. Gnädig folgte sie seiner Aufforderung, als Ann Haviland, bereits sonnengebräunt und in Rosa, ebenfalls auf die Tanzfläche glitt. Sie lächelte Laura strahlend zu, während sie Frazier und alle anderen Armstrongs demonstrativ ignorierte.

Frazier rutschte auf den nächsten Stuhl, um näher bei ihrer Tante zu sein. «Ich glaube, Dad wird es verkraften, wenn Mom ihn nur in Ruhe läßt.»

«Er ist ein starker Mann. Stille Wasser sind tief. Die Leute mißdeuten Franks Ausgeglichenheit und sein sanftes Gemüt als Schwäche. Er ist ein Panzer, wenn die Bombe fällt. Er hat die Orden in Korea nicht umsonst bekommen, und er redet nie darüber. Er spricht nicht gern vom Krieg», sagte Ru.

«Dad fragt sich eben, wie man einen Orden dafür bekommen kann, daß man andere tötet. Wo wir gerade von Kriegshelden reden – hab ich dir eigentlich erzählt, daß George Demerius nach Arizona zieht? Er will alles verkaufen.»

«Frank hat's mir erzählt. Er hat mir auch von Carter erzählt. Das könnte jetzt der Wendepunkt für Carter sein, und weißt du, Frank muß ihm vertrauen. Das tut beiden gut. Ich liebe Frank, aber er war zu streng mit Carter. Allerdings hätte ich nicht gedacht, daß er seine Kindheit bis in sein siebenunddreißigstes Lebensjahr ausdehnen würde.» Sie sah sich um. «Aber Wilfreda Gimble hat ihre Jugend bis in die Fünfziger verlängert. Ich persönlich glaube, sie ist schon über Sechzig.» Sie nahm noch einen Schluck von dem wohltuenden Koffein. «Herzchen, warum gehst du nicht tanzen? Du bist eine wunderbare Tänzerin.»

«Seit die ganze verfluchte Stadt weiß, daß ich lesbisch bin, denken wahrscheinlich alle, ich würde nicht mit Männern tanzen. Ich weiß nicht. Vielleicht glauben sie, daß es ansteckend ist.»

«Oder daß du nicht mit dem richtigen Mann ins Bett gegangen bist. Eine anständige Nummer, und du wärst kuriert. Ach ja, die männliche Eitelkeit, blind gegen die Realität.»

Das konnte man auch von Yancey behaupten, der Mandy mit seiner liberalen Einstellung beeindrucken wollte. Sie hörte höflich zu und wünschte dabei nur, die Weißen würden ihre Schuldgefühle für sich behalten.

«Sie glauben gar nicht, was ich als Arzt alles zu sehen bekomme», sagte er. «Zum Beispiel gibt es in den besten Familien von Albemarle County, den besten *weißen* Familien – ich spreche hier von der Aristokratie, Mandy – Fälle von Sichelzellenanämie. Das sage ich ihnen natürlich nicht. Ich sage ihnen, sie hätten Leukämie. Sie könnten die Wahrheit über ihre Vorfahren nicht ertragen.»

Während Yancey weiterredete, hielt Laura ihrem Begleiter endlose Monologe. Carter ging es gut, er war erfüllt von der Musik und stolz darauf, das schönste Mädchen des Abends in seinen Armen zu halten. So konnte er es sich nicht verkneifen, seine Frau leicht zu streifen. Sie fuhr zusammen, entspannte sich dann aber in den Armen ihres Begleiters, und ihre Augen bekamen einen besonders lüsternen Glanz. Der attraktive Mann an ihrer Seite und das an einer Seite bis zum Oberschenkel geschlitzte «Fick-mich-Kleid», das sie trug, gaben ihr das Gefühl, hinreißend zu sein, auch wenn Carter ihrer Meinung nach grausam war und versuchte, ihr weh zu tun. Laura konnte einfach nicht begreifen, daß sie nicht mehr der Mittelpunkt im Leben ihres Mannes war.

«Die hängt an ihm wie eine Klette», sagte Laura kichernd zu ihrem Begleiter.

«Wenn sonst nichts an ihm hängt», erwiderte er.

Sie warf den Kopf zurück und lachte exaltiert.

«Eine oscarreife Vorstellung.» Frazier klopfte beifallspendend mit ihrer Gabel auf den Tisch.

«Früh gefreit und dann bereut. Wie teuer es wohl wird, sie abzustoßen?»

«Ru, egal, was es kostet, das Geld ist gut angelegt.» Sie sah auf ihre Uhr. «Ich geh mal rüber zum Feuerwerk. Ich hab heute nachmittag zwar alles überprüft, aber ich seh lieber noch mal nach. Schick Mandy rüber, wenn der Tanz vorbei ist.»

«Frazier, ich weiß, wie schwer es für dich ist, hier zu sitzen, aber ich bin froh, daß du da bist. Die Leute müssen sehen, daß du dich nicht schämst, daß du nichts zu verbergen hast. Dasselbe gilt für Frank. Ihr habt dasselbe Recht hierzusein wie alle anderen.»

«Tante Ru, du bist die Beste.»

«Hm, das kann ich nicht beurteilen, aber als alte Frau sitze ich viel zu Hause und denke nach. Im Auto denke ich auch viel nach. Du mußt den Leuten eine Chance geben. Du mußt verstehen, daß sie vor den Kopf gestoßen sind. Sie haben dich anders gekannt, und jetzt müssen sie sich umgewöhnen. Du hast nicht gelogen, aber du hast auch nicht die Wahrheit gesagt. Vielleicht könnte man sagen, du bist unter falscher Flagge gesegelt.» Ru tätschelte ihre Hand. «Aber gib den Leuten eine Chance. Stell dir vor, die Situation wäre umgekehrt.»

«Wie meinst du das?»

«Was, wenn Homosexualität die Regel wäre und die Heterosexuellen sich verstecken müßten? Wer würde uns dann interessieren? Zuhälter und Prostituierte zum Beispiel. Die Verrückten würden uns interessieren, und Leute wie du und ich wären plötzlich ganz normal.»

«So hab ich das noch nie gesehen.»

«Wie gesagt, ich bin eine alte Frau. Ich verfüge über den Luxus, genug Zeit zum Nachdenken zu haben. Also, gib den Leuten eine Chance. Und wenn mehr Männer und Frauen wie du ehrlich wären, ich glaube, dann würde unsere Gesellschaft ein bißchen reifer werden. So ist der Mensch nun mal.»

«Wie gerne würde ich das glauben, aber solange Frauen ihre Kinder verlieren können, ihre Arbeit, ihre Stellung in der Gesellschaft, denke ich, daß es lohnender ist, zu lügen, als die Wahrheit zu sagen. Gott, ist das alles kompliziert.»

«Wie fühlst du dich jetzt?»

Frazier spielte mit ihrer Serviette, während sie sich die Frage durch den Kopf gehen ließ. «Ich fühle mich sauber und im Einklang mit mir selbst, aber ich bin wütend – mir war vorher nie bewußt, daß ich eine solche Wut in mir habe. Ich weiß nicht, ob es wegen dieser ganzen Schwulengeschichte ist oder ob es was mit Mutter zu tun hat oder mit dem wahnsinnigen Druck, mich anpassen zu müssen, aber ich wette, in erster Linie waren es die Nerven, die mich ins Krankenhaus gebracht haben. Ich konnte einfach nicht atmen. Jetzt kann ich atmen. Und ich spucke Feuer.»

«Bisher warst du ein Muster an Gelassenheit. Das Feuer war nicht zu sehen. Ich glaube, das viele Geld, das Frank in deine Erziehung gesteckt hat, hat sich ausgezahlt.» Ru lachte.

Frazier stand auf und ging zu den Feuerwerkskörpern. Auf dem Weg dorthin kam Debbie Noakes, Kimberleys zwölfjährige Tochter, in ihrem ersten Erwachsenenkleid angelaufen, um Frazier zu begrüßen. Die beiden kannten sich von den Pfadfinderinnen, und Kimberley in ihrer bürgerlichen Art war ausgewichen und hatte ihrer Tochter erzählt, Frazier mache nicht mehr mit, weil sie zu viel Arbeit habe.

«Miss Armstrong, ich bin so froh, Sie zu sehen.»

«Ganz meinerseits, und hübsch siehst du aus. Das ist ein tolles Fest, weil alle sich so schön machen.»

Kimberley, von ihrer Mutter angestachelt, stand von ihrem Platz auf und rief mit honigsüßem Lächeln: «Debbie, Schätzchen, komm zurück an den Tisch. Du weißt, Miss Armstrong ist sehr beschäftigt.»

«Mom ist komisch. So ist sie immer», stöhnte Debbie, aber sie gehorchte.

Als Frazier an dem Tisch vorbeiging, hörte sie Kimberleys Mutter, die alte Tiny Lockett, sagen: «Du solltest dem Kind nicht erlauben, mit solchen Leuten zu verkehren.»

Frazier ging weiter, aber sie hörte Debbie fragen: «Mit was für Leuten?»

Als sie zu den Feuerwerkskörpern kam, war sie froh, weit

weg von der Menge zu sein. Wie sollte sie den Leuten eine Chance geben, wenn die meisten es vorzogen, über Menschen, die anders waren als sie, zu richten, statt sie verstehen zu lernen? Sie hockte sich hinter das Gerüst. Die diversen Feuerwerkskörper und Zünder waren säuberlich aufgereiht und numeriert, denn sie legte Wert darauf, ihr Feuerwerk mit System abzubrennen. Jedesmal, wenn sie das tat, mußte sie an Monet, Renoir, Pissarro denken. Für Frazier waren Feuerwerke ein himmlischer Impressionismus, etwas scheinbar mühelos Hingekleckstes, was jedoch technisches Geschick und Planung erforderte.

Das Bild von Vulcanus, der abseits von seinem Vater auf dem Olymp stand, ging ihr durch den Kopf. Hatte Vulcanus die Aufsicht über Feuerwerke? Eigentlich sollte er sie haben. Selbst auf dem Olymp gibt es verstoßene Kinder, unvollkommene Sprößlinge, und einen Augenblick lang war sie mit ihren Gedanken bei dem schwitzenden, verkrüppelten Gott, der, mit Venus vermählt, von dieser zwar nicht gehaßt, aber auch nicht geliebt wurde.

«Il Penseroso.» Mandy ließ sich neben sie fallen.

«Verschon mich bitte mit John Milton, ein für allemal.»

«Du sahst nachdenklich aus.» Mandy lächelte.

«Ich hab überlegt, ob Vulcanus vielleicht der Schutzpatron der Feuerwerke ist.»

«Schon wieder das Gemälde.» Mandy lächelte wieder. «Es hat was Berauschendes an sich.»

Jim Burguss trat zu ihnen. «Wird Zeit. Die Kapelle spielt die Erkennungsmelodie.»

«Dixie», bemerkte Mandy gequält.

«Nee», Jim klopfte ihr auf den Rücken, «das ist ‹Rote Segel›, sie spielen es bloß sehr schnell.»

«Jetzt wo Rußland auseinanderbricht, sind die roten Segel wohl gestrichen», meinte Frazier.

«Du läßt nach, Frazier. Aber unsere Regierung läßt auch

nach. Wenn wir Rußland diesmal im Stich lassen, wenn wir nicht helfen, dann haben wir zweimal versagt. Einmal 1917 in Archangelsk und jetzt wieder.»

«Jim, ich hatte vergessen, daß du Geschichte studierst.»

«Wenn mehr Menschen Geschichte studieren würden, könnten wir uns eine Menge Ärger ersparen.» Die Musiker erhoben sich. «Okay, das ist das Signal. Ich gehe wieder auf die Veranda.»

«Gut.» Frazier zündete ihre erste Schnur. Mandy stand bereit. Die erste Rakete war ein Zischer mit einem Knall, gefolgt von einem Schauer aus Funken und Glitzer.

Frazier bekam eine Gänsehaut, als sie die Ohs und Ahs der Menge hörte. Sie liebte es, ein Publikum zu beglücken.

«Toll! Der blaue Stern ist unglaublich.» Mandy beschattete die Augen. «Sag mal, hast du Ann gesehen?»

«Das ist mir erspart geblieben.»

«Sie übertreibt es mit der Weiblichkeit.» Mandy sah eine rote Lichtflut emporsteigen, gefolgt von Grün, dann einem bunten Regenbogen. Sensationell! Also, jedenfalls stakst Ann auf Absätzen herum, so hoch wie Stelzen, und ihre Stimme ist so hoch, daß bloß ein Hund sie hören könnte.»

«Was finden die Männer nur an dieser ganzen gekünstelten Weiblichkeit?» Frazier beugte sich über den nächsten Stoß. «Mich macht das nicht an. Ich find's zum Kotzen. Gib mir die mal bitte rüber.» Sie zeigte auf eine Zündschnur.

«He, vielleicht wirkt es auf sie so, wie der Spruch ‹Schätzchen, zerbrich dir nicht dein hübsches Köpfchen, ich kümmer mich schon um alles› auf uns wirkt.»

«Ich geb es ungern zu, aber kein Mann in meinem Leben hat mir je angeboten, sich um irgendwas zu kümmern. Ich wecke anscheinend keinen Beschützerinstinkt.»

«Kann sein. Ein tieferes Dekolleté könnte dem abhelfen.»

«Du bist irre. He, wie findest du die goldenen Schößchen an dem Kleid?»

«Todschick.» Mandy hielt sich wegen des bevorstehenden Knalls die Ohren zu. Der Knall kam verzögert und ging erst los, als sie gerade die Finger aus den Ohren nahm. «Raffiniert. Sehr raffiniert.»

Ann kam aus der Menge getorkelt und zog ihren Begleiter mit Bürstenhaarschnitt, Bob Alton, hinter sich her. Sie hatte einen in der Krone. Sie ging auf Frazier zu und sagte: «Na, wenn das nicht das kleine Mädchen mit den Schwefelhölzchen ist.»

«Du bist betrunken, Ann», warnte Frazier sie.

«Ja, aber morgen bin ich nüchtern. Und du bist immer noch 'ne Lesbe.» Sie lachte hysterisch.

Bob, der nüchterner war, versuchte Ann zurückzuhalten, als sie Tempo zulegte und auf die Raketen zusteuerte. «Ann, he, nicht so schnell.»

Weitere Raketen erhellten den Himmel. Ann stolperte in Fraziers sorgfältiges Arrangement. «Ich hatte ganz vergessen, wie pingelig du bist.» Ann stieß Folge Nummer sieben um.

«Verschwinde von hier, Ann.» Mandy packte ihren einen Arm, Bob den anderen.

«Laßt mich los», fauchte sie.

«Laß das, Ann, du fällst unangenehm auf.»

Ann wankte auf Frazier zu. «Ich fall unangenehm auf? Ich? Mein Vater ist kein Betrüger, und ich bin nicht Miss Homo.»

In Fraziers Kopf brannte eine Sicherung durch, und sie landete eine Rechte auf Anns quatschendem Mund. Ann ging in die Knie, sackte dann auf die Seite, wobei sie einen brennenden Zünder in die Knallkörper stieß, die ebenfalls umgekippt waren. Binnen Sekunden schoß ein Feuerwerk in großen Flammenzungen vom Rasen in die Höhe.

Mit Bobs Hilfe zog Mandy die kreischende und um sich tretende Ann, deren Mund blutete, aus den Feuerwerkskörpern heraus. Die Menge schrie. Hunderte warfen sich zu Boden, und Tiny Lockett rief: «Rettet die Kinder!»

Tische wurden umgestoßen, und die Leute gingen dahinter in Deckung. Billy rannte ins Hauptgebäude und überließ die kinnlose Camille ihrem Schicksal. Sie mußte sich jetzt ernsthaft fragen, was er überhaupt für ein Mann war. Carter spurtete über den Rasen, um ein Kind zu Boden zu reißen, nachdem er Sarah bei Ru, Frank und Libby hinter dem Tisch in Sicherheit gebracht hatte.

«Mandy, hol den Feuerlöscher!» Frazier erstickte eine Zündschnur im Gras, aber schon wurde die nächste Reihe von Knallkörpern am Boden entzündet, und das gesamte Feuerwerk schoß jetzt mit solcher Helligkeit in den Himmel und über den Rasen, daß man es vermutlich bis Nelson County sehen konnte. Der große Abschlußstern entzündete sich und regnete in weißen Funken auf die Erde.

Mandy warf sich schützend über die Zündschnüre, Frazier trat hektisch glimmende Funken aus.

Nachdem der letzte Funkenregen auf die Erde geprasselt war, krochen die Zuschauer bäuchlings hervor. In weiter Ferne bezeugte eine Sirene, daß jemand so geistesgegenwärtig gewesen war, die Feuerwehr zu rufen. Yancey Weems zischte: «Ich werde sie wegen emotionaler Grausamkeit und grober Fahrlässigkeit verklagen.»

Frazier schwankte benommen und setzte sich dann auf die Erde.

Mandy stand vor ihr. «Ich hab da eine Theorie...»

Frazier unterbrach sie heiser: «Daß die Liebe... ein sehr destruktives Gefühl ist.»

«Was du nicht sagst, Sherlock.»

Drüben auf dem Rasen begeisterte sich Debbie Noakes: «Das ist das schönste Hartriegelblütenfest aller Zeiten!»

53

Die Titelseite des Lokalblatts brachte ein Farbfoto von dem Feuerwerksdebakel im Country-Club. Die Schlagzeile lautete «Explosion!» Der im Zorn auf den Fußboden des Büros geworfenen Zeitung war anzusehen, daß Frazier mehrmals darübergetrampelt war. Der Fotograf hatte gute Arbeit geleistet. Das machte Frazier also nicht wütend. Was sie wütend machte, war die Story. Der Reporter – eine schmeichelhafte Bezeichnung – hatte ihren Beruf und ihr Alter falsch angegeben und außerdem ihren Vornamen falsch buchstabiert. Aneinandergereihte Augenzeugenberichte verrieten, daß der Reporter sich die Story nicht zusammenreimen konnte und deshalb auf Zitate angewiesen war.

Wie konnten diese Leute Augenzeugen sein? Sie hatten sich hinter die Tische verkrochen. Wenigstens hatte niemand Ann interviewt. Sie hätte bestimmt erklärt, daß Lesben labil und aggressiv seien, daß sie Männer haßten und nicht mit Feuerwerkskörpern umgehen könnten. Dann hätte sie Bob zu Boden geworfen und ihn gebumst, um ihre heterosexuellen Neigungen zu beweisen.

Das Telefon klingelte. Mandy nahm ab, wie sie es den ganzen Vormittag getan hatte. Man muß der Stadt zugute halten, daß die meisten Anrufer sich nach Fraziers Befinden erkundigten und wissen wollten, was wirklich passiert war. Alle wußten, daß Sicherheit für Frazier das oberste Gebot war. Wie konnte sie ihnen erklären, was wirklich passiert war? Sie müßte preisgeben, daß sie und Ann eine Affäre hatten. Sosehr sie Ann verachtete, sie fühlte sich an den alten Kodex gebunden, nichts über ihre Liebschaften mit anderen auszuplaudern. Und außerdem, sollte sie sich etwa dazu bekennen, mit so einer blöden Kuh geschlafen zu haben? Es war weit weniger peinlich, eine stadtbekannte Lesbe zu sein, als vorgehalten zu bekommen, unter Geschmacksverirrung zu leiden. Darum druckste Frazier herum, jemand von den Zuschauern sei angeheitert gewesen und in die Knallkörper gefallen, die Zünder hätten Feuer gefangen und rumms! Damit gaben sich alle zufrieden.

Mandy kam auf Zehenspitzen herein. «Ihre Mutterschaft. Soll ich ihr sagen, du bist nicht da?»

«Nein, sie wird immer wieder versuchen, mich zu erwischen. Ich bring's lieber hinter mich.» Sie nahm den Hörer von der Gabel, Mandy ging hinaus. «Hallo, Mutter.»

«Hast du die Zeitung gelesen?»

«Ja, hab ich.»

«Was würde die Central Virginia Tribune ohne die Armstrongs anfangen?»

«Auf jemand anderm rumhacken, schätze ich. So mußt du das sehen, Mutter. Wenn sie sich uns vornehmen, heißt das, daß die anderen in Ruhe gelassen werden.»

Libby senkte die Stimme. «Die anderen interessieren mich nicht. Ich will jetzt genau wissen, was passiert ist. Ich war gestern abend so aufgewühlt, daß dein Vater mich gleich nach Hause gefahren hat, und dann bin ich mitten in der Nacht aufgewacht, weil ich dachte, Frank hat einen Herzanfall.» Libby wartete auf die erwünschte Reaktion und bekam sie.

«Was?»

«O ja, diese ganzen Aufregungen – angefangen bei dir, Miss Mary Frazier – haben ihn sehr mitgenommen. Der gräßliche Zeitungsartikel über sein Geschäft, und dann der gestrige Abend. Ich weiß nicht, wie er das verkraftet hat, aber dann wurde es zuviel für ihn. Er klagte über Schmerzen, ich bin aufgewacht, weil er aufstand – du weißt, ich wache von der kleinsten Bewegung auf, ich habe einen so leichten Schlaf – und ins Badezimmer ging. Er hatte sämtliche Medikamente auf der Ablage stehen. Ich fragte ihn, was er hätte, er hat so geschwitzt. Er hat die Hand auf die Brust gelegt, und ich wußte, es konnte nur das Herz sein. Ich wollte zum Telefon laufen, aber er hat mich zurückgehalten. ‹Sodbrennen›, sagte er, und ich sagte: ‹In deinem Alter, ich weiß nicht, wir sollten besser einen Arzt rufen.› Dein Vater kann Ärzte nicht ausstehen, und er sagte: ‹Wenn's ein Herzanfall ist, ist es mir lieber, ich leide allein und sterbe in Frieden. Wenn Yancey Weems' Gesicht das letzte wäre, was ich auf dieser Erde sähe, wäre ich wirklich wütend.› Es stellte sich heraus, daß er recht hatte mit dem Sodbrennen, aber er steht unter einem solchen Streß, und du und Carter, ihr vermehrt seinen Kummer noch. Er war entsetzt von Sarah.»

«Auf mich wirkte er nicht entsetzt. Ihre Titten waren vollmast geflaggt, und ich hatte den Eindruck, daß Dad Spaß daran hatte.»

«Dein Vater achtet mehr auf Beine. Du warst vermutlich diejenige, die in ihren Ausschnitt gestiert hat!»

Frazier wartete einen Moment, um die Bemerkung ihrer Mutter zu verdauen, bevor sie antwortete: «Es ist nicht zu fassen, wie unglücklich und haßerfüllt du bist.» Sie legte auf und rief ihren Dad an. «Hallo, Mildred, ist Pop da?»

«Ach Herzchen, war das ein Schlamassel gestern abend. Es tut mir so leid, und du bist bestimmt ganz durcheinander.»

«Ich bin bloß froh, daß niemand verletzt wurde.»

«Ich stell dich zu Big Frank durch.»

«Dad?»

«Ja.»

«Geht's dir gut? Mom sagte, du warst heute nacht krank.»

«Ach, der verdammte Fraß. Der neue Koch im Club gießt überall diese Soßen drüber, ich glaube, das war zu schwer für mich. Deine Mutter dachte, ich hätte einen Herzanfall.» Er machte eine Pause. «Vielleicht wünscht sie mir einen, damit sie wieder alles unter Kontrolle hat.»

«Dad?» Frazier traute ihren Ohren nicht.

«Zu Hause wird sich was ändern. Ich hätte schon viel früher das Kommando übernehmen sollen, aber besser spät als nie. Frazier, bist du noch da?»

«Ja. Ich bin bloß platt.»

«Irgendwann ist Schluß. Ich möchte nicht gemein werden, aber ich halte es nicht mehr aus. Was war ich doch für ein Waschlappen. Wenn Libby mir befahl, zu springen, dann hab ich gefragt: Wie hoch. Die Zeiten sind vorbei. Und Frazier, ich möchte, daß du es als erste erfährst: Wenn wir uns nicht einigen können, werde ich deine Mutter verlassen. Ich weiß nicht, wie viele Jahre mir in diesem Leben noch bleiben, aber ich möchte, daß sie – friedlich sind. Das Glück habe ich aufgegeben, als ich aus Korea zurückkam.»

«Dad, das darfst du nie aufgeben.»

«Ich werd's versuchen, und du mußt versuchen, den Zeitungsartikel zu vergessen. Beide Artikel. Alles Schwachsinn.»

«Ich weiß.»

«Stell dir vor, Carter ist heute morgen pünktlich zur Arbeit gekommen und hat mit mir die Maschinen inspiziert. Nach allem, was gestern abend passiert ist, und bei seiner neuen Freundin – das ist vielleicht 'ne scharfe Mieze, meine Güte! –, dachte ich, er würde erst später zur Arbeit kommen, aber er war um Punkt halb acht hier.»

«Er gibt sich Mühe, Dad. Er ist ein guter Kerl.»

Frank schwieg eine Weile. «Frazier, ich glaube, ich muß noch viel lernen.»

«Ich auch, Daddy.»

«Wir reden später drüber. Wiedersehen.»

«Ist gut.» Frazier legte auf und hoffte, daß ihr Vater später *wirklich* mit ihr reden würde. Vielleicht könnten sie sich dann endlich einmal aussprechen.

Das Telefon klingelte wieder. Diesmal war es die reizende,

reife Ann Haviland. «Ich werde dich wegen Körperverletzung verklagen.»

«Das ist ja eine nette Begrüßung.»

«Ich hab mein blutiges Gesicht fotografieren lassen, und ich hab einen abgebrochenen Zahn, und ich wollte dir bloß Bescheid sagen, daß ich dich verklage, bevor du's aus der Zeitung erfährst.»

«Mir vorher Bescheid zu sagen bedeutet also deiner Meinung nach, daß du eine verantwortungsbewußte Virginia-Lady bist? Ann, wenn du wirklich eine Virginia-Lady wärst, hättest du dich erstens gar nicht betrunken, und zweitens wärst du dann nicht über den Rasen getorkelt, um mich zu schikanieren. Reiß dich zusammen.»

Ann flüchtete sich in kühle Überlegenheit, um zu beweisen, daß sie auch in den widrigsten Umständen reif und verantwortungsbewußt war und die Situation im Griff hatte. Ach ja, das große amerikanische Laster: die Situation im Griff haben wollen. Ihre Stimme hörte sich an, als käme sie aus der Tiefe eines Brunnens. «Wir lassen das Gericht entscheiden.»

«Weißt du, es tut mir leid.» Frazier konnte Ann am anderen Ende der Leitung unruhig atmen hören, während sie darauf wartete, daß Frazier zu Kreuze kriechen würde. «Es tut mir unendlich leid, daß ich dir nicht den Schädel eingeschlagen habe. Mein Anwalt wird sich mit deinem Anwalt in Verbindung setzen, und ich hoffe, das macht dich glücklich, du dumme Pute, weil du dann immer noch eine gewisse Verbindung mit mir hast.»

«Ich will nichts mehr mit dir zu tun haben!»

«He, wenn du mich verklagst, wirst du eine Menge mit mir zu tun haben. Was soll das Theater, Ann? Ob im positiven oder im negativen Sinn – du willst wohl immer der Mittelpunkt meines Lebens sein.»

«Ich war nie der Mittelpunkt deines Lebens. Du denkst

nur an dich. Du hast mir nie Liebesbriefe geschrieben. Wann hast du mir jemals Blumen geschenkt? Du hast mich nie wirklich geliebt.»

«Ich habe nie behauptet, daß ich dich liebe. *Du* hast immer gesagt, daß du mich liebst. Du wolltest mir damit nur eine Falle stellen. Wenn eine Frau dir sagt, daß sie dich liebt, dann mußt du das gleiche zu ihr sagen, sonst bist du herzlos, und *wenn* du's sagst, obwohl es gar nicht stimmt, dann bist du eine Lügnerin. Was ist schlimmer?»

«Ich weiß nicht. Du bist jedenfalls beides.»

«Bist du überhaupt intelligent genug, um den Unterschied zu erkennen? Verdammt noch mal, worüber beklagst du dich eigentlich? Wir waren doch ein Jahr oder so zusammen...»

«Anderthalb Jahre! Nimm das nicht auf die leichte Schulter.»

«Ich hab fast immer die Reisen bezahlt, ich hab mich um alles gekümmert, ich hab an deinen Geburtstag und an Weihnachten gedacht, und für mich ist das schon viel. Ich wollte keine feste Bindung, und wenn du's dir überlegst, so wie wir beide nach Strich und Faden gelogen haben, was das Lesbischsein betrifft, wie hätten wir da zusammenleben können, ohne daß es zehnmal so stressig geworden wäre? Ich hab dich nicht geliebt? Was erwartest du von mir? Daß ich auf ewig dafür büße? Ich war nicht knickerig. Ich hab mich bemüht, nett zu dir zu sein. Das ist alles.»

«Du tust mir leid.» Ann versuchte jetzt, überlegen zu klingen. «Du tust mir leid, weil du nie jemanden an dich herankommen läßt, weil du nicht verwundbar sein willst. Du wirst irgendwann mal allein sein – alt und allein.»

«Verwundbar ist wohl das neueste Schlagwort, was? Kannst du mir sagen, welches intelligente Wesen verwundbar sein will? Die Natur hat den Tieren Fänge, Krallen, Hufe, Schnelligkeit und was sonst noch alles gegeben, damit sie nicht verwundbar sind. Ich glaube, Leute wie du, die solche Worte benutzen, ihr seid so weit von der Realität entfernt, daß eure einzige Realität euer Vokabular ist. Ich hab dich nicht geliebt. Ich mochte dich, aber ich hab dich nicht geliebt. Scheiß drauf.»

«Du hast mich verletzt, und dafür wirst du büßen.»

Frazier beruhigte sich und sagte leise: «Danke, Ann. Endlich hast du die Wahrheit gesagt.» Sie legte auf. «Mein Gott, was ist bloß los? Schlittert Merkur durch die Pfützen des Universums, oder was?»

Mandy rief aus dem anderen Zimmer: «Regression. Dann fährt Merkur rückwärts.»

Frazier trat aus ihrem Büro. «Aha! Du und die Reagans. Ich hab's gewußt. Ich hab gewußt, daß du mir mit Sinnbildern kommen würdest.»

«Nee, ich steh einfach auf Astrologie. Sie ist die Wissenschaft der Jahrtausende, und die Christen haben so viel kaputtgemacht, wie sie nur konnten, aber der Rest ist immer noch besser als nichts. Außerdem willst du doch gar nichts über diese Dinge hören; ich weiß doch, daß du sie als irrational verurteilst. Ich will wissen, was los ist.»

«Mutter glänzt in Kindesmißhandlung, und Ann verklagt mich wegen Körperverletzung.»

Mandy riß die Augen auf: «Machst du Witze?»

«Über so was mach ich keine Witze. Lieber gerate ich dem Teufel in die Hände als diesen Anwälten. Aber ich find's immer noch besser, eine Katze zu füttern statt viele Mäuse, also ruf ich meinen Anwalt an, und der soll das übernehmen. Bin gleich wieder da.»

Als Frazier wieder erschien, zog Mandy die Aluminiumtrittleiter aus dem Schrank. «Und?»

«Ich werde eine Rechnung präsentieren, aber ich denke, sie wird es nicht drauf ankommen lassen.»

«Warum? Sie wird feststellen, was es sie kostet, sich auf

legalem Wege zu befriedigen – das meine ich natürlich im Scherz –, und je nachdem, wie wütend sie tatsächlich ist, kann sie dich jahrelang unter Druck setzen.»

«Ich nehme an, wenn Link Critzer ihr klar macht, daß die Natur unserer Beziehung bei der Verhandlung im Mittelpunkt stehen wird, hält sie den Mund. Natürlich wird sie wütend auf mich sein; können wir ihr etwa die emotionale Befriedigung verweigern, sich kreischend und brüllend zum Opfer zu stilisieren und mich als eine gewaltsame, gemeine, intrigante Person abzustempeln? Ist dir schon mal aufgefallen, wie beide Seiten einer zerkrachten Beziehung alles darauf anlegen, das Opfer zu sein? Was Frauen viel besser können als Männer.»

«Vielleicht muß das so sein.»

«Himmel, warum sagst du das?»

«Weil Männer Frauen belohnen, wenn diese schwach sind, und Opfer zu sein bedeutet, schwach zu sein und einen Beschützer zu brauchen.»

Frazier half Mandy, die Leiter aufzustellen. «Mandy, demnächst werden wir beide mal einen Tag wegfahren, und dann mußt du mit mir über alles reden. Du siehst Dinge, die mir entgehen.»

«Dein *vice* ist mein *versa*, dein Laster meine Lust.» Mandy lächelte. «Menschen müssen aufeinander aufpassen. Wir sind schließlich Herdentiere, nicht? Übrigens, die Lampen sind endlich gekommen, laß sie uns über dem Olymp-Gemälde anbringen.»

«Laß mich da raufsteigen. Ich weiß nicht, ob die Lampe im Eimer ist oder bloß die Birne. Ist der Schalter aus?»

«Ja.»

Frazier kletterte auf die Leiter und langte nach der rosa Birne. «Hast du das gehört?»

«Was?»

«Ein Kichern.»

«Ich glaube, das kam von der Kassette, die gerade läuft.»

«Die ‹Diva›-Kassette?»

«Genau.»

«Aber da gab's doch kein Kichern, höchstens ein paar gesprochene Worte zwischendrin. Hörst du's nicht? Verdammt, jetzt hör ich's auch nicht mehr.»

«Frazier, paß auf, was du da oben machst.»

«Halt die Leiter fest.»

«Ich halt sie fest, aber wenn du abkratzt, was hast du dann davon? Zum Kuckuck, kannst du nicht ausnahmsweise mal auf mich hören.»

«Ich hab schon im Schülertheater Birnen ausgewechselt. Mit Lampen kenn ich mich aus.» Sie schraubte die defekte Birne heraus. «In letzter Zeit war alles so hektisch, ich hab völlig vergessen, dir zu erzählen, daß ich dich zur Teilhaberin gemacht habe. Ich habe die Mitteilung schon nach Richmond geschickt, und Link hat den restlichen Papierkram erledigt.»

Mandy nahm einen Moment die Hand von der Leiter. «Ist das dein Ernst?»

«Vollkommen. Ich hätte es dir beim Essen oder in irgendeinem bedeutenden Moment erzählen sollen, aber die letzten Unterlagen sind erst Freitag rausgegangen, und auf dem Hartriegelblütenfest wollte ich nicht darüber sprechen. Es war verrückt. Den Entschluß habe ich gefaßt, als ich dachte, daß ich sterben würde. Ich hatte dir die Firma vermacht, aber da ich am Leben geblieben bin, mußt du dich mit einer Partnerschaft begnügen.»

«Ich weiß einfach nicht, was ich sagen soll.» Mandy schluckte. «Meinst du, ich kann das überhaupt?»

«Was du nicht weißt, wirst du lernen. Du liebst andere Epochen als ich. Ich glaube, du wirst eine Menge Geld reinholen und den Kundenkreis vergrößern. Ich freu mich drauf.»

«Danke.» Mandy hielt die Leiter wieder fest, während Frazier in die Lampe langte, um den verrutschten Sockel zurückzuschieben.

Ein sengender Stoß durchzuckte Fraziers rechten Arm. Als sie aufsah, lag sie flach auf dem Rücken und blickte in Merkurs lachendes Gesicht.

54

Was machst du denn hier?»

Frazier blickte in Merkurs glattes Gesicht. «Ich glaub, ich brauch jetzt erst mal 'ne Zigarette.»

«Ich denke, du hast aufgehört?» Der Gott der Redekunst stupste sie mit seiner geflügelten Sandale.

«Was?» Frazier sträubten sich die Nackenhaare. Sie fühlte sich sonderbar benebelt.

«Als du im Sterben lagst, das heißt, als du dachtest, du würdest sterben, hast du gelobt, das Rauchen aufzugeben.»

Dionysos mischte sich ein. «Werd bloß kein Gesundheitsapostel.» Er prostete ihr mit dem goldenen Kelch zu, den sie auf dem Fußboden ihrer Galerie gesehen hatte.

Venus legte Frazier die Hand auf die Schulter. «Komm, Süße, ich helfe dir auf, du hast einen ganz schönen Schlag bekommen.»

Frazier sah ein goldenes Licht jede einzelne Pore der Göttin umspielen. Sie konnte ihr gar nicht richtig ins Gesicht sehen; sie war einfach zu schön.

«Schlag ist wohl kaum das richtige Wort. Es war mehr ein Anruf.» Jupiter musterte sie, sein gewaltiges Antlitz drückte reine Verwunderung angesichts dieses schönen, aber benommenen Menschenkindes aus.

Frazier stand schwankend auf, und Merkur legte ihr seinen kräftigen Arm um die Taille. «Ich glaub, ich spinne.» Sie wandte sich an Merkur: «Woher kennst du mich?»

«Ich beobachte dich schon eine Weile.» Sein flammendes Lächeln tat ihr in den Augen weh. «Kennst du meine Familie?»

«Ja.»

«Ich hab dir doch gesagt, sie hat uns nicht vergessen.» Neptun stieß kräftig mit seinem Dreizack auf die Erde.

«Nicht, Bruder – laß das bitte.» Jupiter lächelte den mächtigen Meeresgott, der allzuoft gegen ihn intrigiert hatte, wohlwollend an. «Denk an die Sankt-Andreas-Spalte.»

«Ich hab mich schon viel zu lange zurückgehalten», murrte Neptun. «Tokio? Los Angeles? San Francisco? Oder wie wär's mit New York? Das würde den Menschen mal richtig Feuer unterm Hintern machen. Die sind viel zu selbstgefällig da unten.»

«Aber hier ist eine, die uns kennt.» Junos kühle Stimme heischte Aufmerksamkeit.

Apoll beugte sich zu Frazier hinüber, und seine goldenen Locken schimmerten wie Seide. «Wir haben uns zu diesem Familienporträt versammelt, Frazier, und darüber ganz unsere Manieren vergessen. Möchtest du was essen oder trinken?» Er nickte, und Ganymed, der Mundschenk, erschien mit Nektar.

«Danke schön.» Frazier trank aus dem kunstvoll gefertigten Kelch, während Ganymed ihr zublinzelte. Schon nach dem ersten Schluck fühlte sie sich großartig. «Was für eine herrliche Arbeit!»

«Mein Gemahl.» Venus lächelte zu Vulcanus, dem Gott des Schmiedefeuers, hinüber.

Frazier rief dem näherkommenden Vulcanus zu: «Du bist wahrlich ein Gott, wenn du etwas so Schönes geschaffen hast.»

«Ach, das ist doch gar nichts», sagte Diana. «Paß auf.» Sie

zog einen silbernen Pfeil aus ihrem Köcher, spannte ihn in ihren gewaltigen Bogen und zielte auf einen fernen Punkt auf der Erde. Der Pfeil traf den Times-Square-Bildnachrichtenticker am Allied-Gebäude. Dessen Lichter flackerten auf und verloschen. Dann verschwand die Nahaufnahme von diesem Ereignis von dem großen Bildschirm, den Merkur sofort bereitgestellt hatte. «Wie findest du das?»

«Einfach, äh, göttlich.» Frazier schluckte.

«Diana, spiel dich nicht so auf. Diese Sterbliche hat meinen Sohn gelobt, und der bekommt wahrhaftig wenig genug Anerkennung von euch», nahm Juno ihren Sohn in Schutz. Da Diana und Apoll nicht ihre Kinder, sondern von Jupiter mit einer anderen gezeugt worden waren, konnte Juno die Zwillinge nicht leiden. Ebensowenig paßte es ihr, daß Jupiter Vulcanus verachtete, nur weil sie ihn ohne Hilfe seines Spermas empfangen hatte. Sie hatte das nämlich nur getan, um es ihrem Gemahl heimzuzahlen, der behauptete, Athene sei aus seinem Haupte geboren.

«Weißt du, daß auf dem Iron Mountain in Birmingham, Alabama, eine Statue von dir steht?» fragte Frazier mit Unschuldsmiene den muskulösen Schmied.

«Na und? In Nashville haben sie eine Statue von Athene, und Rom ist voll mit Statuen von uns allen. Ermutige ihn bloß nicht, sonst wird er –»

Vulcanus fiel Diana ins Wort. «Zum Kuckuck, was hast du denn schon je geleistet außer rumlaufen und Tiere töten?»

«Sprich nicht so mit meiner Schwester!» Apoll sprang auf, seine Lyra fiel klimpernd zu Boden.

«Du hältst dich für so gottverdammt schön», blaffte Vulcanus ihn an, «aber Glück in der Liebe hattest du nie. Sogar Menschenfrauen lassen dich links liegen, wenn sie die Wahl haben.»

Ein Riesenspektakel brach los. Pluto, der Gott der Unterwelt, verhielt sich still, beobachtete aber alles ganz genau.

Frazier flüsterte inzwischen mit Merkur, den sie vom ersten Moment an bewunderte: «Sind sie immer so?»

«Welche Familie ist das nicht?» Er zuckte die Achseln.

«Solltet ihr nicht darüber erhaben sein?» fragte Frazier unschuldig.

Venus rückte näher an sie heran. «Warum wünschst du dir Götter, die anders fühlen als du?» Ihr Atem hüllte Frazier in eine wohlige Wolke.

Frazier wurde schwindlig. «So habe ich mir das noch nie überlegt. Ich meine, ich hab gelernt, es gebe nur einen Gott und der sei vollkommen. Die Menschen seien Würmer im Vergleich zu ihm.»

«Tja, du darfst eben nicht alles glauben, was du liest», sagte Merkur ernst. «Ich kenn mich da aus. Schließlich bin ich der Gott der Kommunikation, und dies ist mein Jahrhundert.»

«Meins!» rief Vulcanus und legte die Stirn bedrohlich in Falten.

«Deins war das neunzehnte, mein Lieber. Jetzt mußt du weichen. Jeder kommt mal an die Reihe.»

«Das zwanzigste Jahrhundert gehört mir.» Mars lächelte übers ganze Gesicht.

Endlich ergriff Pluto das Wort. Er sprach mit kühler, tiefer Stentorstimme: «Dir gehört doch jedes Jahrhundert, Mars. Da Vulcanus ihnen fortlaufend bessere Techniken schenkt, pflegen sie einander umzubringen. Nach dem Zweiten Weltkrieg mußte ich fünfundfünfzig Millionen von ihnen richten. Ich habe im Leben noch nie so schwer geschuftet.»

«Du hättest die Arbeit ja delegieren können.» Dionysos stand auf, dann ließ er sich wieder auf den Hintern plumpsen.

«Das wäre unverantwortlich gewesen», fuhr Pluto Dionysos an. Er hielt ihn für leichtlebig.

«Ich seh gar nicht ein, wieso *wir* Verantwortung tragen sollen, wenn sie es nicht tun.» Neptun deutete mit seinem

Dreizack auf Frazier, worauf diese ein Schauder solch nackter Angst durchfuhr, daß sie beinahe aus der Haut gefahren wäre.

«Ich war im Zweiten Weltkrieg noch gar nicht auf der Welt.» Sie gab sich Mühe, ihre Stimme nichts von dem Schrecken verraten zu lassen.

Mars streckte sich. Sein straffer, herrlicher Körper verfehlte nicht seine Wirkung auf Venus, die sich nie von ihrer tiefen Zuneigung zu ihm befreien konnte, was ihm umgekehrt allerdings genauso ging. Bei all seinen Fehlern blieb der Kriegsgott Venus in Liebe verbunden, und er mied Vulcanus, wo immer er konnte, aber das tat Merkur auch. «Der Zweite Weltkrieg war schon interessant, aber ich mochte den Ersten lieber. Er wirkte viel tiefer, weil er die Vorstellung der Menschen vom Krieg für immer verändert hat.»

«Nicht genug, um sie vom nächsten abzuhalten», schimpfte Jupiter. Er haßte Mars ebenso sehr, wie Juno ihren Sohn liebte.

«Kann ich noch was zu trinken haben, bitte?» Fraziers Kehle war wie ausgedörrt.

Ganymed reichte ihr den Kelch. Die Götter sahen zu, wie sie den Nektar trank.

«Trink nicht zuviel», riet Athene. «Du bist es nicht gewöhnt.»

«Danke.» Frazier gab Ganymed den Becher zurück. «Hab ich was falsch gemacht?»

«Nein. Warum fragst du?» Jupiter betrachtete sie mit verhaltener Neugier. Juno an seiner Seite entging kaum etwas, und er wollte sein heftiges körperliches Interesse an diesem ungewöhnlich schönen Menschenkind nicht verraten.

«Ihr starrt mich alle so an.»

«Wir haben seit geraumer Zeit keinen von euch mehr hier heraufgelassen», antwortete Apoll.

«Ich schon», dröhnte Dionysos.

«Du zählst nicht.» Apoll winkte ab. «Deine Mutter war ein Mensch, also halt dich da raus.»

«Du bist einfach unmöglich. Nur zu, quäl mich mit deiner Haarspalterei. Zwing mich, mir dein wohlklingendes Gesäusel anzuhören.» Dionysos verdrehte die Augen. «Verdammt, ich kann's gar nicht erwarten, wieder mal zu sehen, wieviel besser du bist als ich. Aber –» er hob die Stimme – «ich habe Sex, Drogen und Rock 'n' Roll erfunden. Und was zum Teufel hast du in letzter Zeit geleistet?»

«Reagier einfach gar nicht drauf», mischte sich Diana in den Streit ein. «Sonst sinkst du bloß auf sein Niveau herab.» Sie betrachtete das Licht. «Ich geh jetzt jagen. Kommst du mit?» Sie stieß Apoll an.

«Vielleicht später.»

Diana sah von Apoll zu Frazier, verdrehte mit einem Seitenblick auf ihren Bruder die Augen und ging.

Merkur berührte Fraziers Hand. Sie schmolz fast dahin. «Wir starren dich an, weil du so schön bist.»

Frazier sah, wie Juno kritisch die Augen zusammenkniff, deshalb verneigte sie sich rasch vor der Königin der Götter. «Kein Mensch kann sich mit der Königin messen.» Frazier erinnerte sich nur vage an die Mythologie, aber sie wußte instinktiv, wenn sie auf dem Olymp überleben wollte, tat sie gut daran, Juno zu schmeicheln. Natürlich war Venus die schönste Göttin, und Frazier, auch hier vom Instinkt geleitet, vertraute ihr. Sie wußte, zu ihr konnte sie ehrlich sein. Bei Juno war das etwas ganz anderes.

Ein dünnes Lächeln huschte über Junos Lippen. Jupiter, der von Fraziers Schlagfertigkeit angetan war, nahm die Hand seiner Gemahlin. «Ein Glück für mich, daß unser Gast eine Frau ist. Ein Mann würde dich unwiderstehlich finden, meine Liebe, und dann müßte ich ihm natürlich etwas Furchtbares antun.» In Wahrheit hätte sich Jupiter einen menschlichen Rivalen durchaus gewünscht. In früheren Zeiten hätte er den Kerl einfach getötet oder in ein Warzenschwein verwandelt, doch Jahrhundert um Jahrhundert alleiniger Adressat von Junos Zuneigung zu sein hatte selbst ihn mit seiner großartigen Konstitution ausgelaugt. Sie ließ ihn kaum eine Minute in Frieden, und wenn er ihr nicht umgehend ein Kompliment machte oder um sie herumscharwenzelte, schmollte sie und war beleidigt, oder schlimmer noch, sie ließ es an einem Menschen aus. Zugegeben, ein paar Frauen hatten ihr in der Vergangenheit wirklich Anlaß zu Unmut gegeben, doch ihr Zorn konnte in pure Bosheit ausarten.

Leider war Juno eisern treu, und im Lauf der Jahrhunderte fühlte er sich immer mehr von seiner Gemahlin erdrückt.

Jetzt legte Juno ihrem Gemahl liebevoll den Arm um die mächtigen Schultern.

Venus wandte sich kichernd ab, und Merkur kniff sie, damit sie aufhörte. Was Juno anbelangte, so wußte er, wenn Mama nicht glücklich ist, ist keiner glücklich, wie die schöne Redensart lautet.

«Haben wir noch was zu besprechen?» fragte Neptun.

«Nein.» Jupiter hob die gespreizten Hände. «Oder hat noch jemand was zu sagen?»

«Was machen wir mit ihr?» Apoll linste gierig zu Frazier hinüber.

«Oh, ich kümmere mich schon um sie.» Merkur trat neben sie.

«Das kann ich mir denken», murmelte Apoll.

«Vielleicht möchte die Dame das selbst entscheiden.» Jupiter verlagerte sein Gewicht, und wieder spürte er den Arm seiner Gemahlin um seine Schultern.

«Ich will nach Hause», sagte Frazier.

«Betrachte das doch als Urlaub. Nach Hause kommst du noch früh genug.» Jupiter lächelte.

Frazier begriff, daß sie auf der Hut sein mußte, wenn man sie nicht nach Hause ließ. Sie kannte sich genügend mit Eifersucht und Gehässigkeit aus, daß die Warnsirenen schrillten. «Wenn das so ist, sollte ich vielleicht irgendwo für mich allein bleiben. Ich bin ja sozusagen unversehens hereingeschneit und möchte niemandem Ärger machen.»

«Du machst keinen Ärger.» Merkur plinkerte ihr aus seinen lustigen Augen zu.

«Nein, aber du.» Apoll schritt drohend auf Merkur zu.

«Meine Damen und Herren Götter, ich meine, Eure Gottheiten...» Frazier verhaspelte sich. «Vielleicht sollte ich mit zu einer der Göttinen gehen.»

«Komm mit zu mir nach Haus.» Venus trat zu ihr.

«Vom Regen in die Traufe.» Apoll machte enttäuscht auf dem Absatz kehrt und ging.

55

Frazier hatte einen Flug auf eine griechische Insel oder vielleicht zum Aphrodite-Tempel von Knidos im Kleinasien erwartet. Um so erstaunter war sie, als sie und ihre Gastgeberin nach einem kurzen Spaziergang in Sanssouci standen.

«Aber ist das nicht Potsdam?» Frazier war reichlich durcheinander.

«Nein, Friedrich der Große hatte die Idee von mir. Wenn du auf eine Residenz von übernatürlicher Schönheit triffst, war gewöhnlich ich die Quelle der Inspiration. Denk an Rastrellis Peterhofbrunnen bei St. Petersburg. Ich schaffe Schönheit in allen Dingen» – sie hielt inne und strich mit dem Zeigefinger über Fraziers Arm –, «und du bist auch eine meiner Schöpfungen, obgleich du noch an deinem Temperament arbeiten mußt.»

«Das sagt meine Mutter auch immer», erwiderte Frazier bekümmert.

Venus führte sie zu einem anmutigen, dezenten Gemach im rückwärtigen Teil des Schlosses mit Blick auf den Rosengarten. «Hier wirst du es behaglich haben. Hast du einen Wunsch?»

Frazier hätte am liebsten gesagt, «dich», aber sie hielt sich zurück. Durften Menschen Göttinnen und Göttern Avancen machen?

«Wie bin ich eigentlich hierhergekommen?»

Venus' klare Augen musterten sie sanft. Sie fuhr mit ihren langen Fingern durch Fraziers blondes Haar. «Akzeptiere, was du nicht verstehen kannst.»

«Aber kannst du mir wenigstens sagen, warum ihr uns nicht mehr besucht?» Fraziers Schläfen brannten vor Begierde.

«Langeweile. Einst lebten die Menschen in Rot und Gold und in Grün und Silber. Jetzt suhlen sie sich in tristen kleinen Freuden. Sie haben die Lust dem Verstand und den Verstand einem armseligen kleinen Gott untergeordnet. Sogar Apoll verliert zuweilen den Verstand – meistens wegen einer Frau, gelegentlich auch wegen eines jungen Mannes.»

«Ich glaube, ich hab ihn gekränkt.»

Das silberhelle Lachen der Göttin erfüllte den Raum. «Gekränkt? Du hast ihn ganz wild gemacht.»

«Ich?»

«Du.»

Frazier fühlte sich ungeheuer geschmeichelt, obwohl Apoll durchaus nicht ihr Typ war. «Wie kommt es, daß du Englisch sprichst?»

«Wir können alle Sprachen. Wir haben sie erfunden.»

«Oh.» Frazier faltete die Hände. «Stimmt wohl, daß die Menschen fade geworden sind. Das ist mir selbst so gegangen.»

«Laß das mal meine Sorge sein.» Sie strahlte.

Ein Schweißbächlein rann zwischen Fraziers Brüsten hinab. Sie rang nach Atem. «Du bist überhaupt nicht so, wie ich mir dich vorgestellt hatte.»

«Und wie hattest du dir mich vorgestellt?» Venus ließ sich auf einer Récamiere nieder. Sie klopfte auf das Plüschpolster und bedeutete Frazier, sich zu ihr zu setzen.

«Ich dachte, du würdest unentwegt Männer verführen. Du weißt schon, die weibliche Titten- und Arsch-Variante.»

«Zu primitiv. Du weißt, ich besaß einst große Macht. Das ist heutzutage nicht mehr so einfach. Zum einen liebt ihr Menschen im Grunde niemanden außer euch selbst. Narziß sieht gegen euch geradezu alt aus. Zum anderen sind die Christen ans Ruder gekommen und haben versucht, ein billiges Flittchen aus mir zu machen. Bei denen geht's nur um Sex, Sex und noch mal Sex, und das kränkt mich zutiefst.»

«Warum läßt du sie's nicht büßen?» Frazier war den verlockenden dunkelblauen Augen längst verfallen.

«Dann wär ich wohl nicht mehr die Göttin der Liebe, oder? Kennst du dich in der Mythologie aus? Ich bin die einzige auf dem Olymp, die keine Blutopfer fordert.»

«Ich glaube nicht, daß sie deine Macht zerstört haben. Du bist bloß in den Untergrund getrieben worden. Kann irgendwer oder irgendeine Institution wirklich die Macht der Liebe zerstören?»

«Sie können sie zur Macht des Sex degradieren.»

Etwas wie ein kalter Speer bohrte sich in Fraziers Magen. Bedeutete das, daß Venus nicht mit ihr schlafen würde? «Stimmt, das haben sie schon getan. Aber, hm, wie soll ich dich eigentlich anreden? Majestät?»

«Du kannst mich einfach Venus nennen oder Aphrodite,

wenn dir der griechische Name lieber ist. Juno ist ganz versessen auf solche Förmlichkeiten. Ich nicht.»

«Gut. Äh, was ich sagen wollte: Man kann die weibliche Natur unterdrücken, aber nie wirklich besiegen. Die frühen Christen konnten deine Macht nicht zerstören, deswegen haben sie dein Rotkehlcheneierblau und viele deiner Insignien auf die heilige Jungfrau Maria übertragen. Schwerer Diebstahl, würde ich sagen.»

«Ja.» Venus stützte sich auf den rechten Ellenbogen. «Und nun zu dir. Du hattest dein wahres Ich beschädigt. Du dachtest, du würdest sterben, und hast die Wahrheit gesagt, und jetzt –» sie fuhr mit dem linken Zeigefinger von Fraziers Schulter bis zu ihrer Hand – «jetzt zahlst du den Preis für die Liebe, nicht?»

«Es gab nicht viel Liebe in meinem Leben. Eigentlich zahle ich den Preis für eine Idee.»

«Ist es etwa meine Schuld, daß –?»

Frazier fiel ihr ins Wort. «O nein. Wie könnte so was denn deine Schuld sein?»

«Ich hab dich nahezu göttlich schön gemacht, aber vergessen, dir einen Partner zu geben. Oder eine Partnerin.»

«Ich glaube, die such ich mir lieber selbst», platzte Frazier heraus.

«Eigensinnig.»

«Äh – stimmt.» Frazier lächelte. «Das ist noch höflich ausgedrückt. Venus, es ist nicht deine Schuld, daß es in meinem Leben keine große Liebe gab. Es ist ganz allein meine. Erfolg und Geld haben mir mehr bedeutet als die Menschen. Und ich hatte Angst, zuzugeben, daß mir Frauen am liebsten waren. Ich hab gelogen, gelogen und gelogen, bis kaum noch was von mir übrig war. Kein Wunder, daß ich dachte, ich würde sterben.»

«Vielleicht ist ja ein Teil von dir gestorben.»

Frazier drehte sich auf der Récamiere herum, um Venus

ins Gesicht sehen zu können. «Schön. Jetzt hab ich vielleicht Platz für Liebe und Freundschaft. Ich war so gottverdammt beschäftigt – Verzeihung. Ich wollte nicht fluchen.» Venus winkte ab, und Frazier fuhr fort: «Indem ich das Leben zu kontrollieren versucht habe, hab ich es nicht gelebt. Und Venus, die ganze Technik, die wir heutzutage haben. Es ist furchtbar, man kann sich nie vom Geschäft lösen. Manche Amerikaner haben sogar im Badezimmer Telefon.»

«Ja, das weiß ich alles. Ich konnte Alexander Graham Bell nie was abgewinnen. Aber mein Gemahl stand ihm ziemlich nahe. Meinst du, du kannst dich dem Leben öffnen?»

«Ich geb mir Mühe. Es tut allerdings mehr weh, als ich gedacht hatte.»

«Weinst du manchmal?»

«Nein.» Frazier schüttelte den Kopf. «Ich bin keine Heulsuse. Ich bin auf meine leise Art kämpferisch.»

«Tränen sind keine Schande. Eine Schande ist es, nichts zu empfinden. Ebensowenig ist es eine Schande, Frauen zu lieben. Eine Schande ist es, überhaupt nicht zu lieben.»

«Ich kann mich auf keine Geschichte von dir besinnen, in der du eine Frau liebst.» Frazier hämmerte das Herz im Brustkorb.

«Die Männer fürchten jedes Vergnügen, das die Frauen in ihrer Abwesenheit erleben», lachte Venus. «Glaubst du, sie würden die Wahrheit über mich erzählen? Sosehr ich die Griechen des fünften Jahrhunderts geliebt hab, sie waren kleine Patriarchen. Aber sicher, ich liebe Frauen. Ich glaub, man muß sich mit jedem Geschlecht in Liebe vereinen können, Frau mit Frau, Mann mit Frau, Mann mit Mann. Warum sich einschränken? Alle sollten ihren Partnern alles sein.»

«Sehr phantasievoll.» Fraziers Mund war wie ausgetrocknet. «Kann ich noch was zu trinken haben?»

Venus klatschte in die Hände, und Eros erschien mit

einem Kelch. Frazier behielt ihn mißtrauisch im Auge, um zu sehen, ob er etwa seine Pfeile im Köcher irgendwie versteckt hielt. Männlich und stattlich, glich er keinem der Cupidos, die sie bislang gesehen hatte. «Madame.»

«Danke. Ist das wieder Nektar?»

«Ja», erwiderte Venus' Sohn, «aber ich hab auch eine Cola mitgebracht, wo du doch aus dem amerikanischen Süden kommst. Soviel ich weiß, schwimmt ihr dort in Cola.»

«Schmeckt ja auch herrlich.» Frazier verputzte den Nektar und kippte die beste Coca-Cola hinterher, die sie je getrunken hatte.

Venus nickte Eros zu, worauf er still hinausging.

«Er ist auch nicht so, wie ich mir ihn vorgestellt hatte.»

«Wer ist das schon? Du bist ja auch nicht so, wie ich mir dich vorgestellt hatte.»

«Wirklich?»

«Ich wußte natürlich, daß du schön bist, aber ich dachte, du würdest ängstlicher sein. Die meisten Menschen sind überwältigt, wenn sie einem von uns begegnen, obwohl wir uns meistens verkleiden. Besonders Jupiter und Merkur. Die beiden verwandeln sich immerzu. Wieso hast du denn keine Angst?»

«Och, ich hab schon Angst vor Pluto, Neptun und Juno. Und bei Dionysos bin ich mir nicht sicher. Er scheint ein bißchen flatterhaft zu sein. Aber allzu ängstlich bin ich nicht. Ich glaub nicht, daß du oder einer der anderen mich töten will. Aber ihr könntet euch vielleicht einen Scherz mit mir erlauben.»

«Ich hatte andere Vergnügungen im Sinn.» Venus beugte sich vor, und ihre linke Brust streifte Fraziers Rücken.

Frazier erstarrte wie vom Schlag getroffen. Sie fühlte warmen, süßen Atem an ihrem Hals, und dann züngelte eine Zunge direkt unter ihrem Ohr. Venus biß sie in den Hals und ließ sich dann schmachtend auf die Récamiere zurücksinken.

Frazier sah ihr in die Augen. Es waren funkelnde, gütige Augen. «Hat dir je jemand widerstanden?»

Venus lachte wieder ihr silberhelles, federleichtes Lachen. «Wenn, dann ist ihnen was Schönes entgangen.» Sie zog Frazier zu sich herunter. Mit geschlossenen Lippen küßte sie Fraziers geschlossene Augen. Dann küßte sie Frazier auf den Mund.

Der innige Kuß machte Frazier benommen. Himmel oder Erde, lebendig oder tot, normal oder irre, sie hatte keine Ahnung, wo sie war, warum sie dort war, wer diese Frau wirklich war; aber ihr Blut verwandelte sich in Lava. Mußte sie es denn wissen?

Sie legte ihre Hemmungen ab und glitt mit den Händen über Venus' kraftvollen Körper. Sie hätte allein ein Jahrzehnt damit verbringen können, nur die langen sehnigen Schenkel zu streicheln. Dann küßte sie Venus auf die Fußsohle, wobei ihr auffiel, daß die Zehennägel der Göttin perlmuttern waren und das Licht auf ihnen schillerte. Ihre Haut, glatt und schimmernd, glühte von innen heraus, und Frazier war in einen sanften, pfirsichfarbenen Nebel getaucht.

Als sie mit der Zunge über die Innenseite von Venus' Wade und dann über ihre Schenkel glitt, überlegte sie, ob sie bei dem lockenden, sacht sich wellenden Hügel verweilen sollte – doch das wäre zu früh gewesen. Sie biß Venus in die Leisten, dann glitt sie mit der Zunge über den straffen Bauch zu einer Brust, die vor ihr schwang wie eine Glocke.

Frazier spürte, wie sich eine kräftige Hand in ihr Kreuz preßte. Sie rieb sich an der linken Brust der Göttin, dann umkreiste sie mit der Zunge die göttliche, pudrig-rosa rechte Brustwarze.

Frazier hatte so lange mit niemandem geschlafen, daß das Einführen und Herausnehmen ihrer Tampons schon als Lustersatz hatte herhalten müssen. Die Monate ihrer Trennung von Ann und dann die schwere Bronchitis hatten nicht nur ihr Geschlechtsleben, sondern auch ihr Begehren ausgelöscht. Jetzt wand sich in ihren Armen die Apotheose der Liebe selbst, nicht nur der körperlichen Liebe, sondern wahrer Wogen von Zärtlichkeit, die aus Venus' Körper brandeten. Eine Süße entstieg der Göttin, eine Süße, geboren aus echter Zuneigung. Frazier hatte keine Ahnung, warum Venus sich etwas aus ihr machte, aber dies war kaum der rechte Augenblick, um solche Fragen zu stellen.

Die Hand in ihrem Rücken drückte fester, und als Frazier den Kopf hob, um die vollen Lippen zu küssen, blickte sie in dunkle Augen. Venus öffnete leicht den Mund.

Frazier preßte ihre Lippen darauf, und eine flammende Hitzewelle schoß ihr durch den Körper. Je länger sie Venus küßte, desto leichter fühlte sie sich – bis sie am Ende schwebte.

Als sie wieder zu sich kam, lag Venus auf ihr; sie küßte sie, biß sie in den Hals, leckte ihre Handteller, saugte an ihren Fingern, liebkoste ihre Brüste. Das von der Göttin ausstrahlende Licht zwang sie, die Augen zusammenzukneifen.

«Welch ein Geschenk», murmelte Venus. Frazier blinzelte verständnislos. «Welch ein Geschenk ist doch die Liebe», fuhr Venus fort.

«Aber du bist doch die Göttin der Liebe.» Frazier kam sich ausgesprochen dämlich vor.

«Alle bitten mich um Liebe. Es ist ein Geschenk, wenn jemand mir Liebe schenkt. Dein Körper ist ein Geschenk. Dein Fleisch ist so warm, und ich kann das Salz auf deiner Haut schmecken. Ein köstliches Erlebnis.»

Venus küßte sie auf den Mund, dann nahm sie ihre Hüften zwischen die Beine. Langsam bewegte sie sich auf Fraziers Körper aufwärts, bis ihre Vagina über Fraziers Gesicht lag.

Sie schob die Schamlocken beiseite, um sich zu offenbaren, glänzend und dunkelrosa. Dann öffnete sie sich, und Frazier sah ein rosafarbenes, dunstiges Licht aus ihrem Innern dringen. Als sie der Quelle dieses zarten Dunstes, dieser pulsierenden, heißen rosa Vagina näherkam, erblickte sie dort geheime Welten. Ein Widerhall von Städten und Symphonien erklang in ihrer Scheide.

In Venus' Leib hineingezogen, wurde sie von einem Feuerschoß gereinigt. Als Frazier herumwirbelte, hatte sie das Gefühl, während des Kochwaschgangs in einer Platinwaschmaschine zu rotieren. Wie lange sie so brannte, wußte sie nicht, doch plötzlich wurde sie aufs Bett zurückgeworfen, ihr ganzer Körper glühte. Sie rang japsend nach Luft; ihre Bronchien, nach wie vor unverläßlich, brannten und schmerzten.

Eine kräftige Hand schob sich unter ihren Kopf, und kühlender Nektar wurde ihr eingeflößt. Venus wischte ihr die Lippen ab. «Entschuldige. Ich hatte vergessen, daß du ein Mensch bist.»

Frazier atmete so tief ein, wie sie konnte. Zitternd und schweißgebadet griff sie nach dem Kelch. Venus flößte ihr noch etwas von dem wohltuenden Naß ein, und Coca-Cola hinterher.

Schließlich kam Frazier wieder zu Atem. «Jetzt muß ich wohl fragen: War's schön für dich?»

Venus lachte so hellauf, daß der Kronleuchter im Nebenzimmer mit Getöse zu Boden fiel. Die Wände dröhnten von ihrer Heiterkeit. «Es war himmlisch.» Dann lachte sie noch ein bißchen über ihren Scherz weiter, und Frazier stimmte ein. «Du hast bei dem Orgasmus bestimmt zehn Pfund abgenommen. Laß mich dich füttern.»

56

Auf riesige, in Honig schwimmende Pfannkuchen stand Frazier fast ebensosehr wie auf Venus' Körper. Der Anblick der Göttin, die auf einem sechsflammigen Vulcanus-Herd aus rostfreiem Stahl Pfannkuchen wendete, ließ ihr Herz aufgehen. Venus trug nichts außer einer rotkarierten Schürze, und sie sang beim Kochen vor sich hin.

«Juno behauptet, sie kann Pfannkuchen backen, so groß wie ganz Nevada. Na und, was soll's? Wer mag schon so große Pfannkuchen? Selbst mein Göttergatte würde da kalt bleiben, dabei kann er den ganzen Tag lang futtern. Wie findest du diesen Herd, den er mir gemacht hat?»

«Sagenhaft. Ich hätte selbst gern so einen, aber sie sind sauteuer.»

«Wie alles Gute, leider. Hier.» Sie warf eine gebräunte Teigscheibe auf Fraziers andere Pfannkuchen. «Wenn ich mich recht entsinne, wolltest du mal, daß ich dir zeige, wie man Käsesoufflé macht.» Venus füllte nun ihren eigenen Teller und setzte sich zu ihrem Gast. Der Teekessel flötete.

«Laß mich das machen.» Frazier sprang auf. «Du erinnerst dich aber auch an alles. Ich hatte die Zeitung gelesen, den Rezeptteil. Mir ist, als wär das eine Ewigkeit her.» Sie griff sich einen Topflappen, nahm den Kessel vom Herd und stöhnte. «Verdammt, ist der schwer.»

«Laß mich mal.» Venus trat zu ihr. Sie hob den Kessel mühelos hoch und goß das dampfende Wasser in eine schön emaillierte Teekanne.

Frazier und ihre Gastgeberin setzten sich wieder. «Ich hab dich noch nicht bei vollen Kräften erlebt, oder?» sagte Frazier. Venus schüttelte den Kopf. «Wie stark bist du denn, nach menschlichen Vorstellungen?»

Venus stand auf, ging zu dem Vulcanus-Herd, hob ihn mit

einer Hand vom Boden und stellte ihn wieder hin. «Er ist heiß, sonst hätte ich ihn über den Kopf gestemmt.»

Fraziers Augen waren groß wie Untertassen. «Du hättest mich ja umbringen können im Bett.»

Venus tat die Bemerkung mit einer lässigen Handbewegung ab. «Jede halbwegs anständige Frau kann einen Mann zu Tode vögeln. Frauen sind in dieser Hinsicht ein bißchen zäher, aber mit genügend Zeit und Energie könntest du vermutlich auch eine erledigen. Mehrfachorgasmus.»

«Ich hab oft gedacht, daß die Männer uns deswegen in der Hand haben wollen – weil wir ihnen sexuell über sind.» Frazier mampfte munter ihre Pfannkuchen, während der Tee zog.

Venus seufzte. «So war es aber nicht immer. Es gab Zeiten, da sind wir uns näher gewesen, aber dann gewannen die Frauen die Oberhand, und das Matriarchat hat Jahrtausende überdauert. Dann gewannen wieder die Männer die Oberhand, und das geht jetzt schon, na ja, sagen wir zehntausend Jahre. Kommt drauf an, wie man zählt. Die wahre Revolution wird sein, wenn kein Geschlecht mehr über das andere herrschen muß. Sie wird kommen.»

«Zu meinen Lebzeiten?»

«Das liegt an dir.» Venus schenkte Tee in erlesene rotgoldene Schalen. «Göttinnen und Götter können die Zukunft nicht bestimmen. Wir können zwar versuchen, sie zu beeinflussen, aber bestimmen können wir sie nicht.»

Der Honig rann Fraziers Kehle hinab. «Du bist eine sehr gute Köchin.»

«Einfache Gerichte. Die große Kochkunst überlasse ich Juno. Sie ist verdammt eifersüchtig und kriegt Tobsuchtsanfälle, wenn jemand von uns besser kocht als sie oder ein neues Gericht erfindet. Das gilt sogar für ihren angebeteten Mann.»

«Schrecklich.»

«Allerdings. Aber komisch, wenn man in Schwierigkeiten steckt – zum Beispiel bei einer schweren Geburt –, hilft sie, wenn sie davon hört. Sie ist gut zu ihren Favoriten.»

«Wie zu Jason und den Argonauten?»

«Ach Frazier, das ist doch schon so lange her. Ich dachte eher an Craig Claiborne. Sie wacht eifersüchtig über ihre Vorrechte. Sie kann nichts mit anderen teilen.»

«Ihren Ehemann schon gar nicht.»

«Er ist seit dreihundert Jahren treu. Was will sie mehr? Außerdem gehen alle Männer ein bißchen fremd, und wenn eine Frau das nicht weiß, ist sie dumm.»

«Dann ist Monogamie unmöglich?»

«So gut wie.»

«Und die Ehegelöbnisse?» Frazier bekam Spaß an der Sache.

«Welche Ehegelöbnisse?»

«Die der christlichen Kirche.»

«Ha.» Venus schenkte sich frischen Tee ein. «Als diese Formeln erstmals schriftlich festgelegt wurden, betrug die durchschnittliche Lebenserwartung einundzwanzig Jahre. Da konnten die Menschen natürlich treu sein. Und schau nur, wie lange ihr heute lebt. Glaubst du im Ernst, daß ein Ehepaar, das mit fünfundzwanzig heiratet und achtzig Jahre alt wird, treu sein kann? Unmöglich.» Sie stellte die Teekanne mit schwungvoller, triumphierender Geste hin. «So seid ihr nicht beschaffen. Ihr seid lediglich Tiere mit einer gewissen Intelligenz. Je mehr ihr eure animalische Natur schädigt, desto verrückter werdet ihr.»

«Trotzdem –» Frazier spießte nachdenklich den nächsten Pfannkuchen auf – «würd ich gerne Gewißheit haben, daß mein Mann oder meine Frau treu bleiben könnte.»

«Ich vergesse immer wieder, daß du Protestantin bist.» Venus hob eine Braue. «Protestanten nehmen alles so ernst. Nun frag dich doch mal: War es nicht wunderbar mit uns?»

«Ja.» Frazier strahlte.

«Hab ich dir irgendwas weggenommen?»

«Nein, natürlich nicht.»

«Habe ich dir was gegeben?»

«Das schönste Erlebnis, das ich je im Bett hatte.»

«Ein großes Geschenk. Sex ist ein großes Geschenk.» Venus hielt einen Moment Fraziers Hand. «So. Wir haben einander unsere Körper geschenkt. Das Erlebnis war eine Wonne für uns. Ich gehe meinen Weg und du deinen, und jede ist weitaus reicher, als wir es vor unserer Begegnung waren. Wenn ich mit jemand anderem schlafe, wie kann ich dir damit was wegnehmen?»

«Aber wenn du dich in diese Person verliebst?»

«Ich bin die Göttin der Liebe, erinnerst du dich?» Venus' warmes Lächeln überflutete Frazier. «Nicht alle, denen du in diesem Leben begegnest, sind Langzeitpartner. Aber alle, denen du begegnest, sind Engel. Sie mögen schwarze Engel sein, sind aber trotzdem Engel, und sie bringen dir Botschaften von den Göttern. Sex ist eine Art Botschaft. Den Körper verleugnen, das Tier verleugnen, das ist grausam, weil du das Leben verleugnest. Das Leben stellt seine eigenen Forderungen, und das Leben ist viel älter als die Vernunft. Hör auf, alles zu berechnen, und gib dich dem Leben hin.»

«Und wie steht's mit Geschlechtskrankheiten?»

«Frazier, du bist ein intelligenter Mensch. Du wirst nicht unverantwortlich handeln. Ich hab nicht gesagt, du mußt promiskuitiv sein. Ich hab gesagt, verleugne deinen Körper nicht. Verleugne das Leben nicht.»

«Meine ganze Gesellschaft lehnt den Körper ab, obwohl sie ihn benutzt, um Waren zu verkaufen. Eine halbnackte Frau umhüllt eine Schnapsflasche; ein gutaussehender Mann raucht eine Zigarette. Das ist wirklich schizophren. Und wenn wir schon davon sprechen, daß ich Protestantin bin, Christus sagt, mein animalischer Körper muß mir gleichgültig sein. Auf daß ich wiedergeboren und in ein höheres Wesen verwandelt werde.»

Venus' Stimme vibrierte vor Mitgefühl. «Ich liebe Jesus sehr.» Sie atmete ein. «Man muß seine animalische Natur verwirklichen. Man wird in ein höheres Wesen verwandelt, weil man das Leben nicht verleugnet hat.»

Frazier saß einen Moment stumm da. «Ich hab das Leben verleugnet, nicht?»

Venus küßte sie auf die Wange. «Ja.»

«Ich wußte es, als ich glaubte, ich würde sterben. Deswegen hab ich die Briefe geschrieben. Ich dachte, schön, ich hab mich zurückgehalten und eingesponnen. Vielleicht kann ich andere aus ihrem beengenden Kokon katapultieren. Und vielleicht hab ich mir sozusagen meine letzte Rache verschafft. Ach, Venus, und wegen dieser Briefe sitze ich jetzt in der Tinte.»

«Ich weiß, aber du hast die Wahrheit gesagt. Du bist nicht dafür verantwortlich, wie die Menschen sie annehmen oder abstreiten. Es ist wie eine Gabe. Wir hier oben blicken auf euch hinunter und verleihen euch Gaben. Was ihr damit anfangt, liegt bei euch. Du darfst dich nicht schlecht fühlen, weil deine Mutter sich verhärtet hat. Du hast sie nicht so gemacht. Dein Brief an Kenny Singer hat ihn dir nähergebracht.»

«Und ihn seinen Liebhaber gekostet.» Fraziers Augen verschleierten sich.

«Billy Cicero hätte Kenny früher oder später sowieso fallengelassen. Er gehört zu der Sorte Männer, die wissen, was sie wollen, und dann auf ein Ereignis warten, das ihr Handeln rechtfertigt. Du dachtest, er sei ein fester Bestandteil deines Lebens, aber als du ihn wirklich brauchtest, husch, war er auf und davon.»

«Weißt du, es ist komisch, das ganze Lesbentum. Fühlst du dich als Lesbe?»

Venus lächelte. «Nein, ich fühle mich als Frau.»

«Genau. Ich mich auch. Und wir lieben Frauen, weil sie liebenswert sind, weil die betreffende Person etwas Liebenswertes hat. Und obwohl ich das in mir unterdrückt habe, glaube ich daran.» Sie klopfte mit der Gabel auf den Tisch. «Aber die Null-acht-fünfzehn-Meinungen über Lesben sind allesamt negativ. Zum Beispiel, ich müsse zu häßlich sein, um einen Mann zu kriegen.»

«Wir wissen, daß das nicht stimmt.»

«Dann muß ich eben so schön sein, daß Männer mich langweilen. Siehst du? Du kannst nicht gewinnen. Es gibt immer irgendwelche dämlichen Gründe, weshalb du lesbisch bist und sie es nicht sind. Ich bin kein Genie, Venus, aber ich hab beobachtet, daß die Natur selten Fehler macht, und da ein bestimmter Prozentsatz der Menschheit immer homosexuell gewesen ist, muß die Natur verflucht gute Gründe dafür gehabt haben. Ich möchte diese Gründe gerne erfahren, aber ich weiß, ich ticke genauso richtig wie meine heterosexuellen Mitmenschen. Ich meine –» Frazier redete sich in Fahrt –, «wenn eine Frau von ihrem Vater mißbraucht wurde und sie heiratet einen Mann, der genauso ist, wie kann irgendwer behaupten, daß das in Ordnung ist? Aber ist sie besser als ich, weil ich eine Lesbe bin? Ich hab die Blödheit anderer Menschen verdammt satt, und ich frage mich, wie ich mein Leben vorher gelebt habe. Wieso hab ich es ignoriert?»

«Weil dir Dinge mehr wert waren als deine Seele.»

Frazier lehnte sich schwer auf dem Stuhl zurück. «Ja, nicht? Ich hab mich regelrecht zum Narren gemacht.»

«Dein Land hat dem Philistertum neue Abgründe eröffnet.» Venus lächelte wehmütig. «Nicht mal Rom ist so tief gesunken, dabei hat die Stadt schrecklich vulgäre Zeiten durchgemacht. Ihr Amerikaner denkt nur ans Geld. Einfach schrecklich.»

Frazier wäre gerne aufgesprungen und hätte ihre Landsleute verteidigt. Aber sie konnte es nicht. Die Göttin hatte recht. «Vielleicht finden wir den Weg zurück zum Herzen, zur Courage, zur Schönheit – das sind abstrakte Begriffe, und vielleicht lieben die Menschen deshalb den Profit. Er ist leicht zu verstehen.»

«Der Tod auch. Ihr tötet den Geist.»

«Ich hab mich daran beteiligt.» Frazier spürte ein Kribbeln, als Venus ihr den Nacken rieb. «Schau, Venus, alles, was du über mein Land sagst, gilt auch für mich, und ich weiß nicht, wie ich Amerika ändern soll, aber ich versuche, mich selbst zu ändern, und vielleicht ist das der Anfang – immer eins nach dem andern. Wenn andere merken, daß ich ein glücklicherer Mensch bin, ein liebevoller Mensch, denken sie vielleicht über sich nach. Vielleicht stellen sie Fragen.»

«Das ist ein guter Anfang, aber du brauchst Kontakte. Du mußt dich abrackern, kämpfen, lachen, dich entwickeln. Würdest du dich vervollkommnen – als ob das möglich wäre –, dann wärst du eine Einpersonenmehrheit. Du wärst immer noch allein. Die Menschen brauchen einander. Du kannst es nicht allein angehen.»

«Herrje, dafür kämpfe ich ja, aber meine sogenannte Gemeinschaft ist auf hundertachtzig, weil sie wissen, daß ich lesbisch bin. Sie sind wie eine Horde Schulkinder, die blöde vor einem Gorilla zittern. Gemeinschaft! Sie sitzen über mich zu Gericht. Sie verstoßen mich.»

«Frazier», Venus' Stimme nahm einen gebieterischen Ton an, «in den Ostblockländern galten Homosexuelle als geisteskrank. Manche wurden in Anstalten gesperrt. Andere kamen ins Gefängnis. Einige haben Selbstmord begangen. So schlimm ist es in Virginia nicht. Oh, es gibt schon hier und da Gewalt, aber», sie senkte die Stimme, «findet nicht täglich Gewalt gegen Frauen statt? Vergewaltigung. Kindesmißhandlung. Und was ist mit Gewalt gegen Menschen, die nicht weiß sind? Niemand ist ein besonderer Fall. Niemand ist von dem Bemühen ausgenommen, die Menschheit zu zivilisieren und die Liebe zur Macht durch die Macht der Liebe zu ersetzen. Ihr habt die Pflicht zu handeln und kein Recht, Anerkennung zu erwarten. Jeder kann eine Ausrede finden, um sich vor dem Bemühen um eine bessere Welt zu drücken. Homosexualität ist eine ganz gute Ausflucht, aber weißt du was, meine kleine Sexbombe, es funktioniert nicht. Das Leben ruft. Das Leben ruft.»

«Hier ruft nur einer, und das bin ich.» Merkur erschien in der Küchentür. Er trug geflügelte Turnschuhe und eine Turnhose.

«Jesses Maria, du trägst ja Turnschuhe», platzte Frazier heraus.

«Wir pflegen den Namen Jesu hier oben nicht zu nennen.» Merkur glitt heran und setzte sich an den Tisch.

«Wir haben uns gerade über den Zustand der Welt ausgesprochen. Ich hätte mich vielleicht noch zu apollinischer Logik aufgeschwungen, wenn du uns nicht unterbrochen hättest», schimpfte Venus mit ihm.

«Verschon mich damit.» Merkur küßte Venus die Hand. «Mit Vernunft kannst du alles rechtfertigen. Dein Herz weiß, was richtig und was falsch ist, drum sage ich, schweige und handle.»

«Verbündet ihr zwei euch jetzt gegen mich?» Frazier stemmte die Hände auf den Tisch.

«Eine ausgezeichnete Idee.» Merkur setzte ein breites Lächeln auf, und ein elektrisches Knistern huschte über seine Lippen.

«Er ist gekommen, um dich zu verführen.» Venus stieß Merkur spielerisch gegen die Schulter.

«Und du bist nicht auf eine solche Idee gekommen?» Merkur hob die Augenbrauen.

«Sie hat *mich* verführt», lachte Venus glücklich.

Merkur musterte Frazier. «Du bist aber mutig.»

«Sie ist einfach unwiderstehlich.»

Merkur, der viele Male mit Venus geschlafen hatte, stimmte Frazier zu: «Ich weiß! Wir haben einen Sohn, Hermaphroditos – na ja, sie ist zugleich auch eine Tochter. Ich fand immer, wir sollten noch mehr Kinder bekommen, aber meine Liebste hier hat drei Kinder von Mars – sie kann die Hände nicht von ihm lassen und umgekehrt –, und dann bekam sie Eros, aber über seinen Vater schweigt sie sich nach wie vor aus. Sie sagt, er sei vaterlos.»

«Na und, Juno hat meinen Gemahl ohne Zutun eines Mannes bekommen, und da dachte ich, warum nicht? Aber wir schweifen vom Thema ab. Ich weiß ganz genau, daß du hergekommen bist, um Frazier zu erobern.»

«Wir könnten auch alle zusammen ins Bett gehen.» Merkur schimmerte in goldenem Licht.

«Du platzt ja vor anzüglichen Energien», bemerkte Venus.

Merkur zwinkerte Frazier zu. «Weißt du noch, die Briefe, die du den Leuten geschrieben hast?»

«Na, und ob.» Frazier fand ihn ungeheuer sexy.

«Schön, stell dir den Körper als Kuvert für das Herz vor. Dann will ich auch so einen Brief.» Seine fast bernsteingoldenen Augen blinzelten.

«Ach Bruderherz.» Venus schüttelte den Kopf.

Frazier wurde rot. «Ich glaub, mir platzt ein Eileiter.»

57

Venus hielt in Sanssouci für Merkur ein Zimmer bereit. Er konnte nicht existieren ohne ein Fernsehgerät mit großem Bildschirm, auf dem er jeden Sender auf der Welt empfangen und das er auch dazu benutzen konnte, sich Einblick ins Leben der Menschen zu verschaffen. Merkur haßte es, wenn ihm etwas auf Erden, auf dem Meeresgrund oder im Himmel entging. Vulcanus hatte ihm ein schickes silbernes Telefon entworfen, das sich in die Hand schmiegte. Daneben befanden sich auf einem schmalen, eleganten Rechteck sämtliche Leitungen. Merkur brauchte nur einen Leuchtknopf zu drücken – alles war plan mit der Oberfläche, nirgendwo ragte etwas hervor –, um eine Verbindung herzustellen. Was menschliches Design anging, bevorzugte Merkur Bang & Olufsen, doch Vulcanus hatte einen schmalen Metallstreifen in die Wand installiert, und wenn er darauf drückte, glitten CD-Spieler, Kassettenrecorder und Radio lautlos aus der cremefarbenen Wand.

Das Bett war schlicht, aber sinnlich. Merkur liebte klares Design, Venus hingegen bevorzugte barocke Linien. Doch niemand konnte Venus ihre geschmacklichen Ausschweifungen verwehren, da bei ihr trotzdem alles eine Funktion hatte. Ihre Freude an Vergoldungen und lebhaften Farben unterstrich ihre Persönlichkeit. Wäre sie eine Schauspielerin gewesen, hätte der Regisseur bestimmt gesagt, sie trage zu dick auf, aber da sie eine Göttin war, war selbst das Überladene bezaubernd. Venus hielt sich in nichts zurück.

Während Frazier Merkurs Zimmer betrachtete, fragte sie sich, wie es den beiden wohl gelungen war, eine solch wechselvolle Affäre durch die Jahrhunderte aufrechtzuerhalten. Sie kam zu dem Schluß, daß wahrscheinlich gerade ihre Verschiedenheit die Faszination ausmachte.

Merkurs goldfarbene Satin-Turnhose klebte an seinem strammen Gesäß. «Veni, wieso haben wir uns eigentlich bereit gefunden, uns zu diesem Familienporträt zu versammeln?»

«Jupiter wollte es so. Er hat's eben gern heimelig, nehme ich an», antwortete Venus. «Ich hab nicht soviel gegen die anderen wie du.»

«Ich könnte ewig leben, ohne Dionysos noch einmal wiederzusehen. Oder gar Mars.» Er hob die Hand wie ein Verkehrspolizist: Stopp. «Ich weiß, ich weiß, für dich strömt er Männlichkeit pur aus, aber er hat ein Erbsenhirn, und seine verdammten Kriege werden immer schlimmer.»

«Für die Kriege kannst du ihn nicht verantwortlich machen.»

«Und ob. Er schürt menschliche Schwächen.» Merkur haßte seine Halbbrüder.

«Du findest ja nie ein gutes Haar an ihm. Er ist zu unglaublicher Disziplin und Opferbereitschaft fähig, aber wenn wir jetzt anfangen, über Mars zu reden, gibt es bloß Streit zwischen uns.»

«Ist Athene nicht auch eine Kriegsgöttin?» fragte Frazier, die es sich auf dem Bett mit dem geschwungenen, emaillierten Kopfteil bequem gemacht hatte. Sie konnte Athene gut leiden, weil sie so eine gravitätische Schönheit besaß.

«Krieg und Weisheit.» Merkur suchte Musik aus seinem unermeßlichen Vorrat, drückte einen Knopf auf der CD-Fernbedienung, und fetzige Klänge erfüllten den Raum, Rock-Harfenmusik mit scharfem Rhythmus.

«Geht sie wirklich und wahrhaftig mit niemand ins Bett?» fragte Frazier. Sie erinnerte sich an die Geschichten, die sie über Athene gelesen hatte.

«Oh, ich hab mal mit ihr geflirtet, um zu sehen, ob ich sie rumkriegen kann. Sie wurde so fickrig, daß sie gleich loszog und einen Krieg anzettelte.» Venus kicherte. «Na, angezettelt hat sie ihn eigentlich nicht – das ist ungerecht. Sagen wir, sie hat Napoleon in Austerlitz beigestanden. Sie hatte ihn sehr gern, und als er starb, nachdem die Engländer ihn in der Gefangenschaft vergiftet haben, hat sie sich tagelang gegrämt.»

«Denk dran, wie *du* Trübsal geblasen hast, als Marlene Dietrich starb.» Merkur schlenderte zum Bett.

«Ja, ich hab sie sehr geliebt.» Kummer umwölkte die Stirn der Göttin.

«Ihr könnt einen Menschen nicht am Leben erhalten?»

«Nicht mal die Liebe kann mit dem Tod verhandeln.» Venus schüttelte den Kopf.

«Wenn jemand von euch in Schwierigkeiten gerät und wir ihm wohlwollen, können wir ihm helfen, sich selbst zu retten, doch der Tod hat die letzte Gewalt.» Merkur setzte sich neben Frazier aufs Bett. Venus ließ sich auf ihrer anderen Seite nieder.

«Könnt ihr denn sterben?» Frazier setzte sich in den Schneidersitz.

«Götterdämmerung.» Merkur seufzte. «Ja, am Ende können wir sterben, aber komm nicht darauf zu sprechen, wenn du Jupiter wiedersiehst. Das regt ihn schrecklich auf. Er sagt immer: ‹Wer hat schon Zeit zum Sterben?› Er ist gegen die Titanen in den Krieg gezogen. Er weiß, daß Götter sterben können.»

«Ich hoffe, nicht so bald.» Frazier hätte gern seine hohen Wangenknochen berührt.

«Kaum.»

«Und der Christengott, also mein Gott – kann der auch sterben?»

«Aber sicher. Wenn er seine Sache nicht gut macht. Er ist so eifersüchtig. ‹Du sollst keine anderen Götter haben neben mir.› Ich hab ihm vor ein paar Jahren die Zehn Gebote mit Randbemerkungen gefaxt. Er war fuchsteufelswild. Kein bißchen Sinn für Humor. Er will, daß alle sich schuldig fühlen und sich schämen.»

«Er haßt Frauen.» Venus legte sich zurück auf ein Kissen, die Arme hinter dem Kopf.

«Er haßt Sex», brummte Merkur. «Ich versteh nicht, warum so viele von euch da unten auf ihn hören. Er ist ausgesprochen haßerfüllt und grausam.»

Frazier, benommen von dieser Diskussion zwischen Ebenbürtigen und ihr als Mensch, brauchte einen Moment, um die Sprache wiederzufinden. «Ja, er ist haßerfüllt und grausam, aber was du schon als Krabbelkind beigebracht bekommst, das glaubst du auch. Ideologien müssen nicht mit der Realität übereinstimmen, um die Menschen zu motivieren, und ich nehme an, viele Menschen fühlen sich dermaßen mies, daß sie sich einen Gott wünschen, der sie schlägt, um ihnen ihre Wertlosigkeit zu bestätigen.»

Merkur nahm die Füße vom Boden und drehte sich so, daß er Frazier auf dem Bett direkt gegenübersaß. «Du bist ein kluges Köpfchen, was?»

«Ich hab's dir ja gesagt: Sie ist in manchen Dingen schlau und in anderen dumm wie Bohnenstroh – meistens, wenn's um sie selbst geht.» Venus streichelte Fraziers Rücken, damit sie sich wegen der aufrichtigen Kritik nicht allzu schlecht fühlte.

«Aber Jesus liebe ich. Er hat der Welt Barmherzigkeit und Vergebung gebracht.»

«Vergebung liegt mir nicht besonders», bekannte Merkur. «Mit Ausnahme von Venus sind wir alle nicht groß darin. Das mag durchaus ein Fehler sein, aber ich habe auf dem Olymp und auf der Erde die Erfahrung gemacht, wenn jemand dich schlägt, schlägst du am besten zurück. Wenn der Blödmann dich dann noch mal schlägt, mach ihn 'nen Kopf kürzer.»

«Hm», meinte Frazier gedehnt, «das wirkt sicher.»

«Aber es löst nichts, doch über dieses Thema werden Merkur und ich nie einer Meinung sein. Sogar die bewundernswerte, ruhige Athene hat Rachegelüste. Ich denke, das hält die Dinge über Generationen in Gang, und letztendlich wird das Leben fade für jeden, der sich nicht am Rache-Zyklus beteiligt. Ich hingegen weiß mit meiner Zeit was Besseres anzufangen.» Venus umarmte Frazier von hinten.

Merkur verstand den Wink und zog einen Turnschuh aus. Frazier berührte den Gott, und seine Haut erzitterte unter ihrer Hand. «Warte.»

«Warum?» wollte Merkur wissen.

«Ich möchte sehen, ob du mit den Flügeln an deinen Turnschuhen schlagen kannst.»

Er zog den Turnschuh wieder an, sprang vom Bett und schlug mit den kleinen Flügeln. «An meinem Helm – du weißt schon, den man auf antiken Statuen sieht – kann ich auch mit den Flügeln schlagen. Heutzutage tragen wir die Sachen nur noch für Familienporträts. Die übrige Zeit ziehen wir an, worauf wir grade Lust haben, quer durch die Jahrhunderte. Manche Jahrhunderte hatten wirklich großen Stil. Ich hab immer das zwölfte Jahrhundert geliebt. Ganz klare Linien – die Stoffe herrlich drapiert. Freilich, die Farben haben nicht gehalten, und die Leute waren nicht besonders reinlich, aber wenn du dich nur auf die Linien konzentrierst – wirklich schön.»

«Ich mag die Gegenwart am liebsten, obwohl alles ein bißchen zu formlos geworden ist», ergänzte Venus Merkurs Ausführungen. «Aber es gibt die unglaublichsten Farben und Stoffe. Entweder die Jetztzeit oder das achtzehnte Jahrhundert – ein himmelweiter Unterschied, zugegeben, aber die Damenmode aus jener Zeit steht mir.»

«Dir steht alles, aber nackt gefällst du mir am besten.» Merkur zog seine Turnschuhe aus und sprang wieder aufs Bett; unter seiner Satin-Turnhose war die wachsende Schwellung zu sehen.

Venus zog Frazier aufs Bett hinunter, und Merkur legte sich neben sie. Während Venus Frazier zwischen die Schulterblätter küßte, nahm Merkur sachte ihr Gesicht in die Hände und küßte sie erst auf den Haaransatz, dann auf die Lippen.

Frazier legte ihre Rechte seitlich an seinen Hals und ließ sie dann zu seinen Brustmuskeln hinabgleiten. Sie waren stramm und sehr gut entwickelt, aber nicht so massig wie Jupiters. Merkurs wohlproportionierter Körper hätte auf einen Menschen von Anfang oder Mitte Zwanzig schließen lassen. Hätte er eine Sportart gewählt, er wäre Rückenschwimmer geworden. Er schob sich näher an Frazier heran, und sie spürte den Herzschlag in seinem Schwanz, der an ihrem Schenkel ruhte.

Venus griff um Frazier herum und umarmte alle beide.

Frazier streifte leicht mit den Fingern über seine Turnhose. Merkur stöhnte lustvoll. Sie fuhr mit den Fingernägeln über seinen Schenkel und wieder zurück zur Hose, wo sie die Konturen seines Schwanzes nachzeichnete. Merkur zitterte. Sie faßte in die Hose und berührte ihn, während Venus hinter ihn glitt und ihm die Turnhose auszog. Ein winkelförmiges, weiches Haarbüschel führte zum Instrument der Lust.

«Das wird ein Heidenspaß», flüsterte Venus ihm ins Ohr, dann glitt sie hinunter zu seinem Gesäß, wo sie ihn küßte und biß, während Frazier seine gewaltige Erektion streichelte. Merkur war in jeder Hinsicht vollkommen, und sein Penis bildete keine Ausnahme. Eichel und Schaft standen im richtigen Verhältnis, die Hoden waren nicht zu schlaff oder zu klein. Frazier rollte sie in den Händen, nur um die weiche Haut zu fühlen. Merkur preßte sich an sie und begann sich zu bewegen.

«Denk dran, sie ist ein Mensch», sagte Venus. Sie griff zwischen seine Beine und hielt Fraziers Hand, während beide Frauen ihn streichelten.

Venus' lange, schmale Finger umschlossen Fraziers und drückten sachte ihre Hand und zugleich Merkurs Schwanz.

Frazier küßte Merkur auf den Mund. Er verstand was vom Küssen. Sein Kuß hatte nichts Schlabbriges. Er zog mit der Zungenspitze Fraziers Lippen nach, dann schloß er den Mund und küßte sie leidenschaftlich. Als Merkur aufhörte, übernahm Venus. Nachdem sie Frazier heiß gemacht hatte, küßte Venus Merkur. Obwohl sie sich schon seit Jahrhunderten küßten, konnte Frazier die Glut fühlen. Venus und Merkur hatten sich aufrichtig gern, und das war auf lange Sicht vielleicht mehr als romantische Liebe.

Frazier biß in die Haut zwischen Merkurs vollendeten Brustmuskeln, dann leckte sie an seinen Brustwarzen. Er bekam eine Gänsehaut. Sie legte die Hand auf seine Brustmuskeln, stemmte dann die Fingernägel darauf und kratzte ihn bis hinunter zur Leiste. Dann knabberte sie sich zu seinen pulsierenden Bauchmuskeln vor und folgte den schrägen Strängen bis zu seinem Schwanz. Sie begann am unteren Ende und bewegte sich mit der Zungenspitze an der Unterseite entlang zur Eichel, die sie mit der Zunge umkreiste. Der Gott bäumte sich voller Hingabe auf.

Frazier hob den Kopf, als Venus über ihr verharrte, und küßte eine schwingende, herrliche Brust, ehe sie sich wieder Merkurs sich rötendem Schwanz zuwandte.

Sie liebkoste seine Hoden immer fester mit der Zunge, bis sie am Ende seinen Schwanz in den Mund nahm und lutschte. Sie spürte seinen Herzschlag in ihrem Mund. Er hielt aus, solange er konnte, dann entzog er sich ihr sanft.

Merkur umarmte Frazier und schob seinen Schwanz in sie hinein. Jetzt spürte sie den Herzschlag tief in ihrem Innern.

Als sie über seine Schulter sah, staunte sie über den Anblick von Venus, die sich, jetzt mit einem Schwanz ausgestattet, so schön und erigiert wie Merkurs, auf den Gott stürzte.

«Das Geschlecht soll dem Vergnügen nie im Wege stehen», säuselte sie. Sie legte die Hände auf seine runden Pobacken und teilte sie. «Das wünsch ich mir schon seit Jahrhunderten.» Sein After öffnete sich, eine Rosenknospe der Lust, und Venus, von jeher eine Verehrerin der Schönheit, drang sanft in ihren Freund ein.

Frazier spürte ihn unter sich erzittern. Venus glich sich seinem Rhythmus an. Machte er lange, langsame Stöße, tat sie es ihm nach. Bewegte er sich schneller und heftiger, tat sie es ihm gleich. Geschmeidig wie Delphine bewegten sie sich zu dritt. Unmöglich zu sagen, wer die größte Verzückung erfuhr. Unter gewaltigen Zuckungen kamen sie gleichzeitig. Venus ließ sich lachend aufs Bett zurückfallen, und während sie Merkur umarmte, streichelte sie Fraziers Haare.

Frazier kniff sich mit beiden Händen in die Arme, um sich zu vergewissern, daß sie lebendig war. Sie zählte ihre Finger. Sie zählte ihre Zehen. «Ist noch alles dran», jubelte sie und stürzte sich lachend und Küsse verteilend auf Venus und Merkur. «Warum kann es so nicht mit Menschen sein?»

«Du mußt den oder die richtigen finden», erwiderte Venus. Sie zog an der Kordel hinter dem Bett, und zwei Nymphen erschienen mit geeisten Getränken und belegten Gurkenbroten, Hörnchen, Honig und diversen Törtchen. Die jungen Damen stellten alles auf eine Ablage, die sie aus dem Bett herauszogen, und entfernten sich.

Merkur reichte Frazier ein Glas Louis Roederer Cristal, Jahrgang 1973. «Cola ist auch da, zum Nachspülen. Der Champagner des Südens, stimmt's?»

«Stimmt.»

Venus erhob ihr Glas. Das Licht durchströmte das blaßgoldene Naß, Blasen schwebten nach oben. «Auf die Liebe, auf das Lachen, auf die Freunde.»

«Zum Wohl», stimmte Merkur ein, und Frazier stieß mit beiden an.

«Das Zeug schmeckt so gut wie Nektar», fand Frazier.

«Das finde ich auch, aber Juno, die stets auf Tradition achtet, besteht darauf, daß es bei allen Familienzusammenkünften Nektar und Ambrosia gibt. Mir ist das hier oder ein guter Hamburger viel lieber. Ihr Amerikaner macht die besten.»

«Die Franzosen machen die beste Pastete und den besten Champagner.» Venus nahm einen Mundvoll Champagner, dann küßte sie Frazier und ließ den Champagner in ihren Mund rinnen.

«Laß mich das auch mal versuchen.» Merkur wiederholte die Prozedur bei Venus.

«Die Deutschen haben den besten Spargel, besonders im Mai. Und das beste Bier.» Frazier nahm sich noch ein Gurkenbrot.

«Können wir etwas über die englische Küche sagen oder die indische oder japanische?» Merkur lehnte sich gegen die Kissen.

«Das beste Rindfleisch gibt's in Kobe, Japan», sagte Frazier.

«In Argentinien», widersprach Venus.

«Rindfleisch esse ich nicht mehr, aber das beste Sushi habe ich in einem kleinen Lokal in Tokio gegessen, und das beste Hähnchen in meinem ganzen Leben gab es in einem kleinen Straßencafé bei Charleston, North Carolina.»

«Eine meiner absoluten Lieblingsstädte.» Venus lehnte sich an Merkur, den sie als Kissen benutzte. «Ich habe die Stadt in mein Herz geschlossen.»

«Darf ich?» Frazier lehnte sich an Venus, und zu dritt aßen und tranken sie, einträchtig und zufrieden.

«Weißt du, was ich denke?» Merkur wischte Venus Krümel von den Lippen.

«Ich kann's kaum erwarten», sagte seine langjährige Freundin.

«Das Blut schafft Familie; das Schicksal Freunde. Mir sind meine Freunde weitaus lieber.»

«Mir auch», stimmte Frazier zu, aber dann besann sie sich anders: «Nun ja, ich weiß nicht. Ich liebe meinen Bruder und meinen Vater wirklich. Ich glaube, Carter wird endlich erwachsen.»

«Der Mann sieht phantastisch aus. Ich hab schon mehrmals daran gedacht, ihn zu entführen. Aber noch eine Frau, das ist das Letzte, was dein Bruder in diesem Leben brauchen kann, auch wenn sie eine Göttin ist.»

«Mag sein, aber ich glaub, die, die er jetzt hat, Sarah Saxe, die tut ihm gut. Kennt ihr unsere Zukunft? Wird mein Bruder Armstrong-Straßenbau helfen können? Er taugt eigentlich nicht zum Geschäftsmann.»

«Nein, wir kennen die Zukunft nicht, wenngleich Apoll die Gabe der Prophezeiung besitzt. Aber Carter – mach dir um den nicht zu viele Sorgen. Wenn er im Einsatz bleibt und draußen die Arbeit macht, wird er glücklich sein. Er muß die Firma nicht führen.»

«Das klingt plausibel.» Frazier lächelte. «Wenn ich zu Apoll geh, ob er mir dann wohl die Zukunft voraussagt?»

«Tu das nicht», riet Merkur. «Er wird sie dir in Rätseln oder in einem lyrischen Erguß präsentieren, und du machst dich dann verrückt, um dahinterzukommen, was er meint. So ähnlich wie sein Orakel von Delphi. Ich kann die Zukunft nicht voraussagen, aber ich kann die Gegenwart sehen. Hier, ich zeig's dir.» Er berührte eine elegante Reihe Bedienungstasten am Kopfteil. Lautlos rollte ein Wandteppich zur Decke hinauf und gab einen riesigen schwarzen Bildschirm frei.

«Sag bloß nicht, ihr guckt alle fern.» Frazier runzelte die Stirn.

«Nicht oft.» Merkur griff in das Kopfteil und drückte einen Knopf. «Schau.»

Das Innere des Weißen Hauses sprang ins Blickfeld. Die

Toilette, um genau zu sein. Ein Mensch saß auf dem Lokus und las Zeitung, so daß sein Gesicht verdeckt war.

«Das ist unfein von dir, Merk.» Venus kicherte.

«Wie konnte ich das ahnen?» Er drückte wieder auf die Fernbedienung, und das Innere der Mailänder Scala erschien. Ein Tenor und ein männlicher Alt kämpften sich durch eine schauderhafte Probe.

«Kannst du mir jemand zeigen, den ich kenne?»

«Klar.»

Gleich darauf war Frank Armstrong zu sehen, der im Kleiderschrank nach seinem Homburg kramte. Dabei warf er Libbys Hutschachteln herunter. Sie fielen klappernd auf die Erde, die Deckel flogen auf. Murrend stieg er vom Hocker und fing an, die Sachen wieder einzusammeln. Gerade als er den Deckel einer ovalen dunkelblauen Schachtel zuklappen wollte, entdeckte er darin Fraziers Brief. Er nahm ihn heraus, betrachtete die Adresse und das Datum des Poststempels. Er öffnete den Umschlag und las im Stehen.

«Frank...», rief Libby aus dem Wohnzimmer herauf.

«Was ist?»

«Was war das eben für ein Radau?»

«Ich hab deine Hutschachteln runtergeworfen. Keine Sorge, alles in Ordnung», antwortete er mit lauter Stimme, während er weiterlas.

Im Nu erschien Libby. Als sie Frank lesen und die offene Hutschachtel sah, setzte sie sich mit ungewohnter Behendigkeit in Trab und riß ihm den Brief aus der Hand. «Du darfst dich nicht aufregen.»

Er entriß ihn ihr wieder. «Das laß nur meine Sorge sein. Hier steht nichts, was ich nicht schon weiß. Du hattest kein Recht, den Brief zu unterschlagen.»

«Du hattest so viel am Hals» – sie brannte darauf, seinen Brief zu lesen – «und ihr Brief an mich war gehässig, grausam und, jawohl, entsetzlich, einfach entsetzlich. Ich habe sie nicht erzogen, damit sie so wurde. Jedenfalls, ich hatte Angst, dein Brief würde auch so sein.»

«Ist er aber nicht.»

«Dann laß mich ihn lesen.»

«Sie hat ihn mir geschrieben, nicht dir.»

«Ich wette, sie schreibt dir, du sollst mich verlassen.» Libby biß die Zähne zusammen.

«Nein.»

«Was schreibt sie denn? Ich meine, nachdem wir so lange Jahre verheiratet sind, sollte ich das eigentlich erfahren. Also, was schreibt sie über mich?»

«Der Brief ist an mich und über mich. Nicht über dich.»

Libbys Stimme drückte Enttäuschung aus. «Oh. Na schön. Attackiert sie dich?»

«Sie hält sich nicht mit Seitenhieben zurück, aber sie attackiert mich nicht.»

«Sie stand unter Drogen, als sie die Briefe schrieb. Morphium. Sie wußte nicht, was sie schrieb.»

Frank legte den Deckel auf die Hutschachtel. «Ich glaube, sie wußte es, und ich glaube, sie hat ins Schwarze getroffen, zumindest, was mich angeht.»

«Du mußt mir den Brief zeigen.» Libby preßte die Kinnladen zusammen.

«Nein.»

«Dann muß etwas über mich drinstehen, sonst würdest du ihn mir zeigen.»

«Nein, Libby, so schlimm ist es nicht, aber es ist eine private Mitteilung meiner Tochter an mich.»

«Du hast sie immer mehr geliebt als mich!» Libby explodierte plötzlich. «Deswegen ist sie eine Lesbierin. Ich habe davon gehört. Wenn Jungen ihren Müttern zu nahe stehen, können sie ihre Liebe nicht auf andere Frauen übertragen, und bei Mädchen ist es dasselbe, wenn sie ihrem Vater zu nahe stehen.»

«Hör auf damit.»

«Ich hab eine kranke Tochter, und du willst, daß es mich nicht kümmert?»

«Sie ist nicht krank.»

«Sie ist jedenfalls nicht normal.» Die Sehnen an Libbys Hals traten vor.

«Wer ist schon normal? Du? Ich? Carter? Die Mädels im Bridge-Club? Sind sie normal, oder ist ihnen bloß mehr daran gelegen, die falsche Fassade aufrechtzuerhalten?»

«Was für eine falsche Fassade?» Sie machte einen Schritt auf ihn zu, einen bedrohlichen Schritt.

«Daß alles einfach» – er suchte nach dem richtigen Wort – «Klasse ist. Die da ist vollkommen, jene hat einen wunderbaren Ehemann, und deren Kinder werden alle erfolgreich sein und ihrerseits Leute heiraten, die Wert auf gute Manieren legen. Der richtige Job. Die richtige Religion. Die richtigen Vorfahren und die richtige Hautfarbe. Die Männer tragen zweireihige marineblaue Blazer mit einer roten Seidenripskrawatte zum Mittagessen im Club, und die Mädels tragen Kleider mit Blumendruck und große Hüte. Alles bloß Schau.»

«Du sprichst von unserem Leben! Du sprichst von unseren Freunden!»

«Vielleicht haben wir gar keine Freunde, Libby. Vielleicht haben wir bloß andere Mitwirkende in diesem bourgeoisen Stück.»

«Bougeois?» Sie rümpfte die Brauen, und ihre Miene wurde hart, verächtlich. «Ich wußte gar nicht, daß du solche Ausdrücke kennst.»

Frank richtete sich stocksteif auf. «Ich weiß viel mehr, als du mir zutraust.»

Libby verschränkte die Arme über ihrer noch immer reizvollen Brust. «Ich bin ganz Ohr.»

«Ich bin für dich kein Mensch. Ich bin eine Essensmarke.

Ich bin ein Begleiter. Ich bin der geniale Gastgeber; er mixt Martinis im Sommer, Bloody Marys am Sonntag nach der Kirche und Scotch am Abend im Winter. Ich bin der Typ, der das Bild vervollständigt, aber du weißt nicht, wer ich bin. Du hast es nie gewußt. Du hast es nie wissen wollen. Verdammt, du wolltest nur, daß ich meine Rolle spiele. Ich hab's satt, in deinem Stück zu spielen. Ich hab's satt, für dieses Privileg zu bezahlen. Ich weiß nicht, wie viele Jahre mir noch bleiben, aber ich will sie mit ein bißchen» – er suchte nach einem Begriff, nach den richtigen Worten – «Frieden verbringen und vielleicht, vielleicht sogar Liebe.»

«Liebe?» schmetterte sie heraus. «Liebe? Du hast mich nie geliebt. Du hast deine Firma geliebt. Du hast dein Golf geliebt. Du hast deine kostbare Frazier geliebt. Ich habe für dich gearbeitet! Ich habe die langweiligen Straßenbauunternehmer und deine Kunden bewirtet. Das Essen, die Blumen, die Gastgeschenke für ihre Frauen. Und ich habe dir zwei Kinder geboren. Ich habe sie aufgezogen. Ich habe sie aufgezogen! Du hast gearbeitet.»

«Ich weiß, und ich werde es bis zum Tage meines Todes bereuen.»

«Warum? Weil ich meine Aufgabe nicht gut genug erfüllt habe? Weil wir eine perverse Tochter haben?»

«Halt den Mund, Libby.» Seine Stimme war leise und bedrohlich. «Ich will das Wort nicht hören. Sie ist, was sie ist, und das ist ihre Bestimmung.»

«Ach, ist das dasselbe, wie wenn man sagt, mein Sohn ist ein Mörder, aber ich liebe ihn trotzdem?»

«Nicht annähernd.» Franks Augen funkelten. «Kannst du nicht einfach rausgehen und mich in Ruhe lassen?»

«Hast du eine Affäre?»

Er stockte einen Moment. «Nein. Ich hab so etwas nie gemacht, aber neuerdings wünsche ich, ich wäre nicht so moralisch gewesen. Ich fühl mich beschissen mit dir. Ich hab mich beschissen mit dir gefühlt, seit wir geheiratet haben, aber meine Erziehung hat mir nicht gestattet, Frau und Kinder zu verlassen. Ich wüßte gerne, was für ein Gefühl es ist, wenn eine Frau mir die Arme um den Hals legt, weil sie mich liebt, weil sie mich begehrt, und nicht, weil es eine Methode ist, mich bei Laune zu halten, damit sie kriegen kann, was sie will. Und selbst das vergeht mit der Zeit.»

«Wir sind zu alt für Sex. Es wäre würdelos.» Libby, stets auf Form bedacht, ignorierte den Inhalt seiner Worte.

«Ich wäre gerne mal würdelos.»

«Ihr Männer denkt nur an das eine.»

«Das ist nicht wahr.» Er stellte die letzte Hutschachtel zurück. «Außerdem, ich bin nicht ‹die Männer›. Ich bin ich. Ein Individuum. Männlich. Nicht mehr jung, aber so alt bin ich auch nicht, und es ist mir egal, was der Kalender sagt. Ich hab noch eine Menge in mir, und ich hab eine Menge zu geben.»

«Frazier hat dich dazu angestiftet. Sie will, daß alle sich scheiden lassen, weil sie lesbisch ist. Carter! Sieh doch, was sie Carter angetan hat und der lieben –»

Er unterbrach sie. «Libby, niemand stiftet irgendwen zu irgendwas an. Die Menschen tun, was sie auf dieser Welt tun wollen, und wenn sie anderen die Schuld daran geben, sind sie Lügner. Auch wenn sie die Lügen glauben. Schreckliche Dinge passieren mit den Menschen. Kriege. Konzentrationslager. Politische Unterdrückung. Religiöser Fanatismus. Krankheit. Vergewaltigung. Die Liste ist endlos, und doch sind viele dieser Menschen imstande, ein bißchen Freude am Leben zu finden, etwas Positives. Du nicht. Ich verlasse dich, und ich weiß, ich werde der Böse sein. Jeder Fehler von mir wird aufgebauscht werden. Was du mir nicht vorwirfst, werden mir andere vorwerfen, denn in dieser Stadt muß es ein Opfer und einen Sieger geben. Dämlich, aber eine Menge Leute glauben es trotzdem. Drum bin ich der Böse, weil ich gehe.»

«Ich knöpf dir jeden Cent ab!»

«Das hast du schon längst getan.»

«Ich hab mir alles in diesem Haus erarbeitet.» Sie rastete aus.

«Irrtum. Du hast dir die Hälfte erarbeitet, und die Hälfte kriegst du. Nicht weniger und nicht mehr, und wenn du deine Hälfte für einen habgierigen Scheidungsanwalt verplempern willst, noch bevor du sie bekommst, ist das deine Sache. Ich bleibe hart.»

«Das werden wir ja sehen.» Libby hielt eine tapfere Fassade aufrecht, während die Welt um sie einstürzte.

Frank ging ins Bad, um sein Reiserasierzeug zu holen. Libby folgte ihm.

«Das ist doch eine reine Streßreaktion. Die Anschuldigungen in den Zeitungen. Frazier. Carters Scheidung. Du wirst schon wieder zurückkommen.» Frank kramte herum, während Libby fortfuhr: «Ich hab auch mal so eine Phase gehabt. Oh, ich weiß alles darüber. Geh du nur und verabrede dich mit ein paar Frauen, dann wirst du schon feststellen, wie gut du es zu Hause hast.»

Solange er im Bad, in Kleiderschrank und Kommode seine Sachen zusammensuchte, folgte sie ihm und redete ohne Punkt und Komma. Sie folgte ihm sogar zur Haustür.

«Frank, Frank! Du bist in der Midlife-crisis.»

«Ich bin zu alt für eine Midlife-crisis.» Er öffnete die Tür, ging hinaus und schloß sie hinter sich.

Libby riß die Tür auf und stand da, umrahmt vom Licht, das von innen nach draußen fiel. Ihr Mund stand offen, aber es kam nichts heraus. Frank ließ den Wagen an und fuhr die Zufahrt hinunter.

Merkur drückte die Aus-Taste. «Das war wohl mehr, als wir erwartet hatten. Ich hoffe, es hat dich nicht beunruhigt.»

«Nein. Ich wünschte, er hätte sie schon vor Jahren verlassen», erwiderte Frazier.

Venus sagte: «Aber er hat es jetzt getan, und darauf kommt es an.» Sie hielt ihr Champagnerglas ins Licht. «Vertrau denen, die du liebst. Darin liegt die Zukunft.»

«Wie?» Frazier war überrascht.

«Vertrau ihnen. Kenny möchte sich entwickeln und lernen. Dein Vater fängt an, etwas zu verändern, so gut er kann, und wird endlich für sein Glück kämpfen. Es wird ihm wohl tun. Mandy hat es sich zur Gewohnheit gemacht, anderen Mut zuzusprechen. Schön, sie kann selbst praktizieren, was sie predigt. Alle schaffen sich ihre Zukunft selbst. Mach dir also deswegen keine Sorgen», sagte Venus.

«Okay, okay, aber wegen Carters Scheidung mach ich mir schon Sorgen.»

«Scheidung ist absurd.» Merkur kippte seinen Champagner hinunter.

«Scheidung ist was für die Anwälte.» Frazier griff nach ihrer Cola.

«Und die Anwälte unterstehen Apoll», feixte Merkur.

«Das ist nicht wahr. Du kannst nicht alles, was du nicht magst, Apoll zuschieben.»

«Jedenfalls unterstehen sie nicht Dionysos oder Pluto, obwohl sie am Ende so reich sein werden wie Pluto, wenn sie nur lang genug leben, weil in Amerika jeder gerichtlich gegen jeden vorgeht.» Merkur plazierte ein Hörnchen zwischen Fraziers Brüsten. «Champagner mit Hörnchen. Wollen wir eine neue Mode kreieren? Weit besser als Champagner mit Erdbeeren – das gibt's schließlich überall.»

«Im Moment reklamiert hier niemand die Anwälte für sich. Aber ich reklamiere jeden Menschen für mich, der Schönheit» – Venus hielt inne – «in jedweder Form sucht. Wenn eine junge Dame am Arsch der Welt in Texas einen Afghanteppich knüpft, reklamiere ich sie für mich. Ich hab sogar die Menschen für mich reklamiert, die in den fünfziger Jahren nach Zahlenvorlagen gemalt haben.»

«Du hast eben ein großes Herz.» Frazier lachte. «Meine Mutter hat den Tick, Blumen zu arrangieren; die wirst du dann auch übernehmen müssen.»

«Das ist bei Libby schwierig, aber ich halte ihr eins zugute. Sie hat einen guten Blick, und den hat sie dir vererbt. Arme Libby, ich bin gespannt, ob sie es packen wird.»

«Was?» Frazier verdrehte den Kopf, um Venus deutlicher zu sehen.

«Sie ist so beschäftigt damit, sich von Erfahrungen abzuschotten, daß sie innerlich steril geworden ist. Menschen sind für deine Mutter nur noch Requisiten. Weißt du, wie entsetzlich das Leben wäre, wenn du alles verstehen, alles kontrollieren, alles voraussagen könntest? So was Langweiliges. Da wär man ja lieber nie geboren.»

«Ich halte mich mehr an die Logik als meine werte Gefährtin.» Merkur legte die Hände auf Fraziers Schultern und begann zu massieren. «Aber sie hat recht. Es muß Geheimnisse geben, tiefe, verlockende Mysterien und Rätsel.»

«Ich glaub, ich bin da auf ein großes Rätsel gestoßen.» Frazier schmiegte sich an seinen kraftvollen Körper. «Nämlich auf die Frage, warum ich hier bin.»

«Mysterium, Mythos und Magie.» Er küßte sie aufs Ohr.

«Vielleicht trägst du das Mysterium ja in dir. In dem Fall wirst du dich nicht langweilen.» Venus überlegte, ob sie noch ein Glas Champagner trinken sollte, und gab dem Drang nach. «Sex ist gewiß ein Mysterium, und Liebe ein noch größeres. Vergiß nicht, Frazier, akzeptiere einfach, was du nicht verstehen kannst.»

«Willst du damit sagen, ich muß meine Mutter akzeptieren? Und die Holzköpfe zu Hause, die nur darauf brennen, mich zu fragen, warum ich eine Lesbe bin?»

«*Du* bist eine Lesbe?» zog Merkur sie auf.

«Eigentlich nicht. Ich bin ich.» Funken sprühten in Fraziers grünen Augen. «Ich werde lieben, wen ich will, und arbeiten, wie ich will, und solange ich die Menschen respektvoll und höflich behandle, denke ich, geht das, was ich mache, verflixt noch mal, keinen was an.»

«So, und weshalb bist du nun lesbisch geworden?» neckte Merkur sie übermütig. «Ich finde, nach unserem Megasex hab ich ein Recht, das zu erfahren.»

Frazier rutschte herum, so daß sie zwischen seinen Beinen zu sitzen kam und sie sich Gesicht an Gesicht gegenübersaßen. «Aus reiner christlicher Nächstenliebe. So viele Frauen beten um einen Mann, da hab ich ihnen einfach meinen Anteil überlassen.»

Merkur juchzte vor Entzücken, und auch Venus lachte. «Endlich erkenn ich einen Sinn in der Religion. Oh, wie heilig du bist, daß du dich selbst verleugnest, meine Süße.» Merkur hob sein Glas.

Venus schenkte Frazier nach, und sie stießen wieder an. «Aber du wirst mit uns herumtollen, ja?»

«Merkur, ich würde dich in jedem Jahrhundert, auf jedem Kontinent und in jeder, hm, Verwandlung begeistert vögeln.» Frazier nahm seinen Penis und schob ihn in ihr Champagnerglas.

«Ah», seufzte er, als die Blasen an seinem Schwanz prickelten, «das ist ein Wort.»

«Venus, laß uns deine Brüste in Champagner tauchen und ablecken.» Frazier hielt ihr Glas unter Venus' linke Brust, und Merkur hielt seins unter ihre rechte.

«Huch, das kribbelt», säuselte Venus, als sie den Champagner aufleckten.

«Komm, dreh dich um.» Merkur schubste Frazier sanft mit dem Gesicht nach unten aufs Bett. Er goß ihr etwas Champagner ins Kreuz, leckte ihn auf, träufelte dann ein bißchen zwischen ihre Beine und leckte wieder. «Besser als Ambrosia – hm, viel besser.»

«Gott», stöhnte Frazier.

«Ja», antworteten beide.

Sie rollte sich auf den Rücken und bewunderte diese zwei umwerfenden Wesen, ihre unübertroffene Vollkommenheit. Dann begann sie zu lachen, und die beiden stimmten ein. «Könnt ich doch nur einen Menschen finden, der so mit mir rumtollt, wie wir das tun.»

«Du findest bestimmt jemand. Ich bezweifle bloß, daß du zwei finden wirst, ich meine, zwei zur selben Zeit. Wenn die Menschen zu dritt ins Bett gehen, finden sie es meist bloß geil, nicht liebevoll und zärtlich. Heutzutage jedenfalls.» Merkur zog die Mundwinkel ein wenig herunter.

«Du wirst schon jemand finden. Und dieser Jemand steht immer direkt vor deiner Nase.»

Frazier fuhr plötzlich zusammen. «Ich muß nach Hause zu Curry und Basil.»

«Keine Bange, für dein Kätzchen und deinen Hund ist gesorgt – wirklich, so was würden wir dir nicht antun», versicherte Venus.

«Da bin ich aber froh. Nach dem vielen Reden über die Liebe mußte ich wieder an sie denken. Die vollkommene Liebe.»

«Zu Tieren, ja.» Venus lächelte.

«Nicht zu Barrakudas», sagte Merkur.

«Kennst du jemand, der sich einen Barrakuda als Haustier hält?» Frazier hob die rechte Augenbraue.

«Neptun.»

«Der zählt nicht», erklärte sie ihm. «Er ist der Gott der Meere. Er hält sich vermutlich auch Winkerkrabben und Muränen.»

«Ist dir je aufgefallen, daß jedes zweite Fischrestaurant auf der Welt nach Neptun benannt ist, Neptuns Fang, Neptuns Stolz, Neptuns Reich und so weiter? Ich fände es widerwärtig, wenn man Restaurants nach mir nennen würde», bemerkte Merkur.

«Dafür hast du die Western Union», sagte Frazier zu ihm.

«Und das mit Recht.» Er lächelte. «Wißt ihr was? Der heiße Sex und der kalte Champagner haben mich ganz dösig gemacht. Meine Damen, wenn ihr mich entschuldigen wollt, ich leg mich ein bißchen aufs Ohr.» Er wälzte sich von Venus herunter auf die Seite und war im Nu eingeschlafen.

«Sie schlafen meistens ein, nachdem sie gekommen sind», seufzte Venus. «Irgendwie muß es für sie anstrengender sein.»

«Wir haben ihn ja auch mächtig rangenommen.»

«Der Glückspilz.» Venus zog Frazier zu sich her. «Bequem so?»

Frazier schmiegte sich an sie. «Hm-ja.» Sie dachte einen Moment nach. «Glaubst du, daß die Menschen entweder hetero- oder homosexuell sind?»

«Nein. Das ist ein alberner Gedanke, aber ihr Menschen denkt ja heutzutage immer in Gegensätzen. Das ist sehr abträglich. Gut oder schlecht, weiß oder schwarz, glücklich oder traurig, Mann oder Frau, hetero oder homo, jung oder alt. Das ist zu simpel, und außerdem stehen diese Begriffe nicht unbedingt im Widerspruch.»

«Ja, aber ich glaube, einige Menschen sind wirklich homosexuell, und andere sind wirklich hetero.»

«Die armen Schätzchen.» Venus seufzte. «Aber du mußt es dir so denken: Das menschliche Tier hat einen breiten Sexualbereich. Die erotischen Möglichkeiten sind endlos. Die meisten von euch sind versteckt bisexuell, auch wenn diese Erkenntnis gemeinerweise unterdrückt wird. Hab ich nicht recht?»

Frazier überlegte einen Moment. «Ja, ich glaub, wir sind viel komplizierter, als uns bewußt ist.»

«Aber es gibt tatsächlich Menschen, die absolut hetero sind, und solche, die absolut homosexuell sind.» Venus strich mit den Fingernägeln über Fraziers Wangen. «Der Daseinszweck des heterosexuellen Menschen ist leicht zu erkennen: die Fortpflanzung der Menschheit. Den des homosexuellen Menschen habt ihr dort unten auf der Erde verwischt, aber für uns liegt er ganz klar auf der Hand.»

«Nämlich?»

«Den Heterosexuellen zu dienen. Der vollkommen homosexuelle Mensch ist dazu geschaffen, die Heterosexuellen zu unterstützen. Wären alle Menschen mit dem Gebären und Aufziehen von Kindern befaßt – ein zwar köstliches, aber erschöpfendes Unterfangen –, dann bekämen sie nichts anderes geregelt. Die Gemeinschaft würde zerfallen.»

«Was ist dann mit den alten Menschen? Die könnten doch bei den Kindern zur Hand gehen», überlegte Frazier laut.

«Na, als es mit uns losging, da seid ihr nicht sehr alt geworden. Jedenfalls nicht so viele von euch wie heute. Alte waren keine Triebfeder der Gesellschaft, und selbst bei eurer längeren Lebensdauer kommen ältere Leute mit Kindern ja meist nicht zurecht.»

«Das ist wahr.» Frazier nickte.

«Kinder muß man in seinen besten Jahren aufziehen. Deswegen ist es unerläßlich für das Überleben der Gattung, daß ein kleiner Teil der Menschheit in der Blüte des Lebens keine Kinder aufzieht. Diese Menschen, die echten Homosexuellen, wenn du so willst, sollen die Dienstleistungen erbringen, die für die anderen nötig sind. Das ist lebenswichtig für die Menschheit.»

«Du meinst ärztliche Versorgung oder Geisteswissenschaften und so?» Fraziers Stimme zitterte, so gefesselt war sie von dieser Logik.

«Oh, klar. Aber denk mal zehntausend Jahre zurück oder dreitausend, wenn zehn dir zuviel sind. Besser noch, geh zurück ins fünfte Jahrhundert vor Christus. Athen. Der Krieg mit Sparta. Da hatte die Gesellschaft wohl schon begonnen, sich zu verändern. Oder denk an einen Vernichtungskrieg.

Die erste Verteidigungslinie sollten die homosexuellen Männer bilden, die zweite unverheiratete heterosexuelle Männer, die dritte Lesben. Die vierte Verteidigungslinie sollten verheiratete Männer bilden und die letzte selbstverständlich die Mütter. Die Menschheit ist dazu bestimmt, die Kinder zu schützen.

Und daß die Lesben erst die dritte Verteidigungslinie bilden, hat auch einen plausiblen Grund. Die Eierstöcke funktionieren, egal, in wessen Körper sie sind. Das Ei ist stets mehr wert als das Sperma. Deshalb ist es unklug, mehr Eier zu gefährden als unbedingt nötig. Also dann könnten eine Million Männer sterben, aber wenn, sagen wir, nur zehn übrigbleiben und hundert Frauen, werdet ihr überleben. Das ist Biologie.

Eigentlich ist das alles ganz einfach, aber ihr habt es verpfuscht. Männer und Frauen waren so beschaffen, daß sie sich aufeinander verlassen und partnerschaftlich arbeiten mußten. Sieh nur, was ihr daraus gemacht habt.»

«Ich war's nicht», protestierte Frazier.

«Das sollte kein Vorwurf sein», entschuldigte sich Venus. «Aber, Liebling, es herrscht ein solcher Schlamassel auf der Erde, ihr könnt keine echten Partnerschaften aufbauen, wenn ein Partner, wollen wir's mal so ausdrücken, gleicher ist als der andere. Wie können die Menschen sich ihre Herzen öffnen und miteinander vertraut werden, wenn man dem Partner die Peitsche oder das Scheckbuch über den Kopf hält? Es ist absurd.»

«Könntest du nicht auf die Erde kommen und uns da raushelfen?»

«Und einen Filmstar aus mir machen lassen? Keine Chance.» Venus gähnte.

«Sag mir noch eins», bat Frazier.

«Wenn ich kann.»

«Glaubst du, daß homosexuelle Menschen, die absolut

homosexuellen, glaubst du, daß die kreativer sind?» Auch Frazier war jetzt dösig.

«Ich glaub, wenn Michelangelo hetero gewesen wär, dann wär die Sixtinische Kapelle mit der Rolle geweißelt worden.» Venus' Gelächter schwebte aus dem Fenster und verschmolz mit dem Gesang der Nachtigall.

58

Das zarte Gelb der Rosenknospen verlockte Frazier. Solch bescheidene Rosen waren ihr bedeutend lieber als die leuchtendroten, von denen die meisten Leute so entzückt schienen. Venus hatte auf ihrem Landsitz Gärten von unübertrefflicher Harmonie angelegt, und so gerne Frazier die Räume von Sanssouci sofort besichtigt hätte, beschloß sie doch zu warten, bis ihre Gastgeberin Zeit für einen gemeinsamen Rundgang fand. Sie wollte unbedingt Venus' Kunstsammlung sehen; denn sie vermutete, daß die Göttin die herrlichsten Gemälde aus allen Jahrhunderten besaß.

Ein einsamer Gärtner beschnitt, von ihr abgewandt, routiniert die Rosensträucher. Als sie näher kam, drehte er sich um, und unter dem breitkrempigen Strohhut erblickte sie das imponierende Gesicht des mächtigen Jupiter.

Er legte die Finger an die Lippen. «Psst.»

«Woher weißt du, daß Venus schläft?» wunderte sich Frazier.

«Das wußte ich gar nicht. Ich will nur nicht, daß meine Gemahlin uns findet. Sie ist eine brave Gefährtin, aber sie versteht mich nicht.»

Frazier lächelte über diesen uralten Spruch. «Du liebst Rosen, wie ich sehe.»

«Ja. Ich liebe sogar die bescheidene Geranie. Pflanzen verfügen über eine eigene Intelligenz. Sie haben beschlossen, an Ort und Stelle zu bleiben, und lassen das Leben zu sich kommen. Die Tiere haben beschlossen, sich fortzubewegen und zum Leben hinzugehen. Es ist wirklich ganz einfach.» Er kappte einen Stiel, um das Wachstum zu fördern. «Gefällt's dir bei uns?»

«Oh» – Frazier errötete – «ich weiß nicht, wann ich je so viel, äh, so viel von allem hatte.»

«Es gibt noch mehr.» Er strahlte so, daß Frazier die Augen beschatten mußte.

«Verzeih. Du bist so schön, da habe ich ganz vergessen, daß du keine von uns bist. Ich hab eine Schwäche für euch Menschen. Leda war entzückend, und Jo und Europa auch. Ich habe auch Kallisto sehr geliebt, und Dionysos' Mutter Semele war ebenfalls eine wunderbare Frau.»

«Wie kommt's, daß du dich an all deine Liebschaften erinnern kannst?»

Jupiter lachte. «Ich hatte mal eine Affäre mit Mnemosyne – das bedeutet Gedächtnis –, und sie hat die Musen geboren. Ich erinnere mich an alles. Nun darfst du mich aber nicht für flatterhaft oder einen Weiberhelden halten. Ich bin einfach nur seit Tausenden von Jahren ...» Er nahm den Hut ab, und die grauen Haare, kurz geschnitten wie bei einem preußischen Offizier, ließen ihn noch männlicher erscheinen.

«Was hast du mit deinen langen Haaren gemacht?»

«Das war bloß eine Perücke. Fürs Porträt. So ist es viel bequemer.» Er fuhr sich mit den Fingern durchs Haar.

«Interessierst du dich für das Leben auf der Erde?» Frazier nahm die pfirsichfarbene Rose entgegen, die er ihr reichte.

«Manchmal. Da unten ist es einfach nicht mehr wie früher. Ihr Menschen habt Schwielen an der Seele.» Ihre fragende Miene veranlaßte ihn, das zu erklären. «Ihr wollt Antworten auf alle Fragen. Ihr seid reizüberflutet, aber emotional unterernährt. Ihr werdet unaufhörlich mit Informationen bombardiert, aber die Informationen sind sinnlos. Ihr habt eure Leidenschaft verloren, und bald werdet ihr euren Sinn für Humor verlieren. Menschen, die sich stets und immer sicher fühlen müssen, können nicht lachen. Einst haben mir die Menschen sehr leid getan. Dann wurde ich zornig. Jetzt bin ich bloß noch gelangweilt – aber nicht von dir, meine Liebe.»

«Darf ich dir eine unphilosophische, eher faktische Frage stellen? Von Philosophie verstehe ich nämlich nicht viel.»

«Nur zu.» Er küßte die Rose in ihrer Hand.

«Erinnerst du dich daran, am 11. August 1843 eine Rachel Redington getötet zu haben? Sie war eine Vorfahrin von mir, erst dreiundzwanzig, und sie saß beim Erbsenenthülsen auf der Veranda. Sie hatte die Metallschüssel auf dem Schoß, da kam plötzlich ein Gewitter, und Rachel wurde vom Blitz erschlagen.» Frazier hob vor Aufregung die Stimme.

Jupiter rieb sich den kurzgeschnittenen Bart – der lange, lockige war ebenfalls falsch gewesen. «11. August, mal sehen. Tja, ich erinnere mich da an eine hübsche Frau. Sommer in Virginia.» Seine Miene hellte sich auf. «Heftige Affäre. Mir war schrecklich zumute, aber so blieb ihr wenigstens der schmutzige Krieg erspart, den ihr in den sechziger Jahren hattet. Was um alles in der Welt hat dich überhaupt darauf gebracht?»

«Meine Mutter. Wir haben ein dickes Familienbuch, und als ich klein war, hat sie es immer auf der Seite von Rachel Redington aufgeschlagen, um mir zu beweisen, daß jedem jederzeit alles passieren kann. Und daß ich vorsichtig sein muß. Jesses Maria, sie hat mir eine Heidenangst eingejagt. Oh, das Wort wollte ich eigentlich nicht sagen.»

«Schon gut.» Er strahlte wohlwollend. «Du hast im Leben

nichts zu fürchten, dich selbst nicht und auch sonst niemanden. Alles Schlimme, das du dir denken kannst, wird auch passieren, wenngleich nicht immer so, wie du es dir vorstellst. Aber du bist so tapfer, daß du all diese Prüfungen bestehen wirst. Ich mußte gegen meinen eigenen Vater und seine Titanen kämpfen. Ich wußte nicht, was geschehen würde, ich wußte nur, wenn ich nicht kämpfte, war alles verloren. Bitte nie um ein leichtes Leben. Bitte um Mut. Ich würde es dir schenken, aber bitte nicht darum.» Er legte ihr den Arm um die Schultern.

Obwohl Jupiter dabei war, ihr Avancen zu machen, ein Spielchen, das Frazier gut kannte, hatte er etwas Väterliches, Gütiges. «Das werde ich mir merken. Mnemosyne.»

«Von der Gosse zu den Sternen. Das Leben bewegt sich auf allen Ebenen gleichzeitig. Wenn du das erst mal begriffen hast, weißt du, daß es keine Widersprüche gibt. Keinen einzigen. Was widersprüchlich zu sein scheint, sind lediglich zwei aufeinanderprallende Ebenen des Lebens. Und du wirst das ganze Bild sehen, und jeder Gegenstand, jeder Mensch wird an seinem Platz sein.» Er schlenderte mit ihr durch den Garten. «Versuch nicht, es zu verstehen. Das bleibt den Göttern vorbehalten. Wir haben dir das Leben zum Geschenk gemacht. Es ist an dir, es zu genießen. Wenn du verbittert bist oder träge, dann hast du uns betrogen – und dich selbst. Freu dich, Frazier, freu dich!» Er hob die Arme, und eine Schar von Venus' weißen Tauben flatterte gurrend aus den Bäumen; sie flogen um sie herum und kehrten wieder zu ihren Nestern zurück.

«Venus hat mir dasselbe gesagt – auf ihre Art.»

«Eine wunderbare Seele, meine Tochter.» Er nahm Frazier bei der Hand, und händeschwingend gingen sie weiter; unter ihren Füßen knirschten die Kiesel.

Erst als Frazier nach unten schaute, merkte sie, daß sie auf Diamanten gingen, zwischen die als Farbtupfer ein paar Rubine, Smaragde und Saphire gestreut waren. Sie bückte sich und hob einen auf. «Unglaublich.»

«Hier.» Jupiter nahm ihr den Diamanten aus der Hand, kniete sich hin und hob noch zwei auf. Er knetete sie in der Hand, formte sie wie Lehm und reichte ihr dann einen erlesen geschliffenen Diamanten von sensationellen sieben Karat. «Zum Andenken an mich.» Er stand auf.

Sprachlos und wie gebannt starrte Frazier auf das helle Feuer in ihrer Hand. «Er ist... überwältigend.»

Jupiter brüllte: «Ich will dir zeigen, was überwältigend ist.» Und lachend dehnte er sich zu solcher Größe, daß sie sein Gesicht nicht mehr sehen konnte. Sein rasch steif werdendes Glied warf einen Schatten über den Garten. Er zog es hervor, und es war so groß wie das Empire State Building. Er rieb es ein paarmal: Sperma spritzte über den Himmel, aber es war nicht weiß; das Ejakulat überzog das Azurblau mit glitzernden Regenbogenfarben. Jupiter verkleinerte sich sogleich wieder und trat an Fraziers Seite, während die irisierenden Farben ineinander verschmolzen. «Schöner als ein Feuerwerk.»

«Aber hallo.» Frazier konnte die Augen nicht vom Himmel wenden. «Mit Feuerwerk hab ich allerdings nichts mehr im Sinn.»

«Stimmt ja, du hast damit neulich ein heilloses Chaos angerichtet – allerdings mit fremder Hilfe», verbesserte er sich. «Könnte ich dich übrigens für ein kleines Nachmittagsvergnügen erwärmen? Sogar der König der Götter ist dein Sklave.»

Eine spöttische Stimme rief vom Haus her: «Paps, der Spruch hat soo 'n Bart.» Venus kam barfuß, in Jeans und einem bis zum Nabel offenen weißen Baumwollhemd herausgeschlendert.

«Ach, jetzt hast du's verdorben. Jetzt geht sie bestimmt nicht mit mir ins Bett», sagte Jupiter betrübt.

«Sie kann tun, was ihr gefällt, aber glaubst du nicht, daß Juno den Himmel sieht? So weit weg kann sie nicht sein – und wenn sie deine Handarbeit da oben bemerkt, wird sie auf dich losgehen wie ein Habicht auf eine Maus. Und sie wird es bestimmt an Frazier auslassen. Das tut sie doch immer.»

«Verdammt.» Jupiter wandte sich wieder an Frazier. «Ich hätte mich besser beherrschen sollen.» Er senkte die Stimme und sagte in einem salbungsvollen Bariton: «Aber das ist genau das Problem – in deiner Nähe *kann* ich mich nicht beherrschen.»

«Ich hätte die Vorstellung nicht um alles in der Welt missen mögen», griente Frazier.

«Paps, ich glaub, ich muß sie nach Haus bringen. Du möchtest sie bestimmt nicht in einen Stier verwandelt sehen wie Europa, oder denk nur, was Juno Ägina angetan hat. Willst du, daß ein Drache Richmond zerstört? Die Armeen der Yankees waren schlimm genug.»

«Oh» – er rieb sich das Haupt –, «dieses Weib!»

«Die Frauen, die sie vernichtet oder verletzt hat, haben wenigstens das Vergnügen gehabt, mit dir zu schlafen. Frazier dagegen hat bloß zugesehen, wie du…»

«Ein wirklich imponierender Schwanz.» Frazier setzte ihr strahlendstes Lächeln auf.

Das Kompliment ließ Jupiter dahinschmelzen. «Wenn wir doch nur eine einzige gemeinsame Nacht gehabt hätten. Ich verspreche dir, du wärst nicht enttäuscht gewesen.»

«Vielleicht komm ich ja mal wieder.»

Er tätschelte ihr die Hand. «Du mußt nach Hause, so gern wir dich hierbehalten würden.»

Eine Wolke am Horizont verkündete, daß Juno nahte.

Venus nahm Frazier bei der Hand. «Komm, mein Herz. Verduften wir.»

59

Ahh.» Merkur stöhnte lustvoll im Schlaf. Venus schüttelte ihn noch einmal. Er schlug die Augen auf. «Hä?»

«Los, zieh deine Hose an. Wir müssen Frazier hier rausschaffen.»

Frazier spähte mit großen Augen hinaus und sah die Wolke dunkler und größer werden. «Sie macht Dampf auf.»

«Dampf ist leider gar kein Ausdruck», seufzte Venus.

«Was'n los?» Merkur rieb sich schlaftrunken die Augen und schwang die Füße über die Bettkante.

«Juno kocht mal wieder.»

«Oje.» Geschwind zog er seine geflügelten Turnschuhe an. «Wegen Jupiter?» Merkur drehte sich zu Frazier um: «Hast du den alten Knaben gebumst?»

«Nein, hab ich nicht», entgegnete Frazier würdevoll. «Aber er mußte mir unbedingt zeigen, wie groß sein Schwanz ist, und hat in den Himmel gewichst. Der Regenbogen war wirklich schön.»

«Der lernt's doch nie.» Merkur nahm Fraziers rechte Hand, Venus die linke. «Halt dich an uns fest.»

Als sie starteten, hörte Frazier Juno rufen: «Gatte?»

Jupiter erwiderte: «Ja, mein Süßerchen. Ich bin hier, im Garten.»

«Und nicht allein, du fieser Lügner!» brüllte Juno. Sie stürmte buchstäblich in den Garten.

Während Jupiter sich mit seiner kriegerischen Gefährtin kabbelte, flitzten Venus und Merkur durchs Schloß und entkamen durch den Vordereingang. Kaum daß sie im Freien waren, schossen sie in die Lüfte. Frazier bemerkte, daß Merkur seinen alten Helm trug.

Hinter ihnen verfinsterte sich der Himmel, Donner und Blitz hüllten Sanssouci ein.

Venus blickte über die Schulter zurück. «Sie kauft es ihm nicht ab. Und jetzt verliert er auch die Beherrschung.»

«Wenn er sie nur ein Weilchen beschäftigt. Sobald sie die Nase am Erdboden hat, ist sie wie ein Bluthund.»

«Aber ich hab doch gar nichts getan», protestierte Frazier.

«Ach Herzchen, seit wann hat denn die Wahrheit was damit zu tun? Juno will ein Opfer sein. Sie genießt das Leid und weidet sich daran, es über den Gegenstand seiner Zuneigung zu bringen. Wenn sie ein bißchen Mumm hätte, würde sie ihm die Eier abschneiden.» Venus wich einem tiefhängenden Kastanienzweig aus. «Wenn sie nur einen Funken Verstand hätte, würde sie einsehen, daß er ist, was er ist, und ihn auch so lieben. Niemand kann jemand ändern, der sich nicht ändern lassen will.»

«Wir könnten in die Schmiede deines Mannes», dachte Merkur laut.

«Zu diesem Muttersöhnchen?» Venus zog die Lippe kraus. «Er würde uns auf der Stelle verpetzen.»

«Nicht, wenn du ihn in die Mangel nimmst.» Auch Merkur sah nun über die Schulter zurück. Der tintenschwarze Himmel war mit blau-goldenen Blitzen durchsetzt. «Scheiße, die zwei haben einen mordsmäßigen Ehekrach. Bin ich froh, daß ich nicht verheiratet bin.»

«Ich auch», stimmte Venus mit trockener Ironie zu. Sie bemerkte, daß Frazier von der rasenden Bewegung Tränen in den Augen hatte. «Kannst du atmen?»

«Kaum», keuchte Frazier.

«Du hast eine Veranlagung zu so was. Deine Bronchitis. Halt noch ein bißchen durch, bis wir aus der Gefahrenzone sind», riet Merkur ihr.

«Wie wär's mit der Kapelle Nikolaus' V. im Vatikan?» japste Frazier. «Von Fra Angelico. So rein und schlicht.»

«Wie um alles in der Welt kommst du denn darauf?» Merkur war beunruhigt. Er wünschte, er hätte seinen Armbanduhr-Fernseher mitgenommen, um die Örtlichkeiten zu überprüfen, bevor sie Zeit damit verschwendeten, hinzugelangen.

«Ich dachte einfach, sie würde nirgends hingehen, was mit Christentum zu tun hat», war Fraziers logische Antwort.

«Gute Idee», lobte Venus, «aber du kennst die Königin der Götter nicht. Sie rechnet sich alles Schöne als Verdienst an, jedes Gemälde und jede Bildharmonie mit einer Frau als beherrschender Gestalt. Sie belegt sogar die Strumpfhose mit Beschlag. Sie schwört, daß Strumpfhosen Vergewaltigungen verhindern. Wir sähen wie drei Touristen aus, und sie bräuchte nicht lange, um uns zu finden.»

«Kann Jupiter uns nicht beistehen?»

«Willst du in ein Sternbild verwandelt werden?» sagte Merkur. «Er hat keine Macht über sie.»

«Wieso könnt ihr zwei sie denn nicht leiden – ich meine, abgesehen von ihren Tobsuchtsanfällen?»

«Sie ist nicht meine Mutter», antwortete Venus.

«Meine auch nicht. Sie ist bös und gemein zu ihren Stiefkindern, aber oh, wie sie Mars und Vulcanus anbetet. Sie läßt dich links liegen, bis sie dich braucht, und wie du dir denken kannst, braucht sie mich oft.»

«Mich braucht sie auch», ergänzte Venus in beiläufigem Ton. «Juno steht nur auf Frauen, die unterwürfig sind. Und auf Männer. Sobald du vor ihr zu Kreuze kriechst, ist sie glücklich.»

Ein Knall in der Ferne beunruhigte sie. «Verdammt.» Merkur zog eine Grimasse.

«Wenn auch nur ein einziger Spiegel in meinem Haus gesprungen ist, rupf ich ihr die Schnurrbarthaare einzeln aus.»

Darauf mußte Frazier lachen, und fast hätte sie Venus' Hand losgelassen. «Hoppla.»

«Halt dich fest.» Venus packte sie unter dem Ellenbogen. «Versuchen wir's damit.» Sie deutete auf eine Grotte unter ihnen. «Da können wir uns verstecken, bis wir eine bessere Idee haben.»

Sie landeten und traten rasch in die kühle, feuchte Höhle. Sie war voller Cromagnon-Malereien. Vereinzelte Säulenbruchstücke bezeugten, daß hier jahrtausendelang kultische Verehrung geübt worden war.

«Vielleicht geht ihnen ja die Puste aus», hoffte Merkur.

«Diese Malereien sind sehr alt.» Frazier bekam eine Gänsehaut auf dem Arm. «Und sehr heilig.»

«Der Glaube von Jahrhunderten.» Merkur zog mit dem Finger die Konturen eines Bisons nach. «In früheren Zeiten sind alle miteinander ausgekommen. Die nordischen Götter waren in Ordnung, wir waren in Ordnung, und auch die Götter, an die Inkas und Azteken glaubten. Alle kamen zurecht. Dann wurde der Glaube an einen Gott Mode, und die Toleranz ging den Bach runter. Glaub, was ich glaube. Bete an, wen ich anbete. Kleide dich, wie ich mich kleide. Denke, was ich denke. Es ist tödlich – und macht das Töten leicht.»

«Wie meinst du das?» Frazier konnte den Blick nicht von den Malereien wenden.

«Na, wenn andere nicht glauben, was du glaubst, sind sie entweder blöd oder mit dem Teufel im Bund. Drum mach sie 'nen Kopf kürzer.»

«Ach, von der Sorte gibt's in meinem Jahrhundert jede Menge.» Frazier beschlich allmählich das Gefühl, eine Gefangene der Zeit zu sein – ihrer Zeit.

«Siehst du diese Trittsteine zum Altar?» Venus wies auf die Erde.

«Glatt wie der Mond und abgetreten wie Sicheln.» Frazier kniete nieder und fuhr mit den Händen über die Vertiefungen.

«Wie viele tausend Jahre hat es gedauert, bis sie so glänzten, gestreichelt von unzähligen Menschenfüßen? Diese Steine sind Überreste der Sehnsucht nach Höherem. Spielt es eine Rolle, ob die Betenden in dieser Grotte Bärenfelle trugen und den Großen Bären verehrten oder ob sie sich später in Togen kleideten und Diana anbeteten? Ja, diese Grotte sieht aus wie eins ihrer Heiligtümer. Und noch später kamen andere, die sich zitternd versteckten, um einander Beistand zu leisten und das Wort Jesu zu predigen – aber die Gefühlsregungen waren dieselben. Das Verlangen nach etwas Schönerem, nach etwas Ruhe mitten im Chaos. Alles ist wahr. Heide, Jude, Muslim, Buddhist, Christ – die Gefühle sind wahr. Die Doktrin ist falsch.»

«Ich bete, daß ich mich an all dies erinnern kann, wenn ich nach Hause komme.»

«Du wirst dich erinnern», versicherte ihr Merkur. Er ging zum Höhleneingang. «Hades, Arsch und Zwirn. Sie kommt.»

«Wollen wir türmen?» Venus trat zu ihm und musterte prüfend den Horizont.

«Wir haben zwei Vorteile», sagte er. «Sie ist kurzsichtig, aber zu eitel, um eine Brille zu tragen, und sie ist nicht mehr so schnell wie früher. Könnte sein, daß sie uns einfach übersieht.»

«Ja, aber für den anderen Fall laß mich nachschauen, ob's hier einen Hinterausgang gibt.»

«Ich komm mit», erbot sich Frazier.

«Bleib bei Merkur. Falls das hier einer der Wege hinunter zu Pluto ist, kannst du da nicht hin. Wenn du den Styx überquerst, ist es aus mit dir, Frazier. Es ist wirklich der Fluß ohne Wiederkehr.»

«Charon, der Fährmann, würde dir auch noch Geld abknöpfen», brummte Merkur. «Dabei ist der eigentlich noch gar nicht so schlimm. Er verlangt nicht mehr als die Staten-Island-Fähre, aber du hast keine Ahnung, wie habgierig Pluto ist. Du würdest nicht nur im Hades festsitzen, du wärst restlos pleite. Beeil dich, Venus. Sie mag zwar schlecht sehen, aber doof ist sie nicht.»

Venus verschwand nach hinten. Fledermäuse flatterten auf. Sie stieß einen leisen Pfiff aus, worauf sie mit ihr in die tiefen Nischen der Höhle davonflogen.

Merkur trat vom Höhleneingang zurück. Er umarmte Frazier. «Schnall dich an. Wir schaffen das schon.» Er küßte sie auf den Hals.

Der Wind draußen blies stärker, und das Grollen kündigte das Nahen der Göttin an, die beim Ausschreiten fest auf die Erde stampfte.

Venus, mit Spinnweben in ihrem schönen Haar, die sich in Silber verwandelten, winkte ihnen, ihr zu folgen. Sie eilten zu ihr. Sie führte sie in eine winzige Kammer abseits der Haupthöhle. «Das muß genügen. Wenn sie uns findet, muß ich sie festhalten, während ihr nach draußen geht.»

«Sie ist groß und stark, und wenn es auch schon eine Ewigkeit her ist, im Krieg mit den Titanen war sie kein Feigling. Ich muß mich wohl mit ihr befassen», sagte Merkur mit heiserer Stimme.

Venus sprach aus, was auf der Hand lag: «Du bist schneller als ich. Du mußt Frazier nach Hause bringen.»

Die Schritte waren ohrenbetäubend laut. Sie verhielten vor der Grotte. Die drei erstarrten, ihr Plan blieb unausgeführt.

Juno trat in die Höhle. «Ich weiß, daß du hier drin bist. Ergib dich, und ich werde Milde walten lassen.» Sie wartete. «Ich weiß, ich stehe in dem Ruf, rachsüchtig zu sein, aber mit diesen Geschichten werde ich verleumdet. Immerhin bin auch ich eine Frau, und ich weiß, wie verführerisch Männer sein können, zumal dieser eine Mann. Er kann einen Hund dazu bringen, Vegetarier zu werden. Ich zähle jetzt bis zehn. Wenn du dich nicht freiwillig ergibst, werde ich dich finden, und dann wird es dir schlecht ergehen, Menschenweib. Eins, zwei, drei...»

Während sie zählte, duckte sich Venus, bereit zum Sprung, falls Juno sie aufspürte.

Bei der Zahl sieben war ein lautes Stöhnen und Prusten zu hören.

«Juno, du wirst dich hier drin noch erkälten.» Jupiter war ihr in die Höhle gefolgt.

«Das kann dir doch egal sein, ich bin dir doch sowieso egal.»

«Das stimmt doch gar nicht, Liebling. Du ziehst voreilige Schlüsse.»

«Ha! Bei deiner Erfolgsliste? Ich wäre schön blöd, wenn ich dir auch nur ein Wort glauben würde. Ich merke sofort, wenn du lügst – du lügst doch, sobald du den Mund aufmachst!» Sie zählte weiter. «Acht.»

«Mein Herz, laß uns darüber reden.»

«Ich werde dieses Menschenflittchen finden, dieses wabbelnde Stück Fleisch und Blut, und sie in eine Pythonschlange verwandeln.»

Jupiter erwiderte schlau: «Das kennen wir doch schon.»

«Ich habe noch nie jemanden in eine Pythonschlange verwandelt.»

«Das weiß ich doch, Zuckerpfläumchen» – honigsüß ließ seine tiefe Stimme die Worte herauspurzeln –, «aber Athene hat Medusa in ein Wesen verwandelt, das halb Schlange, halb Frau war, mit diesen abscheulichen Haaren. Du möchtest doch nicht, daß man dich des Plagiats bezichtigt.»

Das wirkte, und Juno war einen Moment still. «Und Athene würde es natürlich allen haarklein erzählen. Ich wollte, du würdest sie nicht so bevorzugen. Und dieser Quatsch, sie hätte keine Mutter – Metis war ihre Mutter, und alle Welt weiß das.»

«Sie fühlt sich mutterlos.» Er erkannte, daß er mit der Verteidigung seiner Tochter nicht weiterkommen würde. «Und sosehr ich sie liebe, ich persönlich fand immer, es war ein Fehler von ihr, dich nicht als ihre Mutter zu akzeptieren, die sie in den weiblichen Tugenden unterweist.»

«Das hast du mir nie gesagt.»

«Du hast mich nie gefragt.»

«Du versuchst mich von meinem Vorhaben abzubringen. Komm heraus und zeig dich, du kleine blonde Füchsin! Ich werde dich nicht in eine Pythonschlange verwandeln. Ich gelobe, dich mit Cellulitis zu bedecken. Das ist schlimmer!»

«Herzenslämmchen, du wirst schon ganz rot im Gesicht. Denk an deinen Blutdruck. Laß uns herausgehen aus dieser feuchten Luft.»

«Hast du mit dem Mädchen geschlafen?»

«Nein.»

«Und warum war der Himmel voll von deinem Sperma?»

«Iris hat uns gefoppt. Sie hat die Aufsicht über die Regenbogen, und ich glaube, sie hat dieser Tage nicht genug zu tun – bei der Luftverschmutzung in den Städten, wer kann da noch nach Regenbogen sehen? Ich bin sicher, sie hat uns einen Streich gespielt.»

«Iris hat nicht alle Tassen im Schrank. Sie ist nicht schlau genug, sich so einen Streich auszudenken.»

«Na schön. Ich werde die Wahrheit sagen, aber du hast mich dazu gezwungen.» Er warf den Köder aus. Sie rückte näher an ihn heran. «Venus' Gärten locken mich an. Ich finde dort Trost und Erquickung, wenn die Geschäfte zu mühselig werden. Der Rosenduft stieg mir in die Nase und erinnerte mich an dich, und plötzlich war ich von Verlangen überwältigt – aber, Liebling, du warst nirgends zu sehen. Da habe ich mir einen runtergeholt, und während ich kam, rief ich deinen Namen.»

Junos Augen wurden schmal wie Schlitze. «Was du nicht sagst.»

«Ich mag die Menschen nicht mehr. Sie gehen heutzutage alle zum Therapeuten. Ich kann nicht mehr mit ihnen schlafen. Könntest du diese ewigen Geschichten von ihrer Angst vorm Dunkeln oder von ihrem mangelnden Selbstwertgefühl ertragen? Außerdem bin ich älter geworden. Die Jahrhunderte haben mich einiges gelehrt.»

Wie schön klangen diese Worte in Junos Ohren. «Was ist los mit ihnen? Früher haben sie mich gebührend verehrt. Und dich natürlich. Heute geben sie ihren Müttern die Schuld an allem. Ich habe die Hauptlast zu tragen, und ich schwöre, ich werde mich rächen. Männer haben Angst, über ihre Mütter zu schreiben. Sie haben Angst, zuzugeben, daß sie ihre Mütter lieben. Sigmund Freud hat sie zu Feiglingen und Lügnern gemacht. Diese… diese Schwächlinge haben sich kampflos einem Wiener Doktor ergeben. Es ist unerhört. Männer haben sich einer Idee ergeben, und es war nicht einmal eine von Gewehren unterstützte Idee. Erstaunlich.»

«Ich stimme dir voll und ganz zu, und ich meine, wir müssen da etwas unternehmen.» Er legte ihr seinen mächtigen Arm um die Taille. «Der Elektrakomplex ist für mich genauso eine Kränkung wie der Ödipuskomplex für dich, mein Liebes. Dummes Zeug. Die Menschen haben nicht mehr Rückgrat als ein Schokoladen-Eclair.» Er gab ihr ein Küßchen auf die Wange. «Sag, wie wär's mit einem Schokoladen-Eclair und einer Tasse Kaffee bei dir? Dann könnten wir… herumtollen.»

«Meine Schokoladen-Eclairs sind die besten», brüstete sich Juno.

«Und deine Liebeskünste auch.» Mit einem tiefen Seufzer der Erleichterung geleitete Jupiter seine Gemahlin aus der Höhle.

Frazier, Venus und Merkur warteten eine ganze Weile, ehe sie sich hinauswagten.

«Wenn wir lange genug da drinnen geblieben wären, hätte ich meine Pfadfinderkünste anwenden müssen.» Frazier wischte sich den feuchtkalten Schweiß von der Stirn.

«He, daß sie dich aus dem Pfadfinderinnen-Vorstand gefeuert haben, war wirklich gemein.» Merkur spähte aus dem Höhleneingang. «Sie sind weg.»

«Laß uns zur Sicherheit lieber noch etwas warten, bevor wir hinausgehen. Es ist durchaus möglich, daß sie auf dem Weg zu ihrer Küche wieder in Streit geraten.» Venus setzte sich auf den Altar. «Frazier, hättest du uns gezwungen, Käfer zu essen und Feuer zu machen, indem wir zwei Stöckchen aneinander reiben?»

«Ich dachte, *wir* könnten uns aneinander reiben», lautete die prompte Antwort.

«Meine Güte, wie wohl wir uns fühlen.» Merkur lachte.

«Was ich fühle, ist Dankbarkeit. Ich dachte schon, ich würde den Rest meines Lebens aussehen wie Hüttenkäse.»

«Du könntest ein Pfadfinderinnen-Abzeichen für die Rettung vor der Cellulitis einführen», meinte Venus.

«Pfadfinderinnen sollten Abzeichen für Erwachsensein und mittleres Alter bekommen.» Frazier ging zum Höhleneingang. «Also. Wir könnten ein Abzeichen fürs Überleben der Scheidung haben. Eins für Arbeitsausfall und Haarausfall, Abzeichen dafür, daß man sich ruiniert, um die Kinder aufs College zu schicken, und ganz bestimmt ein Abzeichen für das Überstehen des ersten Liftings. Das Knotenschlingen müßte allerdings im Bett geschehen.»

«Uuh, das ist gut.» Merkur spürte ein begehrliches Zucken. Er hätte ihm gerne nachgegeben, aber die Vernunft gebot ihm, Frazier zurück zur Erde zu bringen.

Venus war schon draußen und rief sie zu sich hinaus. «Laßt uns ein Stück gehen, und später können wir Tempo zulegen.»

Während sie den uralten, mit Kopfsteinen gepflasterten Pfad entlanggingen, lugte die Sonne hinter den Wolken hervor, und die Regentropfen, die auf den Blättern funkelten, daß sie wie winzige Regenbogen aussahen, erinnerten Frazier an Jupiters farbenprächtige Ejakulation.

«Wißt ihr zwei eigentlich über Aids Bescheid?» fragte sie. Wie sie jetzt darauf kam, wußte sie nicht. Vielleicht, weil sie sich nicht vorstellen konnte, daß Götter und Göttinnen Schmerz empfanden.

«O ja», sagte Merkur. «Wir können es nicht bekommen, aber wir kennen es.»

«Könnt ihr Schmerz empfinden?» wollte Frazier wissen.

«Natürlich. Erinnerst du dich an die *Ilias*? Mars und Athene gerieten in den Gefilden von Troja aneinander. Ich glaube, sie hat ihn ins Bein geschnitten, und er schrie zetermordio. Ist aber gut verheilt.»

«Merkur, war das Athene?» fragte Venus.

«Ich frag sie, wenn ich sie das nächste Mal sehe. Vielleicht hat sie einen Menschen dazu angestiftet. Jedenfalls können wir Schmerzen fühlen, aber Wunden heilen bei uns ziemlich schnell.»

«Ich glaube, auf der Erde wird man sich noch hundert Jahre an die Regierungen Reagan und Bush erinnern, die der Seuche ein Ende hätten machen können, es aber unterließen, weil es ihnen ganz recht war, daß gerade diese Menschen starben.» Frazier biß die Zähne zusammen.

«Die Republikaner haben sich verkauft an die Fanatiker vom rechten Flügel, die christlichen Fundamentalisten und die Industriebonzen, stimmt's? Sie sind zwar ziemlich überheblich, aber sie haben recht – Aids ist tatsächlich ein göttlicher Fluch, aber er wendet sich nicht gegen Homosexuelle und Drogenabhängige.» Merkur beschleunigte seinen Schritt.

«Der Fluch wird sich gegen sie selbst wenden.» Venus, die bei jeder Form von Intoleranz traurig wurde, dachte Merkurs Gedanken zu Ende. «Sie werden leiden für ihren Mangel an Anteilnahme und christlicher Nächstenliebe, über die sie so viel plärren, denn so, wie sie sich von den Leidenden abwenden, so werden wir uns von ihnen abwenden, und die furchtbare Rache wird kommen, wenn ihre Kinder in den nächsten Jahren an Aids sterben werden. Richtiges Sexualverhalten ist ihnen so fremd geworden, daß sie sich nicht vorstellen können, wie es passiert ist. Ich bemitleide und verachte sie gleichermaßen.»

«So eklig sie zu den Homosexuellen waren, Aids wünsche ich ihnen trotzdem nicht.» Frazier war sich plötzlich bewußt, daß sie wirklich niemandem Aids wünschte.

«Vergebung ist sehr christlich und typisch für unsere liebe Venus.» Merkur nahm ihre Hand. «Ich selbst halte nicht viel davon. Knallst du mir eine, schlag ich zurück. Oder besser noch, ich warte eine lange Zeit und ersinne eine ungemein raffinierte Rache.»

«Stell dir vor, Frazier würde sich an allen, die in letzter Zeit gemein zu ihr waren, rächen wollen. Es würde so viel Zeit kosten – und ist Billy Cicero das wert? Oder diese dummen Gänse im Pfadfinderinnen-Vorstand oder auch Libby, deren ganzes Sein darauf ausgerichtet ist, spontanen Freuden zu widerstehen?»

«Menschen haben ein kurzes Leben. Vielleicht würde Rache wirklich zu lange dauern, aber ich möchte sehen, wie meine Feinde sich krümmen.» Die Flügelchen an seinen Turnschuhen flatterten. «Und du, Frazier?»

«Ich denke, ich hätte nichts dagegen, sie in Schwierigkeiten zu sehen, solange ich mir dabei nicht die Hände schmutzig machen muß. Davon abgesehen, daß ich keine Zeit habe, es ihnen heimzuzahlen, ist mir das Interesse abhanden gekommen. Ich lasse mich ablenken, und zwar von den merkwürdigsten Dingen. Ben Marshalls wunderbares Gemälde von dem Pferd Sir Teddy zum Beispiel. Wenn ich es betrachte, vergesse ich, was rings um mich vorgeht, so sehr liebe ich das Bild. Meine Anfälle von Haß halten nie lange an.»

«Wenn du älter wirst, hast du vielleicht gar keine mehr.»

«Ich denke, solange sich die Leute so albern aufführen, weil ich lesbisch bin, werde ich wohl weiterhin meine kleinen Anfälle haben.»

«Diese Leute sind meistens ahnungslos. Sie sind nicht bösartig», erklärte Venus.

«Wen kümmert das schon? Die Wirkung ist dieselbe. Das ist einer der Gründe, weshalb ich mich in meinem Leben so zurückgehalten habe. Sobald die Leute erkennen, daß jemand homosexuell ist, ist das alles, was sie noch wahrnehmen. Ich werde meiner Individualität beraubt. Ich mag schon zuvor unterdrückt gewesen sein, ich mag nicht zu meinen Gefühlen gestanden haben, aber man hat mich als ganzen Menschen gesehen, nicht als Kategorie. Ich hasse diesen Scheiß, wirklich.»

«Ich auch», stimmte Merkur zu. «Aber es sind netteren Leuten schon schlimmere Sachen passiert.» Er brach in Lachen aus.

Frazier lachte mit. «Das ist auch wieder wahr.»

«Du kannst im Leben nicht viel mehr tun als du selbst sein. Manche Menschen werden dich um deinetwillen lieben. Die meisten werden dich für das lieben, was du für sie tun kannst, und manche werden dich überhaupt nicht lieben. Sie werden weder deine Stimme lieben noch deine Aussprache, weder deine Liebeskünste noch deine Hautfarbe. Du darfst dich von ihnen nicht aufhalten lassen.»

«Tu ich auch nicht – aber es tut trotzdem weh.»

«Wenigstens bist du nicht allein. Deine Tante Ru liebt dich und dein Dad. Carter – er bemüht sich darum, und Mandy ist immer da.» Venus lächelte übers ganze Gesicht; ein goldenes Licht mit einem leichten Hauch von Rosa umgab ihren Kopf.

«Es ist paradox.» Frazier bemerkte die glatte Haut auf Merkurs Wange, die wie gemeißelten Backenknochen, die sie geküßt hatte. Sein Anblick ließ sie wieder am ganzen

Leib erschauern. «Niemand will über dein Leben sprechen außer dir selbst.»

«Was meinst du damit?» Er drehte den Kopf zu ihr hin. Ihre Augen strahlten.

«Ich meine, die Schwarzen verbringen viel Zeit damit, den Weißen ihre Realität zu erklären, in der Annahme, die Weißen würden zuhören. Zwischen Männern und Frauen, Homos und Heteros ist es dasselbe. Du kannst dich damit abrakkern, dich der sogenannten dominanten Gruppe zu erklären, aber dann hast du keine Zeit mehr, über die Umwelt zu reden oder über Abrüstung oder Wirtschaft oder auch nur das beste Restaurant in der Stadt. Aber wer darüber nicht redet, kann im Grunde einpacken. Ich wußte nicht, wie anstrengend das sein würde, dieses Coming-out, wenn du den Ausdruck erträgst.»

«Das Leben.» Venus lächelte wieder.

«Was?»

«Das Leben ruft, und es ist nicht rational. Denk nur, niemand hat vor dir dein Leben gelebt. Es ist nagelneu. Ich würde mich weit weniger darum sorgen, ob die Menschen mich verstehen, als darum, nicht am großen Tanz der Natur teilzunehmen.»

«Wenn wir nur mehr Zeit hätten», murmelte Merkur, als sie sich einer Tür am Weg näherten – es war nur eine Tür, kein Haus.

«Frazier, ich liebe dich sehr.» Venus küßte sie. «Du mußt jetzt nach Hause, und ich werde dir meine Gaben schenken, wenn du offen für sie bist. Und merke dir eins.»

Frazier, erschüttert, weil sie ihre Freunde nun verlassen sollte, fing an zu weinen. «Kopf hoch, Mädchen. Hör zu, wir werden immer in deiner Nähe sein. Ich bin der Gott der Kommunikation, vergiß das nicht. Das Geheimnis ist: klar sein und einfach sein. Ihr Menschen macht immer alles so kompliziert. Nur Substantiv, Verb, Adjektiv.» Er küßte sie, und sie erwiderte den Kuß. «Das Leben ruft.» Er wiederholte Venus' Satz, dann überließ er Frazier der Göttin.

Venus nahm Frazier in die Arme. «Merke dir, es gibt keine Einzellösungen. Es gibt nur Gemeinschaftslösungen. Du kämpfst um deinen Platz in der Gesellschaft. Es spielt keine Rolle, wenn andere dich nicht akzeptieren. Was bringt dich auf die Idee, daß andere als die akzeptiert werden, die sie sind? Geh wieder an die Arbeit und strecke die Hand nach den Menschen aus, die dich wirklich lieben, und strecke die Hand nach neuen Menschen aus. Halt die Nase in den Wind. Du bist so gut wie alle anderen. Und du hast die Wahrheit gesagt, nach bestem Wissen. Das allein ist schon ein Wunder. Verstehst du mich?»

Frazier schluchzte. «Ja.»

«Na, na.» Venus drückte sie an sich. «Das Leben ruft.» Sie öffnete die Tür. «Nun geh.»

Frazier zögerte, dann trat sie tapfer durch die offene Tür.

60

Frazier schlug die Augen auf. Sie lag flach auf dem Rücken, auf dem Fußboden der Galerie. Ihre rechte Hand steckte in ihrer Tasche. Sie fühlte den siebenkarätigen Diamanten.

«Mein Gott, du hast einen schweren Schlag abgekriegt.» Tränen liefen Mandy über die Wangen. «Frazier, Frazier, hörst du mich?»

Frazier sah in Mandys zärtliche Augen, in das liebe, schöne Gesicht. Venus hatte Wort gehalten. «Mandy, das Leben ruft.»

Bingo

In Liebe und erinnertem Lachen der
Abschlußklasse von 1962 der
Fort Lauderdale High School
gewidmet

Vorwort

Weil dies ein Roman ist, nutze ich die Freiheit der Form. Sowohl der PTL-Skandal als auch der Gary Hart-Skandal sind im Buch erwähnt. Beide Vorfälle sind falsch datiert. Der PTL-Schlamassel weicht um einen Monat ab, das Hart-Debakel um ein paar Tage. Abgesehen davon sind alle übrigen Ereignisse so dargestellt, wie man sie in *Facts on File* nachlesen kann.

Zu den größten Freuden der Belletristik gehört es, daß der Leser gewissermaßen ein Mitschaffender ist. In einer Film- oder Theaterproduktion sieht man die Menschen. In einem Roman oder einer Radiosendung muß man sie sich vorstellen – ihre Stimmen, ihre Gesten. Jede Kunstform hat ihre Vor- und Nachteile, und ich meine, den Leser teilhaben zu lassen ist ein Vorzug des Romans.

Abgesehen von dem Spaß am Mitmachen knüpft diese Leistung des Lesers ein Band zwischen Leser und Verfasser, das dem Band zwischen Publikum und Schauspieler im Theater ähneln dürfte.

Ich habe mit meinen Lesern Glück gehabt. Sie kaufen nicht nur treulich meine Romane, sie tauchen auch zu Hunderten und manchmal Tausenden auf, um mich reden zu hören, und sie schicken mir Unmengen Fanpost. Ich bin dankbar dafür. Wer könnte mehr verlangen?

Ich verlange mehr. Ich erwarte von Ihnen, daß Sie Ihre Kreativität bewahren. Viele von Ihnen schieben die Kreativität aus «praktischen» Gründen beiseite. Es sprengt den Rahmen eines Vorworts, akribisch aufzulisten, warum und wie die Menschen ihre Phantasie vernachlässigen, aber es sprengt den Rahmen dieses Vorworts nicht, Sie zu ermutigen, wieder zu sich selbst zu finden. Sie haben Ihre Kreativität, Ihre Phantasie nicht verloren – Sie haben sie nur verlegt.

Es gibt so viele Möglichkeiten, diese Kreativität wiederzuerlangen, wie es Leser gibt, aber ich möchte Ihnen etwas vorschlagen, das jedem einzelnen von uns zugute kommt. Halten Sie Ihr Leben schriftlich fest. Nennen Sie es meinetwegen ein Tagebuch, aber es ist mehr als das. Schreiben Sie Ihre Beobachtungen, Ihre Gefühle sowie die Ereignisse Ihrer Zeit nieder oder sprechen Sie sie auf Band. Lassen Sie dabei Ihren Sinn für Humor nicht außer acht.

Ich denke, wenn Sie für diese Mühe auch nur fünfzehn Minuten täglich aufwenden, wird das Ihre Phantasie wieder ankurbeln. Denjenigen unter Ihnen, die es geschafft haben, ihre Kreativität zu behalten, wird diese Übung Einsichten in sich selbst und ihre Umgebung vermitteln.

Kein Mensch sieht die Welt so wie Sie. Kein Mensch macht genau dieselben Erfahrungen in genau derselben Reihenfolge. Sie sind einmalig, nicht nur auf Grund Ihrer genetischen Beschaffenheit, sondern auch wegen jedes einzelnen Ereignisses, das Ihnen zugestoßen ist oder das Sie verursacht haben. Lassen Sie dieses Wissen nicht mit Ihrem Tod von der Erde verschwinden. Wenn Sie es nicht mit den Lebenden teilen wollen, dann hinterlassen Sie etwas für diejenigen, die diesen geplagten Planeten betreten, nachdem Sie ihm Lebewohl gesagt haben.

Sie wundern sich vielleicht, warum ich soviel Aufhebens um Ihre Kreativität mache. Dafür gibt es zwei Gründe. Der erste ist, daß Ihre Kreativität für mich wertvoll ist. Ich meine damit nicht, daß Sie unbedingt ein Buch herausbringen oder ein Gemälde verkaufen sollen. Ich meine, daß die Aktivierung Ihrer Phantasie Sie für sich selbst und für andere aufregender macht.

Der zweite Grund ist, daß phantasievolle Menschen sich neue Lösungen für alte Probleme einfallen lassen. Gerade jetzt ist es notwendig, daß sich jeder denkende Mensch erhebt, um zu einer sicheren, vernünftigen Zukunft beizutragen. Sie sind Teil dieser Entwicklung. Ich weiß Ihren Beitrag sehr zu schätzen.

Charlottesville, Virginia
28. Februar 1987

Immer Ihre
Rita Mae Brown

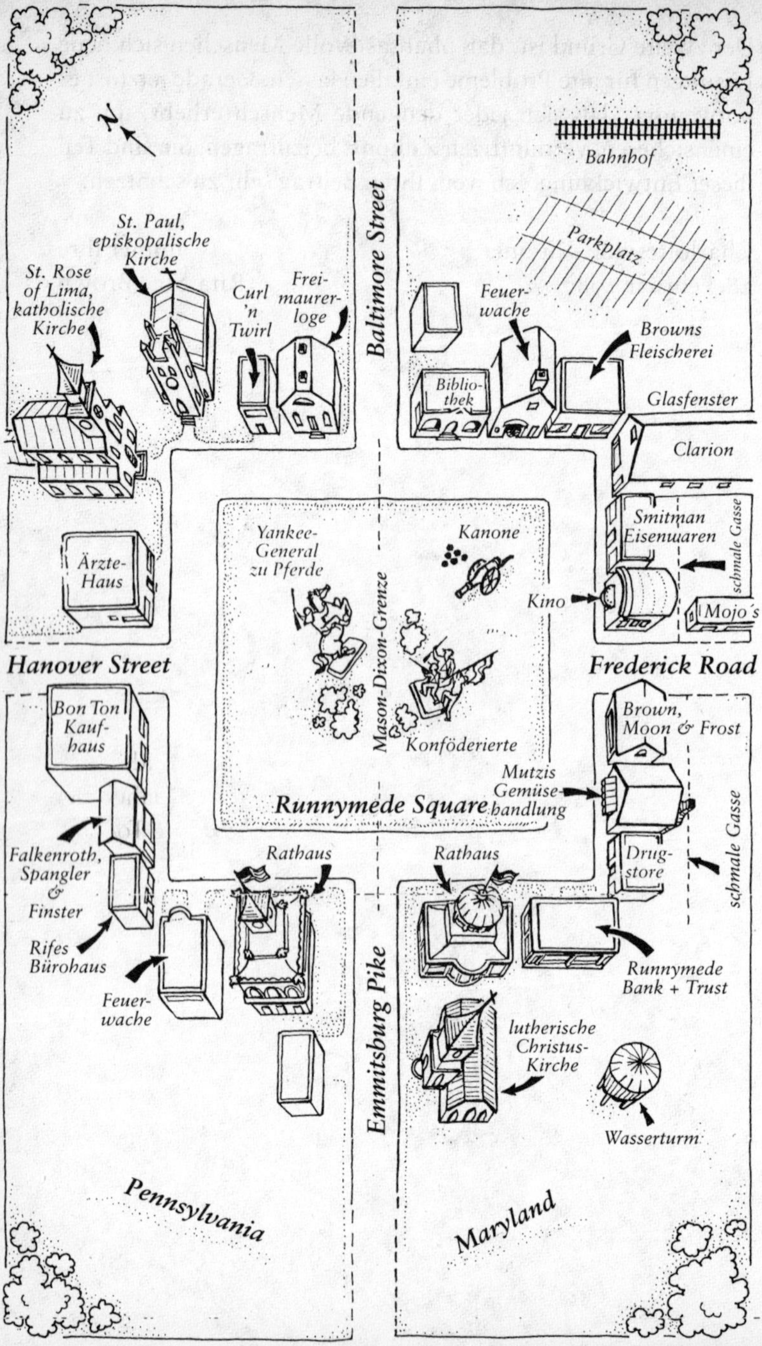

Illustration by Laura Hartman

1

Drachenflug

Mittwoch, 25. März 1987

«Los, schneller.»

«Ich laufe so schnell ich kann.» Das stimmte. «Mom, ruf Goodyear und Lolly Mabel zurück, ich stolpere dauernd über die beiden.»

«Gib nicht den Hunden die Schuld. Du weißt eben nicht, wie man einen Drachen steigen läßt.» Mutter rief die Hunde aber trotzdem zu sich.

Goodyear, ein riesiger schwarzer Chow-Chow-Rüde, hieß eigentlich Jet Pilot, aber er wurde immer fetter, daher der Name Goodyear. Lolly Mabel, seine prachtvolle rote Tochter, war mein Hund, ein Geschenk zu meinem Geburtstag vor zwei Jahren. Lolly und meine Katze Pewter waren Busenfreundinnen, aber Pewter konnte Goodyear nicht ausstehen. Goodyear war gewiß der zweitliebste Hund der Welt – nach Lolly Mabel –, aber Mom hatte ihn abgerichtet, bei der Erwähnung des Namens ihrer Schwester Louise zu heulen und sich tot zu stellen. Wir mußten darauf achten, Louise vor dem Hund «Wheezie» oder «Wheeze» zu nennen, damit Louise nicht eine weitere Blasphemie ihrer kleinen Schwester entdeckte. Nun, eines Tages hatte ich das vergessen. Zum Glück war Tante Louise nicht dabei, dafür aber Pewter. Als meinen Lippen der gefürchtete Name Louise entschlüpfte, heulte Goodyear Zeter und

Mordio, dann fiel er «tot» um. Pewter floh entsetzt unter Moms Veranda, und es dauerte eine gute Stunde, sie wieder hervorzulocken.

Der Drachen schwankte in der Luft, wollte aber nicht aufsteigen. «Verdammt!» Ich nahm die Beine in die Hand.

«Gib her.» Mutter schnappte sich die Schnur und rannte über den Rasen. Mit zweiundachtzig konnte Julia Ellen Hunsenmeir Smith noch rennen, und der Drachen schwebte empor. Mutter ging jetzt rückwärts, ruckte an der Schnur und zwang den roten Drachen mit den vielen Schleifen am Schwanz höher.

Ein Quietschen um die Ecke lenkte uns schlagartig von dem anmutigen Anblick des Drachens ab, hin zu dem weniger anmutigen Anblick von Louise, die auf zwei Rädern die Kurve nahm.

«Ich dachte, ich sollte sie abholen. Man kann sie nicht fahren lassen.»

«Sie macht, was sie will.» Juts beobachtete, wie Louise mit einem Ruck vor ihrem Haus zum Stehen kam.

Tante Louise fuhr einen 1952er Chrysler. Ihr verstorbener Mann, Paul «Pearlie» Trumbull, haßte General Motors, haßte die Automobilindustrie und haßte Detroit. Er behauptete immer, sie seien kein bißchen besser als Ali Baba und die vierzig Räuber und würden die Autopreise jedes Jahr erhöhen. Es stellte sich heraus, daß er recht hatte. «Wenn du wieder auf einen grünen Zweig kommen willst, laß mal die Anschaffung von ein paar neuen Modellen weg», war einer von Pearlies Lieblingssprüchen. Er ließ eine Menge weg, denn er fuhr seinen Ford Modell A, bis er auseinanderfiel, aber in diesen Jahrzehnten sparte und sparte er, und dann ging er los und kaufte drei identische 1952er Chrysler. Er fuhr einen und nahm sich vor, die beiden anderen als Ersatzteillager zu benutzen, und er rechnete sich aus, daß, wenn er seinen Wagen schonend behandelte – was er tat –, noch seine Enkelkinder Chrysler fahren würden, und Detroit könnte ihnen gestohlen bleiben.

Bis auf die Reifen, die Louise erschreckend häufig abfuhr,

sah der schwarze Chrysler funkelnagelneu aus. Die Tür ging mit einem dumpfen Schlag auf und zu. Louise erschien in ihrer blauhaarigen Herrlichkeit.

«Na?» fragte sie erwartungsvoll.

«Was, na?» entgegnete Mutter.

«Gefällt sie dir?» Louise stand regungslos wie eine geriatrische griechische Statue.

«Was?» Mutter schenkte ihrem Drachen mehr Beachtung als Louise.

«Kriegst du den grauen Star, Julia? Meine Frisur! Gefällt dir meine Frisur?»

«Sieht aus wie jeden Mittwoch, wenn du den Curl 'n Twirl unsicher gemacht hast.»

«Ist ja nicht wahr! Du bist blind. Nickel, was meinst du?»

Ich fing ohne Bedenken an zu flunkern. «Gefällt mir gut. Ist ein bißchen kürzer und wirkt jugendlicher.»

«Danke. Wenigstens ein Mensch hier besitzt die Höflichkeit, mich zu beachten, auch wenn es nur meine Adoptivnichte ist. Die leibliche Schwester beachtet niemanden außer sich selbst. Was soll das überhaupt, daß du hier draußen einen Drachen steigen läßt? Du bist zu alt für solche Sachen.»

«Du hast heute Geburtstag, da würde ich die Scherze über das Alter lieber bleiben lassen.»

«Du hast mir noch nicht mal zum Geburtstag gratuliert!» Louise hatte einen schmollenden Zug um die kirschrote Unterlippe.

«Ich wollte bis zur Party warten.» Juts holte ihren Drachen ein.

«Was schenkst du mir?»

«Warte bis zur Party.»

«Gib's mir jetzt. Ich mag keine Geschenke, wenn Fremde dabei sind.»

«Fremde? Die meisten, die zu deiner Party kommen, kennst du schon über achtzig Jahre.»

«Mr. Pierre nicht.»

Mr. Pierre war der Besitzer und Betreiber des Curl 'n Twirl.

Seine Haare waren in zarten lila Schattierungen gefärbt. Mr. Pierre hielt große Stücke aufs Färben und Tönen. Die «Mädels» schwirrten in seinen Salon am Runnymede Square hinein und schwirrten wie lauter pastellfarbene Ostereier wieder heraus. Mutter und Louise kannten Mr. Pierre erst seit etwa 30 Jahren. Hinter seinem Rücken nannte Mutter ihn «die bärtige Lady», aber sie liebte ihn. Als sein Freund, mit dem er 28 Jahre zusammen gelebt hatte, 1981 an Kehlkopfkrebs starb, schlossen sich die drei enger zusammen, weil sie nun alle verwitwet waren. Abgesehen von seiner Leidenschaft fürs Färben hatte Mr. Pierre einen guten Einfluß auf die Mädels. Er bestand darauf, daß sie ihre Cholesterinzufuhr einschränkten, er kämpfte tapfer gegen raffinierten Zucker und ermutigte sie, im Sommer Shorts zu tragen; das Alter könne ihnen gestohlen bleiben.

«Tante» – ich hielt inne und sah Goodyear an, der in Erwartung seines Tricks die Ohren spitzte – «Wheezie, laß mich dich zu deiner Party fahren.» Goodyear ließ die Ohren etwas hängen.

«Nein, ich fahre selbst. Vielleicht will ich länger bleiben als du.»

Mutter und ich sahen uns an und befanden, daß ein Streit sich nicht lohnte. Ganz Runnymede, Nord wie Süd, kannte den 1952er Chrysler, und alle fegten von der Straße, wenn sie Louise kommen sahen. Besucher lernten rasch, sich genauso zu verhalten. Von der Einmaligkeit, daß eine Stadt von der Mason-Dixon-Grenze in zwei Hälften geteilt war, wurde ein kleiner Touristenstrom angezogen wie Ameisen von einem Picknick. Wenn sie den idyllischen städtischen Platz, die Statue des Yankee-Generals zu Pferde auf der Pennsylvania-Seite und das Denkmal der Soldaten der Konföderierten auf der Maryland-Seite mitsamt der Kanone besichtigt hatten, verzehrten sie gewöhnlich bei *Mojo's* ein Sandwich und ein hausgemachtes Eis, und danach verzogen sie sich wieder – es sei denn, sie begegneten Louise hinter dem Steuer, was sie veranlaßte, sich sofort zu verziehen.

Mutter brachte Goodyear und Lolly Mabel ins Haus. Gewöhnlich nahm sie Goodyear zur katholischen Kirche St. Rose of Lima mit, dem Schauplatz der wöchentlichen, heiß umkämpften Bingospiele und dem Schauplatz der heutigen Geburtstagsparty. Doch da die versammelten Freunde, Bekannten und Feinde garantiert «Happy Birthday, Louise» sangen, würde Goodyear nach dem furchtbaren Gejaule in seine Ohnmacht sinken, und deshalb besann Mom sich eines Besseren.

Voller Aufregung, zu ihrer Party zu kommen, ließ Tante Louise den Motor aufheulen, während Mom und ich die Türen meines Jeeps zuschlugen. Ehe ich noch den Zündschlüssel umdrehen konnte, ließ sie schon Gummispuren auf der Lee Street zurück.

«So eine Verrückte», sagte Mutter. «Ich hab versucht, sie zu bremsen. Sie will nicht hören.»

«Sie ist für Geld empfänglich, wenn schon nicht für Vernunft. Wir könnten sie bestechen.» Ich ließ die Kupplung kommen, und wir fuhren los.

«Tja – mit unseren vielen Millionen.» Mutter lachte.

Als ich auf den überfüllten Kirchenparkplatz einbog, trat Louise mit ihrem flatternden türkisfarbenen Cape gerade durch die Hintertür.

Ich parkte den Jeep. Mom und ich spazierten über den Parkplatz. Wheezie hatte in der Eile den Motor laufen lassen. Mutter stellte ihn ab und steckte den Schlüssel ein. Kopfschüttelnd schwebte sie an mir vorbei in den warmen Schoß der großen Halle von St. Rose of Lima. Ich ging, mit Päckchen beladen, einige Schritte hinter ihr.

«Mom chérie!» begrüßte Mr. Pierre Juts. *«Ma chérie!»* Er küßte mich auf die Wangen. Ganz Gentleman half er mir mit den Geschenken, und wir packten sie auf den schon hoch beladenen Tisch. War das Zeugs erst einmal ausgepackt, würde es sich als lauter Ramsch erweisen.

Ein riesiges Spruchband, auf dem HAPPY 39, LOUISE! stand, hing über dem kleinen Orchesterpodium. Etwa hundertfünfzig Seelen hatten sich in die Halle gequetscht, und

Louise sonnte sich in ihrem Glanz. Es würde eine lange Nacht werden, denn wir würden sie nicht nur live erleben, sondern gezwungen sein, sie hinterher beinahe täglich nachzuerleben.

«Tante Wheezies Frisur ist göttlich.»

«Oh, danke, Nickel. Ja, sie hat *beaucoup d'élégance.*» Er sprach *élégance* wie «olle Gans» aus und zwinkerte mir zu.

Mr. Pierre behandelte mich stets mit verschwörerischer Heiterkeit. Wir zwei waren die einzigen Menschen in Runnymede, die sich offen zu ihrer Homosexualität bekannten. Die anderen nicht Heterosexuellen waren in Runnymede normal und homosexuell, wenn sie die Stadt verließen. Schlimmer noch, ihre Ehehälften wußten nichts davon, und ich fand diesen Betrug ausgesprochen gemein. Natürlich mußten Mr. Pierre und ich jede nur erdenkliche Ausflucht über uns ergehen lassen, wenn wir auf ‹Freunde von Bertha› stießen, wie Mr. Pierre andere Schwule nannte. Sie «bewunderten» unsere Courage, aber sie ließen uns damit allein. Sicher, Homosexuelle hatten in Runnymede einen ziemlich schweren Stand, und ich verstand jedermanns Vorsicht oder Feigheit; trotzdem verstand ich nicht, wie jemand ein Leben lang lügen konnte, weil ihm an der guten Meinung von Leuten lag, die selbst auf tönernen Füßen standen. Hierin war Mr. Pierre mein Verbündeter. Wenn er die Rolle eines Schwulen ausspielte, nun, er war ein Mann und in einer anderen Zeit und unter anderen Zwängen aufgewachsen als ich. Und unabhängig von Zeiten und Zwängen war er jedenfalls von Natur aus ein auffallender Typ, so wie ich von Natur aus dazu neigte, mich abseits zu halten. Während ich mich nach außen hin anpaßte und wie eine gewöhnliche, durchschnittliche Frau wirkte, glühte Mr. Pierre wie Neon. Zusammen gaben wir ein gutes Gespann ab, und bei gesellschaftlichen Anlässen fanden wir uns oft als Paar wieder, weil wir beide unverheiratet waren.

Heiraten war in Runnymede wie Sterben. Jeder tat es.

Mein Chef bei der Zeitung, Charles Falkenroth, winkte mir zu. Ich winkte zurück.

«Es wundert mich, daß immer noch so viele Leute mit Louise sprechen.»

Mr. Pierre lachte. «Bleibt ihnen etwas anderes übrig?»

«Nein. Wohl kaum.»

Inzwischen hatte sich Tante Wheezie auf ihre Geschenke gestürzt. Eigentlich hätte sie warten sollen, bis die Torte überreicht war und alle für sie sangen, aber die angeborene Unersättlichkeit der Frau ging mit ihr durch. Während sie ungestüm ein hübsches Päckchen aufriß, gelbes Papier mit einem zu ihrem Lippenstift passenden kirschroten Band, reichte Mom ihr ein Telegramm.

«Ist gerade gekommen.»

«Wenn es gerade gekommen ist, Julia, wieso hast du es dann?»

«Wieso nicht?» Mutter wäre es lieber gewesen, wenn dieser Geburtstagsrummel ihretwegen stattgefunden hätte, aber Mutter feierte schließlich nicht ihren 86. Geburtstag. Offiziell beging heute Louise ihren 80. Geburtstag, und keiner wußte mit Bestimmtheit, wie alt sie war. Wenn Mutter es wußte, bewahrte sie das Geheimnis, obwohl sie nicht darüber erhaben war, aufschlußreiche Hinweise fallenzulassen.

Mutter machte aus ihrem Geburtsdatum, dem 6. März 1905, kein Geheimnis, und amüsanterweise legte Mutter an Jahren zu, während Louise langsam zurückfiel. Allerdings verriet sich Tante Wheezie mit Äußerungen wie «Du wirst mich nicht immer bei dir haben» und «Du wirst mich vermissen, wenn ich nicht mehr bin». Es ist zu beachten, daß sie damit anfing, als sie fünfzig wurde – genauer gesagt, als sie zugab, fünfzig geworden zu sein.

Ich war überzeugt, daß sie nie sterben würde, weil sie fürchtete, dann etwas zu verpassen.

Aufgeregt riß Louise das Telegramm auf und kreischte: «Orrie Tadia!» Orrie, ihre beste Freundin, überwinterte in Florida. Louise hob die Stimme, und die Versammlung, die unter der Wirkung von mindestens einem Drink pro Person stand, wurde langsam still. «Orrie sind auf einem Parkplatz 78 Dollar und 32 Cents geraubt worden! Von einem Mann, der mit einer Kokosnuß bewaffnet war!» Sie seufzte. «Orrie kriegt immer den ganzen Spaß ab. Mir passiert nie was.» Dann blickte sie von dem Telegramm auf und sah sich im Raum um. «Außer natürlich heute abend. Danke, daß ihr alle zur Feier meines 80. Geburtstags gekommen seid.»

Ursula Yost, meine Nemesis und Vorsitzende des Ortsvereins ehemaliger Angehöriger der Delta Delta Delta-Studentinnenverbindung, platzte heraus: «Es ist dein 86. Geburtstag, Schätzchen.»

Ursie hatte eine Schnauze wie ein Kanaldeckel: sie war groß und sonderte Dampf ab.

Louise funkelte sie an. «Du hast deine Auffassung von der Realität und ich habe meine.»

«Das kann doch in deinem Alter keine Rolle mehr spielen.» Ursie war fest entschlossen, ins Fettnäpfchen zu treten.

Regina Frost, meine beste Freundin und oberste Jagdmeisterin des Blue and Gray-Jagdclubs, schob sachte ihre Hand unter Ursies Ellbogen und führte sie fort, bevor sich das Gewitter entladen konnte, das sich bei Louise zusammenbraute. Ursula, die unter dem Gewicht ihres in Form von Fuchsköpfen gestalteten Kristallschmucks wankte, hörte meistens auf Regina. Selbst Ursie war vernünftig genug einzusehen, daß es nirgendwo auf der Welt eine gute Idee ist, sich mit der obersten Jagdmeisterin anzulegen.

In diesem Moment kam Reginas Mann Jackson Frost, der bestaussehende Mann von Runnymede, mit der Torte aus der Küche. Winston und Randolph, seine halbwüchsigen Söhne, halfen, das riesige Prachtstück zu tragen. Der ganze Saal brach in Gesang aus. Louise weinte. Ich glaube, der halbe Saal weinte mit ihr. Nicht ein Mensch war anwesend, der sich ein Leben in Runnymede ohne Louise vorstellen konnte, denn sie war vor uns allen dagewesen.

Die Tür ging auf und die Gesangsgruppe The Baker's Dozen platzte lauthals singend herein.

«Wer hat mir denn dieses Geschenk gemacht? Von wem ist es?» Louise klatschte in die Hände wie ein glückliches Kind.

Der Chorleiter George Spangler, ein in der Stadt ansässiger

Rechtsanwalt, hielt nach «Silhouette» inne und sagte: «Diz Rife.»

Eine kleine Pause schwebte wellenartig durch den Saal, dann setzte die Unterhaltung wieder ein, bis George und seine Schar *Meet Me in St. Louis, Louise* anstimmten.

Sogar Liz Rife ließ sich sehen und entschuldigte Diz' – ihres Mannes – Abwesenheit. Er war geschäftlich in New York. Louise zu Ehren trug Liz fast ihren ganzen Schmuck. Sie war allerdings so klug, ihn nicht von Louise tragen zu lassen, obwohl Louise Liz jedesmal zusetzte, wenn sie sie in «voller Klunkermontur» sah. In den zwanziger Jahren hatte sich Louise einmal von Celeste Chalfonte, einer sehr angesehenen und reichen Dame, die mittlerweile verstorben war, eine Cartier-Halskette mit passenden Ohrringen ausgeliehen. Besagte Wertgegenstände wurden erst viele Wochen später zurückgegeben, weil Louise behauptete, sie verloren zu haben. Da Louise so ordentlich war, daß sie sogar ihre schmutzige Wäsche im Korb zusammenfaltete, schien dies sehr unwahrscheinlich. Von da an gab es keine Leihgaben mehr für Louise, von niemandem.

Louise, das Cape jetzt lässig über eine Schulter geworfen, glitzerte in einer prachtvollen, mit Glasperlen bestickten Jacke. Mr. Pierre beugte sich zu ihr hinunter, um sie noch einmal zu küssen. Er war ungeheuer groß.

Er nickte zu Liz hinüber. «Für diese Diamanten tat sie tausend Fehltritte.»

«Diamanten sind die besten Freunde einer Frau», erwiderte Louise, «aber sie halten einen nachts nicht warm.»

Mutter, die neben ihrer Schwester stand, flüsterte: «Nicht so laut.»

«Warum? Das weiß doch jeder.» Louises Stimme dröhnte.

Die anderen Gespräche verstummten. «Was weiß jeder?» schienen sich die Leute zu fragen.

Louise bemerkte das. Das letzte, was sie wollte, war eine Auseinandersetzung mit der mächtigen Familie Rife. Sie richtete das Wort an die Versammlung: «Hab ich euch je von meinem zwölften Geburtstag erzählt, als Momma mir eine Puppe schenkte? Meine gehässige Schwester war so neidisch, daß sie sie als Yankee-Spionin aufgehängt hat.»

Alle lachten, und Tante Wheezie, die sich glücklich im Rampenlicht sonnte, ließ eine Geschichte nach der andern vom Stapel – die meisten auf Kosten ihrer Schwester. Mutter mußte beschlossen haben, das mit einem Lächeln über sich ergehen zu lassen; oder sie plante eine ausgeklügelte Rache. Bei den beiden konnte ich das nie genau sagen.

«Nickel, du wirst natürlich hierüber berichten?» Charles Falkenroth strahlte mich an. Er war während Louises Geschichte in meine Nähe gerückt.

«Glaubst du nicht, daß ich dadurch in einen Interessenkonflikt geriete?»

«Verflucht, in Runnymede ist jeder Konflikt interessant.»

In diesem Moment stieß Louise wieder einen durchdringenden Schrei aus, weil sie das Geschenk ihrer Schwester ausgepackt hatte. An ein hübsch gerahmtes Foto von Louises Schwarm, Ronald Colman, war ein Coupon für ein Jahresabonnement der Illustrierten *Playgirl* geheftet. «Julia, du bist pervers!»

«Man kriegt, was man verlangt», erwiderte Mutter.

Im Laufe des Jahres 1987 sollte sich dieser Ausspruch als seltsam prophetisch erweisen, aber vorerst war ich damit beschäftigt, mich mit Schokoladengeburtstagstorte vollzustopfen und mich zu fragen, warum Charles mich morgen zum Mittagessen treffen wollte.

2

Migräne bei Mojo's

Donnerstag, 26. März

Kleine Eisstückchen schlugen mir wie die Zähne des Windes ins Gesicht, als ich vom Runnymede Square in die Frederick Road einbog. Der Frühling ließ dieses Jahr auf sich warten; es war der strengste, längste Winter, an den ich mich erinnern konnte. Lolly stapfte ungeachtet der Kälte voraus. Pewter, bei weitem klüger, war im Redaktionsgebäude des *Clarion* geblieben, das die südöstliche Ecke des Platzes beherrschte. Eine der Freuden des Lebens in so einer Kleinstadt ist es, daß die Tiere einen überallhin begleiten und die Leute sie fast so gut kennen wie einen selbst. Vielleicht mögen sie die Viecher lieber.

Charles Falkenroth hatte vormittags einen Termin bei Brown, Moon & Frost, der Anwaltspraxis auf der Maryland-Seite des Platzes. Die Yankee-Anwaltspraxis fast genau gegenüber war Falkenroth, Spangler & Finster, und dieser Falkenroth war Charles' Cousin, den er verachtete. Er hatte sich mit mir zum Mittagessen bei *Mojo's* verabredet, und ich kämpfte mich durch den Wind und fragte mich, warum er nicht in der Redaktion mit mir sprechen konnte.

Unsere Redaktion war kein Spaziergang in die Vergangenheit, es war ein Galopp. Die Gasbeleuchtung war zur Jahrhundertwende ausgetauscht worden, und damit hatte es sich. Die Schreibpulte stammten noch aus der Zeit des Bürgerkriegs, und der Fußboden aus Eiche, der gleich nach dem Revolutionskrieg verlegt und an dem seither nie mehr etwas gemacht worden war, glänzte wie ein Spiegel. In dem großen Tafelglasfenster verkündeten im Halbkreis gesetzte Goldbuchstaben THE RUNNYMEDE CLARION, und darunter stand in kleinen, in gerader Linie angeordneten Buchstaben GEGRÜNDET 1710. Das ursprüngliche Kontor des *Clarion* auf diesem Grundstück war nicht viel mehr als eine Blockhütte gewesen. Als wir den Krieg gewonnen hatten und es mit dem Verleger Amos Falkenroth aufwärts ging, wurde das jetzige Gebäude errichtet. Amos war der Sohn des Gründers Reuben Falkenroth, somit blieb der *Clarion* in der Familie, und zwar auch in meiner. Die Hunsenmeirs waren Ende des 17. Jahrhunderts aus Schwaben nach Maryland gekommen, wenn auch unser Zweig der Familie erst um 1740 nach Runnymede kam. Sie waren Drucker, und so entstand zwischen den Hunsenmeirs und den Falkenroths eine natürliche Verbindung, die durch die Jahrhunderte mehr oder weniger erhalten blieb. Es gab Unterbrechungen durch Krankheit und Tod, und manchmal übersprang unsere Partnerschaft eine Generation, doch früher oder später vereinten wir uns wieder beim *Clarion*. Die schlimmste Zeit war natürlich der Bürgerkrieg; denn Marble Falkenroth, ein leidenschaftlicher Unionist, zog auf die andere Seite des Platzes und gründete *The Runnymede Trumpet*. Tom Falkenroth, sein jüngerer Bruder, blieb beim *Clarion*, und sie bekämpften sich, daß die Fetzen flogen, bis beide in den 1890er Jahren starben; aber der Bruch in der Familie bestand fort, so daß die Pennsylvania-Falkenroths und die Maryland-Falkenroths seither nie mehr einer Meinung gewesen sind.

Bis Anfang der sechziger Jahre, als ich Runnymede verließ, um aufs College zu gehen, erfreute sich unsere Stadt zweier heftig verfeindeter Tageszeitungen. Die *Trumpet* trompetete morgens auf einen ein und der *Clarion* erschallte am Spätnachmittag. Jedermann las beide Zeitungen, und wenn eine Geschichte vielleicht vier oder fünf verschiedene Aspekte hatte, so bekamen wir wenigstens zwei davon mit. Dann vereinigten sich, wie in so vielen anderen Städten, die beiden Zeitungen, um zu überleben. Jetzt wechselt Charles die Leitartikel ab. Montags, mittwochs und freitags schreibt John Hoffman den Standpunkt der *Trumpet*, der sich rechts von Dschingis-Khan befindet. Dienstags, donnerstags und samstags schreibe ich die Meinung des *Clarion*, die gemäßigt und vernünftig ist. Sonntags legen wir eine Ruhepause ein.

Ich stieß die Tür von *Mojo's* auf. Lolly tänzelte hinein.

«Lolly Mabel, wo hast du gesteckt?» Verna Bonneville, die blonde Bedienung, gab sich mütterlich. «Hallo, Nick.»

«Tag, Verna.» Die Besitzerin von *Mojo's* war gefährlich blond, selbstgefärbt. Wir nannten sie Verna BonBon, und das paßte zu ihr, denn Verna war so breit wie groß.

Charles hatte sich in einer Nische breitgemacht. Eingehüllt in den Qualm seiner Zigarre las er das *Wall Street Journal*. Ich schlüpfte in die Nische, und Lolly setzte sich daneben. Verna brachte ihr einen Hundeknochen.

«Nickel, ich nehme ein Sandwich und das Essen geht auf meine Rechnung.» Charles legte die Zeitung hin. Seine Fliege zitterte, wenn er sprach.

Verna rief hinter der Theke: «Heute gibt's weiße Bohnensuppe. Magst du doch so gern.»

«Okay», rief ich zurück. «Einen großen Teller.»

«Kommt sofort.»

Charles holte tief Luft. «Oh, Jack Frost läßt grüßen. Er sagt, er hat sich auf Louises Party gestern abend prächtig amüsiert. Und du hättest wunderschön ausgesehen, sagt er.»

Schuldbewußtsein durchzuckte mich. «Wie nett von ihm.»

Charles schob mir einen handgeschriebenen Artikel unter die Nase. «Schau mal durch, ob alles stimmt.»

Während ich las, stellte Verna das Essen hin. Lollys Schwanz schlug auf den gekachelten Fußboden. «Tolle Party gestern abend. Glaubst du, wir werden auch mal so alt?»

«Darauf kannst du wetten.» Charles lächelte sie an. «Aber nur, wenn du mir jedesmal, wenn ich hier reinkomme, 'nen Kuß auf die Backe gibst. Die Liebe hält einen jung.»

«Was du nicht sagst.» Verna boxte ihn gegen die Schulter und ging.

«Wieso kannst du so gut mit den Frauen?» Ich blickte von dem Artikel auf.

«Das fragt Ann mich auch immer.»

Ann war seit 33 Jahren Charles' Ehefrau. Es war eine gute Ehe; Charles gehörte zu den Glückspilzen.

«Das ist großartig.» Ich gab ihm den Artikel zurück, der von Louises Geburtstagsparty handelte. Er wollte mir wohl damit einen Gefallen tun. «Nur eine winzig kleine Veränderung. Laß sie achtzig sein, nicht sechsundachtzig... oder war es fünfundachtzig?»

«Die ganze Stadt weiß, daß sie mindestens sechsundachtzig ist.»

«Ja, ich weiß, aber Louise kriegt einen Herzanfall, wenn du die Wahrheit schreibst. Außerdem, wenn es jeder weiß, dann wissen auch alle, warum du sie achtzig sein läßt, und sie haben dank des *Clarion* was zu lachen.»

Wir plauderten, während er sein Sandwich und ich meine Suppe aß, und als der Kaffee kam, sagte Charles: «Nickel, ich möchte, daß du den *Clarion* übernimmst. Ich trete ab.»

«Was?»

«Du hast mich richtig verstanden.»

«Ich habe dich verstanden. Ich glaube dir nicht.»

«Vor dir siehst du den zweifelhaften Nutzen harter Arbeit. Es wird Zeit, das Leben zu genießen. Schon Anns wegen, aber auch um meinetwillen.»

«Was ist mit Hoffman? Weiß er es schon?»

«Ich sag's ihm, wenn er morgen aus Baltimore zurückkommt.»

«Ich glaube nicht, daß es ihm gefallen wird.»

Charles zuckte die Achseln. «Er konzentriert sich sowieso lieber aufs Geschäftliche. Solange John seine Leitartikel schreiben kann, ist es ihm, glaube ich, ziemlich egal, was du mit der Zeitung anstellst.» Er machte eine Pause. «Die neuen Eigentümer dürften dich auch in Ruhe lassen.»

Das war ein Pfeilschuß ins Herz. «Was für neue Eigentümer?»

«Ich weiß noch nicht. Die Thurston-Gruppe hat herumgeschnüffelt und Mid-Atlantic Holding Shares auch.»

«Rife! Du kannst den *Clarion* nicht an die Rifes verkaufen.»

«Mid-Atlantic Holding Shares ist viel größer als die Familie Rife selbst.»

«Na hör mal, Charles, du weißt, daß Disraeli die Zügel in der Hand hält.»

«So schlimm ist Diz gar nicht.»

«Ist es Fortschritt, wenn ein Kannibale Messer und Gabel benutzt?»

Verna schenkte Charles noch eine Tasse Kaffee ein. Sie brannte darauf zu hören, worum es ging, aber sie zog sich klugerweise zu der gerammelt vollen Theke zurück, wo sie mit auffälliger Sorgfalt Gläser polierte. Zum Glück machten die anderen Essensgäste eine Menge Lärm, aber sie spitzte die Ohren.

«Nickel, ich weiß, Brutus Rife hat den Geliebten deiner Großmutter umgebracht, aber das war lange vor deiner Geburt. Auf alle Fälle wurde der Gerechtigkeit Genüge getan, nicht? Man hat Brutus mitten in einem Schneesturm zwischen die Augen geschossen. In dem verfluchtesten Wetter, das ich je erlebt habe. Ich ging damals noch zur Schule. Es gibt jedenfalls keinen Grund, die Vendetta zwischen den Rifes und den Hunsenmeirs fortzusetzen. Außerdem war Diz immer nett zu dir.»

Ein bißchen zu nett, hätte ich fast gesagt, aber ich verbiß es mir. «Ausgerechnet du mußt von Vendetta reden. Du kannst die Pennsylvania-Falkenroths nicht ausstehen.»

«Ach, das ist eine Familiensache. Übrigens kauft Mid-Atlantic Holding Shares den *Clarion* vielleicht gar nicht. Die Thurston-Gruppe ist sehr interessiert.»

Ich schob meine Teetasse herum. Kaffee machte mich nervös, deshalb trank ich lieber Tee. Kaffee konnte ich ausschließlich dann hinunterkriegen, wenn eine Migräne im Anzug war, und ich hatte das Gefühl, daß ich auf der Stelle einen Anfall bekommen würde. «Verna, kann ich eine Tasse Kaffee haben? Schwarz.»

Charles zuckte zusammen. Er wußte, was diese Bestellung bedeutete. «Ich will dich nicht aufregen, aber ich habe keine Kinder. Dies ist das Ende des gemeinsamen Schicksalswegs des *Clarion* und der Familie Falkenroth. Die Zeiten ändern sich.»

«Aber wir müssen uns nicht mit ihnen ändern. Und wer auch immer gesagt hat, Fortschritt sei etwas Positives, der ist nie in Florida oder Kalifornien gewesen.»

«Wir sprechen nicht von Ökologie.»

Ich hatte Charles sehr gern. Ich machte es ihm nicht gerade leichter, und deshalb kam ich mir jetzt wie ein Arschloch vor. «Ich weiß.»

Verna stellte mir den Kaffee hin mit drei Aspirin auf der Untertasse. «Jetzt gleich.» Sie deutete auf ihren Mund.

Ich lächelte sie an und würgte die drei Aspirin hinunter, die gegen Migräne so wirksam waren wie eine Attacke mit einem Gummimesser gegen ein Maschinengewehrnest. Aber die Menschen wollen sich nützlich fühlen, auch wenn sie nichts tun können. «Danke, Verna. Lieb von dir, daß du so für mich sorgst.»

«Meine beste Kundin!» Sie klopfte mir auf den Rücken, streichelte Lolly, blieb noch ein bißchen in der Hoffnung auf ein Wörtchen von unseren Neuigkeiten, dann schlenderte sie wieder zur Theke, wo Arnold Dow, der Chefsetzer des *Clarion*, «Cherry Pie» sang. Sie gab ihm prompt ein riesiges Stück Kirschkuchen.

«Charles, woher weißt du, daß ich von der neuen Leitung nicht abgesetzt werden kann, wenn ich deine Nachfolge als Chefredakteur antrete?»

«Das wird Teil des Kaufvertrags. Wenn sie dich entlassen, müssen sie dir eine ganze Wagenladung Geld bezahlen.»

«Du meinst dieses Zeug, das in Washington gedruckt wird?»

«Dein Gehalt wird auch steigen. Jetzt verdienst du ja nicht gerade viel.»

Ich verdiente 24 000 Dollar im Jahr, und bei all den Bundes-

und Staatssteuern nagte ich beinahe am Hungertuch. Trotzdem betrachtete ich mich als eine glückliche Frau, weil ich meine Arbeit liebte. «Niemand verdient Geld in Runnymede. Man erbt es oder man verdient es irgendwo anders und setzt sich damit hier zur Ruhe.»

«Amen.»

Verna kam unaufgefordert und schenkte mir noch eine Tasse glühendheißen Kaffee ein. Ich stürzte ihn hinunter. Tränen traten mir in die Augen, und ich trank rasch mein Glas Wasser leer.

«Herrgott!» Lolly hob den Kopf, um sich nach meinem Wohlergehen zu erkundigen. Lolly konnte es nicht leiden, wenn ich die Stimme hob. «Ich glaube, ich habe Angst um meinen Job. Ein Titel ohne Macht bedeutet gar nichts. Ich habe gesehen, was aus Lokalblättern wird, wenn die Konzerne sie in die Finger kriegen. Du hast es auch gesehen. Die bringen bloß die Stories, die über den AP-Fernschreiber kommen. Himmel, sie lassen nicht mal die Buch- und Filmbesprechungen von Lokalredakteuren schreiben. Sie drucken die miserablen Besprechungen aus dem AP-Ticker. Eine Zeitung ist eine lokale Informationsquelle. Sie ist nicht bloß eine Möglichkeit, Geld zu machen. Alles, was diese Leute interessiert, ist, was unterm Strich rauskommt. Sie werden unser Personal abbauen. Sie werden reden wie Buchhalter. Das macht mich krank. Ich möchte, daß jemand aus Runnymede Filme bespricht. Wir denken nicht wie jemand in New York oder wo immer der Mensch sitzt, der die verdammten AP-Besprechungen schreibt. Es gibt Nachrichten, und es gibt die Reaktion der Leute auf diese Nachrichten in ihrer Zeitung. Das ist keine Einbahnstraße. Lach nicht, es gibt tatsächlich so was wie journalistische Integrität, und ich will nicht, daß irgend so ein inkompetentes Arschloch im dreiteiligen Anzug mir sagt, wie ich diesen Laden schmeißen muß!»

Weil ich selten richtig explodierte, starrte Charles mich fasziniert an. Alle anderen bei *Mojo's* starrten mich gleichfalls an. Ich holte tief Luft. «Tut mir leid, daß ich euch das Mittagessen versaut habe, aber jetzt wißt ihr alle, was ich denke.»

Verna lachte. Arnold machte sich mit gefurchter Stirn wieder über seinen Kuchen her, und die Leute grinsten und nahmen ihre Gespräche wieder auf.

«Soviel zum Thema Geheimnisse.» Charles seufzte.

«Wenn du es geheimhalten wolltest, warum erzählst du's mir dann bei *Mojo's*? Das hier ist die Klatschzentrale.» Und das stimmte. Nach dem Tod von Noe Mojo, einem japanischen Gentleman, hatten Verna und Thacker Bonneville das Lokal gekauft und eine riesige Tafel mit Massen bunter Kreide vor der Tür aufgestellt. Man konnte hinschreiben, was man wollte, und zeichnen konnte man auch. Immer, wenn ich Nachrichtenstoff brauchte, ging ich zuerst zu *Mojo's*.

«Du hast recht. Ich hätte mich drüben bei Brown, Moon und Frost mit dir treffen sollen, aber Jack hatte heute morgen einen vollen Terminkalender.»

«Jack weiß Bescheid, nehme ich an?»

«Er ist der Anwalt der Zeitung.»

Warte nur, bis ich Jackson Frost erwische. Ich blieb einen Moment ganz still sitzen. «He, Verna, brat mir einen Hamburger für Pewter.»

«Wo steckt sie denn heute?»

«In der Redaktion. Sie hatte keine Lust auf nasse Füße.» Ich wandte mich wieder an Charles. «Wieviel willst du für den *Clarion*?»

«Zwei Millionen plus einen kleinen Prozentsatz der Aktien, die erst bei Anns Tod an den Besitzer fallen, weil ich sicher bin, daß sie mich überlebt.»

«Kann ich dir morgen früh meine Antwort geben? Ich möchte es mir überlegen.»

«Ich kann noch einen Tag länger warten. Deine Migränen dauern zwölf bis vierundzwanzig Stunden.»

«Schmerzen hindern mich nicht am Denken. Es ist nicht fair, dich warten zu lassen.»

«Okay, dann bis morgen früh.»

Charles mußte nach Hanover, Pennsylvania, deshalb ging ich ohne ihn ins Büro zurück. Der Bürgersteig war glatt, und winzige Eispfeile regneten herab wie kristallene Kinderluftgewehrkügelchen. Ich wußte, ich ging auf Eis, aber es fühlte sich an wie Eierschalen.

Nach der Arbeit rutschten und schlitterten Lolly, Pewter und ich zu Mom. Auch für den Jeep mit Vierradantrieb war die Straße ekelhaft, und ich fürchtete die 3 Kilometer Fahrt zu meinem Haus auf Bumblebee Hill. Pewter fauchte Goodyear an, der unentwegt mit dem Schwanz wedelte. Nach etwa zehn Minuten Katzendrama kamen die Tiere zur Ruhe, und ich erzählte Mutter alles. Bevor sie antwortete, griff sie zum Telefon. Das war typisch Mom, Kommandantin der Telefonleitung, Admiralin der Wähltasten. Sie griff zu, aber nicht vorsichtig, wie andere Leute; sie packte einen an der Kehle.

«Mutter, ruf Tante Wheezie noch nicht an.»

«Warum nicht? Ihre letzte gute Idee hatte sie 1934. Geben wir ihr die Chance, sich eine neue auszudenken.»

«Laß das, Mom. Es ist gar nicht komisch, und ich habe eine gräßliche Migräne.»

Sie legte den Hörer hin. «Sag ja. Du brauchst das Geld.»

«Auf den Gedanken bin ich auch schon gekommen. Ich will auf keinen Fall von der Zeitung weg. Zu dieser Zeitung gehört eine Hunsenmeir. Es liegt im Blut.»

«Herrje, jetzt hörst du dich an wie Wheezie.» Sie ahmte Louise nach. *«Die Stimme des Blutes.»* Sie sprach wieder normal. «Was kümmert das dich? Du hast dein eigenes Blut.»

Mehr als drei Jahrzehnte lang hatte ich mir Variationen über dieses Thema angehört. Es war immer noch ein Gefühl wie ein Wespenstich. Ich weiß nicht, warum ich mich nie gewehrt habe. Warum mußten Mutter und Tante Louise mir andauernd erzählen, daß ich nicht blutsverwandt, daß ich adoptiert war? Ich bin intelligent. Was man mir einmal sagt, behalte ich. Ich nehme an, ich habe mich nie gewehrt, weil ich nicht wußte wie. Was kann man schon sagen, wenn einem die Mutter, die einzige Mutter, die man je gekannt hat, sagt, daß man nicht ihr Kind ist?

«Darum geht es nicht.»

«Worum dann?»

Louises Party plagte Mutter wie ein Brummschädel. Sie war nicht auf dem Damm, und das würde so bleiben, bis sie eine Möglichkeit fand, den Scheinwerfer von ihrer älteren Schwester abzuziehen. «Es geht darum, daß ich den *Clarion* kaufen will.»

«Du?» Ihre Pupillen weiteten sich.

«Ich.»

«Du besitzst ja nicht mal 'nen Pißpott.»

«Ich habe die Farm. Ich habe achtzehn Jahre Erfahrung. Noch mehr, wenn man meine Arbeit bei den College- und High School-Zeitungen mitrechnet. Ich verstehe was vom Anzeigengeschäft. Ich weiß, daß ich den *Clarion* noch besser machen kann, als er jetzt ist.»

Mutter erhob sich von ihrem Schaukelstuhl, dessen geschnitzte Armlehnen die Form von Schwanenköpfen hatten. Sie ging auf und ab. Das Alter hatte ihr nichts von ihrer natürlichen Anmut genommen. «Du würdest eine Hypothek auf die Farm aufnehmen?»

«Wenn ich muß. Sie kann nicht mehr als 175000 Dollar wert sein, selbst mit den 50 Morgen, und das ist gutes Ackerland.»

«Wieviel will Charles haben?»

«Zwei Millionen.»

«Ein Tropfen auf dem heißen Stein.» Sie lachte.

«Mein Vermögen ist ein Tropfen auf dem heißen Stein, aber ich hoffe, die Bank gibt mir auf Grund meiner Erfahrung und Charles' Empfehlung einen Geschäftskredit. Wir könnten natürlich das Geld zusammenkriegen, indem wir dir eine Matratze auf den Buckel binden und dich auf den Platz stellen. Ich würde dir ein schönes Schild malen: BEDIENUNG IM AUTO.»

«Ich wurde erzogen, mich nicht über ältere Familienangehörige lustig zu machen.»

«Von denen können nicht mehr viele am Leben sein.»

«Du bist 'ne freche Göre. Manchmal frag ich mich, ob ich dich richtig erzogen habe.»

«Na ja, ich bin nicht gerade das nette Mädchen von nebenan.»

Ihr Mundwinkel zuckte nach oben. «Wenn du sein willst wie das Mädchen von nebenan, dann geh nach nebenan.»

«Hilfst du mir?»

«Ich habe kein Geld.» Sie ließ sich gern etwas bitten.

«Du kennst alle Leute. Und du kennst sie 40 Jahre länger als ich. Vielleicht fällt dir was ein.»

«Vielleicht.»

Als ich die Tür öffnete, um nach Hause zu fahren, hörte ich Mom zum Telefon greifen. Jetzt hatte sie eine Neuigkeit, die sie vor Louise baumeln lassen konnte wie einen fetten Wurm vor einem Barsch. Morgen war Bingoabend, und alles wies darauf hin, daß die beiden einen Mordswirbel veranstalten würden.

3

Ein Neuer in der Stadt

Freitag, 27. März

Eine dicke Rauchwolke, ähnlich jener, die einst Pompeji einhüllte, als der Vesuv über die Stränge schlug, hing über der Bingohalle von St. Rose of Lima. Die große Bahnhofsuhr an der Wand hatte noch nicht einmal acht geschlagen, aber der Konsum von Zigaretten, Zigarren und gelegentlich einer Pfeife war der Zeit weit voraus. Die Nerven waren zum Zerreißen gespannt, weil Mutzi Elliott, der Ansager und Gemüsehändler, neue Spielvarianten einführte.

Mutzi war gerade von einem Bingolehrgang heimgekehrt. Bis heute abend hatten wir Bingo gespielt wie alle anderen. Man erzielt eine Diagonale oder eine gerade Linie und ruft «Bingo». Nun gingen wir zu fortgeschrittenem Bingo über. Selbst Mom und Louise verstummten, um sich zu konzentrieren.

Einhundert Menschen plus Lolly, Goodyear und Pewter sowie Arnie Dows Katze Louisa May Alcatt füllten die Halle. Jeder kannte Goodyears Trick, weil Mutter ihn allen der Reihe nach gezeigt hatte. Es war der größte Insiderwitz von Runnymede, und was das Komische daran war, es fiel Louise nicht auf, daß die Leute sie Wheeze, Wheezie oder sogar Sis nannten. Natürlich waren alle mit ihrem Spitznamen aufgewachsen, und sie fand es womöglich ganz normal, aber ich hatte das ungute Gefühl, daß Goodyear früher oder später einmal seinen Anfall kriegen würde, und dann wäre die Hölle los. Gut, daß das nicht gerade heute abend passierte, denn die Spannung war ohnehin unerträglich.

Die Pingpongbälle mit den Nummern schwebten in einem Glasbehälter in der Luft. Mutzi hielt den Deckel fest, weil Pewter einmal in den Behälter gekrochen war. Die Bälle flutschten nacheinander heraus, und er schnappte sie, falls Pewter sie nicht zuerst schnappte. Meistens brachten Pewters Mätzchen alle zum Lachen, aber heute abend sah nicht ein einziger Kopf zu Mutzi hoch.

«Bahngleise. Das nächste Spiel ist Bahngleise. Denkt dran, ihr müßt zwei parallele senkrechte Reihen haben. Achtung.» Er machte eine wirkungsvolle Pause. «Fertig. Los.» Ein Ball sauste hoch. «Nummer zwei. Eins und eins, das macht zwei», sang Mutzi.

Mutter gab sich ganz gelassen. Sie hatte ein kleines Notizbuch bei sich, in das sie die neuen Bingospiele eintrug. Louise schrieb eifrig Mutters Notizen ab.

«Steck deine Nase in deine eigene Karte, Wheezie, sonst kriegst du noch 'ne Blase drauf.»

«Wer ist denn gestorben und hat dich zu Gott gemacht?» konterte Louise.

«Meine Lieben, wir sind in einem Gotteshaus.» Mr. Pierre saß den Hunsenmeirs gegenüber.

Louise wollte etwas entgegnen, aber da rief Mutzi: «Vierzig. Nummer vierzig, und ich sag euch, ich hab mich erst unters Volk getraut, als ich endlich vierzig war.»

Eine Welle von Gelächter rollte durch den Saal. Die spielende Truppe war vorwiegend weiblich; die Männer saßen an einer Seite des Raums an der Bar. Sicher, in der Kirche sollte eigentlich kein Alkohol verkauft werden, aber St. Rose brauchte Geld. Millard Huffstetler, der Geschäftsführer der Kirche, tat alles nur mögliche, um Einkünfte zu erzielen. Wir wußten nicht, ob er Pater Christopolous informierte. Geld für die Kirche aufzubringen war Christenpflicht. Louise nahm sich

B	I	N	G	O
5	30	33	50	62
15	17	35	47	75
2	28	FREI	60	65
13	26	39	56	71
11	20	40	58	73

Bilderrahmen

B	I	N	G	O
2	16	36	46	63
4	21	35	50	69
12	19	FREI	59	71
7	25	38	49	74
9	29	41	57	70

Großes X

B	I	N	G	O
2	16	36	46	63
4	21	35	50	69
12	19	FREI	59	71
7	25	38	49	74
9	29	41	57	70

Champagnerglas: kann auch auf dem Kopf stehen

B	I	N	G	O
5	30	33	50	62
15	17	35	47	75
2	28	FREI	60	65
13	26	39	56	71
11	20	40	58	73

Bahngleise: zwei beliebige parallele Reihen

B	I	N	G	O
1	18	31	46	70
6	20	41	48	64
15	16	FREI	53	71
9	25	40	55	61
14	23	35	57	68

Beliebige Senkrechte oder Waagerechte

B	I	N	G	O
1	18	31	46	70
6	20	41	48	64
15	16	FREI	53	71
9	25	40	55	61
14	23	35	57	68

Neunerblock: kann an beliebiger Stelle sein

das zu Herzen. Jeden Sommer fertigte sie Bastkörbe für den Basar von St. Anthony. Louise war mit acht Jahren zum Katholizismus übergetreten. Mutter blieb lutherisch, und dies erwies sich als fruchtbare Quelle für Streitigkeiten.

Die Nummern rollten, bis Ricky Bonneville, einer von den BonBons, «Bingo» kreischte. Kirk «Peepbean» Huffstetler, Millards Neffe, der einen Latz trug wie ein Zeitungsjunge aus alten Zeiten, schlenderte hinüber und prüfte die Karte. «Stimmt genau. Gleise, schnurgerade wie bei der Chesapeake-Ohio-Eisenbahn.» Er war Schildermaler und hatte seinen bekleckstén Overall noch an.

«Fünfzehn Dollar für Ricky B.» Mutzi lächelte. Er läutete eine Kuhglocke. Das war seine Art, Gewinner zu feiern.

«Verna, das ist unfair», rief Mutter zu ihr hinüber. «Zehn Kinder. Da mußt du ja gewinnen.»

«Ich muß für alle Eintritt bezahlen. Zwei Dollar pro Nase, Julia, vergiß das nicht.» Verna langte in die Tiefe ihrer unerschöpflichen Tasche und holte mit Schokolade überzogene Krapfen heraus, um ihre Brut zu füttern. Selbst die kleinste BonBon, Decca, inzwischen im ersten Schuljahr, verfügte über eine eigene Karte. Kein Wunder, daß diese Kinder jeden Mathematikwettbewerb gewannen, von der Grundschule bis hinauf zur High School von Süd-Runnymede.

«Julia hat keine Ahnung von Kindern. Dazu muß man eine leibliche Mutter sein. Das liegt im Blut», gurrte Louise boshaft und schien sehr zufrieden mit ihrer Kränkung.

«Bockmist.»

Mutzi wurde auf den Ton zwischen den Schwestern aufmerksam. Er zog seine 38er und fuchtelte drohend damit herum. «Hunsenmeir-Mädels, nehmt euch in acht. Ich trag diese Kanone bei mir, weil ich nie weiß, wann ihr eure Feindschaft wieder aufwärmt.» Er trug die Kanone auch bei sich, weil die Kasse neben der Pingpongballmaschine stand.

«Ich wärme keine Feindschaften auf», rief Mutter zurück. «Ich antworte meiner senilen Schwester. Sie ist gerade sechsundachtzig geworden, wie ihr wißt.»

«Achtzig!» Louise war kurz vor einem Wutausbruch.

«Sechsundachtzig wirst du nicht noch mal. Also benimm dich deinem Alter entsprechend und iß Haferschleim!»

Mutter warf ihren Dab-a-dot in die Luft und fing ihn auf. Dab-a-dots sind Filzschreiber, so ähnlich wie Textmarker, nur daß man sie hinunterdrückt, wobei sie die Nummer auf der Bingokarte mit einem vollkommen runden farbigen Punkt bedecken. Bohnen zum Markieren waren seit Ewigkeiten aus der Mode. Mutter benutzte immer Rot und Louise Blau.

«Weißt du, warum dein Mann gestorben ist, Julia? Um von dir wegzukommen!»

Mutter knallte ihren Dab-a-dot auf Louises Stirn. Goodyear knurrte und Lolly baute sich vor mir auf. Pewter hörte auf, von Vernas Sandwich zu stibitzen, und schaute zu.

Die Schwestern gingen aufeinander los, bis beide mit Punkten übersät waren.

Mutzi blaffte ins Mikrofon: «Aufhören! Mädels, hört auf der Stelle auf, sonst schmeiß ich euch raus. Im Ernst.»

«Von wegen», brüllte Mutter. «Sie hat angefangen. Schmeiß sie raus.»

«Du lügst. Weißt du, woran ich merke, daß du lügst? Weil dein Mund sich bewegt.»

Es folgte ein neuer Hagel von Dab-a-dot-Angriffen.

Verzweifelt rief Mutzi mir zu: «Kannst du deine Mutter nicht bremsen?»

«Sie ist nicht meine Mutter. Ich bin adoptiert, hast du das vergessen?» Ich lachte, aber diese kleine Rache für Mutters Hieb gestern konnte ich mir nicht verkneifen. Das war ein Fehler, denn jetzt ging Mutter mit ihrem verdammten Dab-a-dot auf mich los. Lolly, die es nicht ertrug, wenn sich irgend jemand mit mir anlegte, biß Mutter ins Bein.

«Tollwut! Tollwut!»

Louise bog sich vor Lachen. «Ha, Lolly wird sich von dir noch die Tollwut holen.»

Mr. Pierre nahm endlich allen Mut zusammen und legte seinen Arm um Louise. «Darling, du brauchst einen Drink.»

«Ich brauche keinen Drink. Ich brauch 'ne neue Schwester.»

«Blut! Blut! Eine Transfusion, schnell», brüllte Mutter. Sie rieb sich das Bein. Nicht ein Tropfen Blut war zu sehen. Lolly knurrte. Goodyear war zu sehr durcheinander, um etwas anderes zu tun als Mutter das Gesicht zu lecken. «Du hast diesen verdammten Köter, weil du nicht den Mumm hast, mich selbst zu beißen», fauchte sie mich an.

Peepbean Huffstetler führte Mutter an ihren Platz zurück. Er fegte an mir vorbei, als wäre ich eine Seegurke. Peepbean hatte seit dem dritten Schuljahr was gegen mich, weil ich ihm einmal, als wir uns im Kino *Der Mann aus Kentucky* mit Burt Lancaster ansahen, eine Knallerbse gegeben und gesagt hatte, es sei ein Dauerlutscher. Daß er einen Groll so lange nähren konnte, sagte etwas über den Grad der aufregenden Ereignisse in seinem Leben aus.

Louise schritt würdevoll zur Bar, um sich einen medizinischen Schluck Alkohol zu genehmigen, und wimmerte beim Gehen. «Sie hat meine Karten versaut, und ich hab drei Karten gekauft.»

«Wir betreiben hier doch keine Krebsforschung oder so etwas Ernstes. Es ist bloß Bingo», tröstete Mr. Pierre.

«Du hast keine Ahnung von Krebsforschung, Pierre», schalt ihn Louise.

Ich wischte mir die paar Dab-a-dot-Spuren aus dem Gesicht. Mutter wollte mir nicht helfen, und ich wollte ihr nicht helfen, und sie sah wie ein pointillistisches Gemälde aus. Mutzi verkündete nervös, daß das nächste Spiel «Champagnerglas» heiße und wirklich schwer sei, aber dieser geschwätzige Wirbelwind verstummte abrupt, als Thacker Bonneville in Begleitung eines Mannes zur Tür hereinspazierte, der gut genug aussah, um Douglas Fairbanks jr. zu sein. Jeder weibliche Kopf im Raum fuhr herum, um ihn anzusehen. Mutter angelte ihre Puderdose aus der Handtasche und tupfte gezielt einen Hauch Rouge auf ihre Wange. Es half aber nicht gegen die Punkte.

Verna, die diesen Moment auskostete, winkte ihrem Mann

zu. «Thackie, Liebster, Ricky hat das Fünfzehn-Dollar-Spiel gewonnen.»

«Noch einmal, Rick, und dein alter Herr geht in Pension.» Er winkte seinem Sohn fröhlich zu.

«Wer ist das?» wollte Mutter wissen.

Lässig warf Verna ihre Antwort hin. «Der Bruder meiner Mutter, Edgar Tutweiler Walters. Aus Birmingham. Wir nennen ihn Ed.»

«Ich nenne ihn phantastisch», sagte ich. Ed mochte die Siebzig überschritten haben, aber er sah aus wie fünfundfünfzig. Er hatte ein Seidentuch um den Hals gebunden, so ähnlich wie ein Cowboy, nur daß sein Schal kürzer war. Sein silbern glänzendes Haar fing alles Licht in dem rauchgeschwängerten Raum auf. Er trug eine anthrazitgraue Hose mit Bügelfalte, ohne Aufschlag, und ein helles, pfirsichfarbenes Hemd.

«Ist er verheiratet?» Mutter sah keinen Grund, Zeit zu verschwenden.

«Verwitwet. Seit vorigem Jahr. Der Ärmste, er hat sie angebetet. Meine Mutter sagt immer, Frauen können ohne Männer leben, aber Männer nicht ohne Frauen.»

«Deine Mutter hat recht, aber bloß weil wir was können, heißt das noch lange nicht, daß wir's auch müssen.» Mutter stand auf und drückte die Brust heraus. «Verna, stell mich vor.»

«Julia, wir spielen gleich das Champagner-Spiel.» Bei dieser Bingo-Variante begannen die Reihen in den beiden oberen Ecken, verliefen zum freien Feld in der Mitte und von dort in einer Reihe vereint bis zum unteren Rand der Karte, genau wie ein Champagnerglas.

«Ihr Kinder könnt spielen. Komm.» Sie zerrte Verna von ihrem Stuhl – kein leichtes Unterfangen, da Verna fast zwei Zentner wog. Vernas Rettung, wenn schon nicht strenge Diät, war Marineblau.

Mutter war jedoch nicht schnell genug, denn Louise hatte Mr. Pierre mit eisernem Willen direkt zu Ed Tutweiler Walters hinüberbugsiert. Falls Ed Mr. Pierres lila Haare ungewöhnlich fand, ließ er es sich nicht anmerken, und er sprach voller entzücktem Interesse mit Louise. Dann tat er etwas, was Julia erstarren ließ. Er nahm einen grünen Dab-a-dot von einem Tisch und tupfte einen grünen Punkt auf Louises Nasenspitze.

«Farbkontrast.» Er lachte.

Louise lachte auch, dann erzählte sie ihm lauthals von ihrer labilen älteren (jawohl, sie sagte ältere) Schwester, die wegen so etwas Banalem wie einem Bingospiel die Beherrschung verloren habe. Schlimmer noch, sie zeigte auf Mutter und bemerkte, mit den vielen blauen Punkten sehe sie aus, als ob sie Lepra hätte. Louise sah mit den roten Punkten wenigstens nur so aus, als ob sie Masern hätte.

Ed schien bezaubert. Wutschnaubend nahm Mutter ihren Platz wieder ein und spielte den restlichen Abend mit grimmiger Entschlossenheit. Louise verließ die Bar kein einziges Mal. Mr. Pierre kam zurück und setzte sich Mom gegenüber.

«Sie erzählt ihm gerade, daß Mutzi die 38er hat, um Einbrecher und dich abzuschrecken.»

«Ich würde sie am liebsten zu Hackfleisch verarbeiten.» Mutter konnte sich kaum auf ihre Karte konzentrieren. Louise mochte die erste Runde gewonnen haben, aber im nächsten Durchgang würde sie k. o. gehen. Man konnte sehen, wie sich die Räder in Mutters Kopf drehten, als sie überlegte, wie sie das hier ihrer Schwester heimzahlen sollte und, was noch wichtiger war, wie sie eine Verabredung mit Ed Tutweiler Walters herbeiführen könnte.

Da Thacker BonBon zehn Kinder, seine Frau und Ed nach Hause zu befördern hatte, konnte er Louise nicht bis zu ihrer Tür bringen. Ich fuhr Mom und Tante Louise heim. Es herrschte Schweigen, was eine Erleichterung war.

Ich setzte zuerst Louise ab, und Mutter zischte: «Judas!»

Louise summte eifrig vor sich hin, deshalb hörte sie es nicht.

4

Mehr Bein

Samstag, 28. März

Dicker Reif bedeckte die Erde. Die Fuchsjagdsaison war eine Woche vorher zu Ende gegangen, was schade war, denn es war ein guter Tag für Fährten. Die Fuchsjagd leidet unter einem falschen Ruf. Bilder von Aristokraten in roten Röcken schießen den Leuten durch den Kopf. Das ist genauso, als würde man glauben, daß jeder, der Tennis spielt, mit einem silbernen Messer im Rücken geboren ist. Die Arbeit beim *Clarion* hatte mich gelehrt, daß die Menschen glauben, was sie glauben wollen – man störe sie ja nicht mit Tatsachen. Ich trat nicht mehr zur Verteidigung der Fuchsjagd im besonderen und des Pferdesports im allgemeinen an.

Kenny, mein alternder Wallach, stand still, während ich ihn striegelte. Pewter rekelte sich heftig schnurrend auf seinem Rücken. Katzen lieben Pferde, und Pferde lieben Katzen, zumindest nach meiner Beobachtung. Pewter miaute jedesmal entzückt, wenn der Jeep in den kleinen Reitstall Darby's Folly einbog, wo ich Kenny eingestellt hatte. Lolly mochte Pferde, war aber nicht gerade verrückt nach ihnen, außer ich nahm sie zu einem Fährtenritt mit. Lolly war verrückt nach den Kleiestückchen und Körnern auf der Erde. Sie leckte den Mittelgang sauber.

«Hallo, mein Mädchen.» Regina kam in den Stall und rieb

Kennys Kinn. «Kenny, ich wollte, ich hätte ein Dutzend wie dich.»

«Ich auch, bloß jünger. Ich weiß nicht, was ich tun soll, wenn der Bursche mal zu alt zum Ausreiten ist, und dieser Tag naht.»

«Die Zeiten, wo man ein Jagdpferd für 1000 Dollar haben konnte, sind vorbei. Du mußt mindestens, na, 7000 Dollar hinlegen. Du kämst besser weg, Nickie, wenn du's mit einem Zweijährigen riskieren und mit ihm arbeiten würdest.»

«Dazu hab ich keine Zeit, und ehrlich gesagt, so gut bin ich nicht. Das sollte Muffin machen.» Muffin war der Trainer des Reitstalls.

«Ich hätte Zeit für 'ne kleine Runde. Halbe, dreiviertel Stunde?»

«Abgemacht.»

Ich sattelte auf, während Regina großmütig wartete. Obwohl ich eine gut organisierte Frau bin, fummele ich immer noch ewig mit meinem Sattel- und Zaumzeug herum. Pewter benahm sich unausstehlich, weil sie wußte, daß sie im Stall bleiben mußte. Daß sie mir und Kenny um die Beine flitzte, machte die Sache nicht gerade einfacher, denn Kenny konnte es nicht leiden, wenn Pewter nervös wurde. War das Wetter warm oder auch frisch, kam Pewter mit. Sie lief mit uns, bis sie genug hatte, und dann kletterte sie entweder an meinem Bein hoch – zum Glück trug ich lederne Überzieher – und setzte sich vor mich auf den Sattel, oder sie trollte sich zurück in den Stall. Aber heute war es ausgesprochen kalt, und das mochte Miss Pewter gar nicht. Als ich so weit war, daß es losgehen konnte, hatte sich Regina schon im Ring aufgewärmt.

Im Ring waren außerdem Ursies Töchter, zwei unsägliche Exemplare, Harmony, sechzehn, und Tiffany, vierzehn. Muffin Barnes schrie sie an: «Schlampig, ihr seid so schlampig! Der Sprung war fürchterlich. Ihr habt alles falsch gemacht! Denkt euch den Sprung als eine Unterbrechung eurer Bodenarbeit. Jetzt noch mal, Tiff. Du auch, Harmony. Ihr habt heute nichts geleistet, worauf ihr stolz sein könntet. Augen nach oben. Mehr Bein, Tiffany. Bein! Bein! Bein!» Gehorsam fielen die

Mädchen in Trab und sprangen noch einmal. Harmony und Tiffany waren keine besonders schlechten Kinder, sie waren bloß außerstande, sich mit irgend etwas anderem zu befassen als mit Erfolg und Geld. Wenn man Kindern Turnierpferde für 60000 Dollar kauft, zerstört man notgedrungen ihren Unternehmungsgeist. Tiffany und Harmony hatten eigens angefertigte Sattelzeugkisten in ihren Lieblingsfarben mit ihren Initialen auf Vorderseite und Deckel. Blau und Weiß waren Tiffanys Farben, Rot und Gold waren Harmonys, was mich in Harnisch brachte, weil Rot und Gold meine Farben sind und Ursie das genau wußte.

Während Regina und ich vom Ring fortritten, verhallte Muffins Stimme im Hintergrund. Die wogenden Hügel von Maryland, glänzend vor Kälte, lockten.

«Ich kann mich an diesem Anblick nie sattsehen, du etwa?» fragte Regina mich.

«Nein. Mich wundert nur, daß es Millionen Menschen gibt, die ohne diesen Anblick leben können.»

«Sei froh. Was wäre, wenn alle die Städte verließen?»

«Die Grundstücksmakler wären glücklich.»

«Das sind sie auch so.» Regina betrachtete prüfend den Horizont. «Dante?»

«Dante und Dad.»

Damit galoppierten wir in das kleine Tal hinunter und den Hügel auf der anderen Seite wieder hinauf. Wir umrundeten Darby's Folly in einem Halbkreis, denn die Straße unter uns hätte zum Reitstall zurückgeführt, und wir wollten nicht auf der Straße reiten. Hoch auf dem Hügel lag der Friedhof von Runnymede. Celeste Chalfonte, die geliebte Freundin und Arbeitgeberin meiner Großmutter, lag an seiner höchsten Stelle begraben. Sie hatte die größte Gedenkstätte, die ich diesseits des Washington-Monuments kannte, dieses unglücklich gestalteten Denkmals für unseren Gründervater. Ich nehme an, sie wollten den Vatergedanken betonen. Mein Vater war hier begraben, ebenso Grandma – Cora Hunsenmeir – und Dads Eltern, die Smith. Ich konnte zwischen den Steinen herumwandern und auf Vorfahren stoßen, die bis in das späte 17. Jahrhundert zurückreichten. Eines Tages würde auch ich hier oben ruhen, aber hoffentlich nicht so bald. Reginas Familie, die Clavells, und die Angehörigen ihres Mannes, die Frosts, schlummerten hier. Aber was uns seit unserer gemeinsamen Kindheit fasziniert hatte, war das schön gemeißelte weiße Marmorgrabmal von Dante, dem allseits geliebten Feuerwehrpferd von Runnymede. Er war 1878 geboren und 1907 nach einem langen, erfüllten Leben gestorben. Dante hatte einen größeren Grabstein als mein Vater, aber Dante hatte ja auch zur Jahrhundertwende von den niedrigeren Preisen profitiert. Außerdem hat die Feuerwehrtruppe eine Sammlung veranstaltet. Dad hatte nur Mutter und mich gehabt, um 1961 seine letzte Rechnung zu begleichen. Ich besuchte damals noch die High School. Ich nahm an, Dad würde das verstehen.

Wir stiegen ab, damit die Pferde sich von unserem Gewicht erholen konnten. Auch Lolly brauchte eine Verschnaufpause.

Gefrorene Blumen lagen auf Dantes Grab.

«Die Kinder bringen Dante immer noch Blumen.» Regina lächelte. «Weißt du noch, wie wir es getan haben?»

«Vielleicht haben wir so vom Tod erfahren. Und durch das jährliche Feuerwehrfest an Dantes Geburtstag werden wir an ihn erinnert, an seine Heldentaten. Außerdem lieben Kinder Tiere, sogar tote.»

«Welchem Umstand verdanke ich diesen analytischen Ausbruch?»

«Ich weiß nicht.» Ich zuckte die Achseln.

«Der Zeitung?»

«O je.» Ich erzählte ihr von Charles' bevorstehendem Verkauf. Von meinen anderen Sorgen erzählte ich ihr nichts, den Sorgen, die mehr mit dem Privatleben zu tun hatten. Ihrem und meinem.

«Hat Wheezie sich von ihrer Party erholt?»

«So ziemlich.»

«Stell dir vor, es war eines der wenigen Male, daß ich in der

Gegenwart deiner geschätzten Tante war, ohne daß sie versuchte, mich zum Katholizismus zu bekehren.»

«Mutter und ich wollen sie auf Rosenkranz-Methadon umstellen.»

«Viel Glück.» Regina stieg wieder auf. «Sehen wir zu, daß wir zurück sind, bevor Ursie kommt, um ihre Wänste abzuholen. Sie haut mich sonst bestimmt wegen unseres Ehemaligen-Jahres-Turniers an.»

«Das ist doch noch Monate hin.» Ich stellte mich auf einen Grabstein, um auf Kenny aufzusteigen, der mit seinen 1,68 m Stockmaß zu groß war, als daß ich hätte aufspringen können. Regina, die viel größer war als ich, konnte ihre Beine graziös über jedes Tier bis zu 1,73 m Stockmaß schwingen. Ich beneidete sie darum. Ich beneidete sie auch um andere Dinge, insbesondere darum, daß sie unsere oberste Jagdmeisterin war – und um Jackson.

«Du weißt, wie gewissenhaft sie ist. Ich schwöre, Ursie hat Listen und dann Listen über ihre Listen. Sie will auch über Jagdclubangelegenheiten sprechen – den Rundbrief.» Regina verdrehte die Augen.

«Du hättest ihr den Job nicht geben sollen.» Ich trieb Kenny voran.

«Ihr geben! Ich habe dich gebeten, das zu machen.»

«Komm, Gene, das haben wir ad infinitum durchgekaut. Wenn ich den Rundbrief schriebe, hieße das Eulen nach Athen tragen. Ich bin im Frühstückskomitee.»

«Und das machst zu ziemlich miserabel.»

«So?» Ich war überrascht. Lolly blieb stehen, um an etwas Verlockendem zu schnuppern. «Lolly Mabel, komm.» Sie hob ihr Löwenhaupt und eilte mir nach.

«Du machst dir nicht viel aus Essen, Nickel, und kannst zwar wunderbar organisieren, aber – versteh mich nicht falsch – wenn's um Speisenfolgen geht, bist du fehl am Platz.»

«Aber es ist nicht mein Job, die Speisenfolge zu planen. Mein Job ist bloß, Leute dazu zu bringen, daß sie das Frühstück nach unseren Jagden sponsern.»

«Ja und nein.» Regina fuhr geduldig fort: «Du solltest die Speisenfolgen überwachen, um sicher zu gehen, daß es keine Wiederholungen gibt und daß die Zutaten gut sind.»

«Laß Verna BonBon das machen.»

«Verna ist nicht Mitglied im Jagdclub.»

Das wußte ich. Ich wußte auch, daß Regina recht hatte, aber einer der großen Vorteile, wenn man eine alte Freundin hat, besteht darin, daß man kindisch und unvernünftig sein darf. Es ist erfrischend für beide Seiten.

«Ich wette, daß Ursie die erste war, die gemeckert hat.» Ich war in meinem Verhalten vom Kindergarten zur Mittelschule fortgeschritten.

«Eigentlich nicht. Sie war die zweite.»

Wir trabten ein bißchen. Die Hufe unserer Pferde wirbelten den Reif auf. Ihr Atem, unser Atem und Lollys Atem entflog den Mündern wie Schwaden milchiger Haufenwolken. Als Regina wieder in Schritt fiel, war ich nicht mehr eingeschnappt.

«Es tut mir leid.»

«Ich nehme deinen Rücktritt an. Du bist ab jetzt für den Rundbrief zuständig.»

«Gene! Wie gemein von dir, richtig hinterfotzig. Das läßt Ursie sich niemals gefallen.»

«Ursie ist jetzt Vorsitzende des Frühstückskomitees und aller Veranstaltungen, vorausgesetzt, du übernimmst den Rundbrief. Sie glaubt, daß sie auf diese Weise mehr Macht im Club hat.»

«Hat sie?»

«Natürlich nicht. Die erste Geige spielt der, der über die Informationen verfügt und die Finanzen verwaltet. Das ist in jeder Organisation so, das weißt du doch.»

Das wußte ich allerdings. «Ursie ist nicht blöd. Sie hat was vor.»

«Sie will für den Bezirksvorstand kandidieren, und sie denkt, wenn sie die Leute ein Jahr lang prima unterhält, wird sie die Wahl gewinnen.»

Mein Mund blieb vor Staunen weit offen stehen. «Das ist nicht wahr.»

«Habe ich dich je belogen?»

«Gib mir Zeit. Ich laß mir was einfallen.»

«Oder du denkst dir was aus und wirfst mir dann ein schlechtes Gedächtnis vor, weil ich mich nicht an den Vorfall erinnern kann.»

Wir ritten zum Stall und plapperten aufgeregt über Ursies heimliche Ambitionen. Ursula Yost, wohlhabend und wohlgebildet, würde in vieler Hinsicht eine gute Staatsdienerin abgeben. Sie war gewissenhaft, fleißig, dem Nullwachstum verschrieben, also eine Todfeindin aller Immobilienmakler oder Ladenketten. Ich hatte ihr gegenüber sehr gemischte Gefühle, aber hierin war ich mehr für als gegen sie. Ihre Töchter würden bald aufs College gehen, und sie sah sich offenbar nach einer neuen Laufbahn um. Ich würde natürlich für sie stimmen, wenn es soweit war. Daß ich die Frau nicht ausstehen konnte, hieß noch lange nicht, daß ich blind für ihre Tugenden war. Die Politik schafft seltsame Paarungen. Das Wort *Paarung* in diesem Zusammenhang machte mich schaudern.

5

Bumblebee Hill

Sonntag, 29. März

Der Sonntag war köstlich still. Zum Teil lag das daran, daß ich mich weigerte, ans Telefon zu gehen. Hätte ich es getan, wäre ich das Opfer von Mutter oder Tante Louise geworden, die mir die Sünden ihrer Schwester bis zurück zum Jahre Eins aufgezählt hätten. Ich liebte meine Wochenenden, weil sie meistens ruhig verliefen. Die Leute konzentrierten sich auf ihre Familien, und somit konnte ich mich auf meine kleine Farm oder meinen nächsten Abgabetermin konzentrieren.

Heute widmete ich mich ernster Literatur, das heißt, ich schrieb Schecks aus. Warum war immer noch so viel Monat übrig, wenn das Geld zu Ende war?

Geld fing an, meine Gedanken fast ausschließlich zu beherrschen. Ich hatte Charles gesagt, daß ich den *Clarion* kaufen wollte, und er hatte mich nicht ausgelacht. Das war immerhin ein Anfang. Er sagte, er könne die Verhandlungen mit der Thurston-Gruppe und mit Mid-Atlantic Holding Shares nicht abbrechen, wolle mir aber helfen, wo er nur könne. Ich schlug ein Treffen mit Foster Adams von der Runnymede Bank and Trust vor, und er war einverstanden. Er sagte mir auch, daß John Hoffman über die Neuigkeit erschüttert sei, es aber mit Fassung trage. Soweit benahmen wir uns alle wie vernünftige Erwachsene. Ich fragte mich, wie lange das anhalten würde.

Draußen umgab uns ein silbernes Netz. Es war, als verströmte die Erde ihre Atmosphäre wie ein riesiges Ungeheuer, das im Schlaf atmet. Die Erde zeigte keinerlei Anzeichen eines Erwachens; nicht ein einziger Krokus lugte aus dem Boden. Wir hatten seit Dezember schon drei Stories mit Meteorologen gebracht, und ich wollte nicht noch eine bringen. Unsere Belegschaft war klein, und den nächsten Artikel über das Wetter würde ich machen müssen. Gerecht war gerecht, und diese Einstellung hielt die beiden jungen Reporter, die für den *Clarion* arbeiten, bei der Stange.

Als ich ein Kind war, pflegte Louise, wenn das Wetter komisch war, zu sagen, das sei die Folge der Atombombenversuche. Nach dem Kernkraftunfall von Tschernobyl hatte sie diese Meinung wieder aufleben lassen. Meine Erklärung war, daß der Winter sich aus purer Gemeinheit hinzog. Wenn die Menschen Gott personifizieren konnten, sah ich keinen Grund, warum ich nicht den Winter personifizieren konnte.

Ich personifizierte meine Farm, aber die war ja auch etwas Persönliches. Cora, meine Großmutter, war hier geboren und aufgewachsen, ebenso Mutter und Louise. Ich hatte die Farm von Mom geerbt. Louise hatte ich auszahlen müssen. Der Wert ihres Anteils hatte sich gefährlich gesteigert, bis Mutter sie in die Schranken wies. Trotzdem bezahlte ich 1977 den marktüblichen Preis. Louise kaufte Sonderangebote, machte aber selber nie welche.

Bumblebee Hill war der Name der Farm und des Hügels, auf dem sie erbaut worden war. Die Anhöhe, gut 200 Meter hoch, bot ringsum einen Blick auf das Land, und wenn ich auf meine Veranda trat, konnte ich im Osten Runnymede unter mir blitzen sehen.

Das Haus war 1834 gebaut und trotz seiner Schlichtheit ein gutes Beispiel für die Architektur der Union: vier Zimmer, die von einer zentral gelegenen Diele ausgingen, im oberen wie im unteren Stockwerk, alle Zimmer mit Kamin. Die elektrischen Leitungen waren 1920 gelegt worden und die sanitären Installationen Ende der vierziger Jahre hinzugekommen.

Ich ließ 1980 neue Rohre – Kupfer rein, PVC raus – und neue Leitungen legen. Das war ein teures Jahr gewesen. Davon abgesehen würde Cora, sollte sie ins Leben zurückkehren, ihr Heim ohne weiteres wiedererkennen.

Die Küche mit Coras Fleischerblock mitten im Raum und einem auf Böcken stehenden Tisch in der kleinen Nische war geblieben, wie sie sie verlassen hatte. Nur die Geräte waren neu. Ich hatte einen rot emaillierten Herd gekauft. Warum, weiß ich nicht. Ich kann nicht kochen, aber er war jedenfalls hübsch.

Grandmas Möbel, robuste bäuerliche Stücke, waren auf die Zimmer verteilt. Kenny verschlang mein ganzes verfügbares Einkommen, deshalb hatte ich nie Möbel gekauft. Ich begnügte mich mit Coras Sachen und ein paar Stücken, die Mutter spendierte. Ich hatte jedoch ein gutes Gefühl für Farben. Das Wohnzimmer war hell, pfirsichfarben mit weißen Zierleisten. Die Küche war rot und weiß. Die Holzverkleidung im Eßzimmer war in einem satten Cremeton gehalten. Darüber hatte Grandma, statt zu tapezieren, mit Schablonen stilisierte Vögel gemalt, silberne Vögel auf blauem Hintergrund. Zu meinem 33. Geburtstag hatte Mutter sie aufgefrischt. Wie Cora war Mom künstlerisch begabt und hatte geschickte Hände. Ich besaß weder die eine noch die andere Eigenschaft, aber ich hatte einen gescheiten Kopf, das schuf den Ausgleich.

Das Telefon klingelte. Ich seufzte. Es klingelte weiter. Ich gab auf und ging dran.

«Warum bist du dieses Wochenende nicht ans Telefon gegangen?» Mutter ging in die Offensive.

«Ich hab's vergessen.»

«Ach, Scheiße. Wie soll ich wissen, ob dir nichts fehlt? Ich hasse es, wenn du dich verkriechst und deine Zeit verdöst. Außerdem brauch ich dich für meine Buchführung am Monatsende.»

«Ich döse nicht. Ich wollte bloß meine Ruhe haben, was in deiner Nähe buchstäblich unmöglich ist.»

«Oh, *du* machst natürlich *nie* den Mund auf.» Sie holte tief Luft. «Obwohl du so ein undankbares Balg bist, habe ich über den *Clarion* nachgedacht.»

«Ja?» Ich war ganz Ohr.

«Wie wär's, wenn du eine Chronik von Runnymede schreiben und verkaufen würdest? Ich meine, in der Stadt. *Mojo's* würde sie vorrätig haben und die Buchhandlung auch. Das Geld könntest du für den Kauf der Zeitung verwenden. Vielleicht würde sich sogar ein großer Verlag dafür interessieren.»

«Mutter, das ist eine großartige Idee, aber ich glaube nicht, daß ich so ein Buch rechtzeitig schreiben und zum Verkauf bringen könnte.»

«Wie lange würde das dauern?»

«Mindestens ein Jahr. Denk mal, was das für Recherchen erfordern würde.»

Am anderen Ende der Leitung entstand eine Pause. «Du brauchst bloß Louise zu fragen – sie ist zwei Jahre älter als Gott.»

«Goodyear ist wohl nicht bei dir im Zimmer.»

«Er ist mit einem Kauknochen oben auf seiner Matte.» Sie sprach mit leichtem Ton. «Ich habe Lolly Mabel verziehen.»

Ich wandte mich vom Telefon ab. «Lolly, Grandma verzeiht dir.» Das war Lolly völlig schnuppe. «Sie weiß es.»

«Schön. Der Hund hat schließlich nur seine Pflicht getan. Wie geht's Kenny?»

«Kenny geht's gut... Hast du Mutzi Elliott angerufen, um dich zu entschuldigen?»

«Ich hab Mutzi angerufen, aber selbstverständlich nicht, um mich zu entschuldigen. Ich hatte schließlich nicht angefangen. Aber ich habe mich freiwillig dafür gemeldet, nächsten Freitag eine Stunde früher zu kommen, um aufzubauen, und dich habe ich auch freiwillig dafür angemeldet.»

«O je, danke, Mom.»

«Du hast ja sonst nichts zu tun – außer, du hättest dich verliebt.»

«Sehr witzig.»

«Ich wünschte, du würdest einen netten Menschen kennenlernen. Ich kann den Gedanken nicht ertragen, daß du allein bist – vor allem, wenn ich nicht mehr bin.»

«Du wirst ewig leben.»

«Was du nicht sagst.» Mom seufzte. «Schätzchen, ich habe lange gebraucht, um diese Homosache zu kapieren, aber irgendwie versteh ich's. Ich seh nicht, was daran anders ist als das, was dein Vater und ich gemacht haben, bloß daß du's mit 'ner Frau machst.»

Es ist komisch mit Mutter. Sie kann ein egozentrisches Miststück sein, und dann gibt es Zeiten, wo sie wirklich süß ist.

«Du hast recht, aber Liebe kann man nicht erfinden, Mutter. Sie ist ein Geschenk Gottes.»

«Wenn du den *Clarion* kaufen willst, möchte ich dir dabei helfen, aber vielleicht solltest du aus dieser rückständigen Stadt verschwinden. In einer Großstadt hast du mehr Möglichkeiten, eine Partnerin zu finden. Baltimore ist gar nicht schlecht, und sie haben die Orioles. Du magst doch diese Baseballmannschaft so gern.»

«Und was würdest du ohne mich anfangen?» Meine Stimme hatte einen frotzelnden Ton.

«Jemand anderen suchen, mit dem ich Rommé spielen kann.»

«Niemand wird mit dir spielen, weil du dauernd gewinnst.»

Die Leitung war einen Moment lang still. «Ich hoffe nicht, daß du nur hierbleibst, um dich um mich zu kümmern. Ich kann mich selbst um mich kümmern.»

«Ich bin hier, weil ich Runnymede liebe – und weil ich dich liebe.»

«Werd nicht rührselig, Nicole. Ich kann's nicht ausstehen, wenn du rührselig wirst.» Sie atmete tief ein, und ich wußte, daß sie eine Chesterfield in der Hand hatte. Und das, nachdem sie geschworen hatte, das Rauchen aufzugeben. «Wenn du jemanden findest, dann geh. Keine Frau kommt hierher, um mit dir zusammen zu leben. Es gibt nicht genug Jobs, und die Stadt ist zwar tolerant, aber vielleicht sind die Leute auch bloß tolerant, weil sie nicht sehen müssen, daß du mit jemandem zusammen bist. Verstehst du, was ich meine? Wenn du mit einer anderen Frau lebst, dann ist das real. Solange du allein bist, ist es bloß eine Vorstellung. Sie können dich für eine Exzentrikerin halten – die du ja bist.» Sie kicherte.

«Hältst du die Leute hier wirklich für so engstirnig?»

«Himmel, ja! Ich lebe hier seit 1905, und wir haben das Wort *engstirnig* neu definiert.»

«Ich weiß nicht, was ich sagen soll. Außerdem ist es eine hypothetische Diskussion, weil ich allein bin, aber wenn ich jemanden finde, wirst du die erste sein, die es erfährt.»

«Gut. Ich würde sterben, wenn Wheezie zuerst dahinterkäme.» Sie tat wieder einen Zug, und ich war drauf und dran, sie anzuschreien, aber ich besann mich eines Besseren. Ihre Lungen hatten schon so lange durchgehalten. «Die Liebe ist alles auf der Welt. Sieh zu, daß du nicht zu den Leuten gehörst, die erst darüber nachdenken müssen. Richte dich nach deinem Herzen. Wen kümmert's, wenn du lächerlich wirkst? Besser, du machst dich selbst lächerlich, als wenn andere das für dich besorgen.»

«Mutter, wieso bist du auf diesem Liebestrip?»

«Mir ist heute danach zumute. So, ich hab alle Hände voll zu tun, ich leg jetzt auf. Abendessen morgen hier bei mir. Was wünschst du dir?»

«Brathähnchen und Gemüse mit Speck.»

«Kriegst du, und vergiß nicht, wir gehen Freitag eine Stunde früher zum Bingo.»

«Vergeß ich nicht.»

«Mach's gut.»

«Du auch.»

Ich legte auf, und eine Welle von Schuldgefühlen überströmte mich. Wie sollte ich ihr Jackson Frost erklären? Wenn das Schicksal gütig war, würde sie es nie erfahren. Vielleicht war das Schicksal aber auch eine großartige Ausrede. Ich brauchte das Schicksal nicht, um mich zu zerstören oder zum Erfolg zu führen. Das konnte ich allein.

Die Nachmittagssonne verlosch auf der Fensterbank und ließ ein paar Reste in Pewters dunkelgrauem Fell zurück. Pewter streckte sich und kam zu mir, um sich kraulen zu lassen. Ich weiß nicht, warum ich es damals nicht erkannte – ich war wohl zu aufgeregt wegen des *Clarion* –, aber rückblickend wird mir klar, warum Mutter über die Liebe sprach. Sie hatte sich auf den ersten Blick in Ed Tutweiler Walters verliebt.

6

Frisierstadt

Montag, 30. März

Der Curl 'n' Twirl-Salon lag an der Nordostseite des Runnymede Square neben der Freimaurerloge, die sich an der Ecke zur Baltimore Street befand. Auf der anderen Seite des Curl 'n Twirl stand die episkopalische St. Paulskirche. Die gesamte Nordseite des Platzes war elegant und hell, ausgenommen das ehemalige Kaufhaus Bon Ton, das verlassen an der Ecke der teuren Hanover Street stand. Mr. Pierre schimpfte und stöhnte über die Steuern in Pennsylvania, die schlimmer waren als die Steuern in Maryland, wenngleich das nicht viel besagt. Wie dem auch sei, am Runnymede Square gab es kaum Häuser zu mieten, und als das alte Bekleidungsgeschäft Lansburg 1957 schließen mußte, waren Mr. Pierre und Bob Howard, sein Liebhaber und Partner, schlau genug gewesen, zuzugreifen. Wir waren alle gespannt, ob Mr. Pierre imstande sein würde, nach Bobs Tod allein weiterzumachen, aber er hielt durch und der Frisiersalon florierte.

Teils florierte er, weil Mr. Pierre jede Kundin wie einen Ehrengast behandelte, und teils florierte er, weil er den Salon klugerweise aufregend gestaltete. Alle fünf Jahre erlag er einem Erneuerungsanfall. Er verschlang *Architectural Digest*, *House and Garden* sowie Architekturzeitschriften aus Italien und Frankreich. Letztes Jahr hat er den Laden vollkommen aufgemöbelt. Der Salon prunkte in hypermodernem Glanz. Am oberen Ende der Wände, wo sich sonst der Schimmel zu bilden pflegt, verlief ein schmaler lila Neonstreifen. Der Fußboden bestand aus glänzenden perlgrauen Fliesen und die Wände waren blaßrosa gehalten, was den Gesichtern von Mr. Pierres Kundinnen, die bei manchen einer Straßenkarte glichen, sehr schmeichelte. Der ganze Salon wurde ständig von Musik berieselt, George Benson, Dave Sanborn und Al Jarreau. Die Musik war beruhigend und mitreißend zugleich.

Beim Eintreten stand man einer Empfangsdame hinter einer geschwungenen, schimmernden Theke gegenüber. Die beneidenswerte Aufgabe, im Mittelpunkt von Runnymedes weiblichem Nervenzentrum zu stehen, fiel Vernas ältester Tochter Georgette zu. Als Georgette jung gewesen war, hatte sie dermaßen viel Haarspray verwendet, daß ihre Haare wie Lasagne aussahen. Die Leute waren überzeugt, daß sie an einer Kopfhautentzündung sterben würde. Mr. Pierre hatte das geändert und Georgette trug ihr Haar weich und schulterlang. Wie ihre Mutter war sie offenbar entschlossen, ihr Leben als Blondine zu verbringen. Ein prachtvolles Blumenarrangement beherrschte der Jahreszeit zum Trotz eine Ecke der Theke. Mitten im tiefsten Winter konnte Mr. Pierre mit Callas aufwarten. Er schwor, er würde eher sterben als seine Quelle preisgeben. Die Quelle war Millard Huffstetler, Peepbeans schwuler Onkel und der Geschäftsführer von St. Rose, aber die Bewahrung dieses Geheimnisses war für Mr. Pierre, und ich schätze auch für Millard, so wichtig, daß wir es dabei beließen.

Ich schob mich durch die Tür und wurde von dem leisen Surren der Neonbeleuchtung überflutet. Goodyear, eine flotte gelbe Schleife am Halsband, lag träge mitten im Raum.

«*Ma chérie!*» Pierre winkte mir zu. «Wie ist deine Konferenz bei der Bank gelaufen?»

«Gott, Mom hat wohl alles ausgeplaudert.»

«Sie ist hinten, kriegt die Haare gewaschen.»

«Vielleicht könnte man ihren Kopf ein kleines bißchen länger unter Wasser halten.»

«*Quelle honte!* Schäm dich. Julia will unbedingt, daß du die Zeitung kriegst, und ich stimme ihr natürlich zu. Der *Clarion* sollte dir gehören.»

«Oh, danke, Mr. Pierre.»

«Das finde ich auch.» Louises Stimme dröhnte aus dem Hintergrund.

Ich senkte die Stimme. «Sie sind zur gleichen Zeit hier – und das nach Freitagabend?»

Gedämpft antwortete er: «Sie sind ungemein höflich zueinander.»

«Das gefällt mir nicht», flüsterte ich.

«Mir auch nicht. Du weißt ja, was letztes Mal passiert ist, als sie so höflich waren. Wie Julia Jackson Frost überredet hat, sie seine Bürgermeisterkandidatur im Fernsehen unterstützen zu lassen, wird mir ewig unbegreiflich sein.»

Ich lächelte. «Jackson hat einen Resonanzboden, wo sein Verstand sein sollte.»

Das war ein bißchen ungezogen, weil Jackson wirklich nicht dumm war, aber er konnte den Bitten einer Frau nicht widerstehen. Und Mutter hat ihre Fähigkeit, die Männer um den kleinen Finger zu wickeln, nie verloren. Nicht, daß sie keine gute Unterstützung des Kandidaten gewesen wäre, als sie ihre Rolle als ältere Dame spielte, die von Jacksons Politik profitierte, aber Louise war mitten in die Aufnahme geplatzt, hatte ihrer Schwester lauthals widersprochen und die Sendung vermasselt. Na gut, beide hatten die Sendung vermasselt. Jacksons Wahlsieg war überwältigend gewesen, vermutlich weil er der Stadt so eine prächtige Unterhaltung beschert hatte. Das Verdrehte war, daß Louise trotz alldem für Jackson stimmte. Es war niemals Ideologie, die meine ehrbare Tante motivierte, sondern immer persönlicher Gewinn oder persönliche Feindschaft, und sie schäumte vor Feindschaft, weil Julia und nicht sie für diesen politischen Auftritt ausgewählt worden war.

Mutter tauchte aus der Waschkabine auf. Ihre kleinen Silberlöckchen hingen schlaff um die Stirn. Manchmal, bei sehr hoher Luftfeuchtigkeit, sah es aus, als klebe ihr lauter Popcorn am Kopf. Louise heftete sich an Moms Fersen. Tante Wheeze hielt viel auf eine majestätische Erscheinung. Ihre schneeweißen Haare waren lang und sie türmte sie auf dem Kopf auf wie ein Gibson-Girl um 1890. Sie hatte prachtvolles Haar, und wenn sie es in einen Knoten hochgesteckt trug, umrahmte es reizvoll ihr Gesicht. Beide Schwestern hatten strahlende graue Augen. Erstaunliche Augen. Mutter hatte einen volleren Mund, aber Louise hatte ein hübscheres Kinn. Inzwischen hatte sie natürlich mehrere hübsche Kinne.

«Was war los?» Mutter kletterte auf den Stuhl.

Ehe ich antworten konnte, ließ sie Mr. Pierre den Stuhl heben und senken. Sie genoß die Fahrt. Louise ließ sich mit mehr Anmut auf dem Stuhl neben Juts nieder. Die beiden beäugten sich im Spiegel.

Ich trat zwischen sie und lehnte mich an die Theke, so daß sie sich auf mich konzentrieren mußten statt aufeinander. Mr. Pierre begann geschickt Mutters Kopf zu bearbeiten, während Kim Spangler, dem armen Zweig des Spangler-Clans entstammend, von hinten kam. Sie war für das Waschen zuständig und massierte Louise den Kopf. Die ganze Stadt wußte von dem Geplänkel am Freitag, und alle bemühten sich um die Hunsenmeir-Mädels.

«Charles war dabei. Ich habe fast eine halbe Stunde mit Foster Adams geredet und ihm meine finanzielle Lage auseinandergesetzt.»

«Hat er was gesagt?» Wheezies Augen waren vor Wonne geschlossen.

«Diese Bankleute», seufzte Mr. Pierre.

«Er war freundlich –»

Mutter unterbrach mich. «Natürlich ist er freundlich. Er kennt dich seit deiner Geburt.»

«Er will meine Finanzen unter die Lupe nehmen. Er weiß, daß Charles hinter mir steht, auch wenn er mit den anderen Gesellschaften weiterverhandelt. Es ist ein Haufen Geld für ihn. Ich werde jedenfalls bald Bescheid wissen.»

«Ich glaube nicht, daß er wirklich Macht hat», sagte Mutter.

Louise machte die Augen weit auf. «Er ist der Präsident der Bank. Das ist Macht.»

«Das war mal Macht.» Mutter machte sich wichtig. «Seit Runnymede Bank and Trust von der Chesapeake–Potomac Bank aufgekauft wurde, ist er bloß ein Rädchen im Getriebe.»

«Er kennt uns besser als irgend so 'n studierter Esel in Baltimore.»

«Das bezweifle ich nicht», entgegnete Mutter, «aber ich glaube nicht, daß er allein über die Bewilligung eines Kredits entscheiden kann.»

«Da magst du recht haben, aber er hat einen gewissen Entscheidungsspielraum.»

«Wenn du die Zeitung kriegst, Nickel, denke ich an eine Kolumne für mich. Irgendwas mit Lokalkolorit.» Wheezies Augen leuchteten auf. «Ich nenne sie ‹Wie ich einen roten Kopf bekam› und bringe den ganzen Klatsch der Stadt. Du weißt schon, so eine Art rasende Reporterin von Runnymede. Ich kenne alle Leute und erfahre die Wahrheit. Oder ich schreibe vielleicht über Runnymede, wie es früher war. Die gute, alte Zeit.»

Mutter drehte den Kopf, um Louise direkt anzusehen, die in literarischer Verzückung schwelgte. «Du kannst kaum deinen Namen schreiben, geschweige denn eine Kolumne.»

«Sei nicht gehässig, Julia. Ich hasse es, wenn du gehässig bist. Du weißt ganz genau, ich hatte in Englisch immer eine Eins, und Miss Kunstler hat zu Mutter gesagt, daß ich eine Musterschülerin bin.»

Juts drehte sich ohne Mr. Pierres Hilfe in ihrem Stuhl herum. Er hielt mit der Bearbeitung ihres Kopfs inne. Ich erhaschte einen Blick auf das Päckchen Chesterfield in ihrer voluminösen Handtasche. Also war es nicht dann und wann ein Zug; sie war voll rückfällig geworden. Ich war gespannt, wann sie damit herausrücken und in meiner Gegenwart rauchen würde. Ich rauche nicht, trinke nicht und nehme keine Drogen, was mich in Runnymede, womöglich in ganz Amerika, als eine ziemlich wunderliche Gestalt dastehen läßt. Ich hatte Mutter täglich mit dem Thema Teer, Nikotin und schlechte Zähne traktiert, bis sie nach- und das Rauchen aufgab. Das war ihr Weihnachtsgeschenk für mich gewesen, das und eine blau-weiße Steppdecke, die meine Großmutter 1892 gemacht hatte. Mutters Locken begannen sich aufzurichten. Sie sah aus wie ein silberner Pudel.

«Miss Kunstler hatte eine Todesangst vor dir, weil du immer einen epileptischen Anfall vorgetäuscht hast, wenn du den Unterschied zwischen einem Substantiv und einem Verb nicht wußtest.»

Louise lächelte. Normalerweise wäre sie auf Mom losgegangen, aber ihre Selbstbeherrschung war erstaunlich. «Wer hat dir denn diesen Bären aufgebunden?»

«Orrie Tadia, deine allerbeste Freundin.» Mutter betonte «allerbeste Freundin».

«Julia, dreh dich um. Wenn deine Haare noch trockener werden, kann ich nichts mehr damit anfangen», erregte sich Mr. Pierre. Ihre Eitelkeit siegte über ihren Ärger, und sie gehorchte.

«Orrie phantasiert», kam es matt zurück.

«Na, ich wollte, sie käme aus Fort Lauderdale zurück. Warum sie überhaupt mit all diesem Gesocks dorthin fährt, werde ich nie begreifen. Es ist nicht mehr wie früher.»

«Nichts ist mehr wie früher.» Mr. Pierres Hände drehten die Locken in vollendete Form.

«Mom und Wheezie sind wie immer.» Ich stellte im Spiegel auf der anderen Seite des Raums fest, daß meine Haare auch einen Schnitt vertragen konnten.

«Nicht wie immer. Älter», sagte Mutter.

«Wenn ich gewußt hätte, daß ich so lange lebe, hätte ich besser auf mich achtgegeben.» Louise seufzte theatralisch.

«Darling, du siehst göttlich aus.» Mr. Pierre meinte es ehrlich.

«Ja, ja, nicht einen Tag älter als hundert.»

«O Julia, du kannst manchmal so kindisch sein.»

«Tatsächlich? Na, wenn du so schlau bist, dann sag mir,

was ist der Unterschied zwischen einem Substantiv und einem Verb?»

Louise überlegte. «Weißt du's nicht?»

«Ich hab dich gefragt.»

Wheezie holte tief Luft, Unsere Liebe Frau von den bedeutenden Seufzern, und schüttelte ihre Haare. «Immer wenn du nicht im Mittelpunkt stehst, Julia, versuchst du, mich dumm aussehen zu lassen.»

Mutter nutzte ihren Vorteil ohne Zögern. «Das ist nicht schwer.»

Louise lächelte ein überlegenes Lächeln. «Ich finde es fabelhaft, daß du dich nicht so benimmst, wie du dich anziehst.»

Mr. Pierre stöhnte. Georgette saß ganz still und wartete ab. Kim nahm vorsichtshalber die Schere von der Theke.

«Ich wußte, daß du den Unterschied nicht weißt. Du hast mir immer noch nicht den Unterschied zwischen einem Substantiv und einem Verb gesagt.» Mutter war wieder obenauf und entschlossen, sich nicht aus der Ruhe bringen zu lassen.

«Dann sag du's mir doch, du Klugscheißerin – Dreckschleuder – Aspirinfresse!»

«Mädels!» schimpfte Mr. Pierre.

«Ich sag's dir.» Ich schritt ein.

«Ich will nicht, daß du's mir sagst, und es ist mir auch egal. Was ich will ist meine eigene Kolumne, und ich *kann* schreiben. Also. Das ist das wenigste, was du für deine geliebte Tante tun kannst.»

«Ha», war alles, was Mutter sagte.

«Falls ich imstande bin, die Zeitung zu kaufen, Tante Wheezie, werde ich's mir überlegen. Du hast die besten Quellen von allen, die ich kenne.» Ich fügte hastig hinzu: «Du und Mutter.»

«Julia hat gute Beziehungen.» Louise kehrte zu eisiger Höflichkeit zurück.

Ich weiß nicht, warum mir dabei so unbehaglich war. Irgendwas steckte dahinter.

«So, ich muß wieder an die Arbeit. Bis später.» Ich steuerte auf die Tür zu.

Louise rief mit einer Stimme, so süß, daß sie triefte: «Wir sehen uns jetzt nicht mehr so oft, Nickel. Ich habe übermorgen eine Verabredung mit Ed Tutweiler Walters.»

Ich blieb stehen, drehte mich um und sagte: «Du gehst ganz schön ran, was?» Ich lächelte.

Mutter lächelte nicht.

Welche Erleichterung, vom Curl 'n Twirl fortzukommen. Nach dieser Bombe – und Louise hatte genau gewußt, wann sie sie abwerfen mußte – würde da drin atomare Stille herrschen.

Ich stieß mit Diz Rife zusammen.

«Oh, hallo.» Seine dunkelbraunen Augen starrten in meine.

«Diz, ich dachte, du wärst in New York.»

«Bin gerade zurück. Ich höre, daß du den *Clarion* auch kaufen willst.»

«Vergiß die Thurston-Gruppe nicht.»

«Gewaltige Gegner.» Diz' Mantel war aus Lamahaar. Er mußte soviel gekostet haben wie ein Volkswagen.

«Das ist anzunehmen.»

«Bist du auf dem Weg ins Büro?» fragte er.

«Ja.»

«Was dagegen, wenn ich dich begleite?»

«Nein.»

Da es nur vier Häuser weit war, war es kein weiter Weg, aber Diz nutzte jede Gelegenheit, um mit mir zu reden. Das tat er, seit wir Kinder waren. Seine Familie hatte ihn bis zur neunten Klasse eine staatliche Schule besuchen lassen, dann wurde er nach Exeter geschickt, während seine beiden Schwestern, Portia und Lucretia, zu Miss Porters Schule verurteilt wurden. Nach Exeter besuchte Diz die Princeton University und zeichnete sich sowohl akademisch wie sportlich aus. Er machte sein betriebswirtschaftliches Examen an der New York University.

Die Familie hatte seit den gewalttätigen Tagen von Brutus Rife, Diz' unbetrauert verstorbenem Großvater, einen weiten Weg zurückgelegt. Mutter und Louise sagten, Disraeli sei Brutus wie aus dem Gesicht geschnitten. Wie dem auch sei, es ist nach wie vor schwer, jemandem entspannt entgegenzutreten oder zu trauen, der die ganze Stadt kaufen und verkaufen kann. Zwar machte ich Diz nicht für die phänomenale Habgier und die illegalen Machenschaften seiner Vorfahren verantwortlich. Aber aus irgendeinem Grund war ich immer gereizt, wenn ich ihn sah.

«Wie geht's Liz?»

Liz und Diz, das Traumpaar von Runnymede. Sie waren seit elf Jahren verheiratet. Liz besaß eine ungeheure Schmuckkollektion, Geschenke von diversen Verehrern und Generaldirektoren. Sie gab gern damit an. Die zwei waren weniger eine Ehe eingegangen als vielmehr eine Fusion. Liz' Familie, die Van der Lindes, hatten in Fultons Dampfschiffahrtsgesellschaft investiert. Seither scheffelten sie Geld. Es war, wie sämtliche Zeitungen damals meinten, eine «glänzende Partie». Diz sprach nur in wohlgesetzten Phrasen von seiner Frau. Er deutete niemals ein Problem an, aber warum hätte er das mir gegenüber tun sollen? Offenbar sagte er nie irgendwas zu irgendwem.

«Liz geht es gut. Sie ist dieses Jahr Vorsitzende des Wohltätigkeitsfonds und mit Leib und Seele dabei. Was hast du getrieben – abgesehen davon, daß du die Zeitung zu kaufen versuchst?»

«Bingo gespielt.»

«Ich hab von dem Spiel Freitagabend gehört.»

«Oh – und nach meinem Treffen mit Foster Adams habe ich den Geschäftsführer und die Angestellten deiner Konservenfabrik interviewt.»

«Wieso, was ist passiert?»

«Zwei Dosen sind explodiert.»

Er lachte. «Vegetarische Terroristen.»

«Ich glaube, daß die beiden Dosen nicht richtig verschlossen waren, aber wenn man bedenkt, wie viele Dosen die Firma produziert, ist es ein Wunder, daß nicht mehr in die Luft fliegen. Jedenfalls wirst du die Wogen morgen zu spüren bekommen und der Kontrolleur von der Gesundheitsbehörde wird vermutlich deinen Geschäftsführer aufsuchen.»

«Danke für die Neuigkeiten.» Er blieb vor der Tür des *Clarion* stehen. «Nickel, warum willst du die Zeitung?»

«Hab's im Blut. Warum willst du sie?»

«Mid-Atlantic möchte in den Medienmarkt einsteigen. Oh, ich weiß, der *Clarion* wirft nicht sehr viel ab, aber als ich hörte, daß er zu haben war, dachte ich mir, nun, warum nicht? Es wird wohl darauf hinauslaufen, daß wir ihn kaufen. Er wird der Eckpfeiler unseres Kommunikationsbereichs.»

«Gehört dir nicht schon genug?»

«Diese Dinge gehören mir nicht persönlich.»

«Doch.»

«Bloß weil eine Firma groß ist, heißt das noch lange nicht, daß sie schlecht ist. Du solltest deiner romantischen Auffassung von dieser Zeitung im besonderen und vom Geschäft im allgemeinen allmählich entwachsen.»

«Über dieses Thema gehen unsere Meinungen auseinander, Diz. Sei nicht so herablassend zu mir.»

Er lächelte. «Vielleicht hast du recht. Ich habe mich ein bißchen großspurig angehört. Fängst du wieder mit Tennis an, sobald der Frühling kommt – falls er je kommt?»

Ich nickte. «Und du?»

«Natürlich, und ich fange dann nicht erst an; ich habe in New York Trainerstunden genommen. Ich werde dieses Jahr der beste Spieler von Runnymede.»

«Dann mußt du Jackson Frost schlagen.»

«Wenn es mir gelingt, wirst du dann meine Partnerin im Doppel?»

«Du gibst wohl nie auf, wie?»

«Nein.» Er strahlte.

«Um wieviel willst du wetten, daß du Jackson schlägst?»

«Zwanzig Dollar, und ich schaff es vor dem vierten Juli.»

«Die Wette gilt.»

Wir besiegelten sie mit Handschlag, und Diz ging federnden Schrittes davon. Ich stieß die Tür zum *Clarion* auf, während ich im Geist schon die 20 Dollar ausgab.

Lolly und Pewter begrüßten mich freudig, ebenso Roger Davis, der mir sein Manuskript auf den Schreibtisch knallte. Er konnte keine richtigen Übergänge finden. Ich glaube, Roger hätte seine eigene Mutter für gute Übergänge ermordet, aber das gilt wohl für die meisten Journalisten.

Am späteren Nachmittag hingen die Wolken tief, kanonenmetallgrau. Sie wirkten bedrohlich. Als John Hoffman ins Büro kam, wirkte auch er bedrohlich. Er und ich hatten noch keine Zeit gehabt, miteinander zu reden, seit Charles uns über seine Pläne informiert hatte.

John legte seine Mütze mit den Ohrenschützern aus Fell auf seinen Schreibtisch. Mit sechsundvierzig war er, obwohl sein Haaransatz zurückgewichen war, nach wie vor ein gutaussehender Mann – klare haselnußbraune Augen, hellbraune Haare, glattes Gesicht. Er trank, seine Haut verriet es durch kleine rote, spinnwebartige Äderchen. Er ernährte sich von Plastikfraß und seine Hände zitterten, als er noch eine Tasse Kaffee trank, mit einem Schuß Jack Daniel's Black versetzt. Kastriert durch Vernunft, verknallte sich John niemals oder nährte auch nur einen unlogischen Gedanken. Wir gingen ohne große Zuneigung, aber respektvoll miteinander um. Charles hatte John zunehmend größere Verantwortung für Geschäft und Werbung übertragen, und John erwies sich dessen würdig. Kein Wunder, daß er in den rechtsgerichteten Leitartikeln so gut war. Er sprach unsere Anzeigenkunden direkt an, von denen viele zudem glaubten, daß, wer arm war, es auch verdiente.

John streichelte Pewter, die auf seinen Schreibtisch sprang, um ein Küßchen in Empfang zu nehmen. Er brachte ihr immer pelzige Katzenminzemäuse mit und jagte sie durch die Arena, wie wir unsere Arbeitsstätte nannten. Jedesmal, wenn ich ihn mit Pewter beobachtete, fragte ich mich, ob vielleicht ein ganzer Teil seiner Persönlichkeit in seiner Kindheit im Keim erstickt worden war, als jemand ihm sagte, daß Männer nicht spielen, keine Gedichte schreiben und nicht albern sind. Pewter war anscheinend die einzige von uns, die an sein verschüttetes, halb vergessenes Ich rühren konnte.

Er machte schmatzende Kußgeräusche. «Oh, Pewter Motor Scooter, Onkel John hat ein Fischchen für dich.»

Er zog irgendeine Leckerei in Form eines Fischs hervor. Lolly kochte vor Wut. John brachte ihr nie etwas mit, und erbittert verachtete sie seine Vorliebe für eine bloße Katze. Wenn Räuber durch die Tür stürmen würden, um unsere leeren Geldkassetten zu schnappen, wäre es schließlich nicht Pewter, die uns retten würde, sondern Lolly.

Endlich sagte John etwas zu mir. «Scheußlicher Tag. Gibt Schnee.»

«Das will ich nicht hoffen. Du hattest so viel zu tun, daß ich noch gar keine Zeit hatte, dich nach deiner Meinung zu den großen Ereignissen hier zu fragen.»

Er kraulte Pewter am Schwanzansatz. Sie belohnte ihn mit dröhnendem Schnurren. «Tja, die alte Garde wird ausgetauscht.»

«Hast du irgendeine Idee – für dich selbst, meine ich?»

«Ich könnte eine Gehaltserhöhung gebrauchen.» Er beugte sich über seinen Schreibtisch. «Und ich lebe gern in Runnymede. Meinen Kindern gefällt's hier. Meiner Frau gefällt's hier. Aber ich muß mir alle Möglichkeiten offenhalten.»

«Und sie stehen dir auch offen. Du bist gut, auch wenn ein Reaktionär wie George Will dein Idol ist.»

Das Kompliment ging ihm ein, und ich meinte es ernst.

«Ehrlich, Nick, ich bin über die Geschichte erschüttert. Himmel, woher wissen wir denn, was unsere neuen Besitzer machen, wenn wir erst neue Besitzer haben? Sie werden Charles alles mögliche erzählen, um ihn dazu zu bringen, daß er unterschreibt. Ich will ja nicht unbedingt sagen, daß sie schlecht sein werden. Vielleicht führen sie wahrhaftig das 20. Jahrhundert bei dieser Zeitung ein. Himmel, wir haben nicht mal Computer und unser Fernschreiber liegt in den letzten Zügen.»

Der AP-Fernschreiber tickerte und brummte, während das weiße Papier sich wie ein wildgewordener Bandwurm im Raum verbreitete. Ich liebte das verrückte alte Gerät, aber

John hatte recht. Technisch waren wir so rückständig, daß wir weit abgeschlagen waren. Aber wenn es um solide Zeitungsarbeit ging, war der *Clarion* Spitze. Ein ständiger Strom unbedarfter Anfänger kam mit einem Journalismusexamen und allen Tugenden der Unschuld zu Charles Falkenroth. Sie gingen mit dem Journalismusexamen. Und sie gingen als echte Reporter. Unsere «Absolventen» arbeiteten bei der *New York Times*, dem *Wall Street Journal*, dem *Kansas City Star*, bei beiden Chicagoer Blättern, beiden Detroiter Blättern, dem *San Jose Mercury*, der *Baltimore Sun*, der *Washington Post*, dem *Richmond Times-Dispatch* und meiner Lieblingszeitung, dem *Louisville Courier-Journal*. Die Leute gingen von hier weg mit blauen Flecken an der Seele, die ihnen Charles verpaßt hatte, aber sie konnten eine Story schreiben. Wenn wir in England gelebt hätten, hätte die Queen Charles mit einem Ehrentitel bedacht, aber da wir Amerikaner waren, schenkte ihm seine Arbeit die nötige Befriedigung. Anerkennung war etwas für Rockstars, zumindest sah Charles es so.

«Nickel – wo bist du?» John stieß mich an.

«Entschuldige, ich hab gerade an Charles gedacht. Ich frage mich, ob er sich von der Zeitung lösen kann, auch wenn er sie verkauft.»

«Er ist über siebzig.»

«Tatsächlich? Hab ich ganz vergessen. Für mich sieht er immer gleich aus.»

«Ich habe den Verdacht, daß Ann ihn überreden will, nach Palm Springs zu ziehen. Die Wüste wird seiner Arthritis guttun. Er hat seine Ruhe verdient.»

«Ich kann mir das alles hier ohne ihn gar nicht vorstellen.» Ich nahm einen Kopierstift und machte mich an die Entweihung von Michelle Saunders' aufgeblasenem Artikel über den jüdischen Friedhof südlich der Stadt. Nicht, daß mir das Thema nicht gefallen hätte, aber Michelle hatte ihr Leben offenbar in dem Kokon der weißen, privilegierten Oberschicht verbracht. Sie war zudem Absolventin des Sarah Lawrence College. Ihre Haut war so dünn, daß sie bei scharfem Wind fast zu bluten begann, und Charles halste mir immer ihre Manuskripte auf, weil er ihre erschöpfenden Ausbrüche über gutes Englisch, ihr Bestreben, ein weiblicher F. Scott Fitzgerald zu sein, und ihre Überzeugung, daß die ganze *Clarion*-Truppe nur Heinzelmännchen im Keller der Literatur wären, nicht ertragen konnte. Na, heute würde ich ganz schön was zu hören bekommen. Ich kritzelte in der Kolumne herum und redete beim Redigieren. «Hat Charles dir erzählt, daß ich die Zeitung kaufen will?»

«Ich war gespannt, wann du das zur Sprache bringen würdest.»

Ich hörte zu kritzeln auf. Der Artikel war ohnehin zu schrecklich. «Wie denkst du darüber?»

«Ich denke, du hast Chuzpe.» Er grinste breit.

«Ich nehme das als Kompliment.»

John lachte. «He, das hier ist David gegen Goliath, und ich hab einen Logenplatz.»

«Du könntest mir einen Stein reichen.»

Er dachte über den Stein nach, als Michelle herübergetrippelt kam. Heute trug sie Papagalloschuhe. Dieses Mädchen würde noch in Papagalloschuhen beerdigt werden. Ihre Verachtung für meine Garderobe strömte ihr aus allen Poren. Ich konnte es ihr nicht verdenken. Einkaufen bringt mich einem Nervenzusammenbruch näher als mein Steuerabgabetermin am 15. April. Ich trug meine Sachen, bis sie nur noch über meinen Körper gespannte Fäden waren. Ich war ordentlich und sauber, aber das war auch schon alles, was für mich sprach, außer daß ich in Jeans und Turnschuhen gut aussah.

«Bist du mit meinem Artikel fertig? Ich finde, der Sinn für Geschichte, für kulturelle Integrität ist einfach umwerfend, nicht? Ich brauchte bloß noch an einer Passahfeier teilzunehmen.» Sie sprach es wie «Pascha» aus.

«Michelle, ich bin noch nicht fertig, aber ich glaube, du mußt den Artikel gründlich überarbeiten.»

«Der Aufbau ist perfekt.»

Lieber Gott, gib mir Kraft. «Er ist durchaus bewegend, aber

ich meine, wir müssen Sätze wie diesen hier abschwächen: ‹Ein Moses der Gegenwart, teilt Rabbi Kahn für seine winzige Herde die Wellen der gesellschaftlichen Unterdrückung.›»

«Bestreitest du etwa die Judenverfolgung?» Ihre Augenbrauen schnellten in ihr erdbeerrotes Haar. Es hatte nicht eine graue Strähne.

«Das hier ist keine Story über Verfolgung; es ist eine Story über den jüdischen Friedhof. Wenn du über gesellschaftliche Unterdrückung schreiben willst, untermauerst du das am besten mit Geschichten über den Antisemitismus in Runnymede – den gibt es nämlich.»

«Hier?» Michelle war der Täuschung erlegen, daß wir, weil der Runnymede Square malerisch und unsere Manieren geschliffen waren, eine ideale Gemeinschaft bildeten.

John warf ihr einen Brocken hin. «Sprich mit Mutzi Elliot. Frag ihn, wie das war, als die Rosenbergs vor Gericht gestellt wurden.»

«Mutzi ist kein Jude.»

Ich hätte am liebsten gestöhnt. Wie wir aus dieser Frau jemals eine Reporterin machen sollten, wußte ich nicht. Ich hätte Gift und Galle gegen Charles spucken können, weil er sie mir aufgehalst hatte.

«Mutzi war ein Augenzeuge», erklärte ich ihr. «Die anderen Beteiligten sind inzwischen gestorben.»

John schüttelte den Kopf. «So was erfährt man, nachdem man alles kennt, was zählt.»

Ich stand auf und ging zur Druckerpresse.

Man kann durch die *Clarion*-Redaktion zur Druckerpresse gelangen. Der Anbau für die Druckerei wurde gleich nach dem Bürgerkrieg errichtet. Da Maryland theoretisch ein neutraler Staat war, erlitten wir nicht solche Verwüstungen wie unser großer und höchst irritierender Nachbar Virginia. Der Falkenroth und auch der Hunsenmeir der damaligen Zeit investierten klug und bauten den riesigen Flügel für die Druckerei an. Sie bestückten ihn sogar mit einem frühen Modell einer Linotype-

Satzmaschine. 1924, als es Geld in Massen gab, installierte Michael, Charles' Dad, die Offsetpresse. Das alte Baby machte noch heute die Musik. Michael hatte außerdem ein riesiges Panoramafenster eingesetzt, so daß die Bürger von Runnymede sich in den breiten Durchgang zwischen Browns Fleischerei und dem *Clarion* stellen und zusehen konnten, wie die Zeitung gedruckt wurde. Die Drucker trugen weiße Overalls und weiße, eckige Kappen. Die Wände waren weiß. Sie waren heute noch weiß, ebenso die Drucker. Arnold Dow, der Genius der alten Maschine, hielt sie in Gang. Ich stand auf der Laufplanke oberhalb des massigen Ungetüms und atmete den moosartigen Geruch von frischer Druckerschwärze ein. Ich bekam ihn nie über, ebensowenig wie den Anblick der gedruckten Seiten, die von der Presse rollten. Frauen, gewöhnlich die Ehefrauen der Drucker, bündelten die Zeitungen und banden sie zusammen. Der ganze Raum war ein Geschäftigkeitsballett, durchsetzt mit dem Geist der Freiheit. Ich konnte im *Clarion* schreiben, was ich wollte. Dafür hatten meine Vorfahren gesorgt, und das würde ich für mein Teil nie vergessen.

Heute waren keine Zuschauer da. Draußen wurde es kälter; ein paar Schneeflocken schwebten herab. Im Sommer zogen wir ganze Menschenmengen an. Die Magie des *Clarion* lockte sie in unsere Stadt, oder vielleicht war es die Magie der Zeitungen überhaupt. Wie dem auch sei, sie sahen zu. Sie sahen sich auch Quizsendungen im Fernsehen an, aber über Geschmack läßt sich nicht streiten.

Als ich ganz klein war, sogar noch zu klein für den Kindergarten, nahm mein Vater, Chessy Smith, mich mit, um bei der Zeitung zuzusehen. Ich glaube, ich wußte schon damals, daß ich hier landen würde. Ich glaube, er wußte es auch. Als ich sechs war, kaufte Dad mir eine Schreibmaschine. Woher er das Geld hatte, werde ich nie erfahren. Er gab mir eine Tabelle mit Korrekturzeichen. Und er paukte sie mir hinter der Theke seiner Eisenwarenhandlung ein. Ich habe mich oft gefragt, ob Dad vielleicht selbst gern Reporter geworden wäre. Für ihn war dieses Ziel unerreichbar, denn er war nicht weiter als bis zum fünften Schuljahr gekommen. Er hatte arbeiten und seine Familie unterstützen müssen, nachdem sein Vater plötzlich an einem Schlaganfall gestorben war. Ob dies ein Traum von ihm war, den er sich in mir erfüllte, hat er nie gesagt. Was er jedoch sagte, als er meine kindlichen Manuskripte las, war: «Wo hast du deinen Grips her? Von mir nicht.» Aber ich hatte ihn von ihm.

Ich kannte Daddy noch nicht, als er als Zimmermann arbeitete. Als ich in sein Leben kam, hatte er den langen, schmalen Laden neben dem *Clarion* gekauft. Er nannte ihn Smith's Eisenwarenhandlung. Heute heißt der Laden Smitman nach der Familie, die ihn nach Dads Tod kaufte. Samstags arbeitete ich bei Dad im Laden, bis ich groß genug war, Korrekturgehilfin beim *Clarion* zu werden. Er lehrte mich, pünktlich und ordentlich zu sein und die Kunden anzulächeln. Er lehrte mich auch den Umgang mit allen Geräten und Werkzeugen im Laden. Besonders liebte ich das metallene Bandmaß, das in seinen Behälter zurückschwirrte, wenn man auf einen Knopf drückte.

Die Leute mochten Chessy Smith, weil er sie zum Lachen brachte. Sie kamen in den Laden, um sich eine Portion Spaß zu holen, nachdem sie Dad mit gedämpfter Stimme ihr Herz ausgeschüttet hatten. Wenn wir allein im Laden waren, sagte Dad zu mir: «Die Leute machen sich zu viele Sorgen. Sie sind zu ernst. Sie wollen Antworten. Es gibt aber nicht sehr viele Antworten. Das Geheimnis des Lebens ist, daß es gar kein Geheimnis gibt, weißt du das, mein Kind?»

Nein, das wußte ich nicht. Damals nicht.

7

Mein trügerisches Herz

Dienstag, 31. März

Die Dienstage waren in Runnymede aufregender als die Montage, aber das ist überall so. Dienstags hielten die Freimaurer ihre regelmäßigen Versammlungen ab. Ebenso die Töchter der Konföderation. Ihre Rivalinnen, die Schwestern von Gettysburg, trafen sich Mittwoch abends im Rathaus auf der Pennsylvania-Seite. Der Emmitsburg Pike trennte die zwei Rathäuser – und der Geschmack. Das südliche Rathaus war ein Echo auf Jefferson, das heißt, es hatte anmutige palladianische Proportionen und war verflucht schwer zu heizen. Das Yankee-Rathaus triefte von Pfefferkuchenrokoko. Der Architekt dieses Gebäudes, Larkin Most, war sogar so weit gegangen, Wasserspeier an den Ecken des Dachs anzubringen. An einem dunstigen Abend konnten sie einem einen schönen Schrecken einjagen.

Dieser Abend war mehr als dunstig. Er wartete mit Erbsensuppennebel auf. Da ich Dienstag abends die Schlußredaktion machte, ging ich als letzte. Ich hatte nicht gemerkt, wie gräßlich es draußen war, bis ich hinaustrat und die schwere Eichentür mit einem Schlüssel abschloß, der so groß war wie ein Lineal.

Um zehn Uhr sind die meisten Leute zu Hause. Um elf sind sie im Bett. Ein paar bleiben bis Mitternacht auf. Die dann noch wach sind, bleiben es bis zum Morgengrauen, denn das sind die Leute mit Problemen. Wenn keine heiße Story über den

Fernschreiber tickerte, wegen der ich die Titelseite umbauen mußte, war ich gewöhnlich um zehn draußen. Jeden Dienstag ging ich am Runnymede Square entlang und bog in die schmale Gasse hinter dem Drugstore an der südwestlichen Ecke ein. Dann lief ich ein Stück zurück bis zu Brown, Moon & Frost, wo ich zur Hintertür hineinging. Ich hatte einen Schlüssel. Heute abend war keine Ausnahme.

Jackson stand auf einer niedrigen Leiter in der Kanzleibibliothek. «Du hast Tinte auf der Stirn.»

Ich sah in einen Spiegel und wischte sie ab. «Wieso hast du mir nicht erzählt, daß Charles die Zeitung verkauft?»

«Weil er mein Klient ist und das eine vertrauliche Information ist.» Er stieg herunter. «Und weil er es dir selbst sagen wollte.»

«Wozu hat man eine Affäre, wenn man die Neuigkeiten nicht zuerst erfährt?»

Jackson küßte mich. «Dazu.»

«Du wirst mir was Besseres bieten müssen als das.»

Und das tat er. Er tat es immer. Ich kann nicht mal behaupten, daß ich in diese Beziehung hineingeschlittert bin. Ich bin hineingesegelt, ohne Rücksicht auf die Torpedos, volle Kraft voraus. Und das, obwohl ich es besser hätte wissen müssen. Meine Eltern hatten mich nicht dazu erzogen, Verhältnisse mit verheirateten Leuten zu haben, aber meine Eltern hatten auch nicht die spärliche Auswahl in Runnymede in Betracht gezogen, zumal wenn man vom anderen Bahnsteig ist. Was mich auf einen scheinbar flammenden Widerspruch bringt. Was tat ich mit Jackson Frost im Bett? Mich vergnügen.

Ich hänge der Blaupunkttheorie von der menschlichen Sexualität an. Eigentlich hänge ich ihr nicht an; ich habe sie erfunden. Wenn an einem bestimmten Tag alle, die jemals gleichgeschlechtlichen Sex hatten, mit einem blauen Punkt auf der Stirn aufwachten, dann würden drei Viertel der erwachsenen Amerikaner entweder im Bett bleiben oder sie würden sich schamlos auf die Straßen ergießen und der ganze Klatsch und Tratsch, wer mit wem schläft, wäre endlich *vorbei*. Diese Theorie geht aber noch weiter. Ich denke, die Farbe des Punktes sollte das Ausmaß der Aktivität des einzelnen widerspiegeln. Wer eisern homosexuell ist, sollte einen blauschwarzen Punkt haben. Wer nur einmal einen unbedeutenden Versuch gemacht hat, hätte einen so hellblauen Punkt, daß er fast weiß wäre. Mein Punkt würde türkis sein, irgendwo in der Mitte, ein kleines bißchen mehr zu blau tendierend.

Ich verabscheue diese amerikanische Besessenheit von Sex und Geschlechtsdefinition. Ich bin nicht, mit wem ich schlafe. Tatsächlich war es ein Glück für mich, daß ich Jackson hatte, um Dienstag abends mit ihm zu schlafen.

Außerhalb seines Büros war unser Verhalten zueinander tadellos. Ich liebte seine Frau Regina, und das einzig Schlechte, was ich über meine beste Freundin sagen konnte, war, daß sie so viel schillernden Lidschatten auftrug, daß ihre Augenlider wie verdorbene Garnelen aussahen. Jackson und ich kannten uns schon vor unserer Kindergartenzeit. Genauso war es mit Regina. Ich nehme an, mit der Zeit schien Regina ein besserer Fang als ich. Sie heiratete Jack, und wenn ich verletzt war, war es mir damals jedenfalls nicht bewußt.

Jackson und ich waren Doppel-Partner im Club, aber keinem fiel was Besonderes auf. «Lesbische Liebe», das war in jedermanns zerebrale Tentakeln eingeätzt – *Gehirn* ist vielleicht ein zu euphemistisches Wort dafür. Keiner kam je auf die Idee, daß ich mit Jackson schlafen könnte.

Lolly schnarchte auf dem unechten Buchara. Pewter zog Bleistifte aus einem zylindrischen Behälter von geprägtem Leder, der auf Jacksons Schreibtisch stand.

Hinterher machte er mir eine Tasse starken Tee, damit ich nach Hause fahren konnte. Er mußte nur um die Ecke in die Lee Street, dieselbe Straße, in der Mutter wohnte.

«Meinst du, ich habe eine Chance?»

«Es gibt eine Menge Faktoren, auf die du keinen Einfluß hast, aber wenn Foster Adams auf deiner Seite ist, hast du eine Chance. Hoffe ich jedenfalls.» Seine blonden Locken schimmerten im matten Licht.

«Danke. Oh, ich hab Diz getroffen, und er hat mit mir um 20 Dollar gewettet, daß er dich vor dem 4. Juli im Einzel schlägt. Wenn er's schafft, bin ich ihm für den Rest der Saison als Partnerin im gemischten Doppel versprochen.»

«Ha! Wenn die Hölle einfriert! Der hört nie auf mit seinem Konkurrenzdenken. Ich glaube, Erfolg ist für den Kerl ein Fetisch.» Er rieb sich das kantige Kinn. «Er wäre interessanter, wenn seine Fetische sexueller Art wären.»

«Vielleicht. Vielleicht auch nicht.»

«Wie geht's deiner Mutter?»

Ich wußte, warum Jack das Thema wechselte. Alles, was mit Diz zu tun hatte, verdarb ihm grundsätzlich die Laune, und er wollte keine schlechte Laune haben. Die Zeit, die wir zusammen hatten, war zu kostbar.

«Ich weiß nicht recht.»

«Krank?»

«Nein, aber komisch. Sie hat mich Sonntag angerufen und mit mir über die Liebe und meine Zukunft gesprochen. Das paßt überhaupt nicht zu Mom. Ich meine, normalerweise sind Zorn und Witz ihre einzige Art, Gefühle zu zeigen. Alles andere umgeht sie. Ich möchte wissen, was mit ihr los ist.»

«Die ganze Stadt weiß, was mit Louise los ist.»

«Ich würde diese Verabredung mit Ed Walters nicht zu ernst nehmen.»

«Sie tut es aber.»

«Woher weißt du so gut darüber Bescheid?»

«Hab mittags bei *Mojo's* gegessen und Verna hat hemmungslos geplappert.»

«In dieser Stadt wissen alle alles.»

«Von uns wissen sie nichts.»

«Jack, eines Tages werden sie's wissen. Es ist unvermeidlich.»

Dieser Gedanke gefiel ihm nicht. «Hast du je daran gedacht, von hier wegzugehen? Mich zu verlassen?»

«Komisch, das hat Mom mich auch gefragt. Wo sollte ich hingehen?»

«Das ist nicht die Antwort, die ich erhofft hatte.»

«Komm, Jack, ich hab keine Lust auf Gefühlsdarlegungen.»

«Dann geh doch nach Japan.» Er lächelte und fuhr fort: «Du bist wie deine Mutter.»

«Gott, sag das nicht. Das ist die größte Angst einer jeden Frau.»

«Ich finde, Julia Hunsenmeir ist was Besonderes. Sie ist witzig, aufgeschlossen für alles, was kommt, und riskiert immer eine große Lippe. Sie wird mit allem fertig, was im Leben so passieren kann.»

«Wenn ich 'ne große Lippe will, laß ich mir 'nen Schnurrbart wachsen.» Das war gemein.

«Dann würde ich dich nicht mögen.» Jacksons Stimme war ein Singsang, wie bei einem Kind in der Schulpause.

«Wirklich? Wahrhaftig? Du würdest mich nicht mögen, wenn ich morgen aufwachte und ein Mann wäre? Ähnlich wie bei Kafka, bloß mit einem besseren Ergebnis.»

«Ich würde dich mögen, aber ich würde nicht mit dir schlafen wollen.»

«Dummer Junge.» Die kalte Luft drang unter der Fensterbank herein. Ich zog meinen Pullover an.

«Denkst du daran, wegzugehen?»

«Manchmal. Warum fragst du? Hab ich was gesagt oder getan?»

«Nein, ich will dich bloß nicht verlieren, das ist alles.» Er küßte mich wieder.

Ich küßte ihn auch. «Ich bin hier zu Hause. Manchmal geht es mir auf die Nerven. Die Kleinlichkeit. Das Getue. Herrgott, jede neue Idee gilt als ein Akt der Aggression.»

Er betrachtete mein Gesicht. «Ich weiß. Manchmal hab ich das Gefühl, daß die Nostalgie sogar in die Häuser hineintropft. Aber ich weiß nicht, ob ich woanders leben könnte. Ich gehöre hierher, im Guten wie im Schlechten.»

«Im Guten.» Ich küßte ihn und ging, Lolly und Pewter auf den Fersen.

8

Julia, die Spionin

Mittwoch, 1. April

Der Mond, eine silbrige Sichel, spendete nur wenig Licht, aber der Himmel war kristallklar. Mutters Nachtsicht ließ zunehmend nach. Wenn sie abends irgendwohin wollte, chauffierte ich sie gewöhnlich. Ich hatte nicht die Absicht, sie heute abend irgendwohin zu fahren, aber sie bestach mich mit einem riesigen Topf weißer Narzissen, die sie in ihrem kleinen Gewächshaus hinter der Küche zog.

Wir steuerten auf *Luigi's* zu, das italienische Restaurant etwa 6 Kilometer westlich der Stadt. Es gehörte Mark Mallory, und soviel ich wußte, hatte es in dieser Gegend nie einen Luigi gegeben. Trotz der Chiantiflaschen, in denen Kerzen steckten, und der rotkarierten Tischdecken war das Essen gut.

«Fahr langsamer.» Mutter wußte beim Fahren immer alles besser.

«Ich werde hier parken.»

«Nein, wirst du nicht. Ich will im Leerlauf vorbeifahren.»

«Okay.»

Das große rote Neonschild leuchtete vor uns auf. Eine italienische Fahne flatterte über der Tür. Wenn wir nachts unsere amerikanische Fahne einholen mußten, hätte Mark die italienische eigentlich auch einholen müssen. Er hätte sie drinnen zur Schau stellen und dieselbe Wirkung erzielen können. Das

Geschäft ging immer gut im *Luigi's*. Wir schlichen vorbei und reckten die Hälse, um in die quadratischen Fenster zu spähen.

«Siehst du was?» fragte Mutter.

«Ich fahre. Ich kann nicht hingucken.»

«Verdammt, ich kann nachts nichts sehen.»

«Warum hast du dir das nicht vorher überlegt?»

«Du warst doch auf dem College. Ich dachte, du wärst so schlau.»

«Mutter, fang nicht damit an.»

Lolly, Goodyear und Pewter hörten auf dem Rücksitz zu.

«Ich kann nichts sehen.»

Ich fuhr aus der anderen Richtung vorüber. Ich sah nichts als einen Haufen kleine Köpfe. Ich fuhr noch ein paarmal vorbei.

«Ich habe bald meine Reifen abgefahren.» Ich wurde langsam gereizt.

«Ich erinnere mich, du hast deinen Führerschein an einem Freitag gemacht. Bis Samstag warst du dreimal an der Tankstelle. Und wie du die Reifen abgefahren hast!» Sie lachte.

«Das war, als du mir sagtest, ich müßte mir Arbeit suchen und ein eigenes Auto kaufen. Wetten, daß du dich nicht an mein erstes Auto erinnerst. Ha, ich wette, du erinnerst dich nicht mal an dein erstes Auto.»

«Und ob ich mich erinnere.» Sie plusterte sich auf und setzte sich zurecht wie eine Henne auf einem Nest. «Dein erster Wagen war ein zweitüriger 1943er Mercury, und er lief einfach Spitze. Du hattest 400 Dollar dafür bezahlt, und er war dunkelgrün. Mein erstes Auto – vielmehr das erste, das ich gefahren habe –, es war der Wagen deines Vaters – war ein Ford Modell A. Das war sein erster und letzter Ford. Danach ist er zu Chrysler konvertiert, deshalb war es vielleicht gut, daß er starb, bevor du den alten Mercury kauftest.» Sie machte eine Pause, vermutlich dachte sie an Dad. «Ich versteh eine Menge von Autos. Ich bin sozusagen mit ihnen auf die Welt gekommen, wenn man's recht bedenkt.»

«Ich denke jeden Tag an Daddy, und weißt du was?» Ich wandte mich Mutter zu. «Ich muß jedesmal lächeln.»

«Guck lieber auf die Straße.»

«Entscheide dich. Entweder schau ich auf die Straße oder ich guck zu *Luigi's* rein.»

Wir fuhren noch mehrmals vorbei, aber ohne Erfolg.

«Weißt du noch, wie wir in der Gemeinde Scharaden aufgeführt haben und Chessy sich Frauenkleider anzog? Er hat meinen Lippenstift völlig ruiniert. Gott, das werd ich nie vergessen. Ich glaube, ich bin an dem Abend fast gestorben vor Lachen. Wir haben viel gelacht, nicht?»

«Das tun wir heute auch.»

«Nicht so wie damals.» Sie wickelte sich fester in ihren Schal. Es war scheußlich kalt. «Aber das Leben geht weiter. Und das meine ich ehrlich. Ich bin nicht... pietätlos. Wenn das Leben nicht weitergeht, dann beleidigt man die Menschen, die man geliebt hat und die tot sind. Verstehst du, was ich meine?»

«Sicher. Wieso hast du nicht wieder geheiratet?» Ich hatte sie das schon tausendmal gefragt und tausend verschiedene Antworten bekommen. Mutter besaß ein sehr produktives Gedächtnis, wenn es darum ging, Begründungen oder Entschuldigungen zu finden.

«Wen?»

«Millard Huffstetler war scharf auf dich, als er Witwer geworden war.»

«O lala! Millard ist genau so 'ne Dame wie Mr. Pierre. Er wollte eine Reisegefährtin. Reisen war alles, was er und Gerta gemacht haben.»

«Ich finde, schwule Männer und heterosexuelle Frauen können sehr angenehme Beziehungen haben.»

«Ich will 'nen richtigen Mann mit richtigen Eiern.»

«Mom.»

«Ist doch wahr. Ist mir egal, wenn ich mich antischwul anhöre. Eine Frau braucht 'nen Mann, der sie begehrt. Gebraucht werden ist nicht genug. Millard brauchte mich, aber er hat mich nicht begehrt. Himmel, mir ist es egal, wenn er 'nen Kerl will. Das ist seine Sache, aber mein Leben ist meine

Sache, und ich hab was Besseres verdient. Schließlich war dein Vater das allerbeste, was man kriegen konnte.»

Darauf konnte ich nicht viel sagen. Ich fuhr noch ein bißchen herum.

«Ich habe eine Idee», fing Mutter wieder an.

Ich stöhnte innerlich. «Ja?» Meine Stimme klang heiter.

«Park auf dem Parkplatz. Laß uns hinschleichen und ins Fenster reinlinsen.»

«Und wenn uns jemand sieht? Dann stehst du schön blöd da.»

«Fällt dir keine bessere Antwort ein?»

Ich tat wie geheißen. Den Tieren wurde befohlen, auf dem Rücksitz zu bleiben, was ihnen nicht paßte, aber sie gehorchten. Mom und ich schlichen auf Zehenspitzen zum ersten Fenster gleich beim Parkplatz. Die Schleicherei war schon ausgesprochen komisch. Wer sollte uns drinnen bei *Luigi's* schon hören? Da herrschte ein Klappern von Tellern und Gläsern und lautes Gerede. Das riesige Foto vom Colosseum zwinkerte uns zu. Ich habe beim Essen bei *Luigi's* nie gern das Colosseum im Blick gehabt. Blutströme sickerten in den Colosseum-Sand. Vielleicht wären wir besser dran, wenn wir beim Football aufrichtig wären und zuließen, daß die da draußen sich gegenseitig umbringen. Sie geben sich jedenfalls redlich Mühe. Auf alle Fälle waren die Römer vornweg, was ihre Blutgier angeht.

«Da sind sie», flüsterte Mutter.

Louise, mächtig herausgeputzt, saß Ed Tutweiler Walters gegenüber, der sich ebenfalls in Schale geworfen hatte. Begleitet wurden sie bei diesem heimlichen Rendezvous von Verna und Thacker Bonneville mitsamt den zehn BonBons. Da von den ältesten Kindern zwei verheiratet waren, hatten sie auch noch ihre Ehehälften dabei.

Mutter hielt sich die Hand vor den Mund und eilte zum Wagen zurück. Ich lief hinterdrein. Wir stiegen ein, schlossen die Türen und brüllten los.

Als ich wieder zu Atem kam, fragte ich: «Glaubst du, sie hat es gewußt?»

Mutter zuckte die Achseln. «Selbst wenn, würde sie sich eher die Zunge abbeißen als es zugeben. ‹Das Rendezvous des Jahrzehnts› hat deine Tante es genannt.»

«Mit ‹zehn› hat sie noch untertrieben – sie sind mehr als zehn BonBons.» Wir mußten wieder lachen. «Was wirst du morgen tun? Dir Louise vorknöpfen?»

«Und mir den Spaß verderben? Ich werde gar nichts tun.»

Ich ließ den Jeep an und dachte bei mir: Und danach alles!

Wir sangen auf dem ganzen Weg zu Moms Hous *Row, row, row your boat*, auch wenn Lolly deswegen bellte. Lolly haßt die menschliche Stimme, wenn sie singt. Damit sind wir quitt, denn ich mache mir auch nicht viel aus der Hundestimme.

9

Der Kreuzweg: Ein Augenblick bei Tante Louise

Donnerstag, 2. April

Welch eine Überraschung. Die Temperatur stieg auf 13 Grad und in der Mittagspause schwärmten ganze Menschentrauben auf den Runnymede Square. Ein tapferer Krokus streckte den Kopf unter dem Denkmal der Konföderierten hervor. Ich war froh, daß beim Yankee-Denkmal keine Blume hervorlugte, obwohl man die grünen Schößlinge aus der Erde sprießen sah.

Mutzi Elliott saß mit Michelle Saunders auf einer Bank. Ihr Notizbuch war aufgeschlagen, also war sie bei der Arbeit. Mutzi trug einen rosa Kordelschlips. Das war sein offizieller Frühlingsschlips. Die Menschen neigen dazu, es sich mit ihrem Nächsten einfach zu machen. Wir alle wußten, daß Mutzi Kordelschlipse und Cowboystiefel liebte. Weihnachten wurde der Mann immer mit Kordelschlipsen überschwemmt. Inzwischen hatten sie vermutlich seine Garage besetzt und bedrohen das Nachbarhaus. Als unser Gemüsehändler – nicht zu erwähnen Bingo-Ansager – sah er die meisten von uns zweimal die Woche und die Unbeirrbaren, so wie Mom, jeden Tag. Mutter bestand auf frischem Gemüse.

Ich fragte mich, wo sie steckte, da der erste warme Tag sehnlichst erwartet worden war. Bei gründlicher Inspektion des Geländes erspähte ich sie in Vernas Begleitung. Sie kamen über die

Frederick Street auf den Platz zu. Kein Wunder, daß ich sie nicht bemerkt hatte. Verna verdeckte mir die Sicht. Es ist gemein, Verna fett zu nennen, deshalb sage ich, sie war gut im Futter. Als sie am Blinddarm operiert wurde, waren vier Krankenträger nötig, um sie von der Bahre zu heben. Selbst aus der Ferne konnte ich sehen, daß Mutter sich von ihrer besten Seite zeigte. Sie war richtig aufgedreht. Verna blieb alle paar Schritte stehen und hielt sich die Seiten vor Lachen. Kein Mensch würde meiner Mutter jemals vorwerfen können, sie sei langweilig, aber ansonsten konnte man Julia Hunsenmeir Smith alles mögliche vorwerfen. Mutter stand in dem Ruf, ausgesprochen boshaft und schlagfertig zu sein. Man durfte sich nicht mit ihr anlegen, weil sie einen dann öffentlich fix und fertig machte. Man hielt ihr auch vor, eitel zu sein. Dem stimmte ich nicht zu. Ich sah wieder zu Mutter hinüber, wie sie sich dem Platz näherte. Da war sie, 82 Jahre alt, und ihr Gang hatte den Schwung einer jungen Frau.

Gesundheit war Julias Religion. Sie machte täglich eine Stunde Gymnastik; so hielt sie es, seit sie ein Teenager gewesen war. Sie machte Hampelmannsprünge, Liegestütze und Klappmesser; daran schloß sie einen Spaziergang von 5 bis 8 Kilometern an. Im Winter fielen die Spaziergänge flach. Vor fünf Jahren hatte ich gespart und ihr zu Weihnachten ein Laufband geschenkt, damit sie im Training bleiben konnte. Sie erledigte auch ihre Hausarbeit selbst, was, wie einem jede Frau sagen kann, eine sportliche Leistung ist. Und obwohl sie voller Falten und Runzeln war und die Haut ihre Spannkraft eingebüßt hatte, besaß sie den Körper einer gesunden Fünfzigjährigen. Mutter sagte immer, Alter sei eine Krankheit, die man bekämpfen könne. Ich finde nicht, daß Mutter eitel ist. Ich finde, sie ist klug. Bis auf die Zigaretten. Das andere, was die Leute bei Mutter in Harnisch bringt, ist, daß sie in der Mode immer die Nase vorn hat. Klar, wir sprechen von der Mode in Runnymede, aber nach dem, was man im Fernsehen sieht, sind wir nicht sehr rückständig. Julia war die erste Frau, die kurze Haare hatte, die erste, die lange Hosen trug, die erste, die einen

Minirock trug, und damals war sie über fünfzig. Sie genoß es, wenn man ihr bewundernd nachpfiff. Sie gab ihre Vorrangstellung in der Mode nie auf, und ich glaube, es war ihr Selbstvertrauen, das den Leuten zu schaffen machte. Die Rifes hatten mehr Geld als Gott, und Mutter sah trotzdem besser aus als deren Frauen. Wenn sie das Geld für ein Facelifting gehabt hätte, sie hätte alle an der Nase herumführen können.

Auf jeden Fall konnte ich ihr nicht das Wasser reichen, wenn es um Mode ging. Ich gab mein Geld für Bücher und Kennys Unterhalt im Stall aus. Aber ich trieb Sport: anderthalb Stunden täglich Training mit Gewichten – nicht der weibische Kram, sondern schweres Kaliber – und ich joggte. Krähenfüße machten sich um meine Augen breit, und ich hatte eine graue Strähne gleich vorn am Haaransatz, aber ansonsten war auch ich der lebende Beweis, daß Mutter recht hatte, was das Altern betraf: Man hat es selbst in der Hand.

Wenn Mom auf dem Weg zum Runnymede Square war, wo war dann Tante Wheezie? Ich beschloß, über den ganzen Platz zu schlendern. Da er groß war, war das ein wohltuendes halbstündiges Unterfangen. Außerdem muß man dabei hinbegegnen und herbegegnen. So sagt man im Süden, wenn man jemanden das erste Mal trifft und sich unterhält, und wenn man sich noch mal trifft, unterhält man sich wieder ein bißchen. Hinbegegnen und herbegegnen.

«Nick!»

Ich drehte mich um und sah Regina. Sie trug ein rosa Hemd, einen Khakirock und ein leichtes hellgrünes Sakko. Ihre hellen Haare waren mit einem Band zu einem flotten Pferdeschwanz zusammengefaßt. Der Lidschatten schimmerte heute grün. Regina war eine attraktive Frau, wenn sie nicht in ihrer Stallmontur steckte. Lolly rannte zu ihr hinüber. Ich hätte mich ein bißchen schneller bewegt, aber Pewter nutzte diesen Moment, um Mätzchen zu machen. Sie wollte getragen werden. Pewter war eine behaarte graue Kanonenkugel, die Verna unter den Katzen. Ich lud sie auf meine Schulter.

«Was tust du heute in der Stadt? Ich denke, du hattest einen Termin beim Tierarzt.»

«Hatte ich auch. Hat nicht lang gedauert. Die Stute hatte sich bloß einen Stein in den Huf getreten – das ist eine Erleichterung.» Sie atmete tief durch. «Noch so ein paar Tage wie heute und wir können raus auf die Plätze.»

«In den nächsten Jahren müssen wir Geld für eine Halle auftreiben. Es ist eine Qual, im Winter nicht spielen zu können.»

«Das finde ich auch.» Ihre Zähne mit den perfekten Jacketkronen glänzten.

Ich wußte, daß es Jacketkronen waren, aber einmal, während der Collegezeit, war ich doch erschüttert gewesen, als wir uns falsche Ausweise besorgt hatten und in eine Bar in Baltimore gegangen waren. Die Tanzfläche war mit ultraviolettem Licht beleuchtet, das Reginas Zähne schwarz machte. Regina gehörte wie ich der Studentinnenverbindung Delta Delta Delta an, und das bedeutete damals einiges. Heutzutage bedeutet es Ehemaligentreffen, ausgerichtet von Ursula Yost, die immer noch darauf besteht, daß wir unseren geheimen Händedruck aus der Studentenzeit beibehalten.

«Wir könnten's Samstag mal versuchen, wenn das Wetter sich hält.»

«Gern. Übrigens, es ist amtlich. Du bist Herausgeberin des Jagdclub-Rundbriefs. Ursie möchte, daß du bei ihr vorbeikommst und die Unterlagen abholst.»

«Du bist mir eine schöne Freundin.»

«Beklag dich nicht. Ich mußte mir ihre Klagen über die Preise von Markenstiefeln anhören. Eine halbe Stunde über Stiefel!» Sie sichtete Mutter, die gerade auf den Platz kam. «Ich werde älter und Juts wird jünger.»

«Sag's ihr.»

«Mach ich.» Sie ging los und rief über die Schulter: «Portia Rife ist wieder in der Stadt. Wetten, sie besucht dich im Büro?»

«Ich freue mich darauf, sie wiederzusehen.»

Lächelnd setzte sie ihren Weg fort. «Was für eine miserable Lügnerin du bist.»

Ich lächelte auch, aber aus ganz anderen Gründen. Mutter winkte Regina und dann mir zu.

«Wir sehen uns später, Mom!» schrie ich.

«Wenn du Glück hast», kam die Antwort, und bald war sie in ein Gespräch mit Regina vertieft.

Georgette BonBon und Louise kamen aus dem Curl 'n Twirl. Louise hatte ihr Ich-spendier-das-Mittagessen-Gesicht aufgesetzt. Meine Familie bearbeitete die Bonnevilles wirklich gründlich.

«Pewter, Schätzchen, wird Zeit, daß du runterkommst.» Wir standen vor dem Rathaus auf der Pennsylvania-Seite. Als ich die Treppe hinaufging, kam Mr. Pierre herunter.

«Meine Süße.» Er küßte mich auf eine Wange, dann auf die andere. «Das ist mit ‹die andere Wange hinhalten› gemeint.» Dann tätschelte er Lolly und sagte zu Pewter, sie sei die Katze aus dem Sack. Er fand das ungeheuer komisch. «Welche Schätze könnte unser Rathaus für dich bereithalten?»

«Hast du die Zeitung gelesen?»

«Bis zur Erschöpfung.»

«Dann weißt du auch, daß wir wieder einen Kampf wegen der Bauvorschriften durchzustehen haben.»

«Ach, diese Unannehmlichkeiten mit der Bauerei treten immer wieder auf, wie Malaria.»

«Aber auf eurer Seite der Grenze ist der Kampf zäher. Ich weiß nicht warum.»

«Aber ich. Wir haben mehr reiche Leute pro Kopf als ihr.»

«Alle zwanzig, die da sind», bemerkte ich.

«Und die meisten davon sind Rifes, aber sie bekommen, was sie wollen. Mir ist es im übrigen egal, ob Rife die alte Schuhfabrik in ein Einkaufszentrum verwandelt, oder wie man das nennt. Diese Arbeitsplätze sind schon vor einer Ewigkeit in die Dritte Welt gewandert. Wenn das Ding neue Arbeitsplätze schafft, bin ich dafür. Ich wollte, er würde das alte Bon Ton kaufen.»

«Ich auch, bloß will ich keine Bauvorschriftenvariante, die immer wieder ausgenutzt werden kann. Die wird dann angewendet wie ein Gesetz, ohne daß jemals öffentlich darüber abgestimmt wurde. Diz ist gerissen und weiß genau, was er tun muß, wenn er erst mal einen Fuß in der Tür hat.»

«Wohl wahr.» Mr. Pierres Blick glitt über den Runnymede Square. «Aber den Platz wird Diz nicht ruinieren.»

«Hoffentlich nicht. Aber ich muß diese Vorschriften unbedingt noch mal nachlesen.»

«Ah, da ist Julia.» Er küßte mich wieder auf die Wange und flitzte davon.

Mr. Pierre und Mutter gaben sich sehr vertraulich. Sie hatten etwas Verschwörerisches.

«Nun mach schon.»

«Tante Wheeze, wenn du die Lampe ruhig halten würdest, könnte ich besser arbeiten.»

Sie leuchtete mit der starken Taschenlampe über die Gartenbeete, die ich abends um halb zehn mit Mulch bedeckte.

«Wieso hast du keinen Leitartikel über Jim Bakkers Rücktritt vom PTL-Club geschrieben?»

«Weil Charles Falkenroth sagt, er wittert eine größere Story. Er will, daß wir abwarten. John ist natürlich ganz scharf darauf.»

«Manchmal stimme ich mit Johns Ansichten überein.»

«Das tust du, um mir eins auszuwischen.» Ich hievte die letzte Ladung Mulch auf Louises Pachysandrabeet und verteilte sie. «Wenn der Frühling erst richtig anfängt, wird's hier wunderschön.»

«Komm mit rein. Ich geb dir eine Tasse Tee und ein Solei für deine Mühe.»

«Zwei Soleier.»

Tante Louises Haus glitzerte von Devotionalien. Ich hatte mich längst an die schmerzverzerrten Christusse gewöhnt, die in allen Zimmern hingen. Das einzige, das ich wirklich nicht ausstehen konnte, war ein riesiges Bild von Jesus mit der Dornenkrone. Die Augen gingen auf und zu, während das Blut von den Dornen tropfte. Das Bild funktionierte elektrisch, und wenn Wheezie das Licht anknipste, wurde einem der ganze gräßliche Effekt vorgeführt. Es tut mir sehr leid, daß Jesus das entfesselte Böse der Menschheit ertragen mußte. Jesus litt und wurde zum Menschen. Ich litt und wurde wütend.

Über dieses Thema waren Tante Louise und ich verschiedener Meinung. Meine Tante Louise hat keine Tragödie seit v. Chr. verpaßt. Wenn sie nicht gerade selbst eine erlebt oder die von jemand anderem beobachtet, liest sie historische Tragödien. Sie liebt Leiden. Ich kann nicht beurteilen, ob sie es tut, weil sie eine katholische Märtyrerin sein will, oder ob sie tatsächlich Schmerzen liebt. Sie ist der einzige Mensch, den ich kenne, der ein schlechtes Gewissen haben wird, wenn er sanft ruht.

Ihre Soleier mit der richtigen Mischung aus Essig und Zucker bissen mir auf der Zunge.

«Besser als Julias?»

«Du weißt, daß ich nicht ja sagen kann.»

«Aber du weißt, daß ich weiß, daß es wahr ist.» Sie nahm den *Clarion* zur Hand. Ein Foto von Tammy Bakker mit dick getuschten Wimpern starrte sie an. Tammys Wimpern schienen fünf Minuten vor ihr in dem Zimmer angekommen zu sein. Wheezie setzte ihre Brille auf und betrachtete das Foto. «Wenn ich so ausgesehen hätte, hätte meine Mutter mich nicht in die Kirche gehen lassen.»

«Die Tränenkanäle der Frau müssen mit ihrer Blase verbunden sein. Ich habe noch nie jemanden so viel heulen sehen.»

«Wenn sie in der Wahren Kirche geblieben wären, wäre das alles nicht passiert.»

«Quatsch, Wheezie. Katholiken sündigen genauso wie Protestanten.»

«Vielleicht, vielleicht auch nicht, aber wir haben ein System des Vergebens.»

«Nein, ihr habt ein System der Schuldbefreiung. Ihr beichtet, kriegt ein paar extra Gegrüßet-seist-du-Marias aufgebrummt, dann geht ihr hin und tut es wieder.»

Sie zog scharf die Luft ein. «Ich habe zu meiner Zeit den Kreuzweg gebetet.»

«Weißt du, ich habe daran gedacht, meine eigene Kirche zu gründen. Es scheint mir eine Wachstumsindustrie zu sein. Ich nenne sie: Kirche deines Erlösers, nicht unbedingt meines.» Ich nahm noch einen Bissen von dem köstlichen Ei. «Oder wie wär's mit: Kathedrale Einigerheiligen?» Ich erwärmte mich. «Erste Kirche des elektrischen Christus?»

Louise mußte unwillkürlich kichern. «Du bist eine Gotteslästerin, Nickel.» Sie musterte mich durch ihre Zweistärkenbrille. «Dein Verstand funktioniert nicht wie ein Hunsenmeir-Verstand.»

«Das freut mich.»

«Tu nicht so schlau. Wir sind gar nicht so übel.»

«Ich auch nicht.»

«Das ist Ansichtssache.»

«Ich habe eben deine Blumenbeete gemulcht. Fang jetzt also nicht wieder mit deinem Lesben-Lamento an.»

Sie machte eine wegwerfende Handbewegung. «In dieser Hinsicht hab ich dich vor Jahren aufgegeben. Nein, ich meinte, du kannst sarkastisch und hochnäsig sein. Abgehoben.»

«Ich betrachte mich lieber als abgesondert. Mein Beruf bestärkt mich darin.»

«Du kannst nicht dauernd fern von den Menschen leben. Vielleicht kannst du dich absondern, wenn du einen Job hast, aber nicht, wenn du keinen hast. Man hat nur einmal Terrakotta unter den Füßen.»

«Terra firma.»

«Sag ich doch.»

Ich wußte, Mutter würde mich umbringen, aber ich konnte mich nicht beherrschen. «Wie war deine Verabredung mit Ed Walters?»

«Einfach wunderbar.»

«Erzähl.»

«Manche Gefühle behält man besser für sich.»

«Na, wer sondert sich jetzt ab?»

«Nick, manchmal bist du überschlau.»

Als ich vom Haus wegfuhr, knipste Louise das Licht aus, das

die Jungfrau Maria in einer halbierten Badewanne auf dem Vorgartenrasen beschien. Dann knipste sie im Haus die Lichter aus, und ich sah sie die Treppe hinaufgehen. Wer weiß, welche Träume Louise in ihrem Bett träumte, dem Bett, in dem sie seit ihrem Hochzeitstag geschlafen hatte, dem 14. Juni 1918, als sie siebzehn war. Die meisten Leute, die alt genug wären, um sich an Louises Hochzeit zu erinnern, waren tot, deshalb mußte sie nicht einmal lügen und sich als Kindsbraut bezeichnen. Heutzutage ist man mit siebzehn eine Kindsbraut. Die Ehe ging gut. Bei all ihren Fehlern gelang Louise etwas, das die meisten in meiner Generation nicht zustande bringen: eine erfolgreiche erste Ehe. Louise hatte ihre älteste Tochter bei einem Brand verloren, als sie 29 Jahre alt war. Sie hat maßlos getrauert, aber sie hat es überlebt, auch wenn ich es mir heute noch anhören mußte. Was in mancher Hinsicht schlimmer war, sie hatte ihre jüngere Tochter Maizie an den Wahnsinn verloren. Wenn Mutter und ich in kritischer Stimmung waren, sagten wir uns, daß sie Maizie dazu getrieben hatte. Sachlich gesehen, glaube ich, daß es ein chemisches Problem und daß Maizies Verstand wie eine Weckuhr war. In ihrem 47. Lebensjahr ging der Wecker los und Maizie mit ihm. Runnymede war eine Kleinstadt, aber Louise hatte ein erfülltes Leben. Ich werde nie wissen, wovon sie träumt, aber ich wußte, daß ich sie nicht als zänkische alte Dame abtun konnte. Meine Tante war mehr als das. Die Frage war immer, welche ihrer Seiten die Oberhand behalten würde: die gute oder die schlechte. Ich wußte es nie, aber bei mir selber wußte ich es ja auch nicht.

10

Die neue Madonna von St. Rose of Lima

Freitag, 3. April

Mein Schreibtisch beim *Clarion* stand vor dem großen Fenster. Ich konnte den ganzen Runnymede Square überblicken. Ich hatte ein Faible für diesen Schreibtisch, seit ich mit vierzehn Jahren als Korrekturgehilfin beim *Clarion* angefangen hatte. Der Reporter, der den Schreibtisch damals innehatte, war ein gewisser Isaac Cooper. Abgesehen von den Papieren, die die ganze Fläche bedeckten, war der Schreibtisch mit Isaacs billigen Zigarren beladen. Isaac wurde eingezogen und von der Nachrichtenzentrale nach Vietnam abkommandiert. Ich war schon auf dem College, als das passierte. Leider kam Isaac nie zurück. Die Leute vergessen immer, daß ein Journalist sein Leben hingibt, um an *die* Story zu kommen. Ich verwahre eine Zigarre in meiner Schreibtischschublade, damit ich es nicht vergesse. John sagt, ich sei lächerlich sentimental, aber er vergißt dabei, daß ich sein Gesicht gesehen habe, wenn ein Berufskollege von uns in Mittelamerika oder im Libanon getötet wurde.

Ich bekam Isaacs Schreibtisch erst 1979 ganz für mich. Ich kann mir nicht vorstellen, nicht hier sitzen und auf den Platz hinaussehen zu wollen, während man gleichzeitig vom Platz aus gesehen wird. Charles hat ein Privatbüro, Kirschholz, was ungewöhnlich ist, und dort hält er Hof, und als der Schreibtisch frei wurde, gab er ihn mir.

Vor mir ruhte Michelles wesentlich verbesserter Artikel. Michelle allerdings ruhte nicht. Sie ging an ihrem Schreibtisch auf und ab. Sie führte Telefongespräche und ging weiter auf und ab. Ich konnte ihr diesen Artikel nicht schnell genug redigieren. Als ich auf der letzten Seite ein überzähliges Adjektiv strich, sah ich Goodyear durch den Park streifen. Der Zerberus der Stadt, Bucky Nordness, jagte hinter ihm her. Bucky war der Polizeichef der Nordseite. Auf unserer Seite hatten wir einen Sheriff, David Wheeler. Bucky nahm seine Pflichten ernst. David erledigte seinen Job, hatte aber Spaß dabei.

«Michelle, geh ran, wenn mein Telefon klingelt!» Ich schoß von meinem Stuhl hoch und war schon aus der Tür, bevor Pewter den Kopf heben konnte.

«Goodyear! Goodyear!»

Der schwarze Chow-Chow mit seiner lila Zunge stürmte herbei, um mich zu begrüßen. Bucky ebenfalls.

«Du weißt, es gibt eine öffentliche Vorschrift, daß Hunde an der Leine zu halten sind.»

«Aber Goodyear ist jetzt auf der Maryland-Seite, und du auch, Bucky.» Ich sagte das triefend von Freundlichkeit.

«Ist mir völlig schnuppe, Nickel. Wir können die Hunde nicht machen lassen, was sie wollen.»

«Goodyear ist nicht mein Hund.»

«Das weiß ich.» Er überlegte. «Ich wollte dich warnen, weiter nichts. Ihr solltet in der Zeitung mal eine Erinnerung an die Leinenvorschrift drucken.»

«Ich werde es mit Charles besprechen. Ich entschuldige mich für Goodyear. Mutter hat es wohl vergessen.»

«Vergessen, ha. Julia mißachtet schamlos das Gesetz. Sie glaubt, die Vorschriften gelten für alle, nur nicht für sie.»

Mir gefiel diese Bewertung von Mutters Charakter nicht, aber sie enthielt ein Körnchen Wahrheit. «Ich bringe Goodyear zum Curl 'n Twirl. Ich bin sicher, daß sie dort ist. Was dagegen, wenn ich ihn ohne Leine mitnehme? Hab keine bei mir.»

«Ja, okay», brummte er. «Nickel, die Hunsenmeir-Mädels sind noch mal mein Tod.»

Ich nickte mitfühlend, und Goodyear folgte mir zum Curl 'n Twirl.

Georgette lächelte, als wir zur Tür hereinschwirrten.

«Hallo, George.» Mom war auf dem Stuhl und hatte eine Packung auf. «Hallo, Mom. Hallo, Mr. Pierre. Bucky Nordness ist fuchsteufelswild, weil Goodyear ohne Leine auf dem Platz war.»

«Von der Taille abwärts gleicht Bucky Nordness einem Regenschirm.» Mr. Pierre gab sich schelmisch.

«Ha!» Mutter legte die Illustrierte hin, in der sie eifrig las.

«Wie dem auch sei –», dabei war es eine durchaus zutreffende Beschreibung – «du kannst Goodyear nicht rumlaufen lassen, wie es ihm gefällt. Was wäre, wenn Wheezie in ihrem Chrysler um den Platz käme?»

«Das Gefährt des Verderbens», trällerte Mr. Pierre.

«Du hast recht.» Mutter hielt die Illustrierte hoch, um mir etwas zu zeigen. «So will ich mein Wohnzimmer umdekorieren.»

Es war eines von diesen Einrichtungsmagazinen, wo die Dekoration jedes Raums um die 150000 Dollar kostet.

«Mutter, der Couchtisch ist aus Marmor. Für den Preis kannst du dir einen Anbau leisten.»

«Mr. Pierre und ich haben schon alles genau überlegt. Wir nehmen falschen Marmor –»

«*Faux*, mein Schatz», warf Mr. Pierre ein.

«Und du kannst mir anstreichen helfen. Ich möchte ein helles Apricot.»

Die Falltür in meiner Magengrube ging auf. Ich würde nicht nur anstreichen, ich würde spachteln, Sperrholz anbringen, schmirgeln, abschleifen und mir alle Nägel abbrechen. Mutters Verschönerungspläne gingen auf meine Kosten. Inzwischen hatte ich so viel Erfahrung, daß ich meine eigene Baufirma hätte gründen können, und es war mir zuwider. Es gibt Frauen, die wollen Elektriker, Installateure, Tischler werden. Nicht so Miss Smith. Dieser Mannweibmist ödet mich an. Daß ich mir die Hände nie gern mit was anderem als Tinte schmutzig machte, hinderte Mutter aber nicht daran, mich in ihre Dienste zu zwingen, indem sie mich bestach, an mein Gewissen appellierte oder regelrechte Drohungen gegen mein körperliches Wohlbefinden ausstieß. Ich bedauerte von ganzem Herzen, daß sie und Dad nicht mehr Kinder adoptiert hatten, so daß ich diese Last mit meinen Geschwistern hätte teilen können. Und wenn sie mich nicht mehr brauchte, würde Louise mich anfordern.

Ich verließ den Friseursalon mit schwerem Schritt, besann mich, daß ich Mom nicht gesagt hatte, wann ich sie heute abend abholen würde, und sauste wieder zur Tür hinein.

«Mutter, wir gehen heute abend eine Stunde früher zum Bingo.»

Der Mund, der nie verstummen wollte, war seltsamerweise geschlossen. Mr. Pierre wienerte eifrig seine fleckenlose Theke.

«Mutter?» Ich erspähte den kleinen Glasaschenbecher auf ihrem Schoß. Der alte Trick. Ich trat hinter sie und gab ihr einen Klaps zwischen die Schulterblätter. Rauchschwaden entströmten ihrem Mund.

«Du kleines Miststück!» Sie hustete.

«Wenn ich ein Miststück bin, bist du eine Lügnerin.»

«*Tumulte.*» Mr. Pierre warf die Arme in die Luft. Das war Französisch und hieß Aufruhr, aber ich wußte nie, ob er es richtig aussprach. Für mich war Französisch die Geschlechtskrankheit der Zunge.

«Nennst deine eigene Mutter eine Lügnerin.»

«Du hast versprochen, das Rauchen aufzugeben.»

«Der Geist ist willig, aber das Fleisch ist schwach.»

«Dein Fleisch nicht.» Ich wurde weich. «Wenn du rauchst, dann rauchst du eben. Ich kann's bloß nicht leiden, wenn du's heimlich tust. Und was machst du überhaupt so früh schon hier?»

«Hab 'nen vollen Terminkalender.» Sie inhalierte genüßlich und blies den Rauch so aus, wie Bette Davis es getan haben würde.

«Mildred Adams war in aller Herrgottsfrühe da.» Mr. Pierre

steuerte diese Information bei. Hinter ihrem Rücken nannte er sie auch «Milbe».

Mrs. Adams hatte als Frau des Bankdirektors eine hohe Meinung von sich selbst, die vom Rest der Stadt nicht geteilt wurde. Charles sagte, sie sei so, weil sie schüchtern sei. Wenn das Schüchternheit war, dann war sie erfolgreich getarnt.

«Und was macht Mrs. Adams?»

«Sie sagt, Foster will deine Farm, das *Clarion*-Gebäude und das Grundstück taxieren, außerdem die Maschinen, die Presse, die Typen, das ganze Gelände.»

«Das ist so üblich, nicht? Ich meine, wenn ein Unternehmen zum Verkauf steht und die Bank vielleicht einen Kredit dafür gibt, muß sie doch wissen, was das Zeug wert ist.»

«Blutsauger.»

Mutter hatte für Bankiers nichts übrig.

«Sie sind bloß konservativ, Mom.»

«Du hast die Depression nicht miterlebt!»

«Sehr richtig.» Mr. Pierre hielt ihr die Stange.

Sogar Kim Spangler, die hinten beim Haarewaschen war, rief hinter dem Vorhang hervor: «Erzähl's ihr. Ich kann mich auch noch daran erinnern.»

«Das ist der übliche Vorgang. Es ist nichts dagegen zu sagen, daß Foster mit der nötigen Sorgfalt vorgeht», sagte ich.

«Mrs. Adams sagt, du hättest nicht die geringste Chance. Du hättest wenige Werte außer denen, die du im Kopf hast. Du seist gefährlich nah an den Wechseljahren und außerdem lesbisch. Das waren ihre Worte.» Mr. Pierres Augen blitzten gefährlich.

«Das hat sie gesagt?» Mutter drückte ihre Zigarette aus. «Die kriegt was von mir zu hören. Und zwar heute noch, diese aufgeblasene Zimtzicke.»

«Mom, wag es ja nicht. Das wäre wirklich das Aus für den Kredit.» Ich wandte mich an Mr. Pierre. «In diesen Worten?»

«Ungefähr.»

«Verdammt, ich hasse es, wenn alle über meine Angelegenheiten Bescheid wissen.»

«Dann verschwinde aus Runnymede.» Mr. Pierres Stimme war viel sanfter als der Inhalt seiner Äußerung.

«Und ausgerechnet Finanzen. Das Sexgerassel kann ich ja aushalten, aber sie kann doch nicht über meine Finanzen quatschen. Das ist unmoralisch.»

«Wenn wir unsere Freunde nach ihrer Moral aussuchen würden, wer bliebe dann übrig?» rief Georgette von der Empfangstheke.

Komisch, Georgette war immer so still, daß ich den Irrtum begangen hatte zu denken, sie sei nicht sehr helle. Ich fing an, meine Meinung zu ändern.

Ich seufzte und faßte mich. «Behalten wir das für uns. Wenn sie rumquasseln will, können wir sie nicht hindern, und vielleicht macht sie Foster damit so verdammt wütend, daß er dem Kredit zustimmt, um ihr eins auszuwischen.»

«Ich hab dir ja gesagt, dein Problem liegt in Baltimore.» Mutters Augen trafen im Spiegel auf meine.

«Laß uns immer nur einen Schritt zur Zeit tun.»

Mr. Pierre legte seinen Arm um meine Schulter. «Ich hab dich gerächt. Wer eine Freundin von Bertha beleidigt, beleidigt auch mich, *n'est-ce pas?* Ich habe ihren Haaren eine Giftspülung verpaßt. Ihr Wechseljahrerot hat einen deutlichen Grünstich.»

«Du bist ein Schatz.» Ich lachte und gab ihm einen Kuß.

Kaum war ich durch die Tür des *Clarion*, als Michelle an meinen Schreibtisch hechtete. «Na?»

«Lies meine Korrekturen. Ich denke, so geht es.»

Sie beugte sich über mich. Lolly hob den Kopf, um die Szene zu beobachten. Lolly mochte es nicht, wenn Menschen mir zu nahe kamen. «Ich hab eine phantastische Idee für unsere Sonntagsbeilage.»

«Schieß los.»

In diesem Moment kam ein untersetzter Metteur – einer von den Jungens, die die Seiten mit schweren Bleizeilen zusammensetzen – durchs vordere Büro geschlendert. Er blinzelte Michelle zu, und sie wurde rot. «Nick!» rief er mir zu.

«Ja, Hans?»

«Wenn du Arnie siehst, sag ihm, daß ich früher Mittag mache.» Er blinzelte Michelle noch einmal zu und stieß die Eingangstür auf.

Ihr Gesicht war rot. «Der macht mich nervös.»

«Er mag dich.»

Sie lief wieder rot an. «Ich bin nicht an Männer aus der Arbeiterklasse gewöhnt.»

«Hans?» Nie hatte ich die Schriftsetzer, die Metteure, die Korrektoren und die Truppe im Anbau als Menschen der Arbeiterklasse betrachtet. Sie waren die Muskeln der *Clarion*-Familie, so ähnlich wie die Heizer auf einem Schlachtschiff. «Hans ist Hans. Also, was hast du für eine Idee?»

«Ich möchte einen Artikel bringen, der anders ist. Wie wär's, wenn wir alle einen Brief an uns selbst als Kinder schreiben würden?»

«Versteh ich nicht.»

«Du schreibst einen Brief an dich als Fünf- oder Achtjährige oder so.»

«Das ist mir ein bißchen zu vage.»

«Du machst jede psychologische Idee von mir mies!» Sie schob die Unterlippe vor.

«Kann schon sein.» Ich wollte nicht ekelhaft sein. «Für mich ist das keine Nachricht, keine Neuigkeit. Es paßt nicht mal in die Rubrik über modernes Leben.»

«Da irrst du dich. Die Lebensstilrubrik erzeugt ein großes Interesse der Leser an Selbsthilfe-Psychologie.»

«Okay, Michelle, wenn du 'ne bessere Idee hast, überleg ich's mir.»

«Ich hab einen Artikel über die Bombardierung der Synagoge nach der Rosenberg-Verhandlung.»

«Das ist keine richtige Neuigkeit.»

«Du kannst es als historische Reportage bringen, eine Erinnerung. Passah ist am 14. April. Laß es dann erscheinen.»

«Zeig mal her.»

Sie knallte mir die Blätter hin und blieb stehen.

«Michelle, laß mich in Ruhe lesen.»

Als Michelle zum *Clarion* kam, hatte sie eine haarsträubende Bereitwilligkeit gezeigt, Vermutungen in Fakten zu verwandeln. Man braucht Augenzeugenberichte. Man muß an die Originaldokumente heran. Man muß stundenlang auf Achse sein, mit dem Wagen und zu Fuß, um sich diese Fakten zu verschaffen. Eine Abkürzung gibt es nicht. Michelle hatte mit diesem Artikel ihre Hausaufgaben gemacht. Ich strich ein paar blumige Sätze, aber ansonsten war es saubere Arbeit.

Ich legte den Artikel auf ihren Schreibtisch. «Nicht schlecht.»

«Du bringst es?»

«Wenn Charles nichts dagegen hat, ja.»

Michelle grinste von einem Ohr zum andern und ging mir für den Rest des Tages nicht mehr auf den Wecker.

Louise hatte ihren großen Auftritt beim Bingo sorgfältig vorbereitet. Sie erschien in wilder Kriegsbemalung. Da Ed ihr Begleiter war, wollte sie sichergehen, daß alle sie bemerkten. Mutter wußte das. Arme Louise. Sie glaubte, sie werde im Mittelpunkt der Aufmerksamkeit stehen, und wieder einmal hielt ihre jüngere Schwester alle Trümpfe in der Hand.

Als sie Mom sah, kreischte sie: «Was hast du getan?»

«Gefällt's dir?» Mutter betupfte ihre silberweißen Locken.

«Meine schönste Kreation.» Mr. Pierre umrahmte Moms Kopf mit seinen Händen.

Oberhalb ihrer Ohren schwangen sich zwei grell magentarote Strähnen wie anmutige Flügel nach hinten. Ich hatte Zeit gehabt, mich daran zu gewöhnen. Ich hatte Mutter zu Hause abgeholt. Als ich mich von dem Schock erholt hatte, gefiel es mir. Alle, die in die Bingohalle traten, reagierten pro oder kontra.

«Du siehst aus wie Madonna.» Louises Gesicht leuchtete vor Boshaftigkeit.

«Ich wüßte nicht, was Madonna hat, das ich nicht hätte, bloß daß ich es länger habe.»

Ed Tutweiler Walters lachte. Das erzürnte Louise erst recht, aber da Ed sich neben Julia setzte, blieb meiner Tante nichts anderes übrig, als sich auf seine andere Seite zu setzen und gute Miene zum bösen Spiel zu machen. Die BonBons abzüglich Thacker bevölkerten den Rest unseres Tischs.

«Wo ist Goodyear?» Tante Wheeze bückte sich und suchte unter dem Tisch. Ich konnte Lollys Schwanz klopfen hören.

«Er hatte heute abend keine Lust auf Bingo», erwiderte Mutter.

Das war eine glatte Lüge. Das arme Tier hatte sich die Seele aus dem Leib geheult, als wir aus der Einfahrt fuhren, aber Mutter blieb fest. Ed kannte Goodyears Trick noch nicht, und sie nahm an, daß er Louise «Louise» nennen würde. Sie wollte verdammt sein, wenn sie sich ihr Spiel verderben ließ. Ein extra Hundeknochen konnte Goodyears Schmerz nicht lindern, als er Lolly und Pewter in den Wagen springen sah.

Mutzi rief: «Bilderrahmen! Denkt dran, ihr müßt ein komplettes Quadrat um euer freies Feld haben. Genau wie ein Bilderrahmen. Okay, es geht los.» Er griff in die hüpfenden Pingpongbälle. «Einundvierzig, alles amüsiert sich.»

«Ich bestimmt. Und Sie?» erkundigte sich Mutter bei Ed.

«Und wie. Gibt nicht eine langweilige Minute in dieser Stadt.» Seine Stimme, ein heller Bariton, paßte zu seinem Aussehen.

Ich saß diesem munteren Dreigespann gegenüber. Ich wollte nichts verpassen. Außerdem wollte ich imstande sein zu türmen, falls es sein mußte. Mr. Pierre saß neben mir.

«Siebenundvierzig. Siebenundvierzig. Wenn ich siebenundvierzig wär, fiel das Reisen mir nicht schwer», trällerte Mutzi, und die älteren Mitglieder unserer Bingotruppe lachten.

«Wo waren Sie, als Sie siebenundvierzig waren, Mr. Walters?» Mutters Zähne schimmerten im Licht.

«In Birmingham, Julia. Sei doch nicht so blöd. Du weißt, daß er aus Birmingham ist.» Louise versuchte, ihren Annäherungsversuch zu unterbinden.

«Ja, das weiß ich, aber ich dachte, er würde vielleicht sagen, daß er gerade siebenundvierzig geworden ist.» Das war etwas dick aufgetragen.

«Vielen Dank, Mrs. Smith, und bitte nennen Sie mich Ed.»

«Und Sie nennen mich natürlich Juts.»

«Warten Sie nur ein bißchen, Ed, und Sie werden sie noch alles mögliche nennen», stichelte Louise.

«Das will ich hoffen.» Mutter strahlte.

Wann immer ich meine Mutter dabei beobachtete, wie sie ihr Netz über einen Mann warf, den sie attraktiv fand, faszinierte es mich. Manchmal dachte ich, es seien der Mungo und die Kobra. Dann wieder dachte ich, es sei ihr verschrobener Humor. Man wußte nie, was Julia tun oder sagen würde. Ich kannte sie, seit ich in der Wiege gelegen hatte, und konnte immer noch nicht sagen, welche Methode sie als nächstes wählen würde. Die Haare zum Beispiel. Sie hatte mich mit den magentaroten Strähnen überrumpelt.

Mr. Pierre spürte, was ich dachte. Er flüsterte mir zu: «Sie legt ganz schön los, was?»

«Was hast du gesagt?» Louises Augenbrauen vereinigten sich oberhalb ihrer Nase.

«Ich wollte, ich wäre heute abend in Genf.» Mr. Pierre senkte seinen Dab-a-dot auf die Nummer 17, die Mutzi gerade aufrief. «Endlich! Ich hab hier die ganze Zeit mit einer nackten Karte gesessen.»

«Was ist in Genf?» fragte Wheezie.

«Da wird der Schmuck der Herzogin von Windsor versteigert», antwortete Mr. Pierre.

«Wolltest du mir was kaufen?» Louise spielte nun das kokette Weibchen.

«Nein, ich dachte, ich trag es selbst. Nur ein schlichtes Diadem mit tropfenförmigen Ohrringen aus Diamanten.» Mr. Pierres Augen blitzten.

Ed fing an zu lachen. Ein Schatten von Furcht huschte über Louises Gesicht. Sie saß zwei Homos gegenüber. Was würde Ed denken?

«Wir halten uns unsere Exzentriker. Irgendwann muß ich

Ihnen mal von Celeste Chalfonte erzählen, die an Nickels Geburtstag gestorben ist, am 28. November.» Mutter setzte einen Punkt auf eine Nummer.

«Er will nichts von Celeste hören.» Louise hatte ihren Bilderrahmen fast komplett.

«Oh, ich möchte gern alles über zwei so schöne Damen wie Sie hören, und auch alles über Runnymede», äußerte Ed galant.

«Wir handeln auf Grund der Annahme, daß Langeweile korrupt macht», plapperte ich drauflos.

«Nummer dreiundzwanzig, macht Musik, dann tanz ich.» Mutzi trällerte wieder und gab Pewter einen Klaps. Sie fischte in dem Glasbehälter, weil er den Deckel abgenommen hatte.

Ich fuhr fort: «Wissen Sie, die Leute denken, daß Drogen der Fluch Amerikas sind, oder Alkohol, oder... suchen Sie sich's aus.»

«Wo soll ich anfangen?» Ed lächelte mich an. Ich fing an, ihn zu mögen.

«Ich glaube, die Menschen geraten in Schwierigkeiten, wenn sie sich langweilen. Der Geist braucht Probleme und Rätsel und Streitfragen. Wenn jemand seinen Geist vernachlässigt, gerät er in Schwierigkeiten.» Ich bemerkte, daß Mutters Busen ein bißchen groß wirkte. Ich hatte es schon bemerkt, als ich sie abholte, aber da hatte ich gedacht, es läge vielleicht am Schnitt ihres Kleides. Jetzt, bei näherem Hinsehen, stellte ich fest, daß es keine Illusion gewesen war. Er war größer als sonst.

«Wir langweilen uns nie in Runnymede.» Mr. Pierre nahm den Gesprächsfaden auf. «Allerdings bin ich nicht sicher, daß unsere Anregungen, wie Nickel es gern hätte, intellektueller Natur sind. Manchmal ist es die pure Boshaftigkeit, die uns anregt.» Er balancierte haarscharf am Abgrund entlang.

«Ach, davon haben wir auch in Birmingham unseren Teil abbekommen.»

«Bingo!» Louises Hand flog in die Höhe.

Der mürrische Peepbean, Mutzis Adjutant, kam herüber und zählte Louises Nummern. «Gewonnen.»

«Na prima. Wieviel krieg ich?»

«Fünfundzwanzig Dollar.» Mutzi läutete mit der großen Kuhglocke. «Nickel!»

«Was?»

«Hol Pewter.»

«Warum hast du den Deckel von dem Ballbehälter genommen?»

«Weil die Hebevorrichtung nicht richtig funktioniert und ich reinlangen und die Bälle rausholen muß.»

«Na gut.» Ich griff mir Pewter, die wütend murrte.

«Hier, das wird sie beruhigen.» Verna brachte eine Scheibe Mortadella zum Vorschein. Pewter nahm sie an.

Decca, die kleinste BonBon, sah die Katze die Mortadella verzehren und versuchte daraufhin, ihr Sandwich ohne Hände zu essen. Verna versetzte ihr einen leichten Klaps. «Du sollst doch nicht fressen.»

Decca hörte auf. Georgette saß neben ihrer kleinsten Schwester, die jung genug war, um ihr eigenes Kind zu sein. Sie wischte Decca mit einer Serviette den Mund ab.

Mutter zog eine neue Bingokarte hervor. «Ed, als Nickel ein kleines Mädchen war, war sie einmal sehr unartig. Sie ist immer noch unartig, aber heute kann ich nichts mehr dagegen machen. Ich sagte ihr, sie sei ein kleines Tier, und tat ihr Essen in einen Hundenapf, und sie mußte es auf der Erde essen wie ein Hund. Danach hat sie mir ein paar Wochen lang keinen Ärger gemacht.»

Ich lachte. «Mr. Walters, sie war eine Rabenmutter.»

«Sie sind aber gut geraten», lobte mich Ed.

«Sie haben ja keine blasse Ahnung.» Louise setzte wirklich alles daran, mir die Laune zu verderben.

Mutzi hob die Hände. «Okay, wir machen ein normales Bingospiel. Normales Spiel. Und ich möchte euch mitteilen, wenn wir so gut weitermachen wie bisher, können wir in ein paar Wochen Blackout-Bingo spielen.»

«Hört sich lustig an.» Mr. Pierre kam mit Getränken für alle von der Bar.

«Jetzt paßt auf. Wir stecken ein Muster an die Tafel. Peepbean!»

«Hm?» Peepbean hatte nicht aufgepaßt.

Mutzi sagte in freundlichem Ton: «Steck das Blackout-Blatt an.»

«Oh.»

Das Blackout-Blatt waren vier Sonderkarten, die auf ein einziges Blatt Papier gedruckt waren. Man bezahlte vier Karten. Eine normale Bingokarte kostete je nach Spiel einen oder zwei Dollar, aber das Blackout-Blatt sollte uns acht Dollar kosten. Der Jackpot hing von der Anzahl der Leute ab, die mitmachten. Das Limit war ein Blackout-Blatt für einen Spieler pro Blackout-Spiel. Das wich stark von unseren normalen Spielregeln ab, wo man so viele Karten kaufen konnte, wie man wollte. Verna hatte sich ein kleines Bord gebaut, auf dem ihre Karten aufrecht standen, so daß sie alle verfolgen und bis zu zehn auf einmal spielen konnte. Mutzi erklärte uns ausführlich, daß *alle* 25 Nummern auf einer Karte ausgestrichen beziehungsweise aufgerufen werden mußten. Der Jackpot wurde außerdem dadurch bestimmt, wie viele Nummern gezogen werden mußten, um eine Karte auf dem Blackout-Blatt voll zu bekommen. Wenn weniger als 55 Nummern aufgerufen wurden, würde der Jackpot sehr groß sein, ein paar tausend Dollar an einem gutbesuchten Wochenende. Wurden mehr als 55 Nummern aufgerufen, wurde der Jackpot vermindert.

Die Hälfte der Einnahmen von jedem Jackpot gingen an St. Rose of Lima. Die Kirche benötigte diese Einnahme, um weiterhin Essen auf Rädern an die Alten und diejenigen, die ihr Haus nicht mehr verlassen konnten, austeilen zu können. Und die Kirche selbst war ständig renovierungsbedürftig. Der erste Teil von St. Rose of Lima war 1680 erbaut worden. Die einzige Kirche in Runnymede, die noch älter war, war die lutherische Christuskirche am Emmitsburg Pike gleich hinter dem Platz. Weil die Deutschen als erste hierhergekommen waren, bauten sie auch vor allen anderen eine Kirche. Der Grundstein wurde 1662 gelegt. Die episkopalische St. Paulskirche, schräg gegenüber von St. Rose of Lima gelegen, wurde erst 1707 erbaut. Ihr Nachzüglertum machte sie dadurch wett, daß sie reicher war als wir übrigen. Die Chalfontes, die Rifes und die Yosts stifteten für St. Paul. Bingo stiftete für St. Rose. Die lutherische Kirche verpaßte ihre Chance und hielt sich, indem sie Kampagnen zur Aufbringung von Geldern veranstaltete, die ihre Mitglieder erschöpften, von denen ich eines war. Mit Glücksspielen wären wir besser dran gewesen. Ich persönlich war fürs Würfeln, aber der Pastor mißbilligte meine Idee. Im Grunde mißbilligte der Pastor ganz einfach meine Existenz. Ich bemühte mich, mein sporadisches Erscheinen nicht davon beeinträchtigen zu lassen.

«Peepbean wird Blackout-Blätter verteilen, damit ihr sie euch zu Hause genau ansehen und euch einen Begriff davon machen könnt. In ein paar Wochen machen wir ein Probespiel, um zu sehen, wie's läuft.» Mutzi kurbelte die Pingpongballmaschine wieder an.

«Hast du's kapiert?» wollte Mr. Pierre von mir wissen.

«So ungefähr.»

Louises Gesicht nahm allmählich eine braunrote Farbe an, während Mutter Ed umgarnte. Ich konnte das Ende des Bingospiels kaum erwarten. Ich hatte keine Lust, mich heute abend in einen Streit verwickeln zu lassen. Der Gedanke an den Verkauf des *Clarion* machte mir mehr zu schaffen, als mir bewußt gewesen war. Als Mutzi zum Beschluß des Abends noch einmal mit der Kuhglocke schepperte, fühlte ich die Spannung zwischen meinen Schulterblättern verebben. Wir hatten es geschafft. Auch Mr. Pierre wirkte erleichtert.

Mutter lud mich zu einem spätabendlichen Imbiß ein. Das bedeutete einen Eisbecher mit heißen Früchten und Brezeln. Ich kann spätabends nichts essen, sonst bekomme ich Alpträume, aber ich kam trotzdem mit und sah ihr zu, wie sie einen gigantischen Eisbecher vertilgte. Ich trank eine Tasse Schlaftee, während Goodyear ausgelassen mit Lolly tobte. Pewter ignorierte die Hunde.

«Er wird mich vor Mittwoch anrufen. Wetten?»

«Ich wette nicht mit dir, Mom.»

«Wo bleibt dein Sportsgeist?»

«Jede Frau, die eine Zeitung zu kaufen versucht und 24 000 Dollar im Jahr verdient, hat Sportsgeist.»

«Mmh.» Sie leckte die letzte Ladung Fruchteis von ihrem Löffel. «Immer wenn ich religiöse Zweifel habe, denke ich an Eis mit heißen Früchten.» Sie lehnte sich auf ihrem Stuhl zurück. «Ich muß etwas loswerden.» Sie langte in ihren BH, zog ihre Schaumgummieinlagen heraus und warf sie auf den Boden. Sie brüllte vor Lachen. Ich auch.

«Ich fand, du sahst ziemlich geballt aus.»

«Ich möchte, daß Ed Tutweiler Walters sich mit mir verabredet. Ein Mädchen hat besser Titten als Grips, weil Jungens besser sehen als denken.»

11

Louise drangsaliert Nickel

Samstag, 4. April

Der strahlende, kühle Morgen belebte mich. Ich war um halb sieben wach, fütterte die Tiere und erlitt einen Anfall von Heimverschönerungsdrang. Ich strich die Stufenleisten meiner Treppe weiß. Irgendwann im Ersten Weltkrieg hatte Cora die Stufen selbst hellblau gestrichen. Ich ließ sie hellblau. Dann verlor ich wirklich den Kopf und strich die Fußleisten in der Küche. Unterdessen war es neun Uhr, und ich nahm mir vor, kurz beim *Clarion* vorbeizuflitzen, bevor ich zum Stall ging. Roger Davis hatte Wochenenddienst, und ich dachte mir, ich könnte mal schnell reinschauen und sehen, ob er Hilfe brauchte.

Es erwies sich, daß er keine brauchte, aber ich. Als ich in die Redaktion des *Clarion* kam, war Roger in eine gewaltige Diskussion über eine Anzeige verwickelt, die einer unserer verhaßten Stadtplaner in Auftrag gegeben hatte. Mit dieser Anzeige konnten wir eine Osterbeilage finanzieren. Layout, Farbe und Satzvorlage waren hervorragend. Nun wünschte Nils Nordness auch noch kleine Osterhäschen an den Ecken der Seiten. Ich blinzelte Roger zu, und er blinzelte zurück.

Bucky Nordness, Nils' Bruder, schlenderte durch die Tür. Bucky, der Polizeichef von Nord-Runnymede, pflegte kleine Autos auf die Kotflügel seines Wagens zu malen – wie Kimmen auf ein Gewehr. Das war Buckys Begriff von Humor. Seine andere Eigenart war, daß er gewaltig auf Verschwörungstheorien abfuhr.

«Du kommst mir wie gerufen.»

«Hallo, Bucky. Was können wir für dich tun?»

«Ich untersuche einen Vorfall, bei dem es zum Einsatz einer Waffe kam, am 27. März. Das war Freitag vor einer Woche, in St. Rose of Lima.»

«Hat jemand den Teller für die Kollekte gestohlen?» Ich hatte nichts davon gehört.

«Ich habe es aus zuverlässiger Quelle, daß Mutzi Elliot deine Mutter und deine Tante mit einer Achtunddreißiger bedroht hat.»

«Ach das.» Ich hatte es vollkommen vergessen. «Bucky, er hat nicht richtig mit der Pistole gedroht. Er hat sie bloß vorgezeigt.»

«Ich habe ihn schon einmal deswegen verwarnt.»

«Mutzi hat einen Waffenschein. Er ist sehr verantwortungsbewußt. Außerdem war er Scharfschütze im Korea-Krieg. Er weiß also, was er tut.»

«Er hätte sie nicht bei sich tragen sollen.» Bucky verlagerte sein Gewicht. «Ich weiß, daß er einen Waffenschein hat, aber wie ihr euch dort immer aufführt, kann's durchaus mal vorkommen, daß jemandem was passiert.»

«Hast du mit Mutzi gesprochen?»

«Ja. Er war nicht sehr entgegenkommend.»

«Das höre ich mit Bedauern.» In Wirklichkeit hörte ich es mit Begeisterung. Mutzi hätte Bucky vermutlich am liebsten einen Kordelschlips um den Hals gewunden und die Metallöse so weit hochgeschoben, bis ihm die Augen hervorquollen.

«Der Jackpot wird immer größer, und beim Blackout-Bingo wird er riesig sein. Es ist gar keine schlechte Idee von Mutzi, eine Waffe zu tragen.»

Das kam bei Bucky nicht gut an. Nachdem er mir einen Vortrag über den Gebrauch von Schußwaffen gehalten hatte und was passieren konnte, wenn sie in falsche Hände gerieten, wollte er wissen, was Blackout-Bingo war. Ich erklärte es ihm, so gut ich konnte. Er war der Meinung, es wäre wohl besser, wenn er bei dem Spiel zugegen sei, und ich log, das sei eine großartige Idee. Wer weiß, vielleicht würde er sogar gewinnen. Dann schlug ich taktvoll vor, er möge seine Untersuchung einstellen, weil St. Rose of Lima sonst in ungebührliche Verlegenheit käme. Er brummte und ging zu Nils hinüber. Ich fuhr zum Stall. Regina war nicht da, deshalb fuhr ich weiter zum Club.

Der richtige Name des Clubs lautet «Tennis- und Racquet-Club von Süd-Runnymede». Es gibt hier nicht genug Leute mit Geld, um einen Golfplatz zu finanzieren, aber wir haben eine flotte Truppe von Tennis-, Squash- und Platform-Tennisspielern. Der eigentliche Country Club, Willow Bend, liegt im Norden der Stadt. Er hat einen wunderschönen Golfplatz mit 18 Löchern, einen Swimmingpool von olympischen Ausmaßen und Allwetter-Tennisplätze. Wir dagegen haben echte rote Sandplätze – zwölf Stück – und zwei Rasenplätze; deshalb kommen die Leute, die lieber auf die altmodische Art spielen, in den Tennis- und Racquet-Club von Süd-Runnymede. Wir haben auch zwei Squashplätze im Freien und vier Squashplätze in der Halle. Hallensquash und Fuchsjagd halten uns im Winter fit, der von Jahr zu Jahr schlimmer zu werden scheint. Oder aber ich spüre ihn mehr.

Die Sandplätze sind durch schöne Buchsbaumsträucher voneinander getrennt. Jeder Platz ist außerdem umzäunt, und im Sommer blühen große Kübel mit Geranien und Petunien. Das kleine Clubhaus, eigentlich eine Hütte, enthält Waschräume, einen Cola-Automaten und einen Laden für Sportsachen. Mit Segeltuch bespannte Klappstühle – sogar mit Kissen – stehen um die Plätze verstreut und die Rasenplätze sind von Tribünen umsäumt. Platz Eins der Sandplätze hat ebenfalls Tribünen. Wegen der Rasenplätze finden sich exzellente Spieler aus Maryland und Pennsylvania im T&R von Süd-Runnymede ein. Während der Hochsaison kommt es gewöhnlich zu grimmigen Wettkämpfen, aus denen Jackson oft als Sieger hervorgeht, besonders auf Rasen.

Die High School von Süd-Runnymede trainiert im T&R. Ich bin während meiner Schulzeit Mannschaftskapitän gewesen, und manchmal, wenn sich innerhalb der Schule kein Coach finden läßt, werde ich dienstverpflichtet. Die High School von Nord-Runnymede, von uns die «zweite Runnymede-High» genannt, trainiert im Willow Bend, was bedeutet, daß sie auf Sand hundsmiserabel sind. Wir versuchen immer, im T&R gegen sie zu spielen, aber letztes Jahr haben die Sportlehrer beider Schulen ihre Hohlköpfe zusammengesteckt und beschlossen, die Wettkämpfe turnusmäßig abzuwechseln. Da die zweite Runnymede-High – ihre Farben sind Blau und Weiß – in einem anderen Staat liegt, finden diese Wettkämpfe außer der Reihe statt. Wir messen uns in Football, Baseball, Basketball, in allen Sportarten. Es ist natürlich wichtig, daß man in seiner Liga im Staate Maryland die Nase vorn hat, aber wirklich siegen bedeutet, die Leute von Nord-Runnymede zu schlagen. Als ich Kapitän der Tennismannschaft von Süd-Runnymede war, haben wir sie nicht nur geschlagen, wir haben sie vernichtet. Wie hätten wir verlieren können? Regina und ich waren die Nummer 1 im Doppel, im Einzel war ich die Nummer 1, sie die Nummer 2. Ursie war an Nummer 3 im Einzel gesetzt, und sie wäre in jeder anderen Schule die Nummer 1 gewesen. So lief das. Gelegentlich ziehen Regina und ich bei Kämpfen gegen Lodi Spangler und Frances Finster, die amtierenden Königinnen von Willow Bend und vormals von Nord-Runnymede, unsere schwarzen Schulpullover mit dem orangefarbenen «R» in der Mitte an.

Oft fand ich mich schon bei Sonnenaufgang im Club ein oder fuhr daran vorbei. Vielleicht tat ich das, weil er sich nie veränderte, während wir uns ständig veränderten, auch wenn wir es nicht bemerkten. Oder vielleicht veränderten sich einige von uns und andere blieben gleich. Ich wußte es nie genau, denn ein Mensch kann sich innerlich verändern, und wenn es kein äußeres Anzeichen dafür gibt, wie sollte ich es dann bemerken? Vielleicht genügte es, daß ich mich veränderte. Ich begann, mein Leben zu bewerten, weil mir klar geworden war, daß es einmal enden würde, und ich wollte meine Zeit nicht vergeuden. Da Charles Falkenroth drauf und dran war, sich zur Ruhe zu setzen (obgleich ich es immer noch nicht glauben konnte), machte ich mich bereit, mehr Verantwortung, mehr Einfluß in meiner kleinen Stadt zu bekommen. Das Gefühl gefiel mir.

Regina und ich spielten drei Sätze. Wir waren beide miserabel, weil es unser erstes Spiel seit November war. Als wir zum Clubhaus zurückgingen, hörte ich ein bekanntes Quietschen. Tante Wheezie schoß den Hügel herauf, fuhr schwungvoll auf den Parkplatz und streifte beinahe Diz Rifes Aston-Martin Volante. Er mußte gekommen sein, während Regina und ich spielten.

Normalerweise war Diz diskret, wenn es um seine Millionen ging, doch bei Autos gab er seine Zurückhaltung auf. Louise knallte die Tür ihres Chryslers zu und inspizierte den Volante.

«Tante Wheeze, was tust du hier?»

Regina flüsterte mir ins Ohr: «Ich geh rein, eine Cola trinken. Bis nachher.»

Louise fuhr fort, den Wagen zu begutachten. «Der gefällt mir. Ich könnte den fahren und glücklich sein.»

«Für 140000 Dollar solltest du sehr glücklich sein.»

Ihre Neugier verwandelte sich in Ehrfurcht. «Der ist ja mehr wert als mein Haus!»

«Und als meins.»

«Ich muß mit dir reden.»

Wir setzten uns auf eine Bank am Rand eines Sandplatzes. Hinter mir konnte ich Aufschläge, Stöhnen und das vertraute Rutschen von Tennisschuhen auf Sand hören.

Tante Louise verschwendete keine Zeit. «Ich wünsche nicht, daß du zu Ed Tutweiler Walters irgendwas davon sagst, daß du's mit Frauen treibst.»

Wenn ich nur eine hätte, mit der ich's treiben könnte. Hätte ich doch nur alles getan, dessen man mich bezichtigte!

«Ich werde das Thema nicht zur Sprache bringen, Tante

Wheeze. Aber ich bin sicher, eins von den unzähligen BonBons hat's ihm gesagt.»

«Verna spricht nicht über so etwas.»

«Irgendwer tut's.»

«Aber ich will nicht, daß du das bist.» Sie hob die Stimme. «Wir waren eine achtbare Familie, bis du dazukamst.»

«Oh, du kannst natürlich auf dem Wasser wandeln.» Sicher, sie war eine alte Dame, aber manchmal brachte Louise mich auf die Palme.

«Das ist auch so eine Geschichte. Ich habe mitangehört, wie du dich über die päpstliche Marienbulle lustig gemacht hast. Ich wäre dir dankbar, wenn du deine Meinung für dich behieltest. Du bist nicht katholisch und weißt nicht, was Maria bedeutet.»

«Ich weiß sehr wohl, was Maria bedeutet. Ich habe die Enzyklika gelesen, als sie über den Fernschreiber kam. Johannes Paul hat sie als ‹Mutter aller› bezeichnet, er hat die Dogmen der unbefleckten Empfängnis und der jungfräulichen Geburt bekräftigt, und er hat behauptet, daß Maria, als sie starb, in den Himmel aufgefahren ist, damit ihr Leichnam nicht der Erde übergeben würde. Ich weiß auch, daß es Zweck dieser Erklärung war, Frauen weiterhin die Priesterweihe zu verweigern.»

Louise warf mir einen kalten Blick zu. «Du sprichst gotteslästerlich.»

«Wieso? Bloß weil ich zufällig glaube, daß die Juden das Schuldgefühl erfunden und die Christen es kultiviert haben?»

«Willst du mir etwa sagen, daß du nicht an Jesus glaubst?» Sie preßte die Lippen zusammen.

«Nein. Das habe ich nie gesagt.»

«Gut. Wir leben in einer kleingläubigen Zeit.»

«Na ja, die Amerikaner wollen einen Jesus, der nicht leidet und erst recht nicht stirbt. Er soll strahlend weiße Zähne haben, viel lächeln und sagen: ‹Also dann mal ran.› Außerdem sollte er nicht jüdisch aussehen.»

Das ließ sie einen Moment verstummen. «Du sprichst doch gotteslästerlich.» Sie ging wieder zum Angriff über. «Und es paßt mir nicht, daß du meine leicht zu beeinflussende Schwester zu dieser lächerlichen Frisur überredet hast. Lila Haare!»

«Magenta.»

«Von einer solchen Farbe hab ich noch nie was gehört.»

«Ein tiefes, kräftiges Lila-Pink.»

«Oh.» Wheeze schlug die Beine übereinander. Sie trug heute eine Stützstrumpfhose. «Ist mir egal, wie man es nennt. Du sollst aufhören, sie anzustiften. Sie ist zu alt für solche Sachen.»

«Sie ist für gar nichts zu alt. Und du weißt so gut wie ich, daß niemand auf der Welt Julia Ellen Hunsenmeir zu etwas überreden kann.»

«Du hältst ihr immer die Stange!»

«Sie ist meine Mutter. Was erwartest du eigentlich?»

«Sie hat dich aufgezogen. Sie ist nicht deine Mutter.»

«Sie ist die einzige Mutter, die ich je gekannt habe.»

«Manchmal wünschte ich, wir könnten die leibliche finden, damit sie dich zurücknimmt! Also, ich will nicht, daß du mir meine Romanze verdirbst, verstanden?»

«Ich werde zu niemandem sprechen, über gar nichts.»

Sie stand auf, um zu gehen. «Und vergiß meine Kolumne nicht. Falls du die Zeitung kriegst.»

«Wie wolltest du sie doch gleich nennen?»

«Goldene Erinnerungen, silberne Gedanken.»

«Ich dachte, du wolltest eine Kolumne über gesellschaftliche Entgleisungen schreiben, unter der Überschrift ‹Wie ich einen roten Kopf bekam›.»

«Ich möchte etwas machen, das Klasse hat.»

«Du?»

«Du bist wirklich eine Klugschwätzerin. Seit du klein warst.» Mit diesem Abschiedshieb ging sie zu ihrem Wagen, stieg ein und brachte wieder einmal die Bürger unserer schönen Stadt in Gefahr. Selbst im Zorn war sie eine Dame. Sie würde mich niemals Klugscheißerin nennen.

Ich saß da mit einem Gefühl, als wäre mein psychologischer Vergaser reparaturbedürftig. Ich bemerkte Diz erst, als er sich neben mich auf die Bank setzte. Er trug einen Fila-Trainingsanzug. Bei kaltem Wetter spielte ich in grauer Jogginghose und Sweatshirt. Diese schicken Anzüge von Fila und Ellesse kosten 200 bis 300 Dollar. Davon kann ich mich einen Monat ernähren.

Diz wirbelte seinen Schläger herum.

«Hübscher Trainingsanzug», sagte ich.

«Danke. Hab ich in New York gekauft. Hübscher Jogginganzug.» Diz lächelte. «Ich glaube, es ist derselbe, den du in der Schule getragen hast.»

«Ein Nachkomme davon.» Ich lachte.

«Hast du nie die Nase voll?» Er senkte die Stimme.

«Von meinem Jogginganzug?»

«Von Louise, von Juts, von allen, die dich dauernd daran erinnern, daß –»

«Ach, das. Geht zum einen Ohr rein und zum andern wieder raus. Außerdem sage ich mir immer, daß Moses in einem Binsenkorb gefunden wurde. Ich glaube, ich war bloß in den Binsen, als man mich fand.»

Diz lachte. «Steig bloß nicht auf irgendwelche Berge.»

«Das versprech ich. Wie geht's mit dem Spielen?»

«Besser. Und bei dir?»

«Bin verrostet.»

«Ich kann nichts dafür, daß ich mitgehört habe. Ich war auf dem Platz nebenan. Hoffentlich hältst du mich nicht für unverschämt», entschuldigte er sich, womit er auf unser anfängliches Thema zurückkam.

«Ich kann mich eigentlich an kein einziges Mal erinnern, wo du unverschämt gewesen wärst, nicht mal als Junge.»

«Ich muß irgendwas falsch machen.»

Da er aufrichtig zu mir war, wollte ich aufrichtig zu ihm sein. «Du warst immer im Blickfeld, immer unter Druck. Dank dem Himmel für deine tadellosen Manieren.»

«Ich muß wiedergutmachen, was meine Vorfahren verbrochen haben. Du weißt gar nicht, was für ein Glück du hast, Nickel, daß du deine Familie nicht kennst.»

«Hm, da magst du recht haben.»

«Ist dir je in den Sinn gekommen, daß wir die zwei verkanntesten Menschen in ganz Runnymede sind?»

12

Nickel gibt Mr. Pierre ein Versprechen

Sonntag, 5. April

«Und was hast du gesagt?» Mr. Pierre hielt vor Spannung die Luft an.

«‹Nein, daran habe ich noch nie gedacht.› Das hab ich gesagt.»

Nachdem ich mit meinem Bericht über Louise, Diz und Tennis fertig war, nahm ich mir noch eine *crème caramel*. Beim Tee bei Mr. Pierre liefen mir Schauder des Entzückens über den Rücken. Kochen war sein drittliebster Zeitvertreib, nach Klatsch und Dekorieren.

An diesem Sonntagnachmittag plauderten nur wir zwei, behaglich vor dem Nieselregen geschützt. Lolly und Pewter schliefen zu unseren Füßen. Gewöhnlich war beim Tee die Mannschaft vom Curl 'n Twirl zugegen, zuzüglich allen, die Mr. Pierre im Laufe der Woche amüsant gefunden hatte. Er führte eine Hitliste und eine Schietliste. Einmal sackte ich sogar auf seine Schietliste ab und war einen Monat vom Tee ausgesperrt. Ich erinnere mich gut daran. Das war, als ich von meinem ersten College-Semester nach Hause gekommen war und in jedem zweiten Satz «Geil» sagte. Mein Paradewort war «Oberaffengeil». Mr. Pierre kochte vor Entrüstung. Mutter weigerte sich, mit mir zu reden, aber er fiel über mich her. Erstens, sagte er, sei das glattweg primitiv. Zweitens, sagte er, zeuge es von einem Mangel an Phantasie. Die englische Sprache verfüge über den größten Wortschatz der Welt. Wenn einer das richtige Wort nicht finden könne, sei er ein Dummkopf, träge und nicht gesellschaftsfähig. Man solle sich bemühen, in seiner Redeweise amüsant zu sein, und wenn man nicht amüsant sein könne – schließlich sei nicht jeder ein Unterhaltungskünstler –, dann könne man wenigstens korrekt sein. Ferner beschimpfte er mich, weil ich die sexuelle Lust mit einem Wort belegte, das nicht nur denjenigen, der es verwendete, sondern auch den Akt selbst ordinär erscheinen ließ. Als er fertig war, war ich seiner Meinung, aber ich war achtzehn und weigerte mich nachzugeben. Ich stolzierte trotzig hinaus. Bald änderte ich meine lächerliche Haltung. Ein Leben ohne Tee und Mr. Pierre war wie eine Verbannung nach Sibirien.

Wir ergingen uns in Ohs und Ahs über die Story von dem Juwelenverkauf, die über den Fernschreiber gekommen war und die ich mitgebracht hatte. Mr. Pierre liebte die AP-Ausdrucke. Bei der Versteigerung hatte ein japanischer Händler einen Ring der Herzogin von Windsor, einen einunddreißigkarätigen Diamanten, für 3,15 Millionen Dollar erworben.

«Ich hätte so schrecklich gerne ihre Flamingobrosche gehabt», seufzte er. «Flamingos sind der letzte Schrei.»

«O Gott, daß du das bloß nicht beim Bingo ausposaunst, wenn Ed dabei ist.»

«Louise kann mir nicht vorschreiben, was ich tun soll. Ich bin nicht ihre Nichte. *Jamais!* Niemals. Und wenn Ed einen alten Homo nicht ertragen kann, lohnt es sich nicht, ihn zu kennen. Sie schnappt langsam über wegen dieser sogenannten Romanze. Ich glaube, mit Ed Tutweiler W. zusammen zu sein, bedeutet einen erheblichen Verlust allgemein menschlicher Gefühle, jawohl, das glaube ich.»

«Er ist der starke, stille Typ.»

«Bitte, wieso bedeutet Mann sein, nicht kommunikativ zu sein?»

«Vielleicht ist er schüchtern. Was würdest du tun, wenn du zwischen Julia und Louise gefangen wärst?»

«Abhauen!» Er schenkte Tee nach.

Der Dampf kräuselte sich aufwärts, während die Holzscheite in seinem Art-Déco-Kamin zusammenfielen. Ich fühlte mich wohl bei ihm zu Hause. Wenn ich darüber nachdenke, wird mir klar, daß ich mich geliebt fühlte. Er liebte mich um meinetwillen, nicht wegen geleisteter Dienste.

«Aber du bist doch jeden Tag zwischen ihnen.»

«Herzchen, ich bin doch bloß eins von den Mädels. Meinetwegen werden sie sich nicht gegenseitig die Haare ausreißen.»

«Wenn, wäre das eine schlechte Werbung für den Curl 'n Twirl.»

«Was glaubst du wohl, weshalb ich ewig den Vermittler zwischen ihren Kabbeleien spiele? Mein Geschäft hängt davon ab.» Er lachte und nahm sich ein himmlisches, winziges Toffeetörtchen, Toffee auf einem Grahamcracker, mit Bitterschokolade überzogen. Als er hineinbiß, stöhnte er vor Wonne. «Seit Bob tot ist, sind meine Vergnügungen oral. Ich muß Diät halten. Nickel, du hast es hier als erste gehört. Ab morgen.»

«Morgen, morgen, nur nicht heute.» Ich nahm mir auch eins.

«Darling, ich wollte es dir schon längst sagen, aber ich hatte nie die Zeit. In der Stadt ist eine Dame, die findet dich umwerfend. Ja, das ist das richtige Wort – umwerfend.»

«Was du nicht sagst.»

«Du glaubst mir nicht?»

«Ist sie unter siebzig?»

«Ja.»

«Wer? Laß mich nicht raten.»

«Es macht aber mehr Spaß, wenn du rätst.»

«Nun sag schon.»

«Regina Frost.» Seine Lippen zuckten.

«Das glaube ich nicht. Sie ist wie meine Schwester.»

«Ehrlich?»

«Ja.»

«Dann bist du ein gemeines kleines Luder, Nickel.» Er sagte es ohne Groll.

«Wieso? Was habe ich denn getan?»

Er spielte mit seiner Teetasse. «Ich wollte hören, was du über Regina sagen würdest. Ich habe sie sehr gern. Sie ist reizend, wirklich reizend, bis auf diesen grellen Lidschatten, und sie bewundert dich sehr, sie schwärmt geradezu für dich.»

«Nicht sexuell.»

«Nein, aber wie ich schon sagte, ich wollte hören, wie du auf sie reagierst.»

«Warum?» Ich fand das höchst sonderbar.

«Weil du mit ihrem Mann schläfst.»

Ich bin eine ungeschickte Lügnerin. Zwecklos, es auch nur zu versuchen. «Weiß es sonst noch jemand?»

«Was ist das für eine Antwort? Nein, ich bin der einzige, der es weiß. Weißt du, manchmal habe ich abends noch spät gearbeitet oder einen Mitternachtsspaziergang gemacht, und ich habe zwei und zwei zusammengezählt. Vorläufig bist du in Sicherheit.»

Ich atmete hörbar aus.

«Es ist unrecht», fuhr er fort.

«Ich weiß.» Die Worte stürzten aus mir heraus. «Ich weiß es, und ich finde es abscheulich, aber ich… ich weiß nicht. Er macht mich glücklich.»

«Er ist der Mann deiner besten Freundin.»

Ich staunte über mich selbst. Ich fing an zu weinen. Mr. Pierre stand von seinem Sessel auf und setzte sich neben mich auf das kleine Zweiersofa. Er nahm mich in seine Arme.

«Ach, Mr. Pierre, ich fühle mich fürchterlich.»

«Ich weiß. Du bist einsam. Du bist lange Zeit einsam gewesen. Aber es ist nicht recht. Das ist keine Lösung.»

«Ich sterbe, wenn Regina dahinterkommt.»

«Sicher. Sie könnte dich umbringen.» Er drückte mich an sich. «Die Menschen machen Fehler. Ich habe selbst einen solchen Fehler begangen. Deswegen flehe ich dich an, die Beziehung zu beenden, bevor ein Unheil geschieht. In so einer Situation kommen schließlich alle zu Schaden.»

Als ich mich gefaßt hatte, versprach ich Mr. Pierre, mit Jackson Schluß zu machen. Auf der Heimfahrt sagte ich mir, es würde gar nicht so schlimm werden. Mein Begehren würde sich in eine schöne Erinnerung verwandeln. Schließlich konnte ich mich unmöglich von meinen Hormonen leiten lassen.

13

Die Haute Couture kommt zum Clarion

Montag, 6. April

Heute wurde die Baseballsaison eröffnet. Roger Davis lieferte einen guten Artikel über Jack Kemp, der seine Präsidentschaftskandidatur für die Republikaner angemeldet hatte, und Michelle schrieb an einem knisternden Nachtrag über die Schließung des Atomkraftwerks Peach Bottom.

Die Atomüberwachungskommission hatte die Anlage am 31. März schließen lassen, weil man die Bedienungsmannschaft im Kontrollraum schlafend angetroffen hatte. Peach Bottom liegt in Delta, Pennsylvania, in sicherer Entfernung von der Nordseite von Runnymede. Bei dem Reaktorunfall von Three Mile Island allerdings befand sich Runnymede in der dritten Gefahrenzone. Seither wollen unsere Leser alles über Atomkraftwerke wissen.

Heute abend fand der Kampf Hagler gegen Leonard statt, um den so viel Wirbel gemacht wurde. Charles beschloß, selbst darüber zu berichten, sobald das Ergebnis feststand.

Hektisch, hastig und hitzig verlief dieser Montag wie üblich. David Wheeler, unser Sheriff, wälzte sich herein und wollte wissen, ob Bucky Nordness nicht der größte Saftsack von Runnymede sei. Ich sagte, davon wüßte ich nichts, aber er hätte einen Tobsuchtsanfall wegen Mutzi und der 38er gehabt. Ich schlug David vor, zum Blackout-Bingoabend zu kommen.

Noch stand das Datum nicht fest, aber ich versprach, ihm Bescheid zu sagen, sobald ich es wüßte.

Dann hatte ich einen Geistesblitz und betraute Michelle mit der Story über Blackout-Bingo.

«Bingo? Ich soll einen Artikel über Bingo schreiben?»

«Ja. Ich schätze, bis zum Blackout-Bingoabend sind es noch ein paar Wochen, also hast du jede Menge Zeit, um die Spielregeln zu lernen.»

«Du gibst Roger einen Auftrag über den Wahlkampf der Republikaner und mir einen über Bingo. Das ist sexistisch.» Ihre Fingernägel, in einem verschwommenen Mauveton lackiert, trommelten auf meine Schreibtischplatte.

«Ich hab dir auch den Auftrag über Peach Bottom gegeben, und das ist ein heißer Stoff.»

«Ich will keine seichten Artikel.»

«Verdammt noch mal, wir sind eine kleine Zeitung, und du nimmst, was ich dir gebe. Letzten Sommer hab ich über einen Buschbrand bei Emmitsburg berichtet. Du bist nicht besser als ich!» Da ich selten aus der Haut fahre, drehten sich alle Köpfe nach mir um.

«Schon gut, schon gut, aber ich habe noch nie von etwas so Primitivem und Langweiligem gehört wie Bingo.»

«Ich gehe zufällig jeden Freitagabend hin. Findest du mich primitiv und langweilig?» Das überraschte sie, und sie zögerte. Ich bedrängte sie weiter. «Du willst kneifen? Na schön, aber ich versprech dir, Blackout-Bingo wird bestimmt nicht langweilig. Es bringt den dicksten Geldpreis, den man hier je gesehen hat, und –» ich machte eine Pause – «womöglich amüsierst du dich sogar. Und jetzt verschwinde.»

Michelle, empfindlich, wenn es um ihre Person ging, verzog sich. Ich öffnete meine Schreibtischschublade, nahm Isaacs in Ehren gehaltene Zigarre heraus, war halb im Begriff, sie zu rauchen, und legte sie zurück. Das Schicksal meinte es nicht gut mit mir. Portia Rife, New Yorker Kultiviertheit und Flair verströmend, stieß die Tür auf. Unter ihrem Arm trug sie ihre Aktenmappe, ihre gigantische Aktenmappe. Sie knallte sie aufgeräumt auf meinen Schreibtisch, so daß Pewter aufsprang. Unter der Glut ihrer grimmigen Falschheit schrumpfte ich zusammen.

«Nicole, Schätzchen, es ist eine Ewigkeit her.» Portia besaß die Unverfrorenheit, mich auf beide Wangen zu küssen.

«Schön, dich zu sehen», schwindelte ich matt. «Wie ist denn so das Leben nördlich der Zweiundvierzigsten Straße?»

Das Idol aus Portias Kindheitstagen war Marilyn Monroe. Portia hauchte beim Sprechen dermaßen, daß es mich zum Wahnsinn trieb. Den Männern gefällt das vielleicht. Außerdem beugte sie sich auch noch über mich, und da ihr Busen gut entwickelt war, lief ich Gefahr, ein Auge zu verlieren. «Welch eine Freude, jemanden in Runnymede zu kennen, der kosmopolitisch ist.»

Ha. Kosmopolitisch war das Letzte, was ich war. Ich war eine Kleinstadtpomeranze aus Maryland, wenn auch eine gebildete.

«Du schmeichelst mir.»

Und sie schmeichelte mir aus verdammt gutem Grund. Sie wollte ihre Fotografien in der Lebensstilrubrik unterbringen. In der schlechten alten Zeit waren das die «Seiten der Frau» gewesen. Mir gefiel diese Formulierung besser. Heutzutage hatte alles bloß Stil und kein Leben.

Portia blätterte die schwarze Aktenmappe auf. Eine Reihe verschwommener Fotos bot sich mir dar. Über einige hatte sie in fluoreszierenden Farben geometrische Zeichnungen gelegt, Dreiecke, Trapeze. Hochmodisches Zeug. Ich erwog, sie mit einem Auftrag nach Nicaragua zu schicken. Und hier sehen Sie eine hochmodische Leiche und da drüben ein allerliebstes Maschinengewehr. Ich behielt meine Gedanken für mich, während sie in mein rechtes Ohr atmete. Ich war sicher, daß sich da drin Niederschlag bildete, und wenn nicht Niederschlag, dann Herablassung.

Charles hängte in seinem Büro den Telefonhörer ein und stand auf. Er beschwor mich mit seinen Blicken. Die diversen Firmen der Rifes waren ständige, lukrative Anzeigenkunden.

Mitten in einer Arie über tief angesetzte Taillen und kurze Röcke kapitulierte ich. «Portia, kannst du mir diese hier dalassen?» Ich suchte vier aus. «Ich finde, die anderen sind sehr –» ich suchte nach Worten – «ausgefallen und gewagt, aber du weißt, Herzchen, Runnymede ist pink und grün und Pappagallo.»

Portia steckte ihren Finger in den Mund und tat, als ob sie würge. Michelles Gesicht kündete von ihren Gefühlen. Ich hatte vergessen, daß Michelle die rausgeputzte höhere Tochter des *Clarion* war. Obwohl sie mich angekotzt hatte, als sie über Bingo die Nase rümpfte, kam ich mir mies vor. Portia merkte nichts, aber die Gefühle anderer Leute standen auf Portias Prioritätenliste schließlich nicht besonders weit oben.

Ich zog vorsichtig die am wenigsten anstößigen Fotografien heraus. «Ich schicke dir Belegexemplare.»

«Du bist prima, Nick.» Noch mehr Wangenküsse, dann ließ sie uns taktvoll in einer Wolke von Giorgio zurück, einem Parfum von beklemmender Intensität.

Charles kam herübergeschlendert. Er hielt die Fotos hoch. «Wollen wir das Michelle geben?» überlegte er.

«Nein. Ich habe sie vorhin mit Blackout-Bingo beauftragt.»

Michelle warf mir ein verbales Hufeisen an den Kopf. «Ja, und ich trage dabei Pink und Grün und sogar meine Pappagallos.»

«Ach, Michelle, kannst du keinen Spaß vertragen?»

«Du hast es ernst gemeint.»

«Na ja …» Ich schwafelte irgendwas, dann kam ich zur Sache. «Charles, laß mich den Modeartikel machen. Das wird die Rifes freuen.»

«Du sagst es.» Er kehrte in sein Büro zurück und schloß die Tür.

Michelle machte ein finsteres Gesicht, während Roger sich mit Mühe das Lachen verkniff. Er legte zudem die Füße auf seinen Schreibtisch, damit wir seine Schuhe sahen, sehr empfindliches Leder mit dicken Gummisohlen – luxuriöse Kampfstiefel.

Das Telefon klingelte. Mutter. «Weißt du schon das Neueste?»

«Elizabeth II. von England hat angerufen, um mit dir zu klönen.»

Mutters Stimme wurde tiefer. «Hast wohl 'nen schlechten Tag heute, was?»

«Hmm.»

«Laß dich bloß nicht unterkriegen! Hör zu, was es Neues gibt. Ed hat mich gefragt, ob ich mit ihm ausgehen will! Du schuldest mir einen Eisbecher mit heißen Früchten.»

«Nein. Ich habe die Wette nicht angenommen, erinnerst du dich? Du hast einen Eisbecher mit heißen Früchten gegessen, als du sie abschließen wolltest.»

«Oh.» Sie klang sehr enttäuscht.

«He, wollen wir uns bei *Mojo's* auf einen Eisbecher mit heißen Früchten treffen?»

«Juhu!» Sie hängte ein. Sie würde Lippenstift auftragen. Sie würde sich in ihren Mantel werfen. Binnen fünf Minuten würde sie bei *Mojo's* um die Ecke kommen.

«Michelle, halt die Stellung. Ich treff mich mit meiner Mutter. Bin bei *Mojo's*, wenn du mich brauchst.»

«Ich brauch dich nicht», stieß sie knurrend hervor.

«Nein, aber vielleicht brauchen wir dich.» Roger strahlte.

«Komm, Pewter.» Sie sprang in meine Arme. «Du auch, Lolly.»

Ich verließ den *Clarion* mit meiner kleinen Familie und ging zu *Mojo's*. Ich dachte sogar daran, Mutter den Spielplan der Orioles mitzubringen, den wir auf starkem Papier gedruckt hatten. Mom bog aus der entgegengesetzten Richtung in die Frederick Road ein. Lolly sauste los, um sie und Goodyear zu begrüßen. Ich auch. Meine Stimmung stieg.

Ich war froh, daß Mutter ihre Verabredung mit Ed hatte, und ich war froh, sie zu sehen. Wenn auch der Rest der Welt zu Schwarzweiß verblaßte, Julia blieb in Technicolor.

14

Nickel bricht ihr Versprechen

Dienstag, 7. April

Ray Leonard gewann den Mittelgewichtskampf. Charles schwelgte in seiner Spalte.

Michelle erschien in schwarzen Turnschuhen und Jeans zur Arbeit. Ich sagte klugerweise nichts.

Mutter rief dreimal an und fragte mich, was sie morgen zu ihrer Verabredung anziehen sollte. Beim dritten Versuch legte sie mit den Worten auf: «Wieso frag ich dich eigentlich? Du verstehst doch sowieso nichts von Kleidern.» Da ich mich gerade mit den Bildunterschriften zu Portias Fotografien abmühte, gab ich ihr recht. Warum gaben Frauen in New York und Los Angeles ein Vermögen aus, um wie Wanderarbeiter auszusehen? Ich hatte ganz offensichtlich keine Ahnung von Mode. Und nach den Fotos zu urteilen, wollte ich es dabei auch belassen.

John Hoffman las die Stories über die Iran-Contra-Affäre, die über den Fernschreiber tickerten. Obwohl er konservativ war, hielt er nichts davon, daß Beamte gegen das Gesetz verstießen. Wenn du das Gesetz nicht befolgen kannst, dann tritt von deinem Amt zurück und bemühe dich von außen, es zu ändern. Ich wußte, sein Leitartikel würde Spitze, denn er hämmerte auf seiner IBM wie ein Konzertpianist.

Roger durchforstete Zeitschriften nach Leckerbissen. Der

Clarion streute hier und da Kurzinformationen und lustige Geschichten als Füllsel ein. Unser altmodisches, aber sehr schönes Layout kennzeichnete sie auf elegante Weise, durch eine dünne schwarze Linie mit einer schlanken Ellipse in der Mitte.

«Wir sollten einen Artikel über das Stillen bringen.» Roger hielt den Artikel hoch, damit ich die Fotos sehen konnte.

«Nein», erwiderte ich.

«Warum nicht?» wollte Michelle wissen.

«Weil Brustfütterung stark überschätzt wird, es sei denn, man ist über einundzwanzig.» Ich konnte es mir nicht verkneifen.

Roger brüllte.

Michelle lief puterrot an.

John hörte auf, auf seine Schreibmaschine einzudreschen, und lächelte mich an. «Wenigstens das haben wir gemeinsam.»

Ich lachte. Wie so viele Männer erging sich John vermutlich in lesbischen Phantasien. Er schauderte vor Wonne, wenn ich etwas Unerhörtes sagte. Ich persönlich hielt das nicht für eine große Sache, aber ich war ja auch nicht der Ansicht, daß es sich lohnte, sich besondere Übung in Sex zu verschaffen. Leben und leben lassen.

Mein Telefon klingelte, sonst hätte ich mir noch was einfallen lassen, um ihn aufzuziehen. «Hallo.»

«Was ist da so lustig?» Es war Tante Wheeze, und sie konnte das Gelächter im Hintergrund hören.

«Nicht der Rede wert. Was kann ich für dich tun?»

«Ich habe meine Schwester getroffen. Du weißt schon, die, die gerade an ihrer zweiten Kindheit leidet oder an Senilität – wie du willst. Man könnte meinen, sie sei der einzige Mensch auf der Welt, der eine Verabredung hat, Nickie, dabei geht sie gar nicht mit ihm allein aus. Sie geht mit Ed Tutweiler Walters und diversen BonBons ins Kino. Er hat sie bloß gefragt, damit sie sich nicht übergangen fühlt. Er weiß schließlich, wie nahe mir meine Schwester steht, und er hat gesehen, wie ihr zumute war. Er ist ein sehr einfühlsamer Mann. Er kennt sämtliche Liebesliedertexte, nicht bloß von Cole Porter, auch Country-

Musik. Er beschäftigt sich auch mit den Religionen. Wie gesagt, er ist sehr einfühlsam. Ich habe vorgeschlagen, daß wir zusammen gehen – je mehr, desto lustiger, du kennst ja meinen Wahlspruch –, worauf diese meine Schwester über mich hergefallen ist wie ein wildgewordener Handfeger. Du mußt irgendwas unternehmen, damit sie –»

«Tante Wheezie, ich bin bei der Arbeit, und gleich ist Redaktionschluß. Willst du nicht gegen sechs hier vorbeikommen und mir alles erzählen?»

«Ich gehöre zum Blumenkomitee in der Kirche, und wir haben um sechs eine Versammlung. Willst du wissen, warum ich angerufen habe?»

Na endlich.

Sie begann einen zweiten verbalen Dauerbeschuß. «Ich hab die Nase voll von Juts mit ihrer ausgefallenen Kostümierung und dieser Frisur. Eine Frau in ihrem Alter sollte gediegen aussehen. Ich sag's ihr andauernd, aber sie geht hin und kauft sich noch so einen knallroten Lippenstift. Er setzt sich in den Rissen in ihren Lippen fest. Wie 'ne alte Vettel sieht sie damit aus. So eine Farbe wirst du an mir nicht sehen.»

«Könntest du zur Sache kommen?»

«Unverschämt! Du bist unverschämt, gemein und teilnahmslos.»

«Gleich ist Redaktionsschluß.»

«Ich fahre nach Emmitsburg in das große Einkaufszentrum, und wenn ich nicht finde, was ich suche, fahr ich nach New York.»

«Nein, das tust du nicht.»

«Du kannst mir nicht vorschreiben, was ich mache oder wie ich es mache. Mein 1952er Chrysler läuft besser als irgendein Wagen in dieser Stadt. Und ich hab erst den zweiten für Ersatzteile angebrochen. Der dritte steht funkelnagelneu in meiner Garage, und ich laß ihn jeden Tag an, wie's Pearlie mir gesagt hat. Ich kann überallhin fahren. Ich kann in meinem Wagen nach Kalifornien fahren.»

«Ich dachte, du hast Angst vor Erdbeben.»

«Hab ich auch. Ganz Kalifornien wird in den Pazifischen Ozean fallen.»

«Keine Bange. Die Fische werden das Angebot dankend ablehnen. Es wird immer ein Kalifornien geben.»

Das ließ sie einen Moment verstummen. Sie machte sich wieder schußbereit. «Also ich fahr in das Einkaufszentrum nach Emmitsburg, und ich ruf bloß an, weil ich möchte, daß jederzeit jemand weiß, wo ich bin. Bloß für alle Fälle.»

«Du hast mich angerufen, weil du willst, daß ich dich hinfahre.»

«Würdest du das tun?» Ihre Stimme triefte honigsüß.

«Ja.» Ich resignierte. Es war nicht nur, weil ich nicht wollte, daß sie auf dem Weg dorthin starb. Es war der Gedanke an die unschuldigen Menschen, die sie unterwegs töten könnte.

«Ich kann in einer Stunde fertig sein.»

«Du kannst bis Samstag warten. Ich habe zu arbeiten.»

«Ach, das hab ich ganz vergessen. Um wieviel Uhr?»

«Ich hol dich um zehn ab.»

«Laß uns meinen Wagen nehmen. Er fährt sich besser als der Jeep. Außerdem will ich nicht aussehen wie eine Landarbeiterin. Damen fahren keine Jeeps.»

«Warten wir's ab, Tante Louise. Mach's gut.» Ich legte auf. Wenigstens respektierte sie meine Arbeit.

«Das letzte, was von deiner Tante Louise stirbt, wird ihr Mundwerk sein.» Johns Schultern hoben und senkten sich. Er lachte immer am meisten über seine eigenen Witze.

«Heute ist für uns ein Tag seltener Übereinstimmung, John.»

Ein rosa Schimmer auf dem Konföderierten Denkmal wurde rot, dann mauve und schließlich purpurn. Der Sonnenuntergang macht mich immer traurig. Tief in meinem Innern frage ich mich, ob ich die Sonne wieder aufgehen sehen werde. Ich habe das Leben nie für selbstverständlich gehalten. Als unsere Leute heute Schluß machten, einer nach dem anderen, eingemummelt, weil die Temperatur wieder sank, beobachtete ich sie, wie sie den Platz überquerten oder um die Ecke bogen. Ihre Züge wurden weicher, und als sie sich entfernten, erinnerten sie mich an eine Ferrotypie, an Menschen, die in der Zeit erstarrt sind.

In einer Woche würden wir die Uhren auf Sommerzeit umstellen, und der Sonnenuntergang würde sich immer weiter nach hinten verschieben bis zum 21. Juni, Mittsommerabend, meinem Lieblingstag des Jahres.

Um neun war ich in Jacksons Büro. Pewter lief seine Bücherregale rauf und runter, machte aber nichts kaputt. Lolly setzte ihrem Büffelhautknochen zu, und Jackson setzte mir zu.

«Du mußt denken wie sie.»

«Jackson, ich kann nicht wie ein Bankier denken. So tief kann ich nicht sinken.»

«Sehr komisch. Ich habe deine Unterlagen und die Aufstellung deiner Finanzen vorbereitet. Wir haben unser Bestes getan.»

«Was meinst du eigentlich genau, wenn du sagst, ich soll wie Foster Adams denken?»

«Nimm's nicht persönlich.»

«Okay, okay.»

«Wenn Bankiers über einen Kreditantrag befinden, haben sie eine Liste von Posten, die sie prüfen müssen. Sie wollen sich ein Bild von der Finanzlage des *Clarion* machen. An Hand dieser Daten können sie die künftige Ertragslage ermitteln. Sie wissen, daß der Umsatz gesteigert werden kann. Aber sie denken vor allem daran, was ist, wenn es zum Schlimmsten kommt. Was sie als Sicherheit in der Hand haben, wenn –»

«Den *Clarion* gab es schon vor dem Unabhängigkeitskrieg. Er geht nie unter.»

«Unter diesem Gesichtspunkt sehen die das nicht.»

«Himmel, was wollen sie also wissen?»

«Zuallererst, wie die Rückzahlung erfolgt. Ob die Sicherheit die Schuld decken kann, wenn es zum Notverkauf kommt.»

«Notverkauf! Also das gefällt mir nicht.»

«Du mußt wissen, womit du es zu tun bekommst.»

«Diz Rife. Ich glaube, er wird die Thurston-Gruppe im Handumdrehen ausmanövrieren.»

«Zu Diz kommen wir später. Versetzen wir uns an Foster Adams' Stelle. Er möchte deinen Antrag unterstützen.»

«Wirklich?» Das freute mich.

«Ja, aber er muß damit nach Baltimore. Er braucht womöglich mehr Sicherheiten, als du hast. Er muß dich und den *Clarion* Leuten schmackhaft machen, die gar keine Kleinstädte mehr zu sehen kriegen. Sie fliegen oder fahren auf Umgehungsstraßen.»

«Zahlen sind Zahlen, ob die uns kennen oder nicht.»

«Stimmt. Deswegen habe ich dir ja diese Aufstellung gemacht. Eine Bank leiht 75 bis 80 Prozent auf den geschätzten gegenwärtigen Vermögenswert. Hier hast du einen Pluspunkt, weil der *Clarion* eine erstklassige Immobilie in Spitzenlage ist, und deine Farm ist auch viel wert. Was dir Schwierigkeiten machen wird, ist die Druckpresse. Gewöhnlich leiht eine Bank auf gebrauchte Maschinen 50 Prozent vom Buchwert, je nach Zustand –»

Ich unterbrach ihn, was ich selten tue. Aber ich war aufgeregt. «Arnie Dow hält die Maschine in Schwung. Er liebt das Baby. Sie ist so gut wie neu.»

«Das bezweifle ich nicht, aber Chesapeake-Potomac sehen das nicht so. Die Maschine ist so speziell und so alt, daß die Bank dir darauf nichts leihen wird. Null.»

«Null?» Ich war entsetzt.

Er nickte mit seinem Lockenkopf. «Und ich weiß nicht, ob alles übrige das abdeckt.»

«Jack, ist das dein Ernst? Die Presse hat überhaupt keinen Wert für sie? Sie ist ein Prachtstück, diese Presse. Ich meine, wir stellen die Zeitung nach der alten Methode her, der richtigen Methode, mit Blei und Schmiere und –»

«Ich weiß, aber von ihrem Standpunkt aus ist der Wiederverkaufswert begrenzt.»

«Verflucht noch mal, was wissen die denn von Zeitungen?»

«Sie wissen, daß das Druckgewerbe heutzutage computerisiert ist und der *Clarion* seine Arbeitskräfte um ein Drittel, mindestens um ein Drittel, reduzieren könnte, wenn er von Bleisatz auf Fotosatz umstellen würde.»

«Ich halte nichts davon, Leute zu entlassen, bloß damit man sich neue Maschinen anschaffen kann.»

Er schleuderte seine Schuhe von den Füßen. «Ich auch nicht. Ich stimme allmählich mit dir überein, was Vollbeschäftigung wider den fortschreitenden Ersatz von Menschen durch Technik betrifft. Ich schätze, der alte Spinnmaschinenkampf fängt wieder ganz von vorne an.» Er seufzte. «Aber es muß einen Mittelweg geben.»

«Gesellschaftlich, ja. Wo es um den *Clarion* geht, nein. Ich würde eher sterben, als daß ich Arnie und die Jungens rauswerfen würde. Es gibt eine einfachere Methode, eine Zeitung zu drucken, na und? Macht das etwa mehr Spaß? Dient es der Gemeinschaft einen Deut besser? Was wir haben ist mehr als gut genug, und irgendwann werden die Leute zu Besichtigungstouren bei uns aufkreuzen, so wie sie jetzt nach Williamsburg fahren.»

«Das werden sie zweifelsohne tun.» Er zog mir die Schuhe aus und massierte meine Füße. Er saß auf dem Sofa, ich lag quer über ihm. «Hast du irgendwelche Aktien oder Wertsachen, die du übersehen haben könntest?»

«Pewter und Lolly.»

«Die sind ihr Gewicht in Edelsteinen wert.» Er rieb meine Füße zwischen den Zehen und auf den Ballen. «Tut das gut?»

«Sehr entspannend.»

«Da ist noch etwas, das die Bank prüfen wird. Die Integrität des Kreditnehmers. Da bist du erstklassig, mein Schatz.» Seine Hände bewegten sich von meinen Füßen aufwärts.

«Warum ist Massage so was Wunderbares?»

«Kommt drauf an, wer's macht.» Er knetete meine Waden. «Hart vom Reiten. Gehst du Samstag raus?»

«Ich denke, wenn ich rechtzeitig aus Emmitsburg zurück bin, gehe ich ausgiebig und gemächlich reiten.»

«He, wenn du in Emmitsburg bist, könntest du mir ein paar

Polohemden mitbringen, die vorgewaschenen, die nicht einlaufen.»

Ich entzog ihm mein Bein. «Kauf dir selbst welche. Ich bin nicht deine Frau.»

Er lachte. «Hättest du aber sein können.»

«Du machst Witze.» Ich legte mein Bein wieder in seine Hände.

«Nein. Ich bin zwischen dir und Gene hin und her gehüpft wie eine Flipperkugel.»

«Das hier ist historischer Revisionismus, ebenbürtig dem Stalins, als er Trotzkis Namen aus den Geschichtsbüchern tilgte. Du hattest mich gern, Jackson. Du hast mich immer gern gehabt, aber als Regina, sagen wir, voll erblühte, bist du durchgedreht. Du hättest dir am liebsten die Eier wundgebumst.»

«So war ich überhaupt nicht.»

«Du warst verrückt nach ihr. Wer wäre das nicht gewesen? Die rasende Begierde, so hab ich dich damals in Erinnerung.»

«Du läßt mich ja ziemlich oberflächlich erscheinen.»

«Warst du es etwa nicht? Ich schon. Ist es nicht das, was mit jung sein gemeint ist?»

Er lächelte und massierte mich weiter. «Du warst nicht so oberflächlich, wie du tust, und ich auch nicht. Man muß lernen, sich seine Unwissenheit zu verzeihen. Wir waren alle schrecklich schlau, als wir so um die zwanzig waren, aber wir waren unwissend.»

Ich wußte, was er meinte. «Vielleicht. Wenn ich auf mein junges Ich zurückblicke, bin ich verlegen, manchmal sogar verärgert.»

«Gerade jetzt gibst du mir das Gefühl, jung zu sein.»

«Quatsch. Ein Mann denkt immer, er sei nur so alt wie die Frau, mit der er schläft, und ich bin nicht mal drei Jahre jünger als du.»

«Nick, ob ich jemals mit dir klarkomme? Du hältst mich auf Armeslänge von dir. Du gibst mir wirklich das Gefühl, jung zu sein. Warum mußt du mich zurückstoßen, wenn ich so etwas sage? Ich habe Gefühle. Ich bin kein Holzklotz, und im Gegensatz zu dem, was Leute wie du und deine Freundinnen denken, stehe ich zu meinen Gefühlen, und ich möchte wetten, daß es noch andere Männer gibt, denen es genauso geht.»

Ich fühlte die Röte auf meinen Wangen. «Verflucht noch mal, ich hasse Phrasen wie ‹zu meinen Gefühlen stehen›, ich hasse das ganze moderne psychologische Gewäsch, und ich hasse es erst recht, wenn es von dir kommt. Du hast Gefühle. Das freut mich. Ich habe selbst welche, aber ich bin so vernünftig, sie für mich zu behalten.»

«Du würdest sie nicht für dich behalten, wenn ich eine Frau wäre. Ich habe darüber nachgedacht, was du letzte Woche gesagt hast. Erinnerst du dich? Du hast mich damit aufgezogen, was ich tun würde, wenn du plötzlich als Mann aufwachtest. Was, wenn die Verwandlung mit mir stattfände? Wenn ich als Frau aufwachte? Was würdest du dann tun?»

«Es wäre genauso wie jetzt.»

«Nein, das wäre es nicht. Dann würdest du mich ernst nehmen.»

«Ich nehme dich jetzt ernst, und ich habe ein höllisch schlechtes Gewissen.»

«Meinst du, ich nicht? Aber ich kann nicht anders. Ich denke die ganze Zeit an dich, Nickie. Ich möchte bei dir sein. Denkst du niemals an mich?»

«Doch.» Ich senkte den Blick. Es lief nicht, wie ich gehofft hatte.

«Was denkst du dann? Warum sprichst du nicht mit mir darüber?»

«Wird es dadurch leichter? Für mich wird es nur schwieriger. Es ist schwer genug, etwas zu fühlen. Darüber reden zu müssen, macht es nur schmerzlicher. Das Reden über Gefühle erleichtert manche Leute vielleicht – meistens in Talkshows, möchte ich hinzufügen –, aber mich bestimmt nicht. Es macht alles nur schlimmer.»

Jack lächelte. «So schmerzlich ist unsere Beziehung?» Es war ein trauriges Lächeln.

«Ja.» Ich atmete tief ein. «Wie oft habe ich dich geküßt, seit wir Kinder waren? Gesellschaftsküsse. Hallo und Byebye. War schön, dich zu sehen. Warum war der Kuß unter dem Mistelzweig bei der Weihnachtsfeier vom Jagdclub derjenige, der mich umgehauen hat?»

«Mir ist es auch so ergangen.»

«Warst du so erstaunt wie ich?»

«Hm – wohl nicht.» Jacks Lächeln hellte sich auf. «Ich hatte schon vorher so an dich gedacht. Ich glaube, du machst dir nicht sehr viel aus Verliebtsein und Sex. Ehrlich, Nickie, manchmal denke ich, daß du den Sex glatt vergißt.»

«Tja, du hast recht, aber du kennst keinen, der so auf Informationen versessen ist wie ich.»

«Du hörst nie auf – vielleicht liebe ich dich deswegen so.» Er legte seine Arme um mich.

Ich umarmte ihn auch. «Du hast recht. Alles, was du von mir sagst, stimmt. Ich habe dauernd irgendein Ziel im Auge. Ich vergesse die ganze Gefühlsduselei tatsächlich, aber – du hast mich daran erinnert. Eines Tages, in ein paar Jahren, werde ich zärtlich an diese Weihnachtsfeier zurückdenken, aber jetzt, in diesem Moment, mein Schatz, ist das schwer. Ich bin zerrissen. Verstehst du, was ich meine?»

«Ja. Ich verstehe, was du meinst.» Er streichelte mein Haar. «Aber ich bedauere nichts von dem, was du Gefühlsduselei nennst. Ich habe mein Leben kompliziert gemacht, und ich habe deins kompliziert gemacht, und ich liebe meine Frau, und –» er machte eine Pause – «mit dir fühle ich mich einfach großartig. Es tut mir nicht leid.»

Mir tat es leid, und ich wollte es ihm sagen. Ich wollte Schluß machen, aber er war so wehrlos, jedenfalls redete ich mir das ein. Dies war nicht der richtige Abend dafür. Er hielt zu mir. Er hatte mich gern, und es war ihm nicht egal, was aus mir wurde. Er wünschte so sehr wie ich, daß ich den *Clarion* bekam. Ich brauchte Jack. Ich schätze, ich brauchte ihn mehr, als mir bewußt war.

15

Mr. Pierre ist stinksauer und Ursie macht einen Besuch

Mittwoch, 8. April

Der amerikanische Verband der Zeitungsredakteure, der sich gestern in San Francisco getroffen hatte, hatte erstmals eine Frau zum Präsidenten gewählt, Katherine Fenning, Herausgeberin des *Christian Science Monitor*. So sehr mich das freute, ich mußte daran denken, daß ich einmal vor zehn Jahren einen Leitartikel geschrieben hatte, in dem ich unverblümt auf Mary Baker Eddy hinwies, die die Christian Scientists gegründet hatte. Ich hatte geschrieben, sie sei für mehr Tote verantwortlich als Hitler. Ich fand das komisch. Die Christian Scientists fanden das nicht. Abgesehen von wütenden Leserbriefen an den *Clarion* wurde ich das Ziel eines beißenden Tadels des damaligen Herausgebers des *Christian Science Monitor*.

Daraus hatte ich zweierlei gelernt: Die Presse hat wirklich Macht. Wer hätte gedacht, daß eine Reporterin eines winzigen Blattes ans Innerste einer der mächtigsten Zeitungen Amerikas rühren könnte? Und einer der besten noch dazu. Zweitens hatte ich gelernt, daß mein respektloser Glaube, nichts sei heilig, von den meisten Leuten nicht geteilt wurde. Ihre sensible Gläubigkeit ist ein bißchen wie das menschliche Ego: Man denkt, es ist verborgen, aber durch eine Kränkung läßt es sich leicht hervorholen.

Charles wußte den Haufen Post durchaus zu schätzen, auch

wenn er deren Ton nicht schätzte. Charles schlug gern den Mittelweg ein, das hieß, es gab kaum Aufregung. Als Verfechter der Redefreiheit nutzte ich in meiner Jugend dieses hoch zu schätzende Grundrecht vielleicht eine Spur zu häufig aus, aber das rüttelte die Leserschaft wach. Es rüttelte auch Charles wach. Statt mich zu zügeln, gab er mir mehr Bewegungsfreiheit. Er genoß das Schauspiel, ohne sich emotional damit befassen zu müssen. Ich mußte mich mit jedem Wespennest auseinandersetzen, in das ich stach. Aber so soll es ja auch sein. Charles war mein Chefredakteur, nicht mein Beschützer. Ich erwies mich als so erfolgreich in meiner Fähigkeit, die Konservativen in unserer Gegend zu reizen, daß er John Hoffman zum *Clarion* lockte. Jetzt konnte John die Liberalen und gelegentlich auch mich ärgern. Angriffe auf Personen waren untersagt. Wir hatten uns an Streitfragen zu halten und hielten uns daran. In dieser Zeit wuchs unser Leserkreis um 1722 Abonnenten. In unserer Statistik standen wir bei ungefähr 5000 Lesern. Das scheint nicht gerade viel, aber man muß bedenken, wie klein Runnymede ist. Im Grunde meines Herzens wußte ich, daß ich, sofern ich die Zeitung kaufen konnte, unsere Leserschaft verdoppeln könnte. Ich steckte voller Ideen, Energie und Begeisterung. Als Besitzerin würde ich natürlich umsichtiger sein müssen denn als Reporterin oder Redakteurin. Wenn nämlich die Geschäftsleute keine Anzeigen mehr placierten, gingen wir pleite.

Einmal hatten wir einen Anzeigenkunden verloren. Es war nicht meine Schuld. John wütete auf Teufel komm raus gegen die Abtreibung. Er hat Dr. Trixie Shellenberger vom Medical Arts Center dermaßen beleidigt, daß sie ihre Anzeigen für drei Monate zurückzog. Es ist Charles hoch anzurechnen, daß er sich weder für John entschuldigte noch ihm befahl, sich zu mäßigen.

Mir fiel die Aufgabe der Widerlegung zu. Da ich selbst keine Abtreibung haben konnte, aber finde, daß jede Frau das Recht auf ihre eigene Entscheidung hat, war meine Widerlegung halbherzig. Ich glaube, ich habe fast so viele Leute beleidigt wie

John, weil ich nicht für ihre Sache eintrat. Ich war nicht wütend auf John; ich war wütend auf Charles, weil er mir die verdammte Widerlegung aufgebrummt hatte. Das war eines der wenigen Male, wo ich in seiner Gegenwart die Beherrschung verlor.

Kopierstift war über die ganze Seite vor mir verschmiert. Ich gab auf. Dieser Artikel war nicht zu retten. Ich fragte mich, wie viele Kopierstifte ich in meinem Leben schon verbraucht hatte. Würden sie ausreichen, sich einmal um den Erdball zu winden, oder erstreckten sie sich bloß bis Des Moines, Iowa, und zurück?

«Roger!»

«Ja?»

Ich gab ihm seinen Artikel. «Strengst du dich extra an, das hier so ungebildet wie möglich aussehen zu lassen?»

«Nein, das kommt ganz von selbst.» Er grinste gutmütig.

«Wie wär's mit noch einem Versuch? Du brauchst mich nicht mit Überleitungen zu blenden. Erzähl mir einfach die Story.»

«Okay.»

Ich sah aus dem Fenster und erspähte Mr. Pierre, der auf die Redaktion zusteuerte. Ehe ich Zeit hatte, mich über seine Eile zu wundern oder mich nach hinten zu verziehen, war er schon drin.

«Bellissima!» Er gab mir einen Kuß. Er senkte die Stimme; seine rechte Augenbraue schnellte verschwörerisch in die Höhe. «Nun?»

«Hm – ich taste mich langsam vor.»

«Lâche!» Er verflüchtigte sich so schnell, wie er erschienen war.

Ich glaube, er hatte auf französisch gesagt, daß ich Schiß bekommen hätte.

Abgesehen davon, daß ich Mr. Pierre und mich selbst enttäuscht hatte, war der Tag erträglich. Ich fuhr nach Darby's Folly, um Kenny zu striegeln und eine zu kurze halbe Stunde zu reiten.

Dann fuhr ich nach Hause und kochte Spaghetti. Ich mag keine Spaghetti, aber kochen mag ich noch weniger. Es war leicht. Pewter mopste mir die Hälfte vom Teller. Diese Angewohnheit war meine Schuld, weil ich ihr früher immer einen Teller hingestellt und wir zusammen gegessen hatten. Als Pewter heranreifte, fand sie, mein Essen sei besser als Katzenfutter. Deshalb tat ich ihr immer ein bißchen von meinem Essen auf ihren Teller. Aber sie aß so viel schneller als ich, daß sie binnen Minuten, nachdem sie ihr Futter vorgesetzt bekommen hatte, ihre Schnauze in meinem Essen hatte.

Ursie schneite herein, als wir fast fertig waren. In Runnymede wurde nicht angeklopft. Sie grüßte nicht einmal.

«Du läßt die Katze mit dir essen?» Ihre Oberlippe verzog sich.

«Magst du was?»

«Bestimmt nicht.» Sie machte eine Pause, bevor sie sich an den Tisch setzte. «Das ist unhygienisch.»

«Himmel, Ursie, meine Katze ist sauberer als die meisten Menschen – und ein besserer Umgang obendrein.» Hört, hört.

«Ich hab dich im Stall verpaßt, deshalb hab ich dir dies hergebracht.»

Sie knallte einen gigantischen Haufen Aktenordner auf den Tisch. Mein Geschirr klapperte. «Rundbriefordner des Blue and Gray-Jagdclubs. Ist alles drin. Ich habe präzise Buch geführt und hoffe, du wirst es auch tun.»

«Dein Vorbild ist schwer zu erreichen.»

Das freute sie. «Danke, aber ich weiß, du wirst dein Bestes tun.» Ursie sah sich in der Küche um. «Warum läßt du sie nicht von Mr. Pierre neu gestalten? Diese Menschen haben so viel Flair. Wirklich bemerkenswert.»

Glücklicherweise verfüge ich über Selbstbeherrschung. Ich schlug sie nicht k. o. «Genau wie die Schwarzen Rhythmusgefühl haben.»

«So habe ich das nicht gemeint. Das ist das Problem mit euch Minderheiten. Ihr seid zu empfindlich.»

Genaugenommen stimmte ich Ursie hierin zu, aber mir war

im Moment nicht zustimmend zumute. «Wenn du für ein öffentliches Amt kandidieren willst, solltest du diese Empfindlichkeiten lieber berücksichtigen.»

Sie schüttelte eine Sekunde lang ihr perfekt frisiertes Haupt. Ihre Augen verengten sich.

«Ich? Für ein öffentliches Amt kandidieren? Was oder wer hat dich denn auf die Idee gebracht?» Pause. «Hat Harmony was gesagt? Tiffany?»

«Deine Töchter sind unschuldig.»

«Und wie bist du auf so eine Idee gekommen? Ausgerechnet ich. Das ist ja absurd.»

«Die Dame, wie mich dünkt, gelobt zuviel», zitierte ich. Ich schob den Teller von mir. «Du bist hochintelligent, die Kinder gehen bald aus dem Haus und deine Ehrenämter hängen dir langsam zum Hals raus.»

«Das ist nicht wahr.» Sie rutschte auf ihrem Stuhl hin und her.

«Doch. Du hast dich dieses Jahr nicht um die Präsidentschaft des Gartenclubs beworben, und du hast auch Carolyn Chapman den Vortritt gelassen, damit sie zur Vizepräsidentin des Jagdclubs gewählt werden konnte.»

«Ein Indizienbeweis.»

Sicher war es das, aber ich wollte ihr nichts von meinem Gespräch mit Regina erzählen. Es machte viel zuviel Spaß, sie anbeißen und an der Angel zappeln zu lassen, diesen aufgeblasenen Fisch.

Ursie klopfte mit ihren langen – falschen – Fingernägeln auf das dunkle Holz. Ihre Neugier siegte über das Ableugnen ihrer Ambitionen. «Meinst du, ich würde eine gute, hm, Staatsbeamtin abgeben?»

«Ja, sicher. Ich werde für dich stimmen.»

«Wirklich? Du kannst mich nicht leiden.»

Ursie, offen und ehrlich. Das war interessant.

«Dann sind wir die besten Feindinnen.» Ich lächelte ein Chessy-Smith-Lächeln. Dad konnte mit seinem Charme einen Hund von einem Fleischwagen weglocken. Mein Charme war nicht ganz so mächtig, aber ein bißchen davon hatte ich wenigstens.

Ursie lächelte zurück. «Das stimmt. Wer kann sagen, wie sich alles entwickeln wird?»

Sie ging, wie sie gekommen war, ohne meine Begleitung. Lolly Mabel brachte sie zur Tür. Ich riß den Hörer von der Gabel, sobald Ursie ihren neuen Volvo-Kombi rückwärts aus der Einfahrt setzte. Auf den Nummernschildern stand H. BEAR für «Honey Bear», Honigbär.

Regina nahm am anderen Ende ab, und ich erlag dem billigen Kitzel des Klatsches. Ich erzählte ihr jede Silbe von meinem Gespräch mit Ursie, jede Nuance, jede Pause.

Wir kicherten, und als ich auflegte, hämmerte mein Herz gegen meine Rippen. Ich liebte Regina. Absolute, uneingeschränkte Liebe. Mein flittchenhaftes, primitives Verhalten, meine verdammte Affäre schmerzten mich.

Ich sah meine Ideen in der zersetzenden Luft der Außenwelt ermatten, oder vielleicht waren es auch meine Ideale. Ich war zwar nicht bereit, das Handtuch zu werfen, aber meine Nase war blutig. Vielleicht fühlen alle über dreißig sich so. Vielleicht, aber Regina sollte sich nicht auf meine Rechnung eine blutige Nase holen.

Das andere Ereignis des Tages war, daß Mutter, Ed, Verna, Ricky, Georgette, Max und Decca ins Kino gingen. Max war kein BonBon, sondern Georgettes fester Freund, wenn auch nicht fest genug, um Verna zufriedenzustellen.

Nach der Vorstellung lud Mutter alle zu sich nach Hause ein, wo sie triefende Bananensplits und Eisbecher fabrizierte. Dann sprach sie laut das Zauberwort «Louise», und Goodyear heulte, wälzte sich herum und stellte sich tot. Das machte großen Eindruck auf Ed.

Die BonBons und Ed gingen um Mitternacht. Um 0 Uhr 01 rief Mutter an, um mir ausführlich Bericht zu erstatten. Als ich erwähnte, daß ich schon geschlafen habe, erklärte sie mir, daß ich mehr Nachtleben benötige; ich entwickle mich zu einer

Tranfunzel. Ed hatte sich wie alle anderen zum Schweigen über Goodyear verpflichten müssen, und ich mußte mich ebenfalls zum Schweigen verpflichten. Ich durfte Tante Wheezie nichts von Mutters Abend erzählen. Mutter reservierte diese Form von aufgeklärtem Sadismus für sich selbst.

16

Appomattox und Mittagessen mit Michelle

Donnerstag, 9. April

«Du bist ein verdammtes Arschloch.» David Wheeler warf seinen Sheriffhut auf die Erde.

«Du gibst jungen Menschen ein schlechtes Beispiel.» Bucky Nordness zeigte auf ein kleines Mädchen, das gerade von seiner Mutter an uns vorbeigezerrt wurde. «Und jetzt geh auf deine Seite der Grenze zurück. Dies ist mein Zuständigkeitsbereich, vergiß das nicht!»

David trat über die Mason-Dixon-Grenze auf die Dixon-Seite.

«Ist das immer so?» fragte mich Michelle.

«Ja und nein. Es ist so, seit Bucky Polizeichef von Nord-Runnymede ist.»

Während wir sprachen, feuerte Bucky einen lauten Salutschuß aus seinem Revolver ab, und seine zwei Stellvertreter taten es ihm gleich. Ein aus dem Tritt geratenes Musikcorps tauchte aus der Feuerwache an der Nordwestecke des Platzes auf. Zum Glück war ihr Aktionsradius begrenzt, weil sie nur auf der Nordseite marschieren konnten. Die Überschreitung der Grenze wäre unter den gegebenen Umständen reiner Selbstmord gewesen.

«Ich hasse diesen scheeläugigen Mistkerl.» David hob seinen Hut auf und wischte ihn ab.

«Feure doch am 12. April unsere Kanone ab. Wenn sie für Fort Sumter gut genug ist, ist sie's für Süd-Runnymede auch.»

David sah mich strahlend an. «Herrgott noch mal, du hast recht. Ich lade sie mit einem Kanister voll Farbe und ballere auf ihr gottverdammtes Rathaus. Graue Farbe!»

Dieser Gedanke freute ihn, und er steuerte auf die Frederick Street zu. Da Mittagszeit war, würde er zu *Mojo's* gehen und allen ausführlich Bericht über Bucky Nordness' sämtliche Pflichtversäumnisse, echte und erfundene, erstatten. Bucky gehört zu den Menschen, denen nicht klar zu sein scheint, daß man mit der buchstabengetreuen Befolgung des Gesetzes fast so viel Schaden anrichten kann, wie wenn man es bricht.

Die Tatsache, daß er Lees Kapitulation am 9. April 1865 bei Appomattox feierte, ließ seinen Sinn für guten Geschmack zumindest zweifelhaft erscheinen.

«Was liegt den Leuten eigentlich daran?» grübelte Michelle, während auch wir zu *Mojo's* gingen.

«Komm, Lolly, ein bißchen schneller kannst du doch wohl laufen.» Lolly fand einen zu Mutzi gehörenden Pekinesen verlockend. Pewter dagegen fand, sein kleines Gesicht sähe wie mit einer Bratpfanne plattgehauen aus. Im großen und ganzen wußte Pewter nicht viel Gutes über Hunde zu sagen. Ich besann mich auf Michelles Frage. «Den Leuten liegt daran, weil es noch innerhalb der Grenzen ihres Erinnerungsvermögens liegt. Der Großvater meiner Mutter hat im Bürgerkrieg gekämpft. Wenn man's recht bedenkt, ist das noch nicht so lange her.»

«Kommt mir albern vor.»

«Ich lege auch keinen besonders großen Wert darauf, Michelle, aber es ist ein Teil unserer Kultur. Das Trauma eines solchen Verlusts kann gar nicht hoch genug bewertet werden. Warum sollte es alberner sein als die Tänze der Hopi-Indianer? Das ist ihre Kultur. Dies gehört zu unserer.»

Sie beschloß, das Thema fallenzulassen. «Ich bin froh, daß wir zusammen Mittag essen.»

«Fein.»

Ich hatte die *New York Times Book Review* unter den Arm geklemmt. Ich brauchte eine Woche, um alle Artikel zu lesen. Ich las außerdem alle Artikel im *New Yorker*.

Als wir uns bei *Mojo's* hingesetzt hatten, lieh sich Michelle die *Book Review*. Sie ging die Bestsellerlisten durch. «Eines Tages schreibe ich ein Buch.»

Vielleicht hätte ich das ernst nehmen sollen, aber ich tat es nicht. Jeder Zeitungsmensch glaubt, einen Roman in sich zu haben. Da sollte er ihn am besten auch lassen.

«Roman oder Sachbuch?» Ich bemühte mich, interessiert zu klingen.

«Ich fang mit einem Sachbuch an, weil es mehr mit dem zu tun hat, was ich kenne und weiß, und dann arbeite ich mich zu einem Roman hoch.»

«He, ich hab deinen ersten Sachbuch-Hit. Vaginalpflege im Atomzeitalter.»

«Nimmst du überhaupt mal was ernst?» Ein verdrießlicher Schatten huschte über ihr Gesicht.

«Nicht, wenn es sich vermeiden läßt.»

«Solltest du aber.»

«Miss Saunders, ich habe meinen Vater beerdigt. Ich habe mein Fett in der Friedensbewegung und der Bürgerrechtsbewegung abgekriegt. Noch schwerer zu ertragen war, wie dieselben Männer, unsere ‹Brüder›, uns behandelt haben, als wir die Frauenbewegung gründeten. Ich bin die Straße zur Genüge rauf und runter gegangen, wie wir in Runnymede sagen. Ich habe gelernt, daß ich lieber lache als weine. Wann immer es möglich ist, lache ich also. Ich nehme an, daß auch andere Leute ihren gerechten Anteil an Pein, Problemen und Kummer mit Pickeln abbekommen haben. Falls ich überhaupt Mitgefühl für sie habe, versuche ich, auch sie zum Lachen zu bringen.»

Sie starrte mich bloß an, als Verna vorsichtig zwei riesige Schüsseln mit weißer Bohnensuppe vor uns hinstellte. Wenn es wirklich einen Himmel gibt, wird dort bestimmt auch Vernas weiße Bohnensuppe serviert.

Michelle aß drei Löffel, bevor sie auf meinen kleinen, aber

beherrschten Ausbruch einging. «So habe ich das noch nie gesehen.»

«Wie schmeckt dir deine Suppe?»

«Köstlich. Nickel, wieso bringst du keine homosexuellen Themen zur Sprache? Zum Beispiel in der Zeitung?»

Sollte dies eine absolut langweilige Mittagspause werden? «Schätzchen, alle sprechen mich darauf an. Man könnte meinen, ich sei die einzige gottverdammte Lesbe in Amerika.»

«Andere Leute haben Angst.»

«Na und? Entweder hast du Mumm oder nicht. Entweder sagst du die Wahrheit oder du lügst. Ich habe wirklich getan, was ich tun kann. Ich sage die Wahrheit nach bestem Wissen. Alle anderen können mir gestohlen bleiben. Außerdem hab ich es satt, von Leuten benutzt zu werden, die zuviel Angst haben, ihren Kampf selbst zu kämpfen.»

Das schien sie schwer getroffen zu haben. Ihre Augen wurden feucht, aber das konnte auch an der Suppe liegen. Sie fand die Sprache wieder. «Eine Menge Menschen haben mehr zu verlieren als du.»

«Was?»

«Na ja, du hast nicht viel Geld und wirst auch keins erben.»

«Also ist Geld der absolute Wert?» Ich lächelte. «Geld, das sind Bilder von Toten. Die Kanadier haben wenigstens das Bild eines lebenden Menschen auf ihren Banknoten.» Ich lächelte noch etwas mehr. Sie schien angespannt, aber vermutlich war Michelle nicht mal im Schlaf gelöst. «Und seit wann bewertest du das Leben mit Geld? Bist du so billig zu haben?»

«Nein. Ich nehme an, ich erfinde Ausflüchte für diese Menschen, nicht?»

Verna rief: «Noch Suppe?»

«Wie wär's mit 'ner halben Schüssel? Wirklich, Verna, keine ganze mehr. Ich werde fett wie eine Zecke.»

«Nicht, wenn du weiter so viel Sport treibst.» Eine Riesenschüssel erschien vor mir.

«Kann ich auch noch was haben?»

«Aber sicher, Süße.» Verna brachte noch eine Schüssel für Michelle, die wieder ihre schwarzen Turnschuhe trug.

«Ich hab dich zum Essen eingeladen, weil ich wissen möchte, wie die Firmenvorschriften sind, wenn man mit jemandem geht, der von der Zeitung ist.» Michelle kam endlich zur Sache.

«Keine Vorschriften. Dies ist eine Kleinstadt. Wenn du jemanden findest, in dem noch Leben steckt und der dich interessiert, haben alle Verständnis.»

«Roger Davis hat mich gefragt, ob ich mal mit ihm ausgehe. Mir ist ein bißchen mulmig dabei.»

«Roger ist ein feiner Kerl.» Ich betete ihn an.

«Oh, ich weiß. Aber ich will ihn nicht täuschen oder zu tief reingeraten oder –»

«He, es ist bloß *eine* Verabredung. Wenn's dir gefällt, wird eine zweite draus.» Ich merkte, daß diese Logik sie nicht überzeugte, aber sie ließ das Thema fallen.

«Ich hab noch eine Frage.»

«Aha.»

«Ich würde gern Filmkritiken schreiben. Ich weiß, daß du das machst, und ich möchte nicht in deine Domäne eindringen, oder wie man das nennen will, aber ich glaube, ich könnte es lernen.»

«In Ordnung. Wir teilen uns die Filme, wenn sie in die Stadt kommen. Möchtest du die Wiederaufführungen auch teilen?»

«Klar!»

Wir aßen eine Weile in fröhlichem Schweigen.

«Ach, Michelle, eins noch.»

«Was?»

«Apropos Film – in Blechbüchsen kann auch Mist konserviert sein.»

17

Ein Liebestrio beim Bingo

Freitag, 10. April

«Sechsunddreißig, sechsunddreißig. Amüsiert euch und spielt fleißig», sang Mutzi.

Peepbean, von seiner erbarmungslos anhänglichen Verlobten assistiert, schlenderte durch die große Halle. Seine Verlobung sollte nächste Woche im *Clarion* bekanntgegeben werden. Seine Verlobte konnte nichts dafür, daß sie von Geburt häßlich war, aber sie hätte wenigstens zu Hause bleiben können.

Ed Tutweiler Walters, zwischen Julia und Louise eingeklemmt, erblühte unter ihren Aufmerksamkeiten. Louise quasselte drauflos wie eine aufgezogene Sprechpuppe, und Mom nahm zu Geistesblitzen Zuflucht. Mr. Pierre, obwohl von mir enttäuscht, ließ sich neben mir nieder.

Die Stammgäste von St. Rose waren da, außerdem Michelle und Roger. Ich bezweifelte, daß Michelle sich je noch weiter von ihrer Herkunft entfernen könnte, selbst wenn sie irgendwann in Tunis landete. Der Charme des Bingo würde auch sie erobern.

«Fünfundsiebzig, fünfundsiebzig, dreimal hoch, man neckt und liebt sich.» Mutzi ließ den nächsten Ball aus dem Behälter flutschen.

«Und ob!» Mom wölbte die Hände vor den Mund. Der Saal lachte.

«Julia, brüllen ist unfein», schalt Louise.

«He, ich hab gewonnen. Bingo!» Ed sprang auf. «Bingo.»

«Oh, er ist doch nicht Gary Cooper», flüsterte Mr. Pierre.

Ob ein Mann normal oder schwul ist, hat kaum Einfluß darauf, daß er es schätzt, sogar das Bedürfnis hat, im Mittelpunkt weiblicher Aufmerksamkeit zu stehen.

Es ging Mr. Pierre gegen den Strich, von einem Mann verdrängt zu werden, den er für einen hergelaufenen Draufgänger aus Birmingham hielt. Andererseits wünschte er, daß eine der Schwestern wieder einen Partner bekäme. Aber welche? Und war Ed aus dem richtigen Holz geschnitzt?

Louise, die wie gebannt auf den vorstehenden Busen ihrer Schwester starrte, spielte mit einem Dab-a-dot. Man konnte die Gedanken ihren Kopf durchqueren sehen. Es war kein Durchqueren, es war ein unbefugtes Betreten.

«Tante Wheezie.» Ich durchbrach ihre Konzentration. «Bist du fertig für den Neunerblock?»

«Ich hab mir alle neuen Spiele gemerkt. Der Neunerblock ist leicht: Man füllt einen zusammenhängenden Block mit neun Nummern aus, drei mal drei. Ich stell es mir wie ein Mini-Blackout-Bingo vor.»

«Sehr schlau.» Ich schmierte ihr Honig ums Maul.

«Ich war schon schlau, bevor du auf die Welt kamst.»

«Ja, und du bist durch mehr Schöße gewandert als eine Serviette.»

«Juts, ich wünschte, du würdest dieses sexuelle Geplänkel lassen. Niemals in den Analismen der Geschichte war es schicklich für wirkliche Damen, zu so einem Innuendo zu greifen.»

«*Annalen* der Geschichte.» Ich unterdrückte mein Feixen.

«Hab ich doch gesagt», versetzte Tante Wheezie.

«Innuendo ... ist der verwandt mit Impetigo?» Mutter kam langsam in Fahrt.

«Impetigo ist eine Krankheit.» Ed steckte fröhlich das Bingogeld in seine Brieftasche.

«Muß man sich wie eine Art leichte Lepra vorstellen.» Mr.

Pierre nahm fortwährend die Kappe von seinem Dab-a-dot und steckte sie wieder auf.

Mutzi rief das nächste Spiel auf, Neunerblock.

«Ed, hab ich Ihnen schon die Geschichte von mir und Chessy in der ersten Woche nach unserer Hochzeit erzählt?»

«Nein, ich glaube nicht.» Seine angenehme Stimme beruhigte die Nerven.

«Hör auf damit, Juts. Wir kriegen die Geschichte schon seit Christi Geburt zu hören.»

«Ich vermassel dir deine Geschichten nie.» Mutter klang ruhig. Ich bezweifelte, daß sie es war.

«Weil ich sie nicht wiederhole.» Louise lächelte.

«Ganz recht. Einmal reicht.»

«Mutter.» Ich mischte mich ein. «Nummer acht. Auf deiner Karte.»

«Oh.» Sie setzte einen Punkt. «Also, Ed, Chessy und ich waren seit einer Woche verheiratet.»

Louise stöhnte.

«Halt's Maul, Louise», befahl Mutter. «Wie gesagt, wir genossen die Seligkeit des Ehelebens. Ich machte Frühstück. Wir aßen. Chessy trank Milch zum Frühstück. Er leerte sein Glas, stellte es auf den Tisch und zeigte darauf. Ich sagte: ‹Was ist?› Mein frischgebackener Ehemann erwiderte: ‹Meine Momma hat zu Hause immer mein Glas gefüllt.› Ich starrte ihn an. ‹Wie spät ist es?› Chessy sah auf seine Uhr. ‹Viertel nach acht.› – ‹Gut›, sagte ich, ‹bis fünf vor halb neun schaffst du's nach Hause. Bei mir bist du an der falschen Adresse.› Ich sag Ihnen, Ed, da war er still, und die Ehe hat 36 Jahre gedauert.»

«Du hättest sein Glas füllen sollen. Marabel Morgan hätte es getan.» Louise hatte einen halben Neunerblock.

«Marabel Morgan mosert.» Julia beugte sich über ihre Karte.

«Und was bedeutet mosern?» Louise schien gleichmütig.

«Das Verb zu Möse.»

«So was Geschmackloses!» Tante Wheeze warf ihren Dab-a-dot hin. «Und dazu noch in gemischter Gesellschaft.»

«Mädels! Dies ist eure erste Warnung», dröhnte Mutzi. Er war zu nahe am Mikrofon.

Michelle, die am Nachbartisch saß, beobachtete die Schwestern, die immer lauter wurden. Ich hörte, wie Roger zu ihr sagte: «Sie sind immer so. Die Hälfte der Leute kommt nur deshalb zum Bingo.» Michelles Blick wanderte von Mom zu Wheeze zu mir. Was mochte sie denken?

«Ich finde, es ist eine lustige Geschichte.» Damit setzte Ed dem Ganzen die Krone auf, und jetzt kochte Louise. Mr. Pierre und ich verbrachten den Rest des Abends so tief über unsere Bingokarten gebeugt, daß wir fast kurzsichtig wurden. Wir fingen jedesmal an zu kichern, wenn unsere Blicke sich trafen, und das machte Louise noch wütender. Sie strahlte für Ed, aber uns übrige – Lolly, Pewter und Goodyear eingeschlossen – starrte sie finster an.

Gelegentlich konnten Mutter und Tante Wheeze sich durchaus reif und vernünftig benehmen. Das hieß nicht, daß sie es wollten. Wenn sie zusammen waren, weigerten sie sich, erwachsen zu werden. Sie würden sich um eine Käsestange balgen, wenn die das einzige im Raum wäre, um das man sich streiten könnte. Ich hätte gern geglaubt, daß die Menschen sich ändern konnten, und das schloß eine Veränderung der Dynamik zwischen ihnen ein. Vielleicht aber konnten manche Dinge oder manche Menschen sich nicht ändern. Ich war nicht mehr so sicher. Ich war nicht mal sicher, ob eine Veränderung ihrer Beziehung mit dem ständigen Gezanke und regelrechtem Kriegszustand überhaupt gut wäre. Vielleicht hielt es sie jung.

18

Louise wird entführt

Samstag, 11. April

Regen peitschte gegen die Windschutzscheibe. Bei schlechtem Wetter stärkte der Jeep mein Zutrauen zu meinen Fahrkünsten. Er schien auch Louises Zutrauen zu meinen Fahrkünsten zu stärken, denn sie verkniff sich alle besserwisserischen Bemerkungen. Während wir den Emmitsburg Pike entlangkrochen, rechnete ich mir aus, daß wir bis zum Einkaufszentrum doppelt so lange wie üblich brauchen würden.

«Ich möchte mir eine Röhrenhose kaufen.»

«Schön.» Die Straße war so gut wie verschwunden.

«Kanarienvogelgelb. Nein, vielleicht kolibrigelb, und ich möchte ein libellenblaues Oberteil dazu. Und große Ohrringe, irgendwas Emailliertes und Leuchtendes.»

«Du gehst aufs Ganze, was?» Ich war vollauf mit dem Lenkrad beschäftigt.

«Füll dich, so lange die Schüssel voll ist», sagte Louise ernst.

«Wie bitte?»

«Füll dich, so lange die Schüssel –»

«Was bedeutet das?»

«Du weißt nicht, was es bedeutet? Es bedeutet, wenn auf einer Party eine Schüssel herumgereicht wird, nimmst du, soviel du kannst, weil du nicht weißt, wann die Schüssel wieder bei dir ankommt. Hast du keinen Verstand?»

Ich beschloß, nicht zu antworten. Obwohl die Sintflut anhielt, lichtete sich die Farbe des Himmels von anthrazit zu hellgrau. Tante Wheezie plapperte über dies und das. Wir fuhren an einem Geschwindigkeitsbeschränkungsschild vorbei, auf dem 55 Meilen pro Stunde angegeben waren.

«Die sollten die Schilder auswechseln. Die Geschwindigkeitsbeschränkung ist auf fünfundsechzig erhöht worden. Nun, ich bin fünfundsechzig und beschleunige. Ich habe Tempo drauf. In meinem Alter ist das alles, was ich draufhabe.» Sie holte tief Luft. «Was meinst du, wie alt ich aussehe?»

«Das kann ich schwer sagen, weil ich dich jeden Tag sehe und seit meiner Geburt kenne.»

«Keine Ausflüchte. Seh ich wie siebzig aus?»

«Hm – tja, ich denke schon.»

«Achtzig?»

Die Straße war nicht das einzige, was gefährlich war. «Das ist vielleicht die oberste Grenze.» Ich klang überzeugend, fand ich.

«Lügnerin. Du bist eine schreckliche Lügnerin. Sag –» ein scharfes Einatmen – «sehe ich älter aus als Julia?»

«Kennst du das Lied, Tante Wheezie, in dem die Zeile vorkommt: ‹Friede sei auf Erden, und er beginne bei mir?› Vielleicht könnten wir das praktizieren.»

«Nein, das Lied kenne ich nicht. Ich hab nie davon gehört und es ist mir völlig schnuppe. Ich will Antworten auf meine Fragen. Sehe ich älter aus als meine Schwester?»

«Ein bißchen.»

«Ich hab's gewußt! Aber – ich hab ein besseres Kinn.» Sie trommelte aufs Armaturenbrett. «Natürlich könntest du dich einfach wieder auf ihre Seite geschlagen haben. Ich glaub aber nicht, daß du's getan hast. Diesmal nicht. Was soll ich machen? Ich bin noch nie alt gewesen. Woher soll ich wissen, wie das ist, wenn man alt ist? Ich weiß nicht, wo die Zeit geblieben ist. Weißt du, daß ich manchmal morgens aufwache und eine Sekunde brauche, bis mir einfällt, daß Momma tot ist und ich nicht zur Schule muß? Ich weiß, das hört sich albern an, aber es ist wahr. Wo ist die Zeit geblieben?»

Ich konnte nicht antworten, weil ich selbst schon solche Gefühle hatte. Je mehr ich lebte, desto mehr wollte ich leben. Jeden Tag lernte ich etwas Neues, vielleicht war es etwas Schlechtes, aber es war neu, und ich lernte gern – außer es war etwas Schlechtes über mich. Dann neigte ich dazu, es zu unterschlagen. Außerdem, wenn andere so erpicht darauf waren, auf meine Fehler hinzuweisen, sah ich wirklich keinen Grund, mich selbst damit zu befassen.

Tante Wheezie fuhr fort: «Wenn ich mein Gesicht liften ließe, meinst du, das würde mich zwanzig Jahre jünger machen? Zehn?»

«Klar. Die plastischen Chirurgen sind wahre Künstler, wenn du zum richtigen gehst.»

«Die Illustrierten im Twirl 'n Curl schreiben andauernd über Facelifting.» Sie senkte die Stimme um eine halbe Oktave. «Weißt du noch, wie Mr. Pierre uns erzählt hat, er führe nach Rio?»

«Ja. Er hat Bilder vom Karneval mitgebracht.»

«Ehrlich, ich glaub, er hat sich das Gesicht liften lassen. Er muß mindestens fünfzig sein, und er sieht aus wie – was meinst du – etwas über vierzig?»

«Er sieht recht gut aus, aber er paßt furchtbar genau auf, was er ißt und wieviel er schläft. Da ist er wie Mom.»

«Ach, die. Ihr sieht man ihr Alter doch genau an. Ich schwöre, Mr. Pierre hat sich liften lassen.»

«Frag ihn doch.»

«Das könnte ich nie.» Trommel, trommel. «Aber du könntest ihn fragen.»

«Ich?»

«Dir erzählt er alles.»

«Ich frag ihn nicht. Wenn er es keinem erzählt hat, als er gut erholt aus Brasilien zurückkam, warum sollte er es jetzt tun?»

«Da ist was dran.» Sie kuschelte sich in ihren Schalensitz.

«Und wie finde ich einen guten Arzt? Ich will nicht irgendeinen Quacksalber.»

«Du willst auch kein Facelifting.» Ich biß mir auf die Zunge, um nicht zu sagen, daß sie für einen größeren Eingriff zu alt war.

«Warum nicht?»

«Es kostet ein Vermögen.»

«Wieviel?»

«Mindestens 5000 Dollar.»

Diese Information erzeugte ein tiefes Schweigen, das wenigstens fünf Minuten anhielt, eine Ewigkeit für Tante Louise.

«Ich könnte den dritten Chrysler verkaufen.»

«Wag es ja nicht. Was soll das Theater überhaupt? Bisher hat dich dein Gesicht nie gekümmert.»

«Ed Tutweiler Walters kümmert sich mehr um Juts als um mich.»

«Tut er nicht.»

«Tut er wohl. Du bist nicht oft mit ihm zusammen. Du kennst ihn nicht. Sie spinnt wieder ihr Netz. Der Teufel soll sie holen!»

«Laß dich von ihr nicht so auf die Palme bringen. Reg dich ab.»

«Du hast leicht reden. Sie setzt ihr geistreiches Gesicht auf. Ihr Laß-mich-dich-unterhalten-Gesicht. Die Männer sind so blöd. Fallen jedesmal drauf rein.»

«Du nimmst das zu wichtig.»

Als wir beim Einkaufszentrum ankamen, hörte der Regen auf und die Sonne sprang wie ein goldgelber Toast hinter den Wolken hervor. Der abrupte Wechsel hob Wheezies Stimmung. Ich parkte den Jeep, und wir fanden eine Röhrenhose und eine passende Bluse, aber Louise konnte ihre Ohrringe nicht bekommen. Wir beschlossen, es in einem Schmuckgeschäft in der Innenstadt zu versuchen. Wir kletterten wieder in den Jeep, und mir fiel ein, daß es im Sportgeschäft Tennisbälle – Wilson, meine Lieblingsmarke – im Sonderangebot gab. Ich fuhr an den Bordstein, ließ Tante Louise bei laufendem Motor im Wagen sitzen und sauste in das Geschäft. Als ich an der Theke stand, sechs Dosen Bälle im Arm, fiel mein Blick auf die Eingangstür, und ich sah zwei junge Männer in den Jeep steigen. Sie fuhren los.

Ich ließ die Bälle fallen und rannte aus dem Laden. Ich konnte Wheezie schreien sehen, und hören konnte ich sie auch, weil ihr Fenster heruntergekurbelt war.

«Diebstahl!»

Der Jeep beschleunigte. Blöderweise rannte ich hinter dem Wagen her. Er fing zu schlingern an. Tante Louise hatte einen Schuh ausgezogen und schlug dem Fahrer wie besessen damit auf den Kopf.

Jetzt brüllte sie: «Vergewaltigung!»

Einige Fahrer in ihren Autos bemerkten den Zickzackkurs des Jeeps. Sie wichen aus. Ich rannte weiter. Ein einziger kluger Kopf, ein Junge im Teenageralter, raste mit seinem Wagen hinter dem Jeep her. Er drückte auf die Hupe. Der Jeep fuhr schnell. Er kreiste um den riesigen Parkplatz. Die Leute sprangen aus dem Weg. Eine Dame flitzte in ein Geschäft, und ich hoffte, sie hätte so viel Grips, die Polizei anzurufen – was ich hätte tun sollen, aber ich wollte Wheezie nicht aus den Augen lassen. Schließlich fanden diese zwei Kerle, der Fahrer und der auf dem Rücksitz, den Weg vom Parkplatz, aber die Ampel war rot, und der Verkehr war so dicht, daß sie nicht trotz Rotlicht losbrausen konnten. Das nächste, was ich sah, war meine Tante Louise, die aus dem Wagen geschubst wurde. Sie schlitterte über den Asphalt. Die Ampel sprang auf Grün und der Jeep jagte die Schnellstraße hinunter. Tante Louise humpelte zu einer Telefonzelle an der Ecke. Ich war von ihrer Geistesgegenwart beeindruckt. Meine Lungen brannten vor Schmerz und waren drauf und dran aufzugeben, als ich zu der Telefonzelle sprintete. Ich kam gerade rechtzeitig, um Wheezie sagen zu hören: «Juts, du glaubst nicht, was mir eben passiert ist!»

19

Gedenken an Fort Sumter

Sonntag, 12. April

Um zwölf Uhr mittags öffnen sich in Runnymede die Kirchentüren, und wir schwärmen hinaus wie Bienen aus verschiedenen Stöcken. Die lutherische Christuskirche, das ist Moms und meine, steht ein Stückchen abseits des Platzes am Emmitsburg Pike auf der Maryland-Seite der Grenze. Die lutherische Kirche gehört zu jenen Perlen georgianischer Baukunst, die man nur an der Ostküste der Vereinigten Staaten findet. Der warme, mit cremeweißen Tür- und Fensterstürzen abgesetzte Ziegelbau, der golden und weiß gestrichene Spitzturm und das Weiß der Marmorstufen glitzerten im Frühlingslicht. Das Gartenkomitee der Kirche hatte Tausende Osterglocken und Tulpen gepflanzt. Die Osterglocken wogten wie eine gelbe Flut im Wind und die Tulpen brachen durch die Erdoberfläche. Nächsten Sonntag war Ostern, und wenn das Wetter sich hielt, würden sie sich vielleicht öffnen, und damit wäre Ostern perfekt.

Wie an den meisten Sonntagen, außer es war grausam kalt, wandten Mutter und ich uns nach Verlassen der Kirche nach rechts und gingen an den beiden Rathäusern vorbei zur Ecke, wo der Emmitsburg Pike auf den Platz stieß. Da alle anderen es genauso machten, entstand in Runnymede an den Sonntagen eine richtige Promenade.

Die Türen von St. Rose of Lima öffneten sich. Wir konnten Louise, von der statuenhaften Shirley McConnell gestützt, die Stufen der gotischen Kirche hinabhumpeln sehen. Mom und ich nannten Shirley «Attila die Nonne». Sie war nämlich Jahre lang Dominikanerschwester gewesen und hatte ihrem Gelübde schließlich entsagt, weil sie in Form von O. Logan McConnell die Liebe entdeckte. Das «O.» stand für «Orion», aber dafür stand Logan ganz und gar nicht.

Voller Kratzer und blauer Flecken von ihrem gestrigen Martyrium stand Tante Louise im Mittelpunkt der Aufmerksamkeit. Die Unmengen Bandagen, mit denen sie umwickelt war, ließen sie wie eine Mumie aussehen. Tante Wheeze hatte gestern einen Anfall gekriegt, als die Polizei sie ins Emmitsburger Krankenhaus hatte bringen wollen. Ein Streifenwagen hatte uns vor Trixie Shellenbergers Praxis abgesetzt. Tante Louise redete der Ärztin zu, ihre Verletzungen zu übertreiben. Quer über den Platz beobachteten wir die ungewohnte Aufmerksamkeit, die Louise zuteil wurde. Sie suhlte sich im Mitgefühl. Ich hätte selbst ein bißchen davon gebrauchen können, denn die Polizei hatte meinen Jeep zwar bald ausfindig gemacht, aber Totalschaden festgestellt.

Wir schlenderten am Gebäude der Runnymede Bank and Trust vorbei, am Drugstore, der jetzt, nachdem die Kirche aus war, geöffnet hatte, an Mutzis Gemüsestand und bei Brown, Moon & Frost.

Ich wußte, Gott würde mir den Ehebruch mit Jackson Frost verzeihen, aber ich fragte mich, ob ich mir selbst verzeihen würde. Ich vermutete, ich liebte Jack. Nein, ich vermutete es nicht. Ich liebte ihn wirklich, aber ich sah keinen Grund, ihn mit diesem Wissen zu belasten, da unsere Affäre zum Scheitern verurteilt war. Auf eine komische Art liebte ich Regina noch mehr. Ich hatte mich nie sexuell zu ihr hingezogen gefühlt, deshalb war meine Liebe frei von Begierde. Vielleicht deswegen oder trotzdem, ich würde es nie genau wissen, konnte ich mich öffnen und die Liebe wachsen lassen. Alles, was Mr. Pierre gesagt hatte, quälte mich, besonders nach der Kirche. Ich sah

Regina und Jackson mit ihren Söhnen Winston und Randolph würdevoll die Stufen der episkopalischen St. Paulskirche herabsteigen, und als sie Louise erspähten, eilten sie zu ihr hinüber.

Eine Menschenmenge versammelte sich auf der Südseite des Platzes, aber Mom und ich konnten nicht sehen, weshalb. Ich fragte mich, was Mutter sagen würde, wenn ich ihr von Jackson erzählte. Sie würde vermutlich wütend auf mich werden. Ich hatte heute keine Lust auf Wut. Die hatte ich selten. Ich gehöre zu den Menschen, die einem Krach möglichst aus dem Weg gehen. Wenn es sich nicht vermeiden läßt, tun jedoch die anderen gut daran, in Deckung zu gehen.

Je mehr ich über Jackson und Regina nachdachte, desto mehr wurde mir bewußt, wieviel näher sie mir stand. Dies war ein Dauerthema in meinem Leben, meine tiefgründende Distanz zu Männern. Jackson war nicht meine erste längere Affäre mit einem Mann. Ich hatte während meiner Collegezeit und noch ein Jahr danach mit einem Mann zusammen gelebt. Zwischen ihm und Jackson war ich ein paarmal verknallt. Ein wirklicher Fehlschlag war es nie. Ich kam emotional mit ihnen bis an eine bestimmte Stelle, und weiter konnte ich nicht gehen. Mir war, als schlössen sie eine Tür vor mir, oder vielleicht war ihnen die Tür ebenfalls verschlossen. Allmählich glaubte ich fast, daß Männer keinen Zugang zu ihren eigenen tiefsten Gefühlen hatten. Ich dachte lange, ich würde so empfinden, weil ich mehr lesbisch als hetero bin, aber meine Freundinnen, die mehr hetero als lesbisch sind (und vermutlich nie auf die Idee gekommen sind, eine andere Frau zu lieben, diese dummen Gänse), sagen dasselbe. Wir fühlen uns den Frauen viel näher als den Männern. Selbst meine Freundinnen, die eine gute Ehe führen, haben gestanden, daß sie bestimmte Dinge ihren besten Freundinnen erzählen würden, aber nicht im Traum daran dächten, sie ihren Männern zu erzählen. Weil es ihn nicht interessiert? Weil er nichts damit anzufangen weiß? Weil es ihn bedrohen würde? Ich weiß es wahrhaftig nicht, aber ich weiß, daß wir in unserer Kultur den Männern etwas Schreckliches antun. Wir nehmen sie sich selbst weg und ersetzen sie durch Geld, Macht und Spielereien.

«Du bist so still», sagte Mutter.

«Das liegt aber nicht an deiner Gesellschaft.»

Eine junge Frau, die mit ihrer Familie über den Platz spazierte, war in Marineblau. Mutter meinte verächtlich: «Die Leute haben wirklich keine Ahnung mehr. Guck dir die an. Marineblau, dabei ist noch nicht mal Ostern.»

«Ich glaube, der Kleidercode ist längst aus der Mode.»

«Schade.»

«Ja. Mom, was wir an Zwanglosigkeit und Bequemlichkeit gewonnen haben, das haben wir an Dramatik und Schönheit verloren, insofern werde ich dir wohl zustimmen müssen. Wenn die Menschen schon nicht wissen, welche Farben angebracht sind, dann könnten sie wenigstens lernen, einen guten Dankesbrief zu schreiben. Heutzutage greifen sie statt dessen zum Telefon. Das ist geschmacklos.»

«Ich sag dir, was geschmacklos ist. Da kommt Liz Rife in einem Chinchilla aus St. Paul geschossen.»

«Es mag geschmacklos sein, aber ich hätte ihn gern. Ich nehme an, sie hat einen Pelzmantel für jeden Wochentag. Mir würde einer genügen», erwiderte ich.

«Was für einer?»

«Ein bodenlanger russischer Zobel mit Schalkragen – ich glaube, so nennt man die Kragen ohne Revers, die gar keine richtigen Kragen sind.»

«Aus Stoff nennt man so was Edles, glaube ich, Kamelhaarmantel.»

«So einen wünsch ich mir jedenfalls. Ehrlich, ich glaube, für Zobel würde ich einen Mord begehen.»

«Ich helf dir die Leiche verscharren.» Mutter lachte. «Nickel, da drüben ist irgendwas los.»

Wir schwirrten auf den Platz. Die kleine Versammlung, die wir anfangs beobachtet hatten, schwoll an, bis sie wohl alle umfaßte, die aus der Kirche kamen. Wir zwängten uns in die Menge und erspähten David Wheeler, sternhagelvoll. Mutzi

Elliott, durchaus nicht in besserer Verfassung, stand neben ihm und hielt einen langen Artilleriestopfer in der Hand, die lange Stange, die dazu dient, die Kanonenkugel ins Rohr zu schieben. Sie mußten die Nacht durchgesoffen haben.

Mutzi wedelte mit dem Stopfer, und David ließ eine Tirade über Bucky Nordness und die Beschießung von Fort Sumter vom Stapel. In seiner Rede schien zwischen beiden ein unmittelbarer Zusammenhang zu bestehen. Nicht, daß das irgendeinen Sinn ergab. Doch plötzlich fiel mir ein, daß ich der Trottel war, der David vorgeschlagen hatte, den 12. April zu feiern, um Bucky eins auszuwischen.

«Fertig, Mutzi?»

«Fertig.» Mutzi klopfte auf die Kanone der Konföderierten.

David brachte die Lunte in die Nähe der Kanone und – bums. Bloß war es kein Kanister mit grauer Farbe, was da rausflog. Es war eine richtige Kanonenkugel. Auch traf sie nicht das Rathaus, das Davids wirrem Bericht zufolge das erklärte Ziel war. Die Kugel zischte über den Platz, riß drüben einen Ahornast ab und krachte in das Vorderfenster von Falkenroth, Spangler & Finster.

Schweigen senkte sich über uns. Louise quollen fast die Augen aus dem Kopf. Mr. Pierres Mund klappte auf. Reginas Hand fuhr in ihr Gesicht und David hustete von dem Rauch.

Als er wieder atmen konnte, waren seine ersten Worte: «Heiliger Bimbam!»

Mutzi kicherte. Das Kichern wurde zu zügellosem Gelächter.

Mr. Pierre bemerkte trocken: «'n bißchen mehr nach links, David, und du kriegst Rifes Büros auch noch klein.»

Mutzi wälzte sich jetzt auf der Erde. «Kennt ihr diesen Spruch: ‹Als erstes killen wir alle Rechtsanwälte›?»

Die Anwaltskanzlei Falkenroth, Spangler & Finster auf der Südseite des Runnymede Square war in der Versenkung verschwunden. Wir in Maryland gingen zu Brown, Moon & Frost, während die auf der Pennsylvania-Seite zu Falkenroth, Spangler & Finster gingen. Man konnte nicht gerade sagen, daß eine Seite besonders viel für die andere übrig hatte.

«Aber es ist Sonntag. Da ist niemand drin», platzte Louise heraus und fuhr stotternd fort: «Ich hab's nicht so gemeint, wie's rausgerutscht ist.»

David wurde schnell nüchtern. Jackson, unser Bürgermeister, trat vor. «David, ich fürchte, das hier wird ein gesetzliches Nachspiel haben.»

In der Ferne konnten wir Buckys Sirene hören. Pater Christopolous in seinem Ornat eilte die Stufen von St. Rose hinab. Er überblickte die Situation und rannte zu den Büros, um zu sehen, ob jemand verletzt war. Als Mr. Pierre ihn sichtete, machte er sogleich Anstalten, sich ihm anzuschließen.

«Verdammt noch mal, warte einen Moment, Pierre!» David knurrte uns an. Wir waren ungefähr fünfzig, die ihn umstanden. «Ihr alle, jeder einzelne, bleibt ruhig hier stehen. Das ist ein Befehl. Und keiner erzählt irgend jemandem, was passiert ist. Wenn ihr was sagt, kriegt ihr Strafzettel fürs Falschparken und für Geschwindigkeitsübertretungen, bis daß der Tod uns scheidet. Kapiert? Mutzi und ich haben die Kanone geputzt und dabei ist sie losgegangen.»

Jackson hob verdutzt die Hände, um Schweigen zu gebieten, weil das Gemurmel der Menge zum Gebrüll anstieg. «Meine Damen und Herren, wir wollen die Fakten überprüfen.»

«Es gibt keine Fakten zu überprüfen, Jack.»

«Was du da vorschlägst, ist eine Lüge.»

«Ich schlage nichts vor, ich gebe etwas bekannt!» Die Adern an Davids Hals schwollen an.

«Zumindest verfälschst du die Beweise.»

«Das tun sie in Washington andauernd.» Davids Streitlust steigerte sich, und das Geräusch der Sirene ebenso.

«Wenn Oliver North lügen kann und ungeschoren davonkommt, wieso kann David das dann nicht auch?» Mutters Stimme übertönte das aufgeregte Geplapper.

«Sehr richtig», stimmte Mutzi zu, der noch immer auf der Erde lag, aber Mutzi hätte in seiner Lage jedem zugestimmt.

«Ich verteidige mein Land, so oder so.» David geriet in Fahrt. «Dieses Arschloch, das so große Reden schwingt, dieser Blödmann – ich spreche von Bucky Nordness, der so widerlich ist, daß er 'nen feuchten Traum versauen könnte –, dieser Yankee besaß die Frechheit, letzte Woche unsere Niederlage bei Appomattox zu feiern. Das laß ich mir nicht bieten!»

«Das war 1865.» Jackson wollte David vom Platz weglotsen, bevor Bucky und Co. bei Falkenroth, Spangler & Finster vorfuhren.

«Das erzähl mal Nordness! Er reibt es uns doch dauernd unter die Nase!» schrie David. Dann wandte er sich an mich: «Nickel, versprichst du, diese Story nicht zu schreiben?»

«Du meinst, ich kann meine Schlagzeile ‹Krieg noch nicht zu Ende› nicht verwenden?» Ich lächelte, worauf David sich ein bißchen entspannte. «Ich werde diskret vorgehen, David.» Allerdings würde ich das tun, denn sonst würde er mir auf der Stelle den Hintern versohlen.

«Und wie ist das mit euch?» David sah die Menge scharf an.

«Oh, wir sagen nichts», gelobte Tante Wheezie. «Warum sollten wir zusehen, wie David in die Mangel genommen wird, bloß weil er besoffen war?»

«Ich bin nicht besoffen, Mrs. Trumbull», verteidigte sich David heftig. Er redete meine Tante tatsächlich mit ihrem Ehenamen an.

Die Menge besprach sich, doch Einigkeit lag in der Luft. Wir gönnten Bucky Nordness nicht die Genugtuung eines Riesenstunks und eventueller Prozesse, die auf uns herabregnen würden wie Konfetti. David hätte sich nicht betrinken sollen, und Mutzi hätte keine richtige Kanonenkugel laden sollen, aber sie hatten es nun einmal getan. Am besten, sie würden still die Rechnung von Falkenroth, Spangler & Finster bezahlen, und damit gut. Davids Abneigung gegen Bucky übertraf die von uns übrigen, aber man fand allgemein, daß Bucky mit seiner Pflichterfüllung übertrieb, und man fand auch, daß sein Jubel an jedem 9. April von Geschmacklosigkeit zeugte. Als der Streifenwagen, von der Hanover Street kommend, auf den Platz bog, zerstreute sich die Menge. Jackson hatte David fest am Arm gepackt. David schüttelte ihn ab, verließ aber den Platz. Regina und ich zogen Mutzi mit Hilfe von Randolph und Winston fort. Mom, Louise und Mrs. McConnell gingen zu dritt nebeneinander hinter Regina und mir, so daß niemand auf der anderen Seite des Platzes genau sehen konnte, was wir taten. Wir luden Mutzi in seinem Laden ab und fanden, ausnüchtern könne er allein. Seine Frau war nicht in der Stadt – ein Glück, denn wenn es um Mutzis Besäufnisse ging, war sie furchterregender als Bucky Nordness.

Mr. Pierre lud zu einer improvisierten Party, und Mutter, Louise, Mr. und Mrs. McConnell, etwa die Hälfte der Bon-Bons, Jackson, Regina und David zwängten sich in sein Haus. Niemand ließ zu, daß David noch mehr Alkohol trank, und er war jetzt fügsam. Mr. Pierre warf mir dann und wann einen zornigen Blick zu. Ich lächelte matt und bemühte mich, nicht zu dicht neben Jackson zu stehen, weil ich ihn dann hätte berühren wollen.

Mutter trat zu mir. «Wirst du darüber schreiben?»

«Ich nehme Davids Story. Ich schätze, damit bin ich korrumpiert, aber Tante Wheezie hat recht. Apropos, ich war erstaunt, als du das über Oliver North gesagt hast.»

«Er lügt, und die Leute halten ihn für einen Helden.»

«Warte, bis er aussagt.»

«Was ändert das schon?»

«Vielleicht erfahren wir die Wahrheit.»

«Wenn Oliver North dein Freund wäre und dich bitten würde, eine falsche Story zu schreiben, um ihn zu schützen, und wenn du von seiner Sache überzeugt wärst – würdest du es tun?»

«Nein.»

«Für David tust du's aber.» Mutter wußte, wie sie mich packen konnte.

«Na hör mal! Das ist so eine Kleinigkeit, und David würde sonst durch den Schmutz gezogen. Hier ist nicht die Rede von

Verfassungsbruch oder davon, daß das amerikanische Volk in puncto Außenpolitik belogen wird.»

«Das Prinzip ist dasselbe.»

Mr. Pierre stand jetzt neben Mom; er hatte unser Gespräch mitangehört. «Integrität gründet sich auf viele Kleinigkeiten.»

«Vielen Dank!»

«Werd nur nicht kratzbürstig, Nickie», warnte Mutter. «Andauernd willst du mir, Gott und jedermann klarmachen, was richtig und was falsch ist. Jetzt kriegst du's mit gleicher Münze heimgezahlt.»

«Ich lauf nicht rum und erzähl den Leuten, wie sie ihr Leben leben sollen.»

«Doch, in deiner Kolumne», sagte Mutter.

Ich fand meine Kolumne keineswegs so autoritär, wie sie sie hinstellte, und außerdem war es unfair, wie sie mich in die Zange nahmen, auch wenn sie recht hatten – im Prinzip. Um alles noch schlimmer zu machen, behandelte mich Mr. Pierre, freilich ohne es auszusprechen, als wäre mein Leben ein einziger heterosexueller Rausch. Als Jackson hinzukam, um sich an dem Streit – pardon, der Diskussion – zu beteiligen, wünschte ich, der Boden würde sich auftun, damit ich darin versinken konnte.

«Was ist denn hier los?» Regina trat hinter Jackson.

«Die beiden hier stauchen mich zusammen.»

Mutter ereiferte sich. «Das tue ich nicht und Mr. Pierre auch nicht. Ich hab sie wegen Oliver North gefragt –»

«Ich habe alles gehört.» Jackson schnitt ihr das Wort ab.

«So?» Jetzt war Mom auf der Hut.

Regina stand mir bei. «Wieso geht ihr auf Nickel los? Soweit ich das sehe, sind wir alle an dieser Sache beteiligt.»

«Aber sie repräsentiert die Presse. Wenn die Presse uns nicht die Wahrheit sagt, wie können wir uns dann ein richtiges Urteil über unsere Stadt bilden?» Mr. Pierres Stimme klang nicht feindselig, aber es gefiel mir trotzdem nicht, unter Beschuß zu stehen.

«Ich bin der Bürgermeister und decke die Geschichte. Wie steht's also mit mir?»

«Jackson, von unseren Politikern erwarten wir, daß sie lügen. Von der Presse erwarten wir es nicht.» Mutter traf ins Mark – in meins und Jacksons.

Jacksons Gesicht wurde weiß. «Julia, glaubst du, daß ich euch belüge?»

«Du nicht. Aber du bist der einzige Politiker, zu dem ich Vertrauen habe, vielleicht deshalb, weil ich dich beobachten kann. Diese Schleimkröten in Washington kann ich nicht beobachten. Die kenne ich nicht.»

«Jemand kennt sie. Ihre Familien. Ihre Wahlbezirke», sagte Regina.

«Ja, und wenn sie in Schwulitäten kämen, ich wette, ihre Familien und ihre Wahlbezirke würden sie decken.» Mr. Pierre war voll engagiert.

Eine Minute lang sprach keiner ein Wort. Wir wußten nicht, was wir sagen sollten.

Ich brach schließlich das Schweigen. «Ihr habt recht. Ich verstoße gegen meine eigene Ethik als Journalistin. Aber David ist mein Freund, und ich muß die Story gegen ihre Auswirkung auf sein Leben abwägen. Gott sei Dank wurde niemand verletzt. David hat eine Dummheit gemacht, aber wer tut das nicht ab und zu? Vielleicht mache ich jetzt eine Dummheit, aber wenn die Story in der Zeitung erscheint, hat das Auswirkungen bis nach Baltimore und Harrisburg. Dann haben wir nicht mehr die Möglichkeit, die Sache selbst ins reine zu bringen. Es ist durchaus denkbar, daß die Staatsanwaltschaft sich einschaltet, da in diesen Fall zwei gewählte Staatsbeamte verwickelt sind. Welchem Zweck würde das dienen? Und daß ich mitansehen müßte, wie die von *Eyewitless News* meinen Freund und alle zur Schnecke machen? Wirklich, wenn ich zwischen einem beruflichen Ehrenkodex und einem Freund wählen muß, dann entscheide ich mich für den Freund, wenigstens diesmal, und ich werde alles versuchen, damit wir diesen Schlamassel unter uns bereinigen können.»

«Wenn das jeder so macht, dann haben wir uns nicht über alte Stammesgebräuche hinaus entwickelt.»

Mr. Pierre gab diese Köstlichkeit von sich.

«Haben wir auch nicht.» Regina lächelte, worauf sich die Spannung löste. «Die Vereinigten Staaten sind eine Kultur, aber keine Zivilisation. Wir sind noch zu jung.»

«Das ist ungefähr dasselbe, was Charles Falkenroth sagt. Er sagt, die Vereinigten Staaten sind eine unfertige Demokratie.» Jackson genoß die Diskussion.

«Ich nehme aber doch an, daß wir uns bemühen», erwiderte Mutter.

Hier wäre zu vermerken, daß meine Mutter keine einzige Wahl ausgelassen hat, seien es kommunale, staatliche oder nationale Wahlen. Da sie 1905 geboren war, erinnerte sie sich noch an die Zeit, als Frauen nicht wählen durften, und kein Hurrikan konnte sie von der Wahlkabine fernhalten.

Jackson mochte die Diskussion genießen, aber ich tat es nicht. Ich wurde als unentwickelter Stammesmensch hingestellt – eine unentwickelte Stammesfrau, die neben ihrer besten Freundin und dem Mann ihrer besten Freundin stand, mit dem sie eine Affäre hatte. Stammesmenschen sind bestimmt klüger.

20

Nickel streitet mit Juts

Montag, 13. April

«Ich verstehe nicht, wie du direkt daneben stehen konntest und die Story nicht mitgekriegt hast.» Charles Falkenroth stand vor mir, während ich an meinem Schreibtisch saß und mit meinem rasiermesserscharf gespitzten Stift spielte.

«Erstens war Palmsonntag und Tante Wheezie hatte ihren Palmwedel vor meinem Gesicht. Zweitens war es sehr verwirrend, weil alles so schnell ging.»

«Quatsch, Nickel.» Charles ließ nicht locker. «Du bist eine erfahrene Beobachterin.»

«Sag mir, was Bucky Nordness gesagt hat, als er dich anrief.» Ich wollte Zeit gewinnen. Mir würde bestimmt eine bessere Ausrede einfallen.

«Er hat gesagt, daß David Wheeler aus purer Gemeinheit eine Kanonenkugel in die Büros von Falkenroth, Spangler & Finster gefeuert hat, aber er ist überzeugt, daß die Kugel ihm gegolten hat.»

«Tut mir leid, daß dein Cousin Sonntag nicht gearbeitet hat.» Ein boshaftes Flackern erschien in meinen Augen.

«Mir auch. Der Mistkerl macht schon wieder Urlaub.»

Zahllose Gründe, warum Charles seinen Cousin nicht ausstehen konnte, lagen auf der Hand, aber ein Grund stellte alle andern in den Schatten. William Falkenroth hatte das Testament der Großmutter, in dem sie über 720 Morgen gutes Ackerland verfügt hatte, angefochten. Es dauerte fünf Jahre, bis dieser Streitfall beigelegt war, und das kostete Charles viele tausend Dollar an Anwaltsgebühren. Von den Falkenroths lernte ich ebenso wie von Mutter und Louise, daß Familien bizarre Verbindungen von durch das Blut vereinten Menschen mit gegensätzlichen Interessen sind.

«Hier.» Ich hielt Charles die Story hin, die ich am Sonntag über den Vorfall mit der Kanone geschrieben hatte.

Er riß sie mir aus der Hand. «Du kriegst sie in fünf Minuten zurück.» Charles ging in sein Büro. Pewter folgte ihm. Er ließ sie rein, dann schloß er die Tür.

Michelle rief von ihrem Schreibtisch: «Bringt er meinen Passah-Artikel?»

«Ja.» Ich fand, sie freute sich ein winziges bißchen zu sehr über meinen Verdruß.

Roger war nicht in der Arena, deshalb rief ich zu ihr hinüber: «Wie war denn deine Verabredung?»

«Okay.» Sie klang ganz unverbindlich. «Seit wann hat deine Mutter lila Haare?»

«Sie sind nicht lila, sie sind magentarot, und auch bloß an den Seiten.»

«Sind sie immer so ... deine Mutter und ihre Schwester?»

«Ich hab dir von ihnen erzählt, und alle anderen hier auch.»

«Aber ich hab sie nie in Aktion gesehen.»

«Das war noch gar nichts.»

«Ich werde mich wohl daran gewöhnen müssen, wenn ich in Runnymede bleibe. Ich denke, ich gehe weiter zum Bingo, wenigstens bis zum Blackout-Spiel.»

«Hat's dir gefallen?»

Sie dachte darüber nach. «Ja.»

Charles kam aus seinem Büro, mit Pewter auf den Fersen. Er blieb beim AP-Fernschreiber stehen. «Gary Hart hat in einer Rede im Red Rocks Park oberhalb von Denver seine Kandidatur verkündet. Noch ein Kandidat.» Er riß die Fernschreiber-Story heraus und legte sie auf Michelles Schreibtisch. «Wie viele haben wir jetzt?»

«Biden und Gore, auch wenn sie es noch nicht offiziell angekündigt haben, Jesse Jackson, der seit 1984 ununterbrochen kandidiert, Dukakis, Babbit, Gephardt, und wer weiß, wer bei den Demokraten noch alles dazukommt. Cuomo? Wir wissen nicht, was sich da zusammenbraut, auch wenn er sagt, daß er nicht kandidieren wird», antwortete Michelle munter. «Wollen Sie die Liste der Republikaner?»

«Nein, das ist zu deprimierend.» Charles kam an meinen Schreibtisch und legte die Story vor mich hin. «Gut geschrieben, Nickel, aber ich glaube kein Wort davon.»

Mein Gesicht brannte. «Das ist das Beste, was ich liefern kann.»

«Du solltest lieber etwas Besseres liefern, oder du bist nicht geeignet, eine Zeitung zu besitzen.» Er drehte sich um und ließ mich in meinem Elend allein. «Michelle, stimmen Sie für irgendeinen von diesen Männern?»

«Ich würde meine Stimme nur Pat Schroeder geben.»

Ich sah Michelle an. Das war ein neuer Ton, oder vielleicht hatte ich ihn vorher nur nicht gehört. Ich hatte nicht erwartet, daß sie jemanden wie den Abgeordneten Schroeder unterstützen würde. Ich hielt Michelle für einen deplacierten Yuppie, der in der Provinz von Runnymede herumhing, wo man allenfalls den Fortschritt der Bevölkerung vom Fetus zum Fossil beobachten konnte.

«Daß so viele Männer für die Präsidentschaft kandidieren, hat den Grund, daß sie sich einen Job sichern wollen», sagte Charles.

Ich berappelte mich allmählich. «Das sagst du alle vier Jahre.»

«Es ist alle vier Jahre wahr.» Charles ging wieder in sein Büro, und Pewter kam zu mir, um mich zu trösten. Außerdem nahm sie Lolly ihren Büffelhautknochen weg.

«Was willst du mit deiner Story tun?» Ein mitfühlender Ton schwang in Michelles Stimme mit.

«Ich mach die Runde. Ich geh in die Anwaltsbüros, ich rede mit Bucky, und ich rede mit David. Ich fange am besten gleich an.» Das Telefon klingelte. Foster Adams' klare Stimme ließ mich Haltung annehmen. Ob ich in die Bank rüberkommen könne?

Ich legte auf. «Michelle, ich bin unterwegs. Nimmst du ab, wenn mein Telefon klingelt?»

«Klar.»

Foster war umgeben von seiner Walnußtäfelung. Irgendwie wirkte das Büro imposanter als er selbst. Ich hörte ihm aufmerksam zu, imposant oder nicht.

«...du weißt ja, Nickel, diese Presse ist zwei Jahre älter als Gott.» Er lächelte bei dieser Redewendung. «Nicht zu reden von der übrigen Ausstattung – alles hoffnungslos veraltet. Dafür kann ich keinen Wert feststellen. Das Grundstück und das Gebäude, das ist was anderes. Gab 'ne hübsche Wertsteigerung. Ebenso deine Farm.»

«Ich weiß deine Gründlichkeit sehr zu schätzen, Foster.»

«Danke.» Er drehte sich in seinem Stuhl hin und her, stand auf und umrundete den riesigen Schreibtisch. Er setzte sich auf die Ecke und strahlte mich von oben herab an. «Unterm Strich bist du knapp bei Kasse. Das wollte ich dir sagen, bevor ich damit nach Baltimore gehe. Vielleicht kannst du noch ein paar Vermögenswerte beibringen, etwas, das du übersehen hast, oder vielleicht kannst du einen Partner oder Anleger finden. Ich möchte einen fundierten Vertrag präsentieren. Ich finde, du solltest den *Clarion* bekommen.» Er betonte «solltest», das war lieb von ihm.

«Danke für deine Unterstützung.» Ich schluckte schwer. «Wieviel fehlt mir?»

«Rund 250000 Dollar.» Er strahlte mich immer noch an.

Ich schätze, für einen Bankier sind 250000 Dollar ein Pappenstiel, außer jemand schuldet sie der Bank und macht Pleite.

Ich bemühte mich, meine Stimme nicht zittern zu lassen. «Ich will sehen, was ich tun kann.»

«Ich fahre am 23. April nach Baltimore. Sag mir vorher Bescheid.»

Er führte mich aus seinem Büro. Als ich durch den großen Schalterraum der Bank ging, mit den riesigen Pendellampen aus Messing, den Messingstangen vor den Schaltern, dem blanken Marmorboden, über den meine Großmutter, meine Urgroßmutter und Ururgroßmutter geschritten waren, hämmerte es in meinem Kopf: «250 000 Dollar!»

Meine Füße steuerten über den Platz zum Curl 'n Twirl. Mir war nicht bewußt, welche Richtung ich einschlug. Als ich am Konföderiertendenkmal vorüberkam, spürte ich allmählich festen Boden unter mir. Es gelang mir außerdem, meine Mutter wahrzunehmen, die sich rasch eine Zigarette anzünden und Richtung Curl 'n Twirl flitzte. Sie hatte sich noch nicht einmal eine Illustrierte gegriffen, als ich durch die Tür kam. Die Zigarette sah aus, als wäre sie an ihren Lippen festgeklebt. Mutter und Georgette Bonneville kauten gerade die gestrigen Ereignisse durch.

«Mutter, ich wünschte, du würdest aufhören zu rauchen.»

«Es ist meine Pflicht, die großen Staaten Virginia und Maryland zu unterstützen.» Sie drehte die Zigarette zwischen den Fingern. «Nachdem du die pflichtbewußte Tochter warst, kannst du mir jetzt erzählen, was los ist.»

«Wie?»

«Mir kannst du nichts vormachen. Was ist los?»

«Ach, Foster Adams hat mich in sein Büro bestellt. Er war ausgesprochen nett, aber er hat gesagt, mir fehlen 250 000 Dollar. Bis zum 23. April muß ich das Geld haben oder einen Anleger auftreiben.»

Mr. Pierre rief aus dem Hinterzimmer: «Kleinigkeit. *Petitesse!*»

Georgette wartete mit einer Idee auf. «Vielleicht gewinnst du in der Lotterie des Verlegerverbands. Dann kannst du die Stadt mitsamt der Zeitung kaufen.»

Was mich wirklich erstaunte war, daß Georgette es ernst meinte.

«Ich werde nachsehen, ob die Nachricht schon in meiner Post ist.» Ich setzte mich auf einen Stuhl.

Mr. Pierre kam aus dem Hinterzimmer herbeigeschritten und beugte sich über mich. «Schnippschnapp.»

«Nur zu.» Ach, verdammt. Ich konnte ebensogut nach dem Haareschneiden zu Bill Falkenroth und Co. gehen.

Das Schnippschnapp der Schere unterstrich Mutters Kommentare. Während sie sprach, bemerkte ich mit wachsendem Schrecken eine Menge silbergrauer Haare zwischen den schwarzen. Sie türmten sich auf meinem Schoß. Kürzte er mir die Haare oder verpaßte er mir einen Bürstenschnitt?

«Du hast heute keinen guten Tag erwischt, Schätzchen. Louise will dir ihren dritten Chrysler nicht zur Verfügung stellen, den kompletten.» Sie betonte «komplett». «Es tut ihr leid, daß dein Jeep kaputt ist. Sie weiß, daß es eine Weile dauert, bis das Geld von der Versicherung kommt, aber sie will keinen Kratzer an ihrem Wagen.»

«Wieviel?» Simon Legree Hunsenmeir, dachte ich. Sie ist wie der Sklavenaufseher aus *Onkel Toms Hütte*.

«Hundert Dollar die Woche.» Mutters Antwort kam wie aus der Pistole geschossen.

«Die alte Kanaille.» Mr. Pierre schnitt weiter drauflos.

«Immer noch billiger als ein Leihwagen.» Ich seufzte. «Sag ihr, fünfundsiebzig die Woche ist mein absolut höchstes Angebot. Sonst kann sie mich mal.»

Mein ganzes Leben lief auf meinen Nettowert hinaus. Warum war Geld zwar dauernd in Sicht, aber nie zur Hand?

«Ich sag's ihr. Du kannst den Wagen nach der Arbeit abholen.» Mutter wechselte das Thema. «Woher nimmst du 250000 Dollar?»

«Verdammt, wenn ich das wüßte.»

«Warum kann Charles nicht stillhalten? Wie eine Bank bei 'ner zweiten Hypothek stillhält», schlug Mr. Pierre vor.

«Er könnte, aber ich glaube nicht, daß er es tut. Er und Ann wollen mit dem Geld schleunigst nach Palm Springs verduften. Kann's ihnen nicht verdenken. Außerdem würde ich ihn im

Moment nicht mal um eine Büroklammer bitten. Er ist sauer auf mich, weil er weiß, daß ich nicht mit der ganzen Story über David Wheeler und die Kanone herausrücke.»

«Tja, Mutzi kam heute hier reingewankt wie der aufgewärmte Tod. Er wollte sichergehen, daß wir die Klappe halten», rief Georgette hinter den Lilien auf der Theke hervor.

«Der arme Mutzi kann sich den gerechten Zorn von Bill, Kevin und Tinker genausowenig leisten wie David.» Mr. Pierre taxierte kritisch mein Äußeres.

Bill, Kevin und Tinker entsprachen Falkenroth, Spangler & Finster. Außerdem arbeitete der junge George Spangler in der Firma seines Vaters.

«Wer's glaubt, wird selig», sagte Georgette.

«Wie wär's mit ein bißchen Korallenrot? Du brauchst eine Auffrischung.» Ohne eine Antwort abzuwarten, bepinselte Mr. Pierre mein Gesicht.

«Das erinnert mich an Nickels kleinen Malkasten, als sie ein Kind war.» Mutter spielte mit Mr. Pierres Palette mit Rouge und Lidschatten.

Zorn brodelte in mir hoch wie Lava. «Von dir hätte ich zuallerletzt gedacht, daß du darauf zu sprechen kommen würdest. Du hast meine Farben weggeworfen.»

Mutters Wangen flammten scharlachrot auf. «Sie waren aufgebraucht.»

«Von wegen!» Ich war vom Stuhl hochgefahren.

Mr. Pierre und Georgette waren erstaunt. Offen gesagt war ich es auch.

«Du bist wirklich eine Mimose.»

Typisch Mutter, es einfach so abzutun.

«Bin ich nicht. Du hast den Malkasten weggeworfen, dabei hast du genau gewußt, wie gern ich gemalt habe. Lieber als alles andere. Ich wollte Malerin werden, wenn ich groß war.»

«Du hast die Farben falsch benutzt.»

«Ich war sieben Jahre alt!»

«Du bist zu sensibel.» Sie klappte nachdrücklich Mr. Pierres Schminkkasten zu.

«Einen Tag bin ich zu sensibel, und am nächsten Tag sagst du mir, ich würde mich abschotten. Entscheide dich! Ich weiß, warum du meine Farben weggeworfen hast. Weil meine leibliche Mutter eine Malerin war. Sie ist es noch, soviel ich weiß.»

Mutters Stimme wurde ruhig, erschreckend ruhig. «Ich wollte nicht, daß du wirst wie sie.»

«Und ich bin nicht so geworden!» Ich sprang vom Stuhl und stürmte aus dem Curl 'n Twirl. Ich benahm mich kindisch, aber obwohl es mir bewußt war, konnte ich nicht anders. Ich vergaß sogar, Mr. Pierre zu bezahlen.

Kenny wieherte, als Lolly, Pewter und ich in seine Box kamen. Er war zur Abwechslung mal sauber, hatte sich heute nicht im Schlamm gewälzt, und so ging das Striegeln fix. Im Hintergrund hörte ich Harmony Yost ihrer Mutter befehlen, ihr einen Martingal zu bringen. Ursie sagte: «Ich bin gleich da, Liebes.» Würde meine Tochter mich so herumkommandieren, bekäme sie eine gescheuert, daß ihr Hören und Sehen verginge. Ursie war mir ein Rätsel. Ihr oberflächlicher Ehrgeiz trieb sie ständig an. Sie sehnte sich nach einer führenden Rolle in der Gesellschaft, und da ihr die versagt war, wollte sie das mit einer führenden Rolle in der Politik ausgleichen. Ihr absoluter Mangel an Taktgefühl garantierte, daß sie Nerven zersägte, wann immer sie den Mund aufmachte. Sie begriff ihr eigenes Versagen nicht. Und wie sie es liebte, unter dem Deckmantel kleinlicher Autorität das Kommando zu führen. Sie bellte Befehle wie ein Sergeant, doch von ihren statusbewußten kleinen Ekeln ließ sie sich herumschubsen wie eine Kammerzofe. Mom sagte immer: «Wenn du deine Kinder nicht an Disziplin gewöhnst, tut's jemand anders für dich.» Harmony und Tiffany Yost mochten noch ohne Mühe durchs College kommen, aber draußen in der wirklichen Welt würde die beiden Mädchen eine böse Überraschung erwarten. Die Menschheit war nicht ausschließlich dazu geschaffen, ihnen in den Arsch zu kriechen. Der einzige Mensch, auf den sie hörten, war Muffin Barnes, vielleicht weil Muffin besaß, was sie sich wünschten: Reitkenntnisse.

Ein neuerlicher Aufruhr drang zu mir herüber, als Tiffany entdeckte, daß ihre Satteluntterlage schmutzig und ihr Hufkratzer nicht da war. Ursies Kopf erschien über der Halbtür der Box.

«Nickel, kannst du mir deinen Hufkratzer leihen?»

«Klar.» Ich reichte ihr das Gerät.

«Elliwood Baxter kommt heute aus Palm Beach zurück.»

«Fein. Wird mich freuen, sie zu sehen.»

Elliwood überwinterte im *Palm Beach Polo Club* westlich von West Palm, wo sie auf die Pauke haute, wenn sie nicht andere Leute vom Hocker haute. Die Frau hatte Nerven aus Stahl.

«Hast du schon den Rest der Geschichte gehört?»

«Nein.»

Ursie strahlte. «Ihre älteste Tochter ist in eine von diesen frommen östlichen Sekten eingetreten. Schätze, sie wird sich den Kopf kahlrasieren.»

«Das machen nur die Männer. Die Frauen laufen mit kleinen Zimbeln an Zeigefinger und Daumen herum und singen für Krischna. Der Sektenführer heißt Raj Cohen.»

«Woher weißt du das?» Ursie hatte den Witz nicht mitbekommen.»

«Ach, hab ich mir ausgedacht. Jedenfalls tut es mir leid zu hören, daß Catherine das Bedürfnis hat, ihre religiöse Überzeugung so schamlos zur Schau zu stellen.»

«Mutter», quengelte Tiffany im Hintergrund.

«Sekunde, Herzchen.» Ursie wandte sich wieder an mich. «Ist dir in letzter Zeit an Regina was aufgefallen?»

«Nein. Warum?»

«Ach, nichts.»

«Ursie, laß das. Wenn du was Bestimmtes meinst, dann raus damit.»

«Ich mag keinen Klatsch.» Hier sprach eine, die dafür lebte.

«Alles, was Regina angeht, geht mich an. Ich habe keine Ahnung, wovon du redest, denn sie sieht wunderbar aus.»

«Die wird immer gut aussehen. Ich weiß nicht, ich hab so ein

Gefühl. Vielleicht stimmt bei ihr zu Hause was nicht. Du weißt ja, wie unruhig Jackson manchmal wird.»

«Sicher. Alle vier Jahre will er umziehen oder ein Sommerhaus kaufen, oder er geht zum Porsche-Händler in Baltimore und macht Probefahrten. Das macht Gene wahnsinnig. Sie sind nicht arm, aber so viel Geld haben sie nun auch wieder nicht. Kein Porsche für Jack.»

«Ja.» Sie dehnte das «Ja» über vier Silben aus. «Seine periodische Unruhe äußert sich in Weibergeschichten.»

Ich richtete mich blitzartig auf und ließ meinen Striegel fallen. «Jackson Frost? Komm, Ursie, du weißt es nicht genau, und ich habe noch nie so etwas über ihn gehört.»

«Du allerdings nicht», sagte sie naserümpfend.

Ein Schweißtropfen lief mir die Achselhöhle hinunter. «Was?»

«Du gehörst praktisch zur Familie. Niemand würde es dir oder Regina erzählen, wenn bei ihm was im Busch wäre. Aber ich weiß aus glaubwürdiger Quelle, daß er vor drei Jahren in York, Pennsylvania, ein kleines Techtelmechtel hatte. Regina hatte keine Ahnung, aber eine Ehefrau spürt so etwas, meinst du nicht?»

Was, wenn ihre Andeutung stimmte? Ich war nicht die erste. Ich würde ihn umbringen.

«Wie gesagt, mir scheint Gene völlig in Ordnung, und ich kann mir nicht vorstellen, daß Jack so etwas tut.»

Ihre Stimme hob sich. Sie triefte von falscher Herzlichkeit und falschem Humor. «Na ja, meine Liebe, natürlich kannst du dir so etwas nicht vorstellen. Du hast kein Gespür dafür, was zwischen einem Mann und einer Frau vorgeht. Kampfgeschwader.» Sie beschrieb mit einer Geste über ihrem Kopf die Düsenjäger. «Ist eben zu hoch für dich.»

Ich wußte nicht, ob ich lachen, weinen oder sie erwürgen sollte.

21

Nickel beißt in den sauren Apfel

Dienstag, 14. April

Der Süden verzeiht Lincoln zu guter Letzt und stimmt für die Republikaner. Ich dagegen bleibe eisern demokratisch. Was Abraham Lincoln betrifft, hätte ich ihm trotz der Sünden, die er am Süden begangen hat, nie gewünscht, daß er ermordet würde, und heute war der Jahrestag jenes unseligen Tags im Jahre 1865. Warum mir dieser blöde Witz dauernd durch den Kopf ging, wußte ich nicht. Alle kennen ihn: «Davon abgesehen, Mrs. Lincoln, wie hat Ihnen denn die Vorstellung gefallen?» Ebenfalls am 14. April, vierzehn Jahre später, hat Alexander Solowjow Zar Alexander II. zu ermorden versucht. Der 14. April muß wie geschaffen sein für Attentate.

Ich kam mir selbst ein bißchen wie ein Attentäter vor, weil ich wußte, daß ich mein Verhältnis mit Jackson heute abend beenden würde. Ich versuchte, nicht daran zu denken, als ich in Tante Wheezies Chrysler zum Runnymede Square fuhr. Autos kamen schlitternd zum Stehen. Andere fuhren an den Straßenrand und warteten, bis ich überholt hatte. Anfangs erschreckte mich dieses Verhalten. Dann fand ich es lustig. Ich hängte mich an einen Wagen, drückte auf die Hupe und sah, wie sie Schiß kriegten. Dann überholte ich und winkte, und sie sahen, daß ich es war. Thacker BonBon hätte fast einen Telegrafenmast gerammt, aber als er mich erkannte, lachte er über uns beide.

Lolly fand es aufregend. Pewter versteckte sich unter dem Sitz, und ich mußte ihr zehn Minuten lang gut zureden, bis sie sich schließlich hervorlocken ließ. Für eine dicke Katze konnte sie sich erstaunlich flink bewegen, und wie der Blitz war sie aus dem Wagen. Als ich den Eingang zum *Clarion* erreichte, putzte sie sich, als wäre nichts geschehen.

Die Sonne überflutete den Runnymede Square mit mildem Morgenlicht. Goodyear saß vor Browns Fleischerei und wartete geduldig, bis Ralph Brown an diesem herrlichen Tag sein Geschäft öffnete. Mr. Brown war großzügig mit saftigen Gelenkknochen und schlau dazu; denn jeder, der einen Hund hatte, kaufte bei ihm. Das waren so gut wie alle. Die einzigen Leute, die keinen Hund hatten, waren die mit Allergien, und wir hatten den Verdacht, daß sie die Allergien nur erfanden. Kein Haustier haben, hieß Klatsch herausfordern, daß man keine Tiere mochte, und wenn man keine Tiere mochte, war es nur ein kleiner Schritt, bis man keine Kinder und somit keine Menschen mochte, die schlimmste denkbare Beleidigung.

Ich wußte, daß Mutter irgendwo auf dem Platz oder in einem der Geschäfte herumbummelte, aber ich sah sie nicht. Also stieß ich die Tür zum *Clarion* auf und fand Michelle an ihrem Schreibtisch.

«Was tust du hier so früh?»

Sie hielt die Zeitung in die Höhe. «Ich wollte meinen Passah-Artikel sehen.»

Ich nahm die Zeitung von meinem Schreibtisch. Arnie Dow oder einer von den Metteuren legte jeden Morgen ein frisches Exemplar auf jeden Schreibtisch. Keiner hatte ihn angewiesen, das zu tun; er tat es einfach.

«Gedruckt sieht es gut aus, nicht?»

Ich las die Zeitung, während ich vor der Kochplatte stand und wartete, daß mein Teewasser kochte.

Michelle wischte ihre Garfield-Tasse mit einem Papiertuch aus. «Ich schicke Mom und Dad ein Exemplar. Dies ist bisher mein bester Artikel.» Sie machte eine Pause. «Glaub ich jedenfalls.»

«Ich auch.» Ich lächelte.

Michelle sah aus dem Fenster. «Da kommt Goodyear mit einem Riesenknochen. Soll ich Lolly rauslassen?»

«Nein, sonst balgen sie sich drum.»

«Und da kommt deine Mutter.»

Ich wandte mich rechtzeitig von der Kaffeemaschine ab, um Mutter in ihrer Joggingmontur und ihren flotten Nikes über den Bürgersteig marschieren zu sehen. Sie ging am *Clarion* vorbei, sah mich und winkte. Ich winkte zurück. Unter uns kam das einer Entschuldigung gleich. Ich hielt meine Teetasse hoch. Sie schüttelte den Kopf und setzte ihren Spaziergang fort.

«Meilen muß sie gehen, bevor sie schlafen kann», sagte ich.

«Wie bitte?»

«Sie macht gern Spaziergänge, so zwischen drei und acht Kilometern täglich, je nach Wetter.»

Michelles Augen weiteten sich. «Mein Gott, sie ist über achtzig.»

«Zweiundachtzig, chronologisch. Ihr emotionales Alter ist wieder was anderes.»

«Das könnte man von uns allen sagen.» Michelle häufte Milchpulver in ihre Tasse. «Sie sieht nicht aus wie eine Frau über achtzig. Würde ich sie oder dich nicht kennen, ich würde deine Mutter für Anfang sechzig halten.»

«Sie ist wirklich ein Beweis, daß man, wenn man was für sich tut, sehr, sehr lange gut aussehen kann.»

«Du aber auch.»

Das kam überraschend für mich. «Oh – danke.»

«Hast du dich heute morgen schon sportlich betätigt?»

«Ja.» Ich stürzte meinen Tee hinunter. Durch den Dampf sah ich eine vertraute Gestalt die Treppe der Bücherei herunterkommen. Tante Louise schwankte unter dem Gewicht von Büchern. Da sie seit dem vierten Schuljahr kein Buch mehr aufgeschlagen hatte, war das eine Revolution. «Michelle, siehst du, was ich sehe?»

Sie spähte aus dem Fenster. «Deine Tante hat vor, eine Menge zu lesen.»

«Das ist unmöglich. Ich meine, sie findet lesen gräßlich.»

«Im Ernst?»

«Sie sagt, es gibt Leute, die zwischen den Zeilen lesen, und Leute, die überhaupt nicht lesen, und sie zählt sich zu den letzteren.»

«Wie kann jemand nicht lesen wollen?»

«Ich begreife das auch nicht.» Ich leerte meine Tasse und schenkte noch mal nach. Ich brauchte heute morgen eine Extradosis. «Ich geh lieber hin und helf dem alten Mädchen, auch wenn sie eine Kanaille ist.»

«Kanaille?»

«Ich erzähl's dir, wenn ich zurückkomme.»

Ich erreichte Wheezie, als sie gerade einen Schwall von Büchern über den Bürgersteig schüttete. In ihrer Begrüßung war von Dankbarkeit keine Spur.

«Wo sind die Gentlemen des Südens, wenn man sie braucht?»

«Bei Gettysburg und Sharpsburg begraben, Tante Wheeze.» Ich bückte mich und sammelte ihre Bücher auf. Die Titel fesselten mich: *Das Karma und du*, *Der Weg zum höheren Bewußtsein*, *Psychische Heilmethoden* und das *I Ging*. «Tante Wheeze, was machst du mit dem Zeug?»

«Ich studiere die östlichen Religionen.»

«Wozu? Sind die westlichen nicht schon schlimm genug?»

Ihr kirschroter Lippenstift wirkte in dem frischen Morgenlicht noch leuchtender. «Ich erweitere meinen Horizont.»

«Das wird Pater Christopolous nicht gefallen.»

«Was er nicht weiß, macht ihn nicht heiß. Außerdem lehren mich diese Bücher, welch ein Glück es für mich ist, eine Christin zu sein. Schließlich muß man Christ sein, um die Sünde richtig zu verstehen und zu bewerten. Die Christen glauben an den Fortschritt. Diese Leute laufen bloß in Sandalen rum.»

«Tatsächlich?» Ich trug die Bücher um die Bibliothek herum zum Parkplatz. Ihr 1952er Chrysler glänzte wie eine schwarze Wasserwanze.

«Ich werde bestimmt eine Menge lernen.»

«Hat das vielleicht was mit deinem Verehrer – eurem umkämpften Verehrer zu tun?» Ich legte die Bücher auf den Vordersitz. Die Tür war nicht abgeschlossen. In Runnymede schloß niemand seine Türen ab. Der Schmied mußte erst noch geboren werden, der ein Schloß machen könnte, das stark genug war, eine Katze oder einen Liebhaber fernzuhalten. Und Diebe hatten wir keine, außer denen, die wir in öffentliche Ämter gewählt hatten.

«Ed interessiert sich sehr für Religion. Er glaubt an einen kollektiven Geist.»

«Ist dieser kollektive Geist normal oder verrückt?»

Sie kletterte auf den Fahrersitz. Sie hatte einen gehäkelten Bezug auf dem Sitz und ein Kissen, damit sie über das Lenkrad sehen konnte. Tante Louise schrumpfte mit fortschreitendem Alter. «Das gedenke ich herauszufinden.» Sie ließ den Motor an. «Erzähl meiner Schwester nichts davon.»

«Kein Wort.»

«Sie denkt, sie kommt bei Ed an, weil sie ihren Charme verspritzt. Vermutlich behauptet sie nach wie vor, daß ich älter bin als sie, obwohl ich Ed gesagt habe, daß ich die jüngere bin. Na ja, ist mir egal, was sie sagt, weil ich rundum belesen und gebildet sein werde. Ich werde Dinge wissen, von denen sie keine Ahnung hat. Verstehst du?»

«Allerdings.»

«Übrigens, der Satz ist das beste am Kaffee.» Sie zwinkerte und hinterließ eine Gummischicht, als sie vom Parkplatz fuhr.

Ein guter Teil unserer Steuergelder ging für die Reparatur der Schäden drauf, die Tante Louise auf unseren Parkplätzen und Schnellstraßen anrichtete.

Leichter Nebel umwehte die Statuen auf dem Platz. Das Zwielicht verlieh ihm einen silbrigen Schimmer. Roger heftete seine Geschichte über Marylands Reaktion auf Spitzenkandidat Gary Hart ab. Wir waren die beiden letzten in der Redaktion des *Clarion*.

«Gut. Du hast deine Hausaufgaben gemacht.»

«Ich mag politische Themen.» Er zögerte. «Nickel, was hältst du von Michelle?»

«Hat noch viel zu lernen, aber nicht untalentiert. Dasselbe könnte ich allerdings auch von mir sagen. Je mehr ich lerne, um so mehr wird mir klar, was ich alles nicht weiß.»

Seine warmen braunen Augen blickten direkt in meine. «Ich meine, was hältst du von ihr, mal abgesehen von der Arbeit?»

«Oh.» Daran hatte ich noch keinen einzigen Gedanken verschwendet. «Hm – sie scheint nett zu sein, gut erzogen, intelligent.»

«Es heißt, daß Frauen mehr von Frauen verstehen als ein Mann.» Er holte tief Luft. «Vielleicht weißt du was über sie, was ich nicht weiß.»

«Ich merke schon, ich bin nicht sehr hilfreich. Ich glaube nicht, daß ich besondere Einblicke in Michelles Innenleben habe, aber ich glaube, wenn du sie dazu bringen kannst, ein bißchen mehr aus sich rauszugehen, dann bist du halb am Ziel.»

«Danke.» Er lächelte, schnappte seinen Mantel und pfiff auf dem Weg nach draußen.

Allein im Büro, besorgte ich die Schlußredaktion der Zeitung und tätigte ein paar Anrufe, die den Rundbrief unseres Blue and Gray-Jagdclubs betrafen. Ich tippte eine Meldung über Elliwood Baxters Polo-Handicap. Ich rief Ursie an, um das Datum für eine Verkaufsveranstaltung von Sattelzeug in Runnymede zu überprüfen, dann verbrachte ich eine Stunde am Betrachter und bemühte mich heroisch um das Layout für den Rundbrief. Pewter und ich waren schließlich beide mit Klebstoff bedeckt.

Als die Tiere und ich gingen, hatte sich das Zwielicht in schwarzen Samt verwandelt. Ich machte wie üblich in der schmalen Gasse kehrt, zögerte dann und betrat endlich Brown, Moon & Frost.

Jackson begrüßte mich fröhlich und kam gleich zum Geschäft. Ich war froh darüber, weil dadurch das Unvermeidliche hinausgezögert wurde.

«Nicht viel Zeit.» Jackson setzte sich neben mich auf sein Bürosofa. «Du hast aber mehrere Möglichkeiten. Du kannst versuchen, bis zum 23. April ein Anlegerpaket zusammenzukriegen. Du brauchst nichts Schriftliches außer einer Gewinn-und-Verlust-Aufstellung. In Runnymede kennt dich jeder, und sie würden in dich und die Zeitung investieren. Das Problem ist nur, daß es hier nicht viel Geld gibt. Rife und Chalfonte sind die Großverdiener. Die Yosts haben etwas Geld, aber ich bezweifle, daß du von denen was bekommst. Du hättest Glück, wenn du überhaupt 25 Leute à 10000 Dollar auftreiben könntest.»

«Ich habe Angst, zu Spots Chalfonte zu gehen.»

«Sie ist mehr außerhalb der Stadt als hier.» Er packte einen Tennisball und drückte ihn, eine Gewohnheit von ihm, um seinen Griff zu stärken. «Miss Chalfonte mag dich aber. Abgesehen von Grundbesitz ist das Geld der Chalfontes, soviel ich weiß, nicht mehr in Geschäfte hier in der Stadt gesteckt worden, seit sie ihre Firma 1969 nach Texas verlegt haben. Keine staatlichen Steuern.»

«Texas erwägt, staatliche Steuern einzuführen. Vielleicht wird die Fabrik zurückverlegt.»

«Nee.» Er schwenkte den Ball über mir.

«George Spangler wäre auch noch da.»

«Kevins Sohn, und du stehst im Moment auf Kevins Schietliste. Ich übrigens auch.»

«Weswegen? Ich habe Kevin oder George Spangler absolut nichts getan.»

«Er weiß, daß wir die wahre Geschichte von David Wheeler und der Kanone kennen. Er hält uns für die zwei Bürger Runnymedes mit der meisten Verantwortung, die das Debakel beobachtet haben. Also haben wir uns – in seinen Augen jedenfalls – schuldig gemacht, weil wir nicht mit den Tatsachen rausrücken, mit deren Hilfe er und Bucky David in die Enge treiben könnten.»

«Ich stehe auch auf Charles Falkenroths Schietliste.»

«Wegen der Story?»

Ich nickte. «Ja.»

Jackson sprach weiter: «Die Möglichkeit mit den Anlegern, na ja –» Er fuchtelte mit den Händen.

«Verdammt.» Ich fühlte mich gräßlich. «Es muß doch einen Weg geben. Ich frage mich, ob ich ein Paket zusammenstellen und in Baltimore die Runde bei Leuten mit Geld machen könnte.» Ich machte eine Pause. «Leider kenne ich dort nur etwa drei reiche Leute.»

«Es gibt noch einen Weg. Er wird dir nicht gefallen.» Jackson tätschelte mein Knie. «Du kannst dich mit Diz Rife arrangieren. Macht einen Vertrag, nach dem dir ein Anteil an der Zeitung gehört. Wenn der *Clarion* auch nach der Übernahme in der bisherigen Form weitererscheint, ist das dir zu verdanken. Und Diz mag dich.»

«John Hoffman könnte den *Clarion* leiten.»

«Wird er aber nicht.»

«Warum nicht?»

«Er hat was Größeres in petto.»

«John Hoffman?» Ich war fassungslos.

«Was glaubst du wohl, weshalb er so oft in Washington ist?»

«Ich habe keine Ahnung.»

«Er sucht wie verrückt nach einem Job. John ist wild entschlossen. Er wird schließlich nicht jünger.»

Ich war wie betäubt. Wie konnte so etwas ohne mein Wissen geschehen? «Wie hast du es erfahren?»

«Er hat sich bei *National Geographic* und beim *Washington Star* beworben, und ich habe dort einen alten Freund. Der hat mich wegen näherer Informationen angerufen, und ich hab ihm gesagt, John ist ein feiner Kerl, solange man nicht über Politik mit ihm redet.»

«Hast du das wirklich gesagt?» Ich lächelte.

«Ja. Was ist nun mit Diz?»

«Ich weiß nicht, ob ich mit ihm arbeiten könnte. Ich will nicht seine Angestellte sein. Und warum sollte er halbe-halbe mit mir machen?»

«Weil er dich mag und dich braucht. Er muß den *Clarion* nicht zu 100 Prozent besitzen.»

«Weiß er das?»

«Frag ihn.»

«Warum fragst du ihn nicht? Du bist mein Anwalt.»

«Er haßt mich und ich hasse ihn. Das weißt du.»

«Ach, Jackson, das bildest du dir ein. Bloß weil ihr beide hinter Regina her wart, heißt das noch lange nicht, daß er dir grollt oder immer noch für Regina schwärmt. Das ist so lange her.»

«Warum will er mich dann im Einzel schlagen? Warum will er mir meine Doppel-Partnerin wegnehmen? Alles was ich habe, will Diz. Er ist der habgierigste Mensch, den ich kenne. Du kommst viel weiter, wenn du dich direkt an ihn wendest.» Ein leichter hellblonder Stoppelbart bedeckte Jacks Gesicht. Er ließ ihn härter erscheinen, als er von Diz sprach.

Ich ging im Zimmer auf und ab. Dies war ein neuer Gedanke für mich. Ich wünschte mir Zeit, um ihn zu verdauen, und Zeit gehörte zu den Dingen, die ich nicht hatte. «Okay. Ich versuch's.»

«Das hab ich gewußt. Und jetzt komm wieder her aufs Sofa.»

«Da ist noch was, das wir besprechen müssen.» Ich setzte mich neben ihn. «Mr. Pierre weiß von uns.»

Jackson wurde bleich. «Wenn er's deiner Tante erzählt, sind wir erledigt.»

«Wenn er's meiner Mutter erzählt, dreht sie mir den Hals um.» Ich stellte die richtige Reihenfolge her. «Aber er wird nichts erzählen.»

«Gut.» Er massierte mir den Nacken.

«Hast du vor ein paar Jahren eine Affäre mit einer Frau in York gehabt?»

Jack war überrascht. Seine Hand packte meinen Hals. Ich schob sie weg. «Wo hast du das gehört?»

«Beantworte eine Frage nicht mit einer Frage. Hast du oder hast du nicht?»

Er ließ sich auf das Sofa zurückfallen. «Ja.»

Mein Herz blieb einen Sekundenbruchteil stehen. Ich war verblüfft darüber, wieviel Macht Jack hatte, mir weh zu tun. Ich drängte weiter. «Gab es noch andere?»

«Es ist nicht, was du denkst, Nickie.»

«Was ist es dann? Ich kann nicht glauben, was für ein blinder Trottel ich bin. Ich dachte wirklich, ich wäre die erste. Ich dachte, du liebst mich.»

«Ich liebe dich ja! Es ist schwer, verheiratet zu sein. Es ist schwer, treu zu sein. Ich habe ein paar Fehler gemacht.»

Jetzt war ich also ein Fehler. «Tut mir leid, daß ich einer davon war.» Meine Stimme hätte Stahl durchschneiden können.

«Bist du nicht. Du bist anders.» Er holte tief Atem. «Ich bin anders. Ich weiß, was du wert bist. Vor ein paar Jahren wäre dies vielleicht irgendeine Affäre gewesen – fröhlich, leichtsinnig, eine Flucht aus der Routine. Aber das ist es nicht. Ich liebe dich.»

«Du hast eine komische Art, das zu zeigen.» Das war unfair, und ich wußte es, sobald die Worte heraus waren. Fair oder nicht, allmählich fand ich meinen Mut wieder, gestützt von seinem Geständnis.

«Wir sind fertig miteinander. Wir hatten sowieso keine Zukunft. Vor Sorge um Regina bin ich schon ganz elend. Ich mach Schluß.»

«Tu das nicht! Halt mir meine Vergangenheit nicht vor. Himmel, wieso verteidige ich mich eigentlich? Ich bin kein Weiberheld. Es tut mir leid. Ich hatte zwei Affären in meinem Leben, und ich habe daraus gelernt.»

«Weiß Gene davon?»

«Nein.»

«Du bist immer noch mein Anwalt. Wir machen weiter wie bisher.»

«Einen Teufel werden wir. Wir können nicht mehr sein wie früher. Glaubst du, die Liebe ist ein Wasserhahn, den ich so einfach auf- und zudrehen kann?»

«Versuch es wenigstens.»

Ich ging. Er lief mir nicht nach, und ich war froh darüber. Lolly und Pewter hielten sich dicht neben mir. Komisch, wie Tiere merken, wenn man durcheinander ist.

Ich stieg in den alten Chrysler und fuhr los. Der Nebel war so dicht, daß ich mit 30 Meilen dahinkroch, was mir Zeit zum Nachdenken gab. Zum Nachdenken über Jacksons warme, tiefe Baritonstimme, seinen muskulösen Körper, sein komisches Lachen, als ob ihm der Atem stockte. Ich dachte auch über seine Untreue nach. Mir war, als stecke ein Speer in meiner Brust, und das Quälende daran war der Gedanke: So würde Regina zumute sein, wenn sie dahinterkäme. Aber für Gene würde es noch schlimmer sein. Sie war von zwei Menschen, die sie liebte, betrogen worden, nicht nur von einem.

Ich versank in tiefe Schwermut. Mein Selbstwertgefühl hatte einen Knacks bekommen. Ich war nicht dazu geschaffen, eine Affäre mit einem verheirateten Mann zu haben, schon gar nicht mit dem Ehemann meiner besten Freundin. Daß ich die Affäre beendet hatte, änderte nichts an der Tatsache, daß es geschehen war. Ich erwog, mich einer Therapie zu unterziehen, aber eine Therapie würde weder einen Charakterfehler heilen noch Unmoral in Moral verwandeln. Was ich getan hatte war zutiefst unmoralisch, und keine noch so gründliche Einsicht in mein Selbst würde die Verantwortung für mein Handeln schmälern.

Ich konnte mein Haus kaum erkennen, als ich nach der Einfahrt suchte. Ein diffuses Licht über der vorderen Veranda war mein Wegweiser.

Ich ging nach oben und verkroch mich ins Bett. Mir war fast so elend zumute wie an dem Tag, als Dad starb. Pewter kuschelte sich neben mich.

Die Griechen hatten geschrieben, wen die Götter zerstören wollen, den machen sie wahnsinnig. Ich würde das folgendermaßen berichtigen: «Wen die Götter zerstören wollen, den machen sie verliebt.» Früher dachte ich, romantische Liebe sei eine zwei Menschen gemeinsame Neurose, die allerhöchste Dummheit. Das dachte ich nun nicht mehr. Es ist nicht dumm, jemanden zu lieben. Denken, daß man wiedergeliebt wird, das ist die Dummheit.

22

Popcorn

Mittwoch, 15. April

«Bist du froh? Ich fühl mich hundeelend.»

«Heute ist der 15. April. Die gesamte Bevölkerung der Vereinigten Staaten fühlt sich hundeelend.» Mr. Pierre seufzte, dann beugte er sich vor und küßte mich auf die Wange. «*Ma chérie*, du hast es richtig gemacht, und ich bin stolz auf dich.»

Obwohl ich mich immer noch hundeelend fühlte, war es tröstlich, zu wissen, daß er mein Opfer anerkannte. «Ich bin ja nicht gerade mit allen sieben Todsünden durch die Gegend gezogen und ich glaube nicht, daß ich direkt in die Hölle komme – aber ich bin erleichtert.»

«Wie ist Jack damit zurechtgekommen?» Er stellte ein brutzelndes Omelett vor mich hin.

«Gar nicht.» Ich nahm einen Bissen Omelett, und mir wurde schlecht. «Sei mir nicht böse, wenn ich nichts essen kann. Du bist der beste Koch in Runnymede, aber ich hab keinen Hunger.»

«Unsinn. Ich habe dich schon mal am Boden zerstört gesehen, weißt du noch? Jetzt werde ich dafür sorgen, daß du bei Kräften bleibst.» Er bedeutete mir mit einer Handbewegung, aufzuessen. Der goldene Ring mit dem Familienwappen an seinem Mittelfinger kam mir abgenutzter vor als sonst. «Nickel, tu deine Pflicht.»

«Seine Pflicht tun ist etwas, das man von anderen Leuten erwartet.» Ich verzehrte jedoch das ganze Omelett und fühlte mich dadurch kein bißchen besser.

«Weißt du, was du brauchst, Darling?» Er bestrich mir ein Maisbrot mit Butter.

«Ich brauche 250000 Dollar.»

«Du brauchst einen Gefährten. Keinen Liebhaber, sondern einen Gefährten. Jemanden, der nur für dich da ist. Ich weiß, Jack liebt dich. Wer nicht?»

Ich konnte mir eine Unmenge Leute denken, die mich nicht liebten, einschließlich der Verrückten, die auf meine Leitartikel Leserbriefe schrieben. Ich beschloß aber vorzugeben, heute morgen allgemein geliebt zu werden, und ließ Mr. Pierre fortfahren.

«Du mußt für irgend jemanden die Nummer Eins sein und umgekehrt. Ist dir klar, daß du dein ganzes Leben – und ich verzichte großzügigerweise darauf, die Anzahl der Jahre zu nennen – solo gespielt hast? Ich meine, Jack liebt dich, ja, aber Regina ist seine Nummer Eins. Denn das bedeutet Verheiratetsein – auch wenn man fremdgeht. Und was Julia angeht, gut, sie liebt dich, aber Chessy war ihre Nummer Eins, und das ist auch richtig so.»

«Ich glaube, Mutter ist ihre eigene Nummer Eins.» So sehr ich meine Mutter liebte, ich hielt sie für egozentrisch, ein Gedanke, den ich bis jetzt für mich behalten hatte.

«Quatsch. Sie ist sozusagen in vernünftiger Weise ichbezogen. Sie läßt einen wissen, wo sie steht.»

«Ja, mit dem Fuß auf meinem Nacken und ihren eigenen Interessen sehr nahe.»

«Tun das nicht alle? Du bist sehr streng mit ihr, weil sie deine Mutter ist, undankbares Kind, und ihr hattet diesen albernen Streit wegen des Malkastens. Und lenk nicht vom Thema ab. Das tust du immer, wenn du nicht über emotionale Dinge reden willst, und ich betone das Wort *emotional.* Distanz ist gut für deinen Beruf, aber nicht gut für dein Leben.»

«Das hab ich schon mal gehört.»

«Aber hast du auch hingehört?»

Offensichtlich nicht. Ich schwieg ehrfürchtig still und aß das Maisbrot. Dann sagte ich: «Wenn ich meine wahre Liebe finde, bist du der erste, der es erfährt.»

«Das will ich hoffen. Wozu sind Freunde sonst da?» Er betrachtete sich im Spiegel gegenüber. «Zeit für eine Tönung.» Er betupfte seine Haare.

«Dein Lila geht allmählich raus, nicht? Warum machst du das eigentlich? Du hast so schönes, welliges Haar.»

«Ich mach das, weil ich eh schon ein schwarzes Schaf bin. Da kann ich ebensogut den Wolf spielen.»

Ich verstand ihn vollkommen. Wie bedauerlich, daß manche Leute es nötig hatten, ihn hinter seinem Rücken eine Schwuchtel zu nennen, und wie bedauerlich, daß er es nötig hatte, Energie zu verschwenden, um darauf zu reagieren. Sich die Haare lila zu färben war seine Reaktion, und wie der Mann selbst war sie nachdrücklich, komisch und seltsam rührend. Vielleicht liebte ich Mr. Pierre in diesem Moment mehr als mich selbst. Ich küßte ihn und wappnete mich für meine Unterredung in Racedown, dem Stammsitz der Rifes.

Als ich meine Hand auf die Türklinke legte, rief Mr. Pierre mir nach: «Bis du jemanden gefunden hast, habe ich einen anderen Vorschlag.»

«Und der wäre?»

«Kauf dir eine kleine Zuflucht, weg von hier, oben in den Bergen. Du brauchst einen Schlupfwinkel, einen Ort, wo deine Seele gesundet.»

«Ich hab das Geld nicht.»

«Du brauchst nicht viel Geld für eine Hütte ohne fließendes Wasser. Du könntest sie Onkel Toms besonders kleine Hütte nennen.»

Die Landschaft um Racedown nahm mich auf. Sanfte, wellige Hügel mit dichten Waldflecken gaben einem das Gefühl, daß Gott wirklich in ihrem Himmel und die Welt in Frieden war. Die Weiden prangten in ihrem Frühlingsgrün, und die Knospen der anderen Bäume schimmerten dunkelrot, ein Zeichen dafür, daß sie bald aufbrechen würden. Racedown, ein massiges, aus Stein erbautes Herrenhaus, das im Laufe der Jahrhunderte mehr und mehr vergrößert worden war, thronte auf einem Hügelkamm, der fast gerade nach Westen verlief. Wenn man weiter nach Westen fuhr, kam man in die Berge, die ganz verschiedene Namen hatten, je nachdem, wo man danach fragte. Am bekanntesten sind die Berge vermutlich unter der in Virginia geläufigen Bezeichnung, Blue Ridge. Von Racedown aus konnte man die Berge noch nicht sehen, aber man konnte ihre Ausläufer sehen, die größer wurden, je weiter man nach Westen blickte. Wenn man sich umdrehte und gen Osten sah, wurde das Land allmählich ruhiger und flacher, ein Meer aus üppigem Gras.

Beim Anblick des Chrysler wichen die anderen Fahrer auf der ganzen vier Meilen langen Strecke nach Racedown von der Straße. Die Auffahrt von Racedown war eine Meile lang und endete vor dem Herrenhaus in einer großen Wendeschleife. Ich parkte den 1952er Chrysler vor der vornehmen Tür mit dem anmutigen Fächerfenster darüber, das an einem Haus aus Stein ungewöhnlich war.

Die Tür ging auf, noch ehe ich klopfen konnte. Portia öffnete in einem Trikot mit Tigerstreifen. Ihre Haare waren zu kleinen Strähnen gekräuselt, und sie trug einen Schal um den Hals, der einer Stricksocke glich. Ich hatte gedacht, sie wäre längst wieder in New York.

«Nickel Smith, komm rein. Diz ist im Studio. Dein Text zu meinen Modefotos hat mir gefallen, aber sag eurem Art Director, er soll die Fotos nächstes Mal größer machen.»

«Ich fand das Layout gut.»

Sie machte eine großzügige Handbewegung. «Für eine Zeitung, die sich gerade 1955 mal entschlossen hat, überhaupt Fotos zu bringen, ja.»

Wir brachten immer noch keine Fotos auf der Titelseite, wohl aber auf den ersten Seiten der anderen Teile. Ich liebte die nüchterne Titelseite des *Clarion*. Ich wollte, daß eine Zeitung wie eine Zeitung aussah und nicht wie ein verflixtes Comic-Heft. Während ich noch überlegte, ob ich ihr das sagen sollte oder nicht, befand ich mich schon in Diz' «Studio» und konnte mir eine Erwiderung sparen.

Das von alten Büchern gesäumte Arbeitszimmer war mein Lieblingszimmer in Racedown, aber eigentlich sind Arbeitszimmer und Bibliotheken in jedem Haus meine Lieblingsräume. Das Kirschholz verbreitete ein dunkelrotes Licht. Für die meisten Täfelungen in unserem Erdteil wurde Walnuß oder, nach der Kolonialzeit, Mahagoni verarbeitet. Das Kirschholz war ausgefallen und paßte zu Racedown, einem Domizil voll Winkel und Überraschungen, ausgestattet mit dem üblichen Quantum an schönen Hepplewhite-, Sheraton- und Chippendale-Möbeln. In allen Ecken glänzte Silber aus der Zeit Georgs III. Obwohl ich die Einrichtung zu schätzen wußte – großartige, unbezahlbare Stücke –, langweilte sie mich. Wenn es in Runnymede eine Ursünde gab, offenbarte sie sich am besten im Dekor: Die ganze Stadt, nicht nur Racedown, zitterte beim bloßen Gedanken an irgendwelche Neuheiten.

Diz sprang auf, um mich zu begrüßen. Ich setzte mich ihm gegenüber vor den hübsch gearbeiteten Kamin, wo ein Feuer knisterte, um die Morgenkühle zu vertreiben.

«Ich freue mich, daß du mich besuchst.» Es klang ehrlich.

«Ich freue mich, daß du dir trotz deines vollen Terminkalenders Zeit nimmst.»

«Da wir uns nun beide freuen, laß uns reden.» Das Feuer spiegelte sich in seinen Augen wider.

«Ich komm wegen des *Clarion*. Ich will ihn kaufen, und du willst ihn kaufen, und ich bin knapp bei Kasse.»

«Das hab ich mir gedacht.» Er lächelte, aber es war kein triumphierendes Lächeln.

«Ich habe mich gefragt, ob wir das nicht zusammen machen könnten – falls wir uns einigen können.»

«Was ist dein Angebot?»

«Halbe-halbe, aber ich leite die Zeitung. Ich weiß, es gibt unzählige Möglichkeiten, so eine Vereinbarung zu treffen, aber dies ist die Vereinbarung, die ich will – und die Option, dich auszuzahlen, falls du die Zeitung leid wirst.»

«Was hindert mich daran, den *Clarion* zu kaufen und dich anzustellen?»

«Gar nichts.» Ich lehnte mich in dem gepolsterten Schaukelstuhl zurück. «Außer daß ich dann gehe. Keine persönlichen Gründe, Diz. Ich will bloß keine beliebige Angestellte sein.»

Seine Augen funkelten. «Nein, das willst du bestimmt nicht.»

«Jackson Frost gibt dir gern eine Aufstellung über meine Finanzlage, weil ich die Hälfte der Verbindlichkeiten übernehme.»

«Schön.» Er griff nach einer Zigarrenkiste auf einem Tischchen neben seinem Stuhl und entnahm ihr eine Zigarre. «Montecristo.» Er hielt sie in die Höhe, bevor er sie anzündete. «Ich hab einen geheimen Vorrat.»

«Ich glaube, Dad hätte am Ende seines Lebens einen Mord begangen für eine kubanische Zigarre.»

Diz inhalierte, den Kopf in kostspieligen Qualm gehüllt. «Dein Dad war der beste Mensch, dem ich je begegnet bin. Weißt du noch, wie ich in den Laden kam und... Wann hat er den Laden eröffnet?»

«Im selben Jahr, als Pearlie die drei Chrysler gekauft hat, 1952.»

«Herrgott, mein Vater konnte sich darüber gar nicht wieder einkriegen.» Diz lachte. «Der alte Trumbull erwies sich als schlauer als wir alle. Mit dem Geld, das die Rifes schon für Autos verplempert haben, könnte ich die Hälfte der Staatsverschuldung einlösen. Jedenfalls, als dein Dad aufhörte, als Zimmermann zu arbeiten und die Eisenwarenhandlung am Platz aufmachte, bin ich dauernd wegen irgendwelcher Kleinigkeiten hingegangen. Du weißt ja, er hat mir immer was umsonst gegeben – ein Bandmaß, eine Taschenlampe, lauter Sachen, die kleine Jungens schätzen. Chessy Smith war der einzige Ladenbesitzer in Runnymede, der mir was umsonst gab anstatt mir den doppelten Preis abzuverlangen.»

«Er hatte dich gern.»

«Ja, und ich liebte ihn. Ich nehme nicht an, daß er der gerissenste Geschäftsmann der Welt war, dafür hat er zuviel verschenkt.» Diz lachte. «Aber er hat es bestimmt verstanden, Menschen glücklich zu machen.» Er tat einen langen, genüßlichen Zug. «Vielleicht denke ich deswegen, daß dein Angebot was für sich hat.»

Ich hing unversehens auf der Stuhlkante und rutschte so unauffällig ich konnte zurück. «Du wirst es dir überlegen?»

«Ja, aber du mußt dir auch einiges überlegen. Ich kann Jackson als deinen Anwalt für diese Transaktion akzeptieren, aber wenn wir Partner werden, mußt du dir einen anderen Anwalt suchen. Er geht mir gegen den Strich.»

«Ich glaube, du bist über Jack im Irrtum.»

«Das mußt du ja glauben.» Eine heiße blaue Rauchfahne kam aus seinen geblähten Nasenlöchern. «Seit dem dritten Schuljahr hast du ihn für was Besonderes gehalten – weil er der bestaussehende Junge in der Klasse war. Ich finde der Kerl trieft von affektiertem Getue und maßloser Selbstgefälligkeit. Und ich kann's nicht ausstehen, wie er sich vor Frauen aufspielt – am auffälligsten vor dir.»

Ich schluckte schwer. Was sollte ich darauf sagen? Ich wollte nicht, daß unsere noch unfertige Partnerschaft scheiterte, aber auch wenn ich wütend auf Jackson war, wollte ich ihn nicht von Diz beleidigen lassen. «Laß mich mit ihm reden. Im Hinblick auf unsere langjährige Freundschaft denke ich, daß er zum Wohle meiner Zukunft zurücktreten wird, aber ich kann ihn nicht einfach so abservieren – sollten wir zu einer Einigung kommen –, ohne es mit ihm zu besprechen.»

«Das ist durchaus fair, aber sag mir eines.» Er machte eine dramatische Pause. «Was siehst du in ihm?»

«Er ist mein Doppel-Partner.» Ich wurde vorsichtig.

«Nicht mehr lange.» Er war drauf und dran, noch eine Frage zu stellen, ließ es aber sein. «Okay, der *Clarion*. Er ist veraltet, unrationell und überbesetzt. Du kannst deinen Umsatz um 40 Prozent brutto steigern, wenn du es richtig anfängst.»

«Zum Beispiel?» Mein Mund wurde staubtrocken.

«Die Anlagen modernisieren, das Personal drastisch abbauen, einschließlich Redaktionsstab. Du brauchst keine vier Reporter plus Chefredakteur für diese kleine Stadt. Heb die Anzeigentarife nur ein kleines bißchen an. Der *Clarion* ist zu billig. Sieh dich energisch nach neuen Anzeigenkunden in der Umgebung um.»

«Diese Modernisierung – sie würde Arnie Dow und die Jungens im Anbau ihre Jobs kosten, nicht?»

«Ja, aber wir würden ihnen eine großzügige Abfindung zahlen und eine Rente haben sie auch.»

«Der *Clarion* ist ihr Leben.»

«Nickel, dieses Land wird vom Profit regiert. Ich sage nicht, daß wir die Arbeiter einfach auf die Straße setzen. Sie werden entschädigt.»

«Du verstehst das nicht, Diz. Eine Zeitung ist mehr als ein Geschäft. Sie ist Allgemeingut. Wenn wir dieses Gut nicht hüten, wird die Presse bald nicht mehr von General Motors oder irgendeinem anderen Industriebetrieb zu unterscheiden sein. Wir sind der Lebensnerv eines freien Landes. Ohne Presse keine Demokratie. Der Profit kommt erst an zweiter Stelle.»

Er starrte mich einfach an. «Nickel, ich bewundere dein Engagement, aber Gott hat einer Gans mehr Grips gegeben als dir.»

Meine Stimme überschlug sich, was unglücklicherweise meine Verzweiflung verriet. «Ich schätze, wir sind nicht dafür geeignet, Partner zu werden.»

«Ich möchte nicht mit dir streiten. Ich fände es schön, wenn wir zusammenarbeiten würden.» Er stand auf, weil ich aufstand. «Nun, vielleicht verstehst du nicht viel von Geschäften. Du hast eine Kolumne und kannst weiß Gott eine gute Story schreiben, wenn du willst –»

Ich unterbrach ihn. «Weißt du, was ich mir wünsche? Ich wünschte, du hättest angefangen wie ich. Ich wünschte, ich wüßte, wie weit du es allein hättest bringen können. Dann wären wir beide besser dran, du und ich.»

Er trat auf mich zu. «Glaubst du vielleicht, ich hätte mir das nie gewünscht? Egal, was ich auf dieser Welt tue, niemand rechnet es mir als meine eigene Leistung an. Nicht mal du.»

Ich trat einen halben Schritt näher an ihn heran. Ich war vielleicht knapp zehn Zentimeter von seinem Gesicht entfernt. «Du hast recht. Es ist schwer, den Menschen von seinem Geld zu unterscheiden, aber ich kann es versuchen. Was ich nicht kann, ist den *Clarion* aufgeben. Er mag unrationell sein, wie du betont hast. Er mag überbesetzt sein. Aber er gehört uns. Er ist die Stimme unserer kleinen, unbedeutenden Stadt, und anders will ich es nicht haben. Vielleicht ist Individualität ein Luxus, aber ich bin bereit, dafür zu kämpfen.»

Ich ging aus dem Zimmer, und zu meiner Überraschung folgte Diz mir. «Nickel, überleg es dir.»

«Nein.»

Er hielt mir die Tür auf und berührte leicht meinen Unterarm. Das hielt mich zurück. «Warum landen wir immer auf entgegengesetzten Seiten des Zauns?»

Ich legte meine Hand auf seine. «Ich weiß nicht.»

Auf der Rückfahrt nach Runnymede zwang ich mich, mich auf die Straße zu konzentrieren. Meine Gedanken strebten in alle Richtungen, wie Schrotkugeln. Ich dachte an Diz' intensiven Blick. Ich dachte an Jackson. Ich dachte an meinen Magen, der in den letzten Tagen jedesmal, wenn ich etwas aß, nervös aufstieß. Ich dachte an Tante Louises dritten Chrysler, der sich unter meinen Händen so solide anfühlte wie meine eigene Vergangenheit. Ich dachte kurz darauf an Tante Wheezies eigenen Wagen, weil sie mir eine Meile vor der Stadt entgegengeflitzt kam. Ich erinnere mich, daß sie riesige hellrosa Plastiktüten hinten und Ed Tutweiler Walters vorne drin hatte. Sie wich mir in letzter Minute aus und geriet von der Straße aufs Bankett. Ich stieg auf die Bremse, und dabei hörte ich ein Geräusch, als ob etwas platzte. Ich stieg eilends aus und sah, wie Tante Wheezie sich aus ihrem Wagen kämpfte, der sich wundersamerweise mit Popcorn gefüllt hatte. Da die Luft stark elektrostatisch aufgeladen war, hatte meine vornehme Tante am ganzen Leib Popcorn kleben. Ed T. Walters ebenso. Ich weiß, ich hätte es nicht tun sollen, aber ich lachte. Ich bog mich vor Lachen.

«Ich hätte tot sein können!» schrie Tante Louise mich an – eine Frau, die es in Emmitsburg ohne mit der Wimper zu zucken mit zwei Autodieben aufgenommen hatte.

Ich hastete zu dem Wagen und dem bepopcornten Ed. «Läuft er noch?» Ich deutete auf den Wagen.

«Nein, aber ich.» Zu meinem Schrecken lief Ed von uns weg die Straße hinunter. Da lachte ich nur um so mehr.

Tante Wheezie nahm ihre ebenfalls weißbeklebte Handtasche aus dem Wagen. Sie mußte sie erst hervorwühlen, und dann schlug sie mir fest damit auf den Kopf. Darauf fing sie an, mich überall zu schlagen. Unterdessen kam Ed zurück. Das war seine Art von Humor, und meine ebenso. Louise sah die Dinge anders. «Lach nicht über mich!»

«Hör auf mich zu schlagen!»

«Wenn du aufhörst zu lachen, du undankbares Gör.»

«Sieh dir Ed an.»

Sie nahm Ed zum erstenmal genau in Augenschein. Die Tasche hing ihr schlaff in den Händen. Sie funkelte mich wütend an. Dann sah sie wieder Ed an. Es war ein heldenhafter Kampf, aber schließlich verlor ihn Tante Wheezie an ihren eigenen Sinn für Humor. Sie fing an zu lachen. Wir lachten so sehr, daß wir uns an den Straßenrand setzen mußten.

Ich rang nach Luft. «Was tust du eigentlich mit einer Wagenladung voll Popcorn?»

«Ich war damit zu Sonny und Sister Bonneville unterwegs. Sie veranstalten in der Kirche eine Party für Grandma und Grandpa Bonneville. Ich hab eine Riesenportion gemacht und es in diese dünnen großen Plastiktüten gestopft, die durchsichtigen für Abfall. Als ich von der Straße abkam, sind sie geplatzt und das Zeug war überall.»

Ed pflückte Popcorn von sich ab. «Wißt ihr, daß ich mich nicht mehr so amüsiert habe, seit ich ein Kind war? Bin ich froh, daß ich hierherkam, um meine Verwandten zu besuchen.»

Tante Louise schmolz dahin und schien auf einmal froh über den Unfall.

«Wieso bist du ausgewichen, als du mich sahst?» Ich wußte ja, daß ihre Fahrkünste himmelschreiend waren, aber es war sonst kein Wagen auf der Straße gewesen.

«Ich wußte plötzlich nicht mehr, in welche Richtung ich fuhr. Ich sah den Chrysler entgegenkommen, aber weißt du, ich hatte vergessen, daß ich ihn ja dir gegeben hatte – bloß eine Sekunde. Na ja, und da kriegte ich Darmverschluß.» Sie wurde rot. «Entschuldigen Sie, Ed. Eine Redensart.»

«Sie hatten vielleicht Darmverschluß, Louise, aber ich hätte vor Angst fast in die Hose geschissen.»

Wenn ich das gesagt hätte, hätte sie mich wieder verprügelt. Statt dessen fing sie zu lachen an, und dann lachten er und ich, und für ein paar Sekunden vergaß ich die Zeitung und erinnerte mich wieder daran, wie schön es war, daß ich lebte an diesem Frühlingstag mit meiner ausgeflippten alten Tante und ihrem Galan – na ja, fast so was wie ihr Galan.

23

Geheimnisse

Donnerstag, 16. April

Der Gründonnerstag gehörte zu meinen Lieblingstagen, seit ich die *Göttliche Komödie* gelesen hatte. Ich war damals fünfzehn. Dante schreibt im Alter von 35 Jahren, er fühle, daß er die Hälfte seines Lebens hinter sich habe, und das tut er an einem Gründonnerstag. Außerdem weiß ich, daß es nur noch drei Tage bis Ostern sind, und ich gehöre zu den Menschen, denen Ostern viel lieber ist als Weihnachten. Die Weihnachtskarten hat bestimmt der Teufel erfunden.

An diesem Gründonnerstag stand ich um halb sieben auf, fütterte Pewter und Lolly, machte Gymnastik und bereitete mich auf meinen Gang zu Charles Falkenroth vor, der mir immer noch böse war: Als ich gestern ins Büro zurückgekommen war, war Charles schon fort gewesen, und wenn meine Sorgen auch schrecklich wichtig für mich waren, so waren sie vielleicht nicht so schrecklich wichtig für ihn. Ich habe großen Respekt vor den Prioritäten und Terminkalendern anderer Leute.

Mutter hat diesen Respekt nicht, und um halb acht rief sie an. «Schon geturnt?»

«Gerade fertig.»

«Halt dich heute von meiner Schwester fern. Sie ist so fies aufgelegt, daß sie ’nen Stock durchbricht, bloß weil er zwei Enden hat.»

Dieser Südstaatenausdruck scheint wenig Sinn zu ergeben, außer für andere Südstaatler.

«Danke für die Warnung – und was hast du ihr getan?»

«Na hör mal! Nichts hab ich getan. Du weißt, wie unvernünftig sie sein kann. Ich glaube, sie war noch durcheinander von ihrem Erlebnis gestern im Auto.»

«Vielleicht versucht sie, nett zu sein und hat bloß einen schlechten Tag erwischt.»

«Mir ist es wurst, ob sie Popcorn furzen kann! Wheeze ist kindisch, und ich will mit ihr nichts zu tun haben. Ich bin nicht mal sicher, ob ich mit dir was zu tun haben will.» Mutter legte auf.

Ihrer Meinung nach hatte ich gegen sie Partei ergriffen, indem ich andeutete, Louise sei nicht der fieseste Bumswurm, der je gelebt hatte. Jetzt war Mutter also wütend auf mich, und irgendwo da daußen in Runnymede lauerte meine Tante mit ihrem eigenen Groll. Es war noch nicht mal Viertel vor acht, und ich betete, dieser Anfang möge kein Vorzeichen für kommende Ereignisse sein.

Zum Glück kam der Morgen allmählich ins Rollen. Ich erwischte Charles in dem Moment, wo er in die Redaktion spaziert kam. Ich erzählte ihm alles, was zwischen Diz und mir vorgefallen war, soweit es den *Clarion* betraf. Dann bat ich ihn glattweg, einen Wechsel über 250000 Dollar anzunehmen. Ich erklärte, das würde ihm eine Menge einbringen, ein Wechsel sei keine schlechte Investition, bei 11 Prozent Zinsen auf zehn Jahre käme am Ende ein Batzen Geld dabei heraus. Als mir keine weiteren guten Gründe mehr einfielen, stand Charles auf und nahm Hut und Mantel.

«Gehen wir.»

«Wohin?» fragte ich.

«Foster Adams. Ich weiß nicht, wie deine Chancen stehen, aber ich will's riskieren, obwohl du eine Story frisiert hast, um einen Freund zu retten.»

Foster war mit unserer Idee einverstanden und versprach, sich am 23. April intensiv dafür einzusetzen. Es schien ein erfüllter, produktiver Tag zu werden. Als wir wieder ins Büro kamen, klingelte mein Telefon, und ich nahm ab. Es war Louise, wutentbrannt. Ich sagte ihr glatt, ich könne nicht mit ihr sprechen und würde sie nach der Arbeit anrufen.

Wir hatten unsere tägliche Redaktionskonferenz. John schmetterte Rogers Idee ab, einen Artikel über die Besteuerung von Kirchenbesitz zu bringen. Die meisten Leute wissen nicht, warum Kirchenbesitz von Abgaben befreit ist, und Roger meinte, es könnte interessant sein, noch einmal zu erklären, was unsere Gründerväter sich dabei gedacht hatten. Ich fand Johns Kritik nicht berechtigt, aber ich zügelte meinen Wunsch, ihm eins auszuwischen, als er seinen Vorschlag für eine Serie über Immobilienmakler und angebliche Schmiergelder für Angehörige der Baubehörde umriß. Charles lehnte sich wie gewöhnlich auf seinem Stuhl zurück, seine Fliege gelockert, und machte Vorschläge oder verwarf Ideen in höflichem Ton. Michelle war inzwischen fasziniert von Bingo und wollte ihren Artikel ausweiten.

Mittendrin stürmte Tante Louise durch die Eingangstür. «Nickel Smith, komm sofort raus!»

Sie schreckte uns auf.

Ich steckte den Kopf aus Charles' Tür. «Ich bin in einer Redaktionskonferenz. Du mußt warten.»

«Die Familie ist wichtiger als die Arbeit.» Die Adern an ihrem Hals schwollen an.

Lolly bellte, Pewter verzog sich aus unserem Blickfeld. Meine Tante war am Rande eines Tobsuchtsanfalls. Ich drehte mich um, und Charles machte eine scheuchende Handbewegung. Ich war von der Konferenz entschuldigt und hatte Tante Louise ganz für mich.

Ich schloß die Tür hinter mir und ging zu ihr. «Also wirklich, Tante Louise, so etwas kannst du mir nicht antun.»

«Ich kann tun was ich will.» Sie schwenkte ihre Handtasche, ihre bevorzugte tödliche Waffe. «Ed hat Julia gefragt, ob sie heute abend mit ihm ausgehen will, ganz allein, und du bist schuld.»

«Leg die Handtasche hin. Ich rede mit dir über gar nichts, solange du sie nicht *hinlegst*!»

Sie legte die Tasche, die stellenweise ganz blankgewetzt war vom vielen Tragen, auf meinen Schreibtisch, aber, das muß ich hinzufügen, in bequemer Reichweite, falls sie mich wieder verprügeln wollte. «Jetzt erzähl mir, was los ist.»

«Ed will nicht mit mir ausgehen, seit ich gestern von der Straße abgekommen bin. Und daran warst du schuld.»

«Es war überhaupt kein anderer Wagen auf der Straße.»

«Das ist mir egal.» Sie zog einen Flunsch. «Ich habe mich mir selbst entgegenkommen sehen. Ich hab's dir erzählt. Das hat mir angst gemacht. Ich dachte, ich spinne.»

«Hör zu, ich geh mit dir zu einem frühen Mittagessen zu *Mojo's*. Dann fühlst du dich besser.»

«Nein. Die Hälfte der BonBons ist da, und sie wissen, daß Ed mit Juts ausgeht. Das ist demütigend für mich.»

«Tante Wheezie, er ist zu euch beiden höflich, zu dir und Mom. Du nimmst es zu schwer, und es ist bestimmt nicht demütigend für dich.»

«Ha! Du warst ja nicht von Kopf bis Fuß voll Popcorn! Ich sag dir, ganz Runnymede hat sich über die Geschichte die Mäuler zerrissen.»

«Komm, so schlimm war es nicht. Er hat gelacht.»

«Über mich!»

«Über die Situation.» Ich kritzelte eine Nachricht, daß ich mit Wheezie im Drugstore sei, und legte sie auf Michelles Schreibtisch. «Wir gehen eine Cola trinken.»

«Ich möchte ein Erdbeereis.» Sie wurde schwach.

«Okay.» Ich reichte ihr ihre Tasche.

Sie sagte mit matter Stimme: «Sie ist eben jünger und hübscher. Julia ist die hübsche.»

«So ein Unsinn.» Ich fand Mutter wirklich ein bißchen hübscher als Louise. «Außerdem hast du Ed erzählt, du seist jünger als Mom.»

Als ich sie zum Drugstore begleitete, dachte ich über Ed Tutweiler Walters nach. Mutter und Louise machten mir Sorgen. Ich mochte Ed. Er sah ausgesprochen gut aus. In seiner Jugend mußte er umwerfend gewesen sein. Sie waren verrückt nach diesem Mann, der sie mit Höflichkeit überschüttete, doch ich nahm seine Aufmerksamkeiten nicht ernst. Sie aber nahmen sie ernst. Ich weiß nicht, wie es ist, alt zu sein. Ich hoffe, ich werde es erleben, aber ich glaube, eine alte heterosexuelle Frau zu werden, kann sehr schmerzlich sein. Dieser Vulkan von Emotionen wegen Ed zeigte mir, wie einsam die Hunsenmeir-Mädels waren. Wenn ein gewisses Alter überschritten ist – vielleicht Mitte Vierzig oder Fünfzig, ich weiß es nicht genau –, wenden sich die Männer jüngeren Frauen zu und die Frauen ihrer eigenen Generation bleiben links liegen. Das ist grausam, aber wahr. Ich hatte Mom oder Wheezie nie für alt oder unattraktiv gehalten, aber ich hatte sie ja auch fast jeden Tag meines Lebens gesehen, und ich hatte gelernt, sie als das zu lieben – und gelegentlich zu hassen –, was sie waren, als die einmaligen Individuen, die sie waren. Ein Außenstehender, ein Mann, sah nur die Oberfläche, nicht das ganze Leben einer Frau. Wie viele Jahre hatten sie sich vor den Kopf gestoßen oder abgeschoben gefühlt? Mutter erregte mehr männliche Aufmerksamkeit als Louise, aber in Runnymede gingen die Leute immer paarweise, wie die Tiere in die Arche Noah. Für keine von den beiden waren Männer verfügbar, außer Mr. Pierre, und ich war froh, daß er schwul war. Wäre er heterosexuell gewesen, ich glaube, sie hätten sich seinetwegen gegenseitig umgebracht. Was würden sie sich Eds wegen gegenseitig antun? Eine Hälfte von mir hätte am liebsten über Louise gelacht, weil sie ihre Wut an mir ausließ, und die andere hätte am liebsten geweint, weil alles so hoffnungslos war.

Nach dem Mittagessen ging ich wieder an die Arbeit und bemühte mich telefonisch um Auskünfte über Abweichungen von den Baurichtlinien auf beiden Seiten der Mason-Dixon-Grenze. Ich hätte gern eine chronologische Aufstellung der angeblichen Iran-Contra-Transaktionen geschrieben, aber das überließ ich Michelle. Sie hatte das Bonbon verdient, und ich kann auch nicht sagen, daß mich die Baurichtlinien nicht interessiert hätten.

Ursie kam in einem schokoladebraunen Wildlederrock, hohen Wildlederstiefeln und einer zum Rock passenden Wildlederjacke durch die Eingangstür gefegt. Ich litt körperlich unter ihrer Gegenwart, als sie sich vor mir aufbaute.

«Sekunde, ich hab Tinker Finster wegen einer Aussage über die Baurichtlinien an der Strippe.»

Sie knallte einen Haufen Papiere auf meinen Schreibtisch, während Tinker, ein typischer Jurist, auf Nummer Sicher ging und sagte, wir müßten bei der Förderung des Wachstums die Integrität unserer Stadt bewahren.

Der Hörer lag noch nicht ganz auf der Gabel, als sie loslegte. «Ich hab vergessen, dir das zu geben.»

«Was ist das?»

«Die Ergebnisse von sämtlichen Prüfungen des A-Turniers von Hanover.» Ein mit A bewertetes Turnier war wichtiger als ein mit B bewertetes, und wer in der Welt der Springreiter aufsteigen wollte, benötigte Punkte in A-Turnieren. Viele Mitglieder unseres Jagdclubs oder ihre Kinder ritten bei diesen Turnieren mit.

«Ursie, warum hast du bis jetzt damit gewartet? Der Rundbrief wird morgen gedruckt.»

«Weil Harmony am Montag ihr Konzert hatte, und dann hat Tiffanys Pferd ein Eisen verloren, und ich mußte stundenlang mit dem Partyservice wegen unseres Ehemaligentreffens telefonieren. Ich hab's vergessen. Soll nicht wieder vorkommen.»

«Es kann nicht wieder vorkommen, weil jetzt ich es bin, die die Informationen sammelt. Verdammt, ich hab gestern abend schon das Layout gemacht.»

Sie heuchelte Mitgefühl, aber ich hatte den Verdacht, daß sie mein Dilemma genoß. Hatte sie sich nicht die letzten drei Jahre mit dem Jagdclub-Rundbrief abgemüht? Als sie aus dem *Clarion* abrückte, ließ ihr Parfum einen Hauch ihrer Gegenwart zurück.

«Ich würde dir helfen, wenn ich könnte», erbot sich Michelle, «aber ich muß nach Baltimore, Mom abholen. Sie kommt für einen Tag hergeflogen.»

«Das ist nett von dir, aber du mußt mir nicht helfen – ich geb dir auch so gute Aufträge, weil du allmählich gut wirst.»

«Ich hab das nicht als Tauschgeschäft gemeint.» Ihre Stimme war trocken.

«Entschuldige. Ursies Anblick macht mich zynisch.»

John Hoffman tauchte aus dem Anbau auf. Ich hätte gern gesagt, daß auch sein Anblick mich zynisch machte, aber ich ließ es bleiben.

«Michelle, sag mir Bescheid, wenn ich dir helfen kann. Gibt 'ne Menge Fakten zu jonglieren.»

«Danke, gern, John.» Michelle meinte das nicht ernst. Sie fand, sie könnte es ganz gut allein schaffen.

«Ich hab ein paar Theorien über diese Iran-Sache.» Er beugte sich über ihren Schreibtisch. «Sie ist ein perfektes Beispiel dafür, daß die nationale Sicherheit wichtiger ist als unsere Gesetze, *falls* überhaupt gegen das Gesetz verstoßen wurde.»

«Scheiße.» Ich hatte die Nummer für meine nächste Auskunft gewählt und legte den Hörer hin.

«Genau, was ich von einer glühenden Liberalen erwartet habe.»

«Ich bin keine glühende Liberale, John, und dein Etikett paßt mir nicht. Ich bin Realistin, vor allem, wenn es um Politik geht. Ich erwarte nicht, daß die Menschen sich wie Heilige benehmen, und ich erwarte nicht, daß sie ihre eigenen Interessen aufgeben, aber ich erwarte, daß unsere Regierungsbeamten zur Verfassung stehen. Wir können innerhalb der USA nicht nach anderen Regeln handeln als außerhalb.»

«Zum Glück bist du keine staatliche Sicherheitsberaterin.» Er feixte. «Moral hat mit internationalen Beziehungen nichts zu tun.»

«Mit nationalen auch nicht», schoß Michelle zurück. Ich war stolz auf sie.

«Du stimmst allem zu, was Nickel sagt. Weibliche Solidarität.»

Der Anblick von Michelle, die sich mit John anlegte, trieb Charles aus seinem Büro. Er lehnte sich gegen seine Tür, und Roger kam aus dem Leichenschauhaus – so nennen die Zeitungen ihr Archiv mit den alten Ausgaben und einschlägigen Informationen. Der Schlagabtausch nahm an Intensität zu, bis John Michelle beschuldigte, sie sei eine Lesbe, worauf ich explodierte.

«Das reicht, Hoffman. Schluß jetzt. Halt dein dreckiges Maul!»

Er schien den Verdacht zu haben, daß ich drauf und dran war, gewalttätig zu werden, und beschloß, seine Krallen einzuziehen. «Nimm's nicht persönlich.»

«Ich nehme es sehr persönlich. Bloß weil sie eine eigene Meinung hat und sich in unserem Beruf allmählich qualifiziert und, was wichtiger für dich ist, nicht mit dir übereinstimmt, nennst du sie eine Lesbe.»

«Es war eine unglückliche Wortwahl», erwiderte John.

«Das finde ich auch.» Charles paffte seine Pfeife. Er hatte sich nicht von der Tür wegbewegt, aber ich wußte, wenn er seine Pfeife zwischen die Zähne klemmte, war er wütend.

«Tut mir leid.»

Das beruhigte unsere Gruppe etwas und wir kehrten an unsere Arbeit zurück. Ich rief Regina an und bat sie, nach dem Abendessen zu kommen und mir zu helfen. Ich bekam auch von ihr eine Aussage zu den Baurichtlinien. Ich zitierte sie in meinem Artikel als besorgte Bürgerin, die ihr ganzes Leben in Runnymede verbracht hatte. Ihre Aussage lautete: «Die Baukommissionen für Nord- wie Süd-Runnymede haben hinsichtlich der Grundstücksnutzung widersprüchliche Entscheidungen getroffen. Wir müssen diesen Kommissionen auf die Finger sehen oder ein Referendum über das Thema abhalten.»

Als sie durch die Tür getänzelt kam, zeigte ich ihr ihre Aussage in gedruckter Fassung. Dann machten wir uns an die Arbeit. Wir tippten die Turnierinformationen in Spalten, dann wechselten wir uns mit dem Layout ab. Nachdem ich die Affäre mit Jackson beendet hatte, fühlte ich mich so gut wie unbescholten. Ich war's zwar nicht, aber ich war erleichtert. Ich wollte keine Barriere zwischen mir und Regina. Ich erzählte ihr auch von Michelles Wortgefecht mit John, und wir diskutierten noch einmal das Hin und Her der Meinungen.

«Hier, was hältst du davon?» Sie hielt unsere Titelseite in die Höhe. Unser Impressum zeigte das Emblem des Jagdclubs: gekreuzte Schwerter vor einer Fuchsmaske.

«Besser als das, was ich mache. Ich habe null Talent für Grafik.»

«Und wenn wir das ‹gra› wegließen?» Sie lachte.

«Danke, Gene, vielen Dank. Und woher wußtest du das?»

«Nirgendwoher.» Sie ging zur Kochplatte und setzte Wasser auf, um sich einen Pulverkaffee und mir einen Tee zu machen. «Komisch, daß Menschen sich so nahestehen können wie wir, aber keine intimen Einzelheiten voneinander wissen.»

«Ich finde es nicht komisch. Man kann schließlich nicht mit jedem schlafen.»

«Du könntest es versuchen.» Sie lachte wieder.

Regina besaß einen Sinn für kräftigen Humor, aber ich mußte jetzt auf der Hut sein, und das gefiel mir nicht, auch wenn es meine eigene Schuld war. «Ich hab keine Zeit dafür. Ich meine, wie würde sonst dieser Rundbrief gedruckt?»

«Vielleicht sind menschliche Beziehungen wie eine Uhr. Mit den meisten Menschen hat man eine Beziehung von vielleicht fünfzehn Minuten oder neunzig Grad auf dem Zifferblatt. Nur ein Viertel dessen, was die Beziehung sein könnte. Das wäre das, was man eine gesellschaftliche Beziehung nennt. Sex wäre auch ein Teil dieses Kreises, ein Teil der dreihundertsechzig Grad. Und das Seltsame dabei ist, man kann mit jemandem schlafen, ohne den Kreis zu vervollständigen. Sex ist nicht genug. Er ist nötig für ein volles Einvernehmen, aber nicht genug. Verstehst du?»

«Ich weiß nicht.» Ich stand jetzt neben ihr und tunkte meinen Teebeutel auf und ab, damit der Tee stark wurde. Pewter rieb sich an meinen Beinen. Immer wenn ich dabei war, etwas zu mir zu nehmen, wurde sie ungemein anhänglich. «Was sind wir?»

«Wir sind 45 Minuten, drei Viertel der Uhr. Wir sind uns nahe, aber ich weiß nicht alles, und du auch nicht.»

«Bist du sechzig Minuten, dreihundertsechzig Grad mit Jack?»

«Nein. Ich weiß nicht, ob eine Frau jemals mit einem Mann den ganzen Kreis hat. Vielleicht. Aber ich habe fünfundvierzig Minuten mit Jack – allerdings einen anderen Teil des Kreises. Er hat, was dir fehlt, und du hast, was ihm fehlt. Ironisch.»

«Hast du jemals mit einem anderen Mann geschlafen, seit du verheiratet bist?» Warum fragte ich das?

«Nickie, ich erzähl dir alles – na ja, fast alles. Jeder muß ein paar Geheimnisse haben... und die Antwort ist nein.»

Ich zog Hoffmans Schreibtischschublade auf und gab Pewter eine kleine Leckerei. Lolly wollte auch eine. Das Füttern verdeckte meine Verwirrung. «Tja, mag sein, aber vielleicht sind Geheimnisse wie Magensäure. Sie bescheren einem psychische Verdauungsstörungen.»

«Ha. Du machst die Wahrheit zum Sakrament. Bloß weil du die Wahrheit über deine sexuellen Neigungen gesagt hast, brauchst du sie nicht auch über alles andere zu sagen, was du weißt. Manchmal kann ein Geheimnis verjüngend wirken, und dabei muß es kein sexuelles sein. Nur –» sie machte eine Pause, und ihre Stimme klang wie die Stimme von Regina als Mädchen – «persönlich.»

«Geheimnisse bewirken, daß ich mir schmutzig vorkomme. Ihr seid so krank, wie ihr geheim seid. Das habe ich immer zu heimlichen Homos gesagt.»

«Das ist was anderes. Du sprichst von kultureller Unterdrükkung, und ich spreche von individueller Freiheit, von der Kultivierung geheimer Gärten, wenn du willst. Natürlich nehme ich nicht an, daß du vor mir Geheimnisse hast.» Sie lachte.

Ich sah auf die Uhr und ging wieder zum Layout-Tisch. Regina folgte mir nicht. Sie trank langsam ihren Kaffee, ehe sie zu mir trat.

«Was hältst du von dieser?» Ich reichte ihr eine andere Seite.

Sie sah sie nicht einmal an. «Nickel, du bist so unglaublich gehemmt, daß es mir manchmal weh tut.»

«Was?»

«Du teilst deine Ideen mit, aber du teilst dich nicht selbst mit. Deine Gefühle sind irgendwo eingeschlossen. Nicht mal ich weiß, wo sie sind, und ich will es wissen. Deine Mutter und ich sprechen manchmal darüber.»

«Hinter meinem Rücken.»

«Wo sonst?»

«Ich glaube, die Leute haben mit ihren eigenen Gefühlen genug zu tun. Sie haben keine Zeit für meine.»

«Das ist nicht wahr. Du machst das, weil du lesbisch bist und es offen zugibst. Klingt wie ein Widerspruch, aber es ist wahr. Du weißt und ich weiß, daß du außerhalb der anerkannten Gesellschaftsordnung stehst. Du hast gute Manieren und bist rücksichtsvoll, aber du bist distanziert. Was willst du uns vorenthalten?»

«Mich. Ich will nicht, daß ihr mich kennt», platzte ich heraus.

«Ich liebe dich. Ich will dich kennen.»

«Normale Menschen wollen Schwule nur kennen, wenn sie sich nach den Regeln des normalen Lebens richten. Die Leute wollen nicht hören, wie ich über Frauen denke – oder über Männer, das genauso wenig. Sie wollen die Glut nicht sehen oder die Leidenschaft nicht fühlen, obwohl es sie vollkommen glücklich macht, sie miteinander zu zelebrieren. Aber wenn ich so für eine Frau empfinde, sind sie unangenehm berührt. Kannst du dir vorstellen, daß ich Hand in Hand mit einer Frau über den Runnymede Square ginge? Es scheint so eine Kleinigkeit, und doch bewirken diese eiskalten Konventionen, daß man sich in sich selbst zurückzieht, zumindest haben sie mich in mich selbst zurückgetrieben. Herrje, ich bin nicht blöd. Ich weiß, daß ich gehemmt bin, um mit deinen Worten zu sprechen.»

«Ich bin kein normaler Mensch. Ich bin ich. Woher weiß ich, daß ich keine Frau lieben könnte? Ich bin Jackson zuerst begegnet, und ich habe nie drüber nachgedacht. Wirf mich nicht mit den anderen in einen Topf und setz deine Freunde nicht herab.»

«Ach, Gene.» Ich legte meinen Arm um ihre Schultern. «Du bist so romantisch. Meine Freunde mögen mich, obwohl ich lesbisch bin, nicht weil ich es bin.»

«Du irrst dich. Du bist wer, und was du bist infolge von allem, was dir passiert ist, und allem, was du in dir trägst. Eine Frau zu lieben ist ein Teil davon. Das hat bewirkt, daß du du bist, und wir lieben dich.»

Tränen brannten mir in den Augen. Ich wollte auf keinen Fall weinen. «Danke.»

Sie umarmte mich. «Und überhaupt, warum solltest ausgerechnet du die Last der Welt auf deinen Schultern tragen? Frances war es nicht wert.» Sie bezog sich auf die einzige Frau, die ich geliebt hatte, vor so langer Zeit, daß ich Gefahr lief, es zu vergessen.

«Evolution ist die Hoffnung der Unreifen. Ich will versuchen, offener zu sein. Vielleicht klappt es aber erst in einem anderen Leben.»

Wir lachten. Wir hatten den Rundbrief nicht vor halb ein Uhr nachts fertig, aber die Zeit verflog. Ich wußte, eines Tages würde ich Regina erzählen, was ich getan hatte, weil ich vor ihr keine Geheimnisse haben konnte. Einerseits wußte ich, daß sie mich dafür eigentlich erschießen müßte, doch andererseits hatte seltsamerweise die Tatsache, daß ich mit Jack geschlafen hatte, mich ihr viel nähergebracht. Ich wußte nicht, ob sie mir gegenüber jemals so würde empfinden können, wenn sie es wußte. Ich wußte nur, daß zehn von meiner Sorte eine Regina nicht aufwiegen konnten.

24

Bingo der Abtrünnigen

Freitag, 17. April

Der Winter versetzte uns einen unerwarteten Schlag. Ein schneidender Wind unter einem trüben Himmel zeigte mir, daß wir noch nicht über den Berg waren. Da Karfreitag war, verstärkte das Wetter den Leidenscharakter des Tages. Ich habe die christliche Faszination von Leiden und Tod nie verstanden. Das Kruzifix macht mich krank. Ich finde es schmerzlich genug, einen verstümmelten Mann zu betrachten, geschweige denn vermag ich ihn anzubeten.

Mutter, die auf eine verschrobene Art fromm war, wäre geknickt gewesen, hätte ich ihr meine Gedanken mitgeteilt. Tante Louise würde so viele Kerzen für mich anzünden, daß sie St. Rose niederbrennen würde. Stillschweigen über die Themen, die mich am meisten betrafen, wurde mein *modus operandi*. Regina hatte recht. Ich gelangte allmählich an den Punkt, wo ich zu fürchten begann, ich könnte mich keinem Menschen mehr öffnen.

Damit ist nicht gesagt, daß ich Jesus Christus oder seine Botschaft nicht liebe, im Gegenteil. Was ich nicht liebe ist das, was um ihn herum entstanden ist, und Meldungen über seltsame Vorgänge im PTL-Club tickerten in unsere Redaktion. Der offizielle Name des Clubs ist «Praise The Lord», «Lobet den Herrn», aber Roger und ich tauften ihn «Piepen Täglich

Lockermachen». Wenn ich ein so hohes, steuerfreies Einkommen hätte wie diese Fernsehprediger, würde ich den Herrn auch loben. Seit wann braucht Jesus einen Presseagenten? Wenn Gott so klug ist, sollte man annehmen, daß er besseres Personal beschäftigt.

Die Karfreitagsgottesdienste beginnen um 14 Uhr, aber ich sauste zu einer Morgenandacht in die Kirche, weil ich tagsüber in der Arena sein würde. Ich war an der Reihe, für die anderen einzuspringen, wenn sie zum Gottesdienst gingen. Es tickerte nicht viel über den AP-Fernschreiber.

Mutter rief an, um mir von ihrer Verabredung zu erzählen. Sie und Ed waren nach Emmitsburg gefahren und hatten gut gegessen. Sie sagte, er erinnere sie an Dad. Mich erinnerte er nicht an Dad. Sie vergewisserte sich, daß ich abends zum Bingo der Abtrünnigen zu ihr käme. St. Rose of Lima stand am Karfreitag weder für Bingo noch für irgendwelche anderen Festlichkeiten oder Wohltätigkeitsveranstaltungen zur Verfügung. Mutters logischer Standpunkt war, daß Jesus um drei Uhr nachmittags gestorben sei und daher das, was wir abends taten, unsere Sache war. Außerdem hielt sie es für ihre Bürgerpflicht, die Leute von der Straße fernzuhalten. Ich sagte zu, heute abend mit Dab-a-dots bewaffnet zu kommen.

Nach diesem Gespräch begann ich über das Letzte Abendmahl nachzudenken. Ich wette, es waren Fettucine all' Alfredo, Bandnudeln mit geschmolzener Butter und Parmesan.

Mutters Heim mit dem üppigen Vorgarten prunkte mit dem, was Grundstücksmakler Bordstein-Charme nennen würden. Die Bordsteine waren heute abend überfüllt. Ich mußte zwei Häuserblocks entfernt parken und war froh, daß ich Lolly und Pewter nach Hause gebracht hatte, weil zu viele Menschen auf engem Raum versammelt sein würden.

Als ich die Tür öffnete, kam Mutter gleich auf mich zugeschossen. «Zwei Dollar. Eintrittsgeld.»

Ich wühlte in meiner Jeans. «Hier, aber wofür ist das Geld?»

«Für 'nen guten Zweck nach meiner Wahl.»

Ich ging ins Zimmer. Mutzi rief gerade auf. Die BonBons waren vollzählig, einschließlich der Zwillinge Sonny und Sister, Geschwister von Verna. Das waren die Leute, bei denen Louise das Popcorn hätte abliefern sollen. Ihre richtigen Namen waren Cleota und Leota. Warum Vernas Mutter einen Jungen Cleota nannte, werden wir nie erfahren, aber alle umgingen dieses Problem mit den Spitznamen Sonny und Sister. Fast die ganze Truppe war da, einschließlich Michelle und Roger – ihre zweite Verabredung.

Tante Wheezie, die eine Party am Karfreitag mißbilligte, saß bei Goodyear in der Küche. Sie machte einen Schwung Soleier. Zu den guten Eigenschaften meiner Tante gehörte, daß sie Untätigkeit haßte. Sie schwirrte mit ihren Eiern und anderen Gerichten zur Küche rein und raus. Schließlich kam sie neben Ed zur Ruhe.

«Wie geht's?»

Er drückte seinen Dab-a-dot auf Nummer 19. «Gut. Sie arbeiten zu schwer. Warum setzen Sie sich nicht zu mir? Lassen Sie doch eines von den anderen Mädchen die Horsd'œuvre rumreichen.» Ed gab sich wirklich alle Mühe, Galant zu sein.

«Nur eine Minute.» Louise ließ sich nieder.

Mutter bemerkte es und stellte sich fix hinter sie. Sie ließ die Hände in ihrer Schürze und klimperte mit dem Geld.

Louise griff irritiert hinter sich und packte Julias Hände. «Ich kann die Zahlen nicht hören.»

«Was macht das schon. Du spielst ja nicht.»

«Aber Ed.» Louises Stimme hatte einen ehrfürchtigen Klang.

«Ich denke, ich reich mal die Häppchen herum.» Mr. Pierre ließ seine Karte im Stich.

Ich setzte mich hin und übernahm sie. «Ich teil den Gewinn mit dir, wenn die Karte was bringt.»

Er strich sein Haar glatt. «Ich find's einfach großartig, wie wir Mädels zusammenhalten.»

«Pierre!» tadelte Louise.

«Ah, die Stimme der heiligen Jungfrau. Oder ist es die geilige Jungfrau?» Mr. Pierre blinzelte mir zu.

Einen Martini trank Mr. Pierre vorm Bingo immer. Heute abend hatte ich das Gefühl, er hätte sich ein bißchen mehr genehmigt und schnell zwei hintereinander gekippt.

«Sprich nicht so vor Ed», schalt Louise, die Stimme des Anstands.

«Besser, als dich quatschen zu hören.» Mutter blieb hartnäckig hinter Ed und Louise.

«Mir macht es nichts aus.» Ed lächelte Mr. Pierre an. «Ich bin nicht von gestern. Aber darf ich Sie etwas fragen?»

«Was Sie wollen.» Mr. Pierres Hand umkreiste schwungvoll seinen Kopf.

«Haben Sie jemals – hm – waren Sie jemals mit einer Frau zusammen?»

Die Leute um unseren provisorischen Spieltisch verstummten einen Moment.

«Mit einundzwanzig war ich leidenschaftlich in Theodora Weigle verliebt – wir nannten sie Teddy. Eines Abends wußte ich, dies würde *der* Abend sein. Natürlich hätte ich Teddy geheiratet, Sie verstehen. Es war nicht nur ein Strohfeuer. Als es so weit war, daß – daß –» Er machte eine Pause und sammelte sich. «Als es soweit war, konnte ich nicht. Ich konnte unmöglich etwas so Würdeloses tun, wie mich auf sie legen.»

Damit hüpfte er in die Küche und überließ es Ed, über diese Geschichte nachzugrübeln. Wheezie war puterrot geworden. Mutter lächelte und klimperte mit ihrem Geld, während sie die anderen Tische umkreiste.

«Bingo!» rief Millard Huffstetler.

Millard kam selten zum Bingo. Ich freute mich, ihn zu sehen. Der Mann verbrachte unendlich viel Zeit in seinem Garten. Er hatte Ansteckbuketts für Mom und Louise und ein geschmackvolles Gesteck aus leuchtend korallenroten Tulpen mitgebracht. Mutter hatte eine Vorliebe für knallige Farben. Manchmal etwas zu knallig. Ihre Schuhe waren zum Beispiel aus durchsichtigem rosa Plastik, und dazu trug sie mintgrüne

Socken. Das waren zwar noch gedämpfte Farben, aber dazu hatte sie diese schillernde pinkfarbene Schürze an, und mit den magentaroten Strähnen im Haar fand ich es ein bißchen viel. Aber Mutter war eben Mutter.

Abgesehen von dem kurzen Geplänkel zwischen Mutter und Louise entwickelte sich der Abend erfreulich. Ich habe schon oft überlegt, daß ich mich, wenn ich so alt werde wie meine Tante Louise, bestimmt an das Lachen erinnern werde. Als ich ein Kind war, haben Daddy, Mom und ich beim Frühstück, Mittagessen und Abendbrot gelacht, und zwischendurch auch noch. Heute war so ein Abend, wo alle in Hochstimmung waren; ein Scherz folgte dem andern, ein guter Witz wurde vom nächsten übertrumpft. Die große Überraschung kam, als das Spiel aus war. Mutter gab mir den Gewinn.

«Mom, das kann ich nicht annehmen.»

«Klar kannst du», brüllte Mutzi. «Und David Wheeler sagt, wenn er heute abend hätte kommen können, hätte er 50 Dollar extra für dich reingeworfen.»

«Warum?»

«Wir wollen, daß du den *Clarion* kriegst.» Verna lächelte.

«Wie soll ich sonst meine Kolumne schreiben? Habt ihr gewußt, daß Nickel mir eine eigene Kolumne gibt? Genau wie Cholly Knickerbocker, und sie heißt ‹Blick über meine Schulter›, also paßt lieber auf, was ihr sagt, wenn ich in der Nähe bin.»

Tante Wheezie hatte den Namen ihrer Kolumne wieder geändert. Auf der Basis dieser imaginären Kolumne sah sie offenbar eine große literarische Karriere vor sich.

«Das reicht, Schwesterherz.» Mutter schnitt ihr das Wort ab, weil Louise gerade wieder einen Mundvoll Luft geschnappt hatte, um mit ihren journalistischen Phantasien fortzufahren.

«Du bist kein schlechter Boss.» Roger faltete seine Bingokarte zusammen.

«Michelle ist auffallend schweigsam», frotzelte ich.

«Du bist hartnäckig – so was Knickeriges wie du in puncto Adjektive ist mir noch nie vorgekommen –, aber du bist gerecht», erwiderte Michelle.

«Danke.» Ich wandte mich an Mutter. «War das deine Idee?»

Mit einer ausladenden Handbewegung umfaßte sie das ganze Zimmer. «Wir sind zusammen drauf gekommen. Mr. Pierre, Wheezie, Georgette, Ed und ich waren bei *Mojo's* zum Mittagessen, und eines führte zum andern. Verna spendierte das Essen für die Party und Millard die Blumen. Peepbean wollte nicht kommen, aber das ist ja nichts Neues. Er wird dich nie mögen, aber –» sie strahlte – «alle anderen haben dich gern. Also sieh zu, daß du die Zeitung kriegst, Schätzchen.»

Mir tat die Kehle weh. «Habt alle vielen Dank. Ich will mich bemühen, euer Vertrauen nicht zu enttäuschen.» Das war alles. Ich bekam kein weiteres Wort heraus.

«Okay, spielen wir ‹Bescheiß deinen Nachbarn›», verkündete Mutter munter.

Die Spielkarten wurden auf den Tisch geknallt. Mr. Pierre machte vor dem Spiel noch einmal mit einer Ladung Essen die Runde. «Bescheiß deinen Nachbarn» ist ein Kartenspiel, dessen Regeln sich jeder Erklärung widersetzen. Es genügt zu sagen, daß man mogeln darf; wenn man jemandes Blatt sieht, darf man es laut brüllend allen anderen verraten; man darf seinen Nachbarn bestechen, damit er aufsteht und bei anderen Blättern kiebitzt. Alles ist erlaubt.

Während Jesus in seinem Grab schlief, blieb halb Runnymede bis ein Uhr morgens auf. Das ist spät für uns. Das Dach erzitterte unter dem Geschrei, aber weil die gesamte Nachbarschaft auf der Party war, rief niemand bei David Wheeler an, um sich über den Lärm zu beschweren.

Ich kam nicht vor zwei auf die Farm zurück, weil ich Mutter noch beim Aufräumen half. Abgesehen von Zorn oder guter Laune verachtete Julia übermäßiges Zurschaustellen von Gefühlen. Ich hatte mich bei ihr und den anderen bedankt – das genügte. Soweit es sie betraf, lag der Dank in der Tat selbst. Ich tat gut daran, die Sache mit dem *Clarion* nun auch wirklich hinzukriegen.

Erschöpft leerte ich meine Taschen auf die Kommode aus Vogelaugenahorn, die noch von Grandma stammte. Der Bingo-Jackpot betrug 372 Dollar und 49 Cents, ein Haufen Geld für jeden, der Bingo spielt, und ein Haufen Geld für mich. Ich zog mich aus, hängte meine Sachen nicht auf und fiel ins Bett. Bevor ich einschlief, beschloß ich, am ersten Tag, an dem ich als Eigentümerin des *Clarion* im Impressum stünde, eine Anzeige zu bringen, in der ich allen danken würde, die heute abend bei Mutters Party gewesen waren.

25

Ursie kommt in Fahrt

Samstag, 18. April

«...jetzt brauchen wir eine Umbautruppe. Ihr müßt nicht groß und stark sein, bloß bereit, euch schmutzig zu machen.»

Regina und ich fingen an miteinander zu flüstern, und Ursula fuhr mich an, allerdings in diesem höflichen Ton, bei dem einem die Kotze hochkam: «Nickel, ich glaube, daß du unser jährliches Ehemaligenturnier nicht ernst nimmst, weil du keine Kinder hast.» Ursulas smaragdgrün getönte Kontaktlinsen umflorten sich. «Wir veranstalten es jedes Jahr für unser Begabtenstipendium, und jedes Jahr wirfst du uns Knüppel zwischen die Beine.»

Es gibt idiotischere Arten, Geld aufzubringen, als ein Turnier, aber im Moment fällt mir keine ein. Unser Ehemaligenclub mietet eine Reithalle. Die Teilnehmer transportieren ihre Pferde und Ponies zum Turnier, zahlen eine Boxenmiete, falls sie am Vorabend eintreffen, und verbringen dann den Tag mit Striegeln, Mähnen flechten und dem Herausputzen ihrer Tiere, bis sich das Biest natürlich unmittelbar vor seiner Prüfung im Schmutz wälzen muß. Besitzer von hellfarbigen Pferden haben unter diesem Phänomen besonders häufig zu leiden. Kleine Mädchen überschwemmen solche Turniere mit ihren Eltern, einer Spezies, die ihre Abkömmlinge vergöttert und was gegen Turnierrichter hat. Da Ursie das Turnier organisiert, bestimmt sie auch, welche Turnierklassen wir fördern. Die Wettbewerbe werden so geschickt arrangiert, daß Tiffany und Harmony irgendein Band gewinnen, und sei es im Stürz-'ne-Cola-Rennen. Bei diesem Rennen treten alle Kinder in einer Reihe an. Sie reiten ans andere Ende des Rings, steigen ab, stürzen eine Cola runter, steigen wieder auf und reiten zurück zur Ziellinie.

Solange Ursula Yost Präsidentin unserer Ehemaligenvereinigung war, würden wir die Turniere ertragen müssen.

«Du bist die Kräftigste, Nickel. Du kannst das Umbaukomitee bemannen.» Ursula entblößte ihre Fänge bei dem Wort «bemannen».

Sie hatte versucht, mich am Eintritt in die Ehemaligenvereinigung auf der Basis von Moral – meiner eigenen – zu hindern. Jetzt wies sie mir die schmutzigsten Aufgaben zu in der Hoffnung, mich zu vertreiben, und das nach fünfzehnjähriger Mitgliedschaft. Ursula glaubte, man könne nicht der Tri-Delta-Verbindung angehören und gleichzeitig Lesbierin sein. Da irrte sie sich, aber Ursula hatte keinen besonderen Sinn für Humor. Ihre Blütezeit waren die frühen sechziger Jahre gewesen, die Jahre von Tuesday Weld und Sandra Dee. Sie war eine Frau, die Ralph Lauren ernst nahm. Sie bestand auch darauf, daß Frauen auf der Jagd Zylinder trugen. Was war klassischer als ein Zylinder, und was bot weniger Schutz? Außerdem hatte Regina als oberste Jagdmeisterin zu bestimmen, was wir trugen, nicht Ursie. Ich trug eine Jagdkappe. Wieder ein Minuspunkt für mich auf Ursies Liste. Und dann war der gute alte Kenny auch noch ein Schecke, und Ursie rümpfte die Nase über jedes Tier, das nicht die «richtige Farbe» hatte. Vielleicht gab die Tradition ihr Sicherheit.

«Okay, ich leite die Umbautruppe, aber nur, wenn du dran denkst, nicht mit den Wettbewerben anzufangen, bevor ich aus dem Ring bin.» Letztes Jahr hatte sie ein Kind in den Parcours geschickt, und ich war in den Dreck geflogen, während ein Tier von 1,70 m Stockmaß auf mich zugeprescht kam.

Die Umbautruppe zu leiten bedeutet, daß man seine muskulöseren Freunde dazu überredet, einem zu helfen, Gatter, Pfosten und Hürden zu holen, Gestrüpp zu schneiden und heranzuschleppen. Mit dem Gestrüpp werden einige Hindernisse getarnt, damit sie eine Ähnlichkeit mit denen bekommen, die man in der Natur bei der Jagd überwinden muß. Die Prüfungen sind unterteilt in solche mit freien Hindernissen und solche, in denen der Parcours von buntgestrichenen Fängen, zwei- und dreifachen Kombinationen und dergleichen bestimmt wird. Oft werden hübsche Topfpflanzen vor einige Hindernisse gestellt. Die Umbaumannschaft hat nicht nur den Parcours unter Anleitung des Parcours-Chefs komplett umzubauen, wir müssen auch die Hindernisse fix erhöhen, da die Prüfungen von Mal zu Mal schwerer werden. Wenn man vergißt, Handschuhe anzuziehen, bekommt man die Hände voll Splitter und Schnitte. Wenn der Partner beim Transportieren einer Hürde oder eines Oxers sein Ende fallen läßt, bevor man seines fallen läßt, fliegt man auf den Rücken.

Ich bin dann auch dafür verantwortlich, jedes Tier, das sich in den Ring verirrt, einzufangen und zu entfernen. Da alle Leute ihre Jack-Russell-Terrier mitbringen, biete ich dem Publikum das köstliche Schauspiel, wie ich von einem Hund an der Nase herumgeführt werde.

Das Schönste an der Arbeit der Umbautruppe aber ist das Traktorfahren. Der weiche Lehm im Ring muß zwischen den Prüfungen glattgeharkt werden. Eine Prüfung besteht meistens aus drei Kategorien, und wenn eine Kategorie besonders beliebt ist – also so um die 180 Teilnehmer hat –, dann harke ich sogar zwischen den einzelnen Kategorien.

Den Traktor zu fahren ist *très* «KV», und ich kann nicht widerstehen, dem Klischee zu entsprechen. Ich setze immer meine Baseballmütze auf und winke den Zuschauern zu. Selbstverständlich trage ich auch Ohrringe und Lippenstift.

Dieses Jahr war unsere erlauchte oberste Jagdmeisterin Regina die Parcours-Chefin. Wir waren die Pläne durchgegangen. Sie plante schwere Parcours. Mir schwante, daß es jede Menge Stürze geben würde, und Regina hoffte vermutlich, daß Tiffany und Harmony einige dazu beitragen würden.

«Letztes Jahr gab es bedauerliche Verzögerungen, weil die Umbautruppe so langsam war.» Ursie starrte mich an. «Dieses Jahr wünsche ich, daß die Parcourswechsel ablaufen wie ein Uhrwerk. Nickel, bring deine Leute vor dem Turnier einmal zum Ring raus, damit wir eine Generalprobe machen können.»

«Komm, Ursie, es ist schwer genug, sie überhaupt zum Turnier zu kriegen», protestierte ich.

«Du verfügst doch über wundervolle Überredungskünste.» Sie ließ ein falsches Lächeln aufblitzen. «Wie ein Uhrwerk! Ein Uhrwerk!»

Regina meldete sich zu Wort. «Verbeiß dich nicht zu sehr in diese Idee. Nickel überredet die Leute nicht, sie besticht sie. Du machst sie bankrott.»

Die anderen Ehemaligen lachten.

Ursie lachte nicht. «Ich will mir nicht wieder so viele Beschwerden anhören müssen wie letztes Jahr. Nick, eine Probe. Versuch nicht, dich vor der Verantwortung für unsere Verbindung zu drücken. Denk an Jonas und den Wal.»

«Was haben denn große Fische damit zu tun?» wollte ich wissen.

Ihre Stimme war schneidend. «Hör auf, diese Veranstaltung zu sabotieren. Ich habe alles gesagt, was zu dem Thema zu sagen ist.»

Ich schwieg, nicht, weil ich ihr zustimmte, sondern weil ich keine Lust zu streiten hatte. Ich war die letzten Tage auf einer emotionalen Achterbahn gefahren und hatte für Ursie keine Emotionen übrig.

Ich war zappelig, weil ich wünschte, das Treffen wäre endlich vorüber. Außerdem konnte ich es nicht erwarten, Regina zu erzählen, daß meine Freunde, denen die Kalarama-Farmen in Kentucky gehörten, angeboten hatten, mir einen Wallach von ihrem Prachthengst Harlem Globetrotter zu verkaufen. Harlem war eine Sattelzucht. Jagdspringer nennen sie verächtlich «Heiter», aber eine Sattelzucht ist ein robustes Vielzweckpferd. Wenn ich mit dem Burschen arbeitete, konnte ich vielleicht ein echtes Jagdpferd aus ihm machen. Die Leute boten mir großzügige Bedingungen, aber ich wußte noch nicht, ob ich es bei meiner Finanzlage schaffen konnte. Außerdem, wie sollte ich den Unterhalt für zwei Pferde aufbringen? Aber ich wollte diesen Wallach haben. Er strahlte in dunkler Schönheit und hatte eine gute Veranlagung.

«Ist das alles?» wollte Regina von Ursie wissen. Sie wollte Tennis spielen, obwohl das Wetter noch immer kühl war.

«Ja. Versammlung vertagt.»

Die Damen, im Alter zwischen vierundzwanzig und neunundsechzig, stürzten sich aufs Büffet, während Regina und ich zur Tür flitzten. Auf der Fahrt zum Stall erzählte ich ihr aufgeregt von dem Wallach, und wir machten alle möglichen Pläne, wie man das Geld aufbringen könnte.

Nach unseren drei Sätzen Tennis saßen wir in der kleinen Hütte. Regina packte Truthahnsandwiches und Perrier aus.

«Wieder mal in der Umbautruppe, jedes Jahr dasselbe. Wen willst du diesmal dienstverpflichten?»

«Schätze, ich trommel in letzter Minute eine Mannschaft zusammen.»

«Gäbe es die letzte Minute nicht, würde überhaupt nichts passieren.» Regina verdrückte ihr Sandwich.

«Das sagt Wheezie auch immer.»

«Ich habe es auch von ihr.»

Mein Gesicht mußte verraten haben, wie mir zumute war, denn Regina fragte: «Was fehlt dir?»

«Mir ist schlecht.»

«Na so was, mir schmecken die Sandwiches.»

«Sie sind köstlich. Entschuldige.» Ich ging auf die Toilette und übergab mich. Sofort fühlte ich mich besser. Ich ging zu Regina zurück. «Ich weiß nicht, was mit mir los ist, Gene. Die Nerven. Ich versuche, mich vom Verkauf des *Clarion* nicht nervös machen zu lassen, aber – ich schätze, das gelingt mir nicht.»

«Jack sagt, daß du's bis nächsten Freitag weißt.»

«Sieht so aus. Foster fährt Donnerstag nach Baltimore. Seit Charles sich bereit erklärt hat, einen Wechsel über 250000

Dollar zu übernehmen, bin ich der Bank gegenüber in einer besseren Position. Aber es läßt sich nicht voraussehen, was Diz tun wird. Er hat mehr Geld als Gott.»

«Wenn die Bank dir den Kredit gibt, tritt er vielleicht zurück. Er hat dich gern.»

«So gern nun auch wieder nicht.» Ich griff mir noch ein Sandwich, denn jetzt kam ich um vor Hunger.

«Wird dir davon nicht schlecht?»

«Nein, ich brauch bloß einmal zu kotzen, dann geht's mir wieder großartig. Vielleicht sollte ich zu Trixie gehen und mir was für meine Magenschleimhaut geben lassen.»

«Wie wär's mit Tranquillzern?»

«Dann könnte ich nicht arbeiten.»

Regina öffnete eine Tüte Kartoffelchips. «Könnt ich auch nicht. Es heißt, Millionen Menschen sind abhängig davon. Irgendwie scheint es sauberer als saufen.»

«Stimmt. Man unterstützt seinen Arzt, man unterstützt seinen Apotheker und man unterstützt die pharmazeutische Industrie, die das Zeug produziert. Wer Tranquillzer nimmt, beweist gute amerikanische Gesinnung.»

«Ja, Kokain schnupfen macht nur die Kolumbianer reich.»

Wir lachten und beendeten unsere Mahlzeit. Dann gingen wir hinaus und spielten Doppel. Ich fühlte mich phantastisch.

26

Gesegnete Ostern

Sonntag, 19. April

Der Ostertag dämmerte strahlend und frisch herauf. Jeder von uns pflegt persönliche Rituale, und zu meinen gehört, daß ich Ostersonntag bei Sonnenaufgang aufstehe. Ostern ist mein Lieblingsfeiertag, abgesehen von meinem Geburtstag. Weihnachten muß ich mit Jesus teilen, aber mein Geburtstag gehört mir allein. Was aber öffentliche Feiertage und hohe kirchliche Feste angeht, trägt Ostern den Sieg davon. Wer kann dem sanften Frühlingslicht widerstehen, der Hoffnung auf Auferstehung – außer daß die Auferstehung nur für einen von uns zutrifft. Ostern ist außerdem eine phantastische Gelegenheit, seine Garderobe vorzuführen.

Der Runnymede Square, ein Kaleidoskop wandelnder Menschen, war ein Beweis dafür. Rosa, gelbe, schicke marineblaue, mintgrüne Töne, getupfte Kleider, alle Farben, Streifen und vorstellbaren Kombinationen paradierten nach den Gottesdiensten über den Platz. Portia und Lucretia Rife, die über die Feiertage zu Hause waren, wetteiferten miteinander sowie mit Liz, Diz' Frau. Da keine von uns übrigen sich in Valentino, Versace und Kenzo hüllen konnte, fochten die drei in ihrer Klasse einen Kampf für sich aus. Von unserer Truppe kam Verna BonBon die Treppe von St. Rose of Lima in einem Seidenkleid mit einem ausgebogten Cape heruntergelatscht. Sie hatte klugerweise einen dunkelgrünen Farbton gewählt. Louise schwelgte im viktorianischen Stil, bloß um Ed zu gefallen, der mit den Bonnevilles die Messe besuchte. Nur Mutter und ich wußten, daß ihr Kleid Grandma Hunsenmeir gehört hatte. Louises Haar, nach jener kleidsamen Mode hochgesteckt, war mit einem Band nebst einer hellrosa Rosenknospe umkränzt. Von der Rosenknospe wurde Mutter fast schlecht.

Mutter trug ein hellgelbes Kleid mit graublauen Paspeln, dazu passend Handschuhe, Schuhe, Hut und Handtasche. Der Schleier ihres Huts war blaßgelb und die kleinen Tupfen auf dem Schleier waren graublau. Ich hatte mich zu einem dezenten blauen Rock und einem Kaschmirpullover aufgerafft. Die Schuhe mit den hohen Absätzen brachten mich fast um.

Mutter und ich stöckelten zusammen über den Platz, wo wir hinbegegneten und herbegegneten. David Wheeler und Bucky Nordness gingen kühl aneinander vorbei, ihre Familien im Schlepptau, und sprachen nicht miteinander. Die Frauen schon. Das wurde von allen genau registriert.

Tante Wheeze war für das Weihnachtsessen zuständig und Mutter kochte das Osteressen. Sie hatten die Feiertage lange vor meiner Geburt unter sich aufgeteilt. Mr. Pierre kam zum Essen und brachte einen sensationellen Salat mit, um Mutters Schinken abzurunden.

Goodyear und Lolly benahmen sich anständig, aber Pewter nicht. Die Verlockungen des Schinkens stellte ihre Willenskraft auf eine harte Probe. Nach drei verzweifelten Sprüngen auf den Tisch und einer wilden Jagd vom einen Ende der Tafel zum andern sperrte Mutter sie in die Küche, wo sie ihre Wut und ihre Gekränktheit hinausjammerte. Daß ich öfter mit Schinken zu ihr ging, besänftigte sie kein bißchen, und am Ende setzte sich Lolly vor die andere Seite der Küchentür und heulte mit.

Ich wurde schwach und setzte Pewter auf meinen Schoß, damit sie mit mir essen konnte. Tante Wheezie verzog das Gesicht über Katzenhaare in meinem Essen, aber nach all den Jahren hatte mein Magen vermutlich auch die Fähigkeit, Gewölle zu bilden. Jedenfalls brachte das die Katze zum Schweigen, sie schnurrte den Rest der Mahlzeit hindurch und verleibte sich sogar ein paar Bissen Königskuchen ein. Die Hunde und Pewter bekamen auch eine Portion Eis.

Das Schönste an Ostern und allen Feiertagen bei Mutter und Louise war, daß nach dem Essen allen das Haus offenstand. Jeder konnte bis zehn Uhr abends kommen. Da es warm genug war, um die Fenster zu öffnen, konnten wir unsere Freunde schon von weitem kommen hören.

Mutter organisierte eine Ostereiersuche für die Kinder. Die kleine Decca BonBon fand die meisten. Die Kinder aus der Nachbarschaft liebten Mutters Ostereiersuche, weil sie sie forderte. Mutter kletterte auf Bäume und versteckte Eier in den Astgabelungen. Sie war der Ansicht, wenn eine alte Dame dort raufkäme, könne ein Kind es auch.

Als es dunkelte, richteten wir kalte Schnittchen her, obwohl alle stöhnten, wie vollgefuttert sie seien.

Ed Tutweiler Walters spielte mit den Kindern mit einer Blechdose Fußball, während wir den Tisch deckten.

«Essen!» Mutter machte die Haustür auf, als Regina und Jackson auf dem Weg herangeschlendert kamen.

Jack und ich gingen uns so gut wir konnten aus dem Weg. Wir waren freundlich zueinander. Sein Anblick durchschnitt mich wie ein Messer. Ich wollte ihn berühren, seine Haare riechen, mit der Hand über seine Brustmuskulatur fahren. Er hatte einen unglaublich schönen Brustkasten. Obwohl die Affäre vor mir meinen Stolz verletzt hatte, begehrte ich ihn. Die Anziehungskraft, sei sie durch Chemie oder Schicksal bestimmt, versengt einem die Hirnzellen. Doch ich war entschlossen, den Geist über die Materie siegen zu lassen.

Mr. Pierre unterhielt uns beim Abendessen mit einer Geschichte, die wir zwar schon kannten, Ed aber noch nicht. Es war die Geschichte von Penny Pfeiffer, die in Greenville, South Carolina, lebte, wo Mr. Pierre geboren und aufgewachsen war. Da die Kinder sie auch noch nicht gehört hatten, verfielen wir unwillkürlich in Schweigen.

«Als ich nach dem Korea-Krieg aus dem Militärdienst entlassen wurde, wollte ich einen Beruf, den ich überall ausüben konnte. Beim Militär war ich nur ein gemeiner Soldat gewesen, daher hatte ich dort nichts gelernt, was sich im zivilen Leben anwenden ließ, und was ich gelernt habe, möchte ich in gemischter Gesellschaft nicht sagen.» Er lächelte die Damen an.

Thacker Bonneville, ein Vietnam-Veteran, rief dazwischen: «Hört, hört.»

Als die Männer zustimmend nickten, fuhr Mr. Pierre fort: «Also fragte ich mich: ‹Was kann ich tun, wenn ich mein eigener Herr sein, nicht viel Geld für Einrichtung investieren und trotzdem gut verdienen und interessanten Leuten begegnen will?› Ich dachte daran, Mechaniker zu werden, aber dabei macht man sich so schmutzig. Außerdem konnte ich die Mechaniker, denen ich begegnete, nicht leiden. Das schied also aus. Ich dachte daran, Gärtner zu werden, aber man kann seine Blumen verlieren, wenn an einem kalten Wintertag der Strom ausfällt. Das war nichts für mich. Ich dachte sogar an einen Bauernhof, aber dann hätte ich nie verreisen können. Ich hatte im Krieg zu viel Blut gesehen, um Arzt werden zu wollen, und ich habe bestimmt keine Neigung zum Beruf des Rechtsanwalts – verzeih mir, Jackson. Ich weiß nicht, wie du das aushältst. Nach einem langen Ausleseprozeß kam ich aufs Frisieren. Friseure sind seit Jahrhunderten die Vertrauten der Herrschenden. Sie erfahren alle Entwicklungen zuerst. Sie haben die Möglichkeit, künstlerisch zu arbeiten, besonders bei fortschrittlichen Kundinnen, den schicken Damen mit Pfiff.» Er sah Mutter an.

«Ich ließ mich ausbilden und entdeckte, daß ich eine Begabung dafür besaß. Eine meiner Lehrmeisterinnen – Mrs. Penny Pfeiffer, ich werde sie nie vergessen – unterrichtete uns über die Gesundheit des Haares. Jeden Samstag ging Penny ins Altersheim und frisierte die Damen. Sie verrichtete diesen Dienst aus Herzensgüte, weil die Rentnerinnen sich nicht mal eine Tönung hätten leisten können. Eines Samstags bat sie mich, sie zu begleiten. Ich ging mit, sah ihr bei der Arbeit zu und frisierte auch selbst einige Damen. Ich erinnere mich besonders an zwei Mädels in fortgeschrittenem Alter, die sich einbildeten, auf einem Schiff nach Halifax zu sein. Ich mußte mit ihnen reden, als wäre ich der Kapitän. Mir fiel auf, daß Penny die Köpfe nur vorn und an den Seiten frisierte. Hinten nie. Als wir gingen, fragte ich sie warum, und sie sagte, sie habe früher bei einem Leichenbestatter gearbeitet, und wenn sie sich die Leute in dem Heim so ansehe, tue sie vor allem dem örtlichen Beerdigungsunternehmen einen Gefallen.»

Er liebte diese Geschichte, ich weiß nicht warum. Ich fand sie nicht besonders komisch, aber weil er lachte, lachten die Kinder, und dann lachten wir über die Kinder.

«Habe ich euch schon erzählt, daß Regina und ich vorige Woche auf einer Party im Pfarrhaus von St. Paul waren? Tim Deane hat dabei Visitenkarten verteilt – ohne Flachs», sagte Jackson.

Tim Deane war unser Bestattungsunternehmer. Ich finde nicht, daß Leichenbestatter um Kundschaft werben sollten.

Wir kicherten darüber, dann sprang das Gespräch über auf Nordness kontra Wheeler, den *Clarion*, die Frage, ob Charles es wirklich schaffen würde, gar nichts mehr zu tun, den Jagdclub, Tennis, die Schule, den Basketball-Skandal an der Universität von Maryland nach dem Tod von Len Bias, Drogen, Disziplinmangel, Nachlassen von Charakterstärke, und «gib mal den Nachtisch rüber».

Abgesehen von meinem inneren Aufruhr wegen Jack war dies einer der schönsten Festtage, an die ich mich erinnern kann, die Ruhe vor dem Sturm.

27

Rein ward ich durch die Liebe

Montag, 20. April

Auf dem Weg in die Stadt überholte ich «Milbe» Adams, Fosters Frau. Sie fuhr an den Straßenrand, sah, daß ich in dem Chrysler saß, winkte und fuhr wieder auf die Straße. Mr. Pierres Tönung schimmerte grünlich auf ihrem Haar. Es tat mir gut, das zu sehen. Wenn häßliche Gedanken gegen Mildred vielleicht auch nicht den direkten Weg zum Himmel bahnte, sie hatte es verdient. Ihr Bettgeflüster mit Foster handelte unter anderem von meiner Finanzlage, und sie hatte kein Recht, das in der Stadt herumzuposaunen. Aber da Charles jetzt meinetwegen beim Verkauf der Zeitung stillhielt, waren ihre Lippen versiegelt. Am liebsten hätte ich sie zugeklammert.

Ein Hauch von Kühle hing über Michelle und Roger. Beide waren emsig über ihre Schreibmaschinen gebeugt, sahen aber auf, um mich, Pewter und Lolly zu begrüßen. John telefonierte und knallte den Hörer auf die Gabel, was Pewter erschreckte.

«Das ist der jämmerlichste Schweinehund, der je Scheiße gebaut hat», explodierte John.

«Wer?»

«Nils Nordness.»

«Gibt's sonst was Neues?» sagte ich.

Roger rief: «Tja, es gibt zwei Saftsäcke in Runnymede, Nils Nordness und Nils Nordness.»

«Was ist dann Bucky?» fragte ich.

«Ein Saftarsch.» Roger befaßte sich wieder mit seiner Story.

«Nils handelt in der irrigen Annahme, bloß weil sein Bruder Polizeichef von Nord-Runnymede sei, gälten die Vorschriften für ihn nicht», schnaubte John.

«So war er schon, bevor Bucky Polizeichef wurde.» Ich steuerte diese kleine historische Information bei.

«He, ist mir egal, ob der Kerl ein miserabler Stadtplaner ist, ein beschissener Stadtplaner. Ich möchte nicht in dem Mist wohnen, den er da auf der Baltimore Road aus dem Boden stampft. Aber jedem das Seine. Hab ich recht?» John spritzte seinen Kaffee. Es war zehn nach neun Uhr morgens. «Ich wollte bloß wissen, ob das Gerücht stimmt, das ich gehört habe: daß Mid-Atlantic Holding Shares das alte Bon Ton-Kaufhaus gekauft hat und Nordness sich um die Renovierung beworben hat.»

«Wo hast du das gehört?» Ich setzte mich mit einem Plumps hin.

«Ich habe meine Quellen. Mid-Atlantic hat es erfolgreich geheimgehalten, aber der Transfer findet nächste Woche statt. Dann muß es öffentlich bekanntgemacht werden.» John trank seinen Kaffee.

«Diz Rife hat das Bon Ton gekauft?» Michelle, die bis jetzt still, aber aufmerksam zugehört hatte, ergriff das Wort.

Roger hörte auf zu tippen. «Warum?»

John lehnte sich auf seinem Stuhl zurück. «Meine Vermutung ist, wenn er diese Zeitung kauft, wird er sie modernisieren. Was nützt ihm dieser alte Kasten mit der riesigen Presse, eine lahme Ente, wenn man sie mal mit der Goldgrube da drüben vergleicht.» Er sah mich an. «Ich gebe dir eine fünfzigprozentige Chance, daß du die Zeitung bekommst, nachdem Charles jetzt mitmacht, aber Diz wird mit dem alten Bon Ton was anstellen, auch wenn er den *Clarion* nicht kriegt.»

«Und was?» Michelle, die längst nicht mehr saß, brachte mir eine Tasse Tee. Ich war noch nicht dazu gekommen, mir welchen aufzubrühen.

«Danke, Michelle.» Ich stürzte den Tee hinunter und bemühte mich, meine spärlichen geistigen Kräfte zu konzentrieren. Morgens bin ich nicht sehr gut, und meine Kritiker behaupten das auch vom Rest des Tages.

«Ich nehme an, er wird einen Frontalangriff starten.» Johns Tonfall ließ keinen Zweifel aufkommen.

«Willst du etwa sagen, Diz macht eine Zeitung, ob er den *Clarion* kriegt oder nicht?» Roger konnte es nicht glauben.

«Genau.» Johns Stimme klang triumphierend.

«Kann diese kleine Stadt denn zwei Zeitungen verkraften?» wollte Michelle wissen.

«Wer weiß?» John zuckte die Achseln.

«Können wir.» Ich blieb fest. «Wir haben es früher gekonnt, und ich sehe keinen Grund, wieso wir es nicht wieder könnten.»

«Unmöglich.» John widersprach mir, wie ich es vorausgesehen hatte. «Ihr könnt nicht um die Anzeigenaufträge konkurrieren. Zwei Zeitungen konnten hier gedeihen, bevor es Fernsehen gab, aber da gediehen sie überall. Himmel, New York hatte mal mehr Zeitungen, als ich an einer Hand abzählen kann. Daß sich hier zwei Zeitungen so lange gehalten haben, beweist, wie rückständig diese Stadt ist.»

«Oder es beweist, daß wir nicht fernsehen», sagte Roger. «Ich gucke nicht fern.»

«Ich auch nicht», sprang Michelle ihm bei.

«Es ist unter aller Kritik. Die Nahrung des Geistes.» John machte sich noch eine Tasse Kaffee. Wenn das so weiterging, würde er einschlafen oder streitlustig, und er neigte heute eher zur Streitlust.

«Mir gefällt's», warf ich ein.

«Was?» Alle sahen mich an, als wäre ich ein ekelerregendes Weichtier.

«Nein, ehrlich. Ich guck bloß nicht oft, weil ich so viel zu tun habe und wir uns hier alle kennen.»

John unterbrach mich. «Ich versteh den Zusammenhang nicht.»

«Ich meine, wir machen unseren Spaß selbst. Wenn ich in einer Großstadt lebte und keine guten Freunde hätte wie hier, würde ich viel fernsehen. Die Typen in den Sendungen würden so was wie Phantasiefreunde.»

Der AP-Fernschreiber stotterte und fing zu tickern an. Papier ergoß sich über den Fußboden. Roger stand auf, um die Nachrichten zu sichten, während John, Michelle und ich die angeregte Diskussion über das Fernsehen und das Prinzip der Auswahl auf dem kleinsten gemeinsamen Nenner fortsetzten, nach welchem nach Johns Meinung die Programme der Sender gestaltet und Leute zu Stars gemacht wurden. Roger schien von dem AP-Fernschreiber gebannt.

«Roger, was machst du da?»

Er konnte den Blick nicht von dem Papierstreifen lösen. «Ihr werdet es nicht glauben.»

Wir rempelten uns gegenseitig an, während wir zum Fernschreiber rasten. Roger hatte recht. Wir konnten es nicht glauben. Die PTL-Club-Story schwoll zu einer Fabel von Sex, Sünde und Sittenlosigkeit an. Ein Skandal, zu schön, um wahr zu sein. Jim Bakker, der Vorsitzende des PTL-Clubs, wurde von einem anderen Fernsehprediger beschuldigt, in einem Motelzimmer in Florida oralen Sex mit einer Sekretärin sowie homosexuellen Verkehr und Gruppensex gehabt zu haben.

Ich schnappte das Telefon von Rogers Schreibtisch, da seiner am nächsten am AP-Gerät stand. «Mutter. Komm rüber.»

«Du bist eine pflichtbewußte Tochter.» John lachte. Er wußte, diese Nachricht war Cayennepfeffer für Mutters Hirn.

Binnen Minuten erschien sie mit Goodyear auf der Bildfläche. Sie war durch die schmale Nebenstraße geflitzt und durch den Hintereingang bei der Presse hereingekommen. Ihre Laufschuhe hatten Grasflecken, also mußte Mom die Abkürzung durch die Nachbargärten genommen haben.

«Was ist?» Sie war außer Atem.

Michelle, Roger und John traten respektvoll beiseite, als ich Mutter an den Fernschreiber führte und ihr den Ausdruck zeigte, der sich bis auf den Fußboden ringelte. Sie schob ihre

Brille auf die Nase und las. Und las. Wir beobachteten sie. Sie schwieg. Dann lächelte sie. Darauf folgte ein mädchenhaftes Kichern, das von einem Lachen überrollt wurde, bis Mutter hilflos vor Lachen am Fernschreiber lehnte. Ich holte ihr eine Tasse Kaffee, während Roger, ganz Gentleman, ihr seinen Stuhl anbot.

Sie erholte sich so weit, daß sie sprechen konnte. «Es gibt einen Gott!»

Überrascht sagte ich: «Hattest du Zweifel?»

Sie nickte. «Hin und wieder, zum Beispiel als Wheezie zum erstenmal mit Ed ausging.» Sie wischte sich die Augen. Sie tränten vor lauter Lachen. «Ich schätze, Jim Bakker hat aus ‹Rein ward ich durch die Liebe› einen Pornosong gemacht.» Sie sang ein paar Takte.

«Sie haben eine schöne Stimme, Mrs. Smith», schmeichelte ihr Michelle.

«Oh, Schätzchen, Sie müssen mit mir Mittag essen gehen, damit ich Ihnen erzählen kann, wie Celeste Chalfonte, Ramelle, Fairy Thatcher und Fannie Jump Creighton mit Ev Most und mir aufs Land gefahren sind und das Lied gesungen haben. Warum bis zur Mittagspause warten? Kommen Sie mit, ich spendier Ihnen ein Omelett.»

Michelle wirkte betört.

«Geh nur, Michelle.» Ich gab ihrem Abgang meinen Segen und fragte Mom: «Warum rufst du Wheezie nicht an?»

«Weil ich bis fünfzehn Minuten vor den Mittagsnachrichten damit warten werde. Dann ruf ich an. Sie wird die Wände hochgehen. Apropos Wände. Mr. Pierre und ich haben uns für ein cremiges Apricot entschieden, du kannst also mit dem Streichen anfangen. Kommen Sie, meine Liebe.» Sie nahm Michelles Arm, und weg waren die beiden.

Ich hatte vergessen, daß ich Mutters Zimmer anstreichen sollte. Ich rief Mr. Pierre an.

«*Bon soir.*»

«Mr. Pierre, es ist Morgen.»

«*Bon* Morgen», gab er zurück.

«Was höre ich da von einem cremigen Apricot?»

«*Ma chérie*, hell wie ein blutarmer Pfirsich. Wir streichen das Holz leinenweiß, und ich habe graublaue Kissen und sogar ein magentarotes bestellt, passend zu ihrem Haar.»

Ich stöhnte in mich hinein. «Dafür hat sie nicht genug Geld.»

«Discount. Ich war in York in dem Stoffdiscount, den Bob und ich vor Jahren ausfindig gemacht haben. Und was noch besser ist, Nickel, mein Schatz, ich habe jemanden gefunden, der einen Couchtisch in Marmorimitat streicht.»

«Wen?»

«Peepbean.»

«Peepbean!»

«Er ist sehr gut. Millard hat eine ästhetische Ader in seinem Neffen geweckt.»

Millard hatte sonst wenig in Peepbean geweckt.

«Also gut, wieviel muß ich ihr leihen?» *Leihen* war ein Euphemismus für Bargeld rausrücken.

«Hm – vielleicht 300 Dollar – wenn wir sparsam sind. Vielleicht ein klitzekleines bißchen mehr.»

Da ging er hin, mein Jackpot vom Abtrünnigen-Bingo. «Okay, aber du mußt jede Minute auf sie aufpassen. Mutter hat in solchen Dingen das Wort *Zurückhaltung* noch nie gehört.»

«Du kannst dich auf mich verlassen. Und darf ich dich daran erinnern, Nickel, daß sie ohne mich losgerannt wäre und die Sachen in einem normalen Fachgeschäft gekauft hätte?»

«Und darf ich dich daran erinnern, Mr. Pierre, daß sie, wenn du diese aufwendigen Innendekorationszeitschriften nicht in deinem Salon hättest, gar nicht auf solche Ideen gekommen wäre?»

«Da irrst du dich. Deine Mutter ist von Natur aus kreativ.»

«Meine Mutter ist von Natur aus verrückt.»

«Ich werde das aus meinem Gedächtnis streichen. Ich habe schließlich Kundinnen, weißt du.»

«Ich weiß. Ich sehe die Resultate täglich. Noch eine Kleinigkeit. Ich glaube, du solltest eine Kaffeepause einlegen und herkommen.»

«Warum?» Seine Stimme hob sich.

«Warum nicht?» Meine Stimme klang munter.

Er war im Handumdrehen an meiner Seite. Ich zeigte ihm das AP-Fernschreiben und ließ ihn schwören, nichts, nicht ein Sterbenswörtchen verlauten zu lassen, bis Mutter es fünfzehn Minuten vor den Mittagsnachrichten Wheezie erzählt hatte.

«Welch ein Opfer bringe ich für dich.» Er spielte den Bekümmerten und sagte dann boshaft lächelnd zu John: «Das wird als die kostspieligste Blaserei aller Zeiten in die Geschichte eingehen.»

John konnte schwule Männer nicht ausstehen, aber er lachte. Roger auch. Inzwischen standen auch Arnie und die Jungens aus dem Anbau über den Fernschreiber gebeugt, allesamt lachend.

Mr. Pierre küßte mich auf die Wange. «Du bist eine wahre Freundin, Darling, daß du mir eine solche Freude bereitest. Das werde ich dir nie vergessen.»

«Schön. Du bist in meine Umbaumannschaft für das Tri-Delta-Turnier aufgenommen.» Ich schob ihn zur Tür, während er eine Weigerung stotterte, die in widerwilliger Zustimmung endete.

Er blieb an der Tür stehen und warf sich mit einer theatralischen Geste seinen flaschengrünen Schal mit den schmalen gelben Streifen um den Hals. Zu den Anwesenden sagte er: «Die Bakkers sind ein gutes Beispiel dafür, warum manche Tiere ihre Jungen fressen.» Unter Gelächter trat er ab.

28

Noch mehr Liebe, noch reiner

Dienstag, 21. April

Orrie Tadia kam um die Mittagszeit wieder in die Stadt geschneit. Obgleich ihr Flugzeug um 9 Uhr 30 in Baltimore gelandet war und sie mit ihrem Schwiegersohn Mac Marshall am Steuer nicht mehr als anderthalb Stunden bis Runnymede brauchen konnte, trödelte sie bis zum Mittag an der Peripherie der Stadt herum. Um die Mittagszeit war selbst bei schlechtem Wetter jeder, der auf sich hielt, auf dem Platz, und Orrie wollte sich nicht um ihren Auftritt bringen.

Lolly Mabel, Pewter, Michelle und ich überquerten den Platz, um einen Blick in das alte Bon Ton-Gebäude zu werfen. Wir konnten nicht glauben, was John uns erzählt hatte: daß Diz den alten Kasten kaufen wollte. Kaum hatten wir die Mitte des Platzes erreicht – er war zur Zeit von Blüten förmlich überwuchert, da Nord- und Süd-Runnymede sogar im Gärtnern wetteiferten –, als wir auch schon eine Hupe hörten. Dann noch eine. Bald tuteten sämtliche Hupen rund um den Platz. Mutzi Elliott kam mit der Kuhglocke aus seinem Gemüseladen gesaust. Lolly fing an zu bellen und Pewter knurrte. Meine Mädels hassen laute Geräusche.

Mutter und Mr. Pierre schossen aus Daddys Eisenwarenhandlung. Louise kam die Treppe der Bücherei herunter, diesmal ohne Bücher. Ungeachtet ihres frommen Katholizismus hatte Tante Wheezie Mutter und mir abends zuvor beim Essen einen Vortrag über die Bedeutung des Karmas gehalten. Sie war sauer, weil sie die PTL-Neuigkeiten später als ihre Schwester erfahren hatte, und machte es mit einem Ausbruch von religiöser Mystik und Erhebung wett. Sie erzählte mir außerdem mehr, als ich je hatte wissen wollen, über Seelenwanderung. Sie sagte, heute abend, wenn sie schlafen ginge, wolle sie üben, ihren Körper zu verlassen. Ich fragte sie, ob sie mich dann auf der Farm besuchen käme, aber sie sagte nein, sie habe sich schon immer danach gesehnt, einmal Paris zu sehen. Mutter wollte wissen, was während ihrer Wanderungen mit Louises Körper geschehe, und Louise erwiderte, ihr Körper bleibe im Bett. Mutter meinte, während Wheezies Seele im Jenseits sei, würde sie sich vielleicht gern einen neuen Körper suchen, ein jüngeres Modell. Das kam bei Louise nicht gut an, und das Abendessen bei *Luigi's* mündete in gegenseitige Vorwürfe.

Ob sich dieser Vorfall auf die Lesegewohnheiten meiner Tante ausgewirkt hatte, weiß ich nicht. Als sie Orrie auf dem Beifahrersitz von Macs Kabrio sitzen sah, die Hupen und die Kuhglocke hörte, eilte sie jedenfalls, so schnell sie konnte, die Treppe hinunter.

Orrie winkte uns zu wie eine betagte, füllige Homecoming-Queen, und wir winkten zurück.

Michelle war neugierig. «Wird sie jedesmal so begrüßt, wenn sie zurückkommt?»

«Nein. Wir freuen uns natürlich, sie zu sehen, aber das hier ist ungewöhnlich.»

Wir gingen zur Bücherei hinüber. Das Bon Ton konnte warten. Orrie und Mac steuerten majestätisch auf die Bücherei zu. Als das Kabrio am Bordstein hielt, gab es ein freudiges Kreischen und Umarmen, wie es nur Südstaatenfrauen kennen. Mutter und Mr. Pierre eilten ebenfalls zur Bücherei.

Als Michelle und ich von hinten an das Auto herankamen, sahen wir an der Stoßstange einen Aufkleber: WER SCHON MAL MIT MAC MARSHALL VERHEIRA-

TET WAR, SOLL HUPEN! Mom und Mr. Pierre sahen es ungefähr zur selben Zeit wie wir.

Nach einigen weiteren Umarmungen von Louise drehte Orrie sich plötzlich um. «Nickel Smith, was gibt's da zu lachen? Ich hab dich seit Weihnachten nicht gesehen, und so werde ich begrüßt?»

«Orrie, du bist herrlich braun und siehst großartig aus.» Die Wahrheit.

«Wir lachen über deinen Aufkleber.» Mutter lächelte, aber etwas spitz.

«Was für einen Aufkleber?» Orrie zappelte auf ihrem Sitz und sonnte sich in der Aufmerksamkeit.

Louise schob sich hinter das Auto. «Oh, Orrie, das solltest du dir lieber selbst ansehen.»

«Ich will nicht aussteigen. Mac, worüber reden sie?»

Macs gestutzter Schnurrbart zuckte. «Ich weiß nicht.»

Als Schwiegermutter war Orrie nicht übel, aber Mac beschloß klugerweise, das Heck seines Wagens zu überprüfen. Er schlenderte hin und betrachtete seine Stoßstange. Wir schwiegen. Macs Gesicht färbte sich rot.

«Nun?» fragte Orrie fordernd.

«Mutter Tadia, da steht: ‹Wer schon mal mit Mac Marshall verheiratet war, soll hupen.›»

«Das ist nicht wahr. Das hast du dir ausgedacht.» Sie wuchtete sich aus dem Wagen und ging herum. «Tatsächlich!» Im Nu hatte sie sich zu Mutter umgedreht. «Julia, du steckst dahinter.»

«Orrie, wieso sollte ich den ganzen Weg bis Baltimore fahren, um einen Aufkleber an Macs Wagen zu pappen? Sei vernünftig.»

«Orrie, Darling, so schick und, hm, tropisch, betrachte es mal von dieser Seite – das einzige Mal, daß in dieser Stadt noch mehr gefeiert wurde, war 1918, am Tag des Waffenstillstands.» Mr. Pierre becircte sie.

«Du warst 1918 nicht hier», wies Louise ihn zurecht.

Ich konnte es mir nicht verkneifen. «Nein, aber du.»

Ehe Louise aus der Haut fahren konnte, wandte Mr. Pierre sich wieder Orrie zu. «Ich erwarte dich in meinem Salon, so bald es dir paßt. Du siehst so jugendlich aus, Orrie, wir müssen deine Frisur ändern. Weg mit der alten. Verbannen wir das Alter. Begrüßen wir die Jugend.»

Orrie genoß das. «Ich komme morgen vormittag.» Sie winkte Mutzi zu. «He, Mutzi, ich möchte Kürbis für Pasteten!»

«Zu früh», brüllte Mutzi zurück.

«Du könntest dir ruhig schon mal Gedanken darüber machen.» Sie kletterte wieder in das Kabrio. Mac folgte gehorsam. «So, meine Damen und Herren, ich muß auspacken und mich wieder eingewöhnen nach meiner langen Reise. Morgen empfange ich.»

Sie fuhren los.

Michelle und ich blieben auf dem Bürgersteig und gingen rund um den Platz zum Bon Ton.

«Orrie trinkt nach dem Essen Frauengold und tut heimlich Gin rein.» Ich seufzte, als ich an die Orrie meiner Kindheit und die Orrie von heute dachte, dieselbe reizende Person, mit etlichen Jahrzehnten als Zugabe.

«Was bedeutete der Aufkleber auf der Stoßstange?»

«Der? Mac war dreimal verheiratet und zweimal davon mit Töchtern von Orrie. Sie hat vier, weißt du.»

«Hab ich vergessen, falls ich's mal gewußt habe. Es ist schwierig, sich hier alle Familienverhältnisse zu merken.»

«Ich weiß. Ich habe mein ganzes Leben hier verbracht und kann sie trotzdem nicht auf die Reihe bringen, mit allen Cousins und Cousinen zweiten und dritten Grades und der entfernten Verwandtschaft. Jedenfalls, Mac wohnt in Baltimore mit der Tochter, mit der er zur Zeit verheiratet ist, und laß uns hoffen, daß es hält. Wenn nicht, bringt Orrie ihn um.»

«Wo ist seine Ex– die andere Schwester?»

«Jackson Hole, Wyoming. Nach der Scheidung ist das Mädchen blitzschnell von hier getürmt. Ehefrau Nummer Eins, Exfrau, meine ich, wohnt in Red Lion, Pennsylvania.»

Wir standen vor dem Bon Ton und spähten in die Fenster.

«Sieht unverändert aus.» Michelle drückte ihre Nase ans Fenster.

«Allerdings. Gehen wir einen Moment rüber zu Falkenroth, Spangler & Finster.»

Sie folgte gehorsam. Nach der Kanonenepisode war sofort ein neues Fenster eingesetzt worden. Anscheinend hatten Falkenroth, Spangler & Finster bessere Beziehungen zu ihrer Versicherung als ich zu meiner. Noch kein Wort zu meinem Jeep und auch keinen Cent Geld. Der Schildermaler, Peepbean Huffstetler, konturierte gerade sorgfältig das «R» in Spangler, als wir die Eingangstür öffneten.

«Hallo, Peepbean.»

Er grunzte. Das hieß Hallo.

Die Büroräume schienen leer, es war Mittagspause, aber wir hörten ein Rascheln im Hintergrund.

«Huhu», rief ich.

George Spangler, in limonengrüner Hose, antwortete: «Wer ist da?»

«Nickel und Michelle.»

Er kam gemächlich durch die kleine Halle. «Was verschafft mir dieses unerwartete Vergnügen, meine Damen?»

«Du hast gerade Einlochen geübt, stimmt's, George? Für die Willow Bend-Meisterschaften im Juni.» Ich hoffte, das würde ihn etwas entwaffnen. Es wirkte.

«Tja –»

«Das wird dein Jahr, George.» Ich ging zu meinem nächsten Thema über. «Weißt du, wann der Verkauf des Bon Ton perfekt gemacht wird?»

«Freitag.»

«Gut für die Stadt. Loch schön weiter ein, mein Lieber.» Ich lächelte und ging, und als ich durch die Tür war, wurde George klar, was er getan hatte.

«Nickel –» Er trabte hinter uns her. «Diz will nicht, daß es jemand erfährt.»

«Warum? Es ist eine gute Nachricht.»

«Er ist da komisch. Warte, bis der Vertrag beurkundet ist.»

«George, ich bin Reporterin. Ich werde deinen Namen nicht nennen, okay?»

Sein Gesicht zeigte gleichzeitig Erleichterung und Bestürzung. «Danke.»

Ich mochte George, aber ich hatte keine Achtung vor ihm. Er hatte gerade genug Geld geerbt, um zum Faulenzer werden zu können. Seine einzige Leistung war sein juristisches Examen an der Universität von Virginia im Jahre 1971 gewesen. Wenn er einmal im Monat ein Testament oder einen Vertrag aufsetzte, war das schon Schufterei für ihn. Es fällt mir immerzu schwer, zu glauben, daß ein Mann ohne sinnvolle Beschäftigung Eier hat. Da er selten arbeitete, war er eine ergiebige Quelle für Klatsch. Sein ganzes Leben war ein einziges gesellschaftliches Palaver; George war der geborene Partylöwe. Die Landkarte aus geplatzten Äderchen in seinem Gesicht war der Beweis dafür.

Als Michelle, Lolly, Pewter und ich den Platz überquerten, packte mich die Angst mit ihren Klauen. Ich wollte nicht, daß Diz den *Clarion* bekam. Ich wollte nicht, daß jemand anders ihn bekam als ich.

«Wie läuft's mit Roger?» fragte ich Michelle.

«Ist ein netter Kerl.»

«Das klingt unverbindlich.»

«Was geht's dich an?»

«Sei nicht gleich eingeschnappt. Ich frage aus Freundschaft, nicht aus Neugier. Ich halte viel von Roger, und ich fang sogar an, dich zu mögen.»

Sie wechselte das Thema. «Glaubst du, deine Mutter steckte hinter dem Aufkleber auf der Stoßstange?»

«Ja. Sie muß jemanden dafür bezahlt haben. Orrie ist Louises beste Freundin. Jetzt, wo sie wieder da ist, braucht Mutter mich als Verbündete.»

«Was läuft mit Ed Tutweiler Walters?»

«Michelle, ich glaube, du könntest doch noch eine richtige Runny werden. Du zeigst Interesse für Klatsch.»

«Ich nenne es lieber Nachrichten.» Sie hob einen Stock auf und warf ihn für Lolly.

«Soviel ich weiß teilt Ed seine Zeit zwischen den beiden auf, wenn er nicht mit den BonBons zusammen ist.»

«Wann wird er nach Birmingham zurückkehren?»

«Ich weiß nicht. Es muß Spaß machen, Pensionär zu sein – und ein bißchen Geld zu haben, meinst du nicht? Ed kann kommen und gehen, wie es ihm paßt. Ich kann mir das gar nicht vorstellen.»

«Ich auch nicht. Ich glaube nicht, daß ich mal aufhören möchte zu arbeiten. Mein Dad hat sich voriges Jahr zur Ruhe gesetzt, mit fünfundsechzig. Er hatte eine Fabrik für Fensterverkleidungen.»

«Was?»

«Er hat Rolläden hergestellt, Jalousien. Fensterverkleidungen eben.»

«Ach so.»

«Seit er sich zur Ruhe gesetzt hat, ist er dauernd krank, eine Beschwerde nach der andern. Mutter ist sauer, weil er ihr ständig im Weg ist. Er segelt gern, aber wie oft kann man schon segeln gehen? Ich hab ihm gesagt, er soll wieder ein Geschäft gründen oder Kontakt zu jungen Leuten aufnehmen, die ein Geschäft gründen. Sich als Berater betätigen. Ich glaube, der Grund für Mutters kurzen Besuch war weniger, mich zu sehen, als von Dad wegzukommen.»

Aus dem Augenwinkel sah ich Jackson Frost auf mich zukommen. Jackson grüßte Michelle und sagte dann allzu beiläufig: «Machst du heute abend die Schlußredaktion?»

«Wie jeden Dienstag.» Ich versuchte, auch beiläufig zu klingen.

«Vielleicht sehen wir uns später noch.» Er wünschte uns einen guten Tag und ging.

«Er ist wirklich der bestaussehende Mann in Runnymede», zirpte Michelle.

«Stimmt.» Ich hatte einen Kloß im Hals.

Wie versprochen kam Jackson abends um halb zehn zum *Clarion*. Lolly begrüßte ihn, indem sie ihren Kopf an seinen Beinen rieb. Pewter wartete, bis Jack zu ihr kam.

«Hallo.»

«Hallo», antwortete ich.

«Ich habe mich daran gewöhnt, dich Dienstag abends zu sehen.» Ich erwiderte nichts, daher fuhr er fort: «Es tut mir leid, Nickel.»

«Mir auch.»

Ein halbes Lächeln ließ seine weißen Zähne aufblitzen. «Was hast du einmal zu mir gesagt? ‹Monogamie widerspricht der Natur, ist aber notwendig zum Wohl der Gesellschaft.› Ich weiß nicht, ob ich das glaube oder nicht.»

«Ich weiß es selbst nicht, aber es gibt keine Alternative, oder falls es eine gibt, kenne ich sie nicht.»

Er setzte sich mir gegenüber. «Was ist nur aus den sechziger Jahren geworden?»

«Wir haben geheiratet und Kinder gekriegt, schätze ich.»

«Du nicht.» Er steckte seinen Finger in einen Becher mit Bleistiften auf meinem Schreibtisch und drehte sie klappernd rundherum. «Manchmal beneide ich dich, und manchmal denke ich, du hast die Gelegenheit verpaßt.»

«Das denke ich auch – manchmal.»

«Vermißt du mich?»

«Natürlich vermisse ich dich, aber was nützt es, darüber zu reden? Ich muß gestehen, daß ich erleichtert bin.»

«Ich nicht», sagte er trocken.

«Hattest du nie Angst, daß Regina dahinterkommt?»

«Nicht so große wie du.»

«Manchmal verstehe ich dich nicht.»

«Ich will nicht, daß du mich verstehst – ich will, daß du mich liebst.» Seine schönen Augen leuchteten auf.

«Bitte, lassen wir das Wort *Liebe* mal beiseite.»

«Gene und ich sind 22 Jahre verheiratet. Eine Beziehung verändert sich mit den Jahren. Ich glaube, ich hatte Glück mit meiner Ehe, aber, um ehrlich zu sein, wenn sie losginge und eine riesige Affäre hätte, wäre ich nicht eifersüchtig.»

«Nein, du würdest dich gerechtfertigt fühlen für das, was du getan hast.» Mir war nicht danach zumute, großzügig zu sein.

«Vielleicht, aber du bist nicht Jahrzehnte verheiratet. Du weißt nicht, was das für ein Gefühl ist. Und außerdem, sag du mir nicht, wie ich mich fühle oder was ich fühle. Ich weiß, daß ich nicht eifersüchtig wäre. Wir stehen uns so nahe, Gene und ich, aber dieses Berauschende, Begehrende, dieses Ich-kann-ohne-dich-nicht-Leben, das ist vorbei. Ich glaube, sie empfindet für mich genauso. Komisch, zwischen ihr und mir besteht eine ähnliche Freundschaft wie zwischen euch beiden.»

Ich erinnerte mich, daß Regina etwas Ähnliches gesagt hatte, als wir uns mit dem Rundbrief des Jagdclubs plagten; sie hatte allerdings auch die Unterschiede erwähnt. Aber schließlich sind keine zwei Freundschaften identisch. Wenn sie es wären, dann wären die Menschen auswechselbare Teile ohne Individualität. Der Tod würde seinen Stachel verlieren. Wenn ein Mensch ersetzbar wäre, würde es einem nichts ausmachen, ihn zu verlieren.

«Ich glaube dir, soweit ich das kann. Und du hast recht, ich bin nicht seit 22 Jahren verheiratet. Ich weiß nicht, was das für ein Gefühl ist.»

«Ich möchte, daß wir Freunde sind. Wenn wir das verlieren, dann habe ich eine Menge verloren.»

«Wir werden immer Freunde bleiben. Bis daß der Tod uns scheidet.» Ich lächelte breiter, als es angebracht war.

«Vielleicht gibt es einen Liebesgott mit Pfeil und Bogen. Letztes Jahr Weihnachten hat er ihn abgeschossen, und das war's.»

«Wir Menschen wären besser dran, wenn wir eine Paarungszeit hätten wie die Tiere. Dann wäre unser Verdruß wenigstens begrenzt.»

«War es Verdruß?»

«Ja und nein. Du weißt, was ich meine. Wenn du allein wärst, hätte ich nicht eine Minute ein schlechtes Gewissen.»

Ich seufzte. «Zu den guten Seiten des Alleinlebens gehört, daß ich so viel Zeit zum Nachdenken habe. Ich frage mich oft, wie die Gesellschaft wohl wäre, wenn wir eine Paarungszeit hätten oder, andersherum gesagt, wenn wir unseren Sexualkodex über Bord werfen und auf die Tube drücken würden.»

«Lauter Bums und Totschlag.»

«Davon haben wir wirklich schon genug.»

«Du bist ein sehr seltsames Wesen, Nickel. Wie man es auch dreht und wendet, du kommst immer von Gefühlen auf Ideen.»

«So bin ich eben. Ich hab es satt, mir anzuhören, wie gehemmt ich bin.»

«Hab ich das gesagt?»

«Nein, du nicht», brummte ich, «aber es war in letzter Zeit ein heißes Thema, und ich glaube nicht, daß ich stark gehemmt bin. Wir alle haben unsere eigene Art, das Leben anzupacken, und ich versuche nun einmal, zuerst meinen Kopf zu gebrauchen. Für mich folgt das Herz dem Kopf, nicht umgekehrt. Verdammt, so bin ich und nicht anders, und ich werde mich nicht ändern.»

Das schien ihm bekannt vorzukommen, ganz entfernt zumindest.

«Ich nehm dir ab, was du sagst.» Jackson lehnte sich auf dem Stuhl zurück. «Du brennst offenbar darauf, mich mit deiner neuesten Theorie über Sex zu überraschen. Eigentlich würde ich ja lieber Sex mit dir haben, als mir was darüber anzuhören, aber ich bin wenigstens bei dir, also bin ich glücklich.»

Ich hätte ihn gern umarmt. Manchmal konnte er so lieb sein, daß er mich an Dad erinnerte. Aber wie jede Frau jenseits der Pubertät wußte ich, daß man von keinem erwachsenen Mann jemals so geliebt wird wie von seinem Dad. Nach der Pubertät hält man oft etwas für Liebe, was gar keine ist. Ich rieb meine Hände. «Menschen können sich jederzeit paaren. Wir sind immer bereit. Zugegeben?»

«Zugegeben.»

«Okay, eine Möglichkeit, wie vergangene und gegenwärtige Kulturen diese Konfusion in den Griff zu kriegen versuchen, ist, den Sex zu zügeln. Wenn wir mit jedem schlafen würden, der uns gefällt, bliebe alles andere liegen.»

«Auch darin stimme ich dir zu, und wäre es nicht herrlich?» Ein Grinsen erhellte sein hübsches Gesicht.

«Sei nicht schweinisch. Es ist mir ernst.» Er lachte, und ich fuhr fort: «Die Ehe war eine gute Möglichkeit, unsere sexuelle Betätigung einzuschränken. Selbst wenn eine Kultur erlaubt, daß ein Mann mehrere Frauen oder eine Frau viele Ehemänner hat, gibt es eine gewisse Beschränkung, die die sexuelle Energie und die Fortpflanzung begrenzt. Auf diese Weise haben wir noch Energie übrig für Ackerbau, Kunst, Architektur, Krieg – was auch immer. Wir können echte Gemeinschaften bilden, weil wir den Geschlechtsdrang in einem bestimmten Rahmen halten. Verschiedene Kulturen halten den Drang in verschiedenen Rahmen, aber alle tun es irgendwie.»

«Ich stimme dir immer noch zu.»

«Eines der ersten Gesetze jener Gesellschaft muß daher sein, daß verheiratete Leute für andere tabu sind. Es ist für eine Gemeinschaft lebenswichtig, zu wissen und bekanntzugeben, wer besetzt und wer noch zu haben ist.»

«Dieser Teil der Theorie gefällt mir nicht mehr ganz so gut.»

«Ich habe auch nicht gesagt, daß er mir gefällt, aber das macht ihn nicht weniger wahr. Die Menschheit kann es sich nicht leisten, daß jeder hinter jedem herläuft. Abgesehen von dem Durcheinander, das es geben würde, fördert es Krankheiten. Vor allem heutzutage. Ich will damit sagen, Jack, Sex ist nie eine Privatangelegenheit gewesen und wird es nie sein. Wir vollziehen den Geschlechtsakt privatim, aber was den Zusammenhang betrifft, müssen wir Öffentlichkeit herstellen. Durch Sex geben wir irdische Güter weiter. Durch ihn schaffen wir die Grundeinheit unserer Gesellschaft, das Paar. Andere Gesellschaften haben größere Grundeinheiten, aber Sex spielt dabei trotzdem eine Rolle.»

«Ich verstehe, was du meinst, mein Liebling, aber ich werde

immer die Ansicht vertreten, daß das, was ich mit meinem Körper mache, niemanden was angeht außer mich selbst.»

«Aber nein. Betrachte es mal aus einem anderen Blickwinkel.» Ich stand auf, um mir Tee und Jackson Kaffee zu machen. «Diese Regel gilt für Homosexuelle genauso wie für Heterosexuelle. Wenn jemand homosexuell ist, dann ist er oder sie kein geeigneter Partner für jemanden, der heterosexuell ist. Jeder von uns muß einen geeigneten Partner finden, der uns nicht nur liebt, sondern auch beschützt und uns hilft, produktive, nützliche Mitglieder unserer Gesellschaft zu werden. Denk mal an die Energie, die aufgewendet wird, um einen geeigneten Partner zu finden. Unsere gesamte Kultur ist von dem romantischen Aspekt des Paarens besessen. Kein Wunder, daß wir so rückständig sind. Aber ich habe den Faden verloren. Wenn ein homosexueller Mensch einen heterosexuellen heiratet, gibt es Kummer. Die Gemeinschaft muß unbedingt wissen, wer heterosexuell ist, wer homosexuell ist, wer verheiratet ist und wer ledig ist. Ohne diese Information machen wir schmerzliche Fehler und verlieren Zeit.»

Er nippte an seinem Kaffee, während ich meinen Tee hinunterkippte und mir noch eine Tasse machte.

«So habe ich das noch nie betrachtet.»

«Wenn du meine Theorie akzeptierst, dann ist ein Coming-out keine Frage der individuellen Freiheit; es ist eine Frage der gesellschaftlichen Verantwortung. Gemeinschaften brauchen Wahrheit und Vertrauen. Wer nicht versteht, daß sexuelle Information für den Aufbau unserer Gemeinschaften entscheidend ist, schwächt die Gemeinschaft und schadet dem einzelnen. Daher liegt es tatsächlich in jedermanns eigenem Interesse, homosexuellen Menschen ihr Coming-out so leicht wie möglich zu machen. Man muß sie akzeptieren wie sie sind, weil sie ein beständiger Teil jeder Gesellschaft auf Erden waren und sind, von Urzeiten an bis zur Gegenwart. Ist es nicht sinnvoll, eine Möglichkeit zu finden, sie in unsere Gemeinschaft einzubinden und ihre Kapazitäten zu nutzen? Die Last liegt eigentlich bei den Heterosexuellen. Himmel, wenn der Preis für Ehrlichkeit darin besteht, daß einem der Schädel eingeschlagen wird oder man seinen Job verliert, wer außer den ganz Mutigen wird dann die Wahrheit sagen?»

Er nahm mir die Tasse aus der Hand. «Trink nicht noch eine Tasse Tee, Nickel.»

«Warum nicht?»

«Sonst redest du die ganze Nacht.»

Ich lachte. «Tut mir leid.»

«Nicht so wie mir. Ich finde deine Ideen hochinteressant. Wenn ich mit dir zusammen lebte, bekäme ich sie täglich zu hören. Herrje, warum können du, Regina, die Kinder und ich die Grenzen der Familie nicht ein bißchen erweitern? Manchmal fühle ich mich eingesperrt, und ich höre die Uhr ticken.» Er berührte meine Hand. «Ich habe mich über wenig zu beklagen, und doch liebe ich zwei Frauen gleichzeitig. In unserer Gesellschaft ist für mich nicht mehr Platz als für den homosexuellen Menschen.»

Daran hatte ich noch nicht gedacht. Ich stellte meine Teetasse fort. Ich hätte ihn gern geküßt, aber ich tat es nicht. Seine Beengtheit war meine Beengtheit, aber ich wußte für keinen von uns eine Lösung. Es kommt eine Zeit im Leben, in der man die Stärke des Schmerzes nicht mehr mißt. Homosexuell oder heterosexuell, schwarz oder weiß, Mann oder Frau, wir litten, wir weinten, wir bluteten. Kam es auf das Wie an? Worauf es ankam war, ob wir uns gegenseitig Trost und vielleicht sogar Lachen schenken konnten. Konnten wir die Reise durch dieses Leben halbwegs mit Toleranz und Anstand bewältigen? Konnten wir die schlichte, wunderbare Wahrheit begreifen, daß wir alle Teil voneinander waren? Ich war ein Teil von Jackson, und er war ein Teil von mir, aber ich konnte ihn nicht haben.

Bevor er ging, bat ich ihn, in meiner Umbaumannschaft mitzumachen.

Er schüttelte den Kopf, dann lachte er mich aus. «Von der Gesellschaftstheorie zur Pferdescheiße.»

«Vielleicht ist Gesellschaftstheorie Pferdescheiße.»

«Vielleicht ist alles Scheiße.» Er hatte seine Hand auf der

riesigen Türklinke. «Am Ende sind alle Dinge bekannt, und nur wenige spielen eine Rolle.»

«Wer hat das gesagt?»

«Gore Vidal.»

«Er hat das nicht wirklich gesagt, oder?» Ich zweifelte.

«Wenn nicht, dann sollte er es gesagt haben.» Jackson warf mir eine Kußhand zu, als er die Tür öffnete. «Und ja, du heimtückische Person, bei deiner Umbautruppe bin ich dabei.»

Seine lockigen blonden Haare fingen das Licht draußen ein, und dann entschwand er auf den Platz. Ich liebte ihn. Ich konnte mich nicht mehr darüber täuschen, wie sehr ich ihn liebte. Ich sah hinaus auf die Denkmäler und die Kanone. Die Nacht streichelte den Platz mit ihrem schwarzen Samthandschuh. Eine Welle von Euphorie durchflutete meinen Körper. So sehr es mich schmerzte, nicht mit Jack leben, nicht mehr mit ihm schlafen zu können, die Reinheit dieser Liebe machte mich zum Menschen. Sie ist die einzige Kraft, die unsere bedauernswerte Menschheit vielleicht retten kann.

29

Louise arbeitet sich ein

Mittwoch, 22. April

Der Tag begann mit einer Kabbelei in der Setzerei zwischen Pewter und Louisa May Alcatt. Arnie Dow brachte seine Katze an diesem Morgen mit zur Arbeit, weil er sie in der Mittagspause zum Tierarzt bringen wollte. Seine Frau arbeitete in Hanover, deshalb konnte sie das nicht tun. Bei Louisa May, gesund und munter, war die Tollwutimpfung fällig. Als ich in die Setzerei kam, waren bereits häßliche Worte gewechselt worden und in Pewters Krallen steckten verdächtige Haarbüschel.

Arnie, ein gutmütiger Mensch, machte wegen der Katzbalgerei kein Theater. Als ich Pewters ständig zunehmende Masse auf meine Schulter hievte, wünschte er mir Glück. Er und die Jungens würden Stimmung für mich machen, sagte er.

Taumelnd unter Pewters Gewicht – ich erwog, sie in Godzilla umzutaufen – stieß ich mit Ann Falkenroth zusammen. Sie besuchte die Zeitung selten, deshalb war es eine freudige Überraschung, sie zu sehen. Ann gehörte zu einer bestimmten Generation Frauen einer bestimmten Gesellschaftsschicht, die dazu erzogen wurden, sich um Heim, Ehemann und Kinder zu kümmern, und zwar anmutig. Die Vorstellung, in der feindlichen Welt draußen zu arbeiten, war beängstigend und abstoßend. Ann Falkenroth, geborene Lansburg, war es auch gewesen, die Spots Chalfonte damals, 1932, so vor den Kopf gestoßen hatte.

Spots hatte eine kleine Rolle in einem Film mit Ronald Colman ergattert, und als sie einmal zu Hause zu Besuch war, sagte Ann: «Spots, du siehst hinreißend aus. Es tut mir so leid, daß du immer noch arbeiten mußt.» Ob Ann so etwas wirklich gesagt hat, steht allerdings dahin. Ich werde sie nicht fragen. Von diesem Punkt abgesehen, wenn es sich denn so abgespielt hat, war Ann ein guter Mensch.

«Die Katze macht wohl eine Seefisch-Diät. Was ich seh, fisch ich mir.» Sie tätschelte Pewters Kopf.

«Schön, dich zu sehen. Ich wollte, du würdest öfter vorbeikommen.» Ich meinte es ernst.

«Charles hat seinen Amtsbezirk und ich habe meinen. Hat er dir erzählt, daß er in Palm Springs genau das Richtige für uns gefunden hat?»

«Nein. Aber er ist zum Büro rein- und rausgeschwirrt wie ein Kolibri.»

«Ich weiß.» Sie verdrehte die Augen. «Also, wir haben den richtigen Ort für uns gefunden. Er heißt Morningside, und, o Nickel, es ist einmalig. Die Mauern sind schlangenförmig, das Licht ist sagenhaft und der Golfplatz wird mein bescheidenes Können strapazieren. Ich sag dir, dort kann man auf einem smaragdgrünen Fairway stehen und zu den San Jacinto-Bergen hochschauen, und wir haben sogar das richtige Musterhaus für uns gefunden, das Oakmont Vier! Wir hatten ans Pinehurst gedacht, aber dann stellten wir fest, daß wir mehr Platz brauchen, und sei es nur für Charles' Bücher. Du mußt uns unbedingt besuchen kommen.»

«Herzlich gern.» Ich könnte mich leicht an Palm Springs gewöhnen, und ich erinnerte mich dunkel an einen Prospekt von Morningside, den Charles einmal im Büro hatte herumliegen lassen. Auch daran könnte ich mich gewöhnen.

«So, meine Liebe, ich muß mich beeilen. Der Gartenclub, und du weißt ja, was für eine Zicke Mildred Adams sein kann, wenn man sich verspätet. Beachte, ich habe ‹Zicke› gesagt.»

«Ich bewundere deine Zurückhaltung.»

Ann kicherte und schlüpfte zur Hintertür hinaus. Sie besaß

eine übersprudelnde Energie, einen aufrichtigen Optimismus. Ich konnte verstehen, daß Charles seine Frau liebte.

Während sie zur Hintertür hinausging, kam Ed Tutweiler Walters zum Vordereingang herein. Dies war ein Tag der Überraschungen, dabei hatten die Kirchenglocken noch nicht mal Mittag geläutet. Er wartete an meinem Schreibtisch, während ich Pewter hereintrug.

«Hallo.» Ed machte nie mehr Worte als unbedingt nötig.

«Ed, wie schön, Sie zu sehen. Wollen Sie sich nicht setzen?»

Er nahm den altmodischen hölzernen Bürostuhl mit den gedrechselten Beinen und Armlehnen neben meinem Schreibtisch. «Hab heute morgen Ihren Artikel über das Bon Ton gelesen. Stadtgespräch.»

Gut. So war es auch beabsichtigt. «Nett von Ihnen, das zu erwähnen.»

Er beugte sich vor. «Nickel, wenn Sie hören, daß irgendwo ein Haus zu vermieten ist, würden Sie mir wohl bei Verna zu Hause Bescheid geben oder im Restaurant eine Nachricht für mich hinterlassen?»

«Klar. Was stellen Sie sich vor?»

«Nichts Luxuriöses. In der Stadt.» Er lächelte. «Mir gefällt's hier. Ich brauch mal eine Veränderung.»

«Es wäre ein Glück für Runnymede, Sie hier zu haben. Ich weiß, meine Mutter –» es brachte mich um, aber ich mußte es sagen – «und meine Tante würden sich sehr freuen, wenn Sie hier lebten.»

Darauf wurde er rot, aber endlich ging er auch etwas aus sich heraus. «Birmingham steckt voller Erinnerungen. Zeit für eine Veränderung.» Er machte eine Pause. «Wissen Sie, soviel Spaß habe ich seit den Lebzeiten meiner Frau nicht mehr gehabt.»

Erinnerungen und ein Empfinden für die Zukunft halten uns am Leben. Ich war überzeugt, daß es Eds Erinnerungen an seine Frau waren, die ihn antrieben. Ich war ebenso überzeugt, daß weder ich noch sonst ein Mensch je von diesen Erinnerungen erfahren würde.

«Ich sag der Truppe, daß sie mir Bescheid geben sollen, wenn eine vielversprechende Kleinanzeige reinkommt.»

«Danke.»

Als Ed aufstand, wälzte sich Nils Nordness herein, und er war stinksauer. John, der sich an seinem Schreibtisch lümmelte, machte sich nicht die Mühe, seine Füße herunterzunehmen, als Nils sich vor ihm aufbaute.

«Du hast mich falsch zitiert, du elender Mistkerl!»

«Nils, ich habe meine Notizen hier.» John reichte sie dem Bauunternehmer.

Ed setzte sich wieder hin.

Nils las zwei Sekunden. «Das ist kein Englisch.»

«Kurzschrift.» John lächelte.

Nils warf den Notizblock auf den Boden. «Hoffman, ich gebe dir nie mehr ein Interview – keinem von dieser verdammten Zeitung gebe ich je wieder ein Interview. Und ich zieh meine Anzeigen zurück.»

Lolly kroch unter meinem Schreibtisch hervor. Ich hielt sie am Halsband, weil sie knurrte.

«Mach, was du willst.» John lächelte wieder. Kalt.

Charles, der rechtzeitig von der Presse heraufkam, um den letzten Wortwechsel mitzubekommen, trat hinzu. «Nils, was gibt's? Du brauchst nicht gleich zu drohen.»

«Der Esel hat mich falsch zitiert.»

«Ich hab dich nicht falsch zitiert. Ich kann nicht alles drucken, was du gesagt hast. Kein Reporter kann das. Ich habe die entscheidenden Punkte herausgepickt.»

«Bleib du bei deiner Kolumne.» Nils drehte sich zu mir um. «Die ist immer noch besser als die von diesem Fräulein Tränendes Herz.»

«Nils, ich wäre dir dankbar, wenn du nicht in meine Zeitung kommen und meine Mitarbeiter beleidigen würdest.» Charles' Fliege hüpfte auf und ab.

«Es ist nicht mehr lange deine Zeitung, Gott sei Dank. Diz Rife hat Respekt vor Geschäftsleuten. Dann wird hier ein anderer Wind wehen.»

«Vielleicht kauft er sie, vielleicht auch nicht», warf ich ein.

«Du hast nicht die geringste Chance.» Nils' Blick kreiste im Raum. «Ihr solltet lieber allmählich anfangen, Diz Rife in den Hintern zu kriechen.»

«Das besorgst du doch schon zur Genüge.» John behielt immer noch die Füße auf seinem Schreibtisch.

Nils ballte die Fäuste, schwankte einen Moment und stürmte hinaus.

«Du wirst in einem Meer von Strafzetteln ersaufen, wenn du nördlich der Grenze parkst», sagte Roger zu John.

«Er ist als Zwilling geboren, wißt ihr – Nils und ein Scheißhaufen? Sie haben Nils weggeworfen und den Scheißhaufen behalten.» John nahm endlich die Schuhe vom Schreibtisch. «Danke für die Unterstützung.» Das war an Charles gerichtet.

«Seit Peter Zenger ist jede Obrigkeit und jeder reiche Mann schlecht auf die Presse zu sprechen.» Charles klopfte John auf den Rücken, hörte sein Telefon läuten und ging in sein Büro.

Ed flüsterte mir zu: «Geht es hier immer so zu?»

«Nur mittwochs.» Ich lächelte.

Als Ed, benommen und aufgeregt von dem Ausbruch, gegangen war, fingen wir gleichzeitig zu reden an. Ich weiß nicht, wieso, aber Streit bringt mein Blut in Wallung, und meine Stimmung steigt mit ihm. Ich hätte den Anfang von *Eine Geschichte aus zwei Städten* umformulieren und schreiben können, es seien denkbar schlechte Zeiten, und ich sei in Bestform.

Als wir genug gebrüllt und gejohlt hatten, rief ich Michelle zu: «Hab 'nen Auftrag für dich.»

«Was für einen?»

«Ich will einen Aufmacher über Airport Art, und ich will dich in meiner Umbaumannschaft für das Turnier.»

Sie schwieg kurz, dann sagte sie: «Das ist nicht wahr.»

«Michelle, nicht mehr lange, und du bist einer von den Jungens.» Ich grinste sie breit an. Sie wußte nicht recht, was sie davon halten sollte, aber Roger lachte, und John auch. Sie faßte es also als Kompliment auf.

Orrie Tadia thronte auf dem hohen Stuhl im Curl 'n Twirl. Georgette BonBon war in ein *Cosmopolitan*-Heft mit einer halbnackten Frau auf dem Titelblatt vertieft. Die Zugkraft des Titelmädchens verwirrte mich. Wäre eine halbnackte Frau auf einer Männerzeitschrift nicht angebrachter gewesen? Doch *Cosmopolitan* ging weg wie warme Semmeln. War tief in der Psyche der Frauen etwas verborgen, das ich nicht verstand?

«Was tust du hier?» fragte Orrie mich.

«Mittagspause. Wollte mal gucken, ob Mom in der Nähe ist.»

«Sie ist im Farbengeschäft.» Mr. Pierre, ganz auf Orries neue Farbe konzentriert – champagnerblond –, wandte nicht ein einziges Mal den Blick von ihrem Haar.

Ich wollte gehen, aber Orrie sagte: «Nun?»

«Sehr kleidsam. Und Mr. Pierre weiß genau, welche Frisur zu deinen Gesicht paßt, Orrie. Braun, wie du bist, siehst du, ja, du siehst aus wie früher, als ich ein Kind war.»

Ich verstehe nichts von Seelenwanderung, aber Orrie war so glücklich, daß sie aus ihrem Stuhl hätte schweben können. «Ist sie nicht süß? Schätzchen, hab ich dir schon von Lauderdale-am-Meer erzählt? Zirrhose-am-Meer nenne ich es. Abgesehen von den Flutwellen von Alkohol, die nachts auf den Cocktailparties konsumiert wurden, war das Wetter herrlich, und ich wurde von einem Mann beraubt, der mit einer Kokosnuß bewaffnet war –»

«Das haben wir schon auf Wheezies Geburtstagsparty gehört.»

Sie setzte sich in ihrem Stuhl zurecht. «Soso. Ich verstehe nicht, wie du den Winter ertragen kannst. Oder Louise. Sie ist zwei Jahre älter als Gott. Sie braucht Hitze.»

«Bei Hitze fällt mir ein, ich hab Ann Falkenroth getroffen. Sie haben in Palm Springs was gefunden, das ihnen zusagt.»

«Wirklich?» Orrie liebte Klatsch – pardon, Informationen – so sehr wie Mutter und Wheezie.

Und ich, obwohl ich es ungern zugebe.

«Einen Ort namens Morningside. Ich hab den Prospekt gesehen, das billigste Haus kostete 450000 Dollar. Das, was sie kaufen, ist kein billiges.»

Orrie wedelte mit der Hand, ihre Fingernägel waren frisch im Farbton Plum Fantasy lackiert. «Wenn er den *Clarion* verkauft hat, kann er ein ganzes Stadtviertel kaufen.»

«Halt den Kopf still, Darling. Ich möchte das richtig hinkriegen.» Mr. Pierre rückte ihren Kopf zurecht.

«Ich bin auf deiner Seite, Nickel.»

«Danke, Tante Orrie.» Ich nannte sie manchmal «Tante», weil ich sie so genannt hatte, als ich klein war. Damals hatte ich gedacht, jede Frau oder jeder Mann, die nicht mein Vater oder meine Mutter waren, seien meine Tante oder mein Onkel. Ich wähnte mich im Mittelpunkt einer großen Familie.

Sie dämpfte ihre Stimme. «Herzelchen, was ist mit Ed Tutweiler Walters?»

«Schlacht der Lüste.» Mr. Pierre zwinkerte mir zu.

«Still.» Sie schlug nach ihm, aber ihr Ton sagte: Mehr, mehr.

«So etwas habe ich noch nie erlebt.» Ich war ganz nah an ihrem Ohr.

Georgette legte ihre Illustrierte hin. «Nickel, sprich lauter.»

«Dies ist privat», schnaubte Orrie.

«Er ist mein Onkel.» Georgette hatte recht.

«Darling, du hast so viele», gluckste Mr. Pierre.

«Georgette, was weißt du? Ich weiß nur, daß Mutter und Tante Wheezie sich bei der bloßen Erwähnung seines Namens tödliche Blicke zuwerfen.»

Orrie bewegte den Kopf, und Mr. Pierre rückte ihn wieder zurecht. Ein Jack-Russell-Terrier auf der Jagd nach einem Murmeltier hätte nicht aufmerksamer sein können.

«Er sagt nicht viel», teilte Georgette mit, «aber ich weiß, daß er weiß, daß er zwischen ihnen steht. Er ist nicht dumm.»

«Hat er Geld?» platzte Orrie heraus.

«Orrie, *très* ungehörig.»

«Pierre, du möchtest es genauso gern wissen wie ich», sagte Orrie.

«Er hat eine Pension. Onkel Eddie ist nicht knauserig, aber

er ist auch kein Verschwender. Ich schätze, er steht sich ganz gut. Wenn er das Haus in Birmingham verkauft, dürfte er ziemlich gut dastehen.»

«Glaubst du, er mag Champagnerblond mit einer tiefen Florida-Bräune?»

«Willst du Louise und Juts beide gegen dich aufbringen?» Mr. Pierre fuchtelte mit einer Brennschere vor ihrem Gesicht herum.

«Also, wenn man es von der Seite sieht ...» Orrie plumpste in den Stuhl zurück und ließ Mr. Pierre mit ihr machen, was er wollte.

Am Abend begleitete ich Tante Wheezie zu St. Rose of Lima. Zuerst ging sie in die Kirche, machte eine Kniebeuge und flüsterte ein Gebet. Sie stieß mich mit dem Ellbogen in die Rippen, weil ich weder eine Kniebeuge noch das Kreuzzeichen machte. Daß ich lutherisch war, focht sie nicht im geringsten an. Ich beugte also mein Knie und machte das Kreuzzeichen, und ich sagte was auf lateinisch. Der Wechsel zu den einzelnen Landessprachen war das dümmste, was die katholische Kirche je getan hat.

Unsere Schuhe klapperten auf der alten Holztreppe, als wir in den Gemeindesaal hinuntergingen.

«Nickel, ich wünschte, du würdest in die Kirche zurückkehren.»

«Ich gehe zur Kirche.»

«In die wahre Kirche. Ich hasse die Vorstellung, daß deine Seele im Fegefeuer umherirrt, weil du lutherisch bist.»

«Vielleicht kann meine Seele aus dem Fegefeuer herauswandern, wie deine es tut, wenn du schläfst.»

«Nimm so eine ernste Sache nicht auf die leichte Schulter.»

«Tante Wheezie, ich finde, Frömmigkeit ist wie Knoblauch: ein bißchen davon hält lange vor.»

«So bist du immer zu mir, wenn ich versuche, deine Seele zu retten.»

Wir knipsten die Lichter an. Wie verlassen der Raum aussah, ohne die aufgestellten Bingotische, Mutzi, die Pingpongbälle.

«Sicherungskasten oder Unterbrecher?» fragte ich.

«Unterbrecher.»

Wir wanderten herum, bis wir die Unterbrecher in Metallkästen gleich vornan in der Küche fanden, die am anderen Ende der Halle lag. Ich öffnete die Kästen und Louise prüfte den Inhalt.

«Ein Unterbrecher sieht aus wie der andere.»

«Ich muß wissen, welcher was steuert.» Sie zeigte auf eine Nummer auf dem Schalter und eine entsprechende Nummer auf der Innenseite der Tür des Metallkastens. An die Tür war der Teil der Kirche geschrieben, den die jeweilige Sicherung mit Strom versorgte. Neben Nummer 16 stand zum Beispiel: BÜRO DES PATERS UND KLEINE KOCHNISCHE, ERSTER STOCK.

Die Hingabe meiner Tante an die Kirche war echt, aber ein kleiner Teil ihrer Inbrunst hatte damit zu tun, daß sie glaubte, eine gute Frau müsse automatisch fromm sein. Eds Erscheinen in unserer Mitte hatte ihre katholische Glut abgeschwächt. Ich fragte mich, ob ihre Temperatur wieder anstieg.

«Warum ist Millard nicht hier, um es dir selbst zu zeigen?»

«Oh, er hat heute abend viel zu tun. Kolumbusritter, du weißt schon. Er hat mir gesagt, er will, daß Verna und ich uns hier auskennen wie ein Küster. Falls er mal krank wird oder so was.»

«Was ist mit Peepbean?»

«Nichts ist mit Peepbean, außer daß er ungefähr soviel Charakter wie ein Wasserspeier hat. So nennt man doch die Dinger oben auf dem Yankee-Rathaus?»

«Ja.»

«Jedenfalls, wenn es in der Familie mal einen Notfall gibt, kann Peepbean uns nicht in der Kirche helfen. Schließlich sind sie aus ein und derselben Familie.»

Ich hatte das seltsame Gefühl, daß Tante Louise mich belog, aber ich konnte mir beim besten Willen nicht vorstellen, warum. So sehr ich versucht war, ihr zu sagen, ich werde mein Leben ändern, ich wolle Shirley von Nazareth werden und mich auf Fußwaschungen spezialisieren, ich verkniff es mir. Der Auftrieb, den ihre Entrüstung mir bescheren würde, würde durch den anschließenden Vortrag wieder verdorben. Wurde ich endlich erwachsen?

30

Besuch bei Dad

Donnerstag, 23. April

Das Grab meines Vaters schimmerte rosig in der Morgendämmerung. Es war mit rosafarbenen Tulpen überhäuft. Mutter brachte ihm einen steten Strom von Blumen und Kränzen, gelegentlich auch etwas Lustiges wie einen rosa Plastikflamingo. Ihr Eifer bei der Pflege seiner Ruhestätte war bewundernswert. Ich war nicht so eifrig; auf Friedhöfen habe ich immer das Gefühl, mich in einem Marmorsteinbruch zu befinden. Der Friedhof nahm den nach Osten gelegenen Hang eines mächtigen Hügels ein. Dads Grab schmiegte sich unter einen riesigen Tupelobaum ganz oben auf dem Hügel. Das Grab Dantes – des Feuerwehrpferds – lag am Fuß des Hügels. Im Sommer machten Mom und ich hier oben Picknick, sowohl wegen der Aussicht als auch, um Daddy nahe zu sein. Heute kam ich herauf, um ein Hufeisen auf sein Grab zu legen. Es schien passender für Dad als Blumen – jedenfalls von mir.

Auf seinem Grabstein stand:

CHESTER CLIFFORD SMITH
GEB. 7. AUGUST 1905
GEST. 13. JULI 1961

Wir hielten nichts von Gefühlsäußerungen. Die Welt brauchte nicht zu wissen, was wir für ihn empfanden, solange wir es selbst wußten. Was mich am Tod meines Vaters erstaunte war, daß ich nicht aufhörte, ihn zu lieben. Fast 26 Jahre waren seitdem vergangen, und mit jedem Jahr liebte ich ihn mehr. Die Liebe stirbt nicht. Sie wächst ständig. Vielleicht muß jemand, den man liebt, sterben, bevor man das glauben kann.

Das Wissen, daß die Liebe nicht stirbt, macht mich seltsam tapfer. Ich will nicht sterben. Ich finde, der Tod ist eine stark überschätzte Erfahrung. Es war schrecklich für mich, den Tod meines Vaters zu erfahren, und ich habe absolut keine Lust, meinen eigenen zu erfahren. Aber sterben muß ich, und in einem Winkel meines Seins fürchte ich mich nicht allzu sehr. Denn die Menschen, die mich lieben – und ein paar davon gibt es in der Gegend verstreut –, werden mich weiterlieben. Vielleicht lernen sie eines Tages, was Dad mich gelehrt hat, und werden selbst etwas tapferer. Zum Kuckuck, man kann getrost tun, was man will. Tot wird man noch lange genug sein.

Das größte Risiko, das Dad einging, war, Mom zu heiraten. Das zweitgrößte Risiko, das er einging, war, mich zu adoptieren. Das drittgrößte Risiko, das er einging, war, die Eisenwarenhandlung zu eröffnen, denn damit stürzte er sich in Schulden. Für Dad lohnten sich die Risiken. Ich will nicht sagen, daß Mom ihm nicht manchmal den letzten Nerv rauben konnte oder daß ich den armen Mann nicht zermürbt hätte, weil ich mich an seine Fersen heftete wie ein Hündchen. Und ich weiß, daß die Eisenwarenhandlung ihm ein gerüttelt Maß an Kopfschmerzen bescherte, doch unter dem Strich sah sein Leben gut aus.

Die Sonne, ein scharlachroter Feuerball, erleuchtete die Grabsteine. In einem solchen Licht konnte ich mir vorstellen, daß einst die Gräber sich öffnen würden und die Erde ihre Toten dem himmlischen Reich darbrächte. Dad würde aus dem Erdreich kriechen, sich abklopfen und von dannen eilen, besorgt, ob er vielleicht verschlafen hätte. Ich fragte mich, ob die Seele den Körper überlebte, denn wenn sie es tat, dann war die Seele meines Vaters bestimmt irgendwo da draußen und versuchte, sich nützlich zu machen. Dad verabscheute negative

Gedanken, Trägheit und Verschwendung. «Du bist hier, um dein Bestes zu tun, und du bist hier, um zu geben. Nehmen kann jeder Dummkopf.» Wetten, daß ich das tausendmal gehört habe. Wetten, ich würde alles dafür geben, um es ihn noch einmal sagen zu hören.

Unterm Rasen lagen auch die übrigen protestantischen Seelen von Runnymede, und in einem eigenen Abschnitt ruhten unsere Juden gemäß den Vorschriften ihrer Religion. Die Katholiken blieben sogar im Tod von uns getrennt, aber ihr Friedhof war nur eine Meile entfernt. Der Gedanke, daß Louise einmal neben Pearlie und Mom neben Dad begraben sein würde, versetzte mir einen Stich. Ich fand, die Hunsenmeir-Mädels müßten zusammen begraben werden. In einem Wutanfall hatte Louise einmal vorgeschlagen, daß auf Moms Grabstein stehen sollte: «Da liegt sie wieder», und Mutter erwiderte blitzschnell: «Auf deinem sollte stehen: ‹Endlich schläft sie allein.›» Darauf war Louise hochgegangen wie eine Rakete und hatte Mutter mit ihrer Handtasche geschlagen.

Tante Wheezie war niemand, der wild in der Gegend herumschlief, aber ich glaube, daß sie sich einmal, in den zwanziger Jahren, den Wonnen der Untreue hingegeben hat. Mutter schwört darauf, und dann verflucht Louise Mutter. Dies ist ein Thema, über das man besser nicht spricht.

In meinem Testament hatte ich verfügt, daß auf meinem Grabstein stehen sollte: «Jetzt mach ich wahrhaftig die Hölle heiß.» Jackson fand das komisch, und er erzählte es Billy Moon, seinem Partner, der es jemandem erzählte, der es Wheezie erzählte, die zu mir kam und sagte, das sei gotteslästerlich und typisch für mich. Wenn ich mein Testament nicht änderte und es ihr zeigte, würde sie nie mehr mit mir sprechen. Junge, welch eine Versuchung. Schließlich gab ich nach und änderte das verflixte Testament. Auf dem Stein soll jetzt stehen: «Sie hat ihr Bestes getan.» Wheezie gefällt es immer noch nicht, aber sie gibt zu, daß diese Grabinschrift nicht gotteslästerlich ist.

Die Temperatur, die jetzt 12 oder 13 Grad betrug, würde

heute 20 bis 25 Grad erreichen, bislang unser wärmster Tag. Ein munterer Kardinal schwirrte an meinem Kopf vorüber, sein Weibchen nicht weit hinter ihm. Dann bemerkte ich zwei Streifenhörnchen, die einander wie verrückt jagten. Frühling. In meiner Trauer um Jackson hatte ich den Frühling fast verpaßt, die Paarungszeit. Die Tiere feierten für mich. Die nächste Runde stand bevor. Eine neue Generation Wanderdrosseln, Rehe, Waschbären, Streifenhörnchen, Katzen, Opossums, Grashüpfer und Schmetterlinge würde bald in dem Reigen mittanzen. Ich atmete die feuchte Luft ein. Wie passend, daß dieser Friedhof ein Schauplatz neuen Lebens sein sollte. Und wie passend, daß die Wanderdrosseln, Rehe, Waschbären und anderen Tiere ihren Toten keine Grabmäler errichteten. Sie waren zu sehr mit dem Leben beschäftigt. Nur die Menschen versteckten ihre Toten, damit die Überreste sich nicht mit der Erde verbanden, damit das Fleisch nicht ein anderes Tier am Leben erhalten konnte. Taten wir es, um unsere Toten zu ehren oder aus Selbstsucht? Dad würde gesagt haben aus Selbstsucht.

In diesem Totenreich verwesten Menschen, die ihr Leben verschwendet hatten. Sie verplemperten ihr Geld, verplemperten das der anderen, wenn sie es in die Hände kriegten, soffen, hurten und wurden von ihrer eigenen sinnlosen Karussellfahrt schwindelig. Einem Rotluchs eine Mahlzeit zu bereiten war vielleicht das einzig Produktive, das sie je getan hatten.

Nicht jeder Tote hier war ein Verschwender, aber es waren so viele, daß es mich nachdenklich machte. Als ich den Hügel hinunterging, blieb ich an Grandmas Grab stehen. Mom schmückte Coras Grab mit Osterglocken. Grandma liebte Gelb. Kübelweise schwarzäugige Susannen, Osterglocken, Narzissen, alles, was gelb war, umgaben Bumblebee Hill. Cora hatte sie gepflanzt, und ich sah keinen Grund, sie herauszuziehen. Ich düngte sie zuversichtlich. Und ich hatte einen Lattenzaun nebst einer Laube hinzugefügt. Ich zog gelbe Rosen, die an der Laube und dem Zaun emporkletterten. Es hätte Cora gefallen.

Ein Wagen kroch den Hügel herauf. Ich mußte länger an Grandmas Grab gestanden haben als mir bewußt war. Ich sprang in den Chrysler und rollte im Leerlauf hinunter Richtung Stadt. Heute war der Tag, an dem Foster Adams dem Vorstand von Chesapeake-Potomac meinen Kreditantrag vorlegen würde. Als ich auf den Parkplatz des *Clarion* fuhr, wurde mir klar, daß ich meine Vorfahren besucht haben mußte, um sie um Hilfe zu bitten. Ich weiß, ich bin nicht blutsverwandt mit ihnen, wenn man es in bezug auf Vorfahren ganz genau nehmen will, aber ich glaube nicht, daß das den Geistern von Dad oder Cora etwas ausmacht. Es hat ihnen jedenfalls nichts ausgemacht, als sie noch lebten.

Mutter joggte um den Platz. Sie trug einen ganz normalen Jogginganzug, wie mein alter grauer, bloß daß ihrer pink war, und sie hatte ein dunkelgrünes Handtuch um den Hals geschlungen. Hübsche Kombination. Goodyear watschelte hinter ihr drein. Ich ließ Lolly heraus, damit sie sich ihnen anschloß, und rief guten Morgen.

Die Hände an den Hüften, stand Charles neben mir und sah Mom zu. «Ewige Julia.»

«Wir zwei halten die Hersteller von Aminosäuren beschäftigt.»

«Nickel, hilft das Zeug?»

Ich zeigte auf Mom. «Brauchst du noch mehr Beweise? Bewegung, Schlaf, richtige Ernährung und Aminosäuren schlucken.»

Er schüttelte bewundernd den Kopf. «Wie ich höre, hat Ann dir von Morningside erzählt.»

«Von dir hätte ich es ja nie gehört.»

«Ich hab's vergessen. Sobald ich durch diese Tür trete, konzentriert sich mein Hirn auf die Zeitung. Das treibt die arme Ann zum Wahnsinn. Sie sagt, ich würde noch meinen Kopf vergessen, wenn er nicht auf meinen Schultern säße.»

«Habt ihr das Haus gefunden, als ihr letztes Mal in Palm Springs wart?»

«Na ja, wir haben uns umgesehen. Ich dachte nicht, daß wir es uns leisten könnten, aber das Haus ist einfach ein Traum. Es gibt sogar einen Knopf am Bett, damit man im Notfall Hilfe herbeirufen kann. Die Häuser sind ebenerdig. Wird schön sein für Ann, wenn sie keine Treppen mehr rauf und runter muß.»

Es würde schön sein für Charles, keine Treppen mehr rauf und runter zu müssen. Er war derjenige mit Arthritis.

«Ich hoffe, ihr beide werdet dort sehr glücklich sein.»

«He, schon wieder 'ne heiße Story!» Roger und Michelle kauerten vor einem kleinen Fernsehgerät neben dem AP-Fernschreiber.

Wir hasteten rechtzeitig hin, um Jim Bakker vom PTL-Club zurücktreten zu sehen. Tammy heulte sich die Augen aus dem Kopf, aber das tat sie ja immer. Sie sagte, sie wolle sich einen Job suchen, und meinte, sie würde gern in einer Arztpraxis arbeiten.

«Bestimmt bei einem Proktologen.»

Charles warf den Kopf zurück und lachte. Hin und wieder gelingt mir ein guter Witz.

Abgesehen von einem Anruf von Regina, die mir sagte, daß Diz und Jackson beschlossen hätten, ihr Tennismatch am Sonntag im Club auszutragen, war es ein ruhiger Tag, was beunruhigend war. Das ließ mir mehr Zeit, an morgen zu denken.

31

Der große Tag

Freitag, 24. April

Jackson und ich sprachen nicht viel auf dem Weg zu Fosters Büro. Wir sehnten uns nacheinander und waren beide wegen dieser Besprechung nervös.

In dem Moment, als wir durch die Tür zu Fosters Allerheiligstem traten, witterte ich Unrat. Foster sah jedenfalls niedergeschlagen aus. Nachdem wir uns gesetzt und Höflichkeiten ausgetauscht hatten, kam er zur Sache.

«Nickel, Chesapeake-Potomac meinten, du wärst ein etwas zu großes Risiko. Tut mir leid.»

«Kannst du mir den Grund für ihre Ablehnung sagen?»

«Du hast nicht genug Sicherheiten.»

«Trotz Charles' Hilfe?» Jacksons Stimme klang gereizt.

«Ja.» Foster kämpfte, aber womit, wußte ich noch nicht. «Ich erwarte nicht, daß ihr oder sonst jemand Sympathien für einen Bankier oder eine Bank habt. Aber es gibt ein paar Dinge zu bedenken, um diese Sache ins rechte Licht zu rücken. Wenn eine Bank eine eineinviertelprozentige Rendite vorweisen kann, ist das ein Superjahr. Weil wir das Geld haben, ist die Einstellung der Öffentlichkeit offenbar: ‹Nehmt sie aus, wo ihr könnt.› Wir erhalten einen miserablen Kreditantrag nach dem andern, und ich betone, daß dein Antrag nicht dazugehörte, aber er stand auf der Kippe. Bankiers sind von Haus aus konservativ, weil die Menschen konservativ sind, wenn es um ihr Geld geht. Man beachte die Formulierung ‹ihr Geld›. Doch wenn sie sich Geld leihen, ist es ‹das Geld der Bank›. Es tut mir schrecklich leid. Ich finde, du bist ein tragbares Risiko.»

Jackson legte seine Höflichkeit ab. «Was ist das für ein Gefühl, von Chesapeake-Potomac herumgeschubst zu werden wie ein Kassierer? Ich dachte immer, du wärst der Präsident dieser Bank.»

Foster war vor Überraschung sprachlos.

«Jackson, ich bin sicher, Foster hat getan, was er konnte.» Ich hatte ein Gefühl, als hätte man mir den Magen umgestülpt. Ich hätte mich fast übergeben, aber ich hatte heute morgen vergessen zu frühstücken.

«Danke, Nickel. Das stimmt.»

«Noch eine Frage.» Jackson war wie ein Hund, der an einem Knochen würgt. «Haben sie sich nach Nickels Familienstand erkundigt?»

Foster wurde wachsam. «Es wurde erwähnt.»

«Und wenn eine ledige Frau zufällig auch noch Lesbierin ist, dann gibt das, schätze ich, zusätzliche Minuspunkte, oder?»

«Das kam nicht zur Sprache. Ich versichere euch, daß davon nicht die Rede war.»

«Ach, hör auf, Foster. Das war gar nicht nötig. Jeder, der mit dreißig nicht verheiratet ist, ist heutzutage verdächtig.»

«Jack, dein Ton paßt mir nicht. Ich kenne dieses Mädchen, seit sie auf der Welt ist.»

Er meinte es nicht böse, als er mich ein Mädchen nannte. Für Foster war ich ein Mädchen, ich war ja so viel jünger als er.

«Und weiter?» bedrängte ihn Jackson.

«Ich habe mich für ihren Charakter verbürgt. Du hast mir eine Frage gestellt und ich habe dir die Wahrheit gesagt. Ich möchte nicht, daß du auf den Gedanken kommst, du könntest Chesapeake-Potomac verklagen, weil Nickel ein Kredit verweigert wurde. Ja, eine unverheiratete Frau zu sein ist ein Nachteil. In der besten aller möglichen Welten wäre es kein Nachteil, aber heutzutage ist es einer. Ich weiß nicht, ob sie den

Kredit bekommen hätte, wenn sie ein Mann wäre. So wie es stand, war es kippelig.»

«Aber sie hätte eine größere Chance gehabt.» Jack hob die Stimme.

«Ja, verdammt noch mal, ja! Und was soll ich da machen? Diese Dinge scheinen nicht besonders wichtig, bis sie jemanden verletzen, an dem einem liegt. Ich habe nie darüber nachgedacht. Himmel, Jack, als ich aufwuchs, gab es hier weit und breit keine Geschäftsfrauen außer Celeste, und die war ihr eigenes Gesetz. Mir tut die ganze Sache schrecklich leid.»

Foster war nicht der Typ, der frisch von der Leber weg sprach. Von den Anstrengungen war er erschöpft. Er griff nach dem Taschentuch in seiner Brusttasche und wischte sich die Stirn.

«Foster, ich danke dir, daß du dich für mich eingesetzt hast.»

«Sei nicht so entgegenkommend und nett», fauchte Jackson mich an. «Es gibt eine kommunale Reinvestitionsvorschrift, und der *Clarion* erfüllt die Voraussetzungen. Die Banken, die das Geld aus den Gemeinden herausziehen, sind per Gesetz verpflichtet, einen bestimmten Anteil zurückzustellen, um die lokale Wirtschaft anzukurbeln. Ich werde einen Weg finden, weil der *Clarion* einfach zu dir gehört!»

Fosters Stimme war schwer. «Du kannst es drehen und wenden wie du willst, Jack. Chesapeake-Potomac werden ihr das Geld nicht geben. Denen ist es egal, was in Runnymede passiert. Sie tun nur das Minimum, um der Reinvestitionsvorschrift zu genügen.»

«Genau das bekämpfen wir ja», sagte ich. «Darum wollen wir nicht, daß die Thurston-Gruppe oder Mid-Atlantic Holding Shares den *Clarion* bekommen, denn wird die Zeitung erst einmal der Kontrolle der Gemeinde entzogen, dient sie der Gemeinde nicht mehr so gut.»

«Ich verstehe das», sagte Foster.

«Von wegen, denn wenn du wirklich die Runnymede Bank and Trust leiten würdest, bekäme Nickel den *Clarion*. Wir werden von Mammutkonzernen verschlungen, die unsere Gesichter nicht sehen, unsere Stimmen nicht hören, uns nicht auf der Straße begegnen. Die Menschen müssen sich wehren.» Jack stand auf.

«Jack, komm.» Ich zog ihn am Ärmel. «Foster, ich bin dir nicht böse.»

Als wir uns über den Platz schleppten, graute mir davor, es der Truppe sagen zu müssen. In diesem Augenblick war mein Leben ein Kartoffelchip im Schlund großer Gesellschaften. Gestern hatte mich meine hiesige Versicherungsgesellschaft angerufen, Richards, Hilton and Richards, um mir zu sagen, daß sie meinen Anspruch wegen des Jeeps an die falsche Gesellschaft weitergeleitet hatten, an Maryland Accident Protection. Für die Bearbeitung war aber die Riesenfirma First Eagle Insurance zuständig. Die Eagle-Dame rief an und quetschte mich aus. Herrje, man hätte glauben können, ich hätte mir den Jeep absichtlich klauen lassen. Sie deutete dunkel an, ich hätte keinerlei Reparaturen in Auftrag geben sollen, aber ich hatte natürlich getan, was der Sachbearbeiter der Maryland Accident Protection mir gesagt hatte. Eagle hatte mittlerweile zwei Jahrzehnte lang Versicherungsbeiträge von mir kassiert, und ich hatte sie bis jetzt nicht ein einziges Mal für irgend etwas beansprucht. Was war es für ein Unterschied, ob es sich um Eagle oder Chesapeake-Potomac handelte? Sie wollten mich ausnehmen. Für sie waren wir wandelnde Portemonnaies, die es zu leeren galt. Ich war in diesem Moment von tiefem Haß erfüllt.

Jackson verließ mich an der Treppe zum *Clarion*. Er war genauso niedergeschlagen wie ich.

«Nickel, gib nicht auf. Es muß einen Weg geben.»

«Ich weiß nicht, Liebster. Laß mich das erst mal verdauen, und wenn wir in einem Rechtsstreit eine Chance haben, werde ich darüber nachdenken. Ich denke nur, sobald man ein Problem dem Rechtssystem überantwortet, verdreifacht man es.»

«Darin kann ich dir nicht widersprechen.» Er gab mir einen

Kuß auf die Wange, einen formellen Kuß, aber er versengte mir die Haut.

Ich ging direkt in Charles' Büro und erzählte ihm alles. Ich sagte, wenn er verkaufte, könne er die Zeitung ebensogut Diz Rife geben, denn lieber dem Teufel, den man kennt, als dem Teufel, den man nicht kennt, was nicht heißen sollte, daß Diz selber ein Teufel war. Als ich ging, griff Charles zum Telefon. Das konnte ich ihm nicht verdenken. Er mußte seine eigenen Interessen wahren.

Als ich zu meinem Schreibtisch kam, winselte Lolly. Sie konnte meine Stimmung lesen wie eine Wettervorhersage.

«Steht's schlecht?» fragte Michelle.

Ich nickte.

John stand auf. «Jetzt oder später, das bleibt sich gleich. Ich kündige. Hab einen Job bei *National Geographic*. Ich denke, ich sag's Charles.» Er pflanzte sich vor mir auf. «Nick, ich rechne's dir hoch an, daß du's versucht hast. Vielleicht ist es auch für dich an der Zeit, hier wegzugehen.» Er klopfte leise an die Tür von Charles' Büro und ging hinein.

Roger zerbrach einen Bleistift.

«He, das ist kein Begräbnis. Charles wird um eure Jobs kämpfen.»

«Wir wollten, daß du ihn kriegst», sagte Michelle.

Binnen Minuten verbreitete sich die Nachricht im Betrieb. Arnie und Hans kamen heraus, um es sich bestätigen zu lassen. Arnie ging sprachlos zur Druckerpresse zurück. Ich folgte ihm. Als ich bei der großen Presse anlangte, die schwieg, weil uns für heute das Papier ausgegangen war, hatte Arnie die Hände gegen den Papiereinzug gestemmt. Er weinte.

Ich ging auf Zehenspitzen zu ihm und legte meinen Arm um ihn. «Es heißt, alles Gute hat ein Ende.»

Er schluchzte. «Die werden mein Baby verschrotten. Sie werden uns feuern.»

Tränen traten mir in die Augen. Ich tätschelte die schlafende Maschine. Ich liebte sie auch. «Ich schätze, ja.»

«Dir kann nicht viel passieren.»

«Wenn du gehst, geh ich auch. Ein Haufen verdammter Computer und eine Gehaltserhöhung sind mir nicht genug. Das hier ist die Zeitung. Wir sind die Zeitung.»

Er wischte sich die Augen, und ich wischte mir meine. Hans hatte ebenfalls feuchte Augen, und die anderen Jungens aus dem Anbau standen sprachlos vor Kummer da.

«He, laßt uns Isaacs Zigarre rauchen.» Wieso mir gerade das einfiel, weiß ich bis heute nicht.

Wir marschierten in die Redaktion. Ich zog meine Schublade auf und nahm das kleine Taschenmesser, das mein Dad mir geschenkt hatte, als ich im sechsten Schuljahr war. Ich schnitt das Ende der Zigarre ab und zündete sie an. Wir ließen sie herumgehen wie eine Friedenspfeife. Sogar Michelle tat einen Zug.

Dann brachte Arnie eine volle Flasche Johnnie Walker Black zum Vorschein. Ich trinke nicht, aber ich nahm einen Schluck. Wir weinten und tranken und rauchten und sangen, und einer nach dem anderen schlichen wir davon. John vertrug mehr als alle anderen. Zwei Drinks, und ich war nicht mehr zu gebrauchen. Roger hatte Schluckauf. Michelle trank zu aller Überraschung Hans unter den Tisch. Sogar Charles war benebelt.

Ich wankte am Abend zum Bingo. Wenn Lolly und Pewter nicht bei mir gewesen wären, bin ich nicht sicher, ob ich den Weg zu St. Rose gefunden hätte. Ich kaufte eine Karte, setzte mich neben Mr. Pierre, der mißtrauisch schnupperte, und Mutter erzählt, daß mein Kopf auf die Karte schlug. Jemand brachte mich nach Hause. Ich erinnere mich an nichts, dabei sagt Mutter, daß sogar Peepbean Mitleid hatte, als ich stöhnte, daß der Kredit abgelehnt sei, bevor ich zusammensackte. Man stelle sich vor, Peepbean und Mitleid.

32

Den Teufel durch den Beelzebub austreiben

Samstag, 25. April

Mein Mund fühlte sich an wie Watte, in meinem Kopf klopfte es und in meiner Küche war ein Einbrecher. Ich hievte mich aus dem Bett, wobei ich Pewter aufstörte, die neben mir auf dem Kissen schlief. Es war acht Uhr morgens, spät für mich. Ich blieb oben an der Treppe stehen und spitzte die Ohren. Eindeutig, in meiner Küche war jemand. Ich konnte nicht verstehen, warum Lolly nicht gebellt hatte.

Klick, klick, klick tappten ihre Pfoten unten über den Fußboden. Eine zweite Serie von Klicks dröhnte in meinen Ohren. Wenn ich meinen Hund rief, würde der Dieb wissen, daß ich wach war. Ich wußte nicht, was ich tun sollte, deshalb hastete ich zum Klo und übergab mich. Warum tranken Menschen, wenn das hier die Folge war? Nach dieser Erleichterung fühlte ich mich ein bißchen wiederhergestellt, obwohl mein Kopfweh unvermindert anhielt, aber wenigstens fühlte es sich nicht wie Migräne an. Dies war ein neuartiges Kopfweh.

Ich ging auf Zehenspitzen zur Treppe zurück, und langsam, einen vorsichtigen Schritt nach dem andern, schlich ich hinunter. Plötzlich kam Lolly Mabel um die Ecke gesaust. Chow-Chows grinsen viel, und Lollys faltiges rotes Gesicht verzeichnete pure Freude, weil sie mich sah und weil sie gejagt wurde, denn Goodyear folgte ihr auf dem Fuß. Ich war erleichtert und setzte mich auf die Treppe. Lolly schleckte mich ab. Auch Goodyear gab mir einen Kuß.

Mutter stand mitten in der Küche über den großen Fleischerblock gebeugt. «Du siehst aus wie durch die Mangel gedreht.»

Ich stöhnte. «Du hast ein wahrhaft mütterliches Herz.»

«Und 'ne Menge Leber obendrein. Hier, trink das.» Sie reichte mir ein übelriechendes Gebräu.

«Was ist da drin?»

«Hab Vertrauen zu deiner alten Mutter. Es wird dein Leiden kurieren.»

Ich stürzte es hinunter. Meine Kehle fing Feuer. Meine Augen tränten. Meine Hände zitterten, und Mutter riß mir das Glas aus der Hand, bevor ich es fallen lassen konnte. Sie stemmte mir den Mund auf, sobald ich zu zittern aufhörte, und schüttete schwarzen Kaffee hinein. Mein Körper war so angegriffen, daß ich nicht mal mehr kotzen konnte. Nach ungefähr fünf Minuten entschied ich, daß ich überleben würde. Pewter, auf dem Fleischerblock, schnurrte mich an.

«Na?» erkundigte sich Mutter.

«Sehr wirksam.»

«Setz dich hin. Ich werde dich füttern.»

«Nein. Ich kann nicht. Unmöglich.»

«Dein Blutzucker ist auf Null. Du mußt was essen. Bis Mittag bist du wieder du selbst.» Sie zog meine gußeiserne Bratpfanne hervor.

Eine kleine Nische mit einem Erkerfenster ging auf die Wiesen im Westen hinaus. Dort verzehrte ich mein Frühstück und mein Abendessen, wenn ich zum Abendessen zu Hause war. Im großen Eßzimmer stand Grandmas Eßtisch, aber ich wette, daß ich das Zimmer weniger als fünfmal im Jahr benutze. Ich lebe in der Küche, aber ich glaube, das tun alle. Ich stützte den Kopf auf die Hand und sah auf die Wiesen hinaus. Meine rosa und weißen Azaleen blühten am Rand des Hofs, und vor dem Wald, am Ende der Wiese, konnte ich rosa und weißen Hartriegel in voller Blüte sehen. Die ganze Welt war rosa und weiß. Sogar meine Zunge war rosa und weiß.

Lolly und Goodyear kamen wieder in die Küche gefegt. Diesmal jagte Lolly Goodyear.

«Schluß jetzt, Kinder», warnte Mutter sie, «bremst euch oder es gibt keine Leckerei.»

Die Hunde erkannten das Wort «lecker», und die engelgleichen Mienen, die auf den pelzigen Gesichtern erschienen, brachten mich zum Lachen, worauf mir wieder der Kopf weh tat.

«Oh.» Ich bettete meinen Kopf in meine Hände.

«Versuch, nicht dran zu denken und nimm das hier.» Mutter warf mir zwei B. C.-Pulver zu.

B. C.-Pulver, in Memphis hergestellt, sind ein Allheilmittel der Südstaatler. B. C. kuriert Kopfschmerzen, Arthritis, Neuralgie, Rheumatismus, vielleicht sogar schlechte Laune. Dieses Wundermittel hat nur einen Nachteil. Es schmeckt ausgesprochen gräßlich. Man kann es in Pillenform schlucken wie Aspirin, aber das ist was für Schlappschwänze. Wenn man will, daß einem der Wirkstoff mit Karacho in den Blutkreislauf fährt, nimmt man das Pulverbriefchen, kippt es sich in den Rachen und trinkt dann, was gerade zur Hand ist, so schnell man kann.

Ich holte mir eine Cola, stellte mich fest auf meine Füße, kippte die zwei Briefchen B. C.-Pulver hinunter und leerte die Cola in einem Zug.

Ich setzte mich mit einem Plumps hin. «Ich hab so viel Flüssigkeit in mir, daß sich mein Magen mit den Gezeiten heben und senken wird.»

«Keine Bange, der Kaffee und die Cola sind im Nu durch dich durch.»

Sie briet ein paar Eier, und als die Butter in der Pfanne brutzelte, sah sie aus dem großen Küchenfenster.

«Oh, nein.»

«Was?» Ich hätte nicht zu fragen brauchen, denn ich hörte das Quietschen draußen.

Die Hunde bellten.

«Genug jetzt», sagte Mutter.

Goodyear hörte auf, aber Lolly nicht.

«Lolly, ich ertrag das nicht.» Lolly drehte sich um und studierte meinen Gesichtsausdruck. Sie beschloß, statt dessen zu knurren.

Mit einer Stimme, die Tote hätte erwecken können, steckte Tante Wheezie den Kopf durch die Hintertür: «Huuhuu.»

«Wir sind in der Küche», erwiderte Mutter.

Louise trampelte durch den Vorraum neben der Küche. Sie platzte fröhlich zu uns herein, bereit, mein Los auf ihr Kommando zu verbessern. Sie trug eine Tüte mit Lebensmitteln im Arm.

«Das wird dich kurieren.» Sie stellte die Lebensmittel auf den Fleischerblock.

Pewter steckte den Kopf in die Tüte, was Tante Wheezie veranlaßte, sie schnell auszupacken und die Tüte auf den Boden zu werfen. Pewter sprang vom Fleischerblock – der Bums war ohrenbetäubend – und schoß in die Tüte. Ihr Rumoren darin hörte sich an wie Salven aus einem defekten Maschinengewehr.

«Pewter, laß dich von Mommie mit Katzenminze bestechen.»

«Setz dich. Ich mach das.» Mutter holte etwas frische Katzenminze aus der Vorratskammer, wo sie in einer blanken Keksdose verwahrt wurde.

Pewter ließ von der Tüte ab und fiel über die Katzenminze her. Sie rollte mit den Augen und gab sich ganz der Wonne hin.

«Besser leben durch Chemie.» Ich lachte. «Katzendrogen.»

«Hier.» Mutter stellte einen Teller vor mich hin.

Sie stellte auch einen für sich und einen für Tante Wheezie hin, und wir aßen ein friedliches Frühstück. Wheezie verbot mir, den Tisch abzuräumen. Das besorgte sie. Mutter spülte. Wheezie trocknete ab, und ich fühlte mich schon viel besser.

«Hat die Eagle-Versicherung versucht, dich übers Ohr zu hauen?» fragte Mutter.

«Ja. Gibt wieder Arbeit für Jackson.»

«Da bezahlt man diesen Leuten im Laufe der Jahre Tausende von Dollars, und wenn man sie einmal braucht, tun sie alles, um sich vor der Verantwortung zu drücken.» Louise schnappte sich das Geschirrtuch.

«Und wir müssen uns damit abfinden, weil eine von diesen Gesellschaften so übel ist wie die andere», ergänzte Mutter.

«Man kann ja nicht mal mehr den Wagen kaufen, den man will. Wo liegt da der Unterschied, ob es um Versicherungen geht oder um Autos oder Abführmittel wie Rohrfrei.»

«Abflußreiniger», verbesserte ich sie.

«Nein, ich meine Abführmittel.»

«Also Darmol, nicht Rohrfrei.» Ich lächelte.

«Was Rohrfrei da drin wohl anrichten würde?» Mutter planschte im Wasser herum. «Rohrfrei hilft gewaltig bei der Peristaltik.»

«Erinnert ihr euch an den Packard?» Louise machte ein verträumtes Gesicht. «Das war ein Auto. So was baut man heute gar nicht mehr.»

«*Man* baut sowieso nicht mehr. Das machen Roboter», sagte ich.

«Rolls-Royces und Bentleys werden noch von Menschen hergestellt, Menschen, die keine Angst haben, Verantwortung für den Wagen zu übernehmen. Das hab ich gelesen.» Mutter zog den Stöpsel und das Wasser strudelte in den Abfluß.

Wenn wir in Neuseeland lebten, würde es in die entgegengesetzte Richtung strudeln. Sollte ich jemals Neuseeland oder Australien besuchen, würde ich vermutlich endlos viel Zeit damit verbringen, in Abflüsse und Toiletten zu glotzen. Die Einheimischen müßten glauben, eklige Flüssigkeiten würden eine seltsame Anziehungskraft auf mich ausüben.

«Ich würde gern einen tollen Wagen haben und ihn für den Rest meines Lebens behalten.» Ich sah wieder auf den herrlichen Hartriegel hinaus.

«Ich auch», sagte Mutter.

«Überleg mal. Wenn du einen Bentley Turbo für 12000 Dollar kaufst und ihn 30 Jahre fährst – und ich glaube, daß ich noch 30 Jahre lebe, wenn ich nicht noch einmal so eine Nacht habe wie gestern –, dann macht das 4000 Dollar im Jahr für den Wagen. Wenn ich noch 40 Jahre lebe, macht das – laß mich einen Moment nachdenken –, das macht 3000 Dollar im Jahr. Soviel kostet dich allein der Unterhalt einer amerikanischen Schrottkiste, dazu kommt die Anschaffung all der billigen Autos, die wir im Leben aufbrauchen. Es ist wirtschaftlicher, den Bentley zu kaufen.»

«Erst mal mußt du das Geld dafür aufbringen.» Mutter trocknete sich die Hände ab. «Das fuchst mich so an den Reichen. Sie können es sich leisten, Qualität zu kaufen, also kriegen sie Dollar für Dollar mehr für ihr Geld als wir.»

«Ich hab den besten Fang gemacht.» Louise setzte sich mir gegenüber. «Mein Bester wußte, was er tat.»

«Ja, aber es ist kein Bentley, Wheezie.» Mutter setzte sich auch.

«Was verstehst du schon von Autos?»

«Ich versteh eine Menge von Autos.»

«Oh! Chessy hat dich nicht mal mehr in die Nähe seines Wagens gelassen, nach deiner ersten Fahrstunde hier, direkt vor diesem Haus. Sie ist in die Veranda gekracht, Nickel. Das Klavier ist von der Veranda gerutscht. Momma hat das Klavier im Sommer immer auf die Veranda gestellt. Fannie Jump Creighton ist aufs Dach geklettert, am Pfosten hoch. Die Leute flohen von der Veranda wie Ratten von einem sinkenden Schiff.»

«Du übertreibst.»

«Überhaupt nicht! Du hast mich fast umgebracht.»

«Fordere mich nicht heraus, Wheeze.» Mutter wackelte mit dem Fuß.

Ich saß eingeklemmt zwischen den beiden Böcken, auf denen die Tischplatte lag, und konnte nicht weg.

«Na ja, dein Geschichtsbewußtsein paßt anscheinend zu dir.» Louise rümpfte die Nase. «Aber von Autos verstehst du nicht die Bohne. Du drehst den Zündschlüssel rum und dann fertig.»

«Ich erinnere mich, Ev Mosts Vater hatte einen Rochester Steam Runabout», sagte Mom.

Ev Most war immer Mutters beste Freundin gewesen, seit ihrer Kindheit. Sie war 1978 nach langer Krankheit gestorben, und seitdem hatte Mutter sich enger an mich angeschlossen. Evs Großvater hatte das Yankee-Rathaus gebaut. Die Mosts haben viel für unsere Stadt getan, doch leider zog ihr Sohn in die Stadt, so daß in Runnymede kein Most mehr übrig war.

«Dampfmaschinen waren gut. Ich weiß nicht, warum die sich nicht durchgesetzt haben. Es gab einen Hudson Steamer, und dann den Stanley Steamer. Den kennt jeder.»

«Ich wette was.»

«Was?» Louise ließ sich ködern.

«Laß die Dampfmaschinen beiseite. Ich wette, ich kann mehr Autos aufzählen, die nicht mehr fabriziert werden, als du.»

«Die Wette ist leicht. Ford Modell T. Ford Modell A», zirpte Louise, dann hielt sie inne. «Worum wetten wir?»

«Um die Fahrt zum Orioles-Spiel.»

«Das gilt nicht. Du magst Baseball lieber als ich, und die Karten hast du sowieso schon. Laß uns um einen Geschenkgutschein wetten über –» sie überlegte – «50 Dollar bei Young Sophisticates.»

Young Sophisticates lag am Emmitsburg Pike und war auf Kleidung spezialisiert, die sich gut in Gegenden macht, wo die Bevölkerung überwiegend zur weißen protestantischen Oberschicht gehört.

«Du solltest zu Old Sophisticates gehen», sagte Mutter.

«Werd bloß nicht frech, und glaub ja nicht, du kannst mich irreführen, indem du so gemein bist, Schwesterherz. Entweder du nimmst die Wette an oder du läßt es bleiben.»

«Ich nehme sie an.» Mutter langte über den Tisch und schüttelte Louises Hand.

«Wäre es nicht einfacher, wenn ihr nicht verschiedene Modelle derselben Marke nennen dürftet? Zum Beispiel Ford Modell A und Modell T, Cadillac Fleetwood und Osceola», sagte ich.

«Es hat nie einen Cadillac Osceola gegeben.» Louise klang überheblich.

«Doch», sagte Mutter, «1905. Ich wußte, daß du dieses Spiel nicht gewinnst.»

«Wir haben noch gar nicht angefangen!» blaffte Louise.

«Akzeptiert ihr beide die Bedingungen?» Ich blieb beharrlich. «Keine Modelle, nur Markennamen, und die Autos darf es heute micht mehr geben.»

Sie nickten einmütig.

«Wie viele Chancen hab ich?» wollte Louise wissen.

«Wir machen, bis uns nichts mehr einfällt. Die Reihenfolge spielt keine Rolle.»

Ich übernahm die Aufgabe des Schiedsrichters. «Nein, das spielt überhaupt keine Rolle. Ich habe zufällig einen Vierteldollar in der Tasche. Ich werf ihn hoch, Tante Wheezie, und du rufst, wenn er in der Luft ist. Wenn du die richtige Seite erwischst, fängst du an. Okay?»

«Okay.» Wheezies Gesicht glänzte vor Aufregung. Ich warf die Münze hoch.

«Kopf!»

Kopf stimmte, und Tante Louise war am Zug.

Sie kostete den Augenblick aus, indem sie einen Schluck Kaffee trank. «Ich bin soweit. Nickel, schreib auf.»

Bleistifte und Notizblöcke lagen bei mir im ganzen Haus herum. Ein gelber Schreibblock lag auf der Fensterbank. Ich griff ihn mir, spitzte den Bleistift und sagte: «Los.»

«Morris Electric –»

«Das ist nicht fair!»

«Wir waren uns einig, keine Dampfmaschinen. Von Elektroautos haben wir nichts gesagt.» Louise grinste wie die berühmte Cheshirekatze aus dem Wunderland.

«Mutter», mischte ich mich ein, «es gibt so wenige Elektroautos, daß dir, glaube ich, nichts passieren kann.»

Mutter wollte nichts davon wissen. «Woher weißt du das?»

«Es ist so eine Ahnung.»

«Ich sage, es gilt nicht.»

Louise lehnte sich auf ihrem Stuhl zurück. Ihr Gesicht zeigte eine überlegene Miene. «Ich wußte, daß du kneifen würdest. Ich versteh mehr von Autos als du.»

«Quatsch. Ich schenk dir deine ollen Elektroautos. Mach weiter, Großmaul.»

Wheezie nickte mir zu und begann von vorn. «Nash, Rambler, DeSoto, Kaiser, Hudson und, hm, der Wagen, den dieser arme Mann erfand, den sie in den Bankrott getrieben haben.» Sie legte ihren Finger an ihre Schläfe. «Ich weiß, Tucker. Und LaSalle.»

Ein langes Schweigen folgte.

«Geht dir der Sprit aus?» Mutter feixte. «Denk du nur weiter nach. Jetzt bin ich dran.»

«Ich hab den Münzwurf gewonnen.»

«Ja, aber du brauchst zu lange. Ich bin dran.»

«Tante Wheezie, du warst minutenlang still.»

«Ist das zu glauben?» frotzelte Mutter. «Das letzte an Wheezie, was stirbt, wird ihr Mund sein.»

«Das sagst du immer. Sei doch mal originell.» Louise machte ein wütendes Gesicht.

«Ich bin dran.» Mutter holte Luft und rasselte die Namen herunter. «Pierce-Arrow, Willys Jeepster, Studebaker, Packard –»

«Den hab ich gesagt!» Louise triumphierte.

«Du hast es am Spülbecken gesagt. Du hast es nicht in der Wette gesagt.»

«Du Schluderluder!»

«Woher hast du das, Tante Wheezie?»

Sie hob eine Schulter. «Hab mitgehört, wie Ursula Yosts Tochter Tiffany das bei *Mojo's* gesagt hat. Und ich sage, Packard ist mein Punkt.»

«Du hast ihn nicht während der Wette genannt. Tut mir leid», sagte ich.

«Du hältst zu ihr. Ihr zwei verbündet euch gegen mich!»

«Tu ich nicht!»

«Warum nicht?» Jetzt wandte Mutter sich gegen mich.

«Ich spiele nicht den Schiedsrichter, wenn ihr euch so benehmt. Ich habe eine Regel aufgestellt, die ich für unparteiisch halte.»

Sie starrten sich an.

«Da Julia Zeit verschwendet, laß mich weitermachen.»

«Ich bin noch nicht fertig. Wir mußten einen Streit schlichten. Spiel dich nicht auf.»

«Nur zu, bitte sehr! Weißt vermutlich sowieso bloß noch zwei Autos, und ich weiß hundert. Hunderte.» Bei «Hunderte» hob sie die Stimme.

«Opel.» Mutter biß die Zähne zusammen.

Ich hob die Hand. «Wird noch hergestellt.»

«Nein, wird er nicht. Der Opel Admiral war ein altes Auto.»

«Mom, es fährt heute noch ein Wagen auf der Straße, der Opel heißt.»

«Das ist nicht dieselbe Firma.»

«Sie wurde aufgekauft, Juts, aber das spielt keine Rolle, weil es den Namen noch gibt. Ich bin jetzt dran. Du hältst zur Strafe den Mund.» Louise faltete die Hände. «Reo Flying Cloud. Wetten, an den erinnerst du dich nicht. In den zwanziger Jahren.»

«Den wollte ich als nächstes sagen.»

«Pech gehabt.» Louise fuhr fort: «Cord.»

«Auburn!» rief Mutter.

Ich schrieb ihren Beitrag auf, warnte sie jedoch: «Tante Wheezie hat das Wort.»

«Danke, Nickel.» Wheezie machte weiter. «Duesenberg.»

«Das ist kein amerikanischer Wagen», sagte Mutter.

«Wer hat was von amerikanischen Wagen gesagt? Außerdem ist es ein amerikanischer Wagen.» Louise hob ihre Hände gen Himmel.

«Wir werden den ganzen Tag hier sitzen. Erinnerst du dich an Celestes Hispano-Suiza und den riesigen Graf Sowieso von den alten Rife-Schwestern? Halten wir uns lieber an amerikanische Wagen. Bugatti. Ha, ich hab mal Anfang der dreißiger Jahre einen in Baltimore gesehen.»

«Ich stimme dir zu, Julia, wegen der Zeit, aber ich möchte klarstellen, wenn wir ausländische Wagen dazunähmen, würde ich trotzdem gewinnen.»

«O lala!» Mom warf den Kopf zurück.

«Aufschreiben!» befahl Louise. «Essex Four.»

Danach folgte eine kurze Pause, und sie zog die Augenbrauen zusammen.

«Ich mach weiter.» Mom legte los. «Stutz Bearcat. Franklin – davon gab's jede Menge, als ich ein Kind war. Saxon und der kleine Imp.»

«Der zählt nicht. Das war ein Dreirad.»

«Zähl ihn mit.» Mutter drückte mir den Bleistift in die Hand. «Wir haben kein Wort davon gesagt, wieviel Räder das Auto haben muß.»

«Maxwell und Brewster», rief Louise.

Nun hing ein tiefes Schweigen im Raum. Beide strengten sich an.

«Oakland», sagte Mom.

Wieder ein langes Schweigen.

Diesmal brach es Louise. «White. Und Peerless.»

«Verdammt», murmelte Mutter vor sich hin.

Erneutes Schweigen.

Mutter sprang auf. «Columbia.»

Louise schoß los: «Henry J und Frazer Manhattan. Ich hab gewonnen!»

Während des nächsten langen Schweigens zählte ich die Autos zusammen.

Louise sprach wieder. «Ich hab gewonnen, Julia.»

«Aber ich weiß, es gab noch mehr Autos.»

«Na und? Sie fallen dir nicht ein. Ich hab dir ja gesagt, ich versteh mehr von Autos als du. Aber du glaubst mir ja nie. Du denkst, du weißt alles.»

«Ach, halt's Maul.» Mutter wollte sich verzweifelt an weitere Autos erinnern. Ihr fiel keines mehr ein.

«Mutter, gibst du dich geschlagen?»

«Noch nicht.»

«Juts, gib auf. Ich hab offen und ehrlich gewonnen.»

Mom schnappte sich den Block. Louises Spalte war länger als ihre. «Du hast gewonnen», murrte sie.

«Gib mir meine 50 Dollar.»

«Ich hab nicht so viel Geld bei mir. Ich schreib dir Montag einen Scheck.»

«Bar. Du könntest so gemein werden und den Scheck sperren lassen.»

«Wheeze, ich frag mich, was in deinem Kopf vorgeht. So was würde mir nie einfallen.»

«O lala.» Louise äffte Mutter nach.

«Bar. Montag.» Mutter haßte es, bei irgendwas zu verlieren.

«Schön. Verdientes Geld ist gut, aber gewonnenes Geld ist süß. Und, Julia, was ich dir noch sagen wollte, diese Schaumgummieinlagen sehen schrecklich aus. Du kannst vielleicht Ed Tutweiler Walters damit täuschen, aber sonst fällt bestimmt niemand drauf rein.»

«Halt dich zurück.»

«Du hast dich an ihn geklammert wie ein Neunauge. Ich nehme an, mit dem Busen zu wackeln gilt in gewissen Kreisen als sexy.»

«Willst du deine 50 Dollar oder nicht?»

«Ich versuch dir doch bloß zu helfen. Anscheinend macht Schaden nicht alle Leute klug, und du hattest ja jede Menge.»

«Was soll das heißen?»

Ich suchte den Horizont nach einem Fluchtweg aus der Nische ab.

«Ach – nichts.»

«Was für Schaden?»

Ich bewunderte meine hängenden Farne. Ich liebe Farne. Ihre Struppigkeit erinnert mich an unfest konstruierte Pseudokomposita, und ich liebe unfest konstruierte Pseudokomposita, weil sie mich zum Lachen bringen.

«Ich erinnere mich, Julia, daß du 1960 auf Vernas Party einen aufblasbaren BH anhattest.»

«Du hast mit meiner Anstecknadel reingepiekt.»

«Ein bloßes Versehen, aber man sollte meinen, du hättest gelernt, nicht mehr mit großen – Brüsten rumzuwatscheln.»

«Meine Damen, mir geht's hundertprozentig besser. Ich suhle mich geradezu in Geselligkeit. Wollen wir nicht nach draußen gehen?»

«Ich will nicht nach draußen gehen.» Louises Stimme fiel auf eine tiefe Altlage herunter.

«Aber ich.» Mutter sprang auf und sprintete in den Vorraum, ehe Louise protestieren konnte.

«Sie kann's nicht ertragen, zu verlieren. Sie weint sogar manchmal, alt wie sie ist», flüsterte Louise. «Sie läuft weg. Wenn sie hierbliebe, würde es einen großen Krach geben. So ein Baby.»

Eine Antwort hätte denselben Effekt gehabt wie der Transport von Nitroglycerin über einen Bergrücken. Ich lächelte matt und schoß selbst zur Tür hinaus. Die Hunde sausten mit mir nach draußen.

Mutter schlenderte an meinen Blumenbeeten entlang. Ich holte sie ein.

«Du hast hier draußen was getan.»

«Ja.»

Mutter blieb an meinem Tulpenbeet stehen. «Sie kann 'ne richtige Stänkerliese sein.»

«Achte nicht auf sie.»

«Gelingt dir das?»

«Hm, manchmal.»

In Grandmas Blumenkästen, geschrubbt und leuchtend, zeigten sich kleine Knospenspitzen, bereit, mich im Mai zu begrüßen.

«Es tut mir leid, daß du nie eine Schwester hattest – oder einen Bruder, egal. Sonst wüßtest du, was ich durchmachen muß.»

Mutter und Louise hatten zwei Brüder gehabt. Der eine war als Baby an spinaler Meningitis gestorben. Er war 1897 geboren. Der andere wurde als junger Mann bei einem Hausbau getötet. Er fiel vom Dach und starb an inneren Verletzungen.

«Ich denke nie darüber nach. Außerdem, wenn ich dich und Tante Wheezie sehe, bin ich eigentlich ganz froh, daß ich keine Schwester habe. Ihr streitet euch dauernd.»

Ein breites Grinsen ging über Mutters Gesicht. «Es gefällt mir, wie sie noch das Schlechteste aus mir herausholt.»

33

Jackson gegen Diz

Sonntag, 26. April

Vor uns tobte der Zweite Weltkrieg. Jackson und Diz handhabten ihre Tennisschläger wie Bazookas. Das Match hatte hochvornehm begonnen. Diz trug seine Fila-Montur und Jackson erschien in Tacchini. Im Tennis and Racquet Club von Süd-Runnymede herrscht Weiß vor, und trotz Farbklecksen waren beide Männer überwiegend in Weiß. Das Match wurde zudem auf Gras ausgetragen.

Zuerst dachten wir auf der Tribüne: Wieder eine klare Sache für Jackson. Er schlug Diz im ersten Satz. Der zweite Satz stand auf der Kippe, aber Jack konnte seinen Aufschlag durchbringen und siegte 6 : 4. Der dritte Satz, ein brutaler Tie-Break, ging an Diz. Der vierte Satz ging ebenfalls knapp an Diz. Im fünften Satz waren sie gleichauf.

Die Trainerstunden in Manhattan schienen sich gelohnt zu haben, denn Diz verkürzte die Ausholbewegung, um das Tempo auf dem Gras auszugleichen. Man hat keine Zeit für ein so elegantes Ausholmanöver wie auf Sand. Auch sein Aufschlag war viel besser geworden. Er kam direkt auf Jacksons Körper oder schlitterte in die äußere Ecke.

Regina, Mr. Pierre, Mom, Wheezie, Orrie, Georgette Bon-Bon und Max, ihr Freund, hockten auf der linken Seite der unüberdachten Tribüne. Liz und Portia Rife, Bill Falkenroth,

Kevin und George Spangler, Tinker Finster, Ursula Yost und Frances Finster saßen auf der rechten Seite der unüberdachten Tribüne. David Wheeler und seine Frau schlenderten nach ihrem Spiel herüber und setzten sich in die Mitte. Die Lager waren eindeutig abgegrenzt.

Während des Seitenwechsels beim 5:4 schnappten wir etwas von dem Wortwechsel zwischen Jackson und Diz auf. Ihre Unterhaltung schien nicht eben höflich.

Diz schlug auf und blieb dran. Enttäuschung zeichnete sich auf Jacksons Gesicht ab. Er war so daran gewöhnt, Diz vom Platz zu fegen, daß die Ausgewogenheit des Spiels ihn kränkte. Jackson, kräftig und gewitzt, kämpfte hart gegen den leichteren, aber schnelleren Mann. Diz nutzte den ganzen Platz aus und brachte Jackson aus dem Gleichgewicht, indem er seine Schläge variierte. Er knallte ein Vorhand-Topspin knapp vor die Aufschlaglinie, und nach Jacksons Return nahm er das Tempo aus dem Ball. Auch war er dem Lob nicht abgeneigt, dem entmutigendsten Schlag beim Tennis, wenn man ihn retournieren muß.

Als der fünfte Satz auf einen Tie-Break hinauslief, hielten wir auf der Tribüne alle gemeinsam den Atem an. Das hier kam einer Palastrevolution gleich. Keiner von uns konnte glauben, wie verbissen die Männer kämpften. Das war mehr als ein Tennismatch. Kein Geld würde am Ende den Besitzer wechseln. Keine Trophäe würde vergeben. Das Ergebnis würde nicht im *Clarion* erscheinen, ungeachtet der Tatsache, daß einer der Beteiligten demnächst der neue Eigentümer wurde. Der Ausgang erschütterte alle. Der Tie-Break, eine relativ neue Regel im Tennis, muß mit zwei Punkten gewonnen werden. Sie putschten sich gegenseitig bis 9:9 hoch, was für sich selbst sprach. Dann gab Jackson einen Aufschlag an Diz ab: Der lange Ballwechsel endete mit einer Rückhand von Diz, die er auf die Linie schmetterte, so daß die Kreide in einer weißen Fontäne aufspritzte. Nun schlug Diz auf, und er servierte ein As. Jackson hätte lügen und «Aus» sagen können, weil es ganz knapp war und es sehr leicht ist, zu mogeln, wenn man zu der Sorte Menschen gehört. Aber Jackson gehörte nicht dazu. Er stand wie angewurzelt auf dem Platz und starrte auf die Stelle. Keiner sprach ein Wort. Dann rief er: «Gut.» Er konnte sich noch immer nicht rühren.

Die Tribünen tobten, und Diz trabte ans Netz, glücklich über seinen Sieg. Er lehnte seinen Schläger ans Netz und wartete. Jackson schritt hinüber, um ihm die Hand zu schütteln. Das war soweit okay, aber Jack murmelte etwas, und Diz, Jacks Hand noch in der seinen, knallte ihm mit der linken Hand eins über den Schädel. Jack ließ seinen Schläger fallen, und im Nu boxten sie aufeinander los, das Netz zwischen sich, bis Jack über das Netz sprang und die zwei sich prügelten und im Gras wälzten wie ungezogene Jungen.

David Wheeler und Mr. Pierre rannten hin, um sie zu trennen, aber es gelang ihnen nicht. Schließlich rückten Max, Bill, Kevin und George zur Verstärkung an, und die Kontrahenten wurden auseinandergezerrt. Jack brüllte, daß Diz sich nicht damit zufriedengeben könne, der reichste Mann der Stadt zu sein, er müsse alles gewinnen. Diz entgegnete, Jack sei ein schlechter Verlierer und sei es immer gewesen und Jacks Tage als Runnymedes eitelster Fatzke seien vorbei.

Sie brauchten etwa fünf Minuten, um sich abzukühlen. Schließlich entließen die Männer Diz und Jack aus ihrem jeweiligen Griff. Jackson stelzte davon, sprang ins Auto und fuhr weg. Diz verzog sich in die Umkleidekabine.

«Ich bring dich nach Hause», sagte ich zu Regina, die hilflos und verlassen zurückgeblieben war.

«Ich will dir was sagen» – sie sah Jack nach, wie er davonbrauste – «laß uns drei Sätze Einzel spielen und dann Opfer für zwei Sätze Doppel finden. Vor Sonnenuntergang geh ich nicht nach Hause.»

«Hört sich gut an.»

Bei unseren drei Sätzen wurde uns abwechselnd kalt und heiß. Regina gewann den zweiten Satz und fing an, beim Spiel den Kopf zu gebrauchen. Ich durfte im dritten Satz nicht eine Minute nachlassen, sonst hätte sie ihn für sich entschieden.

«Hat Spaß gemacht.» Regina trocknete sich ab.

Ich ließ mich in einen Deckstuhl fallen und bestach einen Balljungen, mir eine Cola zu holen. Regina saß auf einer Bank. Diz ging zu ihr hinüber.

«Regina, ich hoffe, du bist nicht sauer auf mich. Ich meine, die Gefühle sind vorhin hochgeschwappt, und ich möchte mich entschuldigen.»

Sie wischte sich wieder übers Gesicht. «Das weiß ich.»

Er wandte sich an mich. «Ich hab die Zeitung gekauft.»

«Ich weiß.»

«Hast du's dir überlegt?»

«Bleibst du bei deinem Plan?»

«Ja. Das Bon Ton wird in einer Woche fertig sein. Das Verlegen der Leitungen nimmt die meiste Zeit in Anspruch. Ansonsten ist nicht viel zu tun, außer ein paar Trennwände einzuziehen.»

«Das bringt selbst Nils Nordness zustande.» Das hätte ich nicht sagen sollen.

«Ich halte auch nicht viel von seinem Laden, aber dies ist eine einfache Arbeit, und es ist gut, die hiesigen Geschäfte zu unterstützen. Also, was meinst du?»

«Danke – aber nein.»

«Du bist trotzdem meine Partnerin im Doppel, oder? Denk an unsere Abmachung.» Er klang enttäuscht, weil ich nicht beim *Clarion* bleiben wollte.

«Ich breche meine Versprechen nicht – und ich glaube, wir werden ein gutes Team abgeben.» Ich langte in mein Portemonnaie und gab ihm die 20 Dollar, um die ich vor Wochen mit ihm gewettet hatte.

«Das ist das schwerstverdiente Geld meines Lebens.» Er faltete den Schein zusammen und steckte ihn in seine Jackentasche. «Wollen die Damen es vielleicht jetzt versuchen?» Er warf den Kopf zurück. «Ich bin sicher, wir können Bill Falkenroth überreden, als Reginas Partner zu spielen.»

Regina stand auf und wölbte die Hände vor den Mund. «Bill Falkenroth, hier ist deine große Chance.»

Wir hatten so viel Spaß, daß wir vier Sätze spielten und keiner aufhören wollte, bis uns die Knie weich wurden.

Als ich Regina nach Hause fuhr, nahm ich den Umweg um die Stadt herum. Das grellgoldene Spätnachmittagslicht fiel schräg über die Asphaltstraße. Vor unseren Augen erhob sich die Natur in ihrer Pracht und neuen Kraft: Die meisten Bäume trugen jetzt ihre frischen, leuchtend grünen Blätter, das Gras war ein pulsierendes Smaragdgrün, und Rotdrosseln schwirrten zwischen den Schwalbenschwänzen umher. Dies war der Frühling aller Frühlinge, die Verklärung des Frühlings.

Seltsam, daß ich mich in meinem tiefen Kummer über den Verlust des *Clarion* – und er traf mich heute mit aller Macht, weil ich mich gestern auf meinen Kater konzentriert hatte – durch den Frühling verjüngt fühlte. Ich fühlte mich jung, stark und unbesiegbar. So berauschend ist die Natur, daß sie uns von der Künstlichkeit des Menschseins fortlocken und uns daran erinnern kann, daß wir Tiere sind. Die Bezwingung des Winters muß im Blut gefeiert werden. Das ist schließlich nach wie vor unser größter Sieg.

Regina und ich fuhren in dem frohen Schweigen alter Freundschaft dahin. Immer wenn mir Zweifel an der Existenz des Allmächtigen kommen, besinne ich mich, daß Gott mich durch meine Freunde geliebt hat.

34

Eine Sex-Story macht Wirbel im Clarion

Montag, 27. April

Als Frau ist man in vielerlei Hinsicht im Vorteil; einer der wichtigsten ist der, daß wir im Durchschnitt länger leben als die Männer. Meiner Ansicht nach wird dieser Vorteil alljährlich wieder aufgehoben, wenn ich die gynäkologische Untersuchung über mich ergehen lasse. Ich fühle mich, als wäre ich länger im Sattel gewesen als Prinzessin Anne. Wenigstens wärmt Trixie Shellenberger ihr Spekulum an.

Als ich mich wieder anzog, stellte sie die üblichen Fragen. Ich gab die üblichen Antworten, außer daß ich zugab, wegen meines nervösen Magens beunruhigt zu sein. Sie stellte auch ein paar Fragen nach meinen sexuellen Aktivitäten, und ich mochte nichts sagen. Ich fand ihr Verhalten seltsam. Sie war meine Ärztin, seit sie 1971 hier zu praktizieren begonnen hatte. Sie sollte mich gut genug kennen, um mich nicht mit solchen Sachen zu drangsalieren. Sie sagte, die Blutuntersuchung würde etwa eine Woche dauern, aber die anderen Testergebnisse lägen vermutlich Ende dieser Woche vor, und sie würde mich anrufen.

Ich mochte meine Ärztin. Ich mochte es nicht, wenn sie die Nadel in meinen Arm stach, um mir Blut abzuzapfen, aber davon abgesehen mochte ich sie. Daß sie eine Frühaufsteherin war, trug auch dazu bei.

Um halb neun kam ich aus ihrem Sprechzimmer im Ärztehaus gegenüber dem Bon Ton an der Hanover Street. Lolly, Pewter und ich zockelten zum Curl 'n Twirl hinüber, aber da war niemand. Darauf umrundete ich den Runnymede Square – sofern man einen eckigen Platz überhaupt umrunden kann – und landete auf der Treppe des *Clarion*. Die Morgensonne strich über die Westseite des Gebäudes. Ich beschloß, nach hinten zu dem großen Fenster zu gehen und der Presse zuzusehen. Arnie lief mit seiner weißen Kappe auf der Laufplanke auf und ab. Zeitungen rollten ordentlich von der Presse. Von dem Geräusch und dem Anblick gebannt, muß ich dort wohl zehn, fünfzehn Minuten gestanden haben. Ich bemerkte Mutter nicht, bis Goodyear angesprungen kam, um mich zu begrüßen – und das mit schmutzigen Pfoten. Pewter, ganz Katzenwürde, weigerte sich, Goodyear Platz zu machen. Goodyear verzichtete klugerweise darauf, um meine Füße herumzulaufen, wo Pewter sich trotzig postiert hatte.

Mom trat neben mich. «Weißt du noch, wie dein Daddy dich immer mit hierhergenommen hat?»

«Ja.»

«Er hat dich auf seine Schultern gesetzt und dir von den Schlagzeilen und den Nachrichten des Tages erzählt. Du dachtest, die Männer da drin seien Eisverkäufer, weil sie weiß angezogen waren. Jedesmal, wenn dein Dad dich hierherbrachte, mußte er mit dir zu *Mojo's* gehen und dir einen Eisbecher bestellen, weil du nicht darüber hinwegkommen konntest, daß es beim *Clarion* kein Eis gab.»

«Das hatte ich vergessen.»

«Weißt du noch, wie du deine eigene Zeitung gegründet und sie mit Buntstiften geschrieben hast?»

Das wußte ich noch. «Ich muß damals sechs gewesen sein.»

«Ich glaube, du bist schon mit dem Wunsch, bei einer Zeitung zu arbeiten, auf die Welt gekommen.»

«Das glaube ich auch.» Ich seufzte. Wie kann ein Mensch einen leblosen Gegenstand dermaßen lieben? Doch ich liebte diese Zeitung. «Manchmal frage ich mich, wie das mit Kindern ist. Du siehst die Kleinen an und weißt hundertprozentig, daß eine später Modedesignerin oder daß einer Rennfahrer oder ein anderer Tierarzt wird. Und dann gibt es wieder andere Kinder, genauso helle, die nie so recht wissen, was sie tun sollen. Verstehst du, was ich meine?»

Sie nickte. «Ich denke, du gehörst zu den glücklichen.»

«Ach, Mutter, im Moment bin ich nicht sehr glücklich.»

Sie legte ihren Arm um mich. «Manchmal wendet sich das Schlechte zum Guten.»

«Es steht ziemlich schlecht. Ich werde arbeitslos. Das einzige, was ich kann oder will, ist eine Zeitung leiten. Ich bin kein Kind mehr. Himmel, ich hab nicht mal ein Auto, und die Versicherung versucht, sich vor der Bezahlung für den Jeep zu drücken.»

«Hauptsache, du bist gesund.» Das war für Mom entscheidend.

«Da hast du recht. Ich schätze, ich sollte daran denken, wieviel Glück ich gehabt habe.»

«Die Rückzahlung der Hypothek für die Farm ist nicht so hoch. Wenn du keine Arbeit findest, kannst du dich immer mit irgendwas über Wasser halten, um das Geld zusammenzukriegen und was zu essen auf den Tisch zu bringen. Du warst nie zu stolz, um zu nehmen, was sich gerade bot. Im College hast du Fußböden gescheuert.»

«Ich werd mich schon durchschlagen.» Ich legte meinen Arm um Mutter und ging mit ihr zum Curl 'n Twirl.

Ich lieferte sie für ihre morgendliche Portion Klatsch ab, schwatzte ein paar Minuten mit Mr. Pierre über das gestrige Tennismatch und ging dann zur Arbeit. Mr. Pierre versuchte, mir für meine Zukunft Mut zu machen. Im Moment hatte ich keine Hoffnung mehr, aber ich hatte noch Erwartungen.

Ich dachte daran, wie ich während meiner Collegezeit in den Sommerferien bei der Zeitung und die Nacht durch bei Untergrundzeitungen gearbeitet und gegen Krieg und Rassismus protestiert hatte. Damals hielt ich mich für eine Rebellin. Jetzt war ich eine Rebellin mit einer Mastercard, und wenn ich mich auch nicht über die Mastercard beklagen konnte, so gab ich mich dennoch nicht dem Trugschluß hin, damit den *Clarion* kaufen zu können.

Drinnen herrschte eine Atmosphäre wie in einem Grabmal. Blaue Briefe überall. Charles erklärte den Jungens vom Anbau, daß hohe Abfindungssummen gezahlt würden. Roger war die Leitung des neuen *Clarion* angeboten worden, und er hatte angenommen, was ganz richtig war. Auch Michelle hatte man eine Gehaltserhöhung und eine Beförderung angeboten, und sie hatte zu meiner Überraschung abgelehnt. Sie sagte, sie wisse nicht, was sie jetzt tun werde, aber sie wolle noch bis Ende dieser Woche arbeiten und dann anfangen, ihre Möglichkeiten zu sondieren.

John, halb betrunken, räumte seinen Schreibtisch auf. Roger machte eine Bemerkung über Johns Trinkerei, und John erwiderte forsch: «Man redet über meine Trinkerei, aber nie über meinen Durst.» John verließ uns noch vor dem Mittag. Ich kann nicht behaupten, daß ich John gemocht habe, aber John verstand es, eine Story aufzureißen. Ich sah ihn nicht gern gehen.

Nach der Mittagspause lebten wir etwas auf, weil eine Story über Senator Gary Harts angebliches Verhältnis mit einer ungenannten Dame über den Fernschreiber kam. Ich beauftragte Roger mit einem Hintergrundartikel über Hart und wies ihn vor allem an, diese persönliche Geschichte mit der Präsidentschaftskandidatur des Mannes und seinem Programm für die Zukunft zu verknüpfen. Michelle beauftragte ich mit der schwierigen Aufgabe, die Quellen der Geschichte zu überprüfen. Ich gab ihr den Namen einer alten Freundin und ehemaligen Reporterin in Florida, Connie Coyne. Das würde sie auf die richtige Spur bringen. Mir selbst behielt ich die Aufgabe vor, einen Leitartikel über das private Verhalten von Menschen im öffentlichen Dienst zu schreiben, aber ich wollte warten, bis noch mehr Fakten eintrudelten. Sie ließen nicht lange auf sich warten. Diese Story würde für die nächsten zwei, drei Wochen ein Titelseitenknüller sein. Sie nahm mir regelrecht den Atem.

Ehe der Tag zu Ende ging, hatten wir eine Redaktionskonferenz mit Charles, auf der wir beschlossen, aufs Ganze zu gehen und alle Präsidentschaftskandidaten beider Parteien zu durchleuchten. Jeden Tag wollten wir Hintergrundinformationen, öffentliche wie private, über einen Kandidaten bringen. Michelle war aufgeregt, weil es eine heiße Story war, und wollte, daß wir die Scheinwerfer vor allem auf das Liebesleben der Bewerber richteten. Wir waren uns alle einig, daß sich damit Zeitungen verkaufen ließen, daß wir beim *Clarion* jedoch unsere eigenen Grundsätze in bezug auf Fairness wahren mußten. Michelle hatte grünes Licht, aufzudecken, was sie konnte, aber wir waren unsicher, was wir verwenden würden und wie. Wir überlegten hin und her, kamen aber zu keinem Beschluß.

Dies war unsere letzte gemeinsame Woche, aber es würde wenigstens eine gute. Wir vereinbarten eine weitere Redaktionskonferenz für den nächsten Tag um ein Uhr. Ich schlug zum erstenmal in unserer Geschichte vor, alle, die zur Zeitung gehörten, zu beteiligen. Das Thema Privatsphäre im öffentlichen Leben war so wichtig, daß ich die Meinungen aller dazu hören wollte. Die übrigen Redaktionsmitglieder waren einverstanden. Das war an sich schon eine wunderbare Überraschung.

Ich rief Mom an, um ihr die Story aus dem Fernschreiber zu erzählen. Sie war zu Hause, und ich konnte das Laufband hören, während sie sprach. Mittags hatte ein leichter Nieselregen eingesetzt, deshalb marschierte Mom ihre 5 Meilen zu Hause. Ich fragte sie, ob sie womöglich in einem schwarzen Kaschmirpullover mit schlichter Perlenkette trainiere, und sie sagte nein, diese Aufmachung stehe Liz Rife zu. Sie beendete das Gespräch rasch; ich wußte, daß sie Tante Louise anrufen und sich aufspielen wollte. Immerhin erfuhr ich, bevor sie einhängte, daß sie Tante Wheezie die 50 Dollar bezahlt hatte.

Ich wartete eine halbe Stunde, dann rief ich Tante Wheezie an, um zu hören, was sie von dem Thema hielt. Zwar hat meine Tante für einen saftigen Sexskandal immer etwas übrig gehabt, aber sie war noch ganz aufgeregt wegen der 50 Dollar, die sie von ihrer Schwester gewonnen hatte. Sie hatte sie auch prompt ausgegeben. Sie hatte einen Fernsehschrank «Marie Antoinette» gekauft, der morgen geliefert werden sollte.

Ich fragte sie, wie man für 50 Dollar überhaupt einen Schrank bekommen könne, und sie sagte, sie habe ihren Gewinn auf die 75 Dollar draufgelegt, die ich als Miete für den Chrysler bezahlt hatte. Ich witzelte, sie könne ihre Jungfrau Maria im Badezuber neben dem «Marie Antoinette»-Schrank aufstellen. Ich hätte mich hüten sollen, es laut zu sagen, aber es überkam mich einfach. Sie nannte mich «alles andere als eine Dame» und legte laut und vernehmlich auf.

35

Unwillkommenes Wissen

Dienstag, 28. April

Ein Tiefdrucksystem verfinsterte den Himmel. Noch war kein Tropfen Regen gefallen, aber binnen einer Stunde würde es wie aus Kübeln auf Runnymede herunterschütten. Lolly, Pewter und ich sprinteten zum *Clarion*, als ob es schon regnete. Lolly liebte es, wenn ich rannte und sie ermutigte, mich zu jagen. Chow-Chows, große Teddybären mit Herz, sind nicht fix, aber auch nicht dumm. Lolly lief zuerst zur Treppe des Zeitungsgebäudes, wo sie mich zu erwischen gedachte, aber ich machte kehrt und flitzte auf den Platz zurück, und sie sprang freudig von der Treppe. Pewter schloß sich uns ein paar Sekunden lang an, dann fand sie es unwürdig, beim Herumhüpfen mit so etwas Gewöhnlichem wie einem Hund und einer Frau gesehen zu werden, und sprang auf die Kanone, um uns zu beobachten.

Mutzi fuhr die grüne Markise vor seinem Laden aus. Die Verkaufsstände waren leer; Obst und Gemüse waren auf dem Bürgersteig gestapelt. Er hielt einen Moment mit dem Auspacken inne und kam herübergelaufen, um mit uns zu spielen. Jetzt hatte Lolly zwei Leute zu jagen, und sie wußte nicht, ob sie scheißen, rennen oder erblinden sollte, wie wir auf der Dixon-Seite der Grenze sagen.

Wir waren eher erschöpft als der Hund. Mutzi lehnte sich an die Kanone. Pewter streckte neugierig die langen Schnurrhaare vor. Mutzi streichelte sie und steckte dann seinen Kopf in die Kanonenmündung.

«Kann nichts sehen.» Seine Stimme hallte.

«Was hast du denn erwartet?»

«Weiß nicht.» Er zog seinen Kopf heraus. «Bleib mal 'ne Sekunde hier, Nick, ja?»

Mutzi überquerte die Straße, verschwand in seinem Laden und kam mit einer riesigen Taschenlampe wieder heraus.

«Was willst du damit?» fragte ich. «Es ist acht Uhr morgens.»

«Kannst du so damit leuchten?» Er leuchtete schräg mit der Taschenlampe. «Und sie stillhalten?»

«Klar.»

Mutzi fummelte ein bißchen herum, um den richtigen Winkel hinzukriegen und seinen Kopf aus dem Licht zu halten. «Aha.»

«Was?»

«Mist, da ist 'n Haufen Pulver drin. Ich muß so besoffen gewesen sein, daß ich 'n ganzes Kilo von dem Zeug reingekippt hab.»

«Wie kriegen wir das sauber?»

«Könnten es mit 'nem Staubsauger versuchen. Das Kabel im Laden anschließen – spät, ganz spät in der Nacht.»

«Sind wir in Gefahr?»

«Nicht, solange da keine Kugel drin ist und solange keiner ein Streichholz an die Lunte hält.»

«Laß mich mal was versuchen.» Ich untersuchte die Ladevorrichtung der Kanone. Das Ende einer Lunte ragte heraus. Ich schob sie etwas zurück, so daß sie mit dem Metall bündig war. Sie ließ sich leicht herausziehen, aber bis Mutzi und wer immer, vermutlich ich, mitten in der Nacht herkommen und das Ding saubermachen konnten, war es vermutlich sicher. Außerdem war Mutzi sowieso der einzige, der mit der Kanone spielte.

Wir waren so in unser Tun vertieft, daß Mr. Pierre uns erschreckte. Mutzi erklärte ihm die Lage, verdonnerte ihn jedoch zur Geheimhaltung. Wer wußte, was für ein Bürgerausschuß uns wegen dieser Sache wieder auf den Hals rücken würde? Und wieder ein Untersuchungsausschuß. Das einzig Gute, das ein Ausschuß je zustande gebracht hat, war die englische Bibelübersetzung von 1611. Mr. Pierre stimmte zu, daß es am ratsamsten war, den Mund zu halten, und versprach zu helfen.

Als ich endlich an meinen Schreibtisch kam, lag dort wie immer die neue Ausgabe des *Clarion*. Der tintige Geruch wehte mir in die Nase und die Druckerschwärze beschmierte meine Finger. Wir können einen Mann auf den Mond schicken, aber eine Zeitung drucken, die nicht abfärbt, das können wir nicht. Mutter hackte dauernd auf mir herum, weil ich nicht schick angezogen zur Arbeit ging, aber ich sah keinen Sinn darin, weil ich vor halb zehn Uhr morgens ohnehin aussah wie ein Schmierfink. Ich blätterte Michelles Bingo-Artikel durch und betrachtete die Illustrationen. Der Bericht enthielt Kartenbeispiele für die diversen Spiele: großes X, Bahngleise, Neunerblock, Champagnerglas, Bilderrahmen und eine verkleinerte Abbildung, wie Blackout-Bingo aussehen würde. Ich las den Artikel und war fasziniert. Michelle hatte gute Arbeit geleistet. Sie hatte sogar eine Geschichte des Bingo eingefügt, das 1880 in Italien aus dem Spiel Tombola, einer Art Lotterie, entwickelt worden war. Dann las ich das gedruckte Datum für das Blackout-Bingospiel. Am 8. Mai. Das war in zehn Tagen.

Michelle kam mit einem Stapel *Kongreßberichte* durch den Hintereingang.

Noch bevor sie sie auf ihrem Schreibtisch hatte abladen können, fiel ich über sie her. «Wieso steht hier, daß das Blackout-Bingo am 8. Mai stattfindet?»

«Das haben sie bei St. Rose gesagt.»

«Warum weiß ich nichts davon?» Ich war eingeschnappt.

«Du warst in Ohnmacht gefallen.»

«Jemand hätte es mir sagen können.»

«Nickel, du warst mit dem *Clarion* beschäftigt. Wir waren alle am Boden zerstört wegen des Verkaufs – verflucht, wer hatte da noch Zeit, an Bingo zu denken?» hielt sie mir vor.

Das war das allererste Mal, daß ich Michelle fluchen hörte.

«Du hast vollkommen recht, und ich entschuldige mich.»

Das Telefon klingelte und sie nahm ab. «Für dich.»

Der Anruf machte mich fuchsteufelswild. Es war eine Eagle-Agentin von Gott weiß woher; sie hörte sich an, als spräche sie vom Grund eines Brunnens. Der Schätzer hatte eine Zahlung von 64,44 Dollar vorgeschlagen. Ich hatte 200 Dollar Selbstbeteiligung. Die Summe sei so niedrig, weil ich die Reparatur in Auftrag gegeben hätte, bevor der Schätzer den Schaden habe besehen können. Ich erzählte ihr, daß meine Forderung von meiner hiesigen Versicherungsagentur irrtümlich an die Maryland Accident Protection weitergeleitet worden sei, was ich vor zwei Wochen schon einer anderen Eagle-Agentin erklärt hätte. Das war der Frau schnurzpiepegal. Sie sprach mit mir, als wäre ich eine Wasserwanze und sagte forsch, ihretwegen könne ich tot umfallen – nur nicht so direkt. Ich knallte den Hörer auf die Gabel. Wütend.

«Was ist passiert?»

«Es wird dich vielleicht überhaupt nicht interessieren, aber glaub mir, versichere nie was bei Eagle! Und Richards, Hilton and Richards kannst du auch vergessen!» Ich überlegte eine Sekunde, griff zum Telefon und wählte Jacksons Nummer. Seine Sekretärin stellte mich gleich durch.

«Jackson, schon wieder Scheiße, und ich brauche juristischen Beistand.»

«He, tut mir leid, daß ich so vom Platz abgehauen bin. Ich weiß nicht, was in mich gefahren ist.» Er war nicht gleich an meinem Problem interessiert, weil er seine eigene Tagesordnung hatte.

«Herber Verlust.»

«Ich fand es widerwärtig, wie schadenfroh er ausgesehen hat!»

Diz hatte froh ausgesehen, aber ich fand nicht, daß er schadenfroh gewesen war. Doch das behielt ich für mich.

«Du kannst ihn bei einer Revanche schlagen.»

«Das mach ich auf jeden Fall, aber ich habe dich diesen Sommer nicht als Doppel-Partnerin. Glaubst du nicht, daß es mühsam sein wird, mit ihm zu spielen? Vielleicht kannst du noch aussteigen.»

«Ich bemühe mich, Tennis vom Rest meines Lebens zu trennen, und ich kann nicht aussteigen.»

«Scheint so.»

«Hör zu, Jack, ich habe schrecklichen Ärger mit Eagle wegen des Jeeps.» Ich erklärte genau, was vorgefallen war.

Er hörte aufmerksam zu und sagte dann: «Bring mir deine Unterlagen, und wenn du eine Telefonnotiz hast, bring die auch mit. Ich kümmere mich darum. Bei einer hohen Forderung versuchen die oft, billig wegzukommen. Du wirst staunen, wie viele Leute sich das gefallen lassen. Die von der Versicherungsgesellschaft denken sich, sie haben dein Geld erst mal. Dabei haben sie dein Geld seit Jahren kassiert, und deshalb ist dieser Jeepunfall eigentlich bezahlt. Bei Verhandlungen geben sie meistens nach und die Forderung wird geregelt. Es ist eine beschissene Art, Geschäfte zu machen, aber so ist es nun mal.»

«Warum lassen wir uns das gefallen? Warum sitzen zweihundertvierzig Millionen Amerikaner einfach rum und lassen sich von den großen Gesellschaften ausplündern?»

«Gute Frage. Die Kette der Zuständigkeiten führt immer weiter vom Kunden weg. Theoretisch ist dein hiesiger Agent für dich zuständig, aber sobald es Schwierigkeiten gibt, wird die Sache an den Hauptträger verwiesen. Und so etwas wie einen ganz ‹klaren› Unfall gibt es nicht, und wenn der Hauptträger es will, lassen sich in jeder Forderung ‹Abweichungen› finden. Andererseits gibt es ja auch Leute, die von den Versicherungen mehr Geld ergaunern als der Schaden tatsächlich beträgt.»

«Zu denen gehöre ich nicht.»

«Ich weiß das, aber Eagle nicht. Es ist wie beim Finanzamt. Du bist schuldig, bis deine Unschuld erwiesen ist.»

Mir war wieder schlecht. Solche Sachen regen mich maßlos auf. «Manchmal wünschte ich, ich wäre ein Einsiedler und müßte nie mehr was mit diesem Mist zu tun haben.»

«Das Gefühl kenne ich. Kannst du mir deine Unterlagen nicht vorbeibringen, wenn du die Schlußredaktion erledigt hast?» Er machte eine Pause. «Ich kann dir gar nicht sagen, wie leid es mir tut, daß es so gekommen ist – alles.»

«Mir auch. Bis heute abend.» Ich legte auf, und dann fiel mir ein, daß heute Dienstag war. Unser Abend. Ich wollte nicht in sein Büro gehen.

Charles war zur Arbeit gekommen, während ich mit Jackson telefonierte. Er schien ein bißchen abgespannt, aber während unserer Konferenz mit der gesamten *Clarion*-Belegschaft über das Recht öffentlicher Personen auf Privatsphäre lebte er auf. Es war eine großartige Versammlung. Die Leute lieferten eine Menge Beiträge, und ihre Bemerkungen waren nicht oberflächlich. Wie sollte ich nur ohne Arnie und die Jungens leben, ohne die Truppe?

Es ist merkwürdig. Viele Leute, die weiter oben auf der sozialen Leiter stehen, sehen hochnäsig auf Arbeiter wie Arnie herab. Sie meinen, daß Arbeiter nicht denken. Ich kenne eine ganze Anzahl Leute, die hoch oben auf der gesellschaftlichen Leiter hocken und ebensowenig denken. Bei manchen Menschen fragt und zweifelt und wandert der Verstand und bei anderen nicht, und das hat nichts damit zu tun, welche Position man im Leben einnimmt. Bloß weil jemand zur Arbeiterklasse gehört, muß er oder sie noch lange nicht dumm sein. Manchmal haben Armut und Not die Bildung eines Menschen verhindert, und manchmal war es seine Veranlagung. Ich kenne viele, die, wenn sie einen Mann im dreiteiligen Anzug sehen, denken, daß er in seinem weißen Kragen bestimmt fast erstickt. Für manche Leute bedeutet Erfolg Geld und Macht beziehungsweise die Illusion davon. Für andere bedeutet Erfolg Lebensqualität. Es wäre schön, alles zu haben, aber je älter ich werde, desto mehr respektiere ich die Jungens wie Arnie Dow, die ihre Arbeit lieben und sich dessen voll bewußt sind, daß sie «bloß Arbeiter» sind.

Also, wir hatten heute schwer gearbeitet. Nach der Konferenz, die drei Stunden dauerte, ließen wir uns von Verna was zu essen bringen. Ich kehrte an meinen Schreibtisch zurück und nahm die Zeitung wieder zur Hand.

Michelle hatte ein paar komische Fakten in ihren Artikel eingeflochten. Sie hatte einen Ort ausfindig gemacht, Sullivan, Illinois, wo man Bessie-Bingo spielt. Die Leute spielen auf 144 Feldern auf Gras und markieren sie mit Kuhfladen. Wenn ein Fladen auf dem Feld landet, das man für 20 Dollar gekauft hat, gewinnt man den Preis von 1000 Dollar. Der Erlös geht an den neunundvierzigköpfigen Sullivan High School-Chor, der so gut ist, daß er das Geld für Reisen zu nationalen Wettbewerben braucht.

Als ich ihren Artikel noch einmal las, mußte ich wieder lachen. Das Verrückteste, womit sie aufwartete, stammte aus *Globe and Mail*, einer Zeitung aus Toronto. Eine Mrs. Grisdale wurde vermißt, und die Behörden ließen einen Medizinmann aus Ontario kommen, der eine heilige Hütte errichtete und die Geister anrief, damit sie halfen, Mrs. Grisdale ausfindig zu machen. Nach dieser Zeremonie veranstalteten sie eine Bingositzung und brachten 200 Dollar zusammen. Aber bislang kein Wort davon, ob sie Mrs. Grisdale gefunden hatten.

Michelle beugte sich über meine Schulter. «Nicht schlecht für eine Anfängerin, was?»

«Du bist wohl gar nicht eitel.»

«Wer ist meine Lehrerin?»

Das saß. «Hast du dir schon überlegt, was du demnächst tun wirst?»

«Nein. Und du?»

Ich schüttelte den Kopf. «Du weißt, Roger will dich einstellen, obwohl du Diz einen Korb gegeben hast. Sie werden dich mit Freuden nehmen.»

«Der neue *Clarion* baut den Redaktionsstab drastisch ab.»

«Er würde dich trotzdem einstellen.»

«Kann sein.»

«Du magst wohl nicht auf der anderen Seite des Platzes arbeiten? Du solltest es dir überlegen. So werden Zeitungen heutzutage gemacht.»

«Ich weiß, aber keine noch so perfekte Technik hilft mir, eine gute Story zu schreiben. Das hab ich hier gelernt.»

Ich wartete eine Minute. «Und wie läuft's mit dir und Rog?»

«Ich geh mit ihm zum Bingospielen und manchmal geh ich mit ihm essen. Laß das, du hörst dich ja schon an wie deine Mom oder Wheeze.»

«Ich höre mich nicht an wie meine Mutter oder meine Tante.»

«Du wirst so neugierig wie sie.»

«Tatsächlich?»

Ihre Augen blitzten. «Ein bißchen.»

«Ich denke, ich werde dich an diese Story über frühe Airport Art setzen.» Ich schüttete Büroklammern auf meinen Schreibtisch. Ich mag die aus Plastik, weil sie verschiedene Farben haben, und dann kann ich sie nach Farben sortieren. Ich schob die orangefarbenen zusammen. «Okay, dann bin ich eben neugierig. Ich hoffe das Beste, das ist alles.»

«Wobei das Beste bedeutet, daß du mir ein romantisches Abenteuer wünschst?»

«Hm – ja.»

«Und wie steht's mit dir?»

«Mit mir?»

«Wir sprechen von romantischen Abenteuern, oder hab ich da was mißverstanden?»

«Werd bloß nicht patzig, Michelle. Romantische Abenteuer und ich gehören in verschiedene Welten.»

«Jeden einzelnen Tag deines Lebens?»

«Interviewst du mich oder was?»

«Nein.»

«Nicht jeden Tag meines Lebens. Ich habe drei Jahre mit einer Frau zusammen gelebt – Gott, das ist zehn Jahre her. Jedenfalls hat sie mich verlassen, als es mit ihrer Karriere aufwärtsging.»

«Das muß nicht unbedingt die Konsequenz sein.»

«Doch. Du hättest sie kennen sollen. Wenn sie das Gefühl gehabt hätte, irgend jemand wüßte, daß sie lesbisch war, sie wäre auf der Stelle gestorben. Sie hielt sich dermaßen bedeckt, daß sie 1977 zur ‹Miss Kleidersack› gewählt wurde. Wie dem auch sei, ich habe ihre Wünsche respektiert, und wir haben uns nie zusammen in der Öffentlichkeit gezeigt, aber mit der Zeit ist einigen Leuten aufgefallen, daß sie in den Dreißigern war und unverheiratet mit jemand zusammen lebte. Als sich herausstellte, daß ich dieser Jemand war, schürzte sich der Knoten. Darauf ließ sie mich fallen, und vielleicht war es ganz gut so, denn ich kann schweigen, verstehst du, aber mit Lügen tu ich mich verdammt schwer. Wenn mich jemand rundheraus gefragt hätte: ‹Bist du Frances' Geliebte?› – ich weiß nicht, was ich gesagt hätte. Außerdem ist es vermutlich nicht gerade leicht, mit mir zu leben.»

«Warum?»

«Weil ich meine Katze und meinen Hund mehr liebe als sonst irgendwas oder irgendwen.» Ich lachte.

«Das ist eine traurige Geschichte.»

«Nicht so traurig, wie du denkst. Der glücklichste Tag meines Lebens war, als Frances zu mir zog, und der zweitglücklichste Tag meines Lebens war, als sie auszog.»

«Nicht alle sind so mutig wie du.»

«Ich bin nicht mutig, Michelle. Verwechsle mich bloß nicht mit einem mutigen Menschen. Ich bin nur zufällig eine schlechte Lügnerin. Selbst ein Kind könnte mich durchschauen. Außerdem glaube ich, der Lohn für Anpassung ist, daß alle dich mögen außer dir selbst.»

Sie dachte darüber nach. Ich öffnete meine Schublade, um die Büroklammern reinzuschieben, deren Farben ich nicht leiden konnte. Dienstag abends tauschte ich sie immer gegen die sympathischen Farben in den Büroklammerschachteln der anderen aus, aber das war noch nie jemandem aufgefallen.

Gegen zehn war ich mit der Schlußredaktion fertig. Der Hart-Skandal weitete sich explosionsartig aus, aber Roger und Michelle waren an der Sache dran, und ich rechnete damit, daß sie morgen frühzeitig dasein würden. Ich ging in den Waschraum und kämmte mich. Ich war sicher, daß ich mehr silberne

Haare hatte als an dem Tag, an dem Mr. Pierre mein Haar geschnitten hatte. Dann wühlte ich im Schränkchen und fand einen Lippenstift, den Michelle dort vergessen haben mußte, Mango Ice. Nach all den Jahren konnte ich ihn nicht richtig auftragen und schmierte einen Streifen Mango Ice auf meinen Schneidezahn. Ich rieb es ab.

Lolly und Pewter gingen voran. Jackson freute sich, mich zu sehen, und ich freute mich, ihn zu sehen, obwohl ich wegen Eagle eine Stinkwut hatte. Zum Schaden an meinem Wagen würden jetzt noch Anwaltskosten kommen. Schließlich konnte Jackson nicht umsonst arbeiten.

Nach einem harmlosen Freundschaftsküßchen auf die Wange machten wir uns an die Arbeit.

«Jack, du hast Lippenstift auf der Wange.»

«Läßt mich verworfen aussehen. Ich werde mein Gesicht tagelang nicht waschen.» Er lächelte, dann schnappte er nach Luft. Heftiger Schmerz zeichnete sein Gesicht.

«Jackson?»

Schweiß rann ihm über die Stirn. Er konnte nicht antworten. Sein linker Arm zuckte. Sein Atem ging röchelnd. Mein Vater war an einem Herzinfarkt gestorben, und ich konnte einen Herzinfarkt auf Anhieb erkennen. Ich wußte aber auch, daß wir beide verloren waren, wenn ich ihn so spät am Abend ins Krankenhaus brachte.

Ich griff zum Telefon. Er gestikulierte heftig mit dem rechten Arm. Er dachte an den Rettungsdienst, und Dienstag abends hatte Peepbean Huffstetler die Aufsicht über die Mannschaft...

«Keine Sorge, Liebster. Ich hab einen Plan.» Meine Stimme klang zuversichtlich und ruhig.

Mein Plan war, Mr. Pierre anzurufen, damit er Jackson in seinem Wagen ins Krankenhaus bringen konnte. Aber Mr. Pierre war offenbar unterwegs. Jetzt steckte ich in der Klemme. Ohne eine Sekunde zu zögern, rief ich Mutter an.

«Mutter, komm sofort zu Brown, Moon und Frost. Jackson hat einen Herzanfall.»

«Ist er tot?»

«Nur gesellschaftlich gewissermaßen.» Wie konnte ich in solch einer Situation mit ihr flachsen? Je größer meine Angst, desto schlagfertiger wurde ich, das war schon immer so gewesen. «Mom, ich glaube, es ist ein leichter Anfall. Erklären kann ich es dir später.»

Wir legten ohne Gruß auf.

Mutter war in drei Minuten da. Zusammen halfen wir Jackson die Hintertreppe hinunter zu Moms Wagen. Im Moment hatte er mehr Angst als Schmerzen, aber er konnte einen neuen Anfall bekommen, und Mutter und ich wußten, daß sie ihn schnellstens in die Notaufnahme schaffen mußte.

In gefährlichen Situationen behielt Mutter immer die Nerven. Sie flüsterte mir zu: «Geh Regina holen. Sag ihr, ich hätte dich angerufen, und erzähl ihr sonst nichts. Auf dem Weg zum Krankenhaus hab ich Zeit, mir was auszudenken.»

Sie schloß die Wagentür und fuhr los. Ich sah, daß sie mit der rechten Hand Jacksons Nacken massierte.

Regina überprüfte ihre Parcours-Skizzen für das Turnier. Ich brauchte nur zu sagen: «Komm mit mir», und sie kam widerstandslos mit. Auf der Fahrt zum Krankenhaus erklärte ich, was mit Jack passiert war.

Als wir ankamen, sagte sie zu mir: «Komm mit rein.»

«Wenn du willst.»

Mutter und ich blieben da, bis Jackson bequem in seinem Zimmer untergebracht war. Mom sagte, sie sei noch spät in sein Büro gegangen, um ihr Testament zu ändern. Jackson sei heute nur abends zu sprechen gewesen. Er habe den Anfall bekommen, und sie sei mit ihm in die Notaufnahme gerast, weil sie nicht auf den Rettungsdienst hatte warten wollen; nicht, daß die Mannschaft nicht gut wäre – das sei sie durchaus –, aber sie habe gedacht, sie könne ihn selbst fünf Minuten schneller dort haben. Sie sagte, sie habe mich aus der Notaufnahme angerufen, damit ich Regina abholte. Mom dachte an alle Details.

Als Mutter ging, sah sie müde aus. Die Erinnerung an Dads

Herzanfall mußte ihr durch den Kopf gegangen sein, denn sie machte so ein trauriges Gesicht.

Ich fuhr Regina nach Hause, nachdem sie sich überzeugt hatte, daß es Jackson an nichts fehlte. Ich wollte sichergehen, daß es ihr selbst an nichts fehlte. Wir unterhielten uns bei heruntergekurbelten Fenstern, und die süßen Frühlingsdüfte würzten das Gespräch. Sie sagte, jede Frau, die mit einem Mann im mittleren Alter verheiratet sei, sei insgeheim auf so etwas vorbereitet. Jackson schufte zu schwer. Er könne einfach nicht zugeben, daß er älter werde. Dann lächelte sie und sagte, wenn er gesund würde, wolle sie ihm ein Porsche 911-Kabrio kaufen, weiß. Darüber, wie sie es bezahlen solle, würde sie sich später Gedanken machen.

Ich brachte Regina an ihre Haustür, umarmte sie und sagte ihr, daß ich sie liebte.

Ich fuhr mit Lolly und Pewter zurück, die die ganze Tortur mit mir durchgemacht hatten. Ich war so deprimiert wie in dem Moment, als ich erfahren hatte, daß der *Clarion* für mich verloren war, vielleicht sogar noch deprimierter. Um ein Haar hätte ich Jackson verloren. Wer immer gesagt hat: «Heute gegeben, morgen genommen», hat nicht gespaßt.

Der Unterschied zwischen Genialität und Dummheit ist der, daß auch Genialität ihre Grenzen hat. Wie dumm war es von mir gewesen, anzunehmen, daß morgen wie heute sein würde. Das Auf und Ab eines romantischen Abenteuers war qualvoll, aber ich war nie auf den Gedanken gekommen, daß Jackson sterben könnte. Er war noch nicht mal fünfzig. Ich begriff allmählich, daß wir alle, selbst wenn wir hundert Jahre alt würden, dann nicht mehr die wären, die wir heute waren. Wir können uns die Zukunft immer nur von unserer gegenwärtigen emotionalen Verfassung her vorstellen, und es ist nahezu unmöglich, sich Gefühle vorzustellen, die man noch nie empfunden hat. Die Zeit würde uns durch neue Situationen, neue Gefühle treiben. Der Gedanke, daß Jack stürbe, war ein neues, erschreckendes Gefühl.

Ich wußte, daß er gesund werden würde. Ich betete, daß er

gesund würde – aber plötzlich hatte ich eine Vision von meinem Leben ohne die Menschen, die ich liebte. Dad zu verlieren war Qual genug gewesen. Jetzt durfte niemand mehr von mir gehen. Die Freunde anderer Leute konnten sterben, aber meine nicht. Ich brauchte sie so sehr. Wäre das Leben ohne sie lebenswert? Ich wußte, daß ich das in den kommenden Jahrzehnten erfahren würde. Mir war, als habe man mich vor den schweren Karren des Unheils gespannt und ich zöge nun bitteres, unwillkommenes Wissen.

36

Mutter läßt eine Bombe platzen

Mittwoch, 29. April

Regina rief morgens um halb acht an. Sie sagte, der Arzt habe bestätigt, daß Jackson einen leichten Herzanfall erlitten hatte. Irgendwie war es tröstlich, vom Arzt zu hören, was wir schon wußten. Jackson würde in ein paar Tagen aus dem Krankenhaus entlassen werden, wenn sie verschiedene Untersuchungen mit ihm angestellt hatten.

Ich sagte ihr, sie solle gegen fünf zum Stall kommen. Wir könnten reiten und sie von ihren Sorgen ablenken. Sie sagte, vielleicht käme sie.

Der *Clarion* zockelte dahin, seine letzte Woche an der südöstlichen Ecke des Runnymede Square. Charles bewegte sich mit schwerem Schritt. Die Ungeheuerlichkeit dessen, was geschehen war, sickerte in seine Poren. Auch sonst lächelte niemand viel.

Mutter rief an. Sie erwarte mich nach der Arbeit, bereit zum Anstreichen und bereit zum Reden. Meine Hand zitterte, als ich den Hörer auflegte.

Michelle bemerkte es. «Alles in Ordnung?»

«Mom geht mir auf den Geist.»

«Scheint mir nicht die Sorte Frau, die ein Blatt vor den Mund nimmt.»

«Ja – ich weiß.» Ich öffnete meine Schublade, um mir mein

Taschenmesser und meine aufgereihten «sympathischen» Büroklammern anzusehen. Die Ordnung besserte meine Stimmung. «Ich kann ihr diesmal keinen Vorwurf machen. Ich war dumm. Ich hab die halbe Nacht aufgesessen und über Dummheit nachgedacht. Weißt du, Michelle, die Geschichte an sich ist nicht zyklisch. Die Zyklen bedeuten nur, daß wir aus der Vergangenheit nichts gelernt haben. Deshalb ist ein Faktor nicht zyklisch: die menschliche Dummheit.»

«Soviel zur Geschichte. Was ist mit dir?»

«Du wirst langsam unverschämt, weißt du das? Der Bingo-Artikel war prima. Laß dir das nicht zu Kopf steigen.»

Als Michelle neu bei uns war, hätte sie an dieser Stelle klein beigegeben. Jetzt nicht mehr.

«Wer ist gestorben und hat dich zu Gott gemacht?»

Dieser Spruch aus Michelles Mund haute mich um. «Du mußt dich mit meiner Mutter unterhalten haben.»

«Sie hat mich vorige Woche zum Mittagessen eingeladen, erinnerst du dich?»

Ich erinnerte mich. «Was hat sie getan – dir alle Sünden erzählt, die ich seit meiner Geburt begangen habe?»

«Nein, sie hat erklärt, daß du häufiger bellst als beißt.»

«Das hat meine Mutter gesagt?» Wie sollte ich Michelle jetzt noch klarmachen, wer hier das Sagen hatte, wenn sie mal wieder mit fröhlicher Hemmungslosigkeit Adjektive über ihre Arbeiten ausstreute?

«Sie hat vor allem über sich gesprochen.»

«Ihr Lieblingsthema.» Ich war ein kleines bißchen herzlos.

«Es ist jedermanns Lieblingsthema.»

«Deins anscheinend nicht.»

Sie zuckte die Achseln. «Was soll ich sagen? Ich komme aus einer Familie, wo mein Vater Jackett und Krawatte zum Essen trägt und meine Mutter ‹Darling› nennt, wenn er eigentlich ‹Miststück› sagen möchte. Lieber hätte ich es Tag für Tag mit deiner Mutter zu tun.»

«Klar, sie ist nicht deine Mutter. Ich würde mit deiner wahrscheinlich besser auskommen als du.»

«Wenn du das Schnapsglas von ihrem Mund kriegst.» Ein Anflug von Zorn färbte ihr Gesicht.

«Das tut mir leid.»

«Früher tat es mir auch leid. Jetzt widert es mich an. Wenn Mom und Dad nur ein bißchen Mumm hätten, wären sie seit Jahren geschieden. Aber ihr Platz im Sozialgefüge ist natürlich wichtiger als irgend jemandes Glück, sogar ihr eigenes. Du würdest staunen, wie viele Menschen so ein Leben führen.»

«Ich schätze, Diz und Liz leben so. Ich habe nie viel darüber nachgedacht.»

«Ich auch nicht, bis ich hierherkam. In meinen ersten Monaten bei dieser Zeitung kam ich mir vor wie in einem fremden Land... war ich ja auch. Die Leute sagen sich alles. Sie fluchen und werfen mit Leimtöpfen. Sogar die Männer weinen.»

Ich hörte Lolly unter meinem Schreibtisch mit dem Schwanz klopfen. «Tatsächlich sagen die Leute nicht so viel wie du denkst. Ich nehme zwar an, daß wir eine gehörige Portion Emotionen zeigen, aber laß dich nicht täuschen. Auch hier gibt es tief verborgene Gefühle wie die bei euch zu Hause, von denen du gesprochen hast.»

«Ich nehme an, wenn jemand ein Mörder wäre, würde er es verheimlichen.»

«Wer täte das nicht? Nein, ich meine die Ressentiments. Die alten Leiden. Du und ich, wir sehen die oberflächlichen Wutausbrüche, aber ich weiß nicht genau, woher sie kommen. Wie das Gezänk zwischen Mom und Wheezie. Ich glaube nicht mal, daß sie es selbst noch wissen.»

Sie dachte darüber nach, als ich Roger den Platz überqueren sah. Er kam vom Bon Ton-Gebäude.

«Gehst du mit Rog zum Blackout-Bingo?»

«Ja, aber ich werde ihm sagen, daß es unsere letzte Verabredung ist. Bis zu diesem Stichtag habe ich Zeit, meinen Mut zusammenzunehmen.»

«Du darfst es ihm nicht verübeln.» Ich deutete mit der Hand in den Raum, womit ich die Zeitung meinte. «Er hat das Richtige getan.»

«Ich weiß. Aber ich hab das Gefühl, er macht sich falsche Hoffnungen.»

Ich begriff, und wir verstummten, als Roger durch die Tür kam. Vielleicht kam er sich ein bißchen wie ein Verräter vor, denn auch er war auffallend schweigsam. Die Auflösung der alten Truppe war hart, aber wir hatten noch zwei gemeinsame Tage in voller Besetzung. Die konnten wir ebensogut genießen.

Gene sagte unsere Verabredung zum Reiten ab, deshalb sauste ich direkt zu Mom. Ich konnte es ebensogut hinter mich bringen.

Es würde keinen Spaß machen, Mutters Wohnzimmer anzustreichen oder eine Szene wegen Jackson über mich ergehen zu lassen. Ich parkte den Chrysler in ihrer gepflegten Einfahrt. Lolly, Pewter und ich sprangen hinaus und gingen durch den Hintereingang ins Haus. In der Küche duftete es nach Brathähnchen, grünen Bohnen mit Speck und Hafergrütze. Schön, wenn sie mir schon den Marsch blasen wollte, würde sie mich dabei wenigstens gut verpflegen.

Mutter war im Wohnzimmer. Sie hatte alles vorbereitet. Ich würde nichts weiter zu tun haben, als die Rolle in die Ölfarbe zu tauchen. Acrylfarben benutzten wir nie. Sie hatte auch gute Pinsel für die Zierleisten bereitgelegt.

Sie ließ mich anfangen. Während ich pinselte, legte sie eine neue Leitung für eine Lampe.

«Nun?»

«Mom, was soll ich sagen? Ich hatte eine Affäre mit ihm. Ich hab Schluß gemacht. Gestern abend hatten wir wirklich geschäftlich miteinander zu tun. Nicht, was du denkst.»

«Es gehörten zwei dazu, um diesen Fehler zu machen. Was hat er zu seinen Gunsten zu sagen?»

«Das einzige, was er zu mir sagte, war, daß er Regina liebt, daß aber 22 Jahre – 22 Jahre sind.»

Sie entfernte vorsichtig die Isolierung von einem Draht. «Das hab ich schon mal irgendwo gehört.»

«Mom, warum streiten wir uns nicht einfach und bringen es hinter uns? Du darfst mir alle Schimpfworte an den Kopf werfen, die dir einfallen. Ich hab's verdient, aber ich könnte trotzdem die Beherrschung verlieren.»

«Du und Jackson, ihr seid zwei in der Nacht vorbeigewehte Klümpchen Scheiße.» Ihr schiefes Lächeln zuckte.

«Weiter.» Meine Wangen wurden warm.

«Ich bin nicht wütend auf dich.»

«Nein?» Große Farbkleckse fielen von der Rolle.

«Vorsicht!»

Ich bekam das Ding wieder unter Kontrolle. «Jawohl, Ma'am.»

«Es hätte schlimmer kommen können. Ihr hättet euch benehmen können wie siamesische Zwillinge der Liebe, an der Hüfte zusammengewachsen.»

«Danke.» Ich war nicht begeistert.

«Ich hab nichts gegen sexuelle Akte zwischen Erwachsenen, die sich einig sind.» Sie klemmte die Drähte zusammen. «Ich meine sexuell.»

«Sehr komisch. Ich glaube, ich würde mich besser fühlen, wenn du mir richtig die Leviten liest.»

«Das kann ich nicht. Ich sage nicht, daß es richtig war, was du getan hast. Und ich hoffe bei Gott, daß meine Schwester und ihre naseweise Spießgesellin Orrie nie dahinterkommen. Aber ob richtig oder falsch, ich sehe einen Sinn darin. Ihr habt euch gekannt, seit ihr Kinder wart. Ihr hattet euch gern. Du und Jackson, ihr habt zusammen Baseball und Tennis gespielt, von früh bis spät, vom Kindergarten bis nach dem College. Ich dachte damals, ihr würdet Feuer fangen, aber nein, er wollte die andere. Nettes Mädchen, aber ich fand immer, du hättest mit Jackson mehr gemeinsam als er mit Regina.»

«Ich glaube nicht, daß Männer, zumindest solange sie jung sind, Frauen auf Grund von Gemeinsamkeiten heiraten.»

«Du weißt, was Cora immer gesagt hat: Die Männer verlieben sich mit den Augen und die Frauen mit den Ohren. Und, Schätzchen, Regina ist einfach umwerfend. Du siehst gut aus, aber sie ist so ein Illustrierten-Typ.»

«Hat sich auch gut gehalten.»

«Zuviel Make-up – aber trotzdem. Ich nehme an, Jackson ist voll tiefer Gedanken in das Krankenhausbett geplumpst. Ich beneide ihn nicht.» Sie legte ihre Drahtzange neben das Abstreichsieb. «Würdest du ihn heiraten, wenn er sich scheiden ließe?»

«Das würde er nie tun.»

«Danach habe ich nicht gefragt. Würdest du's tun?»

Daran hatte ich nie gedacht. Kein einziges Mal. Was etwas über meine Fähigkeit aussagt, gewisse Gefühle zu verdrängen.

«Ich denke, Jack gehört zu ihr, egal, was ich für ihn fühle – also nein, ich glaube nicht, daß ich ihn heiraten würde.»

Wir sagten nichts mehr, bis ich mit dem Zimmer fertig war. «Mom, können wir essen? Die Zierleisten mach ich nachher.»

Wir aßen. Sie erzählte mir, sie habe mit Mr. Pierre darüber gesprochen, daß sie frisieren lernen wolle. Sie wollte gern ein bißchen Geld verdienen. Das hatte ich schon mal gehört. Zur Zeit bezog Mutter ihre Einkünfte, abgesehen von einer kleinen Sozialrente, ihren bescheidenen Ersparnissen und dem, was ich beisteuerte, vom Babysitten. Sie war sehr gefragt, weil sie wunderbar mit Kindern umgehen konnte.

«Jetzt muß ich dir was sagen.»

«Ja?» Ich lud mir Grütze auf, meine zweite Portion.

«Ed Tutweiler Walters und ich werden zusammenziehen.»

Ich hielt inne, starrte auf meine Grütze und legte den Löffel hin. «Was sagst du da?»

«Du hast richtig gehört.»

«Mein Gott, Mom, du kennst ihn doch kaum!»

«Deshalb ziehen wir zusammen. Wir werden in Sünde leben.» Sie strahlte.

«Er sagt kaum mal was.»

«So ist er eben. Er hat viel Sinn für Humor.»

«Den wird er brauchen», platzte ich heraus.

«Das mußt ausgerechnet du sagen. Nach dem, was du dir gerade geleistet hast.»

«Oh, ich hab nichts gegen ein Leben in Sünde – ich glaube – vielleicht, nun – ach, ich weiß nicht.»

«Du magst ihn nicht?»

«Doch, doch, ich mag ihn. Ich wünschte, ich würde ihn besser kennen.»

«Dazu wirst du Gelegenheit haben.»

«Was ist mit Wheezie?»

Goodyear rührte sich auf dem Fußboden.

«Ich weiß nicht. Ich muß mir überlegen, wie ich es ihr beibringen soll. Ich hab mit Mr. Pierre gesprochen. Wir dachten, wir könnten sie vielleicht morgen im Curl 'n Twirl schonend darauf vorbereiten. Sie kann nicht so leicht 'nen Tobsuchtsanfall kriegen, wenn ringsum viele Leute sind.»

«Darauf würde ich mich nicht verlassen.»

«Wenn ich sie herhole, demoliert sie das Haus. Wenn ich zu ihr gehe, rupft sie das Telefonkabel aus der Wand und reißt die Vorhänge runter. Du weißt, wie sie sich aufführt.»

«Vielleicht hilft es, wenn Orrie dabei ist.»

«Daran haben wir auch schon gedacht.» Sie legte einen knusprigen Flügel auf meinen Teller. «Ed kann deinen Vater nicht ersetzen.»

«Ich weiß. Ich bin ein bißchen erschrocken, das ist alles. Ich glaube, wenn ich mich erst mal daran gewöhnt habe, werde ich mich für dich freuen.»

Ich nahm einen Bissen. «Mom, bedeutet das, daß ich dich nicht mehr so oft sehe?»

«Manchmal benimmst du dich, als wäre das eine Wohltat.»

Ich erwiderte nichts.

Nach ein paar Minuten sprach sie weiter. «Vielleicht siehst du mich nicht mehr ganz so oft, weil ich mit Ed reisen werde.»

«Machst du das so wegen der Rente?»

«Teils, und teils, weil – nun, als ich jung war, da haben die Leute geheiratet. Man machte sich den Hof und heiratete, und das war's. Ich finde die Freiheit, die die Menschen heute haben, besser. Man kennt jemanden nicht richtig, bis man mit ihm lebt. Mir ist egal, was die Leute sagen, ich lebe mit ihm und habe nicht die Absicht, vor den Traualtar zu treten. Später, wenn's dadurch kein Kuddelmuddel mit dem Geld gibt, vielleicht – aber nicht jetzt. Niemand schreibt mir vor, was oder wie ich was zu tun habe. Es ist mein Leben.»

Ich aß noch etwas mehr und dachte über das nach, was sie gesagt hatte.

«Mom, viel Glück.»

«Wünsch ich dir auch.»

«Wieso mir?»

«Weil du dein Baby verloren hast – die Zeitung – und weil du eine Liebe verloren hast, auch wenn sie unbesonnen war, und weil du eine Zeitlang deprimiert sein wirst.»

Nach dem Nachtisch, Königskuchen mit einer Glasur aus Vanille und Bitterschokolade, Mutters Spezialrezept, machte ich mich an die Zierleisten. Ich hätte warten sollen, bis die Wände ganz trocken waren, aber ich bin eine sorgfältige Anstreicherin und wollte die Arbeit hinter mich bringen. Die übrigen Zimmer würde ich mir ein andermal vornehmen, aber ihr Wohnzimmer brauchte sie. Vielleicht konnte Ed die anderen Zimmer streichen. Ich begann, ihn für eine gute Idee zu halten.

Mutter zeigte mir, was Peepbean mit ihrem Couchtisch gemacht hatte. Er sah tatsächlich wie Marmor aus. Ich war erstaunt, daß Peepbean so ein tüchtiger Handwerker war.

Um elf Uhr beschloß ich aufzuhören. Ich war müde und fing an, Fehler zu machen. Ich säuberte die Pinsel und räumte auf.

Auf dem Weg nach draußen küßte ich Mutter an der Tür. «Danke für das Essen.»

«Ich ruf dich an, wenn wir alle bei Mr. Pierre sind.»

«Okay. Ich komm rüber.» Ich wartete eine Sekunde. «Mom, danke für dein Verständnis. Ich hatte gedacht, du würdest Hackfleisch aus mir machen.»

«Ich verleih dir keine Medaille für gutes Betragen, Nickel, aber so was kommt nun mal vor. Du stehst in der Blüte des Lebens. Ich erwarte nicht von dir, daß du wie eine Nonne lebst.»

«Weder so noch so.»

Sie lächelte. «Du kannst Recht von Unrecht unterscheiden, aber, nun ja, du hast einen Fehler gemacht.»

«Ich dachte, du würdest hochgehen wegen meiner leiblichen Mutter. Hat sie's nicht mit einem verheirateten Mann getrieben und ist dabei erwischt worden?»

Mutter versteifte sich leicht. «Du bist nicht wie sie, und die Zeiten haben sich geändert.»

«Das will ich hoffen. Aber wenn ich den Mist sehe, der über den AP-Fernschreiber kommt, frage ich mich manchmal, ob es wirklich so ist.»

«Danke für dein Verständnis. Wegen Ed.»

«Es kommt überraschend, aber du solltest nicht allein sein. Ich habe immer gedacht, es müßte wieder einen Mann in deinem Leben geben, aber es hat eine Ewigkeit gedauert. Meinst du, bei mir dauert es auch so lange?»

«Denk nicht an die Zeit. Wenn's stimmt, dann stimmt's.»

Ich küßte sie noch einmal und ging. Vielleicht wurde Mutter jetzt auch erwachsen. Vielleicht hört man damit nie auf. Wenn mir das vor zehn Jahren passiert wäre, ich glaube, sie hätte mich umgebracht. Oder vielleicht irrte ich mich auch. Möglicherweise schätzte ich Mutter falsch ein, aber das tun wir wohl nun mal den Menschen an, die uns am nächsten stehen. Wir erwarten mehr von ihnen und sind strenger mit ihnen, wenn sie uns enttäuschen. Es ist nicht fair, aber so ist es. Ich war dankbar, daß sie mich heute abend nicht enttäuscht hatte, und hoffte, daß ich sie durch meine Eskapade mit Jackson nicht allzusehr enttäuscht hatte.

Ich konnte Recht von Unrecht unterscheiden, verdammt noch mal, aber die Zehn Gebote sind bestimmt leichter vom Blatt zu lesen als zu befolgen. Bei den Menschen, die zu jener Zeit heirateten, betrug die Lebenserwartung 25 Jahre. Bis daß der Tod uns scheide, kam schnell. Heute werden wir über 80 und 90 Jahre alt, und das oft bei bester Gesundheit. Ich lerne in einem Jahr mehr Leute kennen als meine Großmutter in ihrem ganzen Leben. Manche von ihnen finde ich sexuell attraktiv. Ich sage nicht, daß die Zehn Gebote veraltet sind, aber ich finde, es war für die Hebräer draußen in der Wüste in grauer Vorzeit leichter, sie zu befolgen. Dann machte ich mir Gedanken über den Unterschied zwischen Christen und Juden. Was ist ein Christ anderes als ein Jude mit einer Lebensversicherung.

37

Ich lasse auch eine Bombe platzen

Donnerstag, 30. April

Mein Leitartikel über das Privatleben von Menschen im öffentlichen Leben erschütterte die Stadt. Ich setzte mich stark für die volle Durchleuchtung des Lebens eines Kandidaten oder einer Kandidatin ein, einschließlich des Sexuallebens, doch meine Argumentation entsprach nicht genau der Argumentation der meisten Menschen, auch wenn sie auf dieselbe Schlußfolgerung hinauslief. Ich schrieb, daß Politiker heutzutage kaum mehr seien als eine andere Art Unterhaltungskünstler. Himmel, sie ließen sich liften, trugen Toupets, gefärbte Haare, Make-up, und mit Blaserei befaßten sie sich natürlich auch. Sie konsultierten Medienberater, Modeberater und vermutlich auch psychiatrische Berater. Sie waren bloß eine weitere Gruppe sonnengebräunter Witzbolde, denen weniger daran lag, ihrer Verfassung zu dienen, als daran, eine kleine Rolle in *Denver Clan* zu ergattern. Und wenn die Politiker sich wie Filmstars benehmen wollten, dann hatten wir, die Öffentlichkeit, das Recht, sie wie Filmstars zu behandeln. Ihr Privatleben war dann eben Futter für die Öffentlichkeit, die sie so unbedingt zu blenden trachteten. Das Rennen um die Präsidentschaft entwickelte sich zu einer Dandy-Schönheitskonkurrenz. Ich persönlich hätte lieber George Shultz als Kandidaten als einen dieser Lackaffen. Bei den Liberalen war

Alan Cranston noch im Rennen, der auch keiner von diesen Schönlingen war.

Die Telefone liefen heiß. Einige Runnies lachten, einige waren wütend, einige stimmten mir zu, andere wollten wissen, warum Charles sexuelle Anspielungen in der Zeitung zuließ. Anspielungen. Wie höflich von ihnen. Ich hatte es offen ausgesprochen.

Lief es nicht ohnehin auf Sex hinaus? Sex wurde eingesetzt, um Autos, Deodorants, Frühstücksflocken und jetzt auch Politiker zu verkaufen. Und Sex vernichtete Gary Hart. Wir saßen um den AP-Fernschreiber wie Kinder unter einem Weihnachtsbaum. Der Name der Dame, Donna Rice, wurde enthüllt. Niemand gab auch nur vor, daß sie zur Wahlkampftruppe gehörte. Als Hart dann erklärte, die Presse habe ihm unrecht getan, sang er in allen Tonarten, bloß nicht in der richtigen. Hätte der Mann nur ein bißchen Mumm gehabt, dann hätte er Amerika gerade ins Auge gesehen und gesagt: «Ja, ich habe mit ihr geschlafen, und es war phantastisch.» Wenn er Mumm gehabt hätte und ein Gentleman gewesen wäre, hätte er sagen können: «Ich liebe sie. Ich weiß, dies wird meiner Familie Kummer bereiten, aber ich liebe sie trotzdem.» Sogar der schmächtige Eduard VIII. hatte bei seinem Waterloo Mut bewiesen. Aber vielleicht war Gary Hart ein kalter, berechnender Mann. Vielleicht liebte er sie nicht. Vielleicht dachte er wie so viele Menschen, er könnte Äpfel und Birnen von einem Baum ernten. Er hatte sehr jung geheiratet. Ich kann mir nicht vorstellen, so viele Jahre verheiratet zu sein wie Senator Hart, aber diesen Unterschied mal beiseite, scheint es mir besser, reinen Tisch zu machen. Vielleicht würde die amerikanische Öffentlichkeit keinen Mann zum Präsidenten wählen, der zugab, eine Frau zu lieben, die nicht seine Ehefrau war, aber ich denke, dafür, daß er es zugäbe, würde man ihn zumindest respektieren.

Ich persönlich war der Meinung, daß es vermutlich keinen Volksvertreter oder Senator gab, der seiner Frau immer treu war, es sei denn, jemand hätte ihn mit Salpeter gefüttert. Es ist etwas Unlauteres an einem Volk, das von seinen Staatsbeamten eine bessere Moral erwartet als von uns übrigen. Vielleicht erwartet die Öffentlichkeit von ihren gewählten Volksvertretern gar keine bessere Moral, sondern nur, daß sie besser zu täuschen verstehen. Komisch.

Während der Gary Hart-Skandal überschwappte, sackte der PTL-Schlamassel auf das Niveau gegenseitiger Beschimpfungen ab. Als Jim Bakkers Gegner mit ihm fertig waren, hatte man den Eindruck gewonnen, das Leben des Kerls sei ein einziger Bumsmarathon gewesen. Ich konnte nicht sagen, ob die anderen Fernsehprediger neidisch waren oder ehrlich um seinen Seelenzustand bangten. Es wäre nicht seine Seele gewesen, um deren Zustand ich mir Sorgen gemacht hätte.

Selten hatte der AP-Fernschreiber so viel dröhnendes Gelächter in so kurzer Zeit verursacht. Sogar Charles, heute eigentlich grimmig und ernst, mußte ab und zu lachen.

Roger kam herüber und erzählte uns einen makaberen Witz, der auf dem Platz die Runde machte. Nixon, Teddy Kennedy und Hart sind auf einem Schiff auf dem Meer. Das Schiff beginnt zu sinken, und Nixon sagt: «Das Schiff sinkt. Wir müssen die Frauen und Kinder retten.» Kennedy erwidert: «Die Frauen und Kinder können uns mal», und Hart witzelt: «Bleibt uns dazu noch Zeit?» Roger fand das schrecklich komisch. Das kann ich von mir nicht behaupten, aber es war ein Schulbeispiel dafür, wie rasch die Leute über die Gestürzten herfallen.

Michelle fragte mich, ob ich glaubte, daß Schwule eine Chance hätten, wenn sie für die Präsidentschaft kandidierten.

«Wir hatten schwule Präsidenten», sagte ich, «aber sie haben gelogen, und es ist auch schon lange her.»

«Ja. Edgar Hoover soll schwul gewesen sein.»

«Und wer wollte sich schon auf den berufen?» schoß ich zurück.

«Ich sehe nicht ein, wieso das Sexualverhalten eines Menschen seine Fähigkeit, Präsident zu sein, beeinträchtigt.»

«Tut es auch nicht.»

«Worum geht es also dann?»

«Warst du bei den Pfadfinderinnen?»

«Ja.» Michelle setzte eine verständnislose Miene auf.

«Erinnerst du dich an die Feuerzeremonie, wenn wir ins Zeltlager gingen?»

Sie lachte. «Daran hab ich seit meiner Kindheit nicht mehr gedacht. Klar erinnere ich mich. Vier kleine Feuer wurden um ein großes Freudenfeuer in der Mitte angezündet. Wir gingen im Dunkeln los, und dann entzündete ein Wölfling das Freundschaftsfeuer, und alle Feuer wurden hintereinander mit viel Tamtam angezündet, bis das große Feuer drankam.» Sie hielt inne. «Was hat das mit der Präsidentschaftskandidatur zu tun?»

«Als du älter wurdest, fandest du da die Feuerzeremonie nicht ausgesprochen dämlich?»

«Sicher.»

«Der Unterschied ist derselbe. Du möchtest am liebsten lachen, aber wenn du es tust, sind die anderen wütend auf dich. Ein Mann, der für die Präsidentschaft kandidiert, ist wie eine Pfadfinderin, die durchs Land zieht und diese Feuer entzündet – mit ernstem Gesicht, möchte ich hinzufügen. Was würde passieren, wenn einer sagte: ‹Das hier ist Quatsch!› Nicht nur die weniger phantasievollen Zeltlagerbewohner würden wütend, sondern auch die Lageraufsicht, die den ganzen Feuerzauber für die Kinder veranstaltet. Und so muß jeder Kandidat so tun, als ob er seine Frau liebt, ihr treu ist, seine Kinder liebt und einfach ein toller Familienvater ist mit einem großen Hund und einer hohen Hypothek. Männer, die wirklich Sinn für die Familie haben, bewerben sich nicht um die Präsidentschaft, aber, he, warum die Tour vermasseln?»

«Hast du schon mal daran gedacht, dich um ein öffentliches Amt zu bewerben?»

«Ich ließe mich eher abwerben.»

«Du kennst alle Welt. Dir liegt viel an Runnymede. Ich glaube, du wärst gut.»

«Michelle, du sprudelst über von Komplimenten, und ich weiß das zu schätzen, aber damit sind wir wieder bei deiner Frage, nur auf lokaler Ebene. Wird diese Stadt eine brave lesbische Pfadfinderin in ein öffentliches Amt wählen?»

Sie wirkte nachdenklich. «Hast du dir je überlegt, warum du lesbisch bist?»

«Ich bin aus inniger christlicher Nächstenliebe Lesbierin geworden. Alle Frauen beten um einen Mann, und sie können meinen Anteil ruhig dazuhaben.»

Michelle klappte die Kinnlade herunter.

«Jetzt fällt dir nichts mehr ein, was?» Ich hob die Hand zum Sieges-V. «Und jetzt, Brenda Starr, verschwinde ich in den Curl 'n Twirl.» Mutters Ruf hatte mich ereilt.

Pewter, Lolly und ich schickten uns an, das Gebäude zu verlassen. Michelle rief mir nach: «Ich krieg dich schon noch, Nickel. Du weichst einem oft mit deinem Humor aus, aber eines Tages wirst du mit mir reden – über dich.»

Während ich die Tür schloß, erwiderte ich: «Nur, wenn du über dich redest. Gebet, so wird euch gegeben.»

Mr. Pierre begrüßte mich mit verschwörerischer Miene. Mutter, Orrie und Wheezie diskutierten laut über meinen Leitartikel, Gary Hart und die Männer im allgemeinen. Die Männer kamen dabei gar nicht gut weg. Einen Moment lang überlegte ich, vielleicht drei dazuzuholen, damit es wenigstens ein fairer Kampf war.

«Du hast die Stadt aufgerüttelt.» Orrie hielt sogar die Zeitung in der Hand.

«Das ist mein Job.»

«Ich meine wirklich, du hättest ohne dieses Wort auskommen können... du weißt schon.» Wheezie bezog sich auf die Zeile mit der Blaserei.

«Ja, aber es hat dich aufmerksam gemacht, oder?» sagte Mutter.

«Das kann man auch auf weniger vulgäre Weise», schnaubte Louise.

«Ach ja? Und wie?» Mutter brachte sie in Verlegenheit.

«Juts, Wheezie hat keine Erfahrung darin. Nickel ist die erfahrene Enthüllungskünstlerin.» Mr. Pierre blinzelte mir zu.

Georgette trällerte: «Gespräch auf Eins für Mr. Pierre.»

«Entschuldigt mich, ihr Lieben.» Er ging ans Telefon und war alsbald in die Bestellung von Frisierbedarf vertieft.

Orrie verlagerte ihr Gewicht in dem Stuhl. «Sie sieht klasse aus.»

Mutter reckte den Hals, um das Bild von Donna Rice in der Zeitung besser sehen zu können. «Vielleicht versteht sie was vom Segeln – sie sollte ihr Boot lieber in Titanic umtaufen.»

«Lauter kleine Spitzen und keine Eisberge.» Wheezie sprach kenntnisreich über Miss Rice, während sie Goodyear und Lolly kleine Hundekuchen zuwarf. Mr. Pierre hatte immer eine Schüssel voll auf der Theke.

«Na, wer denkt denn jetzt an Sex?» spottete Mutter.

«Ich hab mich nicht über die Sexstellen aufgeregt. Ich meine bloß, Nickel hätte nicht diese – Worte benutzen sollen.»

«Ich hoffe, das Mädel kann zählen.» Orrie faltete ihre Zeitung zusammen.

«Warum?» fragte Mutter.

«Weil Frauen, die sich verrechnen, Mütter genannt werden.»

Das ließ die Mädels explodieren. Mr. Pierre legte den Hörer auf. «Was hab ich verpaßt?»

Orrie wiederholte ihre höhnische Bemerkung, was neuerliches Gelächter auslöste.

Mutter sah von Mr. Pierre zu mir und wieder zu Mr. Pierre. Jetzt oder nie, sagte ihre Miene.

«Wheezie, ich hab dir was zu sagen, und ich dachte, es wäre nett, wenn du es unter Freunden erfährst.»

«Bist du krank, Juts?» Louise legte die Stirn in Falten.

«Nein.» Mom steckte fest. Nichts kam mehr aus ihrem Mund.

Orrie sah auf ihre Armbanduhr. «Ich bin in fünf Minuten mit Ann Falkenroth bei *Mojo's* verabredet.»

«Ich wußte gar nicht, daß du mit Ann zu Mittag ißt.» Wheezie schlug die Beine übereinander.

«Muß ich dir alles erzählen?»

Louises Antwort war schlicht und direkt. «Ja.»

«Das versuche ich ja, dir alles zu erzählen.» Mom tat es in einem Atemzug. «Ed und ich ziehen zusammen.»

«Sei nicht albern.» Orrie lachte hell.

Mr. Pierre machte ihr den Ernst der Lage klar. «Es ist wahr.»

Louise stand auf. «Ich hab ihn zuerst gesehen!»

«Nein, du hast zuerst mit ihm gesprochen.»

Orrie, die merkte, daß Louises Blutdruck hochschnellte, sagte: «Aber, aber, das ist nicht –»

«Halt's Maul.» Wheezie gab Orrie blitzartig mit dem Handrücken einen Klaps über den Mund. «Das hast du getan, um mir eins auszuwischen!» Louise zischte Juts diese Worte zu.

«Ist nicht wahr. Wir verstehen uns gut und –»

«Mit mir versteht er sich auch – oh, daß... daß du so tief sinken könntest, hätte ich nicht gedacht. Erst jetzt wird es mir klar.»

Mutter wurde übermütig. «Du bist bloß sauer, weil du ihn nicht zuerst gefragt hast.»

Louise stampfte zur Tür, öffnete sie und brüllte, als sie im Türrahmen stand: «Ich hab's satt, daß du dauernd Scherze auf meine Kosten machst!»

Sie knallte die Tür hinter sich zu. Mr. Pierre zuckte zusammen.

Orrie, etwas blaß, sah wieder auf ihre Uhr. «Ich glaub, ich geh jetzt lieber.»

«Du läufst ihr doch nicht nach, um sie zu trösten?» Mutter hob die Stimme.

«Sie ist deine Schwester, nicht meine. Sie wird vor Wut an die Decke gehen und das Haus auseinandernehmen und dann drüber wegkommen. Außerdem, in der Liebe und im Krieg ist alles erlaubt, Julia, und es sieht so aus, als würdest du gewinnen – diesmal.»

Wir sahen Orrie nach, als sie ging. Ich setzte mich auf einen Stuhl, und Mr. Pierre setzte sich auch. Georgette rief Verna an, um ihr die Neuigkeiten mitzuteilen.

Mutter rief ihr schamlos zu: «Sag ihr, sie soll's an die Tafel schreiben. Julia Ellen Smith schmeißt ihre Klamotten mit Ed Tutweiler Walters zusammen.»

«Mutter, mach's nicht noch schlimmer.»

«Ich mach's nicht schlimmer. Wenn's am Ende der Mittagspause sowieso in der ganzen Stadt rum ist, kann's ebensogut von mir selber kommen.»

Mr. Pierre rieb sich das Kinn. «Ich wünschte, ich wüßte, was Wheezie anstellen wird. Sie läßt sich das nicht widerspruchslos gefallen.»

«Was kann sie tun, außer einen Anfall kriegen und sich dreinschicken?» fragte Georgette, nachdem sie aufgelegt hatte.

«Was hat Verna gesagt?» erkundigte sich Mutter.

«Sie sagt, Ed sei alt genug, um zu wissen, was er tut, und du wärst es auch.»

«Das ist alles?» Mutter schien enttäuscht.

«Das ist alles», antwortete Georgette prompt.

«Ich glaube, Tante Wheezie hat Ed wirklich gern», sagte ich.

Mutter paßte meine Anteilnahme nicht. «Halt du dich da raus.»

«Du wolltest mich zur moralischen Unterstützung hier haben – oder muß es unmoralische Unterstützung heißen?» Ihr Tonfall gefiel mir nicht.

«Wer im Glashaus sitzt, soll nicht mit Steinen werfen.» Mutters Augen bohrten sich in meine.

«He, Mom, ich hab mein Examen als Teilzeit-Erwachsene bestanden. Wenn ich möchte, daß du mein Leben für mich lebst, sag ich dir Bescheid.»

«Sogar die Bäume kommen mit dem Leben besser zurecht als du.»

Das saß. Ich ging. Wenn sie sich über ihre Schwester ärgerte, konnte sie es verdammt noch mal an jemand anderem auslassen als an mir. Ich verbrannte Energie, indem ich um den Platz herumlief, und beschloß, ins Ärztehaus zu gehen und zu sehen, ob meine Untersuchungsergebnisse schon da waren.

Trixie winkte mich in ihr Sprechzimmer, als sie aus einem Behandlungsraum kam. Sie ließ mich nicht warten.

«Ich wollte dich schon anrufen und dir sagen, daß du herkommen sollst.»

«Bin ich gesund?»

«Du bist kerngesund, und ich bin froh darüber –» sie machte eine Pause und rückte etwas näher an mich heran – «weil du nämlich schwanger bist. Da du während der Untersuchung so unschuldig und schlau getan hast, was dein Sexualleben angeht, neige ich zu der Vermutung, daß im Osten bald ein neuer Stern aufgehen wird.»

«Heiliges Kanonenrohr.»

Wetten, daß ich über jede Nebenstraße in der Umgebung gefahren bin. Hund und Katze schliefen im Auto ein. Als ich schließlich nach Hause kam, rief ich Mr. Pierre an. Er sagte, er würde mich heiraten, und ich solle mir das nicht zweimal sagen lassen. Er sagte auch, ich solle mit der Neuigkeit sofort zu Mutter gehen.

Zögernd befolgte ich seinen Rat.

Mutter arrangierte ihre neuen Kissen auf dem Sofa, als ich hereinkam.

«Vergeben und vergessen?» fragte sie. Das war ihre Version einer Entschuldigung.

Ich ließ mich aufs Sofa fallen. Sie zog ein Kissen hinter meinem Rücken hervor und probierte es in der anderen Ecke.

«Die letzten Tage waren hektisch.» Das war ein schwacher Anfang.

«Kein Augenblick Langeweile.» Sie trat zurück, um die Farbkombinationen zu begutachten.

«Es ist noch nicht vorbei.»

Sie sah mich scharf an. «Oh.»

«Ich bin schwanger.»

«Was?»

«Ich bin schwanger. Trixie Shellenberger hat es mir gesagt, als ich vom Curl ’n Twirl kam.»

Sie umklammerte die andere Armlehne des Sofas und warf sich in ihre Kissen. «O mein Gott.»

«Ich werde das Baby bekommen.» Ich wiederholte mich. Ich wußte nicht, was ich sagen sollte.

«Das will ich hoffen – ich möchte Großmutter werden, aber so ein Schlamassel. Eine schöne Bescherung.» Sie rieb sich die Schläfen.

«Mr. Pierre hat mir einen Heiratsantrag gemacht.»

«Ist das wahr?»

«Ich weiß nicht, ob er's ernst meinte.»

«Wenn er's ernst meint, dann nimm ihn schleunigst beim Wort. Es ist vielleicht die einzige Möglichkeit, unser Gesicht zu wahren – was davon noch übrig ist.»

«Danke.»

«Du hast dich nicht gerade besonders genau an die Regeln gehalten.» Ich sah, daß sie zwischen Begeisterung und Verzweiflung hin und her gerissen war. «Warum hast du zuerst mit Mr. Pierre gesprochen, statt mit mir?»

«Ich dachte, er sei objektiver als du oder ich», sagte ich.

Sie murmelte etwas, das wie Zustimmung klang, und sank tiefer in die Kissen.

«Mom, was werden wir Tante Wheezie sagen?»

«Nichts.»

«Irgendwann wird sie es rauskriegen.»

«Sie hatte gerade einen Schock. Ein zweiter bringt sie womöglich unter die Erde.» Sie legte die Hände auf ihre Wangen.

«Denkst du nach?»

«Versuch du, nachzudenken. Ich versuche zu beten – daß wir hier lebendig rauskommen.»

«So schlimm ist es doch nicht – oder?»

«Hast du daran gedacht, was dein Kind tun wird, wenn es groß ist?» Ihre Augen waren ernst. «Es wird eine Biographie über dich schreiben mit dem Titel *Meine liebe Knabenmutter*.»

38

Der Clarion wechselt den Besitzer

Freitag, 1. Mai

Die Schwangerschaft der Jungfrau Maria war geplant. Meine nicht. Ich wachte morgens um halb sieben auf, mein Kopf wirr von widersprüchlichen Gedanken, meine Gefühle wie in einem elektrischen Mixer. Um fünf Uhr heute nachmittag würde ich arbeitslos sein. Irgendwann im Dezember würde ich ein Kind zur Welt bringen, das ich empfangen hatte, ohne mit einem Ehemann gesegnet zu sein. Mein Jeep lag auseinandergenommen in der Werkstatt. Ich konnte die Reparatur nicht bezahlen, und Jackson konnte nicht mit Eagle streiten, bevor er nicht wieder mit Volldampf im Büro war. Wenn er kräftig genug war, mußte ich ihn über dieses unvorhergesehene Ereignis ins Bild setzen. Vielleicht sollte ich es ihm gar nicht sagen, aber das schien mir grausam. Ich wälze mich nicht durch anderer Leute Betten. Während der sexuellen Revolution war ich der einzige Mensch meiner Generation, der nichts davon mitbekam. Jetzt bekam ich mehr als mir lieb war.

Selbstmitleid ist ein einfacher Luxus. Ich hätte mich ihm beinahe hingegeben, aber nach einem erschöpfenden Gymnastikprogramm und einer warmen Dusche nahm ich wieder Vernunft an, beziehungsweise das, was davon noch übrig war, und betrachtete die Pluspunkte. Ich war gesund. Mutter schien auf meiner Seite zu sein, und bei aller Großsprecherei und Witzelei war sie bestimmt gerührt. Das Leben spielte nicht so, wie sie es sich vorgestellt hatte, aber tat es das jemals – bei irgendwem? Ich hatte zwei pelzige Seelen, Lolly und Pewter, die mich liebten. Kenny liebte mich auch. Ich lebte auf einem schönen Fleckchen Erde. Es ging mir gut. Und je mehr ich nachdachte, um so aufgeregter wurde ich. Ich wollte Mutter werden. Ich war gewillt, dieses kleine Wesen auf der Welt willkommen zu heißen, geplant oder nicht, und alles zu tun, um es darauf vorzubereiten, zu überleben und gelegentlich einen kleinen Triumph genießen zu können.

Als ich frisch vom College kam, wußte ich alles. Jetzt war ich mir nicht sicher, was ich wußte. Ich hatte jeden Glauben aufgegeben. Ich wartete darauf, daß die Wahrheit mich fand.

Eines aber wußte ich, nämlich daß ich an das Leben glaubte, und tief im Innern jubelte ich, daß ich einem Menschen das Leben schenken sollte. Ich wünschte mir ein gesundes Baby. Was das gesellschaftliche Stigma betraf, konnte es schlimmer sein als Homosexualität? Ich wollte kämpfen, wenn es sein mußte, aber ich wollte dieses Baby haben.

Während ich pfeifend im Chrysler den Hügel hinunterfuhr, betrachtete ich die Stadt. Sie kam mir strahlender vor als sonst. Der Wasserturm jenseits des Emmitsburg Pike ragte wie ein häßlicher Stadtwächter auf, doch sogar der Turm mit dem aufgemalten SÜD-RUNNY 1988 erschien mir schön. Der in Gold und Blau gehaltene Turm der lutherischen Christuskirche leuchtete und die dunkleren Türme von St. Rose of Lima und St. Paul erhoben sich über die Dächer. Ich liebte diese Stadt. Ich wollte, daß mein Kind diese Stadt liebte. Ich stellte mir vor, daß es eines Tages mitten in der Nacht auf den Wasserturm klettern und das Jahr seines Schulabschlusses darauf pinseln würde. David Wheeler würde meckern und ein Säuberungskommando losschicken. Als ob David es nicht 1970 selbst so gemacht hätte.

Der Mai stellte sich mit mildem Sonnenschein und geringer Luftfeuchtigkeit ein. Ich lenkte den Chrysler auf den Parkplatz. Es war noch früh. Keine anderen Autos fuhren um den Runnymede Square. Pewter, Lolly und ich schlenderten über den ganzen Platz. Wir nahmen uns wunderbar viel Zeit.

Ich dachte daran, Mutter zu werden, und ich dachte an Mom. Mütter prägen unseren Begriff von Liebe. Mutter füttert uns. Macht uns sauber. Bringt uns abends ins Bett. Meine las mir abends vor, bis ich mir selbst vorlesen konnte. Mutter verpflastert deine Kratzer und Prellungen. Packt dir dein Pausenbrot ein. Zieht dich an und bringt dir bei, deine Schuhe zuzubinden. Sie bringt dir auch bei, die Uhr zu lesen. Du beobachtest den kleinen Zeiger für die Stunden und den großen für die Minuten. Mutter sagt dir nicht nur, was recht und was unrecht ist, sie zeigt es dir. Einmal hatte ich im alten Bon Ton ein gelbes Jojo mit einem schwarzen Streifen in der Mitte geklaut; es sah wie eine Hummel aus, und ich liebte Hummeln. Mutter marschierte schnurstracks mit mir ins Kaufhaus und zwang mich, meine Beute zurückzugeben. Ich war sieben. Ich habe nie wieder gestohlen. Mutter lehrt dich Mitgefühl für andere und Verantwortung. Sie schimpft, tadelt und versohlt dich, wenn sie muß, aber sie ist da. Sie ist immer da. Sie ist der Mensch, der dich an deinem ersten Schultag mit der Welt bekannt macht. Selbst während du auf Mutter angewiesen bist, bringt sie dir bei, sie loszulassen. Dad wird geliebt und in meinem Fall sogar angebetet, aber er ist nicht so da wie Mom. Ein Mann wächst auf und erwartet, etwas von dieser Mutterliebe in seiner Frau wiederzufinden. Eine Frau muß ihre Zuneigung auf einen Mann übertragen. Sie erwartet nicht, daß ihr Mann sie so liebt wie ihre Mutter sie geliebt hat. Schon erwarten wir weniger.

Ich dachte über diese Dinge nach, während Lolly mir tänzelnd folgte und Pewter wie verrückt Eichhörnchen jagte. Unser ganzer Begriff von Liebe würde sich verschieben, wenn die Männer sich so mit Kindern befaßten wie die Frauen. Bitte, damit soll nichts gegen die Männer gesagt werden. Sie sind im Arbeitsprozeß eingespannt. Niemand stellt sie vor die Wahl, zu arbeiten oder zu Hause bei den Kindern zu bleiben. Sie arbeiten bis zum Umfallen oder bis sie genug verdient haben, um sich zur Ruhe setzen zu können. Es tut gut zu arbeiten, es gibt einem

Selbstvertrauen, aber sie sind überlastet. Ihre eigenen Kinder sind allzuoft Fremde für sie, während sie arbeiten, um ihre Mäuler zu stopfen. Ihr Leben ist ein einziges großes Versteckspiel, da andere Leute ihnen wegzunehmen versuchen, was sie verdient haben, sie wegen einer Beförderung in die Pfanne hauen, ihnen die Frauen ausspannen. Ist es da ein Wunder, daß so wenige Männer aufrichtig miteinander befreundet sind? Sogar wenn sie sich eigentlich erholen sollten, wetteifern sie.

Mein Dad war klug. Er war Angler. Dad haßte es zu wetteifern, und an anderen Männern gemessen war Chessy nicht erfolgreich. Er sorgte dafür, daß wir ein Dach über dem Kopf hatten, aber Mutter mußte auch arbeiten, und in Dads Generation war das ein Makel für ihn. Aber weil er für niemanden eine Bedrohung darstellte, war er beliebt. Und weil er nicht so sehr am Geldverdienen interessiert war, verbrachte er viel mehr Zeit mit mir als andere Dads mit ihren Kindern. Er sprach mit mir über Autos, Chaos und Kosmos. Er unterwies mich im Angeln, obwohl es mich langweilte. Ich brachte es nie übers Herz, ihm das zu sagen. Er lehrte mich die Namen von Bäumen, Ländern und allen Gerätschaften in seinem Laden. Er machte aus mir eine gute Baseballspielerin. Er war mein erster Redakteur und sagte, der alte Hunsenmeir, den ich nicht mehr kennenlernte, habe immer zu ihm gesagt, ein Redakteur komme nach der Schlacht den Hügel herab und erschieße die Verwundeten. Nach dieser Mahnung las er meine Versuche und machte behutsame Vorschläge. Mein Vater behandelte mich schon wie einen denkenden Menschen, als ich noch ein Kind war. Er sprach nie herablassend mit mir und mußte mich selten maßregeln, aber dafür hatte er ja Mutter. Ich wurde von meinem Vater wahrhaftig geliebt und war viel glücklicher dran als meine Freundinnen, deren Väter distanzierter waren, aber selbst Dads Liebe war nicht dieselbe wie Mutters. Mutter war meine Lebenskraft. Dad war ihre Hilfe.

Mein Kind würde keinen Vater haben, und ich kann nicht sagen, daß ich froh darüber war. Ich überlegte, ob ich Mr. Pierres Angebot annehmen sollte. Ich war unehelich geboren. Das macht den meisten Menschen schwer zu schaffen. Ich wollte mein Kind nicht mit diesem Makel der Unehelichkeit behaften. Ja, ich weiß, Filmstars haben uneheliche Kinder, und es ist zauberhaft. Filmstars leben nicht in Runnymede, und ich habe mir als Kind wegen dieser Sache oft eine blutige Nase geholt. Irgendein Trottel nannte mich Bastard, und dann flogen die Fäuste. Ich vergalt Gleiches mit Gleichem.

Bis ich beim *Clarion* ankam, hatte ich mich halb entschlossen, Mr. Pierres großzügiges Angebot anzunehmen. Mein Schritt wankte, als ich das Sonnenlicht über das Panoramafenster mit der Aufschrift *The Runnymede Clarion* gleiten sah. Wie konnte dies der letzte Tag sein? Ich wollte, daß mein Kind Korrekturgehilfe würde, daß es den Geruch von Blei und Druckerschwärze im Anbau kennenlernte, das Wackeln, Rattern und Tickern des AP-Fernschreibers, das Gehetze der Reporter und Redakteure, die alle auf einmal schrien. Der Himmel war ganz bestimmt eine Zeitung, und Gott war Chefredakteur.

Die Tür ging auf. Charles, mit Ann an seiner Seite, räumte sein Büro. Er kam mir auf einmal alt vor, alt und gebrochen, dabei war er jetzt ein sehr reicher Mann. Er sah nicht auf, als ich mich durch die Tür schob. Michelle kam von der anderen Seite zum Hintereingang herein. Roger war noch nicht da und Johns Schreibtisch hatte schon das Aussehen eines erkalteten Leichnams.

Die Ehre des Abschiedsleitartikels fiel Charles zu. Er würde morgen erscheinen. Ich war heute dran gewesen, und ich hatte mich gestern abend nach meinem Gespräch mit Mom hingesetzt und einen albernen Artikel verfaßt. Michelle gab ihm die Überschrift: HABEN WIR NOCH SPASS? Er handelte von Washingtons alljährlicher Studie über die Notaufnahmen in Krankenhäusern und davon, wie die Leute dorthin gelangten. 26 000 Menschen landeten durch Tanzen in der Notaufnahme. Billardverletzungen erzeugen einen steten Strom ramponierter Leiber, weniger infolge des Spiels als der sich daraus ergebenden Streitigkeiten. Das Spielen eines Musikinstruments hält die Ambulanzmannschaften auf Trab, da Kinder sich die Zähne an Trompeten, Saxophonen und hier und da einer Tuba abbrechen. Ein Kind hatte versucht, sein Brüderchen in die Tuba zu stecken. Das Verrücken von Klavieren führt zu einer Vielfalt von gebrochenen Zehen, gequetschten Rippen und anderen Brüchen. Spaß in großem Maßstab, wie in Vergnügungsparks, liefert eine Rekordernte an Verletzungen, wobei Achterbahnen die Hauptschuldigen sind, dicht gefolgt von Riesenrädern. Autoscooter liegen an dritter Stelle. Über 6000 Menschen waren letztes Jahr von Barhockern gefallen und mußten eiligst ins Krankenhaus geschafft werden. Zum Glück waren die meisten so besoffen, daß der Personenschaden nicht so groß war, wie er hätte sein können. Fische zu beobachten war von allen Vergnügungsarten die am wenigsten gefährliche, allerdings hatte es in Oregon einen Fall gegeben, wo ein Mann von seinem Lieblingspiranha gebissen worden war.

Die Lektüre dieses Leitartikels erzeugte den einzigen Anflug eines Lächelns, den Charles sich gestattete. Als es 17 Uhr war, standen wir zusammen in der Redaktion. Dunkle Nachmittagsschatten fielen über den Platz und die Denkmäler, und Charles sagte uns Lebewohl und wünschte uns viel Glück. Schweigend gingen wir, jeder für sich, unserer Wege. Mir war, als hätte jemand das Ende eines Kaleidoskops geöffnet und die bunten Splitter flögen heraus.

Michelle und ich sagten uns nicht Lebewohl, weil sie meinte, wir sähen uns heute abend beim Bingo. Ich ging mit Pewter und Lolly zu *Mojo's*. Verna war deprimiert über das Ende des *Clarion*, wie wir ihn kannten, wie ganz Runnymede ihn seit 1710 gekannt hatte. Sie setzte sich zu mir in die Nische und vertilgte ein paniertes Steak, Kartoffelbrei, der in Soße schwamm, Biskuits – wirklich fabelhafte Biskuits –, Brokkoli, Salat mit Ranch Dressing und ein gewaltiges Stück von ihrem geliebten Kirschkuchen. Nach diesem opulenten Mahl tupfte sie sich den Mund mit einer Serviette ab und sagte: «Wenn ich nur einen Weg wüßte, so ein Abendessen zu verzehren, ohne dick zu werden.»

«Ganz einfach», erwiderte ich. «Iß alles, was du willst – aber schluck es nicht runter.»

Eine Minute lang glaubte sie mir.

Ich half ihr, das Restaurant zu schließen, dann gingen wir über den Platz zu St. Rose. Ihre Kinder würden schon dort sein.

«Vern, ich spiel heute abend nicht. Sag Mom und Wheezie, ich sei nach Hause gegangen. Mir ist so elend, mir ist nicht nach Gesellschaft zumute.»

«Ach, Schätzchen, komm doch mit – dann fühlste du dich gleich besser. Vielleicht gewinnst du sogar den Jackpot.»

«Heute abend nicht. Nächste Woche gewinn ich sowieso. Den großen.»

«Okay, ich sag's ihnen. Paß auf dich auf, hörst du?»

«Danke.» Ich sah ihre Massen auf dem schmalen Bürgersteig am Rand des Kirchengrundstücks verschwinden. Sie bog um die Ecke, um durch den Hintereingang zu gehen. So dick sie war, für mich war sie in diesem Moment schön. Menschen, die einen mögen, kommen einem unweigerlich schön vor.

Ich fuhr zum Krankenhaus. Der Hund und die Katze beschwerten sich, weil sie im Auto bleiben mußten. Ich ließ die Fenster ein Stückchen heruntergekurbelt und sagte den beiden, sie sollten warten. Dann öffnete ich die Tür zu der kleinen Klinik. Der Geruch nach Desinfektionsmitteln quälte meine Nase. Ich hasse Krankenhäuser.

Jack, Zimmer 418, las ein Buch.

«Hallo.»

«Nickie!» Er legte sein Buch weg und streckte die Arme aus.

Ich umarmte ihn. «Ich freu mich, daß es dir gutgeht.»

«Mir geht's prima. War kein ernster Herzanfall. Die Ärzte machen es schlimmer als nötig, weißt du. Sie sind wie Rechtsanwälte – sie müssen ihre Existenz rechtfertigen.»

«Wie lange mußt du hierbleiben?»

«Bis morgen. Ich hätte gestern nach Hause gehen können, aber diese Blutsauger stellen alle menschenmöglichen Tests mit mir an. Gene sagt, das kommt davon, wenn man sich nicht regelmäßig gründlich untersuchen läßt. Mein Cholesterinspiegel spielt anscheinend verrückt, aber der Doktor sagt, ich bin bestens in Form. Daß ich Sport treibe, hat mich vermutlich gerettet – und daß ich Nichtraucher bin. Und nu-u-un, keine Butter, keine schweren Fette, igitt.» Er zog ein Gesicht.

«Wie fühlst du dich jetzt?»

«Gut. Dies ist gewissermaßen mein erster richtiger Urlaub, denn selbst wenn ich mal Ferien gemacht habe, hab ich immer im Büro angerufen. Ich hielt mich für unentbehrlich.»

«Das bist du auch.»

Er tätschelte meine Hand. Ich saß auf der Bettkante. «Danke für die Blumen. Danke für alles. Ihr wart wunderbar, du und deine Mom. Sie war hier und hat mir das mitgebracht.» Er hielt ein elektronisches Puzzle in die Höhe. «Ist verdammt schwierig. Sie sagte, du kommst vorbei.»

«So, hat sie das gesagt?»

«Wir haben ausführlich über dich gesprochen.» Er senkte die Stimme. «Ich hatte nie jemanden, mit dem ich über dich sprechen konnte, und ich weiß nicht, Juts setzte sich hin, und ich fing an zu reden. Gott, jetzt fühle ich mich viel besser. Sie ist sehr verständnisvoll, und sie liebt dich. Wir beide lieben dich.»

«Hat sie sonst noch was gesagt?»

«Nein.»

«Wie geht es deinem Herz in diesem Moment?»

«Gut, Nickie. Mir geht's gut.»

Ich beugte mich vor und flüsterte ihm ins Ohr: «Ich bekomme ein Baby.»

Er schlug seine Arme um mich und hielt mich fest. Er sagte nichts. Er wiegte mich sanft hin und her, dann flüsterte er in mein Ohr: «Bist du glücklich? Ich bin's nämlich.»

«Ich bin glücklich, aber ich weiß nicht, was ich jetzt tun soll.» Ich rückte ein wenig von ihm ab, damit ich sein Gesicht sehen konnte. «Ich bin noch ganz durcheinander. Deswegen und wegen der Zeitung.»

«Ja, ich weiß. Dein Leitartikel hat mir gefallen.» Er drückte meine Hand. «Vielleicht würde Regina sich scheiden lassen, damit ich dich heiraten kann. Und du könntest zu uns ziehen, oder ich könnte Mormone werden und mit euch beiden verheiratet sein.»

Ich lachte. «Ich weiß nicht, wie sie reagieren würde, wenn sie es wüßte, aber ich glaube, Winston und Randolph wären nicht gerade begeistert. Sie sind in einem schwierigen Alter.» Ich nahm Moms elektronisches Puzzle in die Hand. Es gab piepende Geräusche von sich. «Wir können nicht heiraten, Jack, weil Mr. Pierre sich bereit erklärt hat, mich zu heiraten.»

«Der!»

«Es ist sehr freundlich von ihm. Das Kind wird nicht unehelich sein.»

«Das Kind wird mit einem Vater aufwachsen, der mehr Make-up trägt als seine Mutter.»

«So wird es beizeiten lernen, wie oft die Regeln der Gesellschaft die Regeln des Herzens verletzen. Ich finde es gar nicht so schlecht. Mr. Pierre ist ein warmherziger und verantwortungsbewußter Mensch.»

«Das ist er.» Jack kaute an seiner Lippe. «Du wirst das Baby behalten? Du würdest es doch nicht –»

«Niemals.»

«Ich werde für das Kind sorgen. Ich laß dich nicht im Stich, jetzt schon gar nicht.»

«Arbeitslos und mit trüben Aussichten.»

«Nicht trübe – nur unbekannt, noch nicht entdeckt. Ich bilde einen Treuhandfonds. Weiß Mr. Pierre, daß ich der Vater bin?»

«Ich sag's ihm.» Ich sagte nicht, daß ich es eines Tages, wenn die Zeit reif und ich stark genug wäre, Regina erzählen wollte.

«Hältst du das für richtig?»

«Der Mann wird meinem Baby seinen Namen geben. Er wird sich bemühen, ein so guter Vater zu sein, wie es ihm möglich ist – und ohne das Vergnügen, es gezeugt zu haben, darf ich hinzufügen. Er hat es verdient, Bescheid zu wissen – aber er weiß es ohnehin. Er wußte von unserem Verhältnis. Wer sonst könnte es sein als du? Ich hab's ihm bloß noch nicht ausdrücklich gesagt, das ist alles.»

«Ich werde immer ein Teil von dir sein.»

Ich sah ihn an; meine Augenbrauen zogen sich vor lauter Konzentration zusammen. «Aber du bist immer ein Teil von mir gewesen. Wir sind zusammen aufgewachsen. Wir werden zusammen alt werden. Wir gehören hierher.»

«Es ist jetzt anders. Wir haben etwas gemacht, etwas Besonderes, hoffe ich. He, sie trägt dich in sich, sie wird was Besonderes.»

«Woher weißt du, daß das Baby ein Mädchen ist?»

«Ich hab zwei Jungen, ich wünsch mir ein Mädchen.» Er lächelte. «Ich bin dir so nahe, wie ich nur sein kann. Wir sind ein Leben lang verbunden.» Er hielt seine Hand hoch, damit ich ihn nicht unterbrach. «Aus uns kommt neues Leben. Nenn es meinetwegen die endgültige heterosexuelle Erfahrung. Das entspricht eher deiner Ausdrucksweise. Du wirst mich in der Kleinen sehen, an jedem Tag ihres Lebens. Und wenn ich sie sehe, sehe ich dich. Ich hoffe, sie bekommt das Beste von uns beiden, denn dann hat sie einen verdammt guten Start.»

Diese Gefühlsregungen, fremd wie sie mir waren, prägten sich in mein Gedächtnis ein. Ich wußte nicht, wovon er sprach. Ich hörte ihn. Intellektuell verstand ich ihn, aber ich fühlte es nicht. Vielleicht hatte er recht. Bei der Geburt des Kindes, und wenn ich es aufzog, würde ich emotional verstehen, was er mir zu vermitteln versuchte. «Du hörst dich an, als wolltest du Vater werden, und das kannst du nicht. Das ist Mr. Pierres Aufgabe.»

«Ich werde ein sehr liebevoller Onkel sein.»

«Regina wird dahinterkommen.»

«Die Menschen sehen, was sie sehen wollen.» Er holte Luft. «Ich werde mit ihr sprechen. Ich weiß nicht wann. Aber ich tu's. Ich bin glücklich. Ich möchte, daß sie an dem Glück teilhat, auch wenn sie den Konventionen nach wütend auf mich sein müßte. Da sie dich kennt, weiß ich nicht, wie sie das sein könnte.»

Wo war meine Schlagfertigkeit, wenn ich sie brauchte? Sie hätte eine Antwort gewußt. So verwirrend der gesellschaftliche

Aspekt meiner Schwangerschaft war, so innerlich zerrissen ich mich Reginas wegen auch fühlte, ich war selig, glücklich, aufgeregt. Ich verstand nicht, wie ich unter diesen Umständen so empfinden konnte, aber es war so. Komischerweise erinnerten meine Gefühle mich daran, wie mir zum erstenmal bewußt geworden war, daß ich eine Frau lieben konnte. Ich war fünfzehn gewesen. Der äußere Anschein sagte mir, daß ich im Unrecht war, aber für mich selbst war ich im Recht, und ich war zufrieden. Ich konnte kein vollwertiger Mensch sein, wenn ich meiner Natur nicht folgte. Meine Natur gebot mir, dieses Baby zu bekommen und mich nicht um das Gerede der Leute zu kümmern.

Wir holten den neuesten Klatsch nach, aber wir unterbrachen unseren Klatsch, um von dem Baby zu träumen. Jack wollte wissen, was Mom dazu sagte, und ich erzählte ihm, sie sei besorgt, aber eigentlich freue sie sich darauf, Großmutter zu werden.

«Ich ruf dich morgen an.» Ich erhob mich zum Gehen.

«Kannst du nicht vorbeikommen?»

«Morgen ist das jährliche Delta Delta Delta-Wohltätigkeitsturnier.»

«Ich bin in der Umbautruppe –» Er sah enttäuschter aus, als er war. Jack konnte Splitter in den Händen genausowenig leiden wie ich.

«Ich hab einen Ersatzmann.»

«Wen?»

«Diz.»

Ein Anflug von Zorn zuckte über sein Gesicht. «Hat er sich angebiedert?»

«Nein. Ich habe ihn in seinem Büro angerufen, um ihm zum Erwerb der Zeitung zu gratulieren, und dann hab ich ihn mit der Umbautruppe überfahren. Da ich mich in meiner Niederlage so edelmütig zeigte, erklärte er sich gnädig zu einem Tag körperlicher Arbeit bereit.»

«Ich werde den Kerl nie leiden können.»

«Weil ihr beide dickschädlige Bullen seid.» Er formte die

Lippen zu einer Frage, aber ich fuhr fort: «Ihr seid zwei sehr maskuline Männer mit einer Unmenge Androgen im Körper, und beide wollt ihr die Herde leiten. Auch wenn ihr nicht schon als Kinder Rivalen gewesen wärt, wärt ihr es als Erwachsene geworden. Das ist chemisch bedingt.» Ich schloß mit einer ausladenden Handbewegung. Halb glaubte ich, was ich gesagt hatte, und halb glaubte ich es nicht. Eine interessante Zwickmühle.

«Smiths endokrine Sicht des Universums.»

«Weißt du 'ne bessere?»

«Im Augenblick nicht. Ich weiß höchstens, daß meine Hormone mich einholen.»

Ich küßte ihn wieder auf die Wange. «Mich haben sie bestimmt eingeholt.»

39

Ursula am Boden

Samstag, 2. Mai

Der Mai breitete für das Turnier seine üppigen Arme aus. Azaleen leuchteten, die Wanderdrosseln kehrten in ganzen Schwärmen zurück und das Licht flimmerte und tanzte. Unser alljährliches Turnier fand in der Reithalle von The Barracks statt, einer hochkarätigen Springturnierschule, die Claiborne Bishop gehörte. Claiborne war eine passive Delta Delta Delta-Ehemalige, aber sie machte es dadurch wett, daß sie die Halle, ihre teuren Hindernisse und die Anzeigenanlage zur Verfügung stellte.

In The Barracks stapfte die Umbaumannschaft in aller Herrgottsfrühe über den tiefen, weichen Grund, um den ersten Parcours aufzubauen. Regina, unsere Parcours-Chefin, wies uns von der Zuschauertribüne aus an, die über die ganze Länge der riesigen Halle verlief. Michelle, Mr. Pierre, Diz und ich versanken bis zu den Knöcheln in dem braunen Lehm, als wir Gatter, Pfosten, Büsche und Topfpflanzen schleppten. Schon zu dieser frühen Stunde trabten und galoppierten Kinder und Erwachsene auf dem Abreiteplatz hinter der Haupthalle.

Kenny trottete, glänzend gestriegelt und mit geflochtener Mähne, in seiner Box umher. Reginas Pferd tat das gleiche. Nicht genug, daß wir dieses verflixte Turnier auf die Beine stellten, wir mußten auch noch mitreiten; Ursie wollte die einzelnen Abteilungen gerammelt voll besetzt haben. Sie drängelte unentwegt, die Tri-Deltas müßten vollzählig antreten gegen die Kappa Kappa Gammas, Kappa Alpha Thetas, Chi Omegas, Delta Gammas, Alpha Delta Phis und was sonst noch an Ehemaligen-Verbindungen auftauchen oder die zugehörigen Kinder ins Feld schicken würde. Ursies Anhänglichkeit an Delta Delta Delta, so unangemessen sie sein mochte, war echt. Wir würden die anderen «Mädels» in den Schatten stellen, komme was da wolle.

Verna BonBon war unsere Ansagerin. Verna war nicht auf dem College gewesen, aber wir hatten sie letztes Jahr zur Ehren-Tri-Delta ernannt, weil sie die beste Stimme in der Stadt besaß. Außerdem hat Verna im Laufe der Jahre unentgeltlich eine Menge Essen an hungrige Leute ausgegeben, und dies war der bescheidene Dank unseres Ortsvereins für ihren Dienst an der Gemeinde, den wir selbst hätten leisten sollen.

Ursie, die unter dem Gewicht ihres fuchskopfförmigen Kristallschmucks wankte, trug wahrhaftig ihre Delta Delta Delta-Nadel an ihrem teuren Valentino-Kleid. Ein von einem Dreizack durchbohrter Halbmond stach Löcher in den gemusterten Seidenstoff, aber das kümmerte Ursie nicht. Es war ein geringer Preis dafür, daß sie im Mittelpunkt der Aufmerksamkeit stand. An dem mit Flaggen in unseren Verbindungsfarben Silber, Gold und Blau dekorierten Zuschauerraum mußten Ursie und ihre Töchter einen halben Tag gearbeitet haben.

«Meine Damen und Herren, willkommen zu unserem elften Delta Delta Delta-Jahresturnier. Ich bitte um kräftigen Applaus für Ursie Yost für ihre phantastische Organisation. Sie schwört, daß das diesjährige Turnier ablaufen wird wie ein Uhrwerk. Verbeug dich, Ursie.» Vernas volle Altstimme knatterte über die Lautsprecher.

Auf hohen Absätzen stürmte Ursie frohgemut in die Mitte des Parcours. Sie absolvierte ihre Verbeugungen um Punkt 9 Uhr.

«Wenn sie sich zu weit nach vorne beugt, kommt sie nicht wieder hoch.» Ich feixte.

«Du bist neidisch auf den Schmuck», bemerkte Diz.

Unsere kleine Umbautruppe stand unten, neben dem Parcours, hinter einer Schwingtür. Die Anordnung war in etwa dieselbe, wie man sie in einer Stierkampfarena sieht. Die Clowns haben einen Platz, wo sie sich vor den Stieren verstekken können. Wir waren die Clowns.

Die erste Abteilung in der ersten Prüfung waren kleine Jagdponies, das heißt, die kleinen Kinder waren an der Reihe. Damit würden wir die schlimmsten Stürze gleich zu Anfang hinter uns bringen. Die niedrigen Hindernisse verhindern schwere Unfälle, aber die Kleinen fliegen über die Pferdeköpfe nach vorn, rutschen seitlich herunter oder steigen ängstlich ab. Während die Knirpse über die Hindernisse setzten, sah ich mir die Zuschauer an. Die Besucherzahl war so hoch wie nie, wozu das schöne Wetter beitrug. Unsere Runnymede-Truppe war angetreten: Mom, begleitet von Ed, Louise, schmollend, Orrie, Mutzi, diverse BonBons, Muffin Barnes und Gloria Fennell von unserem Reitstall, Elliwood Baxter, Shirley McConnell und unser gesamter Jagdclub. Jagdclubs aus Virginia, Maryland und Pennsylvania traten in den Erwachsenen-Prüfungen an. Jill Summers, oberste Jagdmeisterin von Farmington Hunt, hatte ihre Kinder und Erwachsenen mitgebracht. Jake Carle II kam mit Keswick, einem wilden, rauhen Haufen. Die Maryland-Clubs wie Goshen Hunt kamen blendend besetzt, ebenso Green Spring Valley aus Iron Bridge. Mr. Hubbard's Kent County Hounds waren leicht zu erkennen: Die Männer trugen Scharlachrot mit hellem blau-rotem Kragen. Aus Virginia bevölkerten neben Farmington Hunt Club und Keswick noch Deep Run, Middleburg, Orange County, Warrenton und Piedmont die Halle. Aus Pennsylvania hatten wir Rose Tree, Plum Run, Mr. Stewart's Cheshire Foxhounds, Beaufort und Radnor angelockt. Wir hatten sogar eine Besucherin von den Roaring Fork Hounds in der Nähe von Aspen. Sie wollte beobachten, wie wir die Sache aufzogen, um zu sehen, ob sie in ihrem Club zu Hause in Colorado ein ähnliches Turnier auf die Beine stellen könnte.

Ursies Talent bestand darin, zwei piekfeine Vereine, Fuchsjäger und ehemalige Verbindungsstudentinnen, zusammenzubringen, um Geld für wohltätige Zwecke zu sammeln. Die Besucherzahl setzte sogar Ursie, die geborene Optimistin, in Erstaunen.

Der Vormittag lief genau nach Plan ab. Wie ein Uhrwerk. Tiffany gewann mit dem großen Jagdpony ein blaues Band. Harmony kam in ihrer Abteilung auf einen enttäuschenden dritten Platz, aber da sie noch für diverse Prüfungen am Nachmittag eingetragen war, blieb sie voller Hoffnung.

Michelle, Schmutzflecken im Gesicht, große Handschuhe an den Händen, machte Mittagspause, während Diz, Mr. Pierre und ich weiterarbeiteten. Wir würden unsere Pausen staffeln müssen. Lolly und Pewter saßen bei Mutter und Goodyear. Mom machte sich durch lautes Bravorufen bemerkbar, als ich den Traktor fuhr. Ich winkte ihr mit meiner Baseballkappe.

«Amateure über dreißig Jahre. Nächste Abteilung. Bitte fertig machen», erklang Vernas Stimme.

«Mr. Pierre, da reite ich mit. Kommst du allein zurecht?»

«Kommt Michelle zurück?» fragte er klugerweise.

Ich zeigte auf Michelle, die im Laufen aß und schon wieder zu unserem Schutzgehege unterwegs war.

«In Ordnung, Darling, ich werd's ohne dich durchstehen.» Er blinzelte Diz zu, der zurückblinzelte.

Bei einem Turnier mitzureiten ist für mich der Inbegriff der Hölle. Ich werde unsicher und verliere meinen Rhythmus. Zum Glück ist Kenny ein Pferd, das wie auf Knopfdruck funktioniert und mich sicher trägt, wenn ich versage. Ich zog meinen grauen Jagdrock mit den goldenen Aufschlägen und den goldenen Blue and Gray-Clubknöpfen an. Unser Club war ungewöhnlich, weil man einen schwarzen, einen dunkelblauen oder einen grauen Rock tragen durfte. Der Club war von Veteranen des Bürgerkriegs gegründet worden, und sie waren alle bei ihren Farben geblieben. Die abgeschabten Ellbogen an meinem Rock schimmerten wie Pfirsichsteine. Meine Kappe war fast kahl, aber wenn man nicht zu genau hinsah, war ich ganz passabel ausstaffiert.

Regina, ganz verwegen, trug einen pinkfarbenen Rock und Langschaftstiefel. Als oberste Jagdmeisterin konnte sie tun, was sie wollte, allerdings wurden pinkfarbene Röcke traditionsgemäß nur von Männern getragen, die sich ihre Jagdfarben verdient hatten. Reginas einzigartige Rebellion verursachte Gerede, wo immer Leute von anderen Jagdclubs sie erblickten. Mir gefiel's, und ich fand, es sah sexy aus, ein bißchen wie bei Marlene Dietrich, wenn sie Zylinder und Frack trug. Die Mischung aus femininer Sinnlichkeit und maskuliner Kleidung ist eine hochexplosive Kombination.

Regina ritt vor mir, obwohl sie das als Parcours-Chefin nicht hätte tun sollen. Ursie konnte uns mal. Ich gönnte Regina ihren Auftritt in der Sonne beziehungsweise unter den Neonlampen.

Ich war als nächste an der Reihe, und meine Kehle schnürte sich zu. Kenny spitzte die Ohren und trabte los. Bei Hindernissen von 80 Zentimetern Höhe biß ich die Zähne zusammen; eigentlich war es mehr wie Zähneziehen. Theoretisch wußte ich mittlerweile, was ich zu tun hatte. Ich schaffte die Runde und bot einen lächerlichen Anblick. Als ich es hinter mir hatte, sattelte ich Kenny rasch ab, riß meinen Rock herunter und eilte an meinen Posten zurück.

Etliche Drinks zum Mittagessen brachten die Menge in Stimmung. Verna gab über die Lautsprecheranlage flotte Sprüche von sich. Ursie stolzierte umher. Ein perfekter Tag. Ein perfektes Turnier. Mr. Pierre, Michelle, Diz und ich, körperlich erschöpft, waren völlig überdreht. Wir lachten über alles. Bei einem Turnier wie diesem lernt man unter anderem, daß eine Mitgliedschaft in einem Jagdclub keine oberflächliche Angelegenheit ist. Es gibt eine Menge zu lachen.

Wir waren bei der letzten und größten Abteilung angelangt, ungeübte Jäger. «Ungeübt» bezog sich auf das Pferd, nicht auf den Reiter. Es war eine begehrte Prüfung, weil die Leute mit ihren jungen Pferden antraten und die Bänder einheimsen wollten. Wenn sie die Absicht hatten, das Pferd später zu verkaufen, würden diese Bänder wichtig sein.

Unsere kleine Umbautruppe lehnte unterdessen schön

schmutzig hinter ihrer schützenden Einfriedung. Elf ungeübte Jagdpferde kanterten an uns vorbei. Hier oder da wurde ein Gatter abgeschlagen, eine Palisade runtergetreten, doch soweit, so gut. Das zwölfte Pferd, Tallulah, perfekt gestriegelt, wurde von Harmony geritten. Harmonys sanfte, einfühlsamen Hände klopften den Hals des Tieres, als sie das erste Gatter nahmen. Ursie hielt die Loge in der Mitte der Tribüne besetzt. Aus dem Augenwinkel glaubte ich an der gegenüberliegenden Parcourswand eine Bewegung zu sehen.

«Was ist das?» Mr. Pierre zeigte hinüber.

Michelle mit ihrem absoluten Weitblick sagte lakonisch: «Sieht mir wie 'n Stinktier aus.»

«Es ist ein Stinktier.» Diz fing an zu lachen, worauf wir übrigen auch anfingen.

Das Tier hatte das Turnier tapfer über sich ergehen lassen, so lange es irgend konnte, und war nun aus seinem sorgsam verborgenen Loch gekrochen, um der Sache ein Ende zu machen. Es schimpfte. Es setzte sich auf die Hinterbeine. Harmony sah es nicht. Das Pferd sah es und verweigerte den Sprung. Exakt, wie Muffin Barnes es ihr beigebracht hatte, versammelte Harmony das Pferd, fand in den Rhythmus zurück, vollführte einen kleinen Halbkreis und näherte sich abermals dem Hindernis. Willig galoppierte das Pferd auf die Hürde zu und gewahrte abermals das Stinktier auf der anderen Seite. Harmony flog über den Sprung. Das Pferd nicht. Die braune Stute machte kehrt und preschte um den Parcours. Inzwischen hatten die Zuschauer die Quelle des Aufruhrs erspäht. Die Umbautruppe stürmte zu Harmony hinüber. Von ihrem verletzten Stolz abgesehen, war sie heil geblieben. Sie räumte schleunigst das Feld. Das Pferd umrundete weiterhin den Parcours. Ursie beschirmte die Augen mit den Händen und erfaßte die Situation.

«Nickel, schaff das Stinktier aus dem Ring!»

Der Befehl mißfiel mir, aber ich hatte eine Idee. «Lolly, Pewter, kommt her!» Pewter kam in den Ring gerast, erspähte das Stinktier in seiner ganzen Pracht und raste umgehend zurück, die feige Memme. Lolly, die schon früher Bekanntschaft mit solchen Geschöpfen gemacht hatte, blieb einfach neben Mutter stehen und wedelte fröhlich ermutigend mit dem Schwanz. Sie hatte nicht die Absicht, mir zu helfen.

Die Stute blieb bei mir stehen. Ihre Eskapaden hatten sie müde gemacht.

«Tallulah, braves Mädchen.» Was soll man sonst zu einer feurigen braunen Stute sagen? Tallulah ließ sich von mir zu Diz führen, der sie auf den Abreiteplatz brachte.

Unterdessen war Ursie fuchsteufelswild oder, wie Mom sagen würde, «vollgeschissen und meilenweit kein Wasser».

«An die Arbeit!» brüllte Ursie mich an. Ihr Lippenstift – rosé antique – umrahmte ihre Mundhöhle.

Ich bewegte mich auf das Stinktier zu, das sich klugerweise davonmachte und, als ich ihm vorsichtig in einigem Abstand folgte, den Ring zu umrunden beschloß. Sein Rundgang wurde von Zuckungen seines fürchterlichen Schwanzes begleitet, ansonsten aber trat es noch nicht in Aktion.

«Kannst du denn gar nichts richtig machen!» Ursie sprang in den Ring. Darauf kehrte das Stinktier in seinen Bau zurück. Ursie stampfte schwitzend zu mir herüber. «Jetzt reicht's mir! Bei Gott, mußt du mich so blamieren? Stehst hier mitten im Ring und tust nichts. Wir sind im Verzug. Hörst du? Im Verzug! Ich wünsche, daß dieses Turnier abläuft wie ein Uhrwerk!»

Mr. Pierre kam an meine Seite und Michelle bezog auf der anderen Seite Posten.

«Ursie, jetzt langt's.» Mr. Pierres Tonfall machte deutlich, daß sie mich besser in Ruhe lassen sollte.

«Ach, halt's Maul, du blöde Schwuchtel!»

Ehe wir uns soweit erholt hatten, ihr darauf antworten zu können, trat das Stinktier wieder in Erscheinung, diesmal mitsamt vier Köpfchen, die aus dem Loch schauten. Es drehte sich um, gab ein Zeichen und die Stinktierkinder folgten. Unterdessen bewegte sich Ursie nicht mehr bloß an der Grenze zur Hysterie – sie plumpste voll über die Kante. Bis zu den Knöcheln in Lehm und Pferdeäpfeln, ging sie schnurstracks auf das Stinktier los. Die Tribünen feuerten das Stinktier an, nicht Ursie. Das Stinktier ließ sich nicht beirren und scheuchte seines Babies zurück in den Bau. Es wartete mit kühler Präzision auf das Herannahen dieses tollwütigen Menschen.

Ursula Yost erhielt eine Ladung aus nächster Nähe. Sie sank auf die Knie und schrie: «Ich bin blind! Ich bin blind!»

Mama Stinktier spazierte würdevoll zu ihrem Loch zurück und verschwand.

Ich hatte mir vor Lachen fast in die Hose gemacht. Diz saß auf der Erde und Tränen liefen ihm über die Wangen. Er schrie vor Lachen. Ich sah zu den Tribünen hinauf. Mutter und Tante Louise stützten sich gegenseitig, ihre Seiten hoben und senkten sich vor unbändigem Gebrüll. Ed hatte seine Arme um die beiden gelegt, und die drei standen so schief wie der Turm von Pisa. Ich hoffte, Tante Wheezie würde sich keine Hüfte brechen, falls sie umkippten.

Ich bemerkte, daß Ursulas zwei Lieblinge keine Anstrengungen unternahmen, ihre Mutter zu retten. Wutschäumend kroch Ursie auf allen vieren um den Ring. Sie war nicht zu verstehen, aber ich hörte irgend etwas von Braille.

Schließlich riß sich die Umbautruppe zusammen. Wir trabten zu Ursie hinüber. Unsere Augen tränten von dem scharfen Geruch. Ich hievte sie hoch.

Sie konnte genug sehen, um mich anzufauchen: «Nimm deine Pfoten weg. Ich will nicht, daß du mich anfaßt – du – du –»

Ich ließ sie fallen. Mr. Pierre und Diz hoben sie wieder auf. Sie drehten die Gesichter von ihr weg, aber dem Geruch war nicht zu entkommen. Michelle langte in ihre Hemdentasche und wischte Ursie mit einem rotkarierten Taschentuch die Augen.

Halb schluchzend, halb knurrend stürzte Ursie sich auf mich. «Du steckst dahinter, Nickel Smith, das weiß ich genau.»

Michelle sagte mit fester, freundlicher Stimme zu Ursie: «Jesus liebt Sie, aber wir anderen halten Sie für ein Arschloch.»

Und das aus Kindermund. Mr. Pierre und Diz ließen ihre unerwünschte Last beinahe wieder fallen. Das Gelächter schwächte sie zu sehr.

Michelle Saunders hatte beim *Clarion* mehr gelernt als eine gute Schreibe.

40

Betrachtungen über Martin Luther

Sonntag, 3. Mai

Die Botschaft christlichen Verzeihens traf auf taube Ohren. Der Pastor leierte die Predigt herunter. Ich mied Mutters Blick, weil wir sonst loskichern würden. Sie würde Andeutungen über das gestrige Debakel machen, und dann wäre es um mich geschehen. Außerdem hatte Carolyn Chapman, die tadellos gekleidet in der Bank vor uns saß, zwei Lockenwickler aus den Haaren am Hinterkopf zu nehmen vergessen. Wir konnten nicht auf den Pastor sehen, ohne sie ins Blickfeld zu bekommen. Dann würden wir wieder in Lachen ausbrechen. Ken, ihr Mann, mußte heute morgen noch halb geschlafen haben. Man sollte meinen, er hätte die pinkfarbenen, wurstförmigen Wickler bemerkt.

Mutter und ich ließen die endlose Predigt mit niedergeschlagenen Augen über uns ergehen. Vielleicht erlitt unsere Netzhaut den umgekehrten Schaden, der Michelangelos Augen zugefügt wurde, als er die Sixtinische Kapelle malte. Er litt um der Kunst willen. Ich litt um der Lockenwickler willen.

Ach ja, weil das Leiden nun mal ein so wesentlicher Bestandteil des Christentums ist, hielten es manche Menschen für ihre Pflicht, es zu verbreiten. Diese Menschen bringen es fertig, gigantische Fernseh-Evangelien-Imperien zu managen. Es liegt eine köstliche Perversität darin, sich von Leuten Spenden schicken zu lassen, indem man ihnen erklärt, daß wir erstens von Natur aus sündhaft und unrein sind, zweitens jeden Augenblick sterben können, also bereit sein müssen, und daß drittens einige von uns (sprich diejenigen, die kein Geld schicken) direkt in die Hölle kommen.

Wenn ich in die Hölle käm, dann nur, weil sie ihre Ansprüche heruntergeschraubt hätten. Eigentlich dachte ich selten an die Hölle. Wo kein Glaube ist, sind Teufel eine Notwendigkeit. Trotz meiner Fehler besaß ich einen Glauben, eingepflanzt und genährt von Mom und Dad, bis er unerschütterlich war. Warum also darüber reden?

Unser Pastor konnte wahrlich reden, und es war ihm hoch anzurechnen, daß er nicht über Höllenfeuer und Schande lospolterte. Sein Thema war trockener: Kirchendogma. Ich war stolz darauf, daß Martin Luther am 31. Oktober 1517 seine 95 Thesen an die Schloßkirche zu Wittenberg angeschlagen hatte, aber warum mußte man den Kampf alle sieben Tage wiederholen? Vielen Dank, Martin Luther, aber ich brauche etwas, wonach ich mich heute richten kann. Die Ablaßverkäufe der katholischen Kirche haben meine Aufmerksamkeit nie fesseln können.

Mutter zog mich immer auf. Sie sagte, ich sei eine ziemlich laue Lutheranerin. Wirklich lau war ich, wo es um organisierte Frömmigkeit ging. Sobald die Anhänger Christi anfingen, Geld zu sammeln und Bauten für Gott – für ihr Ego, das kommt der Wahrheit näher – zu errichten, fing der Ärger an. Ich ging trotzdem zur Kirche. Mit Mutter zusammenzusein und Bach zu hören ist keine schlechte Kombination. Zudem ist eine Kirche ein Ort, wo der Glaube sich versammelt, und daher ist sie erbaulich, aber eine Kirche erlöst einen nicht. Was man in diesem Leben tut, das erlöst einen.

Wie mir schien gab es Millionen Amerikaner, die verdammt wenig mit ihrem Leben anfingen, außer ihrer Habgier zu frönen. Der Lohn der Sünde scheint der Erfolg zu sein. Christi Botschaft wäre leichter zu erfassen, wenn wir die Gauner, Hochstapler und Intriganten der Macht nicht ständig die Leiter des prächtigen Kapitalismus und der politischen Ämter hinaufsteigen sähen.

Als ich jung war und alles wußte, dachte ich, das Schöne am Christentum sei, daß niemand Gefahr liefe, es zu praktizieren. Es ist zu streng und zu schwierig.

Heute glaube ich, daß es, so streng und schwierig es auch ist, besser ist als die Alternative und daß wir uns bemühen müssen, unseren Nächsten zu lieben wie uns selbst.

Bislang strahlt kein Heiligenschein über meinem Kopf. Vielleicht war ich besser dran, weil ich nicht St. Nickel war, aber so rutschte und schlitterte ich mit dem Rest der Menschheit dahin, und ich war im Begriff, eine neue Seele in diesen verwirrenden Großbrand namens Leben zu bringen.

41

Blauer Montag

Montag, 4. Mai

Nach der Gymnastik fuhren Lolly, Pewter und ich zum Stall. Kenny freute sich trotz meiner gestrigen erbärmlichen Vorstellung, mich zu sehen und ließ sich zu einem munteren Frühmorgenritt herbei. Tau bedeckte das Gras, als habe es eine kalte Dusche abbekommen, was himmlisch für Lolly war, weil die Witterung tief am Boden blieb.

Nach meinem erfrischenden Ritt begab ich mich zu den Tennisplätzen, wo ich die Damen antraf, die nicht arbeiteten. Ich vergesse immer, daß es diese Sorte Frauen gibt. Sie sind zumeist eine Generation älter als ich und haben mit ihren Männern eine schlichte, ehrliche Abmachung getroffen: Du arbeitest draußen in der Welt, ich ziehe die Kinder auf und sorge für ein schönes Heim. Diejenigen, die nicht wegen jüngerer Frauen sitzengelassen worden waren, schienen ganz zufrieden, während sie über die Plätze jagten. Das Merkwürdige an diesem Typ Frauen ist, wie stark sie mit ihrer Weiblichkeit beschäftigt scheinen. Hier waren sie, schlugen auf den Tennisball ein, allesamt mit silbergetönten Haaren, in feschen Designer-Tennisklamotten und in diesen gräßlichen Socken mit den Bommeln hinten dran. Es fiel mir schwer, sie ernst zu nehmen. Sie sprachen eine halbe Oktave höher als normal und waren erbarmungslos beschwingt. Ich glaubte in ihrer Gegenwart zu ersticken.

Ich war unfair und wußte es. Nachdem ich drei von ihnen hintereinander in je zwei Sätzen fertiggemacht hatte, ging ich. Einerseits respektierte ich sie, weil sie sich an ihren Teil der Abmachung hielten. Andererseits, konnten sie nicht mal über was anderes sprechen als ihr Tennis, ihre Kinder und über sich gegenseitig?

Erst als ich hinter dem Gebäude des *Clarion* parkte und die stillgelegte Presse sah, wurde mir klar, daß ich aus Heimweh nach der Zeitung einen Teil meines uneingestandenen Elends an den «Mädels» da draußen ausgelassen hatte. Sie waren nicht anders als die Unternehmensklone, die sich alle gleich anzogen und bis zur Erschöpfung über Geschäft, Börse einander redeten.

Mein Verlust nagte an mir. Seit dem College war ich jeden Tag meines Lebens vom Weltgeschehen umgeben gewesen. Krieg, Hungersnot, Seuchen, politische Machtkämpfe, Kunst und Stories von faszinierenden Individuen waren aus dem AP-Fernschreiber getickert. Ich hatte über lokale Autounfälle, den seltenen Mord, Steuer- und Baugenehmigungsstreitigkeiten, fünfzigjährige Jubiläen und Schulsport berichtet. Beim *Clarion* berichteten alle über alles. Ich war daran gewöhnt, mitten im Geschehen zu stehen, und jetzt war ich in die Tundra verbannt worden.

Ich wäre gern am alten Bon Ton vorbeigeschlendert, um einen Blick hineinzuwerfen, aber ich brachte es nicht über mich. Statt dessen ging ich zum Curl 'n Twirl. Mutter ließ sich maniküren.

«Hallo, Mom.»

Sie drehte sich um und lächelte. «Hallihallo.» Sie hob die Stimme. «Mr. Pierre, mein einziges Kind ist hier.»

«Ich komme gleich, Juts.»

«Was macht er?»

«Beim Vertreter ein neues Sortiment Farben bestellen. Diesen Frühling und Sommer werden 'ne Menge kühle Blonde rumlaufen.»

«Magst du mit mir zu Mittag essen?»

«Danke, Schätzchen, aber Ed und ich gehen Antiquitäten angucken.»

«Du hast dir früher nie was aus Antiquitäten gemacht.»

«Ich hab nicht gesagt, daß ich mir was draus mache, bloß daß wir gucken gehen.»

«Willst du auch östliche Religionen studieren? Omm.» Ich summte das Mantra.

«Ganz bestimmt nicht. Außerdem ist Ed bloß neugierig. Er weiß gern über die Dinge Bescheid. Er ist kein frommer Spinner. Wheezie übertreibt, wie gewöhnlich.»

«Es freut mich zu hören, daß Ed einen so wißbegierigen Verstand hat. Für mich spricht er nicht genug, um feststellen zu können, ob er überhaupt Verstand hat.»

«Das war gemein von dir.» Mutter riß die Hand hoch, worauf Kim Spangler ihr den Nagel verpatzte.

«Julia, leg deine Hand wieder her», befahl Kim.

«Entschuldige.» Mutter legte die Hand hin. «Ed ist kein Schnattermaul. Er gehört zu der altmodischen Sorte Männer, still und stark. Genau, wie ich sie mag.»

«In deiner Nähe muß er ja still sein.»

«Was ist los mit dir? Du bist heute morgen 'ne richtige Giftspritze.» Mutter runzelte die Stirn.

«Kann schon sein. Es tut mir leid.»

Mr. Pierre kam aus dem Hinterzimmer und begleitete den Vertreter zur Tür; dann begrüßte er mich. «*Divina!*»

Georgette verdrehte die Augen. «Nickel?»

«Wenn du mir Komplimente machen willst, mach sie auf englisch.»

Er taxierte mich scharf. «Oh, ist es ein Tag von dieser Sorte? Darling, du bist ratlos, weil du nicht arbeitest. Oje, mein Terminkalender ist voll, voll, voll, aber wie wär's, wenn wir morgen abend zusammen essen gingen? Besser noch, ich koche was.»

«Abgemacht.»

«Wir haben einiges zu besprechen.» Seine Stimme enthielt versteckte Anspielungen.

Mutter sah zu mir hoch. «Ist es das? Die Zeitung? Armes Kind, kein Wunder, daß du außer dir bist.»

Ich setzte mich auf den Stuhl neben ihr. «Hm, ja.»

Louise kam durch die Tür gefegt. Lolly, Goodyear und Pewter umringten sie. Sie tätschelte alle, dann schob sie mich vom Stuhl.

«Du bist zu jung, um zu sitzen. Ich brauch 'ne Verschnaufpause. Ich bin so schnell hergesaust, wie ich konnte.» Im Hintergrund hörte ich eine Sirene. Ich steuerte auf die Tür zu. «Bemüh dich nicht», sagte Louise. «Mildred Foster ist von der Straße abgekommen. Sie ist auf dem Bürgersteig in der Baltimore Street liegengeblieben.»

«Wetten, daß du sie von der Straße gescheucht hast», frotzelte Mutter.

«Nun ja, stimmt, aber es war ein Zufall. Mildred guckt ja nie, wo sie hinfährt. Aber das ist nicht der Grund, weshalb ich mich so beeilt habe. Ich hab aus zuverlässiger Quelle gehört, daß sie Ursie Yost ins Krankenhaus gebracht haben und daß Trixie Shellenberger ihr ein Beruhigungsmittel geben mußte. Den Gestank haben sie auch noch nicht von ihr runtergekriegt.» Ein tückisches Grinsen verbreitete sich auf Louises gründlich geschrubbtem Gesicht.

Wir gestatteten uns ein Gelächter auf Ursies Kosten. David Wheeler kam mit einem sehr amtlichen Gesicht zur Tür herein.

«Kommen Sie wegen Waschen und Legen?» Mr. Pierres Stimme war ein Singsang.

«Nein, ich komme wegen Mrs. Trumbull.»

Ohne mit der Wimper zu zucken, zeigte meine Tante mit dem Finger auf mich. «Sie war's. Sie fährt den dritten Chrysler.»

«Ich war überhaupt nicht in der Nähe der Baltimore Street!»

David baute sich vor Louise auf. «Mildred hat dich gesehen. Also laß uns das so schmerzlos wie möglich erledigen.»

«Mildred kann nicht mal 'nen halben Meter weit sehen!» zischte Louise. «Deswegen ist sie auch auf dem Bürgersteig gelandet. Sie guckt einfach nicht, wo sie hinfährt.»

«Woher weißt du, daß sie auf dem Bürgersteig gelandet ist, wenn du nicht dabei warst? Komm jetzt.»

Louise stieß ein Wimmern aus.

«Tante Wheezie, ich komme mit dir.»

Ich verbrachte zwei Stunden damit, Louises Schlamassel zu bereinigen. Mit Mildred Foster zu verhandeln war auch kein Honiglecken.

Wenn das hier ein Vorgeschmack darauf war, wie ich meine Zeit in Zukunft verbringen würde, mußte ich schnellstens einen Job finden.

42

Schicksal

Dienstag, 5. Mai

Ich wiederholte mein Programm von gestern. Ich machte Gymnastik, ritt Kenny und spielte Tennis. Heute war ich eher geneigt, die Bommel-Mädels zu mögen. Ich füllte den Tag mit allen möglichen Erledigungen. Dann begab ich mich zum Abendessen zu Mr. Pierre. Er schmorte einen Hummer, und ich stopfte mich mit diesem Festschmaus voll.

Anschließend saßen wir uns auf seinem riesigen Dreißiger-Jahre-Sofa gegenüber, so daß unsere Füße sich eben berührten, Schuhe auf dem Boden. Nach einem sagenhaften Essen, dem neuesten Klatsch und Gedanken über das Wohlergehen unserer Freunde erkundigte er sich taktvoll nach meinem Befinden.

«Großartig. Die Altweibergeschichten über Schwangerschaft sind wahr. Ich bin gerammelt voll mit Endorphinen. Mein Körper fühlt sich wunderbar.»

«Und der Rest?»

«Miserabel, wegen der Zeitung. Es wäre leichter, wenn ich Diz hassen könnte, oder gar Charles, weil er sie überhaupt verkauft hat, aber das kann ich nicht.»

«Schicksal. Hab Geduld. Ich bin fest davon überzeugt, daß alles im Leben einen Sinn hat. Du wirst einen großen Schritt nach vorn gemacht haben, wenn du durch dieses Tief durch bist.»

«Meinst du wirklich?»

«Allerdings, und das ist ein großer Trost für mich.» Er holte tief Luft. «Außerdem, *ma chérie*, habe ich so etwas schon erlebt. Ich habe Gutes aus Bösem kommen sehen, und ich habe Wunder gesehen.»

«Nenn mir ein einziges Wunder.» Ich lächelte und stupste seinen Fuß mit meinem.

«Du.»

«Ich?»

Er nickte. «Du wurdest in einem Waisenhaus in Pittsburgh abgeladen. Das Benzin war rationiert. Es war Krieg, erinnerst du dich?»

«Ich erinnere mich an gar nichts.»

«Chessy schnappte sich ein Bündel Benzingutscheine und fuhr auf diesen schrecklichen Straßen von Runnymede nach Pittsburgh. Juts hatte Lungenentzündung, deshalb begleitete Louise ihn. Sie haben gelogen, um dich rauszuholen, und gesagt, sie wären deine Eltern. Sie haben dich befreit, und dann gab es auf dem Heimweg einen Schneesturm. Du wogst knapp fünf Pfund, das muß genausoviel gewesen sein, wie du bei deiner Geburt gewogen hast, und dabei warst du über einem Monat in dem Heim. Der Waisenhausarzt sagte zu Chessy, er sollte dich nicht mitnehmen, du würdest nicht überleben, und Chessy sagte: ‹Bei Gott, sie wird leben!› Du mußtest alle drei Stunden gefüttert werden. Quer durch Pennsylvania und Maryland hielten dein Dad und Louise an Tankstellen, Bauernhöfen, wo immer ein Licht war. Wildfremde Leute gaben dir Milch und wärmten sie auf. Das, meine Liebe, ist ein Wunder. Nachdem sie dich heimgeholt hatten, versorgten dich deine Mom und dein Dad rund um die Uhr, und du hast überlebt – triumphierend, darf ich hinzufügen. Schicksal – und Wunder.»

«Du hast recht. Das hatte ich vergessen.»

«Ich erinnere dich nicht daran, um dir ein schlechtes Gewissen zu machen, sondern um dich zu beruhigen. Du wurdest behütet und geliebt, und du bist eine tätige, verantwortungsbewußte Bürgerin geworden.»

«Du bist lieb zu mir.» Ich lächelte. «Nenn mir ein Wunder, das nicht mit mir zusammenhängt. Ein Wunder, das mit dir zu tun hat.»

Er überlegte eine Weile. «Ich will dir was erzählen, was ich noch nie jemandem außer Bob erzählt habe. Du weißt, daß ich in Korea war.»

«Ja. Wieso hast du nicht gesagt, daß du homosexuell bist, um vom Militär verschont zu bleiben?»

Er warf seinen lila Kopf zurück. «Bloß weil ich homosexuell bin, heißt das noch lange nicht, daß ich vom Dienst für mein Vaterland befreit werde sollte. Das kommt gar nicht in Frage. Die bewaffneten Streitkräfte haben in dieser Sache dermaßen unrecht, daß ich gar nicht weiß, wo ich anfangen soll. Ich hab einfach gelogen. Ich habe nie zugegeben, daß ich schwul bin, und damals war ich noch nicht so gertenschlank wie heute, meine Süße. Jedenfalls wurde ich verschifft und in den Kampf geschickt.» Er nippte an seinem Likör, den er stets nach dem Essen trank. «Eines Nachts hatte ich Wache, und es war bitterkalt. Der Schnee knirschte unter den Füßen, und du weißt, wie kristallklar solche Winternächte sind. Die Sterne leuchteten hell und der Halbmond schien. Die Füße taten mir weh, aber ich ging weiter auf und ab. Ein kleiner Windstoß kam und Schneegestöber hüllte mich ein, dann flaute er genauso schnell ab, wie er aufgekommen war. Keine zwanzig Meter vor mir sah ich einen koreanischen Soldaten. Er mußte in meinem Alter gewesen sein, um die achtzehn. Wir starrten uns bloß ungläubig an, dann hob er sein Gewehr, und ich hob meins. Ich weiß nicht, wer zuerst zu schießen anfing, aber wir schossen unsere Magazine leer, und keiner von uns traf den anderen. Ich hatte so viel Angst, daß ich mich vollgepinkelt habe, und das werde ich keinem anderen Menschen gestehen. Als wir unsere Gewehre leergeschossen hatten, sahen wir uns an, dann lief er weg. Es war ein Wunder, daß wir uns nicht gegenseitig töteten, und ich hatte in dieser Nacht eine große Erleuchtung. Wenn die Menschen keinen Weg finden können, ihre Differenzen ohne Gewalt zu bereinigen, dann verdienen wir zu sterben. Es ist nichts Ehrenhaftes daran, einen Menschen zu töten, bloß weil er in einer anderen Uniform steckt, weil er einen anderen Gott anbetet, weil man sich über ein Stück Land zankt, und darum geht es doch im Krieg immer, nicht wahr? Es ist geradezu lächerlich verkehrt, Nickel, so verkehrt, daß alle, überall auf Erden, die es zu rechtfertigen versuchen, den bösen Göttern dienen.»

Sein Gesicht, jetzt leidenschaftlich aufgewühlt, veränderte sich vor meinen Augen. Sein schützendes Schwulengehabe verschwand. Mr. Pierre war ein Mann, ein richtiger Mann. So hatte ich ihn noch nie gesehen.

«Wohin starrst du?» fragte er.

«Nirgends – ich habe darüber nachgedacht, was du gesagt hast. Ich denke, ich stimme dir zu, aber wenn jemand durch diese Tür käme und versuchte, uns etwas anzutun, dann würde ich ihn umbringen, wenn ich könnte.»

«Ich auch, aber ich spreche nicht von geistesgestörten Individuen. Ich spreche von organisierter Gewalt, die der Staat unter dem Deckmantel des Patriotismus rechtfertigt. Wenn eine ganze Gruppe Menschen eine andere bezwingt, sei es mit der Keule, mit dem Gewehr oder mit noch ausgeklügelteren Methoden, ist das von Übel. Ich hätte den Jungen in Korea töten können – Himmel, er wußte vermutlich nicht besser als ich, warum er dort war. Ich hätte seine Seele bis zum heutigen Tag auf dem Gewissen.»

«Aber würde er deine Seele auf seinem Gewissen haben?»

«Das weiß ich nicht, aber wenn er ein weniger ausgeprägtes Gewissen hätte als ich, wäre es trotzdem nicht recht, ihn zu töten.»

«Ich will dir nicht widersprechen, aber du hast gesagt, du wolltest nicht vom Militärdienst befreit werden.»

«Das wollte ich auch nicht. Bis die Menschheit reif genug ist zu erkennen, daß der Krieg mehr als das schlimmste aller Übel ist, daß er der direkte Weg zur Ausrottung des Lebens ist, brauchen wir ein stehendes Heer. Ich finde, es sollte weltweit eine allgemeine Wehrpflicht geben, ohne Ausnahmen, für Männer und Frauen. Man dient zwei Jahre, von achtzehn bis zwanzig, dann setzt man sein Leben fort. Auf diese Weise würden die Menschen einander zumindest kennenlernen. Ich bin beim Militär Männern begegnet, denen ich im zivilen Leben nie begegnet wäre, und ich habe dadurch ein bißchen Disziplin und Selbstvertrauen erworben.» Er kreuzte seine Füße, die in wärmenden Kaschmirsocken steckten. Er selbst schien mit ihnen warm zu werden. «Ich begreife das nicht. Ich begreife es einfach nicht. Wir, das kollektive ‹Wir›, manipulieren das Krisenbewußtsein, aber welche Krise könnte größer sein als der Krieg? Dabei gibt er den Völkern ein einziges, überragendes, allgemeines Ziel. Warum kann nicht der Frieden das einzige, überragende, allgemeine Ziel sein? Warum brauchen wir eine Krise, um am gleichen Strang zu ziehen? Ziehen wir für den Frieden am gleichen Strang. Beherrschen wir die Geschehnisse, statt uns von ihnen beherrschen zu lassen.»

«Ich bin froh, daß der Koreaner dich nicht ins Jenseits befördert hat.»

«Dann wäre mir die Gelegenheit entgangen, dich heiraten zu können. Du *wirst* mich doch heiraten?»

«Laß uns darüber sprechen. Erwartest du, daß wir zusammenleben?»

«Du kannst das Baby nicht allein aufziehen. Außerdem, Darling, muß jemand dein Haus mal renovieren. Mein Haus ist abbezahlt, wir können es vermieten und mit den Einnahmen deine Hypothek zurückzahlen.»

«Mr. Pierre, ich kann dein Geld nicht annehmen.»

«Was soll ich denn sonst damit anfangen? Wie viele Reisen kann ich machen? Wie viele Autos kann ich kaufen? Wie oft kann ich den Salon oder dieses Haus neu einrichten? Du würdest mir einen Gefallen tun. Ich würde mein Geld nicht verplempern. Sagen wir, ich würde in die nächste Generation investieren.» Ich sagte nichts, daher fuhr er fort: «Nickie, an üblichen Ehemännern gemessen weiß ich, daß ich viel zu wünschen übrig lassen werde. Aber an üblichen Vätern gemessen, werde ich es an nichts fehlen lassen. Und ich bin allein. Mein Leben ist nicht mehr, was es war, seit Bob tot ist. Eine Weile hatte mein Leben seinen Sinn verloren. Ich schleppte mich nur noch mechanisch weiter, als wäre ich aufgezogen.»

«Das sagt Mom auch immer.»

«Das Herz braucht Jahre, um nach dem Tod des Gefährten zu heilen – und er fehlt mir. Er wird mir immer fehlen. Aber wiederum ist das Schicksal – sind die Schicksalsgöttinnen – gütig. Sie sahen zwei Menschen, die allein waren – und ich meine allein, nicht einsam –, und sie schenkten uns ein Baby, einen Grund, eine Familie zu gründen. Jemanden, den man umsorgen und von dem man träumen kann. Zwei Jemande. Du und das Baby. Man muß nicht miteinander schlafen, um eine Familie zu sein. Man muß sich nur lieben, und ich liebe dich schon.»

«Ich liebe dich auch. Ich glaube nicht, daß ich eine gute Ehefrau abgebe», sagte ich ruhig.

Er winkte ab. «Ich weiß, Darling. Ich werde eine bessere Ehefrau sein als du.»

Wie lieb von ihm, kein Getue zu machen. Ich fing an, mich auf das Leben mit ihm zu freuen.

«Also – wann heiraten wir?»

«So bald wie möglich, damit wir fast neun Monate herum haben, bis unser Cherub ankommt.»

«Ich will keine große Hochzeit. Ich glaube, das könnte ich nicht ertragen.»

«Wir müssen deine Mutter und Louise dabeihaben. Wir laden Louise in letzter Minute ein, damit sie keine Zeit hat, einen Koller zu kriegen.»

«Okay.»

«Sonntag.»

«Diesen Sonntag?»

«Punkt zwölf Uhr mittags.»

«Können wir die Kirche da kriegen?»

«Ich habe alles arrangiert. Wir brauchen nur noch unsere Bluntuntersuchungen, und Trixie wird sich extra beeilen.»

«Okay.» Ich würgte.

«Weißt du, was ich als erstes tue, wenn wir Mann und Frau sind?»

«Was?»

«Mich mit einer Brandfackel über deine Garderobe hermachen.»

43

Überqualifiziert und arbeitslos

Mittwoch, 6. Mai

Kenny wurde beschlagen, deshalb konnte ich nicht reiten. Ich ließ meinen Bluttest machen. Das dauerte fünf Minuten. Ich erledigte noch mehr. Ich besorgte Vitamine für Kenny, ein neues Halsband für Lolly Mabel, Katzenminze für Pewter. Ich kaufte eine Ladung Mulch für meinen Garten und verabredete einen Liefertermin. Das war vor dem Mittagessen.

Mittags zog ich zu *Mojo's*. Arnie Dow und Michelle saßen an der Theke. Als ich reinkam, sicherten wir uns eine Nische. Wir begannen unser Gespräch mit etlichen Witzen, aber je länger sich das Essen hinzog, um so länger wurden unsere Gesichter. Uns war hundeelend ohne unsere Zeitung.

Nach dem Mittagessen machte ich mich mit Feuereifer daran, Meldungen für den Rundbrief des Blue and Gray-Jagdclub zu sammeln, aber es war nicht dasselbe wie eine richtige Zeitung.

Es würde härter werden, als ich gedacht hatte.

44

Rommé

Donnerstag, 7. Mai

«Ich gewinne. Ich hab dich gewarnt.» Louise linste über ihre Karten.

«Ha, träum weiter, Wheeze.» Mutter zog noch eine Karte vom Stapel.

Weil sie völlig ungeniert die Beherrschung verlieren konnten, war Rommé ein riskantes Spiel. Ich strich Mutters Eßzimmer. Wenn Ed mit ihr zusammen leben wollte, sah ich eigentlich nicht ein, warum er das nicht tun konnte, aber anstreichen war besser, als miesepetrig über den Platz zu ziehen, also tat ich's. Die gläserne Doppeltür zwischen Eßzimmer und Wohnzimmer stand offen, so daß ich alles sehen und hören konnte. Ich staunte über Tante Louise. Nach anfänglichem Eingeschnapptsein, Schmollen und Wüten hatte sie sich beruhigt – rasch, für ihre Verhältnisse. Ich war sicher, wenn Ed einzog, würde sie uns noch ein paar gelungene Wutanfälle liefern. Es war geradezu beunruhigend, daß sie so beherrscht war.

«Ursie ist in den PTL-Club eingetreten.» Mutter legte ab.

«Ursula Yost?»

«Permanent Tranquilizer Lutschen», sagte Mutter. Wo hörte sie solche Sachen? Ich hatte keine Ahnung, daß meine Mutter sich überhaupt mit der Existenz solcher Dinge wie Tranquilizern beschäftigte.

«Haha.» Louises Ton ließ erkennen, daß sie das gar nicht komisch fand. «Ich war es, die dir das von den Beruhigungsmitteln erzählt hat. Sie ist wieder auf den Beinen.» Sie drehte sich zu mir. «Und wenn ich dir einen Rat geben darf, Nickel, dann hältst du den Mund.»

«Mach ich.»

«Wieviel hat das Turnier eingebracht?» Louise verscheuchte Pewter, die ihre Pfote in die Schüssel mit den Erdnüssen steckte. Der Katze gelang es, eine Erdnuß aus der Schüssel zu ziehen. Sie kullerte sie durchs Zimmer.

«Diese Katze ist so laut. Julia, findest du nicht, daß Pewter eine laute Katze ist?»

«11428 Dollar», antwortete ich.

«So viel?» Mutter war beeindruckt.

«Kriegt das Stinktier einen Anteil?» Tante Louise war heute gut in Form.

«Nein, aber ich werde es nächstes Jahr wieder einladen.»

«So was hab ich in meinem Leben noch nicht gesehen.» Louise warf eine Karte ab. Sie war nicht recht bei der Sache. «Weißt du noch, wie das Opossum in der Kirche auf den Altar gekrochen ist?»

Mutter lachte. «Das war 'n Ding.»

«Wie alt wart ihr da?» rief ich auf der Leiter.

«Ich kann nicht für meine Schwester sprechen, aber ich war neun.» Mutter warf ausgelassen eine Karte ab und legte ihr Blatt hin. «Rommé!»

«Nickie hat mich abgelenkt. Dieses Spiel zählt nicht.»

Mutter notierte es auf ihrem Spielblock.

«Ich hab gesagt, du sollst es nicht zählen.»

«Ach komm!»

Louise schob die Karten zusammen und mischte. «Du kannst es meinetwegen zählen, aber ich zähl's nicht.» Sie machte sich eine Notiz auf ihrem eigenen Block. «Ich hab heute Charles Falkenroth gesehen. Er sieht schlecht aus.» Ihre Stimme sackte bei «schlecht» in den Keller. «Hast du ihn gesehen?»

«Seit letzten Freitag nicht mehr», erwiderte ich.

«Gibst du nun oder was?» Mutter klopfte auf den Tisch, worauf Lolly und Goodyear zu bellen anfingen. Pewters Haare sträubten sich.

Louise teilte die Karten aus. «Er sieht wirklich schlecht aus, sag ich dir. Hast du was von Jackson Frost gehört?»

«Regina hat angerufen und gesagt, daß er heute einen halben Tag arbeitet.»

«So bald schon?» sagte Mutter gedehnt. Sie ließ die Karten nicht aus den Augen. Mutter erinnerte sich noch an Spiele, die sie vor 60 Jahren gespielt hatte, und wußte noch, welche Karten sie damals gezogen hatte und welche im Stapel geblieben waren.

«Es war ein leichter Herzanfall.»

«Hat ihm aber ganz schön Angst eingejagt. Er hat den bitteren Atem des Todes im Nacken gespürt.» Tante Louise war in ihrem Element, wenn es über einen Krankheitsfall oder eine Tragödie zu berichten gab.

«Paß auf.»

Louise konzentrierte sich wieder auf das Spiel. Ich pinselte in aller Ruhe, bis Wheezie diese mit einem markerschütternden «Rommé!» unterbrach.

Sie spielten weiter. Mutter gewann öfter, und Wheezie kochte vor Wut, aber sie behielt noch immer die Beherrschung. Ich war stolz auf sie.

Louise bog eine Kartenecke um. «Hast du gehört, was gestern abend auf der Stadtversammlung von Nord-Runnymede los war?»

Das versetzte mir einen Stich. Wenn ich gearbeitet hätte, hätte ich gestern abend von dem Reporter, der über die Versammlung schrieb, einen ausführlichen Bericht erhalten, und der wäre mit Einzelheiten gespickt gewesen, die wir nicht hätten drucken können.

«Bucky Nordness hat einen Bericht über den Zustand der Polizei mit einer ausführlichen Aufzählung seiner Leistungen geliefert. Er triefte von Bescheidenheit. Millard Huffstetler sagte: ‹Sei nicht so bescheiden. So großartig bist du auch wieder nicht.›»

«Das hat Millard gesagt?» Mutter lächelte. «Gut gemacht.»

«Birds do it», sang Louise.

«Bees do it. Even overeducated fleas do it.» Mutter fiel mit der nächsten Zeile ein.

Sie sangen und spielten Karten. Als ich die zwei weißen Köpfe über ihre Karten gebeugt sah, stellte ich sie mir als Kinder vor, wie sie am Küchentisch sangen und Karten spielten. Jede Schwester, ein Zusammenspiel des Fleischs, wurde zu einem Maßstab für die andere, was den gesunden Menschenverstand betraf. Im Laufe der Jahrzehnte hatten sie Erfahrungen, Freundschaften, ja die Geographie der Stadt miteinander geteilt. Mom und Tante Wheezie waren keine Spiegelbilder voneinander, aber es war unmöglich, sich die eine ohne die andere vorzustellen. Wenn sie so friedlich waren, waren sie einfach zauberhaft.

45

Blackout

Freitag, 8. Mai

Der Parkplatz von St. Rose of Lima war um sechs Uhr überfüllt. Um sieben, zur Spielzeit, sagten die Nachzügler, daß es auch auf dem alten *Clarion*-Parkplatz keine einzige Lücke mehr gäbe und daß sogar die Nebenstraßen vollgeparkt seien.

Die Parade am 4. Juli brachte solche Massen auf die Beine, und für Pater Christopolous war dies der 4. Juli. Der gute Priester kaufte sich ein Blackout-Bingoblatt, einen großen Bogen mit vier Karten, und nahm ganz vorn an der Tür Platz.

Alles, was imstande war zu gehen oder getragen zu werden, drängte in die Halle.

David Wheeler war da, Bucky Nordness ebenso. Bucky ging uns schon jetzt auf den Wecker, indem er betonte, daß dieses Glücksspiel auf pennsylvanischem Boden stattfände. Als ob wir das nicht wüßten.

Unsere Truppe, piekfein in Schale, besetzte einen der langen Tische: Mom, Ed, Wheezie, Orrie, Mr. Pierre, Michelle, Roger, Thacker und ein Sortiment BonBons: Ricky, Decca, Sonny und Sister, Georgette – ich glaube, die BonBons erstanden von den Toten auf, es waren so viele – und Max, Georgettes Freund. Ebenfalls an unserem Tisch waren zu meiner Freude Regina und Jack sowie zu meiner Verwunderung Diz Rife. Er saß neben Louise. Mom und Mr. Pierre hatten mir den Platz auf Louises anderer Seite reserviert. Arnie Dow und die Jungens aus dem Anbau waren da, sogar Ursie nebst Tiffany und Harmony. Sie sagten, sie bräuchten das Geld. Wegen der großen Spielerzahl verpflichtete Peepbean seine Verlobte rasch als Kartenprüferin. Millard bot ebenfalls seine Hilfe an.

Goodyear lag zu Moms Füßen. Lolly kroch bäuchlings unter dem Tisch herum, bis sie Nase an Nase mit ihrem Dad lag. Pewter schlich schon vor Spielbeginn auf der Suche nach Leckerbissen um unseren Tisch herum. Pewter ließ sich nichts vormachen. Sie wußte, daß die BonBons massenhaft zu essen mitgebracht hatten und daß die Kinder ihr nicht widerstehen konnten. Ihr Schnurren war ohrenbetäubend, bis Mutzi zum Mikrofon griff.

«Im Jackpot sind schon siebentausendundzwanzig Dollar!» Er legte die 38er neben sich, und sei es aus dem einzigen Grund, Bucky zu ärgern. Das Geld befand sich auf dem Tisch mit den Pingpongbällen. Der gläserne Pingpongball-Behälter stand mit geöffnetem Deckel auf dem Tisch, und daneben war das Geld. Mutzi zeigte uns den Jackpot, um uns den Mund wäßrig zu machen. «Ihr Stammgäste kennt ja die Regeln, und ihr Neulinge, willkommen beim Freitagabend-Bingo von St. Rose of Lima. Folgendes ist beim Blackout-Bingo zu beachten. Um zu gewinnen, müßt ihr *alle* 25 Nummern auf einer eurer vier Karten ausstreichen.» Er hielt zur Demonstration einen Bogen in die Höhe. «Dieses Spiel kann natürlich eine Weile dauern, aber Zeit haben wir ja zur Genüge. Seit ihr soweit?»

Wir riefen einstimmig «Ja.»

«Okay, dann kann's losgehn.» Er setzte den Pingpongball-Apparat in Bewegung und schnappte den ersten Ball. «Neunundzwanzig, neunundzwanzig, wenn ich heut gewinn, dann tanz ich.»

Ed strich die Neunundzwanzig aus. Alle sahen nervös auf ihre Karten. Ich war überrascht und erfreut über Tante Wheezies Benehmen. Sicher, sie scharwenzelte um Ed Tutweiler Walters herum, aber sie fauchte nicht und attackierte Mom nicht mit einem Dab-a-dot. Tatsächlich scharwenzelte sie beinahe auch um Mom herum.

«Eins. Nummer eins, das Glück ist deins.» Mutzis Stimme verriet seine Aufregung.

Verna spielte drei Bögen. Sie hatte dafür je 20 Dollar bezahlt, und die Kinder mitgerechnet, hatten die BonBons eine Menge Geld in dieses Bingospiel investiert. Ich konnte Diz auf Wheezies anderer Seite sehen. Er schien sich köstlich zu amüsieren. Mir fiel ein, daß Diz vermutlich noch nie in einer Bingohalle gewesen war. Michelle war voll konzentriert über ihre Karte gebeugt. Roger sah ebenfalls nicht auf.

«Fünfundachtzig, fünfundachtzig, wer dies Spiel gewinnt, der macht sich», trällerte Mutzi.

An die 40 Nummern waren aufgerufen worden. Mein Bogen war mit Punkten übersät, aber bislang hatte ich keine Aussichten zu gewinnen.

Eds Karte sah vielversprechend aus, und Mutters auch, aber Mom hatte ja immer Glück mit Spielen und Karten. Mutzi trug zur Feier des Blackout-Bingospiels einen fluoreszierenden grünen Kordelschlips. Sogar Peepbean war besser angezogen als gewöhnlich. Er hatte seine Malerhose mit einer leichten Baumwollhose vertauscht. Goodyear fing unterm Tisch zu schnarchen an, und Mom stupste ihn leicht mit dem Zeh. Der Hund grunzte und verstummte. Ich hörte Lolly mit dem Schwanz klopfen. Sie freute sich über irgendwas. Ich steckte den Kopf unter den Tisch und entdeckte den Grund: Decca BonBon fütterte sie mit einem Stück von ihrem Hot dog, und Verna war so sehr ins Spiel vertieft, daß sie nichts merkte. Da niemand sich über Mom und Ed aufregte, nahm ich an, daß sie ihre Absichten bislang nicht offiziell bekanntgemacht hatten. Die BonBons wußten Bescheid; Orrie, Mr. Pierre und ich wußten es, was bedeutet, daß alle im Raum es wußten, aber angewiesen worden waren, es geheimzuhalten. Vermutlich fragten sie sich, ob Juts es wohl heute abend an die große Glocke hängen würde.

«Zwei, Nummer zwei. Eins und eins, das macht zwei, und küß, und denk nicht dabei.» Mutzi hätte weiter gesungen, doch die tödliche Stille im Saal, der vor lauter Leuten aus allen Nähten platzte, ermahnte ihn, daß alle mit dem Spiel fortfahren wollten.

«Hab ich!» Wheezie knallte ihren Dab-a-dot hin und hinterließ einen leuchtend blauen Kringel. Sie lehnte sich über Diz' Brustkasten herüber. «Nickie, ich muß mir die Nase pudern. Spielst du für mich?»

«Okay», flüsterte ich.

Diz schob die Karte zu mir herüber, und Wheezie eilte zur Damentoilette. Es mußte sie fast umbringen, auch nur eine Sekunde dieses Spiels zu verpassen.

«Nummer dreißig, Nummer dreißig, Kinder, seid nicht faul, seid fleißig.» Mutzi wiegte sich am Mikrofon.

Die Lichter gingen aus. Plötzlich saßen wir im Dunkeln. Man kann immer den Hypochonder im Raum erkennen, denn Sister BonBon schrie: «Meine Augen! Was ist mit meinen Augen passiert!»

Mutzi sprach deutlich ins Mikro: «Dauert bloß 'n Moment, Leute. Bleibt an euren Plätzen. In einer Sekunde haben wir wieder Licht. Peepbean, sieh mal nach, ja?»

Und wirklich, nach wenigen Minuten gingen die Lichter an.

Wütend fauchend kam Wheezie aus der Damentoilette gestolpert. «Was soll das? Machst du krumme Sachen, Mutzi?»

«Aber Wheezie, du weißt, so was würde ich dir nie antun.»

Wheezie warf ihm einen finsteren Blick zu und hastete an unseren Tisch zurück. Sie beugte sich über Mom. «Das wirst du büßen, Julia!»

«Halt die Luft an, Wheezie. Ich steck nicht jedesmal dahinter, wenn was schiefgeht.»

«Es werde Licht», sagte Mutzi jovial, dann fiel ihm ein, daß Pater Christopolous anwesend war, und er hüstelte. «Achtung, fertig, los.» Die Pingpongbälle hüpften wieder in die Höhe. «Zwanzig-zwo, zwanzig-zwo, Wheezie kommt vom – von irgendwo.»

Darauf brüllte der Saal vor Lachen, und Tante Wheezie beugte sich über ihre Karte. Ihr Kopf glühte puterrot.

«Okay. Sieben, Glückszahl sieben, und – he.» Mutzis Stimme zitterte, als er einen Ball aus dem Behälter zog. «He, soll das ein Scherz sein? Das Geld ist weg!»

Peepbean kam herbeigeeilt und inspizierte den Tisch.

«Siehst du was?» Mutzis Adamsapfel bewegte sich spiralenförmig aufwärts.

«Nee. Futsch.»

Millard kam Peepbean zu Hilfe. Dies war eine Familienangelegenheit. Sie krochen unter den Tisch. Nichts.

Mutzi rang um Fassung. «Meine Damen und Herren, wir müssen das Spiel unterbrechen, bis wir den Jackpot gefunden haben.»

Bucky, das Großmaul, tänzelte herbei. Auch er sah sich um. David Wheeler blieb auf seinem Platz. Er wollte verdammt sein, ehe er Bucky beistand, ohne gebeten worden zu sein, und Bucky würde ihn niemals bitten.

Bucky schob Mutzi beiseite und dröhnte ins Mikrofon, daß es fiepte: «Niemand rührt sich! Ich werde alle Geldbörsen und sämtliche Taschen untersuchen und den ganzen Saal genau unter die Lupe nehmen. Peepbean, für heute abend ernenne ich dich zu meinem Stellvertreter.»

Peepbean, durchaus kein Fan von Bucky, fügte sich.

Bucky begann mit den Tischen am einen Ende des Saals und Peepbean am andern. Michelle schrieb geistesgegenwärtig alles auf, was geschah.

«Bist du freiberuflich unterwegs, Michelle?» fragte ich.

«Das könnte eine gute Story werden.»

«Ich kauf sie.» Diz lächelte, ließ aber dabei seinen Blick forschend durch den Raum schweifen.

Tante Wheezie griff sich ans Herz. «Meine Angina pectoris.»

«Oh, Tante Wheezie, nicht jetzt», stöhnte ich.

Diz legte seinen Arm um sie. «Ich helfe Ihnen.»

Er erhob sich, um ihr aufzuhelfen, und sie kam mit seiner Unterstützung schwankend auf die Beine. Mom sprang auf und trat an ihre andere Seite. «Komm.»

«Hinsetzen!» brüllte Bucky.

Diz erwiderte mit Nachdruck: «Es geht ihr nicht gut, Bucky.»

«Ist mir egal. Keiner rührt sich.»

Tante Wheezie wankte. Ed stand auf, um Mom und Diz zu helfen. Er versuchte, Wheezie die Handtasche vom Arm zu nehmen. Sie hielt sie fester.

«Sie schläft mit ihrer Handtasche, Ed. Sie hat tatsächlich noch den allerersten Dollar drin, den sie verdient hat.»

«Ich hasse dich!» zischte Louise Julia an.

«Sie sind krank, Mrs. Trumbull.» Diz war höflich.

«*Sie* macht mich krank.» Wheezie erholte sich wunderbarerweise von ihrem Herzanfall.

«Ich hab gesagt, alle hinsetzen.» Buckys Gesicht verfinsterte sich.

«Verdammt noch mal, Nordness, wir müssen einen Krankenwagen rufen.» David Wheeler hatte es satt und mischte sich ein.

«Beschränk du dich auf die Südseite der Grenze, du Blödmann. Du befindest dich jetzt in Pennsylvania und tust, was ich sage.»

Während die zwei sich angifteten, halfen Diz, Ed und Mom Louise zur Tür, damit sie frische Luft bekam. Ich ging ebenfalls hin, um zu helfen.

«Hinsetzen, Nickel!» brüllte Bucky mich an.

Ich vergaß mich. «Leck mich am Arsch, Nordness!»

Ein paar Leute applaudierten. Andere wieherten. Während ich mich umdrehte, um Bucky anzubrüllen, flitzte Louise aus der Tür. Mutzi sah sie zuerst. Er nahm die 38er und gab einen Warnschuß ab.

«*Louise!*» schrie Mutzi, während er die Waffe abfeuerte.

Goodyear heulte, winselte und stieß die gräßlichsten Laute aus, dann ließ er sich fallen.

«Er hat den Hund erschossen!» kreischte Michelle. Sie kroch unter den Tisch, um Goodyear wiederzubeleben, der bereits mit dem Schwanz wedelte.

«Erschossen!» Das Wort wurde an entfernten Tischen wiederholt, wo die Leute Goodyear nicht sehen konnten.

Lolly fing zu bellen an. Mutzi feuerte wieder. Dann zog das Arschloch Bucky seinen Revolver und perforierte die Decke. Das beschwichtigte die Panik nicht; es verstärkte sie. Die Leute suchten schleunigst das Weite. Tische wurden umgestoßen, und das Letzte, was ich von Pewter sah, war, wie sie über Stühle sprang und über die Trümmer davonstürmte.

Mutzi, immer noch am Mikro, brüllte: «Zu Hilfe! Zu Hilfe!»

Verna rief zurück: «Hilf dir selbst, dann hilft dir Gott, du Knalltüte.»

Das war alles, was ich drinnen noch mitbekam, denn ich rannte, so schnell ich konnte, nach draußen auf den Platz. Ich mußte Tante Louise finden, bevor jemand anders sie fand, insbesondere Bucky Nordness.

Jemand rannte Kopf an Kopf mit mir. Zu meinem Erstaunen war es Mutter. Mir dicht auf den Fersen waren Mr. Pierre, Diz und David Wheeler, der sich an uns vorbeischob. Unglücklicherweise hatte Bucky den Ausgang zum Parkplatz benutzt, und als wir auf den Platz rasten, kam er schon mit gezogenem Revolver seitlich um St. Rose herum und schoß in die Luft.

Tante Louise war an der Kanone angelangt. Ich sah, daß ihr Atem schwer ging, und unter Aufbietung meiner letzten Kräfte sprintete ich den anderen voran zu meiner Tante, deren Gesicht gefährlich gefleckt war.

«Stehenbleiben oder ich schieße!» befahl Bucky.

Ich drehte den Kopf und sah den Revolver direkt auf mich gerichtet. Ich blieb nicht stehen.

Mutter lief in seine Schußlinie. Sie fuchtelte mit den Armen wie eine Verrückte. «Nicht schießen! Du tötest das Baby!»

Wheezie, die atemlos an der Kanone lehnte, wies Julia zurecht: «Sie ist kein Baby. Sie ist 42 Jahre alt.»

«Sie kriegt ein Baby», kreischte meine Mutter aus Leibeskräften. Sie fuchtelte immer noch mit den Armen, als Bucky sich uns näherte.

«Was?» Vor Schreck gelähmt, ließ Louise ihre Handtasche fallen, und das Bingogeld fiel heraus.

Bucky erreichte uns und wollte Louise Handschellen anlegen. Lolly sprang ihn an und biß ihn ins Bein, und im selben Moment packte David Wheeler ihn um die Taille. Goodyear flitzte über den Platz zu Mom. Mr. Pierre und Diz erreichten Louise. Diz hob das Geld auf und stopfte es in seine Taschen, wobei er zu Louise murmelte: «Halten Sie den Mund.»

«Ist Ihre Familie auf diese Art reich geworden?» Louise war vor Empörung außer sich. Was war in sie gefahren? Sie schwankte einen Moment.

«Ich werde sagen, daß ich es gestohlen habe. Seien Sie jetzt still, Mrs. Trumbull», befahl Diz. «Sie bringen sich sonst in Schwierigkeiten.»

Ich fing an zu lachen. Mutter fühlte Louises Puls und Ed fächelte sie mit seinem Taschentuch.

«Warum hast du so was Dummes gemacht?» brummte Mutter ihre Schwester an.

Ursula Yost stand wie angenagelt und hielt sich die Hand vor den Mund. Sie schien über meine Schwangerschaft schockiert. Der Schock würde bald in regelrechte Entrüstung umschlagen.

Unterdessen war auch Mutzi bei uns angelangt, und mit ihm fast ganz Runnymede. Das Gegrunze und Gestöhne der Gegner Wheeler und Nordness war beängstigend. Ich zog Lolly fort, weil sie sich anschickte, Bucky wieder zu beißen. Goodyear faßte sein anderes Bein ins Auge.

«Warum hast du das Geld gestohlen?» Mutter kannte keine Nachsicht mit Louise, die sich ein kleines bißchen zu sehr an den Aufmerksamkeiten von Ed, Mr. Pierre und Diz weidete. Sie war blind für die Situation, die sie geschaffen hatte.

«Ich wollte mein Gesicht liften lassen.»

«Warum?» Ich rückte mit Lolly an ihre Seite.

«Weil Ed sich nicht in Julia verliebt hätte, wenn sie nicht jünger wäre.»

«Huch?» Ed war verwirrt. «Sie haben mir erzählt, sie wäre Ihre ältere Schwester.»

«Hm – ich – » Wheezie lief rot an. Es schien ihr nichts auszumachen, daß sie das Geld gestohlen hatte; es machte ihr was aus, beim Flunkern ertappt zu werden.

Der Kampf zwischen David und Bucky eskalierte. Von den Männern traute sich keiner, sie zu trennen, und es fing an, in gegenseitige Körperverletzung auszuarten.

Mutzi fischte die Lunte aus der Kanone. «Diz, steck die Kugel in die Kanonenmündung.»

Diz, der neben den Kanonenkugeln stand, hievte eine hoch und setzte sie auf den Rand der Mündung. Er gab ihr einen Schubs, und sie rollte ins Rohr. Diz amüsierte sich königlich.

«Gibt's so was wie 'nen Ladestock?» fragte Mr. Pierre.

Wortlos wurde ein Regenschirm an Diz weitergereicht. Wir sahen nicht, wo er herkam. Diz wackelte mit dem Schirm. «Besser als nichts.»

Mr. Pierre zündete ein Streichholz an. «Zurücktreten.»

Alle sprangen aus dem Weg, außer David und Bucky, aber das spielte keine Rolle, weil sie sich auf der Erde wälzten. Mr. Pierre hielt das Streichholz an die Lunte und binnen Sekunden schlug eine Flamme aus der Kanonenmündung, gefolgt von einem Knall. Michelle hielt sich die Ohren zu. Glas klirrte und Holz splitterte. Noch einmal Falkenroth, Spangler & Finster. Die Kanone erzielte die gewünschte Wirkung. Sie trennte Bucky und David. Die beiden rappelten sich hoch.

David manövrierte Bucky dabei geschickt über die Mason-Dixon-Grenze. «Bleib auf deiner Seite, Idiot!»

Mit blutiger Lippe und zerrissenem Uniformhemd kam Bucky wankend auf die Beine und überlegte, was zu tun sei. «Dich krieg ich noch, Wheeler», warnte er, «wart's nur ab.» Dann wischte er sich den Mund ab und entdeckte das Blut auf seinem Hemd.

Ein Augenblick der Stille folgte diesem Tumult. Tante Louise verkürzte das Schweigen, indem sie mich fragte: «Bist du wirklich schwanger?»

«Ja.» Ich sprach so laut, wie ich unter diesen Umständen konnte.

«In diesem Fall will ich meinen Wagen wiederhaben! Und ich erlasse dir nichts von dem Geld. Unsere Familie hat das schon mal durchgemacht und –»

«Halt die Klappe, Louise!» sagte Mutter.

Worauf Goodyear abermals heulte, winselte und wie tot umfiel. Der Hund zuckte vor Freude, weil er seinen Trick zweimal an einem Abend vorführen durfte.

Tante Wheezie beobachtete es entsetzt. «Was fehlt dem Hund?»

«Nichts», log Mutter.

«Halt mich nicht zum Narren, Julia. Der Hund macht das mit Absicht.» Sie ging zu Goodyear hinüber, der noch nicht wieder aufgestanden war. «Louise.» Sie artikulierte sehr sorgfältig.

Da Goodyear schon auf der Erde lag, konnte er sich nicht fallen lassen, deshalb heulte er und wälzte sich herum. Die Umstehenden, die bei allem, was vorging, zwischen Lachen und Entsetzen hin und her gerissen waren, hielten sich die Hände vor den Mund. Das entging meiner Tante nicht.

«Julia, wissen alle Bescheid?» Ihr Gesicht war puterrot.

«Na ja –» Mutter faselte irgendwas.

«Du brauchst gar nicht so überheblich zu tun. Ich finde dich nicht komisch. Du bist eine miserable Mutter, aber was konnte man anderes erwarten? Du hast nie ein Kind geboren. Du weißt nicht, was wirkliche Mutterschaft bedeutet. Du hast diesen Bastard da angenommen.» Sie zeigte direkt auf mich. «Und jetzt wird sie auch eine ledige Mutter. Noch mehr kleine Bastarde!»

Mr. Pierre machte den Mund auf. «Moment mal –»

Louise schnitt ihm das Wort ab. «Paria!» Sie zeigte wieder auf mich.

«Was ist ein Paria?» fragte die kleine Decca BonBon.

«Das ist so was Ähnliches wie ein Märtyrer, nur mit mehr Leiden und weniger Klasse.» Ich versuchte, dieses Familiendebakel mit so viel Humor zu retten, wie ich irgend aufbringen konnte.

«Sei still!» Louise wandte sich mir zu. «Wenn du dich nicht in unsere Familie gedrängt hättest, wäre das alles nicht passiert.» Sie sah von mir zu Mutter. «Ich habe Jesus übertroffen. Er hatte einen Judas. Ich habe zwei!»

«Moment, laß mich doch mal –» Mr. Pierre versuchte es noch einmal.

Diesmal schnitt Mutter ihm das Wort ab. «Jetzt hör mir mal gut zu, Louise.» Goodyear fing an zu heulen. «Still, Goodyear!» Mutter meinte es ernst. Der arme Hund klemmte den Schwanz zwischen die Beine und legte sich hin. Lolly setzte sich neben ihn. «Du quasselst und quasselst von wegen Mutter sein.» Louise trat einen Schritt zurück. «Deine Tochter Maizie hat Passanten auf dem Platz mit gebrauchten Damenbinden beworfen. Man mußte sie wegbringen. Erzähl du mir nichts übers Muttersein. Du warst eine absolut beschissene Mutter!»

Louises Augen sahen aus wie verlorene Eier. Sie ging wutentbrannt auf Juts los. Als sie ihre Handtasche schwenkte, fiel noch mehr Geld heraus. Die Schwestern wälzten sich auf der Erde, eine ältere, weibliche Version von David und Bucky. Acht Jahrzehnte Haß wälzten sich mit ihnen.

Diz erfaßte die Situation und schob noch eine Kanonenkugel in die Mündung. «Mutzi?»

Mutzi nickte. «Los!»

Mr. Pierre zündete die Lunte, und krach! Falkenroth, Spangler & Finster war nur noch Schutt. Mutter und Louise sprangen auseinander, und blitzschnell packte Ed Mom und Diz bemächtigte sich Louises. Sie zerrten sie in entgegengesetzte Richtungen. Orrie trottete hinter Louise drein. Ich blieb zurück, und alle starrten mich an. Ich machte den Mund auf, aber da trat Mr. Pierre an meine Seite.

Er legte seinen Arm um mich. «Meine Damen und Herren, wir hatten gehofft, es unter anderen Umständen bekanntgeben zu können, aber jetzt scheint der richtige Zeitpunkt zu sein. Wir werden heiraten.»

Kein Mensch glaubte, daß Mr. Pierre der Vater meines Kindes war, aber darauf kam es nicht an. Alles jubelte.

Diz rief, er werde Louise nach Hause bringen, und Ed sagte dasselbe von Mutter. Das war gut so, denn niemand von uns hätte noch ein weiteres Bombardement ertragen.

Als ich in die Bingohalle ging, kam Michelle mit mir, ebenso Lolly und Goodyear. Arnie Dow, Jackson und die anderen Männer richteten bereits die Tische wieder auf.

«Wirst du ihn heiraten?» fragte Michelle.

«Wenn du eine bessere Lösung weißt, sag sie mir.»

Regina kam dazu. «Ich freu mich für dich, und zum Teufel mit der öffentlichen Meinung.»

Wir drei suchten Pewter. Meine Katze verabscheut Krach, und ich fürchtete, daß sie sich irgendwo verkrochen hatte oder, schlimmer noch, in dem Gewühl zertrampelt worden war. Mir fiel allerdings im Verlauf der Suche auf, daß kein Krümel Eßbares auf dem Fußboden lag, ebensowenig auf den Tischen. Da die Hunde mit mir nach draußen gerannt waren, fiel mein Verdacht auf Pewter, wo immer sie steckte.

«Hab sie gefunden», rief Michelle vom anderen Ende des Saals.

Da war Pewter, im Pingpongball-Behälter. Die Katze hatte so viel gefressen, daß sie sich nicht mehr rühren konnte. Obwohl der Luftstrom eingeschaltet war, um die Bälle in die Luft zu pusten, bewegten sie sich nicht. Bei näherer Betrachtung stellte sich heraus, daß jeder Ball Krallenspuren aufwies. Durchlöchert konnten sie nicht mehr aufsteigen.

Soweit das Blackout-Bingo am 8. Mai. Der große Blackout, wie es augenblicklich getauft wurde, mußte, falls man es noch einmal wagen wollte, auf ein andermal verschoben werden. Ich hatte nicht die Absicht, noch bei meiner Mutter reinzuschauen. Ich war nicht böse auf sie, aber ich dachte mir, daß Ed sich um sie kümmern würde. Was Tante Louise betraf, hätte ich ihr den Hals umdrehen können. Goodyear, Lolly, Pewter und ich fuhren nach Hause. Pewter rülpste auf dem ganzen Weg, das alte Ferkel.

46

Die Geburt des Mercury

Samstag, 9. Mai

Ich brühte in meiner Maschine starken Kaffee mit Zichorie auf. Lolly und Goodyear teilten sich eine Schüssel Hundebiskuits, die in warmer Fleischbrühe eingeweicht waren. Pewter nahm ein leichtes Frühstück zu sich. Kein Wunder. Die alte Bahnhofsuhr an der Wand zeigte 7 Uhr 45. Ich war bei meiner zweiten Tasse Kaffee, als ich einen Wagen hinter dem alten Chrysler halten hörte. Ich fluchte, weil ich Zeit für mich brauchte, um mir über die Geschehnisse von gestern abend klarzuwerden. Ich betete auch, daß dieser unfähige Polizeichef Bucky Nordness nicht auf einer Anklage gegen Louise bestand, obwohl sie es mehr als verdient hatte. Und was, wenn er seinem Groll auf Lolly Luft machte? Ich sah nicht aus dem Fenster, weil ich überzeugt war, daß es Mutter sein mußte oder, schlimmer noch, Wheezie. Ein Klopfen an der Tür zerstreute diese Befürchtung.

«Herein.»

Die Haustür ging auf, und Charles Falkenroth trat im selben Augenblick in die Diele, als ich aus der Küche kam.

«Nickel, ich hoffe, du verzeihst mir diese Störung zu früher Stunde, aber ich weiß, daß du immer in aller Frühe aufstehst, und ich muß mit dir reden.»

Sein aschfahles Gesicht beunruhigte mich.

«Laß uns in die Küche gehen. Ich habe Zichorienkaffee gemacht, und ich hab die besten Roggenbrötchen diesseits des Mississippi.»

«Die hast du doch wohl nicht selbst gemacht.» Er lächelte matt und folgte mir in die Küche.

«Mom hat sie Donnerstag gebacken, aber ich hab sie im Kühlschrank aufbewahrt.»

Er betrachtete die mächtigen Brötchen. «Danke, nein. Ich kann nichts essen. Aber einen Kaffee nehme ich.»

Während ich den Kaffee einschenkte, ließ er die Atmosphäre des Raums auf sich wirken. Lolly trottete zu ihm, um sich streicheln zu lassen. «Nickel, die Erinnerungen, die ich an dieses Haus und Cora habe... als Junge bin ich gern hier heraufgekommen. Ich glaube, alle Kinder in Runnymede kamen gern her. Sie war eine wunderbare Frau, deine Großmutter.»

«Hast du gewußt, daß sie nicht lesen und schreiben konnte?»

«Nein, das wußte ich nicht.»

Ich stellte den Kaffee vor ihn hin, und er dankte mir. «Sie ist 1888 geboren – nein, ich glaube, es war 1878. Sie hatten nicht viel Geld, und Cora ist früh arbeiten gegangen. Schulbildung wurde auf Mädchen nicht verschwendet.»

Er schüttelte den Kopf. «Die gute alte Zeit war vielleicht gar nicht so gut.»

«Das war sie nie.»

«Nickel, ich habe einen furchtbaren Fehler gemacht. Ich kann nicht mehr schlafen. Ich kann nichts essen. Ich habe kaum zwei nette Worte zu Ann gesagt. Ich hätte den *Clarion* niemals verkaufen dürfen. Was hab ich mir bloß dabei gedacht? Wenn ich mich zur Ruhe setze, sterbe ich. Ich habe Diz angerufen, aber er will mir die Zeitung nicht zurückverkaufen – und ich kann's ihm nicht übelnehmen. Ich bin gekommen, um dich um Verzeihung und um deine Hilfe zu bitten.»

«Da gibt es nichts zu verzeihen. Du hast getan, was du für richtig hieltest, und du hast dich um die beste Regelung für uns alle bemüht. Außerdem, was soll aus Morningside werden? Ann hat ihr Herz daran gehängt.»

«Wir möchten dort gern überwintern. Ann hat mit Orrie gesprochen, und ich denke, wir werden gemeinsam ein Haus kaufen. Für uns allein ist es jetzt zu teuer.»

«Orrie liebt die Sonne, und ich glaube, seit dem Kokosnußüberfall hat sie genug von Fort Lauderdale.»

«Ich sage dir, was ich will. Ich will, daß du die Zeitung leitest.»

«Wir haben die Zeitung nicht –»

Er brachte mich mit erhobener Hand zum Schweigen. «Ich habe das Gebäude zurückgekauft. Dazu war Diz bereit. Hat mich allerdings eine schöne Stange gekostet.» Er lachte. «Diz ist Geschäftsmann. Er hat die Bankbewertung für die Presse berechnet – das heißt, nichts. Wir haben also unsere alte Presse. Wir haben das Gebäude und wir haben den AP-Fernschreiber. Dieser Falkenroth braucht eine Hunsenmeir.»

Ich hätte vor Aufregung in die Höhe fahren können. «Meinst du das ernst?»

«Ich meine es ernst, und ich meine halbe-halbe, und das bedeutet im Moment, mein Kind, halbe-halbe von nichts.»

Ich hörte ein scharfes Quietschen. Ein Klappern, ein zweites Klappern. Louise und Orrie stampften durch die Hintertür.

«Wo ist sie?» fragte Wheezie. «Oh, hallo, Charles. Was machst du hier um diese Zeit? Sag, bist du der Vater von Nickels Baby?»

«Wheezie.» Orrie war entsetzt, jedoch angenehm erregt.

«Wie bitte?» Charles' Fliege zitterte.

«Dieses Balg – nicht von meinem Blut, wie du weißt – kriegt ein Baby, und sie ist nicht verheiratet. Ich habe eine Kerze für sie angezündet und eine Kerze für das Baby. Man stelle sich vor, sie als Mutter zu haben.»

Ich erwartete beinahe, daß sie sagte, eine schwangere Lesbe sei ein Widerspruch in sich.

«Nickel?» Charles konnte es nicht glauben.

«Es ist wahr. Allerdings werde ich Mr. Pierre heiraten, so

daß die Bedenken meiner werten Tante auf anständige Weise ausgeräumt werden. Das Baby wird nicht unehelich sein.»

«Wie du schwanger geworden bist, war nicht anständig», fuhr sie mich an.

«Gratuliere.» Charles beugte sich über den Tisch und gab mir einen Kuß.

«Ihr Zeitungsleute seid alle gleich. Liberale», sagte Louise naserümpfend. «Wo ist sie? Wo ist meine kleine Schwester? Ich bring sie um wegen gestern abend.»

«Hier ist sie nicht.»

«Zu Hause ist sie auch nicht», teilte Orrie uns mit.

«Hast du's bei Mr. Pierre versucht?»

«Hältst du mich für blöd? Bei ihm zu Hause hab ich zuallererst geguckt und im Curl 'n Twirl auch.» Louises Augen waren ganz rot, so angestrengt hatte sie gesucht.

Wieder hielt ein Wagen in der Einfahrt. Eine Tür knallte. Und noch eine.

«Juuhuu!» Mom öffnete fröhlich die Hintertür, Ed im Schlepptau. Sie erblickte Louise. «Ach, du bist hier.»

«Ich sprech nicht mit dir – jetzt nicht und nie mehr.»

«Welch eine Erleichterung.» Mutter strahlte. «Hallo, Charles. Hallo, Orrie.» Mutter schien nicht überrascht, daß Charles zu so früher Stunde hier war. Allerdings waren wir seit gestern abend gegen alles gefeit. Nichts schien mehr absonderlich.

Ed klopfte Charles auf den Rücken. So überschwenglich hatte ich ihn noch nie gesehen. «Sie haben gestern 'nen bombigen Abend verpaßt, mein Freund.»

«Das Gefühl hab ich langsam auch.»

«Alle mal herhören. Ich koche noch mehr Kaffee und wir improvisieren eine Party – auch wenn einige von uns nicht miteinander reden.»

«Das schließt dich mit ein, du, du – ich kann's gar nicht aussprechen.» Louise warf sich auf einen Stuhl.

«Charles und ich gründen eine neue Zeitung. Also laßt uns darauf trinken, wenn ich den Kaffee fertig habe.»

Während ich den Kaffee abmaß und Mom unter den Schränken nach Coras altem Samowar kramte, rief ich Charles zu: «Willst du Arnie Dow nicht anrufen und fragen, ob er wieder mitmachen will?»

«Wovon soll ich ihn bezahlen? Nickie, was Rife mir gegeben hat, ist im Nu weg, wenn ich den früheren Lohn zahle, und der war schon nicht sehr üppig.»

«Das schaffen wir über das Anzeigengeschäft, und wir können Gewinnbeteiligung vereinbaren. Ruf ihn an.»

Charles rief an. «Er sagt, er macht's. Er kommt rauf, um zu feiern. Hat gefragt, ob du okay bist. Hab ihm gesagt, er soll selbst gucken kommen, aber in meinen Augen sähst du prima aus.»

Ein paar Minuten später kam Arnie zur Tür herein. Es gab ein großes Hallo.

Er nahm mich in seine Arme. «Sind wir verrückt oder was?»

«Wir sind verrückt.»

«Würdet ihr's anders haben wollen?» Mutter fand den Samowar. «Orrie, kannst du meiner Schwester sagen, sie soll ein paar Biskuits zusammenrühren?»

«Louise, rührst du 'n paar Biskuits zusammen?»

«Warum?»

«Sie will wissen, warum», gab Orrie weiter.

«Weil Nickel nicht backen kann und weil meine vermaledeite Schwester nach Verna die zweitbesten Biskuits in der Stadt macht.»

«Das verbitte ich mir! Meine sind besser als Vernas! Und krieg ja nicht den falschen Eindruck, ich hätte mit dir gesprochen, das hab ich nämlich nicht. Ich sprach mit den reizenden Leuten hier und mit Ed.» Louise griff sich die Rührschüssel und machte sich an die Arbeit.

«Laßt uns Verna anrufen und ihr von der Zeitung erzählen.» Schon war Orrie am Telefon.

Kurz darauf tuckerten Verna, Georgette und Decca den Hügel herauf, und Verna, die gute Seele, brachte noch mehr zu essen mit.

«Charles, was hältst du von Michelle? Ich finde, sie entwickelt sich zu einer richtig guten Reporterin.»

«Aller Anfang ist schwer. Ich war nicht sicher, ob sie es schaffen würde, aber sie ist dabei, was Besonderes zu werden. Warum stell ich sie nicht ein – wolltest du das sagen?»

«Genau.» Ich verteilte Becher und Tassen.

Charles rief Michelle an. Als er wieder in die Küche kam, lächelte er. «Sie ist Feuer und Flamme. Sie sagt, sie kommt sofort. Hoffentlich hast du nichts dagegen.»

«Je mehr, desto lustiger», trällerte Wheezie, während sie den Teig schlug. «Abgesehen von ein paar gewissen Leuten natürlich.»

Mutter entschied sich zur Abwechslung für ein kluges Schweigen.

Michelle kam den Hügel heraufgesaust und klopfte an die Haustür. Arnie ging öffnen. Sie küßten und umarmten sich, was in Anbetracht von Michelles Zurückhaltung überraschend war, und dann küßte und umarmte sie mich. Noch mehr Überraschungen. Verna, die Eier für Omeletts abzählte, teilte Michelle zur Arbeit ein, ehe sie Zeit hatte, sich zu setzen.

Mr. Pierre fegte zur Haustür herein. «Wo seid ihr alle? Ich hab die ganze Stadt nach euch Mädels abgesucht!» Er verbeugte sich vor den Damen und nickte den Männern höflich zu. Mr. Pierre befand sich im Dauerwaffenstillstand mit Männern. Bei meinem Anblick jubelte er: «Mom *chérie*!»

«Ich bin Mom *chérie*», sagte Mutter.

«Jetzt bist du *grande* Mom *chérie* und Nickel kann *petite* Mom *chérie* sein.»

«Sprich englisch», sagte Louise. «Ich hab diese französische Scheiße satt.»

Da meine Tante das Wort «Scheiße» noch nie in den Mund genommen hatte, kam die Unterhaltung zum Stillstand und fuhr dann langsam, wie ein Zug an einem Berg, wieder an.

«Ich sagte –» Mr. Pierre senkte die Stimme auf eine tiefere Tonlage – «daß Julia die große Momma ist und Nickel die kleine Momma.»

«*Chérie* heißt nicht Momma», sagte Orrie.

«Sei nicht so pedantisch, Orrie, das geht mir auf die Nerven», forderte Verna.

«Schon gut, schon gut, aber wir haben hier das Haus voller Zeitungsleute, und die wollen nun mal Fakten», verteidigte sich Orrie.

«Wie sollen wir die Zeitung nennen?» Charles band seine Fliege auf und machte sich's am Tisch bequem.

«Wie wär's mit *The Courier*?» meldete sich Ed. «Wir haben einen *Courier* zu Hause.»

«*Tribune*.» Decca beteiligte sich an der Unterhaltung. «In alten Zeiten war der Tribun die Stimme des Volkes. Das hat Onkel Sonny mir erzählt, und der weiß alles.»

«Keine schlechte Idee», sagte ich.

«Ich hab eine phantastische Idee.» Mr. Pierre hielt das Telefon in der Hand. «Rufen wir Diz Rife an und fragen ihn.»

«Sie wollen Diz anrufen?» Michelle konnte es nicht glauben.

«Warum nicht? Ihr werdet auf Gedeih und Verderb miteinander auskommen müssen.» Mr. Pierre erwischte Diz am Telefon, und es entspann sich eine angeregte Unterhaltung, die ich nicht hören konnte, weil Louise die Unverfrorenheit besaß, meine Mutter eine Schlampe zu nennen, und meine Mutter erwiderte, Louise sei ein Flittchen. Dann sagte Louise, sie spreche gar nicht mit Mutter, und Mutter sei paranoid und denke, alles würde nur über sie gesagt und alle sprächen über sie – entweder sei sie paranoid oder sie sei ungeheuer eingebildet. Das wurde deutlich und entschieden Verna gegenüber geäußert, die sich heraushielt. Mutter sagte, solange wir auf der psychologischen Welle ritten, litten einige Leute offensichtlich unter Verfolgungswahn: sie verfolgten andere Leute, wie zum Beispiel sie selbst.

Diz Rifes schicker Aston-Martin Volante umrundete die Farm. Er konnte vor dem Haus keinen Parkplatz finden und hielt am Straßenrand.

Ehe er an die Tür klopfen konnte, öffnete Mr. Pierre und bat ihn herein.

«Diz, magst du Omeletts?» fragte Mutter.

«Ich mag alles, was du machst, Julia.»

Mutter, geschmeichelt, machte sich mit neuem Schwung an die Omeletts. Während sie die Eier schlug, warf Verna Käse und was sie sonst noch auf dem Fleischerblock kleingeschnitten hatte, in die Masse.

«Nickel, darf Pewter rohe Eier haben?»

«Warum nicht? Sie lutscht doch Eier in jeder Form.»

Das löste bei der Truppe Gelächter aus. Diz bekam von Louise einen Kaffee gereicht, wurde von Ed zu einem Stuhl geführt und sofort von Decca mit Beschlag belegt, die wissen wollte, ob er wirklich der reichste Mann der Welt sei.

«Diz, wir gründen eine neue Zeitung.» Charles kam gleich zur Sache.

«Das hat Mr. Pierre schon am Telefon erwähnt.»

«Wie findest du das?» rief ich über die Schulter. Louise hatte mich dazu verdonnert, Biskuits zu formen.

«Ich finde, Wettbewerb belebt das Geschäft», sagte er. «Aber den Namen *Clarion* könnt ihr nicht verwenden, und ihr könnt nicht sagen: ‹gegründet 1710›.»

«Nein, aber wir können sagen, ‹in denselben zwei Familien seit 1710›», parierte Charles.

«Tja, das wohl. *Trumpet* könnt ihr sie auch nicht nennen, weil die *Trumpet* mit dem *Clarion* zusammengelegt wurde. Wie wollt ihr sie nennen?» Er lehnte sich auf seinem Stuhl zurück, die Hände hinter dem Kopf.

«Warum nicht *Mercury*? Merkur ist doch der Gott der Kommunikation, oder?» Mr. Pierre wartete mit dieser Idee auf.

«Das gefällt mir!» Arnie war begeistert.

Charles zuckte die Achseln. «Warum nicht?»

«Ich bin einverstanden», sagte ich.

«Ich auch», stimmte Michelle zu.

Louise gab ihre Stimme ab. «Es ist gotteslästerlich.»

«Wieso?» wollte Verna wissen.

«Heidnisches Zeug.» Louise schob die Unterlippe vor. Sie trug wieder ihren kirschroten Lippenstift, der sich in den Rissen in ihrer Oberlippe verlief. «Die vielen nackten Statuen.» Sie schüttelte den Kopf.

«Wir sprechen von einer Zeitung, nicht von einer Skulptur», sagte Arnie lachend.

«Ich hab meine Meinung gesagt, und damit basta.» Louise schmollte jetzt wirklich.

«Es bleibt bei *Mercury*.» Charles war entschlossen.

Ehe Wheezie eine Szene machen konnte, sagte ich: «Tante Wheezie kennt alles und jeden. Sie sollte im *Mercury* eine Art Gesellschaftskolumne bekommen.»

Charles, von dem Vorschlag überrumpelt, druckste herum.

Diz frotzelte: «Vielleicht sollte der *Clarion* sie verpflichten.» Er genoß die Vorstellung, Konkurrenz zu haben.

Wheezie schwankte noch, doch ehe sie etwas sagen konnte, flüsterte Mutter: «Laß die Luft raus, aufgeblasene Kröte.»

Louise, die Rührschüssel in der Hand, drohte: «Ich sprech nicht mit dir. Und du wirst nie in meiner Kolumne erwähnt.»

«Ah, Mrs. Trumbull», vermittelte Charles mit einem förmlichen Ton in der Stimme, «ich meine, Sie gehören zum *Mercury*. Die Hunsenmeirs und die Falkenroths sind schließlich ein Team.»

«Oh – ja.» Louise war so glücklich, wie ich sie noch nie gesehen hatte.

Ich wußte genau, daß sie mir ihre verdammte Kolumne diktieren würde, aber ich hatte im Leben schon Schlimmeres überstanden.

Die Frühstücksparty dauerte den ganzen Tag. Verna, Mutter und Pierre liefen zu Mutzi, um mehr Lebensmittel für Mittag- und Abendessen zu holen, und da gesellte sich Mutzi auch zu uns. Wir riefen David Wheeler an, und er kreuzte mit seiner Frau auf, die netterweise auch etwas zu essen beisteuerte. Diz fuhr zum Spirituosengeschäft, und das war ein Riesenerfolg. Die ganze Familie Frost kam herüber, und ich war deswegen nicht so nervös, wie ich gedacht hatte. Abends versammelten wir uns um Coras Klavier und sangen. Mutter schlug denjenigen, die nicht am Singen interessiert waren, eine Runde «Bescheiß deinen Nachbarn» vor.

Ich weiß nicht, was über mich kam, aber ich fragte Diz, ob er der Pate des Babys sein wolle. Er sagte ja, und er bedaure es sehr, nicht der Vater des Babys zu sein. Jack fragte ich auch, aus ersichtlichen Gründen und aus dem weniger ersichtlichen Grund, daß es ihn und Diz zwingen würde, wenigstens in einer Sache zu kooperieren.

Mr. Pierre bekannte viele Martinis später, daß er wegen der Heirat nervös sei.

Decca fragte ihre Mutter: «Warum heiraten die Leute?»

Verna antwortete: «Damit sie nicht allein essen müssen.»

Mr. Pierre räusperte sich. «Ich kann's ebensogut jetzt sagen. Nickel und ich heiraten morgen, Schlag zwölf in der lutherischen Kirche.»

«Warum habt ihr mir nichts gesagt?» kreischte Louise.

«Wir dachten, es würde dich zu sehr aufregen – so ein überstürztes Bündnis», flunkerte ich.

«Überstürzt? Du kennst ihn dein halbes Leben. Da bleibt ja nicht mal Zeit, sich umzuziehen.»

«Ich denke, du bist gegen diese Heirat?» sagte Mutter.

«Bin ich auch, aber das ist noch lange kein Grund, keine Feier zu veranstalten, und mit *dir* rede ich nicht!»

Michelle kam zu mir und flüsterte: «Stehst du das durch?»

Ich nickte und flüsterte: «Das geht in Ordnung.» Louise stapfte auf eine Seite der Küche und Juts auf die andere, womit sie zwei Lager bildeten. Ich klatschte Ruhe gebietend in die Hände. «Mutter, Tante Wheezie, meiner Heirat zuliebe wünsche ich, daß ihr zwei euch jetzt versöhnt. Ich denke nicht daran, mir von euch die Hochzeit verderben zu lassen.»

«Warum habt ihr bis zur letzten Minute gewartet, ehe ihr es mir gesagt habt? Mir sagt nie jemand was.» Louise war den Tränen nahe.

«Darling», flötete Mr. Pierre, «es kam so plötzlich und unerwartet. Wir wollten dich wirklich nicht kränken.»

«Seit wann weiß es Julia?»

«Seit gestern», erwiderte Mom, «also weiß ich's auch noch nicht so lange.» Sie log, denn wir hatten es ihr am Mittwochmorgen gesagt.

«Du brauchst mir nicht schönzutun. Ich hab mich noch nicht mit dir versöhnt!»

«Ach, komm, Tante Wheezie.»

Louise wandte sich an Mr. Pierre. «Und wieso heiratest du sie? Du kennst nicht mal ihre Abstammung. Was, wenn sie eine Erbkrankheit hat? Du hättest *mich* heiraten können!»

Alle Augen richteten sich auf Mr. Pierre. Er trat galant zu ihr. «Als ich dich kennenlernte, warst du mit Pearlie Trumbull verheiratet. Du warst tabu. Faszinierend. Du sahst zauberhaft aus. Diese Knochen.» Er wies auf ihre Gesichtsknochen. «Aber tabu. Und dann, im Laufe der Jahre, wurden wir wie Bruder und Schwester. Wie könnten wir da heiraten?»

Louise wollte nichts davon hören. «Ganz einfach! Julia hat Ed in die Falle gelockt, und jetzt hat Nickel dich in die Falle gelockt, mit dem ältesten Trick der Welt.»

«Ich wurde in keine Falle gelockt.» Ed sprach mit einem Nachdruck, der alle verblüffte. «So etwas kann man nicht erklären. Julia ist die Richtige für mich. Das ist so ein Gefühl. Das heißt nicht, daß ich Sie nicht mag.»

Louise hätte es lieber gehabt, wenn Ed stark und ruhig geblieben wäre – vor allem ruhig. Sie jammerte: «Keiner heiratet mich. Keiner liebt mich.»

Natürlich drängten sich alle außer Mutter um Louise. Die ganze Versammlung zerbrach sich den Kopf über einen Mann, irgendeinem Mann unter den Lebenden, den man für Louise heranschaffen könnte.

Jack schob sich zu mir. «Verdammt! Ich will das Baby nicht mit Diz teilen!»

«Wirst du aber müssen. Ich weiß, was ich tue – für uns alle. Ihr zwei müßt das Kriegsbeil begraben.»

«In meinen Rücken. Da hinein wird es sich graben.»

«Oh, ihr Kleingläubigen.» Ich berührte ihn an der Schulter, aber er blieb wütend.

47

Da kommt die Braut

Sonntag, 10. Mai

Als die Besucher des Elf-Uhr-Gottesdienstes aus der Kirche marschierten, marschierte die Hochzeitsgesellschaft hinein. Ich hatte gedacht, es würde eine kleine Hochzeit mit mir, Mr. Pierre, Mom und Louise, aber alle von der Zeitung kamen, die Bingotruppe, meine Freunde vom Stall und vom Jagdclub und viele von Mr. Pierres Kundinnen.

Traditionsgemäß hatte ich meinen Bräutigam seit gestern abend nicht gesehen. Regina erbot sich als Brautführerin. Wir setzten uns in ein Hinterzimmer und hechelten Louises außergewöhnliches Bekenntnis durch. Sie tat uns leid, auch wenn sie ein Biest war.

Decca BonBon steckte den Kopf zur Tür herein und berichtete, daß Ursie Yost anwesend sei. Auch Pewter, Lolly Mabel und Goodyear waren da. Sie standen mir so nahe wie meine menschlichen Freunde. Der Pastor sträubte sich, aber ich kriegte ihn herum. Wenn Gott alle Geschöpfe erschaffen hatte, dann sollten sie auch in seinem Gottesdienst willkommen sein.

Regina und ich lachten darüber, daß Mutter Goodyear am Blackout-Bingoabend auf dem Platz zurückgelassen hatte. Ich hatte den Hund mit zu mir genommen. Es war ein Anzeichen für Mutters emotionale Verfassung. Sie hatte sich seit seiner Geburt nicht von ihrem Hund getrennt.

Je länger wir warteten, desto nervöser wurde ich. Ich glaubte das Richtige zu tun, aber wie sollte ich das wissen? Alle Entscheidungen fußen auf einer unzureichenden Faktenlage.

«Hör auf, hin und her zu laufen. Du machst mich ganz kribbelig», sagte Regina.

«Bin ich hin und her gelaufen?»

«Komm, setz dich neben mich. Die feierlichen Momente im Leben haben die Eigenart, das Beste in einem Menschen zum Vorschein zu bringen. Erinnerst du dich an meine Hochzeit?»

«Ich war deine Trauzeugin, und ich hab dir gesagt, daß ich Angst um dich hätte. Ich hätte mein großes Maul halten sollen.»

«Du warst ehrlich. Ich hatte auch Angst. Der gesellschaftliche Druck bei einer Hochzeit genügt, um jeden Menschen irre zu machen. Es soll der glücklichste Tag des Lebens sein, aber ich war froh, als ich ihn hinter mir hatte. Ich bereue nur, daß ich das College nicht beendet habe, aber ich habe nie bereut, Jack geheiratet zu haben. Er ist nicht vollkommen, aber das bin ich auch nicht, und du bist es ebensowenig. Wir wursteln uns irgendwie durch.» Ihre Wangen glühten. Sie hätte die Braut sein können. «Also, hast du mir nichts zu sagen?»

Plötzliche Angst durchfuhr mich. «Was zum Beispiel? Du weißt alles, was es über mich zu wissen gibt.»

«Zum Beispiel, wer der Vater des Babys ist. Ich bin ja nicht blöd. Es ist einer der Paten, und ich glaube, es ist Jack. Du hast einen logischen Verstand. Du hast dir überlegt, daß der leibliche Vater so viel Zeit mit seinem Baby verbringen möchte, wie er kann, ohne Verdacht zu erregen. Wenn du nur einen zum Paten ernannt hättest, wäre das zu auffällig. Zwei halten die Gerüchteküche warm.» Ihr Tonfall war sachlich.

«Du könntest mir wenigstens zugute halten, daß ich versucht habe, sie zum Waffenstillstand zu bewegen.»

«Oh, das halte ich dir durchaus zugute, aber nicht, daß du mir nicht die Wahrheit gesagt hast.»

«Wie konnte ich?» platzte ich heraus. Sie hatte mich erwischt. Warum versuchen, mich zu drücken?

«Weißt du, das Komische daran ist, Nickie, daß ich eigentlich nicht gekränkt bin, weil du mit Jack geschlafen hast. Ich bin gekränkt, weil du's mir nicht gesagt hast.»

«Ich fühle mich gräßlich. Es war von vornherein unrecht, mich mit ihm einzulassen, aber ich sehe nicht, wieso es besser oder leichter gewesen wäre, wenn ich es dir erzählt hätte. Warum es dir unter die Nase reiben? Warum dir weh tun? Ich habe dich nie belogen. Ich habe nichts gesagt, das ist alles. Wenn die Situation umgekehrt gewesen wäre, was hättest du getan?»

«Ich weiß es nicht. Ich möchte gern glauben, daß ich es dir gesagt hätte.»

Meine Hände zitterten. «Du nimmst es mit mehr Gelassenheit, als ich aufbringen könnte.»

«Na ja.» Sie machte eine lange Pause. «Männer sind anders als Frauen, das weiß ich, und ich kenne Jack. Es hört sich vielleicht komisch an, aber ich erwarte von Männern weniger als von Frauen. Jack ist in diesen 22 Jahren nicht hundertprozentig treu gewesen. Ich billige das keineswegs, aber er hat nun mal seine Schwächen. Er bemüht sich, das Richtige zu tun, und meistens gelingt es ihm auch.»

«Warum hast du mir nichts von seinen Affären erzählt?»

«Sie schienen mir nicht so wichtig. Ich schrieb sie seiner Angst vor dem Älterwerden zu, und – verzeih mir meine Eitelkeit – ich dachte, daß er nie eine Frau finden würde, die mich ersetzen kann. Doch du – du warst wieder was anderes. Abgesehen von deinem Lebenslauf ist da noch das Element der Eroberung. Du weißt, wie scharf Männer auf Lesben sind. Ich habe nie geglaubt, daß er mich deinetwegen verlassen würde, aber ich wußte, daß es für ihn keine oberflächliche Affäre war. Er war hin und her gerissen.»

«Haßt du mich?» Meine Stimme war kaum hörbar.

«Nein. Ich kann verstehen, daß alle Frauen auf Jack fliegen. Was mich kränkt ist, daß ihr es hinter meinem Rücken getan habt. Wenn du zu mir gekommen wärst, hätten wir es lösen können. Es hätte weh getan, aber es wäre anständig gewesen.»

«Es tut mir leid. Was kann ich sagen, außer daß es mir leid tut? Ich habe Jack und Mr. Pierre gesagt, daß ich es dir erzählen wollte. Ich dachte, nachdem das Baby – irgendwann.» Ich atmete tief durch. «Weiß Jack, daß du es weißt?»

«Ich hab's ihm gestern abend nach der Party gesagt. Er war erschüttert, aber er ist nicht ausgewichen. Der Unterschied zwischen dir und Jack ist, daß er nicht sagte, es täte ihm leid. Er hat sich ausdrücklich für die anderen Frauen entschuldigt, aber nicht für dich. Er sagte, daß er dich liebt und daß er mich liebt. Er sagte auch, daß du Schluß gemacht hast und daran festhältst.» Sie seufzte. «Es ist verwirrend, nicht? Ich bin euch nicht böse, wirklich nicht. Vielleicht bin ich zu alt für so was. Vielleicht bin ich an dem Punkt angelangt, wo ich nicht mehr glaube, daß die Liebe eine steuerbare Substanz ist. Man kann sie nicht verbieten oder in die Schranken der Ehe verweisen. Es ist nicht, als ob du mir etwas gestohlen hättest. Ich besitze ihn nicht. Ich will ihn nicht besitzen. Du hast es nicht getan, um mit mir abzurechnen, und er auch nicht. Es ist passiert. So was kommt vor.»

«Was tun wir jetzt?»

«Gar nichts. Wir machen weiter. Ich bin enttäuscht, daß du's mir nicht gesagt hast, aber ich werd's überleben. Es ist nicht das Ende der Welt. Tu's nicht wieder.»

«Bestimmt nicht.»

«Ich meine nicht bloß Sex. Ich meine, mir nicht die Wahrheit sagen. Wenn die Menschen ihre Gefühle verschweigen, werden unsichtbare Barrieren errichtet. Du solltest mir alles sagen können, und ich sollte dir alles sagen können – sei es ärgerlich, beleidigend, schmerzlich, absurd. Darauf kommt es nicht an. Worauf es ankommt ist, daß wir Wunden teilen und heilen, bevor sie zu tief werden.»

Bis ins Mark erschüttert, konnte ich zum Zeichen meiner Zustimmung nur noch nicken. Und in diesem Augenblick kam Decca, um uns zu sagen, daß es losgehen könnte.

Ich bekam den zweiten Schock des Tags. Mr. Pierre hatte seine lila Tönung herausgewaschen. Sein Haar war stahlgrau, und er hatte es kurz geschnitten.

Die Trauung verlief reibungslos. Mutter und Louise waren höflich zueinander. Beide weinten, aus verschiedenen Gründen.

Ich werde mich bis ans Ende meines Lebens an meinen Hochzeitstag erinnern, weil meine Freunde sich versammelten, um uns Glück zu wünschen, und weil meine beste Freundin mich eine Lektion gelehrt hat. Sie lehrte mich, daß tiefempfundene Liebe vielschichtiger und subtiler ist, als mir bewußt gewesen war. Sie lehrte mich, daß konventionelle Reaktionen etwas für konventionelle Menschen sind. Sie enthüllte mir meine eigene Arroganz. Ich hatte zu wissen geglaubt, wie sie reagieren würde. Ich hatte geglaubt, die Situation im Griff zu haben und ihre Gefühle schonen zu können. Ich hatte sie unterschätzt. Ich versuchte dauernd, einen runden Pflock in ein eckiges Loch einzupassen. Ich versuchte, das Leben rational zu gestalten. Und ich versuchte, meine emotionale Feigheit zu überdecken. Weil ich intelligent und körperlich gewandt war, hatte ich meine emotionalen Defizite unter den Teppich kehren können. Regina zeigte mir mein Ich. Sie zeigte mir nicht so sehr meine Fehler, sie zeigte mir nur, wer ich war. Wenn ich etwas ändern wollte, lag es allein an mir. So oft wird die Wahrheit mit Haß gesagt und Lügen werden mit Liebe geäußert. Regina sagte mir die Wahrheit mit Liebe, mehr Liebe, als ich in diesem Augenblick zu verdienen meinte. Ich begann zu verstehen, daß ich mich emotional ändern wollte und konnte, daß alles möglich war – ich war noch nicht tot. Ich hoffte, für dieses Abenteuer gerüstet zu sein.

48

Mutterschaft

Montag, 14. Dezember

Zwei neue Gäste erschienen auf der Party auf dem Planeten Erde. Zwillinge. Vor der Entbindung hatte Trixie mir gesagt, daß ich Zwillinge bekommen würde. Da ich sehr wenig über meine Abstammung wußte, hatte ich nicht ahnen können, daß ich vielleicht zwei Kinder gebären könnte. Zwillinge überspringen gewöhnlich eine Generation, was bedeutete, daß meine Großmutter oder mein Großvater ein Zwilling war. Ich verzichtete auf die Lamaze-Methode. Dr. Lamaze ist ein Mann. Er mußte niemals Geburtswehen erleiden. Seit Jahrtausenden hätten die Frauen alles darum gegeben, diese Schmerzen lindern zu können, und ich beauftragte Trixie, mich mit Demerol vollzupumpen.

Julia Ellen Smith kam als erste, mit elf Minuten Vorsprung. Ihr folgte Grayson Chester Smith. Mr. Pierres richtiger Name ist Peter Gerald Grayson, was ich nicht gewußt hatte, bis wir heirateten. Da ich meinen Mädchennamen behielt, taufte ich den Jungen nach seinem «Vater». Ich hätte dem kleinen Gray den Namen von meinem Dad als ersten gegeben, aber ich glaube nicht, daß Dad Chester besonders mochte. Chessy konnte er ertragen. Ich dachte mir, daß Dad, wo er auch war, meine Entscheidung verstehen würde.

Mr. Pierre lief fast den Fußboden im Wartezimmer durch.

Ich hatte ihm gesagt, er könne hereinkommen, wenn er wolle, doch er lehnte ab. Als ihm aber die zwei winzigen Babies mit lockigen schwarzen Haaren gezeigt wurden, verlor er die Fassung. Er weinte. Er küßte mich. Er weinte noch mehr. Er sagte, dies sei der glücklichste Tag seines Lebens, und was er doch für ein verdammter Idiot gewesen sei, so lange zu warten, bis er Vater wurde. Daß diese zwei Kleinen nicht seinen Lenden entsprungen waren, spielte nicht die geringste Rolle für ihn. Es war Liebe auf den ersten Blick. Dann schenkte er mir ein Paar phantastische Ohrringe mit Rubinen und Diamanten.

Von einem Mann wird zwar erwartet, daß er seiner Frau ein wertvolles Schmuckstück schenkt, wenn sie ihm ein Kind schenkt, aber ich war freudig überrascht, als er mir die Ohrringe gab. Sobald er sich überzeugt hatte, daß ich wohlauf war, stolzierte er trotz der Kälte um den Platz, ging in jedes Geschäft, gab Zigarren aus und prahlte, prahlte, prahlte mit der erstaunlichen Schönheit seiner Tochter und seines Sohnes. Er ließ sich von Peepbean ein großes Schild malen, mit blauen und rosa Bändern, das er ins Schaufenster des Curl 'n Twirl stellte.

Einige Zeit später kam ich dahinter, daß er außerdem Jackson Frost einen heimlichen Besuch abgestattet hatte. Mr. Pierre hatte sich wie ein Gentleman verhalten und Jack von jeglicher finanziellen Verantwortung für die Zwillinge befreit. Jack dankte ihm, sagte aber, daß er einen kleinen Treuhandfonds gebildet habe, und dabei bleibe es. Die beiden Männer kamen überein, daß Jack, falls Pierre stürbe, einspringen und die männliche Verantwortung für die Kinder übernehmen würde.

Diz Rife wollte diesen Job auch. Er erwies sich als aufmerksamer Pate; denn er erschien zwei Stunden nachdem Julia und Gray geboren waren. Schon zu diesem Zeitpunkt hatte sie den Spitznamen Klein-Juts weg. Ich glaube, er hat ganze Geschäfte leergekauft. Diz hatte keine Kinder, und wenn er auch nicht darüber sprach, mußte es ihn doch schmerzen, der erste Rife ohne Nachkommen zu sein. Auch er hatte offenbar eine Aussprache mit Mr. Pierre gehabt, so daß meinen von einer alles anderen als wohlhabenden Mutter geborenen Babies das große

Glück beschieden war, von drei Männern umgeben zu sein, denen daran lag, ihnen in diesem Leben beizustehen.

Diz und ich wetteiferten bis zu meiner Entbindung wie zwei verrückte Schwergewichtler. Er – besser gesagt, Mid-Atlantic Holding Shares – steckte eine Unmasse Geld in den neuen *Clarion*. Es gab Farbfotos auf dem Titelblatt, farbige Wetterkarten, jede Menge Unterhaltungsklatsch und eine große Immobilienbeilage. Unser *Mercury* blieb bei dem alten Layout des Titelblatts und konzentrierte sich auf nüchterne Nachrichten sowie einen ausführlichen Lokalteil. Zu unserem Schrecken schlug Tante Louises Kolumne «Ich erinnere mich» wirklich ein. Ehe die Kolumne zwei Monate alt war, verkauften wir die Abdruckrechte mehrfach und sie erschien gleichzeitig in mehreren Zeitungen. Die Kolumne triefte von Nostalgie, dieser Würze des Vergnügens. Louise diktierte mir die Kolumne, und ich schrieb sie so auf, wie sie sprach. Tante Louise wurde ein Star. Die Fanpost für Wheezie kam lastwagenweise. Ihr Erfolg besänftigte sie so weit, daß sie mir meine Schwangerschaft und die überstürzte Heirat verzieh. Ihrer Schwester, die nun in Sünde lebte, verzieh sie nicht so bald.

Blackout-Bingo wurde nördlich der Mason-Dixon-Grenze verboten. Was immer Diz ihm gesagt oder getan haben mochte, Bucky ließ die Anklage gegen Tante Louise, mich, Lolly und die meisten anderen Bürger der Stadt fallen, die er der Strafvereitlung bezichtigte. Der Bingo-Jackpot ging für die Renovierung der Anwaltsbüros Falkenroth, Spangler & Finster drauf. Mutzi, der wütend war, weil ihm Blackout-Bingo verwehrt wurde, führte eine neue Sorte Bingoblätter ein, die sogenannten Nevada-Karten. Diese verdrängten das eigentliche Bingo nicht, sondern akzentuierten es. Die Karten waren wie Miniatur-Spielautomaten, und Runnymede war verrückt danach. Ich gewann in der Woche vor der Geburt der Babies bei einem Nevada-Spiel einen Hundert-Dollar-Jackpot.

Mutter ging den größten Teil des Tages im Krankenhaus ein und aus. Sie war unten in der Cafeteria, als Klein-Julia ankam. Eine Krankenschwester ließ sie ausrufen, und sie eilte rechtzeitig zu Graysons Ankunft nach oben. Als Mr. Pierre gegangen war, kam sie ins Zimmer. Ich muß schrecklich ausgesehen haben, denn sie kämmte mir die Haare. Ich war erschöpft. Ich konnte kaum den Arm heben. Als die Wirkung der Medikamente nachließ, hatte ich Schmerzen. Die Schwester sagte, ich müsse mich eine Zeitlang in einen Schwimmring setzen. Welch eine Erniedrigung!

Beim Anblick ihrer Enkelkinder sagte Mutter: «He, die sehen genauso aus wie ich.»

«Wir sind nicht blutsverwandt, hast du das vergessen?» Die Wirkung des schmerzstillenden Mittels schwand jetzt wirklich.

«Was macht das schon?» Sie beäugte die Babies.

«Dir offenbar viel – jedenfalls bisher.»

«Du bist zu empfindlich. Du nimmst alles persönlich.»

Ich schob mich mühsam hoch, so daß ich mich an die Kissen lehnen konnte. Ich hatte flach auf dem Rücken gelegen, und so müde ich auch war, ich wollte bei diesem Gespräch nicht liegen. Ich hatte 43 Jahre gebraucht, um es zu führen. «Mutter, ich will nie mehr was davon hören, daß ich adoptiert bin. Ich will nie mehr hören, daß meine Abstammung nicht deine Abstammung ist. Ich habe es so verdammt oft gehört, daß ich es Wort für Wort auswendig weiß, und ich erwarte von dir, daß du diese Botschaft an deine Medienstar-Schwester weitergibst.»

Mutter wirkte erstaunt. «Was ist los mit dir?»

«Ich habe zwei süße Babies, und ich will nicht, niemals, daß sie fühlen müssen, was ich an jedem einzelnen Tag meines Lebens gefühlt habe.»

«Und was ist das?» Sie zwang sich, die Frage zu stellen, obwohl ich verdammt gut wußte, daß sie die Antwort nicht hören wollte.

«Geliebt zu werden, aber nicht dazuzugehören. Es ist eine Form von Bestrafung.»

«Ich liebe dich.» Ihre Ich-bin-ein-zähes-Weib-Miene begann zu zerfallen.

«Das weiß ich, aber du hältst mich in Schach. Du hältst mich an der Kandare – das ist vielleicht besser ausgedrückt. Jedesmal, wenn ich was falsch gemacht habe, hast du mir gesagt – oder Louise hat es getan –, daß ich ein Waisenkind bin oder daß ich vielleicht meiner leiblichen Mutter gleiche, und ab heute verstehe ich nicht mehr, wie eine Frau ihre Babies aufgeben kann. Ich könnte es nicht. Ich will diesen Mist nie mehr hören. Es ist ein für allemal Schluß damit, Julia.»

«Wag es nicht, mich Julia zu nennen!»

«Ich nenne dich Julia, bis du einverstanden bist, daß dieses Thema fallengelassen wird. Dann sag ich wieder Mom zu dir.»

Sie hielt sich die Hände vors Gesicht und schluchzte. Ich hatte meine Mutter nur ein einziges Mal so weinen sehen. Das war, als Dad im Laden tot umfiel und Wheezie diejenige war, die es ihr sagen mußte. Sie weinte so sehr, daß sie nicht sprechen konnte, und so leid es mir tut, ich hatte kein Mitleid mit ihr – jedenfalls nicht, bis sie sprach.

«Du weißt ja nicht, was es heißt, keine richtige Frau zu sein. Du hast es ja jetzt geschafft.» Sie weinte von neuem.

«Wovon redest du? Eine Frau ist eine Frau.»

«Ich bin keine richtige Mutter. Ich hab dich nicht geboren. Irgendein Luder kannte dich neun Monate eher als ich, und das reibt Louise mir dauernd unter die Nase. Ich wollte Babies.»

«Du hattest mich.»

«Das ist nicht dasselbe!» Sie griff so heftig nach dem Kleenex, daß die Schachtel auf den Boden purzelte. «Jetzt bist du eine Mutter und bist noch weiter weg von mir.»

«Mutter –» Ich mußte warten, während sie sich die Nase putzte. «Mom, ich meine, Mutter zu sein, das ist das Aufziehen, nicht das Gebären. Du mußt darüber wegkommen. Du hast dir selbst damit weh getan, und du tust mir weh, und ich will nicht, daß du Juts –»

Sie unterbrach mich. «Klein-Juts. Ich bin Groß-Juts, daß du das ja nicht vergißt.»

«Ich will nicht, daß du Klein-Juts oder Grayson weh tust. Du weißt ja nicht, wie Kinder diese Dinge sehen. Als ich klein war, hatte ich noch keine erwachsenen Gefühle. Ich konnte das alles nicht in den Griff kriegen. Ich lag nachts wach und fragte mich, was ich falsch gemacht hatte, daß meine leibliche Mutter mich weggeworfen hatte. Und wenn ich ungezogen wäre, würdest du mich dann auch wegwerfen? Weißt du, daß Daddy der einzige Mensch war, der nie ein Wort darüber verlor? Ich war wirklich seine Tochter, und ich weiß nicht, was ich ohne seine bedingungslose Liebe getan hätte.»

«Willst du damit sagen, es war falsch von mir, es dir zu erzählen?» Sie versuchte zu verstehen.

Das allein war schon ein Sieg, da Mutter keinesfalls zugeben konnte, wenn sie etwas falsch machte.

«Nein, es war nicht falsch, aber einmal hätte genügt. Wenn ich im Laufe der Jahre Fragen gehabt hätte, hätte ich dich gefragt. Jetzt werde ich meinen zwei Kindern eines Tages, wenn sie alt genug sind, erzählen, daß ich adoptiert bin. Wenn sie mir Fragen stellen wollen, können sie es tun, aber sie sollen selbst entscheiden, wann sie fragen und wieviel sie wissen wollen.»

«Also gut – wenn du es so willst.» Sie wischte sich die Augen. «Was ist mit Jack?»

«Das lasse ich auf mich zukommen. Ich denke, soweit es die Kinder betrifft ist Mr. Pierre ihr Daddy.»

«War er seit heute morgen noch mal hier?»

«Nein.»

«Er hat ein Schild mit den Namen der Babies und der Geburtsstunde ins Schaufenster gestellt. Er wird sich ruinieren, wenn er noch mehr Zigarren spendiert.»

Sie rückte von den schmerzlichen Erkenntnissen ab. Eigentlich konnte ich ihr das nicht verübeln, und als ihre gute Laune wiederhergestellt war, plapperte sie weiter. Ihre Fehler waren in gemäßigter oder auch schlimmerer Form meine Fehler, und vermutlich würden sie auf die eine oder andere Weise auch die Fehler von Klein-Juts und Gray werden. Wir waren Kämpfer, keine Jammerlappen. Wir schoben die Qual unserer Begrenzungen, unser Labyrinth der Ängste, entschlossen beiseite, während wir gleichzeitig mit der anderen Hand fester nach dem Leben griffen. Ich wußte, daß ich bis ans Ende meiner Tage mit diesem Widerspruch kämpfen würde.

Ich schlüpfte wieder unter die Bettdecke. So seltsam es klingen mag, dieses kurze Gespräch mit Mom hatte mich mehr mitgenommen als die Geburt der Kinder. Sie erhob sich, um zu gehen, und küßte mich auf die Wange. Ich mußte eingedöst sein, denn ich schreckte hoch.

«Bis heute abend.»

«Bye, Mom.»

«Nickie –»

«Ja?»

«Tut mir leid, daß ich deinen Malkasten weggeworfen habe.»

Damit ging sie, und ich wußte, daß ich zu guter Letzt endlich gesiegt hatte.

49

Drachenflug

Freitag, 25. März

Tante Louise wurde heute siebenundachtzig, aber wir taten, als würde sie einundachtzig. Die *Today-Show* kam nach Runnymede, zu Ehren ihres Geburtstags und um dem Rest der Nation diese von der Mason-Dixon-Grenze zweigeteilte Kleinstadt vorzustellen, die durch Wheezie schlagartig berühmt geworden war.

Als sie sie zum erstenmal darauf ansprachen, wollten sie, daß sie nach New York geflogen käme, aber nach ausführlichen Diskussionen mit ihr und aus Rücksicht auf ihr Alter beschlossen sie, ihre Kameras auf die Stadt zu richten. Tante Louise machte eine eigendynamische Stadtführung, mit der Betonung auf *eigen*. Sie flirtete hemmungslos mit Bryant Gumbel, mischte sich in Willard Scotts Wetterbericht ein und brachte Jane Pauley an den Rand eines Nervenzusammenbruchs. Vor der Kamera warf die liebe, gute Louise ihr Skript über den Haufen, wich Miss Pauleys Fragen aus und zog ihre eigene Schau ab. Ihren krönenden Augenblick hatte sie, als sie den Platz umrundete, auf die Ecke zur Hanover Street zeigte und sagte: «Und hier hat sich George Porterfield, ein entfernter Cousin von George Spangler, 1931 vor mir entblößt. Die Ursache für dieses abartige Verhalten ist bis heute nicht völlig geklärt.» Die schwesterliche Rivalität der Hunsenmeirs flackerte vor der Kamera zwar auf, brach jedoch glücklicherweise nicht in emotionales Feuer aus. Louise ließ eine Aufnahme von sich und Mom zu, schob sich aber dann dauernd vor Mutter, die sie schließlich von hinten am Mantel packte, so daß sie sich nicht rühren konnte, während sie beide fortwährend wie verrückt lächelten.

Als die Mitarbeiter der *Today-Show* die Stadt verließen, waren sie erschöpfter als die hehre alte Dame, um deren Schonung willen sie ursprünglich hergekommen waren. Die Einschaltquoten schnellten jedoch in die Höhe, und ich fürchtete, das Fernsehen würde wiederkommen, um noch mehr über Wheezie zu bringen. Visionen davon, wie meine Tante sich unter die Stars mischte, schwirrten mir durch den Kopf. Sie würde sich nicht nur unter sie mischen, sie würde ihnen munter erzählen, wie sie ihr Leben zu leben hatten, und sie würden mehr von Louises Leben erfahren, als ihnen lieb wäre.

Mutter ertrug Louises Ruhm, so gut sie konnte. Während die Kamera für eine Großaufnahme am Konföderierten-Denkmal und an der Kanone auf Louise zufuhr, sagte sie allerdings laut genug, um vom Ton aufgenommen zu werden:

«Sie wirkt richtig echt, nicht?» Davon und vom Ziehen an Louises Mantel abgesehen, beherrschte sie ihren Konkurrenzneid, aber sie hatte ja auch Ed. Mom war glücklich.

Nach den Aufregungen des Vormittags kehrte ich in die Zeitung zurück. Wir behaupteten uns sehr gut. Mr. Pierre und ich nahmen abwechselnd die Babies mit zur Arbeit. Er hatte sie eine Woche und ich hatte sie die nächste, aber in den Wochen, wenn sie bei mir im *Mercury* waren, rannte er dauernd zur Redaktion rein und raus. Dann kehrte er zum Curl 'n Twirl zurück und erzählte allen, die es hören wollten, von den Wundertaten seiner Babies.

Michelle war auch in die Kinder vernarrt. Pewter nicht. Zwar hatte sie nichts gegen sie, aber sie litt auch nicht unter einem Begeisterungstaumel. Erst als sie entdeckte, daß sie die Fläschchen ablecken konnte, zeigte sie mehr Zuneigung, und eines Morgens fand ich sie in der Wiege zusammengerollt. Als ich ins Zimmer kam, drehte sie mir jedoch den Rücken zu, als wollte sie sagen, daß sie rein zufällig hier eingeschlafen sei.

Lolly war ihnen, genau wie mein Ehemann, verfallen. Sie hielt sich stets in unmittelbarer Nähe der Kinder. Wenn sie gluckten, hob sie den Kopf und wedelte mit dem Schwanz. Wenn jemand, den sie nicht kannte, in die Nähe der Babies kam, fletschte sie die Zähne. Manchmal beobachtete ich sie, wenn sie die Kleinen beobachtete. Ich glaube, sie hielt sie für unbehaarte Hundejunge. Eines stand fest: sie wußte, daß sie zu ihr gehörten.

Ich beneidete die Babies, weil sie in einer Nachrichtenzentrale aufwuchsen. Wenn sie größer waren, würden Mr. Pierre und ich uns wohl nach einer Möglichkeit umsehen müssen, wo sie tagsüber versorgt waren, aber ich hoffte, daß wir sie bis zum Kindergarten an unseren jeweiligen Arbeitsplätzen behalten konnten. Ich ertappte mich dabei, daß ich sie genauso anstarrte, wie Lolly es tat. Es war kaum zu glauben, daß sie aus mir hervorgegangen waren.

Jack und Regina besuchten die Babies, wenn nicht jeden Tag, dann jeden zweiten. Jack schmolz bei ihrem Anblick dahin, und ebenso Diz, der unendliche Ausreden erfand, um über den Platz zum *Mercury* zu spazieren oder bei uns zu Hause vorbeizuschauen.

Mr. Pierre – ich sollte Pierre sagen, denn nach der Hochzeit ließ ich das «Mr.» weg – verwandelte die Inneneinrichtung von Bumblebee Hill. Er durchstöberte die verfallenen Scheunen und Häuser der Umgebung. Letzte Woche brachte er eine Wagenladung alter Bretter mit nach Hause, die er ordentlich neben dem Schuppen stapelte. Als ich ihn fragte, wozu, sagte er, sie ließen sich gut als Verkleidung für den Anbau verwenden. Als ich wissen wollte, was für einen Anbau er meinte, sagte er, die Kinder bräuchten eigene Zimmer, wenn sie größer würden. Er hätte alles bis zum letzten Nagel geplant.

Pierre hatte sich verändert. Er war gegenüber anderen Männern aggressiver, direkter geworden. Früher wehrte er sich mit seinem «Schwulengehabe», wie wir das unter uns nannten, aber das legte er jetzt ab. Er blieb der bestangezogene Mann in der Stadt, änderte jedoch seinen Stil. Er trug keine Schockfarben mehr. Er wechselte zu Modeschöpfern wie Alan Fusser. Die Schwulenwitze kamen zum Erliegen. Wer weiß, was die Leute hinter seinem Rücken über ihn sagen, aber das unmittelbare Verhalten der Menschen ihm gegenüber hat sich geändert. Er ist, der er ist. Er versucht nicht, ein Rauhbein zu sein, aber in gewisser Weise kommt der echte Pierre zum Vorschein. Die Kinder haben uns beide verwandelt.

Und wie versprochen, verwandelte Pierre meine Garderobe. Er findet bequeme Kleidungsstücke für mich, die das hervorheben, was ich an Attraktivität besitze. Er schleppt mich in Geschäfte und macht ein großes Tamtam um mich, und ich lasse ihn gewähren, weil er mehr davon versteht als ich. Mir gefällt sogar, wie ich aussehe.

Die größte Überraschung ist, daß Pierre reiten und Tennis spielen lernt. Er sagt, das Beste für eine Familie sei, Spaß an einer gemeinsamen Betätigung zu haben. Bis die Kinder auf Pferden sitzen können, wird er ein guter Reiter sein. Er ist da sehr diszipliniert.

Die andere Sache ist, daß Pierre schwört, Michelle sei in mich verknallt. Er kann in dieser Hinsicht ziemlich boshaft sein, denn er weiß, daß er mich damit verlegen macht. Ich glaube nicht, daß sie in mich verknallt ist, aber wenn, wüßte ich nicht, was ich tun soll. Ich habe mir die romantische Liebe aus dem Kopf geschlagen. Sie scheint mir eine stark überschätzte Emotion. Wenn ich zwischen einer großen, überwältigenden Leidenschaft und der Liebe guter Freunde zu wählen hätte, würde ich die Liebe guter Freunde wählen.

Ich blickte auf die Wanduhr mit dem schwingenden Messingpendel. Es war Zeit für Louises Party bei uns zu Hause. Ich rief es den *Mercury*-Leuten zu. Wir beeilten uns, unser Tagwerk abzuschließen, und gingen.

Louise, noch berauscht von ihrem Fernsehtriumph am Vormittag, glänzte auf ihrer Party. Ihr Kuchen hatte die üblichen 39 Kerzen. Es gelang ihr, sie alle auf einmal auszublasen, was Bemerkungen provozierte, sie sei blasiert. Goodyear war es abgewöhnt worden, beim Klang ihres Namens wie tot umzufallen. Pierre und Ed kümmerten sich um die Getränke und Verna und Mom arrangierten die Schüsseln und Töpfe, denn alle hatten etwas zu essen mitbringen müssen. Ed sprach nicht mehr als bei unserer ersten Begegnung, aber ich hatte mich an seine freundliche Schweigsamkeit gewöhnt. Pewter war in der Küche und benahm sich unmöglich.

Die Kinder schliefen oben. Sie schliefen sehr viel, aber Mom sagte, daß ich mich auf etwas gefaßt machen solle, wenn sie erst einmal auf dem Boden herumkrabbelten. Dann würden sie sehr viel weniger schlafen und man selbst entsprechend auch.

Bis das Essen aufgetragen wurde, waren wir halb verhungert. Ich liebe Parties, wo jeder was mitbringt, weil man von aller Leute Kochkunst kostet. Verna hatte Makkaroni, Käse und ihre famosen Biskuits mitgebracht. Jack und Regina hatten einen herrlichen Virginia-Schinken gekocht. Mutter spendierte ihre üblichen gebackenen Bohnen. Von Soße triefende Salate und Gemüse, Aufläufe und eine Reihe sündhafter Desserts vervollständigten die Speisenfolge. Eine gute Party erkennt man daran, daß die Unterhaltung wie Wellen auf und ab wogt. Alles redete, lachte und gratulierte Louise zu ihrem großen Auftritt.

Nach dem Dessert gingen Mutter und ich frische Luft schnappen. Wir spazierten draußen durch das Nachmittagslicht. Die frühen Osterglocken schwankten im scharfen Wind, der von Norden blies.

Sie legte die Hand über die Augen, als die Sonne sank. «Gutes Drachenwetter.»

Ihr roter Drachen, den sie in diesem windigen März oft hatte steigen lassen, war im Auto. Sie holte ihn. Mir kam eine Idee. Ich zog ein kleines Notizbuch aus meiner Jackentasche. Dann schrieb ich Dad einen Brief. Ich band ihn an den Drachenschwanz.

«Mom, ich möchte etwas tun. Ich möchte diesen Drachen so weit fliegen lassen, wie er kann. Ich kauf dir einen neuen.»

«Ich hab den Drachen seit Jahren.»

«Bitte, laß mich.»

«Wenn es dir so wichtig ist – nur zu.»

Ich rannte mit dem Drachen, bekam ihn aber nicht hoch.

«Komm, gib her.»

Mom rannte mit dem Drachen, ließ geschickt die Schnur abrollen und ein heftiger Windstoß hob ihn in die Höhe.

«Laß ihn fliegen», sagte ich, als ein neuerlicher Windstoß den roten Drachen noch höher trieb. «Laß ihn zu Gott fliegen.»

Sie drehte sich zu mir um, einen seltsamen Ausdruck im Gesicht, dann lächelte sie und ließ die Schnur los. Der Drachen stieg auf, bis er nur noch ein rotes Pünktchen war, und dann konnten wir ihn nicht mehr sehen.

In dem Brief stand:

Lieber Dad,
Du bist jetzt Großvater.
Ich wünschte, Du wärst hier. Ich hoffe, Du bist glücklich, wo immer Du bist.

In Liebe
Nickel

PS. Du hast recht gehabt. Das Leben ist zu wichtig, um ernst zu sein.

Danksagung

Ich möchte folgenden Personen danken, die mir beim Schreiben von *Bingo* geholfen haben. Zuerst und vor allen anderen gilt meine Anerkennung Claudia Garthwaite, die für mich recherchiert und einen guten Teil ihrer Zeit damit verbringt, sich in die Bücherstapel aus der Bibliothek zu vergraben. Meine Agentin Wendy Weil tut alles, was man von einer Agentin erwartet, und noch mehr: sie bringt mich zum Lachen. Noirin Lucas, Wendys Mitarbeiterin, trägt ebenfalls zu meiner guten Laune bei. Meine Lektorin Beverly Lewis macht mir die Arbeit so leicht, daß ich allen Schreibenden in Amerika nur eine Lektorin wie sie wünschen kann. Betsy Cenedella, Korrektorin bei Bantam, hält mich bei der Stange und gibt mir Nachhilfe in Grammatik. Sally Williams, Judy Hilsinger und Sandi Mendelson betreuen mich auf Reisen, und wer mit dem Verlagswesen zu tun hat, weiß, daß ich nicht übertreibe, wenn ich sage, daß sie die besten PR-Leute in diesem Geschäft sind.

Betty Burns bemüht sich nach Kräften, mich zu organisieren.

Ich habe außerdem Susan Scott, Cynthia Cooper, Muffin Barnes, Gloria Fernell und der Truppe von Darby's Folly zu danken, weil sie mir gute Gesellschaft geleistet und mir zu manchem herrlichem Ritt verholfen haben. Mein besonderer Dank gilt Elliwood Baxter, Carolyn und Ken Chapman, Pat und Kay Butterfield, unserer großartigen Meisterin Jill Summers, unserem Präsidenten Paul Summers sowie den Mitgliedern des Farmington-Jagdclubs, weil sie so sind, wie sie sind. Zusammen können wir dem 20. Jahrhundert entwischen.

Die unbesungenen Helden im Leben einer Schriftstellerin verdienen ebenfalls Lobeshymnen: das für den Vertrieb und für telefonische Bestellungen zuständige Personal von Bantam Books.

Diejenigen von Ihnen, die schon andere Romane von mir gelesen haben, wird es nicht überraschen, daß ich meinen Tieren danken muß. Ich glaube nicht, daß die Menschen sich von anderen bewußten Lebensformen distanzieren sollten, und ich lerne von den Tieren. Darum danke ich den Katzen Cazenovia, Buddha, Sneaky Pie, Pewter und Muggins. Ich danke den Hunden Juts und Liška, und ich danke meinen Pferden Freebooter und Scribble. Ferner möchte ich den Pferden von Freunden danken: Twinkie, Fetch und Colors.

Rita Mae Brown, geboren in Hanover/Pennsylvania, wuchs bei Adoptiveltern in Florida auf. Sie studierte in New York Anglistik und Kinematographie und veröffentlichte Gedichte. Sie war aktives Mitglied von NOW (National Organization of Women) und den «Furien» sowie Mitbegründerin der «Rotstrümpfe» und der «Radicalesbians». Rita Mae Brown lebt in Charlottesville/Virginia.

In der Reihe der rororo-Taschenbücher erschienen die Romane «Rubinroter Dschungel» (Nr. 12158), «Wie du mir, so ich dir» (Nr. 12862), «Jacke wie Hose» (Nr. 12195), «Bingo» (Nr. 13002), «Die Tennisspielerin» (Nr. 12394), «Herzgetümmel» (Nr. 12797) und «Goldene Zeiten» (Nr. 12957), beide Titel auch in einem Band (Nr. 12056), sowie «Schade, daß du nicht tot bist. Ein Fall für Mrs. Murphy» (Nr. 13403); im Rowohlt Verlag ein weiterer Fall für Mrs. Murphy «Ruhe in Fetzen» (1994) und der Roman «Dolley. Das Leben einer First Lady» (1995).

Ein Kultroman (Die Zeit)

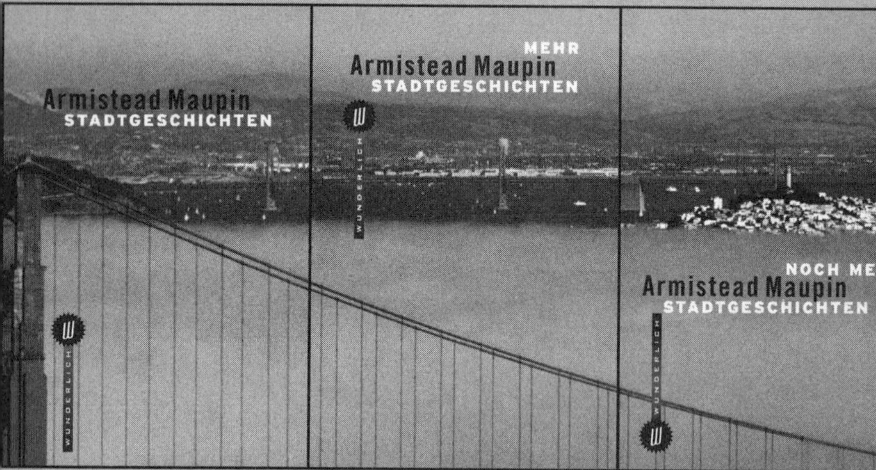

« Man gewinnt sie lieb, die Menschen aus der Barbary Lane in San Francisco. Und nichts ist schlimmer als die steigende Zahl der Seiten, die das unweigerlich nahende Ende des Romans ankündigt.» (Hannoversche Allgemeine Zeitung)

5051/1